Antonio Pérez Henares

La Española

La primera
América Ihispana
1492-1518

Florida

La Ihabana

Panuco

Cuba

Isla Mujeres

Campeche
Champotón

Yucatán

Tulum

Nombre
de
Dios

Portobelo
Rio Chagres
Panamá

Sta. María la Antigua del Darién

Editado por HarperCollins Ibérica, S. A.
Avenida de Burgos, 8B - Planta 18
28036 Madrid
www.harpercollinsiberica.com

La Española
© Antonio Pérez Henares, 2023
© 2025, para esta edición HarperCollins Ibérica, S. A.

Diseño de cubierta y mapa: CalderónStudio®
Ilustración de cubierta: pintura original de Augusto Ferrer-Dalmau

ISBN: 978-84-19802-79-8
Depósito legal: M-4327-2025
Impreso en España por: Black Print

MIXTO
Papel
FSC FSC® C159065

ÍNDICE

Libro IV
La virreina

Libro V
Conquistadores

LIBRO I

EL FUERTE NAVIDAD

1

LA NIÑA, LA CARABELA
QUE SE SABÍA EL CAMINO

—Ese es cristiano, seguro. Tiene barbas y los indios no las tienen —le dijo Juan de la Cosa a Alonso de Ojeda señalando el cadáver varado en la escollera.

No era el primer muerto que veían al llegar a las aguas por las que De la Cosa, el piloto de Santoña, ya había andado y en las que había perdido su Santa María. Buscaban el Fuerte Navidad, donde el almirante Colón había dejado hacía ya diez meses a treinta y ocho españoles. A los dos primeros los hallaron flotando a la entrada de un estuario, atados sus brazos a unos maderos en forma de cruz, y no alcanzaron, por lo descompuestos que estaban, a saber si eran castellanos o no. Pero en uno vieron que se mecía a su lado una soga, que llevaba atada al cuello, y tuvieron el presentimiento de que no eran indios.

Poco más adelante, divisaron a otros dos más en unos charcones entre rocas dejados por la marea baja, y se acercaron con tiento para no encallar con el batel. Estaban destrozados también, pero a uno, que flotaba panza arriba, se le veían las barbas.

—Del Fuerte Navidad, Juan, no quedarán sino tizones —concluyó Ojeda.

—Ya le dije al almirante que no se entretuviera navegando entre las islas pequeñas y buscando tierra firme y que, cuanto antes acudiéramos a socorrer a los que dejamos, mejor sería —reflexionó el piloto con gesto adusto—. Pero todo cuanto yo diga le contraría. Desde que me acusó de haber sido el culpable del hundimiento de la Santa María no solo no me escucha, sino que hace por tenerme alejado de él cuanto puede. Él sabía, como ya todos nosotros, que unos indios son tímidos y pacíficos, pero otros son terribles y caníbales. Regresemos y demos cuenta de lo que hemos hallado y de lo que tememos encontrar. El fuerte está a poco más de una legua de aquí.

No era la primera vez que su camarada le escuchaba resentirse por aquello. Habían hecho la travesía juntos y, durante ella, amigado.

Don Cristóbal no había querido tener en esta ocasión al muy mentado piloto a su lado, como sí hizo en la expedición primera. Pero como, igual que la anterior vez, bien sabía que el llevarlo consigo era decisión real y de la reina Isabel más todavía, hubo de aceptarlo en ella. Lo destinó a otra nao, la Niña, la veterana carabela de Palos que había ido y vuelto ya una vez de las Indias y con viejos conocidos, la familia de los Niño. En ella se había topado con Ojeda, el pequeño, fibroso y temible conquense.

—Si es como decís y bien parece que así es, don Juan, más valdrá que andemos avisados y con las armas a la mano —observó Ojeda, que no se separaba de su espada ni para dormir siquiera.

Con ella en la mano un día en la cubierta de la carabela, Juan de la Cosa había comprobado que era mejor no comérselo de vista, cuando en un visto y no visto, con la velocidad de una serpiente, había despachado a un mozallón santanderino, paisano suyo, que había cometido la imprudencia de ofenderle, lo que era bastante fácil, de encampanarse luego con mucha soberbia y encima y para colmo empezar a soltar denuestos y acabar por cagarse en la Virgen. Que fue esto último lo que le pudo costar la vida, pues esa era una línea que era letal cruzar ante Alonso de Ojeda.

No hubo más ni otros gritos, ni casi se formó tumulto ni alcanzó a llegar el maestre Juan Niño a cortar la pendencia. Desenvainaron, el montañés lanzó un mandoble, le paró Ojeda el hierro y con el siguiente giro de muñeca y una entrada a fondo ya tenía el mozo una estocada metida en el vano entre el pecho y el hombro que le hizo soltar su acero y le empapó de sangre la camisa.

Tuvo mucha suerte. Eso le dijeron todos y se lo repitió el propio Juan de la Cosa, que tenía sobre él, por experiencia y paisanaje, mucha ascendencia.

—Ya puedes darle gracias a la Virgen María, en la que te cagaste, de estar vivo, pues es un milagro suyo el que lo estés. ¿No sabes quién es, mentecato? No hay en las diecisiete naos y entre los centenares de hombres duchos en la guerra que en ellas vamos quien pueda enfrentarse a él en un duelo. Dicen que son cientos los que ha tenido y ni siquiera han conseguido tocarle. Cuando sanes mejor dale tus disculpas, que las aceptará sin dobleces, pues es tan pronto de genio como hombre cabal y bueno.

Esa fue la primera vez que los dos grumetes de la Niña, uno el hijo del propio maestre Juan Niño, Alonso de nombre como el duelista, y el otro un arrapiezo huido de la miseria, huérfano de un arriero de Atienza, una ciudad encastillada de por las Alcarrias ya al lado de las sierras de la Castilla más dura, de nombre Trifón y como Trifoncillo y hasta Trifoncejo mentado, ambos de edad pareja, vieron al de Cuenca tirar de espada y despachar un rival en un verbo. Y los dos, trasconejados detrás de unos costales y unas maromas, lo eligieron para siempre como su héroe y paladín, y ambos luego intentaban imitar sus fintas y estocadas con algún palo, pues ni el uno tenía ni al otro le dejaba todavía su padre andar con acero alguno.

Habían conformado ambos, a muy poco de embarcar en Cádiz, una provechosa sociedad en la que se conjugaban la pillería del huérfano castellano, curtido en penurias, con la condición de hijo del patrón del no menos avispado andaluz. No les faltaba de nada, pues por un lado o por otro había siempre un descuido o una mano generosa, y de todo se enteraban, el uno por lo que oía entre los marineros y el otro por lo que escuchaba a su señor padre. El caso es que de lo que pasaba en la Niña y hasta de lo que pasaba en la armada se les escapaba muy poco.

La amistad entre el piloto De la Cosa, apodado el Vizcaíno a pesar de su origen montañés, y el ya curtido soldado Ojeda, a quien a no tardar acabarían por mentar como el Capitán de la Virgen, había fraguado durante el reciente viaje en la Niña. Fueron presentados antes de salir de Cádiz, pues ambos eran de los que tenían y llevaban por delante un nombre: ni el uno era solo un marinero de cubierta, ni el otro un soldado de los de a pie, sino de los de a caballo, y además ya se sabía que allí estaba por un padrino poderoso, el obispo Fonseca, que era el que más mandaba en las cosas de las Indias, tan solo por debajo de los reyes. Se contaba ya mucho también de su genio, su audacia, su destreza, y al piloto montañés le habían dicho que no era menos viva su generosidad y galanura si se sabía tratarle. Predominaban en él la hombría y bonhomía sobre los arrebatos, y ello lo tenía en mayor estima que blasón alguno. A Ojeda, su espada y su hidalguía le sobraban como título.

Se habían hecho amigos, y el soldado natural de Torrejoncillo del Rey, en las tierras de Cuenca, que pocos navíos había pisado en vida si es que había subido antes a la cubierta de alguno, había ido aprendiendo del otro con verdadero entusiasmo, y no se cansaba de oírle lo mucho que sabía de los mares, las naos, las mareas, los rumbos y las tempestades. A él, que era de tierra adentro y muy de secano, le parecía que más que nadie, y que en ello el Vizcaíno no tenía quien le superara y hasta con el almirante iba parejo en esas sabidurías.

Alonso de Ojeda de lo que ya sabía era de guerras y combates, que de estos había catado muchos, y en la de Granada se había tirado desde que apenas había cumplido los quince años hasta que acabó por entregar las llaves Boabdil a sus católicas majestades. Ahora andaba por los veintiséis y había ganado ya reputación y dado muestras de mucho valor, y hasta le había valido para tener un buen caballo un agarre a través de su familia con el Fonseca. Eran estas las mejores referencias, y aunque corto de dineros, le sobraban las ansias de conquistar él solo las Indias, convertirlas a la fe de Dios y de la Virgen y volver cargado de fama y oro a España. Y hacerlo todo de buen grado si se podía, y si no, como se había hecho en Granada con los moros.

El De la Cosa le sacaba diez años largos y llevaba toda una vida en el mar. En su Cantábrico primero, por las costas portuguesas luego (se decía que de espía al servicio de la reina), para terminar aposentado y vecino en El Puerto de Santa María y rematar en ser el maestre que en su propia nave, que se llamó un día la Gallega, otro la Mariagalante y concluyó como capitana y de nombre la Santa María, llevó al almirante Colón a bordo en su primer viaje rumbo a las Indias.

En aquella ocasión la pequeña flota la completaron los Pinzón en la Pinta y los Niño, con quienes en esa travesía primera ya hizo buenas migas, y en cuya Niña habían vuelto ahora por vez segunda a las Indias, siendo la única de las tres naves que repetía. Así que, al decir de su dueño, Juan Niño, la Niña era, de toda la flota de diecisiete barcos, doce carabelas y cinco naos que componían la escuadra de este segundo viaje, la única que se sabía el camino. Lo decía con un retintín orgulloso de cuyo motivo sabían los conocedores, pues los hermanos Pinzón de Palos no habían acabado bien con los Niño de Moguer, a pesar de haber sido amigos durante largos años, cuando estos unieron su suerte al almirante Colón mientras que los Pinzón entraron con él en pleitos y agravios.

Eso se lo había de explicar muy bien el Vizcaíno al capitán conquense, al que ciertos vericuetos y manejos de poder no se le daban demasiado bien.

Los hermanos Martín Alonso, Francisco Martín y Vicente Yáñez, por los Pinzón, y Juan, Pedro Alonso, Francisco y Cristóbal, por los Niño, eran muy bragados fletadores de barcos y marineros de aquel sur, que lo mismo navegaban por el Mediterráneo que por el Estrecho, que bajaban por el Atlántico a las costas de África a pescar, o, si se terciaba, se ponían al corso contra naves consideradas extranjeras, que podían ser moras, portuguesas o aragonesas, si a su alcance se ponían. Por alguna de aquellas andanzas habían andado los unos y los otros en algún trance, hasta con la justicia, de los que se contaban en las tabernas, pero que no eran de pregonar en según qué sitios.

El prestigio que por su saber marinero tenían ambas familias había sido decisivo para convencer a las gentes de la mar de que se enrolaran en aquella temeraria expedición. Y a ellos se había unido, por indicación de la Corona, el santoñés Juan de la Cosa.

En la primera todos, dos Niño y tres Pinzón, habían estado juntos y hasta revueltos. En la Santa María, que iba por capitana y con el almirante al frente, habían ido De la Cosa como patrón y maestre, y Pedro Alonso Niño como piloto. En la Pinta había ido por capitán el mayor de los Pinzón, Martín Alonso, y como segundo y piloto el segundo de la dinastía, Francisco Martín. Y en la Niña habían ido Vicente Yáñez Pinzón como capitán y Juan Niño, el mayor de su linaje, como dueño y maestre.

Fue la Pinta la que llegados a las Indias se separó de las otras dos, y aunque luego se volvió a juntar con ellas, ya quedó sombra con los Pinzón en el ánimo del almirante. El de Palos se excusó por ello y echó la culpa a los vientos, pero Colón se malició que se había ido por su cuenta a descubrir y rescatar oro, que más que él encontró, por cierto. Pero hizo como que se avenía a sus razones por la cuenta que le tenía, pues ya solo le quedaba un barco: cuando se produjo el reencuentro, la Santa María ya era empalizada del fuerte donde dejaron a los treinta y ocho, y los restantes de aquella tripulación iban entonces en la Niña.

De hecho, el almirante había estado buscando a la Pinta, y avisado por los indios de que habían visto sus velas cerca de la costa de La Española, había intentado encontrarla sin éxito. Ya se disponía a partir solo con la Niña e irse océano adelante cuando se había topado con ella.

Las dos emprendieron juntas el camino de regreso, pero acabaron por llegar a España separadas otra vez, y cada una por su cuenta. Cerca de las Azores una tempestad terrible les hizo perder contacto, siendo la Pinta la que llegó primero a España, tocando en Bayona, mientras que la tormenta obligó a Colón a arribar a tierra portuguesa antes de poder alcanzar luego Sevilla. Y en las dos había un Pinzón, pues Vicente Yáñez volvía en la Niña.

Fue el mayor de los hermanos, Martín Alonso, tras desembarcar en Bayona, el primero en escribir a los reyes y por quien se enteraron el día 4 de marzo del 1493 en Barcelona de lo acaecido, mientras que la carta de Colón, retenido en Portugal, no salió hasta que pudo llegar a Sevilla, y no llegó sino casi dos semanas después.

Pero los reyes esperaron al almirante y no quisieron recibir al Pinzón. A su retorno, don Cristóbal se hospedó en Moguer en la casa de los Niño y fue con Juan Niño con quien viajó a Barcelona a presentar su descubrimiento y hazañas a don Fernando y a doña Isabel. Desde ahí la amistad cuajó entre ambas familias y para el siguiente viaje en vez de dos Niño fueron cinco.

En su Niña navegaba el mayor, Juan Niño, como maestre, su hermano Francisco como piloto y el hijo del primero, Alonso, con tan solo catorce años, como grumete. El mediano, Pedro Alonso, que había sido piloto en la Santa María en el viaje inicial con Colón, volvía a ocupar el mismo cargo en la nueva nao capitana. El quinto de la familia, Cristóbal Niño, iba como maestre en otra carabela, la Caldera.

A Juan de la Cosa se le asignó sitio en la Niña con papel indeterminado, aunque en función de sus sabidurías cosmográficas y náuticas, y el acabar en ella tuvo que ver tanto con amistades como con recelos. A Colón, a quien le habían obligado casi a llevarlo, el que estuviera con sus amigos los Niño le convenía para tenerlo controlado. Estos, además, habían hecho buenas migas con el Vizcaíno.

Los Niño en este segundo viaje tenían gran predicamento al lado del almirante y de ello era muy consciente la flota entera. Y no solo porque llevara a uno de ellos a su lado en la capitana, sino porque eran frecuentes sus consultas. Los Niño se habían ganado su afecto cuando en el primer viaje le apoyaron más que nadie en los momentos de zozobra y hasta de motín al pasar los días y no avistarse tierra. El arrimo fue todavía mayor luego, tras la desafección de los Pinzón.

Que según hubo de explicarle también De la Cosa a Ojeda, habían tenido todavía un mayor porqué y un ya muy encendido encono por ambas partes tras lo acaecido en el viaje de regreso y la arribada a España, cuando la enemistad entre el almirante y los de Palos estalló con toda virulencia.

Esa singladura de vuelta de las Indias había sido, al decir de Juan de la Cosa, el momento de más peligro, mucho más que a la ida, y donde estuvieron en un tris de irse a pique y que de su descubrimiento se hubiera sabido poco, o hasta nada.

Lo peor había acaecido a la llegada a las Azores. La tempestad fue tan horrorosa que se tragó muchas naos de las que navegaban por sus aguas, y solo un milagro y la pericia de sus capitanes y pilotos salvaron a las dos que volvían de descubrir las Indias. La Pinta, que se zafó mejor del temporal, fue a dar, empujada Atlántico arriba, con Bayona. La Niña las pasó mucho peor y tan a punto estuvo de irse a pique que el almirante hizo promesa, tras encomendarse a Dios, a todos los santos y, de especial manera, a la Virgen María, de procesionar todos en camisa al primer lugar donde a Nuestra Señora se le rindiese culto, amén de arrepentirse de todos sus pecados y hacer las penitencias precisas si les salvaba la vida.

La pericia marinera de Colón y de sus acompañantes logró, al cabo, que pudieran surgir entre las olas embravecidas frente a la isla de Santa María de las Azores, en cuyo puerto fueron invitados a resguardarse.

—Lo mismo te digo una cosa que te digo la otra —le aseveró Juan de la Cosa a Alonso de Ojeda—. Te he señalado no pocas tachas de don Cristóbal, pero te aseguro que el almirante salvó todas nuestras vidas y su coraje nos libró luego del cautiverio. Aquella galerna pudo muy bien echarnos al fondo del mar si no hubiera él dado la orden de llenar las pipas, que llevábamos vacías, para hacer de lastre y conseguir la estabilidad que nos faltaba. Nos salvó, hay que decirlo, y luego su coraje ante los portugueses, que quisieron apresarnos y con la mitad tal hicieron, consiguió que pudiéramos retornar a casa. De aquellas noches tenebrosas bien pudo resultar primero que, con nuestra muerte, hubieran sido los Pinzón quienes hubieran tenido la gloria del descubrimiento, y si los portugueses le hubieran llevado, y a nosotros con él, preso, tampoco alcanzo a imaginar qué hubiera pasado.

—Pero ¿qué sucedió con los portugueses, acaso no están nuestros reinos en concordia? —le había preguntado Ojeda.

—Eso suponía también el almirante y eso pareció cuando al arribar a la isla de Santa María el capitán que allá mandaba, un tal Juan de Castañeda, nos envió mensajeros con provisiones y mucha zalema al saber que no veníamos de la costa de África ni habíamos invadido la zona que reconocemos suya, sino del otro lado del océano. Arguyó que por ser el Día de Carnestolendas no venía él a visitarnos, y que lo haría al siguiente día deseoso de conocer con detalle las nuevas de las que había sido informado.

»A la mañana siguiente, tres de los nuestros bajaron a tierra a buscar un clérigo para que nos dijera misa y luego la mitad de la tripulación, en camisa según nuestro voto, y sin arma alguna, desembarcó y se dirigió a una capilla de la Virgen que había tras un promontorio y nos tapaba la vista desde la nao. El resto, con el almirante, aguardamos su regreso para luego hacer nosotros lo propio. Pero la demora fue grande y ya al dar las once, don Cristóbal, sospechando algo malo, ordenó levar anclar y surgir un poco para ver desde el mar qué sucedía. Y lo que vimos nos llenó de coraje y susto. Muchos portugueses a caballo y a pie otros tantos rodeaban la iglesia y tenían ya cogida nuestra barca y a todos los que en ella iban.

Juan de la Cosa no había podido evitar al llegar a tal punto soltar un denuesto. No tenía él precisamente buen recuerdo de los portugueses, que también lo habían intentado encarcelar cuando, aprovechando sus cabotajes por sus costas y puertos, procuraba enterarse de qué andaban haciendo los vecinos por África y se lo contaba a la reina Isabel, que por tal cauce se enteró de que Bartolomé Díaz[1] había doblado el cabo de Buena Esperanza y tenía desde allí el Índico, si no a un tiro de piedra, sí a un golpe de viento. Los lusos detectaron al espía y De la Cosa hubo de salir a escape por tierra antes de que le echaran el guante en su barco y lo metieran en mazmorra. Y lo que le estuvo a punto de suceder aquel otro día era que el almirante, los Niño y todos podían acabar en ella.

Pero don Cristóbal tenía listeza y arrestos. La primera la utilizó cuando se vino el capitán portugués en una barca hacia la carabela y pidió seguro, o sea, promesa de no prenderlo, para subir a bordo. Colón se lo dio, maquinando que en cuanto subiera le pagaría con la misma moneda que él le había dado a sus hombres ahora presos. El luso debió olfateárselo y a la postre prefirió quedarse en su batel y no subir a bordo.

Desde la borda de la carabela, el almirante le reprochó que cómo osaba tomar presa a su gente y que ello pesaría al rey de Portugal, que

---

[1] Año 1488, cuatro antes de que Colón llegara a América y algo que provocó que los Reyes Católicos volvieran sus ojos a la ruta alternativa hacia la Especiería por el oeste que proponía Colón.

con el rey de Castilla no tenía pleitos y sí buena armonía, y que habría de dar cuenta del desmán que estaba cometiendo siendo él su almirante del mar océano y visorrey de las Indias y que tenía de todo ello documentos y firmas. Como final del parlamento, le amenazó diciendo que si no le entregaba a su gente partiría hacia Sevilla y que serían luego ellos, y él particularmente, el castigado por aquel agravio.

Se encrespó el lusitano y, separándose un poco de la nao, alzó la voz con mucho enfado:

—No conocemos acá ni al rey ni a la reina de Castilla, ni nos conciernen sus cartas ni les tenemos miedo —gritó remarcando las palabras para que mejor se le entendiera.

Y cuando ya casi no se le oía, aún se levantó en la barca y a voz en cuello descubrió finalmente el porqué de sus acciones:

—Y sabed, señor, que estas son órdenes de mi rey las que cumplo —dijo a modo de despedida mientras remaban hacia el puerto.

—Aquellas últimas palabras —prosiguió su relato Juan de la Cosa— conturbaron mucho al almirante y también a todos nosotros. Pensamos que tal vez en nuestra ausencia hubiera habido discordia entre los reinos y estábamos ahora enemigos y en guerra. Pero no se arredró por ello don Cristóbal y, dirigiéndose a los que quedábamos libres, nos alentó diciendo: «Mi palabra os doy, como almirante que soy, que no descenderé de esta carabela hasta que no vuelvan a ella todos los nuestros o hasta que me lleve de acá cien portugueses a Castilla y despueble toda esta tierra».

»Se dio después a la vela, alejándose para buscar la isla de San Miguel, que conocía bien, como todas aquellas aguas, pues había pasado muchos años en ellas y allí había casado y tenido a su hijo mayor, Diego. No pudimos arribar a ella y decidió tornar de nuevo a Santa María y surgir otra vez frente a su puerto. Desde unas peñas un hombre gritó que no se fuera y vino entonces una barca con marineros y clérigos y un escribano. Estos venían con otras caras y mucho mejores maneras y pidieron subir a la nao, y subieron y aun se quedaron a dormir en ella. Pidieron que les mostrara el poder que traía de los reyes de Castilla y, al verlo, se hicieron muy de nuevas y con gestos de excusa aseveraron que no había sido su intención mala y que liberarían a la gente, cosa que hicieron prestamente. Volvieron al puerto, y al poco los españoles cautivos fueron dejados partir en la barca y pudieron de nuevo subir todos a bordo. Uno de los liberados informó: "Sabed, señor almirante, que lo que os dijeron ahora no era lo que ayer decían y que, si hubieran hecho a vos preso, no lo hubieran soltado. Pero al quedarse libre les entró miedo".

»Intentamos seguir luego ya hacia nuestra tierra y pusimos hacia ella proa. Habíamos llegado a Santa María el 18 de febrero, y el 24 pusimos al fin, eso creíamos, rumbo a nuestros puertos. Pero no pudimos llegar a ellos. De nuevo nos agarraron vientos contrarios y nos golpeó de tal forma la tormenta que acabamos por tener que refugiarnos de nuevo en los suyos. Esta vez en la desembocadura del Tajo y cerca de Lisboa, ya habiendo principiado el mes de marzo.

»Ya se sabía allí de nuestra llegada y peripecia y fuimos de forma muy diferente recibidos, aunque con suspicacia, pues no faltaban quienes creían que no veníamos de las Indias, sino de sus zonas de África. Eso se maliciaba sobre todo el capitán de la gran nao, bien artillada, que nos recibió como primer anfitrión, y que no era otro sino el gran navegante Bartolomé Díaz, con quien tras algunas tiranteces y dimes y diretes de rangos y potestades con don Cristóbal, que acabó por mostrarle sus cartas y poderes a un enviado suyo, ya se concilió mucho el encuentro. Vinieron con atabales y trompetas a la nao, diciendo ponerse a su servicio, y, tras hacer llegar el almirante una carta al rey de Portugal, que estaba tan solo a nueve leguas de allí, se esperó su audiencia.

»Sabedores de que procedíamos de las Indias, comenzó a venir multitud de gente a vernos al puerto para contemplar a los indios y los pájaros que traíamos, pero no se permitió la subida a la carabela sino a los enviados del rey y a algunos nobles venidos en su nombre desde Lisboa. Fue ya el 9 de marzo cuando el rey don Juan II recibió muy solemnemente al almirante y le agasajó cumplidamente. Pero, aun así, no dejó de decirle que tenía para él que aquella conquista en virtud de los tratados no le correspondía a Castilla, sino a Portugal. Respondió don Cristóbal que, siguiendo las órdenes de nuestros reyes, había sido escrupuloso al guardar las líneas y latitudes, y que no había ido ni penetrado en lo que el reino portugués tenía bajo su señorío.

»Tengo para mí —había proseguido su largo relato Juan de la Cosa— que mucho rabió con aquello, aunque bien lo disimulara, el rey portugués, pues bien sabía que había tenido aquella gloria en su mano y la había rechazado. Pero como no era cosa de otorgarle a un súbdito de otro rey el rango de disputar con él, el rey Juan II cortó la conversación, diciendo que ello lo hablarían entre los reyes y que no habría en eso menester de terceros.

»Demoramos en Lisboa algunos días más. El 10, que era domingo, fuimos a misa, y el 11 fue el almirante a visitar a la reina, que, curiosa, quiso verle. El rey portugués aun quiso retenerle un día más, y cuando el 12 ya partíamos, aun le ofreció ir a Castilla por tierra y bajo la protección de sus gentes. Pero el almirante rehusó la oferta y nos dimos a la vela, consiguiendo al fin llegar a la barra de Saltés y retornar el 14 al puerto por el que habíamos salido a finales de agosto.

»Tras escribir a los reyes comunicándoles su llegada, el almirante se aposentó en Moguer en casa de Juan Niño esperando su respuesta, sabedor ya de que Pinzón había llegado, y se congratuló mucho cuando los reyes le urgieron que fuera hacia ellos, que se encontraban en Barcelona. Porque supimos también entonces que para Martín Alonso, el mayor y cabeza de familia de los Pinzón y el primero en llegar a España por Bayona, la vuelta había sido letal, pues la gran tormenta sufrida por todos y el agotamiento absoluto de su cuerpo hizo que se reactivaran las fiebres que padecía. Tras escribir a los reyes dándoles cuenta de su vuelta, se había venido hasta su tierra natal, Atlántico abajo, y llegado a Palos el mismo día en que lo habíamos hecho nosotros. Venía tan mal que hubo de ser desembarcado en parihuelas y ser así trasladado a su casa, donde murió a los pocos días. Que yo sepa, el almirante no le envió, a pesar de la cercanía, recado alguno.[2]

»Fue Juan Niño, convertido en su predilecto y mayor sostén suyo desde entonces, quien le acompañó en aquella comitiva que, desde Sevilla, con gran alharaca y las gentes maravilladas por el paso de los

---

[2] Martín Alonso Pinzón llegó a Bayona a finales de febrero; el día 9 de marzo levó anclas rumbo a Palos, donde arribó el mismo día que la Niña, el 14. Murió el 31 y, siguiendo su voluntad, fue enterrado en La Rábida.

indios, los papagayos y las cosas que llevaban y a todos asombraban, fue hasta Barcelona. Yo quedé postergado, y ya ves que para nada cuenta conmigo, pero no lo fui ante los ojos de la reina, que me llamó luego, me requirió informes y me hizo llegar sus mensajes. Y por ello estoy aquí, don Alonso —concluyó Juan de la Cosa.

Aquello de su cercanía a la reina de Castilla, doña Isabel, sí que era conocido en quienes tenían algún mando o posición en la flota, e incluso entre los de a pie. Desde luego, los grumetes de la Niña, el hijo del patrón y el arrapiezo de Atienza estaban al cabo de la calle de ello y no dejaban de secretearlo de proa a popa en cuanto tenían ocasión.

Ciertamente, la reina Isabel conocía bien al piloto y sus habilidades, que no solo eran marineras, pues a sus órdenes había andado por Lisboa y por cumplirlas hubo de salir por pies tras alertarla de que los portugueses tenían a su alcance la Especiería, algo que tal vez ayudara a que los reyes pensaran que por intentarlo por donde Colón decía no se perdía mucho. Por ella la Mariagalante del santoñés se convirtió en la Santa María, y De la Cosa, en segundo de Colón a bordo de ella.

Entre ambos todo fue bien al principio del primer viaje, con el almirante tomándole como casi un discípulo y enseñándole de las cosas de navegar en alta mar y de medir latitudes en medio del océano. Pero poco a poco se fue torciendo la cosa de Colón con el Vizcaíno. Que si no le apoyó todo lo que debía cuando se le rebelaron las gentes y quisieron volverse, que si se creía que hasta sabía más que él, que si le discutió, aunque al final tragó y suscribió lo contrario, que Cuba era ya tierra firme, y, sobre todo, se amargó ya todo allí mismo, donde ahora estaban flotando los dos cristianos barbados muertos, aquella noche de la Nochebuena pasada cuando, plácido el mar, se echaron a dormir todos y solo quedó un grumete despierto.

Se había levantado de improviso el viento y la Santa María acabó contra las rocas y yéndose a pique, con el gran enfado de Colón, que cargó contra él sus iras, acusándole no solo de ser el responsable, sino de no haberle ayudado en su intento de salvarla y haber huido con la tripulación a tierra. Lo había puesto en su diario por escrito y se lo había contado a los reyes, aunque estos no parecieron hacerle caso ni darle demasiado crédito, pues a De la Cosa no solo se le había remunerado por la pérdida de su nao, que era de su propiedad, sino que le habían compensado con el privilegio de que podía llevar trigo andaluz hasta los puertos del Cantábrico exento del impuesto de saca que los demás navíos debían pagar por ello.

—Si los reyes le hubieran dado crédito, no me hubieran recompensado y yo hubiera perdido su gracia —le decía su amigo como razón, y en el fondo excusa, de que no había sido el culpable, aunque bien se notaba que era algo que le mordía por dentro.

Los mástiles, maderamen y tablazón de la Santa María, todo lo que pudieron rescatar y aprovechar de ella, habían servido para construir la empalizada del Fuerte Navidad.

Aquella empalizada que según barruntaban ambos estaría reducida a tizones.

2

LA PUERTA DEL INFIERNO
SE ABRÍA EN EL PARAÍSO

Vistos los cadáveres descomponiéndose en el agua y que los indios se guardaban de asomar a la costa, les pareció a ambos que nada bueno había sucedido y que del fuerte no debía quedar mucho, si es que quedaba algo y alguien con vida. Decidieron regresar cuanto antes hacia donde estaba el grueso de la flota y dar cuenta de ello al almirante.

—Los indios de aquí eran muy pacíficos y sumisos, no tenían ni siquiera armas, nada que pudiera hacer apenas daño a un hombre bien armado y menos matarlo —señaló el piloto.

—Eso era lo que pregonaba el almirante, pero vos y yo sabemos, y cualquiera medio avisado, que no son así todos, como bien hemos podido comprobar. Esto no es el paraíso —replicó Ojeda.

Juan de la Cosa, mientras hacía virar el batel para ir a comunicar las malas nuevas, no pudo sino asentir con la cabeza, pues era bien cierto que en los relatos que se habían extendido por Castilla y por Aragón, hasta por Italia y Francia y desde luego por la rival y vecina Portugal, a donde Colón había arribado antes que a la propia España, esa imagen de una tierra de maravillas y riquezas era la que no había dejado de correr como el fuego por la pólvora cuando se le arrima la candela. No se había cansado el almirante de contar sus bondades ni de repetirlas todos y cada uno de quienes habían vuelto de aquel primer viaje a las Indias.

Un paraíso terrenal siempre verde y habitado por gentes inocentes como niños y por entero mansas y amables, que disfrutaban entregando todo cuanto tenían, incluso oro, aunque por el momento hubieran podido rescatar tan solo un poco, por un cascabel o una cuenta de vidrio. Y, además, y era eso lo que a unos los traía con los ojos encendidos al recordarlo y a los otros se les alumbraban al escucharlo, que iban desnudos por entero, sin pudor alguno, que tan solo algunas mujeres maduras se tapaban mínimamente el sexo y que eran complacientes y de continua sonrisa, de hermosos rostros, ojos oscuros, largos cabellos negros y pieles blancas, aunque tostadas y llevadas a trigueñas por el mar y el aire.

Era ese el momento justo en que el marinero de Palos o de Moguer o de cualquier otro sitio de los retornados, o aun sin haber pisado siquiera la cubierta de la Pinta ni de la Niña ni de la Santa María, en animada conversa en la taberna, que había atraído la atención de todos con su relato, hacía un silencio en el cuento, le daba un tiento al vino, chasqueaba la lengua, miraba con ojillos entornados y sonrisa malevolente y pícara y concluía el gesto relamiéndose los labios. Estaba ya con ello todo dicho.

Pero a poco y con el siguiente trago se entraba en lo que faltaba y sin ahorrar detalle, haciendo, eso sí, como que entrar no se quería. Esta había sido también, y desde que se inició aquel segundo viaje, la parla más común en las cubiertas de los diecisiete barcos, las cinco naos y doce carabelas y del millar y medio de hombres que iban en ellos embarcados.

El viaje para cruzar tan ancho mar había dado para mucho hablar, aunque a las tripulaciones no les faltara faena y esta travesía, ya sabiendo adónde iban, hubiera sido bastante más corta que la anterior. En la primera, además de la angustia por no dar con tierra, una avería, o más bien un sabotaje de algunos marineros obligados al incierto viaje, había dañado el timón de la Pinta y hubieron de perderse en aguas canarias más de tres semanas en repararlo. Luego, cambiado además su velamen de cuadrado a triangular, se convirtió en la más rápida y marinera de las tres.

Ojeda aprovechó la travesía, amén de para aprender algo del arte de marear, de lo que el otro tanto sabía, para que le contara todo cuanto había visto, además de desnudeces. La disposición y armas de aquellas gentes, que algunas habrían de tener, como hombre curtido en guerras, era lo que le interesaba saber más que ninguna otra cosa.

—Es bien cierto, Alonso, que son tímidos y pacíficos por demás, al menos todos los que pertenecen a la raza taína. En todas las islas por las que anduvimos lo primero que hacían era huirnos, luego atisbarnos desde las selvas y después acercarse curiosos, aunque temerosos. Al ver que no les hacíamos daño alguno, se acercaban y, cuando ya conseguimos, tras atrapar a alguno y dejarlo libre con cosillas que les dimos, que se confiaran, comenzaron a llegar a nosotros y a nuestras naos con sus canoas[3] por decenas y hasta cientos. Era hermoso de ver su alegría y cómo nos recibían. Nos creían venidos de los cielos. Nos pedían que bajáramos a la playa y que fuéramos a sus casas. Nos ayudaban a hacer las aguadas y nos traían los barriles a cuestas, dándose por muy contentos de que les dejáramos hacerlo. Todo nos lo daban y partían muy alegres y presurosos con cualquier fruslería, pues pensaban que se la quitaríamos luego. Nos daban comida, frutas, pescados, y también algodón muy fino que hilan. Vi dar dieciséis ovillos de él por una blanca de Castilla.[4] Daban todo lo que poseían y quisiéramos, pero oro apenas si tenían. Decían siempre que en

---

[3] «Canoa» fue el primer vocablo americano incorporado al castellano. Colón comenzó a utilizarlo en sus *Diarios* tras emplear primero la palabra «almadía», que para nada se ajustaba a aquellas embarcaciones. Nebrija lo incorporó a su *Vocabulario español-latino* y después fue haciéndose extensivo a muchas otras lenguas actuales. El almirante las describe así en su bitácora de a bordo: «Son hechas del pie de un árbol, como un barco luengo y todo de un pedazo y labrado muy a maravilla; en algunas venían cuarenta y cuarenta y cinco hombres. Y otras más pequeñas, hasta haber de ellas las que venía un solo hombre. Remaban con palo como de hornero y anda a maravilla, y si se les trastorna, luego se echan todos a nadar y la enderezan y vacían con calabazas que traen con ellos. Los taínos con ellas iban de isla en isla y hasta llegaban a tierra firme […]. Navegan todas aquellas mares y todas aquellas islas que son innumerables y tratan sus mercaderías».
[4] Moneda de muy escaso valor de la época.

otros lugares sí lo había y mucho. Pero si tenían alguna pizca o una pepita, que a veces llevaban algunos como adorno, también la daban. Por un cascabel, lo que más les gusta, ya cerca de Fuerte Navidad, dieron a uno una plancha de oro que valdría más de treinta soberanos.

—¿Y de veras que no tienen armas? —le cortó Ojeda el relato ya varias veces oído de la ingenuidad de aquellas gentes y cómo se venían a los cristianos con gozo y sin maldad alguna.

—Nada de hierro tienen ni metal alguno usan como arma ni defensa. Alguno se cortó con nuestros filos al tocarlos por no saber lo que herían. También se asombraron de nuestras ballestas y espingardas y aún más de las bombardas. Ellos tan solo tienen, al menos los que tratamos, unas azagayas con la punta endurecida al fuego o con un diente de pez o un hueso. Pero más para arponear los peces que para combatir entre ellos. Únicamente vi algunos arcos ya en La Española, de las gentes del rey de allí, donde dejamos a los que no cabían en las dos carabelas, muchos de ellos gente mía, pues fue la naufragada.

—Ahora traemos caballos y perros. ¿Tienen ellos? —preguntó el capitán.

En las naos, especialmente en una carraca destinada a tal fin y acondicionada como establo, venían una veintena de caballos, entre ellos el de Ojeda, que siempre en cuanto había podido hacerlo había acudido en el bote a verlo. También traían algunos poderosos perros de presa, especialmente alanos, lebreles y podencos de diferentes pelos para la caza. Uno de los hombres cercanos al noble Ponce de León, llamado Arango, tenía uno que de cachorro ya despuntaba y que llevaba por nombre Becerrillo, por haberse criado entre vacas bravas.

—Perros sí he visto en los poblados, pero son perrillos huidizos, que ni ladran. Ni valen para la caza ni aún menos para la guerra. Son gozquecillos que tienen como compañía en las cabañas y que se comen cuando creen oportuno. A los caballos no los conocen. En esa tierra hay muchos bosques, muchas aves y también lagartos, pero no es fácil ver animales de pelo y cuatro patas. Y menos tan grandes. Nada que se pareciera ni a burro ni a caballo vimos.

Aquel día Juan Niño, participante en la conversación, la había llevado entonces a lo que a él más interesaba, y había explicado el arte de los indios en construir sus canoas, algunas muy largas y que asombraban por las gentes que podían albergar.

—Las construyen vaciando los troncos de los árboles y algunas son maravilla de grandes y marineras. Las hay de todo tamaño. Una vi hecha en un inmenso cedro donde cabrían cerca de cien indios. Otras sirven para cuarenta o más y de ahí hacia abajo que son las más, y hasta vimos ir en una a uno solo cruzando de una isla a otra. Lo subimos a bordo con su canoa y todo, y luego fue feliz y con regalos a contárselo a los suyos.

El Ojeda era muy religioso y no se le olvidada la tarea pregonada, pero también por algunos muy sentida, él entre ellos, de cristianar a aquellas gentes. Preguntó por ello:

—Dice bien en esto el almirante que son gentes muy bien dispuestas, no tienen secta alguna, ni ídolos, ni hacen sacrificios y nos creen enviados del cielo. En uno de los pueblos de Cuba nos recibieron al desembarcar muy alegres y al levantar una cruz en el centro de su aldea nos ayudaron presurosos a hacerlo, y luego al vernos rezar ellos también elevaban al cielo las manos y hacían lo que nosotros hacíamos —le informó el marino de Moguer.

Ojeda miró a su pequeña estatuilla de la Virgen, de la que jamás se separaba, y sonrió con una infantil dulzura, casi inaudita en aquel hombre fiero y tan presto a la pelea.

Esas pláticas solían hacerse en los momentos de calma y descanso en la cubierta, con un grupo siempre rodeando al piloto. En los corros, o cerca y escondido, no faltaba siempre que podía el grumetillo Trifón, que no le perdía palabra solo o en compañía de Alonso Niño, el hijo del patrón. Y si el uno no podía, el otro lo memorizaba todo para contárselo después al amigo.

Pero ni Juan de la Cosa ni Juan Niño contaban todo y se cuidaban de guardarse lo que pensaban que no tenía por qué ser de todos conocido. Aunque después, y a solas, el santoñés sí le había llegado a contar al capitán conquense algunos otros sucedidos no tan hermosos ni gratos. Cierto que casi todos los indios con los que tuvieron trato, y que se entendían entre todos ellos con la misma lengua, eran pacíficos y sin aparente malicia, pero ya en La Española habían tenido noticias de un cacique que no lo era tanto y al que le tenían mucho miedo los que a ellos los habían acogido tan bien. Igualmente, le habían referido algo sucedido ya en el viaje de vuelta a España, donde en una pequeña isla tropezaron con un grupo de indígenas muy diferentes que los atacaron y a quienes los demás llamaban, poniendo gesto de miedo, caribes.

Pero el trato suyo había sido en exclusiva con quienes se decían taínos y eran en verdad muy apacibles. De estos habían ido cogiendo bastantes y subídolos a los barcos, aunque a la mayoría los habían soltado y otros habían huido lanzándose al mar al verse cerca de la costa, pues tanto hombres como mujeres eran extraordinarios nadadores, e incluso a algunos los habían llevado a España. En total fueron, a la postre, tan solo diez los que Colón llevó con él para mostrárselos a los reyes y enseñarles la lengua para que pudieran luego ayudar a comunicarse con sus gentes. Pero no llegaron a su destino ni la mitad, entre ellos un hijo de Guacanagarí, el cacique amigo de La Española, que este le había entregado al almirante y que se había alborozado mucho al saberlo, y que llegado a la península, enfermó y murió.

Uno de los dos indios que habían regresado a su tierra en el segundo viaje se había convertido en criado del almirante, quien lo había bautizado y puesto el mismo nombre que a su hijo: Diego. El muchacho había querido quedarse al lado suyo muy gustoso y desde el primer momento, pero no fue así en otros casos. Algunos fueron cogidos por fuerza y una de aquellas capturas había conmovido a De la Cosa, pues cuando navegaban por las costas de Cuba, Colón atrapó a una mujer y a sus tres hijos y los subió a la Santa María. Hallándose esta fondeada vino el hombre en su canoa, e imploró llorando que no se los llevaran. No consintió en ello don Cristóbal y el hombre entonces dijo que le llevara a él también y subió con los cristianos. A la postre aquellos no vinieron a España y consiguieron quedarse en La Española. En esta última isla, que los taínos nombraban como Haití, su cacique Guacanagarí los había recibido con gran contento y había convocado a todas sus gentes, que los habían acogido gozosos y hacían gran muestra de que los españoles que allí se hubieron de quedar no habrían de temer mal alguno.

De los caribes habían comenzado a oír en Cuba, pero ya en La Española el cacique amigo les había contado que eran muy feroces, que los asaltaban y les robaban las mujeres, y a los hombres que apresaban los mataban y se los comían. Los españoles no alcanzaron a verlos ni a tratar con ellos allí; sin embargo, sí creían, tanto el mayor de los Niño como Juan de la Cosa, que eran aquellos con los que se habían topado al comienzo del retorno a España la vez anterior. De la Cosa algo había referido en ocasiones, pero finalmente, estando también Juan Niño, accedieron a contar con detalle a Ojeda lo sucedido en el último día pasado en aquellas tierras en su viaje primero, cuando ambos ya viajaban juntos en la Niña y bajaron en un batel a tierra a una pequeña isla muy hermosa.[5] Iban en busca de batatas con las que aumentar las provisiones y, sobre todo, de agua con la que rellenar las pipas antes de irse ya océano adelante rumbo a casa.

—Dimos allí con aquellos indios que no dieron muestra de temor, aunque sí de curiosidad por nosotros. Iban ellos desnudos como todos, pero portaban arcos y flechas. El pequeño taíno, Diego, ya nos hacía un poco de lengua. Les trocamos por algunas cuentas y vidrios dos arcos y muchas flechas, y dijimos a uno, que parecía el más osado de todos, que subiera con nosotros a la carabela a hablar con don Cristóbal y aceptó el hacerlo. Era un indio alto, con todo el rostro tiznado por completo de carbón, y tanto él como los que le acompañaban llevaban el pelo tan largo como las mujeres, pero atado atrás y recogido en una redecilla de la que asomaban unas muy hermosas plumas de papagayo como penacho —había relatado el marino de Moguer.

Ya en la nao, el almirante le preguntó, mostrándole una pepita de oro, dónde se podía hallar, y el indio, señalando al oeste, le dijo de un golfo donde había tanto y planchas tan grandes como las tablas de la cubierta. El almirante le dio, luego de comer, unos pedazos de paño verde y colorado y algunas cuentas de vidrio.

—Inquirió luego don Cristóbal —prosiguió Juan Niño— que si tenían ellos en aquella isla algo de ese oro y que si lo cambiarían por

---

[5] Posiblemente Guadalupe.

cosas como las que le había dado y él accedió con gran sonrisa y gesto de que lo harían. Así pues, me envió de nuevo hacia la costa con el indio y con don Juan de la Cosa, aquí presente y que no me dejará mentir en lo que digo, y seis hombres más a ver si rescatábamos algo más de oro que añadir al poco que llevábamos. Pero, prevenido por Colón, a quien su joven servidor indio ya le había advertido que aquellos eran caribes, y por nuestro propio barrunto de que debíamos llevar cuidado, íbamos bien armados y atentos.

Creían los tres hombres hablar a solas, pero no sabían que como habitual tenían cuatro orejas escuchándolos camuflados en las sombras; el Trifoncillo era el uno y el otro su propio hijo, Alonso, con apenas catorce años, y que al oír aquello hasta de respirar se olvidaban.

—Al irnos llegando a la playa vi que entre los árboles nos aguardaban más de cincuenta indios, todos con sus penachos de plumas, las caras tiznadas y los arcos en la mano. Di entonces voz al Vizcaíno, que iba al timón a popa, y a los de los remos, para bogar hacia atrás de inmediato. Ante ello el indio, temeroso de que nos trajéramos con nosotros a la nao, se levantó y dio voces a los suyos y estos dejaron sus arcos y flechas y unas macanas de madera con dientes de tiburón o lascas de piedras cortantes encastradas que portaban en el suelo, y se dirigieron ya sin ellas a donde ya se desmayaba la ola. Bajamos nosotros de la barca con su jefe, el maestre se quedó a bordo, y comenzamos a trocar con ellos cosas, pero oro no llevaban y solo nos cambiaron dos arcos. Y luego, ya de golpe, se negaron a más trueque y a mostrarnos lo que les pedíamos, y a una seña del jefe se tornaron todos a la carrera hacia donde habían dejado sus armas y, tras cogerlas, así como cuerdas con las que atarnos, se vinieron contra nosotros. Pero estábamos apercibidos y fuimos nosotros quienes les arremetimos; yo le di a uno una gran cuchillada en las nalgas de la que salió arrastrándose y echando mucha sangre, y a otro le alcanzó una saeta en los pechos y cayó revolcándose. Aunque solo éramos siete y ellos más de cincuenta, dieron entonces a huir y yo quise seguirlos, pero el piloto nos refrenó y nos hizo retornar a la barca. Fuimos después los dos a relatarle lo sucedido al almirante y este nos dijo que por un lado estaba pesaroso, pero por otro era bueno que nos tuvieran miedo, pues aquellos sin duda eran caribes de los que se comen a las gentes y bien podían pensar en hacer daño a los que habían quedado en el Fuerte Navidad. Esa fue la primera vez que vimos a estos indios y la primera guerra que hubimos con estas gentes.

A causa de aquello no había dejado de preocuparse De la Cosa por la suerte de sus hombres, pues de los que se habían tenido que quedar en el Fuerte Navidad bastantes eran paisanos suyos, de la tripulación de su Santa María.

Sin embargo, regresados a España, de ellos se habló poco y hasta menos que nada para que las gentes no tuvieran reparo en embarcarse. Pero nada más haber llegado a las primeras islas en el segundo viaje, ya habían comprobado que los caribes andaban saltando de una en otra y que lo que se contaba de ellos era no solo cierto, sino aun peor de lo contado, como habían podido comprobar nada más llegar a ellas. De eso nada se había pregonado a los que habían embarcado en aquel segundo viaje, y lo que por el contrario corría por los barcos, donde no iba mujer alguna, era que las hembras indígenas, amén de andar desnudas, eran hermosas de jóvenes, de mucha alegría y poco reparo para la coyunda.

Pero ya y a estas alturas, y antes de llegar al Fuerte Navidad y sin haber visto aún lo que Ojeda y De la Cosa se habían encontrado luego flotando en el mar, se les había ido truncando a todos aquello de que en llegando a las Indias se desembarcaba en el paraíso.

El almirante había elegido diferente ruta, que estimó más derecha para llegar al Fuerte Navidad y así lo era, aunque lo criticaba De la Cosa, pero luego sí tenía este razón en que se había ido demorando por las islas[6] por las cuales iba pasando, haciendo bajar a pequeños grupos y retrasando por una y otra causa la llegada. Ya en el primer desembarco se toparon con el rastro de los caribes y lo que de ellos supieron les hizo erizar el vello y revolverles las tripas.

Fue ya en la primera isla y en la primera cabaña a la que entraron donde vieron aquello que hasta entonces había sido solo el cuento de los indios con los que habían tenido trato. Llegada la flota ante ella,

---

[6] Las Pequeñas Antillas.

había ordenado el almirante a una carabela ligera ir costeando buscando puerto por delante de los demás barcos, y al dar vista a un poblado cerca de la playa, su capitán bajó a tierra y se dirigió con un grupo de hombres hacia él. Los indios salieron huyendo y no quedó uno solo en las cabañas. Entró el capitán por ellas y lo que encontró allí fueron huesos de hombres, de sus brazos y sus piernas, y también algunas cabezas, los más descarnados y unos todavía cociendo en un caldero. El capitán de la carabela se los acercó al almirante junto con algunas cosas que encontró en ellas, sobre todo algodón, y dos muy grandes y hermosos papagayos.

Lo de los huesos humanos no se quiso pregonar en exceso, pero se supo bien pronto en la carabela que los había encontrado, y luego en la tripulación de la capitana, y de allí la mala nueva fue de nao en nao saltando.

El que estaban en tierras de caníbales, de todas formas, mal podía haberse mantenido en secreto, pues al seguir buscando puerto para toda la flota no tardaron en dar con otros poblados y en uno, el más grande, vieron muchos indios, pero en cuanto estos divisaron las velas escaparon a esconderse en la selva. Colón decidió capturar algunos, y para ello y hallado puerto a unas dos leguas del lugar, anclaron y dio orden de que al amanecer siguiente varios capitanes con sus gentes se dispersaran y procuraran traer cautivos para poderlos interrogar sobre el lugar.

A la hora de comer volvieron ya algunos y trajeron un mozo de unos catorce años, y este, hablando con el indio de Colón, Diego, le dijo que él era cautivo y que como a él tenían en aquella isla algunos muchachos más para comérselos y muchas mujeres para que fueran sus barraganas. Ello lo corroboraron después algunos otros capitanes y entre ellos Ojeda, que apresó a un niño caribe al que un hombre mayor llevaba de la mano, pero que desamparó para que no le cogiera a él también. Se había conseguido capturar además a un numeroso grupo de mujeres y, al llevarlas hacia la costa, donde estaban las naves, empezaron a darse cuenta de que unas venían a la fuerza y otras, las más, de buen grado, y que estas eran las cautivas y barraganas de los caribes.

Al atardecer notaron que faltaba por regresar un capitán, Diego

Márquez, que había partido con ocho hombres y se había metido en la selva nada más amanecer, contraviniendo la orden del almirante de no internarse en el espeso boscaje. Cuando llegó la noche salieron cuadrillas en su busca e hicieron sonar trompetas para llamarle, pero no tuvieron resultado alguno. Al amanecer fue Ojeda el que salió con cuarenta hombres en su busca, pero tras un largo día de búsqueda por la jungla, abriéndose camino hasta con las espadas y atravesando muy caudalosos ríos, no hubo manera ni de hallarlos ni de encontrar señal de ellos.

Muchos ya los dieron por comidos por los caníbales, pues no se explicaban que en un lugar tan pequeño y a pesar de la selva, habiendo incluso marinos que por las estrellas sabían volver a España, no hubieran encontrado la manera de volver a la costa y retornar a donde habían partido. Pero el almirante no desistió de buscarlos y cada día salían patrullas por la isla a intentar dar con ellos. Muchos bajaron a tierra y en una extensa playa con la suficiente lejanía de la selva para evitar un ataque imprevisto se acabó por formar un gran campamento que al llegar la noche se llenaba de fuegos. Ojeda, tras ir a hacer visita a su caballo, y quienes con él habían ido a adentrarse en la jungla optaron por pernoctar en la arena y se les unieron bastantes más de la carabela, dejando los retenes de guardia necesarios para disfrutar por una vez del mar y la playa.

Venían tan empapados de su sudor por dentro y por fuera del inevitable palo de agua que a la tarde les había caído, que cuando algunos se despojaron de sus petos, corazas y arreos y se metieron a bañarse a las olas, los siguieron casi todos en las aguas someras, pues no eran muchos los que sabían nadar. Aquello descansó sus cuerpos y mejoró sus humores y alrededor de la hoguera brotó la charla, sobre todo tras haber comido algunas frutas que ya sabían que eran buenas, aunque les fueran extrañas, para unir al tocino salado, el bizcocho rancio, y trasegado algunos sorbos de vino.

—Árboles y plantas, verdor tal como este no lo hay en España y en mi tierra aún menos. Es tan hermoso que la vista se llena con su color. Pero por dentro te ahoga. Cuando entras en él te envuelve de tal forma que acaba por agobiarte los sentidos y hasta llenarte de zozobra. Al cabo de poco andábamos en penumbra, casi sin poder ver el sol arriba y de tal forma rodeados de plantas, raíces, lianas, bejucos y todo tipo de broza, que el andar se hacía imposible. No me extraña que Márquez se haya extraviado. Nosotros, por momentos, también lo estuvimos. He contado cruzar veintisiete ríos, o tal vez hemos cruzado el mismo no sé cuántas veces, desorientados entre la espesura y las revueltas. El calor y la humedad son tan grandes que todos los poros del cuerpo se abren y fluyen a chorros. En esta tierra el agua parece que mana de continuo, cayendo de los cielos como si fuera cascada o surtiendo de nuestra piel como si fuéramos un odre pinchado —relataba el capitán a quienes se congregaban junto a la hoguera.

La conversación se extendió luego y las comparaciones de la tierra de cada cual con ella fueron el ir y venir de la parla. Todos querían comparar aquellas cosas extraordinarias que a cada instante veían y buscarles parecidos con las que conocían. Pero todo era diferente. Habló entonces el piloto De la Cosa y dijo algo a lo que asintieron todos:

—No os habéis dado cuenta, pero no solo es lo que se ve. El olor es otro, este mundo huele de manera diferente al nuestro. Todas las cosas y también las gentes, ya lo comprobaréis, huelen de otra forma. Huelen a nuevo, a húmedo, a algo que no hemos olido.

—Y a podrido también, don Juan. Aquí se pudren hasta los fierros —contestó Juan Niño haciendo despertar las risas.

Era verdad aquello, todo se pudría, la carne y el pescado y hasta los enormes árboles caídos tardaban muy poco en hacerlo e impregnaban con su olor los bosques. Pero no era en la madera de aquellos en la que el Niño pensaba, sino en la de su carabela.

Volvió a tomar la palabra Ojeda:

—Esta tierra es muy hermosa, sí, pero muy engañosa en todo y también quienes la habitan. Nos decían que eran como niños sin maldad y los hay que son diablos que se los comen.

A la noche siguiente se acercaron a la hoguera de la Niña, además de Peroalonso, hermano de Juan Niño, las gentes de don Juan Ponce de León y algunos que iban en la nao capitana, como Diego Velázquez de Cuéllar, que vinieron al arrimo y la conversa de los veteranos, aunque no el almirante, que se quedó a bordo. Ponce de

León venía a transmitir a Juan Niño algunas de sus instrucciones para la mañana siguiente, pero ya con la idea de quedarse luego en la playa y participar en la plática.

Juan Ponce de León y Alonso de Ojeda, más que conocerse, sabían el uno del otro. El Ponce de León era el caballero de mayor linaje de todos cuantos en la expedición iban. Su familia ya tenía impresas sus armas en el escudo cuando se venció a los moros en las Navas, y eran dueños de muchas tierras y castillos en Andalucía. Ponce había sido paje del hijo mayor de los reyes y participado, al igual que Ojeda, en la guerra de Granada. Cada cual, en su sitio, aunque a ambos los podía haber alcanzado una flecha o el filo de una espada sarracena. Alonso de Ojeda había visto al otro muy cerca del rey Fernando en el desfile triunfal de entrada a la ciudad, y Ponce de León ya conocía quién era aquel capitán y lo que ya se contaba de su audacia y sus hazañas con la espada en los combates con los moros. Ahora era palpable que el almirante le estimaba también por su decisión y valentía.

La búsqueda de Márquez había resultado, día tras día, infructuosa, pero los diferentes grupos habían ido llegando a otros poblados de la isla y entrado en ellos y sus casas. Había mucho que contar de aquello.

Al llegar Ponce de León al corro de los notables de la Niña (otro más nutrido de gentes de oficios, soldados y marineros había hecho lumbre aparte), fue recibido con mucha gentileza, y su porte y modales no dejaron de ser muy observados por el Trifoncejo y Alonso, que como siempre se las habían ingeniado para quedar cerca y alcanzar a oír lo que decían los capitanes. Ambos prestaron también mucha atención a otro hombre, de muy buenas y cuidadas ropas y modales, que había venido con el Ponce y que hablaba en una lengua que, aunque se entendía, no era la de ellos, y mezclaba las palabras con otras del castellano. Oyeron su nombre al presentarlo a los demás el andaluz: era Michele da Cuneo,[7] un italiano de Savona, amigo de la infancia de Colón al igual que los padres de ambos lo habían sido,

---

[7] Autor de un curioso y muy diferente relato de aquel viaje.

que acompañaba al almirante en su viaje al igual que algunos otros italianos. Pero este de manera muy especial, pues se notaba su cercanía y la estima que Colón le profesaba.

Era muy risueño y dado a la broma. Tanto era así que el capitán Ojeda, en alguna ocasión, se le quedó mirando de una forma que podría haber preludiado algún conflicto, pero al final acabó riendo como todos, sobre todo cuando con pícara sonrisa sacó a colación los días pasados en la isla de La Gomera al comienzo del viaje, y el contento del almirante al llegar a ella y hacer engalanar las naves y quemar pólvora en salvas.

—Ay, la señora de La Gomera, doña Beatriz de Bobadilla,[8] ¡qué bellísima dona! No es extraño que el almirante estuviera prendado de ella. Vos, Ponce, también la conocíais, ¿no es cierto?

—¿Quién no? En la guerra de Granada habían matado a su hombre, aunque no estaban casados, pues era el maestre de la Orden de Santiago. Doña Beatriz estuvo luego en Santa Fe, en Granada, entre las damas de la corte. No le faltaban pretendientes, desde luego —respondió el interpelado.

—Hasta el propio rey Fernando me dicen —soltó el italiano, y los castellanos hicieron silencio, pues tales cosas ni en las Indias tenían por qué hablarse en público. Al percatarse de que ello incomodaba, volvió a lo de don Cristóbal, pues ante todo buscaba el agradar—. Mi paisano el almirante fue de los más afortunados, a lo que me conozco. Y su contento en La Gomera tenía muy fundadas razones y motivos, y no solo el hacer aguada y recoger esos plantones de caña que trae en su nave.

Se distendió el ambiente de nuevo, y al menos por unos instantes no volvió la plática a lo que a todos tenía sobrecogidos y que era aquello que habían ido viendo en los poblados, y que los llenaba por un lado de temor y por otro de repugnancia y aprensión.

Porque lo que habían visto y lo que iban a ver después no hizo sino confirmar sus peores presagios, y las noticias que circulaban por

---

[8] Sobrina de la marquesa de Moya, de su mismo nombre e íntima de la reina Isabel, y señora de La Gomera. Conocida como la Cazadora.

las hogueras de la playa eran cada vez más sobrecogedoras. Habían comprobado que hombres caribes había muy pocos en la isla, y ello era porque, según contaron las taínas cautivas, se habían ido casi todos, trescientos, en diez grandes canoas a asaltar otra vez sus poblados, que estaban muchos en una isla que llamaban de Boriquén,[9] y traerse de allí muchachas y mancebos. Las unas para su uso, servicio y disfrute, y los muchachos, a los que cortaban sus partes viriles nada más capturarlos, los iban utilizando como sirvientes hasta que, antes de que llegaran a hombres, cuando aún estaban tiernos, comérselos. Consideraban la carne humana el más exquisito manjar.

Las mujeres cautivas relataron también, y aquello produjo al saberse una repulsión aún mayor en todos, que cuando parían hijos de sus captores, los caribes no los querían como tales y se los comían como ternascos. Criaban solo a los que tenían con mujeres de su raza y que eran, lo comprobaron pronto, tan feroces como ellos.

Los castellanos ya supieron al poco distinguir a las unas de las otras y no solo por el dominio que las caribes mostraban sobre las taínas, sino por una señal distintiva que las diferenciaba. Aunque iban igualmente vestidas, o sea, desnudas todas, se ponían las caribes por encima del tobillo y por debajo de la rodilla dos trenzados de algodón bien prietos, y eso les hacía tener unas pantorrillas más lustrosas y regordetas, algo que tenían por motivo de belleza y seducción.

Los relatos eran espantosos, pero aún lo era más cuando entraban a las casas de los poblados, vacíos de guerreros, que huían de ellos a la selva, excepto algunos, los más viejos, y hallaban los restos de los festines. Pues en muchas cabañas seguían dando con huesos humanos, muy roídos hasta aprovechar todo, y en las puertas, con calaveras como adorno, y en un caldero encontraron incluso un pescuezo puesto a hervir. Aquello hizo que todos tuvieran mucho temor y este alcanzara a don Cristóbal, que entonces ya sí comenzó a recelar por la suerte de los que ya hacía diez meses habían quedado en el Fuerte Navidad y empezó a entrarle prisa por llegar, aunque Márquez y sus ocho hombres siguiesen sin aparecer.

---

[9] Puerto Rico.

Resultó al cabo que acabaron por hacerlo por su propio pie, cuando la flota estaba a punto de levar anclas, con los diecisiete barcos dispuestos a emprender el camino hacia La Española y el Fuerte Navidad. Se alegraron mucho de verlos vivos y el castigo fue leve para Márquez y los demás. Al primero lo metieron unos cuantos días en cadenas, y a sus hombres se les redujo, otros tantos, la ración de comida a la mitad.

Antes de partir, el propio almirante había bajado a tierra e ido hasta uno de los poblados más grandes para comprobar que, en efecto, en las chozas, además de los grandes papagayos que casi todas tenían como mascotas y mucho algodón y telares para hilarlo y tejer, había sacos con los huesos de las gentes comidas y muchas cabezas adornando las entradas. Visto ello, y aunque en veces anteriores había impedido subir a las mujeres taínas que llegaban huyendo y las devolvió a tierra, esta vez dejó que subieran a las naves, y varias decenas y algunos muchachos también cautivos embarcaron con ellas.

Aquella última noche en la isla el corro alrededor de la lumbre de la Niña estuvo muy concurrido. Amén de Ponce de León, De la Cosa, Ojeda y los cuatro Niño mayores, Juan, Francisco, Pedro Alonso, Cristóbal, y del grumetillo Alonso, que nunca andaba lejos, se arrimaron también Diego Velázquez y dos más que se acercaron por vez primera, Juan de Esquivel y Rodrigo de Bastidas, amén de los dos hermanos De las Casas, Pedro[10] y Francisco, el cual ya había estado en el primer viaje y amigado con De la Cosa. Tampoco faltó Michele da Cuneo, a quien le gustaba eso más que andar descubriendo y ya ni que decir tropezando por la selva.

Fue sin embargo otro, novedad también aquella noche en el corro, quien más expectación despertó. Se trataba de un físico de Sevilla, muy famoso ya, eso lo conocían bien Ponce y otros principales, pues lo era de los propios Reyes Católicos, que además le habían confiado a su hija mayor, Isabel, al casar con el infante Alfonso de Portugal, hijo del rey Juan II, y había viajado con ella para prestarle sus servicios durante un año. Unos servicios que cobraba caros, por

---

[10] Padre del luego fraile dominico fray Bartolomé de las Casas.

cierto, y que le habían hecho rico. Alguien se había ido de la lengua y había contado que entonces, allá por los tiempos del cerco de Granada, se le habían entregado a cuenta de su salario anual treinta mil maravedís para el viaje a Portugal, o sea, que era más aún el estipendio, y que ahora ese monto lo había aumentado el almirante a cincuenta mil anuales y hubo de regatear incluso, porque el médico pretendió cobrar además un día de sueldo de cada uno de los que embarcaban, pero ahí el genovés se cerró en banda.

Diego Álvarez Chanca, el doctor Chanca, había decidido unirse a la expedición por puro espíritu de aventura, conocer un mundo nuevo y anotar sus maravillas. Viajaba en la capitana con el almirante y Ponce, y en cuanto habían tocado tierra había querido bajar a ver aquellos parajes, pues le apasionaban las plantas. Siempre bien escoltado, en cuanto podía andaba acercándose a los bordes de la selva, recogiendo hojas, semillas y anotando en un cuadernillo que llevaba cuanto fuera de su interés, vegetal, animal o humano. De hecho, fue uno de los que empezó a notar, si no el primero, las diferencias que existían entre el pueblo taíno y el caribe. Al lado de la descripción de lo que había observado sobre este último, anotó a nada de llegar una palabra, pero añadió un interrogante.

Era un hombre abierto a las novedades, estudioso de las ciencias y un buen médico, de conversación animada y atento y amable con quienes requerían sus cuidados. El almirante el primero, pues no salía de un quebranto, amén de su creciente tortura a causa de la gota, sino para dar en otro, y ya había tenido que usar sus remedios nada más llegar para ser curado de una extraña dolencia que parecía gripe, de la que no acababa de sanarse y que le tuvo muy postrado, pero de la que logró recuperarle.[11] A otros los curó de toses, ardores, gripes y fiebres, y quien más y quien menos, y por lo que pudiera pasarles, todos procuraban estar con él a buenas y hacerle reverencia.

Había contado Chanca alguna cosa sobre la comida indígena

---

[11] Se ha especulado en que pudo ser «influenza suina», una gripe porcina que puede saltar a los humanos. En los barcos iban muchos marranos y el espacio era pequeño.

que había hecho reír a todos, pues había descubierto que en el menú de los naturales de la tierra entraban lagartos, culebras, insectos, gusanos y arañas, y que había visto cómo asaban una de estas que era casi como la palma de una mano, e iba la tertulia bastante alegre por la recuperación de los perdidos, pero el vino y la imprudencia del italiano estuvieron a punto de convertirla en pendencia.

En tono jocoso había principiado preguntando, como si de una requisitoria se tratara, qué era lo que a cada cual le había llevado a emprender tal aventura que empezaba a no salir como se esperaba. Juan Ponce de León contestó a la pregunta afirmando que a él le movía el ganar fama y gloria, y ensanchar los reinos de sus reyes era su objetivo y mayor sueño. Callaron, asintiendo, los demás. Preguntó luego el italiano por la fortuna y el oro y quien más quien menos, los unos con mayor claridad que otros, hubo quien asintió: los De las Casas, que eran comerciantes, no negaron su interés en ello, y los propios Niño y De la Cosa sonrieron ante la cuestión. Ojeda permaneció callado.

Fue tras esto y al ver que no se rompía la costra desconfiada de cierta evasiva cuando sacó a colación los escritos del almirante y muy seguramente sin malicia y sí por curiosidad y cierta ignorancia del sentir de los castellanos. El de Savona relató que le había sorprendido hasta qué punto el almirante, en cada uno de sus relatos, tanto en este que estaba componiendo ahora como en el que había hecho llegar a los reyes, amén de resaltar que a ellos se debía y que en tal deber, de posesionarse de tierras en su nombre e intentar acumular riquezas para llevarles su quinto, mencionaba de continuo con el mayor énfasis que antes de todo era la misión más sagrada, placentera y de la mayor nobleza el hacer a todos los indios cristianos.

Aunque, como añadió de inmediato, él era católico y cristiano muy firme y convencido, y que eso no lo pusiera nadie en duda por Dios Nuestro Señor y por la Virgen María, se sorprendía el italiano de que repitiera de continuo y hasta sin venir a cuento cuán mansos eran los indios y prestos a hacer la señal de la cruz y repetir las oraciones que les enseñaban estaban. El almirante no dejaba de decir y escribir que, si se comenzaba prestamente su cristianización, y a tal efecto venían ya en el viaje una docena de clérigos con tal misión, en nada se habrían convertido todos ellos a la religión y multiplicado el rebaño de Cristo por innumerables miles. No apostilló nada más sobre ello, pero fueron más bien su tono y alguna sonrisa jocosa añadida lo que ya comenzó a molestar a alguno, sobre todo cuando, sin escuchar el silencio que advertía de la incomodidad, vino a decir que a él le parecía que para eso ya estaban los clérigos, y que los demás a buen seguro más les gustaría aplicarse en otras placenteras prácticas.

Ante el cariz que veía empezaba a tomar el asunto, su valedor Ponce de León intentó retenerle la lengua:

—Oídme, don Michele, en lo de cristianar a estas gentes andamos todos y no solo los clérigos, y esa ha de ser una de nuestras primeras misiones aquí como lo ha sido en España con los abducidos por las doctrinas de Mahoma. Lo es mía y de todos nosotros. Y viendo lo que hacen estos caníbales, aún se hace más perentorio —concluyó con gesto serio pero cortés.

Pero Cuneo no supo captar el mensaje que le había enviado su amigo y prosiguió con su broma:

—Pues con estos caribes no me parece fácil tarea, y más bien pudiera que por querer convertirlos acabaran en su cazuela un fraile o dos —dijo soltando la risa, pero nadie lo acompañó.

Con lo que se encontró fue con que Ojeda se levantó con cuidadosa lentitud, y ya en pie del todo se le encaró mirándole y con la mano derecha en la empuñadura de su espada.

—Tened la lengua, señor Cuneo —le espetó silabeando despacio las palabras—. Honor y honra, fama y fortuna y servir a nuestros reyes, sí. A eso hemos venido, pero por encima de ellos está nuestro Dios de los cielos, su hijo Jesucristo y su madre la Virgen María. No se me alcanza qué encontráis de gracioso y motivo de risa en ese empeño nuestro de cristianar a estas pobres gentes que carecen de tal bendición. A fe mía que estáis al borde de faltarlos con vuestro menosprecio y os advierto que ello es faltarme a mí, señor.

Quien ahora enmudeció fue el italiano, pues conocía la fama del capitán. Se apresuró Ponce en templar gaitas y Juan de la Cosa en retener el ímpetu de su amigo. Al cabo balbuceó Cuneo unas palabras intentando cubrirse tras su amigo el almirante:

—No hacía más que describiros el mucho empeño de don Cristóbal, no veo que nadie haya de molestarse por ello —dijo, y con ello, que era intentar escapar de lo último dicho, aún empeoró más la situación.

—Pues molesta y mucho lo que vos habéis dicho. A mí, y estimo que a todos cuantos estamos aquí y que compartimos esa misión, pues vos cuestionáis nuestra sinceridad sobre ella.

Hubo un momento de tensión, un murmullo reprobatorio sobre el italiano de alguno más, los De las Casas entre ellos, pero por fortuna, sin levantarse, pero con su recia voz, intervino Juan de la Cosa:

—El capitán Ojeda lleva en lo que dice razón, pero estimo que vos no queríais decir de fondo tal cosa y quizás os ha fallado el no emplear del todo bien nuestra lengua y eso os ha llevado a confusión. Presumo que ha sido así, pero, señor Cuneo, tales cosas no deben mentarse ni por asomo ante un caballero castellano que ha vertido su sangre en lucha contra el infiel. No es justo y le hiere. Os ruego que os disculpéis —pidió.

El italiano vio por allí el cielo abierto y se apresuró a meterse por aquella ventana que le ofrecía la salvación:

—Disculpad, don Juan, disculpad, capitán Ojeda, disculpad todos, señores, para nada era mi intención ofenderos, y menos que a nadie ofendería yo a la Madonna. Menos que a nadie a la Madre de Dios, a nuestra Mamma. Nunca, jamás —dijo con voz tan sentida y emocionada que un soplo de simpatía recorrió a todos e incluso ablandó al duro Ojeda.

Al notar la reacción, el italiano, que ahora sí había logrado captar el sentir de aquellas gentes, dio otro segundo paso que ya le congració con todos secreteando algo que le había a su vez secreteado a él don Cristóbal:

—Habéis de saber, señores, que el almirante en sus escritos a doña Isabel y don Fernando, amén de comprometerse a hacer todo lo que en su mano esté para enseñarles a todos la fe y bautizarlos, ha aconsejado y pedido a sus majestades que no deben consentir que aquí venga ni haga pie ningún extranjero, y por tal no me tengo, sino como súbdito de sus altezas, salvo los que sean católicos cristianos, y nunca ni moros, ni herejes ni judíos ni cualquiera de pareja y mala condición, pues, y concurro en ello, este es el fin y comienzo de nuestro propósito, que no ha de ser otro que el crecimiento y gloria de la religión cristiana.

Eso ya gustó mucho más a la concurrencia y la tensión desapareció por completo. Quedaron todos satisfechos y Cuneo recuperó pronto para él, y para todos, la risa. Se dieron los últimos tientos al vino y marcharon casi todos a sus respectivas naos, excepto algunos que durmieron cerca de los fuegos.

Cuando, al fin, Michele da Cuneo llegó a su pequeño camarote en la capitana, al lado de donde reposaba Colón, y cuando ya nadie podía catarle la expresión en la cara, esta se le demudó un tanto y se le quedó muy seria y muy pensativo el gesto.

«Estos castellanos», pensó, «son de tener cuidado en según y qué cosas». Él era católico y, además, más cerca del papa que ellos estaba, pero aquellas gentes tenían en aquello un celo que no acababa él de entender del todo. Si había que cristianar a los indios se hacía, pero seguía sin parecerle a él que aquello fuera cosa suya ni de las gentes de armas ni de las del comercio. Y por aquel paraíso le parecía a él que empezaban a asomar algunas colas que olían a azufre.

Al clarear el alba del día siguiente la flota zarpó al completo rumbo a La Española, y de camino a ella Juan de la Cosa reconoció de inmediato la isla de Guadalupe, donde en el primer viaje habían tenido el primer encuentro con los caribes. El almirante, llegando a la cercanía de su costa, fuera por un viento que le aconsejó fondear o por seguir queriendo conocer todos los lugares y tomar de ellos posesión, amén de coger algunos indios y que le indicaran bien dónde se hallaba, hizo arriar un batel bien armado y enviarlo a la playa.

Los acompañaba uno de los dos indios que traían como lenguas, y que ya bautizado y vestido como un cristiano, amén de cargado con regalos, enviaron hacia los suyos. Cruzó la playa, entró por una senda a la espesura y no volvieron ya a verlo nunca. Tras mucho aguardarlo y llamarlo, comprendieron que no iba a regresar y que ya como intérprete solo les quedaba Diego, el joven de la isla de Guanahani aquerenciado a Colón.

Estaban para volver ellos al batel y bogar hacia el barco cuando cuatro mujeres y tres niños, todos ellos taínos, venían corriendo pidiéndoles que los llevaran con ellos y haciendo gestos de miedo hacia las selvas. Aceptaron a embarcarlas con sus hijos y, cuando ya remaban hacia la carabela, vieron que se les aproximaba una canoa india con cuatro guerreros caribes, una mujer de su raza y dos mozos cautivos, a los que acababan de castrar y aún sangraban por ello. Se habían topado de improviso con la flota y quedado tan asombrados y embebidos ante la escuadra que no se percataron de que tenían la barca encima. Intentaron escapar, pero viendo que eran alcanzados, echaron mano a los arcos y tanto los hombres como la mujer se defendieron con fiereza.

Contó luego Michele da Cuneo, que había desembarcado en el batel, que si no hubiera sido por los paveses y las defensas, hubieran matado a varios cristianos, y aun con las defensas a uno la flecha le atravesó la adarga y le entró más de tres dedos en el pecho, de lo que murió a los pocos días cuando ya estaban al llegar a La Española.

Apresaron finalmente a todos los indios caribes y sus dos cautivos; y a un caníbal, al que dieron por muerto, pues lo habían atravesado de una lanzada, lo tiraron al mar. Pero una vez en el agua, «revivió» y comenzó a nadar. Entonces le pescaron con un bichero, lo acercaron a la borda y le cortaron la cabeza con una segur. La caníbal guerrera era muy joven y hermosa y el almirante se la regaló a su amigo Cuneo, pues era él quien la había apresado. A las pocas noches no tuvo recato en contar su aventura con ella:

—Llevé a mi captura a mi camarote y, en llegada la noche, estando ella desnuda según es su costumbre, sentí deseos de holgar con ella. Quise cumplirlos, pero ella no lo consintió y me dio tal trato con sus uñas que hubiera preferido no haber comenzado nunca. —Brotó la carcajada de todos, hizo el italiano una pausa, pero guiñando pícaramente un ojo prosiguió—: Pero, y por contárselo, señores, del todo y hasta el final, al ver esto tomé una cuerda y le di de azotes, y ella echó tan grandes gritos que no han sentido nunca tales ni mis oídos ni los suyos, señores. Luego de ellos, sin embargo, llegamos a estar tan de acuerdo que puedo decirles que parecía haber sido criada en una escuela de putas.

La carcajada ahora fue aún mayor y la conversación ya giró a lo que siempre giraba, pues no había en toda la armada una sola mujer siquiera, excepto las indias recogidas, y los cuentos de quienes habían estado en el primer viaje y lo que algunos ya habían experimentado en este segundo, en los breves tiempos de que dispusieron mientras andaban buscando a Márquez, eran ya por todos sabidos. Que las indias gustaban de los blancos o al menos no ponían reparo alguno y se dejaban tomar, algunas sometidas, como lo estaban de los indios que las tenían cautivas, o por puro gusto, que también, y en el caso de la caníbal, tras probar los azotes.

Lo cierto y verdad es que a todos, y eran muchos, que no habían visto mujeres así de desnudas ni siquiera los casados a las suyas ni en las casas de la mancebía los que en alguna ocasión las habían frecuentado, el verlas andando así sin recato alguno y aún más cuando los miraban con sonrisas les hacía hervir la sangre, acelerarse los pulsos, y si estaban cerca, sentir su miembro endurecer.

El que más y el que menos ya contaba su peripecia y hasta el Trifoncillo, con sus trece o catorce años, se había estrenado o más bien le habían hecho estrenarse y casi a la vista de todos con una de las cautivas de los caribes, poco más que una niña, aunque era notorio que aquellas mujeres se desarrollaban mucho antes que en Castilla y se las veía allí ya con hijos siendo ellas poco más que niñas. Fue con un grupo de marineros en una de las descubiertas y aprovecharon el topar con un grupo de mujeres y sus hijos, que parecían haber quedado atrás mientras los demás habían huido. Les dieron comida y los hombres luego las tomaron a ellas, de grado y sin oponer resistencia alguna. A los de la tripulación de la Niña les pareció buena idea y cosa para el jolgorio hacerle aquel regalo al joven grumete. Él tampoco le hizo ascos, aunque estuvo mucho más cohibido de lo que parecía.

Se lo contó luego a su compinche, el hijo del patrón. Comenzó a hacerlo en tono de bravata, pero al cabo terminó casi en excusa:

—Cumplí lo mejor que pude, pero no le hice daño alguno. Conmigo estuvo mejor que con cualquiera de los otros y la traté lo mejor que pude.

Alonso Niño, por su parte, no hizo sino acuciarle a que le contara detalles de cómo se hacía y qué se sentía. Como todos, estaba deseando probarlo.

***

En esto al menos el cuento del paraíso parecía tener razón de ser, aunque lo de los caníbales no estaba en el relato y eso de que castraran a sus capturas para luego comérselas hacía que lo envergado disminuyera con el solo pensar que pudiera ser uno mismo al que le sucediera tal cosa.

Con todo lo acaecido hasta el momento, el desánimo, pues, ya había comenzado a cundir incluso antes de llegar a La Española y aproximarse a la desembocadura del río donde estaba el Fuerte Navidad, y una vez allí la zozobra se fue apoderando de todos ya con el hallazgo de los dos primeros cadáveres con los brazos atados a un madero. Cuando, al poco, Ojeda y De la Cosa volvieron de su descubierta y dijeron que los dos que ellos habían hallado eran sin duda castellanos, se desató en toda la flota una terrible desazón y quedó el almirante en extremo preocupado por la suerte de los españoles que habían quedado allí.

Al principio se negaba a aceptar que pudiera haber ocurrido tal catástrofe. Era algo que en absoluto esperaba. Había dejado allí a treinta y ocho hombres, bien fortificados, pertrechados y armados al mando, como su capitán, de Diego de Arana, cordobés y alguacil mayor en la armada, que le era alguien muy cercano. Aunque esto se ocultara a muchos, no por eso dejaba de ser sabido, aunque del parentesco no hablaba el almirante ni tampoco hacían referencia alguna a sus más allegados. Este Diego de Arana era primo hermano de Beatriz Henríquez de Arana, quien fue largo tiempo su amante, aunque no casara con ella, y madre de su hijo pequeño Hernando, reconocido como tal y como tal criado. Más allá de reconocimientos escritos, Beatriz, huérfana que había sido acogida en la casa de sus padres, al capitán Arana le tenía en mucha estima.

Colón lo había llevado con él en la Santa María y le había dado el mando como primer capitán en las nuevas tierras. Queriendo prevenir cualquier contingencia, había designado como sustitutos, si él moría, primero a Pedro Gutiérrez, repostero del rey, y si a este le acaeciera también una desgracia, a Rodrigo de Escobedo, segoviano, sobrino del confesor de la reina Isabel.

A quienes iban a acompañarlos en el fuerte los había elegido, entre los muchos voluntarios que se presentaron alegres para quedarse, a los que vio de mejor disposición y fuerzas. Incluyó entre ellos un cirujano, el maestre Juan, para cuidar sus achaques y heridas, además de un carpintero de ribera y un calafate, un tonelero y un sastre para cubrir oficios necesarios, y por demás un lombardero para que tuviese aprestada la artillería por lo que pudiese acaecer. El resto fueron marineros, de los mejores, en su mayoría de la naufragada nao capitana. Quedaron bien surtidos de comida para un año, amén de la que los nativos les aportarían, de bizcocho y de vino y de semillas para sembrar. Se les habían dejado también todas las mercaderías y rescates para trocarlas por oro y hacer buen acopio de él, y se quedaron también con la barca de la nave naufragada para que pudieran pescar o alcanzar algún lugar que les conviniera por el mar.

No habían quedado entre enemigos, ni entre indios belicosos, pues estaban rodeados por las tierras y las gentes de un cacique amigo y deseoso de agradarles en todo, que incluso había enviado a un mancebo allegado suyo a España. A la llegada los habían recibido con júbilo, agasajado con todo lo que tenían y estaban alegres de que se quedaran con ellos. Eran en tan extremo pacíficos que no tenían, más allá de aquellas varas, con puntas de hueso o dientes de pez, arma alguna con que pudieran ofender a los castellanos.

Y aún más, justo antes de partir y tras invitar al rey indígena, que había amigado en extremo con el almirante, había don Cristóbal ordenado un alarde. Hizo disparar lombardas y espingardas, haciendo que muchos indios se tiraran asustados a tierra, y culminó con un desfile de todo el contingente español con sus corazas, espadas, picas, ballestas y arcos que causó tanta admiración como temor. En el Fuerte Navidad quedaron tanto las lombardas como todo el armamento que iba en la Santa María.

Colón, los Niño, Juan de la Cosa y todos cuantos habían estado allí la vez anterior se resistían a creer, por todo lo anterior, y aunque las señales no podían ser peores, que algo siniestro hubiera podido ocurrirles; y era el piloto de Santoña quien más se había aferrado a la esperanza, pues entre los que habían quedado estaban muchas gentes a las que conocía por demás al ser marineros de su vieja Mariagalante y él fue, muchos años, su patrón. Para mayor tristeza, además, al regreso de su descubierta le dijeron que aquel marinero vizcaíno y paisano suyo, al que los caribes habían herido de flecha en Guadalupe, había terminado por fallecer de su herida. El doctor Chanca nada pudo hacer por él.

—La punta de la flecha le pasó bien dentro, desgarrándole la tela de los pulmones. Si una herida ahí suelta sangre con burbujas, no hay remedio —le confesó a De la Cosa.

A la mañana siguiente, ya sin demora alguna, dio el almirante la orden a toda la flota de seguirle y se dirigió directamente hacia la desembocadura del río donde se encontraba el fuerte. Entró un poco en sus aguas, escoltado por algunas carabelas, mientras el grueso quedó a la entrada en alerta y atentos a lo que pudiera pasar. Nadie podía haber imaginado que la llegada a su destino iba a estar tan preñada de tristeza y malos presagios.

No fueron pocos los capitanes de las naves que esbozaron un gesto de desaliento al recordar que, a la salida de La Gomera, antes de adentrarse en el océano, el almirante había entregado a cada uno de los barcos un pliego, cerrado y sellado, con la orden de no ser abierto a no ser que el viento o alguna tormenta los separase de flota, donde se señalaba la ruta para llegar hasta allí.

No hubo necesidad de abrir ninguno, pues todos habían llegado juntos, pero, una vez arribados, no era para nada aquello lo que habían esperado encontrar: ni rastro de españoles, pero, y esto era aún peor, de indios tampoco. Al ir navegando hacia el fuerte pasaron a la vista de la escollera donde se había perdido la Santa María, pero no era aquello lo que llenaba al piloto de la mayor preocupación, sino el hecho de no ver indio alguno en las playas ni traza de canoa ni señal alguna de ellas:

—Cuando aquí llegamos el pasado año este mar estaba lleno de canoas de todos los tamaños, hasta más de cien de ellas llegó a haber en torno a nosotros; había en el agua y por todos lados a donde se dirigiera la vista gentes saludándonos y trayéndonos regalos, comida y queriendo cambiar cosas. Gritando todos alegres que nos detuviéramos y bajáramos a tierra, pues quería recibirnos su rey Guacanagarí. Él y todas sus gentes y otras por la costa que hemos pasado, como aquel pueblo en el que pusimos ayudados por ellos una cruz, no hicieron más que agasajarnos y compartir todo cuanto tenían. No me gusta nada esto, Alonso. Ahora no se deja ver ninguno. Es la peor señal. Algo muy grave ha pasado.

Juan de la Cosa le había relatado a Ojeda su llegada hasta allí con gran detalle. Que primero el cacique, que era uno de los cinco reyes de aquella gran isla, envió mensajeros con obsequios varios, entre ellos papagayos de aquellos de tan hermosos colores y un hermoso cinto que parecía de pedrería, pero estaba hecho con conchas y huesos menudos de pescados y tejido con algodón, y que tenía como pieza principal una carátula cuyas orejas, boca y nariz estaban hechas de oro, y los invitaron a bajar. Fueron primero a su poblado seis por delante, con Juan Niño en cabeza, y volvieron cargados de comida y regalos y seguidos por innumerables indios que les traían a cuestas todo lo que les habían trocado o regalado, y hasta los pasaron por un lugar lodoso para que no se mancharan.

Que se produjo luego el encuentro entre Guacanagarí y el almirante y entonces el agasajo fue aún mayor, y don Cristóbal le obsequió a él con un bonete, una camisa y unos guantes, que ahí en adelante siempre se pondría el cacique con el mayor gusto. Fueron ya los españoles todos, menos unos pocos que se quedaron al cuidado de la Santa María y de la Niña, hasta su poblado, que resultó ser el más grande que hubieran visto, con muchos cientos de hermosas casas, algunas muy amplias, y todas muy barridas y limpias, y en la plaza para recibirlos no había menos de dos mil indios. Que todo se lo ofrecían y se lo daban y que se iban gozosos con cualquier cosa que se les diera a ellos. Que cuando acabó la visita y Colón dio la orden de regresar todos, al igual que su rey, les porfiaban que no se marcharan y que volvieran cuanto antes y los acompañaron hasta el mar. Oro apenas si les dieron, pues no lo tenían, pero con lo poco que ya sabían traducir los indios que llevaban con ellos alcanzaron a saber que en un lugar de aquella isla, que nombraron como Cibao, lo había en gran cantidad, pero su cacique era muy fiero. Les señalaron también una isla cercana, a la que pusieron por nombre Tortuga, y fueron a ver si allí encontraban oro, pero nada hallaron y se volvieron justo antes de la Nochebuena, que fue cuando acaeció la desgracia de la Santa María.

Ello se lo había relatado el piloto a su amigo Ojeda con gran pesar, pero sin detenerse mucho en la causa de que fueran contra la escollera. Tan solo que estaba muy calmada la noche cuando se retiraron a descansar y quedó un grumete de guardia, pero se levantó un repentino mal aire y peor mar, y el mal aire hizo varar la nave sin que hubiera forma de socorrerla a pesar de los esfuerzos. De la Cosa prefería relatar lo que habían ayudado los naturales de la tierra a salvar todo lo que la Santa María llevaba dentro:

—Fueron entonces los indios, con innumerables canoas, quienes vinieron a nosotros para ayudar a salvar todo cuanto había en la nao y se afanaron desde la noche a la mañana hasta que todo se recogió y se llevó a tierra, y ellos lo custodiaron con gran celo, más que si de ellos fuera. Vino su propio rey muy apenado de nuestra desgracia, e hizo todo lo que pudo por mitigarla trayendo a sus hombres más fuertes, y algunos vi que llevaban arco y flechas.

En la Niña, desaparecida la Pinta y perdida la Santa María, no podían regresar todos, y Colón comenzó a preparar la vuelta a España dejando a los que no cupieran esperando su vuelta en el lugar que le pareció el más propicio y seguro, y se inició entonces un continuo intercambio de visitas y un trasiego inintermitente hasta el gran poblado y se entró en un frenesí de trueques y rescates obteniendo los españoles mucho por casi nada, aunque muy poco de lo que más buscaban, el oro. Lo que más apreciaban conseguir los indios eran cascabeles, y un indio y sus amigos, viendo lo que ansiaban los otros, trajeron envuelta en unas hojas una cantidad de oro que superaba los veinticinco castellanos y lo ofrecieron a cambio de un cascabel. Nada más dárselo, salieron todos corriendo con él, no se fuera a arrepentir del trueque el castellano.

El cacique y sus gentes recibieron con mucha alegría la noticia de que, aunque el almirante partía para informar a sus reyes, allí se quedarían bastantes españoles y luego Colón regresaría con muchas más gentes para establecerse allí con ellos. Al decirles que para poder quedarse habría de levantarse una empalizada y construir casa donde pudieran aposentarse, se pusieron todos a ayudarle a hacerlo, con tal entusiasmo que en diez días estaba todo ya bien compuesto y aderezado.

Colón recuperó con ello parte de su ánimo y algo más de alegría cuando el rey, en una recepción final, amén de las muchas verduras y frutas que tenían en las huertas y árboles junto a sus casas, pescados del mar, pájaros y algodón, le dio nuevas piezas de oro que había logrado recolectar, una nueva carátula y un collar que le puso él mismo al cuello. Guacanagarí volvió a hablarle además de Cibao, que el almirante quiso entender que no podía ser sino Cipango, lo que le congratuló aún más, aunque el cacique taíno siguió previniéndole de su poderoso y feroz jefe que tanto lo asustaba.

La despedida había concluido con el alarde militar que acabó de impresionarlos, pues al almirante le entró la mayor de las prisas en volver a España. Máxime cuando le llegó noticia traída por un indio de que se había visto una nao en una costa cercana, que él entendió que no podía ser sino la Pinta. Envió a buscarla, pero no volvieron a avistarla, y don Cristóbal quiso ya zarpar de inmediato.

Pero antes de hacerlo, y esto lo recordaban muy bien Juan de la Cosa y Juan Niño, los había reunido a todos y había dado unas instrucciones muy severas y de obligado cumplir a quienes se quedaban. Lo primero, que tuvieran siempre presente a Dios y las mercedes concedidas por Él. Lo segundo, que obedeciesen al capitán que les dejaba como si fuera él. Lo tercero, que reverenciaran mucho al rey Guacanagarí y que huyesen como de la muerte de darle molestia alguna. Lo cuarto, que ni a indio ni india alguna hicieran agravio, que no les tomasen cosas contra su voluntad y sobre todo que huyesen de hacer violencia o injuria alguna a las mujeres. Lo quinto, que no se separasen ni se marchasen tierra adentro, sino que esperaran todos juntos a que él volviese. Lo sexto, que supieran aguantar su soledad y destierro, que ellos mismos voluntariamente habían elegido. Lo séptimo, que cuando pudieran y con indios en canoas se llegaran al lugar donde les decían haber minas de oro y buscasen por la costa un buen lugar donde fundar una villa, pues no le parecía bueno para ello aquel lugar donde estaban, y que mientras rescataran todo aquel oro que pudieran con los trueques. Y lo octavo y final, que él les diría a los reyes de su sacrificio y labores y obtendría para ellos por tanto mercedes y galardones de sus majestades. Ellos lo juraron hacer y al siguiente día marcharon el resto a bordo todos de la Niña.

Al estar ahora de nuevo en el lugar de donde habían partido hacía diez meses, a Juan de la Cosa le pesaban de alguna forma todas las ausencias. Al ver aquella costa vacía, desierta de canoas y gentes que agitaban sus manos y gritaban despedidas y deseos de que retornaran, por alguna extraña razón recordaba al mayor de los Pinzón, ya fallecido, y luego le iban viniendo a la memoria las caras de otros que también faltaban y las de algunos que habían de estar allí esperándolos y que no estaban. El silbar del viento y el sonido de las olas en el casco parecían contener notas de desolación y tristeza que hacían callar a la marinería. Los peores presagios se apoderaron de todos ellos.

Más aún cuando, ya en el crepúsculo, oyeron el trueno de las lombardas que el almirante, desde la capitana, había ordenado disparar y que muy claramente debían oírse en el Fuerte Navidad. Tras la salva toda la flota esperó ansiosamente, con la respiración contenida, la respuesta. Pero solo hubo silencio y el retorno al poco de los sonidos de los pájaros de las selvas cercanas que se recuperaban tras el sobresalto sufrido. Los diecisiete barcos quedaron fondeados a la entrada de la bocana y la noche comenzó rápidamente a caer con un barrunto compartido de que el sol alumbraría un día de muerte y destrucción.

Seguía sin haber tampoco presencia alguna de indios. Poco antes de que la luz cayera por completo, se divisó una canoa que salió de la punta y pareció dirigirse a las naves, pero dio luego la vuelta y a poco dejó de vérsela, confundida con la oscuridad de la costa.

Fue ya muy entrada la noche, cinco horas después de aquello, cuando unas voces sobresaltaron a los que hacían las guardias. La canoa había vuelto y se acercaba precedida de los gritos de los que venían en ella. Los indios lenguas salieron a la cubierta de la capitana y les respondieron. Venían con el encargo del cacique de ver al almirante y solo subirían a la nao si comprobaban que él estaba a bordo. Uno de los emisarios, que decía ser primo del rey Guacanagarí, lo conocía. Se asomó Colón por la borda y hubo que arrimarle un fanal a la cara para que pudieran vérsela, y subieron entonces el pariente del cacique y otro notable. Traían presentes de bienvenida, dos de aquellas carátulas con algunas piezas en oro, una para don Cristóbal y otra para el otro capitán que les había visitado, Juan Niño, cuya presencia se requirió.

La plática se prolongó, con la ayuda de Diego y otro lengua, durante una hora. El primo del cacique les relató que el temible Caonabo, señor de Cibao, junto con otro rey vecino, los habían atacado y hecho huir, que Guacanagarí estaba herido y que habían abandonado el gran pueblo donde vivían para escapar de ellos. Que les habían matado a mucha gente y robado muchas mujeres, algunas del propio rey, a quien le quitaron dos. Que por todo eso el rey no había podido venir a recibirlos y los suyos estaban escondidos.

De quienes se resistían a hablar era de los españoles que habían quedado allí. El almirante les preguntaba de continuo y ellos se hurtaban con evasivas. Al final, el indio principal respondió que la mayoría estaban bien, pero que algunos habían muerto de enfermedad y otros se habían ido a otras tierras, pues había habido muchas peleas entre ellos. Que todos habían cogido muchas mujeres, hasta tener cuatro o cinco cada uno y no conformarse siquiera. Pero insistió en asegurar, apoyado por el otro notable, que la mayoría estaban buenos. Ello consoló y esperanzó a algunos, más bien por ser su deseo y por querer creérselo que por certeza de que así fuera.

Juan Niño no era de esos crédulos.

—Para mí que están todos muertos —dijo secamente al regresar al barco—. Si no, hubieran dado alguna señal de vida. Es por ello por lo que los indios se esconden y nos huyen. De estar vivos habrían respondido a la lombarda y venido a nosotros. No hay que hacerse ilusiones. Son vanas.

Acertaba el mayor de los Niño y lo aceptó sin replicar Juan de la Cosa. De hecho, en la capitana ya se sabía que eso era lo más seguro, pues tras la conversación con el almirante los indios subidos a bordo se quedaron a comer y dormir en el barco, les dieron vino para soltarles la lengua, y acabaron por revelar a los indios cristianos que todos los españoles habían muerto. Aun con ello, hubo algunos que se resistieron a creerlo.

Por la mañana, muy pronto, los emisarios partieron bogando con ciertas dificultades por los efectos de la borrachera, asegurando con gritos al almirante que Guacanagarí vendría a visitarle en cuanto pudiera valerse tras sus heridas.

Colón no estaba dispuesto a esperarle, y al poco envió un grupo, bien armado y con un lengua, que fuera en descubierta hasta el poblado. Lo hallaron desierto, y solo alcanzaron a vislumbrar a algunos taínos que se metían a esconderse en las selvas. Vieron también, aunque a cierta distancia, que el fuerte aparecía también abandonado y destruida parte de su empalizada. Cumplieron la orden que tenían de no adentrarse en él y retornaron a la flota, pero antes consiguieron capturar, con el señuelo de los cascabeles, a un par de indios de los que aún merodeaban por los alrededores. Estos les dijeron lo mismo que los enviados del cacique, ayudados por el vino, habían terminado por decirle a Diego, el criado de Colón, que allí no quedaba un cristiano vivo.

Con todas esas malas nuevas, el almirante, al tiempo que aguardó por ver si asomaba el cacique como había prometido, que no lo haría, preparó el desembarco para el amanecer siguiente. La flota al completo avanzó aguas arriba, y en cuanto se pudo desembarcó al mando de Ojeda y de Ponce de León una potente fuerza armada que se desplegó por el pueblo y entró en lo que quedaba de la fortaleza española. Las casas estaban quemadas, desparramado todo por los suelos, y se notaba que ya abandonadas desde hacía tiempo. El Fuerte Navidad había sido incendiado, tanto las empalizadas como las casas, y sometido a un completo saqueo. Por el suelo solo había restos de cajas destrozadas y algunos jirones de ropas castellanas. Pero en aquella primera prospección no encontraron cadáver alguno.

Con algunos bateles, el almirante, escoltado por Ojeda, subió río arriba intentando dar con otros poblados y coger prisioneros indios que los pudieran informar, pero estos salieron a escape en cuanto los divisaron y no pudieron capturar a ninguno. En una choza, sin embargo, hallaron alguna prenda de los cristianos.

—Yo no conozco a ese cacique indio que tanto mentáis y tan pacífico decís que era, pero para mí que todo es patraña, y aguarde, señor almirante, que no hayan sido ellos mismos quienes han atacado a los nuestros —se malició el Ojeda, quien además manifestó preocupado—: Y no ha quedado arma alguna de los nuestros, ni espada, ni rodela, ni puñal, ni lanza, ni espingarda. Se las han llevado todas.

Lo último preocupó bastante, pero no era cuestión ahora de pensar en ello. Las armas de pólvora no creían que pudieran usarlas, pero tal vez sí algunos aceros. El almirante sí le replicó a lo primero:

—Diría, Alonso, lo mismo que vos si no lo conociera. No le veo capaz ni a él ni a estos indios de haber hecho tal. Y aunque hubieran tenido intención de hacerlo, les faltaba el coraje de irlos a combatir. Además, es visible que su poblado y ellos andan derrotados y algunos hemos hallado heridos de las armas que los indios tienen y no de las nuestras —replicó don Cristóbal.

—Pues yo me quedo en un sí que es un no y un no que es un sí —terció el mayor de los Niño, que venía también en la partida, con su particular son al hablar—. Para mí que hay verdad y mentira en todo. Que han sufrido ataque estos indios de otros, es que sí. Que defendieron a los nuestros de ese ataque, como nos dijo el primo del cacique, eso ya lo dudo mucho. Y que si Guacanagarí se oculta es porque nos miente y teme que sepamos la verdad.

Antes de descubrirla del todo, con lo que sí dieron finalmente fue con los muertos, aunque no con todos. El almirante ordenó revisar a fondo el fuerte, y limpiaron el pozo donde Colón había ordenado guardar el oro sin encontrar nada, pero entonces el grumete Trifoncejo observó, junto a algunos marineros, que en algunos lugares la tierra, aunque cubierta ya de hierba, parecía haber sido removida no hacía mucho. Vinieron con picos y azadones y no tardaron en dar con los restos de hasta ocho cuerpos en total, ya en muy mal estado de putrefacción, pero que a todas luces, pues aún conservaban alguna ropa, eran cristianos. Se ordenó revisar entonces los alrededores de la empalizada y buscando y rebuscando se dio con tres cadáveres más, once pues en total, que con los cuatro encontrados muertos en las aguas hacían una suma de quince. Pero ¿dónde estaban los veinticuatro restantes?

—Pues muertos también o prisioneros, o en el buche de algún caribe tras haberlos asado —sentenció Juan Niño.

Quien seguía sin dar síntomas de aparecer era el cacique. Enviaba a uno y a otro, y al cabo a un hermano suyo, al que conocía el almirante. Y fue este ya quien empezó a contar alguna verdad de lo que podía haber acaecido y que el asunto comenzara a tener algún sentido: cómo era posible que treinta y ocho hombres bien armados y pertrechados pudieran haber sido aniquilados estando en medio de quienes anteriormente no habían hecho sino agasajarlos y complacerlos, y que eran inofensivos tanto por armas como por talante.

Lo que empezó a saberse por el hermano del rey y lo que iban consiguiendo saber los lenguas de algunos otros indios que se asomaban por entre las casas abandonadas era que, a poco de irse Colón, con la carabela, comenzaron las disputas entre los cristianos. Que el alguacil Arana se manifestó incapaz de imponer su autoridad a los revoltosos; que cada cual fue a lo suyo y todos a las hembras; que se dieron a holgar con ellas, sin escuchar a nadie que pretendiera impedírselo. Cogían a quienes querían, y lo que fue o pudo ser de comienzo consentido, se convirtió en violencia y abuso. Con ello surgió y crecía como la llama el desagrado y enfado de los hombres, fueran estos padres, maridos o hermanos.

En cuanto al oro, había sucedido tres cuartas partes de lo mismo: que cada uno buscaba y hacía acopio del suyo sin considerar entrarlo al común de todos. No tardaron en estallar las pendencias y la más grave concluyó en la muerte de un cristiano, un tal Jacomé. Pero fue aún peor por quienes le dieron muerte, que no fueron otros que los que Colón había dejado como segundos de Arana, Pedro Gutiérrez y Rodrigo de Escobedo, quienes, amén del homicidio, se rebelaron contra su capitán y seguidos de otros nueve que habían hecho partida con ellos decidieron marchar hacia las tierras de Cibao, que era de donde partían aquellos ríos llenos de oro. Cada uno con una recua de mujeres, hasta cuatro por barba, y tomando además por los poblados las que les apetecía.

En el Fuerte Navidad no fue tampoco a mejor la cosa. Bajo la disciplina de Arana en la fortaleza tan solo se mantuvieron diez hombres, mientras que el resto decidió por su cuenta irse al poblado y a casas donde eran bien servidos de mujeres y no tenían nada que hacer, sino comer lo que se hacían traer, rescatar oro y holgar con ellas.

Fue en Cibao, donde gobernaba Caonabo, donde se inició la tragedia. Este cacique no era de la etnia taína, sino un descendiente de caribes que tras arribar a aquella parte de la isla había tomado el poder de todo el territorio y puesto bajo su mando a sus gentes. Tenía algunos de su raza con él, pero también había adiestrado a los taínos para la guerra y disponían de mejores varas y propulsores para enviarlas más lejos y con mayor tino, amén de arcos y flechas. Pero, sobre todo, eran capaces de combatir con furia e imponer su número. Los relatos de todos coincidían en que Caonabo, enterado de la presencia de los cristianos en su territorio y que estos andaban descuidados y crédulos de que no tenían que temer de ellos, los hizo presa fácil de sus gentes. Los cazaron uno a uno, pues se habían también desperdigado, y no dejaron ninguno vivo. Sobre lo de comérselos había relatos diferentes, pero alguno sí debió acabar en el caldero.

Una vez concluida la limpieza de su territorio, Caonabo decidió ir a por los que quedaban y ajustar de paso cuentas con Guacanagarí. Lo hizo acompañado de otro cacique poderoso con quien tenía alianza, y juntos se lanzaron contra el fuerte, en noche cerrada y prendiéndole fuego por los cuatro costados. Los españoles, que dormían sin cuidado ni vela alguna, no supieron casi ni de dónde les vino la muerte entre las llamas.

Después los de Caonabo se lanzaron contra el poblado, desparramándose por él y saqueándolo, llevándose cuanto quisieron y sobre todo mujeres. Allí mataron también a otro puñado de españoles que vivían allí y en algunos enclaves vecinos a los que también asaltaron. Algunos de ellos sí parece que consiguieron escapar e intentaron alcanzar la costa, pero Caonabo no les dio respiro y envió a sus hombres tras ellos. Capturaron a algunos y los mataron, como los dos que encontraron atados a los maderos, y otros perecieron ahogados en el río y fueron arrastrados hacia el mar por la corriente, como el otro par que hallaron en las escolleras.

Aquello había sucedido hacía ya más de una luna, y tras no haber aparecido después superviviente alguno, con toda razón habría de suponerse que todos los treinta y ocho habían perecido. No hubo manera de sacarles tampoco quiénes y por qué habían enterrado a los once muertos en el fuerte, ni tampoco dieron razón sobre las armas, solo que los de Caonabo se habían llevado todo.

Ojeda volvió a dolerse por ello y por el poco interés que veía en los demás:

—El que nos hayan cogido nuestras armas y defensas debiera preocuparnos.

—No creo que mucho, Alonso —le tranquilizó De la Cosa—. Se las habrán llevado como trofeo, pero no les será fácil manejarlas. Pero habría que hacer, desde luego, por recuperarlas.

Quedaba por saber en qué concluía el cuento de Guacanagarí, que seguía sin asomarse, enviando emisarios con diferentes versiones y manifestando que sus heridas, causadas al defender a los españoles, le tenían postrado. Cansado ya el almirante de sus excusas, optó por ser él quien fuera a su encuentro y con nutrida tropa. Para ello hizo desembarcar algunos caballos, entre ellos el de Ojeda, que llenaron de miedo y estupor a todos cuantos los contemplaron, y se puso en marcha con su hueste hacia el nuevo poblado donde se había instalado el cacique, haciéndose acompañar además por su médico personal.

Al saber que venía, Guacanagarí, conocedor de las debilidades de su visitante, optó por la única política que podía servirle. Hizo acopiar todos los adornos, pepitas y láminas de oro que pudo, y aderezado con los consabidos papagayos y cintos tejidos, se los obsequió mientras gimoteaba por no haber podido salvar a los españoles aun a pesar de perder muchos de sus hombres, ver robadas varias de sus mujeres y acabar él mismo, como podía verse, malherido. Todo esto mientras hacía gestos de mucho dolor y se señalaba uno de los muslos, que tenía vendado, diciendo que ni levantarse podía.

El oro ablandó un tanto a Colón, pero aun con ello intentó extraerle alguna verdad de la boca. Repitió este, y de ello ya no tenían duda, la total dejación y dispersión de los que quedaron en el fuerte, y asimismo cómo se entregaron a todo aquello que el almirante les había advertido que no debían bajo ningún concepto, principiando por el abuso de las mujeres. Aquella parte se dio por buena, desde luego, y habían encontrado fehacientes pruebas, pero de su herida y haber presentado combate quedaban todas las dudas.

De ello se reía luego con picardía Ojeda mientras lo contaba en un corro al regreso:

—Llegó el zurugiano, o sea, nuestro buen Chanca, donde reposaba muy doliente el cacique, y le palpó la pierna donde decía que tenía la herida. Se quejó este mucho y, haciendo la del raposo, no quería levantarse y se hacía casi el muerto. Tuvo don Cristóbal que decirle que el físico que traía con él era un gran sanador y que lo curaría de sus males. Así que hizo que lo izaran de su lecho y lo sacaran fuera, cosa que hizo apoyado en el propio almirante, y ya a la luz del día se le comenzó a desvendar la pierna. Al concluir, no había en ella señal de herida alguna. Como mucho parecía haber un resto de un pequeño moratón, de un golpe o tal vez una pedrada. Vamos, que recio el combate no había sido.

—¿Y qué dijo Chanca?

—Pues se miró con Colón, se sonrió por lo bajo y le oí musitar algo así como «hace brotar más sangre alguno de estos mosquitos que la herida que dicen haberle hecho», y luego con gesto de cierta guasa se separó del lecho del doliente —contestó Ojeda.

—Pero seguro que Colón —punteó el piloto cántabro, que no había formado parte del escuadrón—, aun viendo su mentira, no le dio castigo alguno, habiendo recibido tan buenos regalos.

Se rio la compañía y acabó por concluir el cuento Juan Niño:

—Hubo discusión, sin embargo. Mosén Buill, que comanda la docena de clérigos venidos con la flota, se encendió pidiendo severa pena para el cacique y clamando venganza por los cristianos muertos a manos de aquellos terribles paganos. No transigió en ello el almirante y dio buenas y cumplidas razones. Dijo, y manifiesto mi acuerdo en ello, que solo serviría para añadir males y enemigos tomar represalia y ajusticiar al que era amigo ahora que sabíamos que también allí en La Española había caribes y jefes dispuestos a combatirnos. Y que, en todo caso, Guacanagarí no había sido el culpable principal, sino los españoles que allí quedaron y que incumplieron todas y cada una de las órdenes y consejos que el almirante les dejó y ellos, en presencia mía y vuestra, acataron. Una cosa es que a don Cristóbal le guste mucho el oro y otra que sea tonto.

En eso asintió Ojeda y aceptó al final también De la Cosa teniéndolo por muy en razón, que no quería negar al almirante cuando la llevaba, y en esta ocasión la llevaba al completo. El grumete Trinfoncillo, que, según su costumbre, acurrucado e inmóvil, no se había perdido detalle de la charla de sus capitanes, sonrió y asintió con la cabeza como si él hubiera participado también en el cónclave. El arrierillo de Atienza, metido a marinero, le tenía más que ley, devoción, a don Cristóbal Colón. Por quién era, por lo que había descubierto y porque, cuando había tropezado alguna vez con él, se había dignado a mirarle y en una ocasión le sonrió incluso al verlo tan chico.

Todo allí había concluido y lo sensato era marchar de aquel lugar maldito donde primero se perdió la Santa María y ahora todas aquellas vidas. El Fuerte Navidad, el primer asentamiento español en aquel nuevo mundo, ya no existía. Habían perecido todos y cada uno de quienes lo habitaron. En el paraíso se había abierto la boca del infierno.

LIBRO II

LA ISABELA

3

EL AVISO DE CUNEO

—No tienen peor enemigo los españoles que ellos mismos. He visto disputar entre sí a gentes de muchas razas y países. De insidias y malos quereres sabemos mucho los italianos, y más aún los genoveses, pero nunca vi cosa igual a la de estos castellanos. Pasan de la amistad al encono por un mal gesto. Y por una palabra se matan. No hace apenas unas jornadas contemplaron lo acaecido en el Fuerte Navidad y la catástrofe y la horrible muerte a la que los llevaron aquellas peleas, y no se ha alcanzado a comenzar casi a levantar esta nueva villa que hemos dado en llamar La Isabela en honor a la reina doña Isabel y ya están a la greña la mitad contra la mitad, y cada una de las mitades está encima dividida en otras cuatro.

Quien así hablaba era Michele da Cuneo, y a quien así se dirigía era a su compatriota el almirante. Estaban a solas. Don Cristóbal llevaba cerca de dos meses enfermo y recluido, y su amigo y paisano era uno de los pocos, fuera de su hermano pequeño Diego Colón y algunos de los más cercanos en el mando, que tenía entrada franca para poderlo ver y mantener con él algunos momentos de intimidad y confidencia. Cuneo, por más que a algunos les pareciera un aprovechado chisgarabís al que no quedaba más remedio que soportar por su cercanía al jefe, tenía buen ojo y aún mejor perspicacia para saber calar en lo que veía, y era por ello muy útil y de provecho para Colón, que valoraba en lo que valía aquella condición suya. El menosprecio que le tenían los demás y su fama de poco seso y exceso de lengua le venía a él muy bien, pues tendían a confiarse y ser a la postre ellos los que hablaban de más.

—Yo ya soy castellano, Michele, no debías faltarnos así —contestó el almirante esbozando al tiempo una sonrisa de asentimiento y complicidad—. ¿Y qué me decís de los catalanes, Michele?

—¡Ahí me habéis dado, *signore*! —Y estalló su interlocutor en una risa espontánea—. Si lo decís por la tropa de curas catalanes encabezados por mosén Buill que habrían de ser ejemplo para la expedición, os diré que unen a los vicios de los anteriores otros muchos y peores. El derroche, sin embargo, no será jamás uno de ellos, pero sí la avaricia y el acaparar lo poco que haya sin importarles el hambre de los demás.

Lo decía el italiano porque era cosa que había corrido por todas las gentes de La Isabela que el padre Buill había exigido que tanto para él como para sus doce curas la ración incluyera un huevo diario, cuando para el resto y según el racionamiento impuesto por el almirante, ante la creciente falta de bastimentos, tocaban a uno por cada seis. Al decirle el almirante que debía conformarse con lo de los demás, inició tal campaña contra él, incluida la amenaza de excomunión, que don Cristóbal al final hubo de ceder, y los únicos que en la hambruna aún tenían un huevo por barba eran los curas catalanes y su jefe mosén Buill.

Con semblante ahora serio, el de Savona le dijo al almirante:

—Ten cuidado, Cristóbal, los curas y muchos otros de los que tienes a tu alrededor están conspirando contra ti. En cuanto tengan la oportunidad te traicionarán. No te fíes de ellos y no des muestras de debilidad. Con el mosén ya la has dado y cara te saldrá.

—Pronto cambiará la suerte, ya verás. Esta es una tierra de promisión y a mi lado te irá muy bien. Los reyes me han nombrado almirante y virrey de todos estos territorios y no solo a mí, sino a toda mi descendencia. Te daré la gobernación de la isla que desees tener.

Sabía Michele de aquello a lo que se refería el almirante, a las capitulaciones de los reyes con él refrendadas luego del éxito de su primer viaje y que él conservaba como el inmenso tesoro que eran, pues en el documento se le daba no solo la exclusiva de descubrir, conquistar y poblar todo a lo que alcanzara en sus viajes, sino de ejercer sobre ello su máxima y total autoridad, militar, civil y judicial tan solo por debajo de los propios reyes.

Las capitulaciones confirmaban, con toda claridad, su almirantazgo, virreinato y gobernación perpetua, amén de una parte, al estilo del quinto real, en todas las ganancias que se obtuvieran. Concluían en que después de él serían para su hijo, y así de sucesor en sucesor y para siempre jamás los Colón serían «nuestro almirante de la Mar Océana y gobernador de dichas islas y tierras firmes que vos descubrierais y ganarais». Bien se lo había mostrado el almirante señalándole dicho párrafo.

Todo aquello, además, estaba amparado por una concesión de aún mayor rango: la bula papal otorgada por Alejandro VI declarando divino el derecho de los reyes de España y de Portugal a la posesión de todas aquellas tierras al occidente y hasta donde no hubiera otros cristianos, y cuyos límites y fronteras entre ambos reinos habían quedado luego fijados en el Tratado de Simancas.

Aquello, desde luego, era algo en verdad de valor incalculable. Pero, ante todo y sobre todo, amén de para los reyes, para el almirante. Michele da Cuneo pensaba, sin embargo, que para él y otros que no eran Colón ni su familia, aunque les otorgaran grandes dádivas, no era tan bueno el negocio. Aquellos lugares escondían en sus entrañas una oscura trampa que, y ya se había podido ver, llevaba la muerte dentro. Lo había visto en el viaje y ahora más y peor en la llegada, donde en vez de riquezas y abundancia lo que había era penuria, necesidad y enfermedades letales. Y mosquitos, que los martirizaban, a millones. Michele da Cuneo era lo que peor llevaba y más insufrible se le hacía. Estaban, él y todos, con el cuerpo hecho un acerico y la piel cubierta de habones. A los insectos, las miasmas, los húmedos calores agobiantes y pegajosos se unían que ni había oro ni riquezas que se pudieran llevar a casa y sí todas las privaciones, calenturas, trabajos y escasez de comida y bebida.

El italiano se decía a sí mismo que a él cierta fortuna no le faltaba y que ello le permitía vivir con holgura y gozar de la vida. El viaje le había resultado muy interesante y tendría mucho que contar a la vuelta, pero quería volver y hacerlo vivo. Y para vivir prefería las ciudades de Italia y de España y no tener que andar pasando calamidades y hasta morir como ya estaban haciendo muchos, y eso si no lo agarraban los indios y acababa en un caldero. Desde hacía ya semanas, y tras ver cómo había empezado la andadura de La Isabela, tenía cada vez más claro que en cuanto el primer barco saliera para España él subiría a bordo. Pero, mientras, ayudaría en lo que pudiera a su amigo y sobre todo en abrirle los ojos en cuanto a aquellos castellanos, que eran tan dados a la conspiración y la pendencia y tan prestos a la ira, tanto contra él como entre ellos mismos cuando no había otros con quien pelear. Y cuando lo había, también.

El ánimo había comenzado a caer desde el principio, haciéndolo luego en picado según se sucedieron los días. La bajada a tierra aún tuvo cierta alegría, y lo más risueño fue el desembarco de los animales, sobre todo el de los jinetes y sus caballos y yeguas, que eran mayoría sobre los machos. A hacer esto con premura y lo primero le habían urgido a Colón tanto Ojeda como todos cuantos los traían, y las caballerías agradecieron en mucho el pisar tierra firme. Tan solo cuatro de ellos, los que bajaron el día que se fue hasta el poblado de Guacanagarí, habían podido hacerlo desde que se salió de España.

El conquense no fue ni mucho menos el único que llevó a su montura a caminar por la orilla del mar para que se sosegara y recuperara paso y zancada. Hubo también cierto jolgorio al desembarcar cerdos, cabras, terneras, algún toro, gallinas y patos. Vituallas, después de tanto tiempo en el mar y saltando de isla en isla después, ya no quedaban muchas, y vino tampoco, aunque aún quedaban algunas pipas llenas en cada barco. Cuando ya descendieron todos, bastimentos, aperos, utensilios, animales y gentes, es cuando la decepción comenzó a apoderarse de la mayoría. Poco o nada quedaba de aquella ilusión que tenían al embarcar de que cuando llegaran iban a tener, nada más pisar tierra, los bolsillos llenos de oro y de que iban a vivir en el paraíso terrenal. La enfermedad, el descontento, el hambre y las conspiraciones eran lo único que florecía allí.

Colón había elegido el enclave de La Isabela por considerarlo el más apropiado y alejarse así de la pesadilla y mal recuerdo del Fuerte Navidad. Así pues, había ordenado volver hacia las islas de Monte

Cristo y en la desembocadura de un ancho río dio con un puerto amplio que le pareció reunir las condiciones, aunque estuviera descubierto al noroeste, pues era además próximo a un buen llano con un afloramiento rocoso en su centro que se veía apropiado para convertirlo en fortaleza. Decidió hacer allí el asentamiento y ordenó el desembarco de toda la flota, y le puso el nombre de La Isabela, en honor a la reina de Castilla, por la reverencia que le tenía y por ser ella quien más le había favorecido en sus propósitos y ser la persona con quien se sentía más en deuda y a quien más deseaba agradar.[12]

Entendió que del río, cuya anchura era de un tiro de ballesta, podían sacarse canales para dotar de agua a la villa y que la ancha vega cercana sería buena para cultivar. Hallaron también buena piedra para cantería, también otra para hacer cal, y encontraron barros con los que cocer ladrillo y teja. Sin perder un día, y aunque se comenzó a sentir enfermo a la semana de desembarcar, hizo a todos ponerse a trabajar en las muchas y muy duras faenas que era preciso hacer. Había que desbrozar, limpiar, descuajar, allanar, trazar las calles, la plaza central y construir viviendas y techo para los mil trescientos que habían llegado.

De piedra se levantaron, comunalmente, cuatro edificios. El primero, una gran casa donde se pusieron a buen recaudo los bastimentos, enseres, armas y municiones de la armada; luego la iglesia y el hospital para los enfermos y, para concluir esas tareas, una casa fuerte, con buenas defensas, y que sería además la vivienda del propio almirante.

Este repartió solares en la zona central para las personas principales y de autoridad, y ya estos y todos los demás hicieron sus casas como pudieron y con las artes, medios y ganas que quisieron en ello emplear. La mayoría, cabañas de madera, barro y paja. Puso por alcalde a Antonio de Torres, hombre muy de su confianza y que era un hermano del aya del príncipe heredero don Juan, con mucha cercanía a los reyes.

---

[12] La Isabela fue la primera ciudad fundada en América por los españoles, el 6 de enero de 1494.

Los trabajos fueron muy fatigosos y no había entre los desembarcados demasiados que estuvieran acostumbrados a ellos. Muchos eran hidalgos, que en España consideraban deshonroso el hacerlos con las manos; otros, gentes de armas, y los había también de muchos oficios y artesanías, así como gentes que entendían de caballerías y carretas, pero que supieran de tareas de la tierra, de roturar, sembrar y plantar eran los más escasos. Aun así, y tras aposentar en un sitio conveniente a la yeguada y en otro al ganado vacuno, y que los cerdos, ovejas y otros animales de corral se colocaran en otros lugares, se desbrozó y se puso en siembra, plantación y cultivo algo de trigo, bastantes garbanzos, melón, cohombro y plantones de vid y de caña, estos últimos traídos en bastante cantidad desde La Gomera. También semillas o esquejes de árboles frutales, de pipa o de hueso; naranjos, limoneros, ciruelos, perales y manzanos se enterraron con gran esperanza en la tierra. No eran muchos, pero las señales fueron alentadoras, sobre todo en el arraigo de las plantitas de caña, y los hubo que a los siete días comenzaron a germinar y aún fueron más por delante las pepitas de melones y pepinos, que a los tres días ya tenían la cabeza de la planta fuera.

Eso esperanzó mucho al almirante para el futuro, pero la realidad del presente se vino muy pronto encima, el hambre a asomar y desde el día primero hubo que racionar una vez más las vituallas, lo cual dio lugar a renovadas quejas. Los indígenas, tan solo un pequeño poblado en las cercanías, poco podían aportarles; los españoles, y menos aún los que por primera vez venían, no conocían ni apenas habían probado sus comidas, ni tampoco sabían distinguir lo que podía comerse de lo que ofrecían las selvas. De todos los expedicionarios fue el noble Ponce de León el primero que comenzó a interesarse por aquellos cultivos que ellos tenían y aquellos alimentos que preparaban y consumían los indios.

Pero no estaba en sus cabezas, al menos para la gran mayoría, que hubieran llegado hasta allí para convertirse en labradores y pastores, sino que venían a conquistar, a señorear aquellas tierras donde esperaban encontrar riquezas en abundancia y que las gentes de ellas los alimentarían, les harían los trabajos o en cualquier caso comerciarían con ellos.

Sin embargo, lo que pronto se apoderó de sus cuerpos fue la fatiga y la enfermedad. Tras la larga travesía y los quebrantos de dos meses largos a bordo, hombres y bestias estaban exhaustos, y ahora, tras las más penosas tareas de desbroce y construcción y la poca comida, las dolencias y enfermedades se agravaron hasta comenzar a menudear los muertos. El hospital no tardó en rebosar, y hasta para los yacientes la ración diaria no dejaba de disminuir en cantidad y sustancia. Chanca sabía que se le morían de muchas cosas, pero sobre todo de aquellos climas, sofocos y miasmas que se desprendían de la misma tierra, que, unidos a la escasa comida y el desfallecimiento general, los iban mermando hasta matarlos. La picadura de tanto mosquito y tanto insecto añadía fiebres, calenturas y males desconocidos por él que daban con ellos en la tumba. El médico no podía hacer apenas nada y desesperaba.

La salud del almirante, además, seguía preocupándole. No acababa de restablecerse del todo, y aunque ya había recuperado toda su actividad, que le resultaba agotadora, el médico no dejaba de advertirle que no debía hacer tales esfuerzos y tener más reposo. Pero no le hacía caso alguno.

—Estos —le decía el Trifoncillo a su compinche— no han doblado el lomo en su vida y han ido siempre a mesa servida.

El chico de los Niño le daba razón, pero los excusaba un poco:

—Lo de arar y cavar desde luego no es lo suyo, y tampoco lo de hacer paredes. Ni de los de capa ni de los marineros, pero mira, Trifón, que hay otras cosas. Esto es un infierno de mosquitos, que sale uno a mil picaduras al día, el calor este tan húmedo y lleno de quién sabe cuántos malos humores te aplasta y te desarma el cuerpo y encima ya me dirás qué se lleva uno a la boca. Si un lagarto de esos gordos con cresta se ha convertido en un manjar de reyes…

El arrierillo se reía. A ellos de comer, por una cosa o por otra, buscándose por cualquier rincón un bocado, hasta dos huevos les distrajeron a los curas un día, no les faltaba, y ya se habían hecho a lo que comían los indios cuando no podían hincarle el diente a otra cosa.

—Que sí, pero que no. Que aquí hay unos que aguantan y apechugan y otros que solo saben quejarse y entonar el gorigori. ¿A que al capitán Ojeda no le has visto haciéndose el doliente o fingiéndose cojo como a más de tres vemos por hora en cuanto hay que doblar el espinazo? —replicó el arrierillo.

—Pero hay pocos como Ojeda y muchos «capas prietas». —No dio su brazo a torcer el chico de los Niño.

4

UN DÍA TAÍNO

La actividad de los dos arrapiezos tampoco pasaba desapercibida a los ojos atentos del conquense. Ni a los de Ponce de León tampoco. Así que, tras hablar con el patrón de la Niña y padre del uno y capitán del otro, se pensó que vendría bien darles algún otro trabajo además del que ahora tenían en el barco y que fuera más útil, para los demás, claro, que sus correrías por La Isabela.

Al poco Sancho de Arango, uno de los hombres de armas y de confianza de Ponce, llegó una mañana muy temprano a buscarlos a la carabela y les dijo que tenían que irse con él. Arango no era de muchas palabras y de menos explicaciones, pero apareció Juan Niño y simplemente ratificó la orden:

—Id con él y obedecedle en todo. Como si yo fuera. Y más vale que los dos me hagáis caso y que no reciba una queja más de vosotros —les advirtió además, y con ello quedó listo el asunto.

Agacharon el Alonsete y el Trifoncejo la cabeza, recogieron un hatillo con casi nada dentro y se fueron, no sabían a qué, con Sancho Arango.

No les penaba nada el hacerlo y hasta, por mor de la curiosidad, les agradaba lo que hubiera de ser. Una de las razones era que el Arango llevaba a su perro Becerrillo, que saliendo ya de cachorro comenzaba a ser mentado y era la admiración de todos por cómo obedecía al amo: entendía casi como un humano, y a veces casi mejor que muchos, las órdenes que se le daban y empezaba a ser temido, aunque no hacía tanto que había cumplido un año, por su fiereza y fuerza. Se le entrenaba para la guerra y al perro le gustaba más que nada. Había llegado a donde estaba la nave atracada pegado a las piernas de su amo, y si Becerrillo estaba en la partida, los muchachos lo pasarían muy bien seguro. Y Becerrillo estuvo. Se llegaron con él y con Arango a la casa de piedra, ya terminada, donde se guardaban las armas y las vituallas, y ya estaban allí esperándolos unos cuantos soldados y tres acémilas. Entonces ya pudieron saber adónde iban.

Tenían la misión de acercarse a un poblado taíno no lejos de La Isabela, pegado también a la costa, donde habrían de recoger la comida que pudieran para traer a la villa, para ver si así se aliviaba en algo la hambruna. Al saberlo, a los dos grumetes se les encendió de alegría la cara. Y el Trifoncillo le dijo al chico de los Niño:

—Ya verás, Alonsejo, cómo asusta el Becerrillo a los indios.

Y partieron los dos tan contentos.

Les costó, aun yendo todos a pie, menos de un día llegar a su destino, primero por un camino al lado del mar, luego por una trocha por en medio de la selva para salvar un saliente de tierra y luego de nuevo por cerca y ya al final por una playa, hasta dar con el sitio, un algo retranqueado de la orilla, por los huracanes, detrás de unas dunas y un bosquete de palmeras. Era aquel un poblado taíno de no muchas casas, no pasarían apenas de las cincuenta, casi todas humildes bohíos,[13] con el caney[14] del jefe y las reuniones en el centro. Los estaban esperando y los recibieron muy bien. Antes que ellos habían llegado otros dos españoles y sabían que venían a por comida, pero que les darían cosas a cambio, y estaban muy expectantes aguardándolos.

Becerrillo los asustó, pero solo un poco, pues Arango lo tenía bien sujeto y controlado, y el animal no hacía ni un mal gesto hacia ellos. Pero

---

[13] Vivienda taína popular y humilde, generalmente circular. Se construía con ramas, cañas y barro.

[14] Casa indígena, de troncos y techo de palma, la más grande y principal donde vivía el cacique. Era la más espaciosa, solía ser rectangular y podía albergar hasta treinta personas. En ella se celebraban las reuniones y recepciones importantes.

no les perdía ojo y seguía con la vista y envelando las orejas a su más mínimo movimiento. Inquietos sí estaban con su presencia, desde luego.

Los llevaron al lugar que habían dispuesto para ellos y donde ya estaban aposentados los dos que habían llegado antes, se desembarazó de carga y arreos a las caballerías y, como ya habían abrevado en un arroyo al llegar, les echaron su forraje y decidió Arango que por aquel día nada más había que hacer excepto dar cumplida cuenta de lo que les habían dispuesto para cenar.

Era ya tarde para empezar con la faena de lo que habían venido a hacer. Ya sabían que allí, en aquellas tierras, amanecía siempre a una hora y siempre a la misma atardecía, lo del acortarse o alargarse los días con las estaciones se notaba poco. Allí es como si estaciones no hubiera. Desde luego, no como en las Españas. Se lo habían dicho los del primer viaje y ahora lo comprobaban ellos. Invierno, lo que se dice invierno, no había, pero otoño en el que se cayeran las hojas tampoco, ni que brotaran en primavera, claro; siempre estaban verdes, todo estaba siempre verde. Era como si fuera verano con más o menos lluvia, a cántaros y de continuo durante un tiempo, cuando también menudeaban los huracanes y las tormentas, que eso era llover a torrentes desde los cielos y soplar un viento de los infiernos que sacudía y se llevaba por los aires todo lo que pillaba, y otra parte del año en que llovía menos y a veces hasta no llovía durante días y hasta semanas, aunque el palo de agua al caer la tarde, una cortina líquida que llegaba y como llegaba se iba tras empaparlo todo, ese podía esperarse siempre y caer puntualmente cada día. El agua no faltaba, pero lo que era aún más pertinaz que ella eran los mosquitos. Esos sí que no desaparecían nunca. Esa era la peor tortura.

Los taínos se habían esmerado en atenderlos y esforzado para poder obsequiarlos con abundante comida. Les habían traído y las tenían ya allí dispuestas muchas frutas, varios tipos de piñas, guayabas, guanábana, papayas, mamey y aquellos frutos secos, tostados y sin tostar, que gustaban tanto a los grumetes,[15] sin que faltara el pan de

---

[15] Cacahuetes. El nombre ahora más usado proviene de *cacahuatl*, en lengua náhuatl, de la que los frailes españoles hicieron su primera gramática.

cazabe, y los cangrejos, conchas y pescados en abundancia, que se dispusieron a asar de inmediato tras haber mandado a los dos grumetes a buscar leña y encender una hoguera en el círculo de piedras dispuesto para ello. Los soldados sabían cómo apañarse, y unos lo hacían sobre una lasca de piedra y otros ensartándolos en un palo. Uno llevaba a tal efecto una plancha agujereada de hierro y era el más solicitado.

En alguno de los platillos les habían dejado ají, que era la pimienta de las Indias, con lo que condimentaban todo. Los españoles no lo apreciaban tanto, pero algunos lo añadían al pescado para que tuviera más sabor y picante. No faltaban tampoco los ajes, batatas, que recolectaban sin tener que sembrarlas, como sí tenían que hacer con la yuca para luego hacer con ella las tortas de cazabe. Todo lo habían dispuesto en una ristra de fuentes y platos de madera, que trabajaban muy bien, y les habían dejado igualmente una calabaza llena de agua fresca para cada uno de ellos.

El Trifón y el Alonso tampoco es que hubieran recogido la leña ellos. Fueron por las cabañas, que no eran redondas, sino con varias paredes rectas, cuatro, seis y hasta ocho la más grande, hechas con palos, ramas, paja y barro y techadas con hojas de palmera. Un techo muy empinado, como si fuera casi una chimenea, y de hecho por la punta salía el humo, para que resbalara mejor el agua. Estaban puestas sin mucho concierto, pero con la plaza, que ellos llamaban batey, más o menos en el centro, y había entre ellas y por allí en la plaza muchos niños, y los que ya se andaban, al verlos de edad más corta que a los otros y sin armaduras ni espadas, se iban tras ellos, diciéndoles cosas, riendo y saliendo corriendo, como asustados, para volver luego y seguir con el juego. Las mujeres, las más mayores y ya arrugadas y las madres con los críos en brazos o a cuestas, los miraban con atención y cierta aprensión; las más jóvenes, de otra manera, y alguna de edad pareja a la suya o que al menos así les parecía, con alguna sonrisa inquieta y medio traviesa. Los hombres eran obsequiosos en el gesto si se acercaban a ellos y a otros los veían hablando entre ellos sentados o, bastantes, echados en aquellas camas colgantes, una especie de redes de algodón que sujetaban por sus dos extremos, balanceándose en ellas.

El Alonso se fijó mucho en cómo eran y cómo las utilizaban; las llevaba observando ya algún tiempo, pues ya había visto a algunos indígenas usarlas en La Isabela. Le dijo a su compañero:

—Tengo que hacerme con una de aquellas. Se tiene que sentir uno bien meciéndose, y se podrá encontrar un sitio en el barco donde colgarla. A ver cómo se duerme así.

—Ellos bien, desde luego —le replicó el otro, que de lo que estaba pendiente era de algunos que chupaban unas hierbas enroscadas, a las que prendían fuego en una punta, y luego echaban humo por la boca, y hasta por la nariz alguno. Se los señaló a su amigo—: ¿Los has visto? Tragan fuego y echan humo. Parece cosa del diablo.

Alonso Niño se encogió de hombros y no dijo nada.

Volvieron al bohío con todos y le preguntaron a Sancho Arango si sabía qué era aquello.

—Es una planta a la que quitan las hojas, que secan, enrollan y envuelven en ellas mismas, y luego le dan yesca y se tragan el humo para echarlo luego como has visto por la boca y las narices. Marea, pero se le coge el gusto —respondió dejando sorprendido a más de uno, pues Arango no solía explayarse tanto en sus palabras. Debía de ser el estar allí, lejos de La Isabela y con un buen yantar delante.

Arango lo había probado y no solo ello, sino que se había arregostado a hacerlo. De hecho, cuando acabó la cena sacó él mismo unas hojas de aquellas, las enredó como había dicho que hacían e hizo lo que los indios. Casi todos quedaron estupefactos, pero alguno quiso probarlo. Tosieron todos. Los más lo rechazaron con un gesto de asco, pero otro le pidió al dueño de Becerrillo que le diera a probar de nuevo. El Arango aún dijo:

—Los indios dicen que sana y limpia las casas y los cuerpos de malos bichos y humores. Sus brujos se lo echan a los enfermos para quitarles los malos espíritus, pero yo eso ya no me lo creo.

A la mañana siguiente, al amanecer, ya estaban arriba y prestos para el trabajo, que consistiría en ir recogiendo, empacando y preparando para su transporte lo que los indios dispusieran. Sobre todo, pan de cazabe, amén de las frutas y el pescado. Al Trifoncillo le interesó mucho el saber cómo hacían para abastecerse de todo aquello, y consiguió enterarse de bastante. Cultivaban la planta, la yuca dulce, en unos campos que llamaban conucos que preparaban para ello y que eran muy distinguibles por los pequeños promontorios de tierra que apilaban para que las gruesas raíces se desarrollaran mejor. Una vez sacado de la tierra el fruto aquel, se procedía a desmenuzar la pulpa con unos ralladores de piedra que manejaban las mujeres. La pasta se metía después en unos cestos alargados, como costales estrechos, tejidos con fibras vegetales, y allí se apretaban al colgarlos por su propio peso durante varios días. Así iban soltando la amargura y las malas sustancias que tenían dentro y ya podían comerse. Pero antes había que pasarla por un cedazo y obtener ya la harina para tostarla al fin en grandes platones de barro.

Los españoles habían comenzado a apreciar aquel pan y ya lo tenían añadido a sus viandas como algo muy importante. Sobre todo y además porque, una vez tostado, aguantaba durante días e incluso un par de semanas en buenas condiciones. Era el primer objetivo de la partida y en eso se afanaron las primeras horas de la mañana. Después se dirigieron hacia el mar y en un pequeño recodo, donde mejor recalaban las canoas, hicieron el acopio del pescado, los cangrejos y las conchas que querían también llevarse. Era lo más perecedero y a nada ya estaría podrido y maloliente y no podría comerse. Los crustáceos podían cocerse y aguantaban algo más y los peces sí podían secarse al sol, pero eso llevaba muchos días, y prefirieron que les dieran para la carga los que ya tenían preparados. También podían ahumarse, como se hacía con la carne de vaca o de cualquier animal de buen porte, aunque allí bestias terrestres de gran tamaño parecía no haber ninguna excepto algunos pequeños y escurridizos ciervos por las selvas y las jutías, los conejillos de Indias. Y los perrillos. Porque en muchos bohíos había visto gozquecillos, unos perrillos menudos que no ladraban y que cuidaban y parecían tenerlos como de compañía, pero que cuando engordaban se los comían. A los castellanos también les gustaban, pero la noche anterior no les habían ofrecido ninguno.

Alonso Niño y el chaval de Atienza quedaron asombrados como

siempre que los veían al avistar las canoas y a los remeros indios cabalgando con ellas sobre las olas. Se deslizaban con una facilidad pasmosa y los indios las conducían con gran suavidad y destreza. Las que allí llegaban eran medianas y pequeñas, aunque ya habían visto en La Isabela llegar alguna mucho más grande. Estas eran para seis o todo lo más diez personas, aunque en alguna muy chica venían tan solo un par de ellas y en alguna una solo. Todas estaban hechas de un tronco de árbol y de una pieza, sin ensambladura alguna.

Traían la pesca del día, que era abundante, y allí se daba cita buena parte de la aldea a esperar su vuelta. Chiquillos y grandes, hombres y mujeres, se metían al agua con gran jolgorio, que alcanzó el paroxismo cuando los hombres de una canoa de las mayores avisaron a gritos que habían conseguido capturar una gran tortuga. Hubo por ello alborozo y todos quisieron ir a verla cuando la sacaban entre varios a la playa, pues era mucho su peso.

Los taínos en la orilla jugaban con el mar, desnudos como iban o con las pequeñas faldillas de las mujeres. Los castellanos los miraban ceñudos, y a pesar del calor permanecían con sus ropas y ninguno hizo por ir a refrescarse. Al final sí lo hicieron los grumetes, aunque Trifón se guardó mucho de adentrarse en el mar, pues le tenía mucho miedo al agua. Alonso Niño sí se unió a los jóvenes taínos en sus retozos, asombrado de su agilidad en el agua, de cómo braceaban o se sumergían, pero sobre todo de lo que no se le iban los ojos era de las muchachas, que se le acercaban cada vez más confiadas entre risas y chapoteos. De ellas, en verdad, la mirada no se les iba a ninguno de los españoles que permanecían en la orilla.

Se concluyeron allí ya el juego y el trabajo y se volvió al poblado. El jefe del lugar, que se había puesto un penacho de plumas verdes, azules y rojas de papagayo, habló con Arango a través de un lengua y le dijo que esa noche habría fiesta para ellos en el batey, pues partían al amanecer siguiente. Que no podía haber juego de pelota, pero que se cantarían y bailarían areitos y que habría muy buena comida y bebida para todos. Que querían ser amigos de los españoles y que oían la voz del *turey* cuando el viento venía de La Isabela hasta ellos.

Fue una alegre fiesta, con luz de luna y de hogueras, y a Becerrillo, para que no alborotase, aquella noche lo dejaron en el bohío. En una tarima se colocó el cacique e hizo sentar a su lado a Sancho Arango. Ambos lo hicieron en sendos asientos de muy pulida madera, dúhos los llamaban, cuyas cuatro patas semejaban ser las de un animal y entre las delanteras su cabeza, que a Trifón le pareció de una tortuga y a Alonso de un humano, mientras que por detrás lo remataba un alto respaldo como si fuera una cola muy alta. Allí presenciaron los cantos y danzas y, luego, Arango y los soldados se fueron al caney con el cacique y los notables, mientras que los acemileros y los grumetes se quedaron en la plaza. En la cabaña del jefe les dieron, además de lo del día anterior, carne de jutía y de perrillos y, como gran obsequio, la tortuga cogida aquel día.

Los que quedaron en la plaza junto con los naborías, los que cultivaban los huertecillos o iban a la pesca o a la caza o a recoger algodón, que eran allí casi todos, hubieron de conformarse con algo menos, pero sí se añadieron los conejillos de Indias al menú. En el caney había mujeres, pero también las había en el batey y a ninguno les faltaron. A quien menos fue al chico de los Niño, que no había catado aún hembra y aquella noche, y junto con el Trifoncillo, que hacía de experto tras su experiencia con la joven cautiva de los caribes, fue el más demandado, y si no llega a ser por el de Atienza, de tanto revolotear se queda sin ninguna. Al final optó por la que más se le había acercado y sonreído en el baño, y ya pudo decirle luego a su amigo que él también era ya todo un hombre. La joven taína le había enseñado a sentirse así con mucho mimo y dulzura.

A la mañana siguiente a más de uno le costó levantarse, pero Arango, con Becerrillo al lado, les quitó las telarañas. Enfardaron y cargaron ya todo, y emprendieron camino hacia La Isabela. Además del pan de cazabe, granos de maíz y demás vituallas, llevaba alguno enfardados de algodón. Cargaron las mulas y a un grupo de indios que el cacique mandó para que los acompañaran y les hicieran de porteadores. El cacique y los taínos se quedaron muy contentos con los muchos cascabeles, algún espejo, uno para el jefe, y cuentas de vidrio de muchos colores, así como anillos, aretes y pequeñas placas de latón.

Oro no había allí, y no rescataron ni siquiera un espejuelo ni una pepita. Sancho Arango sí se llevaba un hermoso cinturón tejido de algodón con cuentas de pedrería y conchas; dos piedras muy hermosas y azules hacían de ojos de la figura de la carátula central que adornaba la parte delantera. Y todos, uno u otro, habían recibido algún obsequio o trocado alguna cosa. Un acemilero mostraba una vasija muy bien labrada en madera, otros las habían conseguido de cerámica con dibujos y rayas que las decoraban, y uno de los soldados, un taburete de la misma hermosa, pulida y rojiza madera del sitial del jefe. De caoba era, le dijeron los carpinteros cuando llegaron a su destino. Trifoncillo se conformó con un platillo y una azagaya. El Alonsete no quiso decirle ni siquiera a su amigo lo que le habían dado.

Por el camino de vuelta iban todos hablando. Volvían contentos, traían mucho, aunque sería luego casi nada para tantas bocas que había que alimentar en la villa. Uno que era de la vega del Guadalquivir se preguntaba que dónde cultivarían el algodón, que había visto los conucos para la yuca y las plantaciones de maíz, pero de algodón no había visto cultivo alguno. Uno de los más veteranos y que había estado ya en los dos viajes le respondió:

—No tienen que cultivarlo. Lo cogen de los árboles, aquí crece por su cuenta y sobra.

Se echaron a reír quienes le oyeron: con la tripa llena se ríe uno más fácilmente. Habían comido y bebido cuanto habían querido, habían holgado con hembras, habían sido mirados con respeto o con miedo, pero como superiores siempre, habían visto vivir a aquellas gentes que apenas cultivaban unos trozos de tierra, mas tenían huertos y frutales al lado de sus bohíos, peces en el mar y frutas con tan solo ir a cogerlas. No tenían sin embargo oro, andaban desnudos y se acobardaban ante un perro, obedecían mansos a su jefe y también a ellos mismos. Eran unas pobres gentes que ni se resistían a que sus mujeres se fueran a fornicar con el primero que las requiriera, aunque Arango, y le habían obedecido, los había advertido de que no forzaran ninguna y menos si ya tenía hombre. Y los habían despedido muy alegres, y hasta quisieron entender que diciéndoles que volvieran.

Oyeron la campana sonar y alguno levantó la vista al sol y dijo que ya serían las tantas. Estaban ya cerca. En una hora estarían entrando por la calle que daba recto al almacén. Alguno volvió la vista atrás, pero solo vio selva.

Los dos grumetes se habían quedado un poco rezagados para ir hablando de sus cosas sin que nadie los oyera. Fue el Trifoncejo quien le dijo al Alonsete lo que a lo mejor estaba pensando más de alguno:

—No sé yo si esas pobres gentes, allí en sus bohíos, tan simples y tan sin nada, no viven mejor que nosotros en La Isabela… y en las Españas.

Al llegar a la casa de piedra los estaban esperando Ponce, Juan Niño, que preguntó con un gesto y, al serle devuelto, le dio un pescozón cariñoso y sonriente a su hijo, y el capitán Ojeda. Quería saber este último si alguno querría acompañarlo a una salida que el almirante le había encargado. Sancho Arango y otros dos se disculparon diciendo que tenían otra cosa avenida con Juan Ponce de León. Uno venía un poco renqueante y rehusó. Los demás le dijeron que contara con ellos.

5

LA PRIMERA REBELIÓN

El capitán Alonso de Ojeda no había hecho sino afianzar la admiración de muchos, ante todo de las gentes de armas, y también del propio Colón. Todos habían visto cómo su primer empeño y preocupación fue, nada más llegar, sacar a los caballos, el primero, claro está, el suyo, que habían penado en el viaje, y desvivirse por darles los mayores cuidados, algo en lo que le secundaron los otros que tenían monturas, al igual que los acemileros y todos aquellos que con los equinos tenían que ver. Pero también después se le notó más dispuesto que nadie a los duros trabajos, dejando a un lado impedimentos de rango y casta.

El almirante, que ya lo llevaba observando durante toda la travesía y le había dado el mando de alguna misión, viendo el respeto que le tenían los soldados decidió otorgarle su confianza y enviarlo a prospectar el territorio, que era el primero de sus objetivos y una de las razones por las que había fundado La Isabela en aquel lugar. Desde allí sería fácil alcanzar la región de Cibao, la dominada por el cacique autor de la matanza del Fuerte Navidad, el temible Caonabo, pero también la que habían señalado como el lugar donde había abundante oro. De ello, del oro, era de lo que más quería saber, descubrir y situar los ríos y lugares donde estaban sus placeres y donde abrir minas, y así pues hacia allá envió al que consideraba su mejor capitán con la orden de adentrarse en Cibao, confirmar la existencia de yacimientos de oro y volver cuanto antes a informarle. No incluyó entre los de la partida a su amigo Juan de la Cosa buscando abrir hueco entre Ojeda y él, pues tampoco se le ocultaba la amistad que ambos mantenían y las críticas que el piloto le dirigía.

Alonso de Ojeda, deseoso de emplearse en lo que sabía y era su oficio, emprendió raudo el camino. En menos de una semana y tras un par de días de muy penosa andadura por las algunas intrincadas selvas, ya llegó a pasar una pequeña cordillera, luego una gran vega y alcanzar el corazón de Cibao, donde dio con un gran río, el Yaque, al que vertían dos afluentes. En las tres corrientes hallaron muestra de oro, y también lo obtuvieron de los indios que habitaban la región y que los recibieron muy amablemente, ofreciéndoles de comer cuanto quisieron y agasajándolos en los poblados a los que llegaban. Con las pepitas y adornos con que los obsequiaron y lo que hallaron en los siete días más que estuvieron recorriendo el territorio ascendiendo por el río Yaque, donde no dejaron de hallar muestra del metal codiciado, Ojeda emprendió a toda prisa la vuelta como Colón le había ordenado, y sin detenerse apenas y tan solo lo imprescindible en algún poblado, antes de que enero acabara estaban ya de regreso en La Isabela.

Fueron muy bienvenidos por las nuevas que Ojeda traía, y aún más con las áureas pruebas que portaba. Sobre todo, una gran pepita de oro que alcanzó a pesar nueve onzas. Pero la situación en aquel tiempo, desde la partida de Ojeda, no solo no había mejorado, sino que había ido a peor, tanto por el incremento de los fallecimientos como por el desánimo y las cada vez menos soterradas protestas.

El almirante, con más ímpetu que fuerzas, era consciente de lo que sucedía y buscaba la manera de ponerle remedio. Ya tenía decidido que en La Isabela no podría sobrevivir en esas condiciones tanta gente, pues cada vez morían en mayor número y no debía ni podía tampoco mantener allí las diecisiete naves ociosas. Había planeado el enviar de vuelta a España a doce de los barcos y quedarse él tan solo con cinco, dos naos grandes y tres carabelas ligeras. Llevarían su informe a los reyes y ahora además un buen presente de oro, entre el que le había dado el cacique amigo Guacanagarí tras la destrucción del Navidad y lo que ahora había traído Ojeda. No era mucho, en realidad muy poco para el gran coste de aquel viaje, pero era la señal, al menos, de que lo había, y en aquella tierra de Cibao parecía que en abundancia. Las naves enviadas de vuelta habrían luego de retornar con los bastimentos cada vez más necesarios y útiles y enseres que no se habían llevado y que se echaban mucho en falta.

Además, aquello eliminaría cientos de bocas, marineros sobre todo que nada apenas aportaban, pero que había que alimentar a diario. La llegada de Ojeda hizo acelerar la salida y el 2 de febrero la gran parte de la flota se dio a la vela de vuelta hacia Sevilla. Amén del oro, en realidad no llevaban nada apenas, ni especias, que no aparecían por lugar alguno, ni perlas ni riquezas algunas. De nuevo tan solo hermosos pájaros y algunos indios. En su relatorio, Colón apuntaba la posibilidad de que si bien a los indios buenos, los taínos, habría que tratarlos bien, podríase al tiempo hacer esclavos a los caníbales caribes y obtener así algunos beneficios. Quizás aquello fuera ya lo primero que no gustó nada a la reina Isabel, y a Fernando aún menos: el que de aquellos viajes no hubiera ganancia alguna y sí dineros que volver a poner para enviar de vuelta avituallamiento para socorrer a las gentes que quedaban allí.

Al mando de la armada de vuelta, tras sustituirlo en La Isabela por un escudero y criado suyo de Torredonjimeno, Francisco Roldán, puso el almirante a Antonio Torres, que por su cercanía a la corte era a quien mejor podía confiar sus mensajes. Junto a él envió también a uno de los hermanos Niño, Pedro Alonso Niño, que había sido en el primer viaje piloto mayor en la perdida Santa María y había luego embarcado con el almirante en la Niña, también como piloto mayor. En La Isabela permanecieron casi todos los demás de la familia, y para gusto del grumetillo Trifoncejo, el hijo del maestre de la Niña, el joven Alonso, también se quedó en tierra. Quien le dolió al almirante que no lo hiciera también, por mucho que le insistiera, fue su amigo, Michele da Cuneo. De nada le valió que le ofreciera la posesión de una isla a la que en su honor había bautizado como Bella Savona, por ser esta su ciudad de nacimiento. Este se mantuvo firme en su decisión, pero antes de partir aún alcanzó a advertirle:

—Cuídate mucho de estos castellanos, Cristóbal. En tu enfermedad no han cesado de conspirar contra ti. —Y acercándose a su oído le susurró un nombre—. Y de ese, del que más.

***

Las noticias del oro traídas por Ojeda se esparcieron rápidamente, y la partida de la docena de naves y de unos cientos de bocas parecieron aliviar en algo la situación. El almirante, que comenzaba a recobrar sus fuerzas, empezó a dejarse ver por La Isabela, intentando levantar los ánimos. Acompañado del aragonés Pedro de Margarit, que había venido al mando de los armados, y de Ojeda, al que ahora requería de continuo a su lado, se dispuso a organizar una salida importante hacia las tierras de Cibao, y para ello seleccionaron a quienes, más enteros ante las privaciones y la enfermedad y más duchos con las armas, amén de los mejores jinetes, pudieran participar con más garantías en la expedición.

La advertencia de Cuneo había hecho que el almirante se hubiera mantenido alerta, en particular hacia el caballero cuyo nombre le había sido susurrado, aunque en principio pareciera alguien de quien no habría por qué sospecharse, como tampoco de su entorno.

Le costó convencerse, pero poco a poco fueron atándose los cabos. La hondura del malestar era mucho más de lo que Colón creía y la desafección contra su persona mayor incluso, y no solo entre los conjurados. Los grumetes de la Niña, entre ellos el propio hijo de Juan y aquel arrapiezo inseparable suyo, le contaron al maestre una conversación escuchada y el nombre coincidía con el de aquel contra quien había sido advertido. Puestas orejas alerta en el lugar apropiado, y el mejor era la nueva taberna de la villa, quizás donde el propio Cuneo también lo hubiera oído, y gastados algunos cuartos en generosos cuartillos de mollate, acabó por desvelarse la identidad de los conspiradores y su objetivo.

La rebelión estaba encabezada nada menos que por el contador de todo aquel viaje nombrado por los reyes, Bernal de Pisa, y tenía previsto, aprovechando la enfermedad de Colón, apoderarse de alguna y si podía de las cinco naves atracadas en el puerto, embarcarse con toda su facción en ella y poner rumbo a España para entregar una larga requisitoria contra don Cristóbal, acusándole de haberles mentido y de tenerlos engañados con las nuevas tierras, amén de mil tropelías de las que le acusaban también, aunque llevaran poco más de tres meses en La Isabela y la mayoría del tiempo él hubiera estado postrado y enfermo.

Una vez cerciorado de lo que tramaban, el almirante actuó con rapidez. Margarit, con Roldán, Ojeda, Ponce y un pequeño escuadrón se desplegaron por La Isabela aquella misma noche y fueron capturando uno a uno a los señalados, y tras haber hecho el miedo y el acero de Ojeda en el cuello hablar a uno de ellos, dieron con el documento, prueba de cargo de toda su trama e intenciones.

Con ello en sus manos el almirante, en uso de sus atribuciones otorgadas por los reyes, procedió a poner preso en una nao a Bernal de Pisa para enviarlo a Castilla a ser juzgado, mientras que a los demás les infligió duros castigos de los que quedaron muy dolidos y humillados, aunque decidió no ejecutarlos. Y no faltó quien entendiera que era aquel el peor error, pues el perdonarles la vida no fue óbice sino acicate para seguir siendo sus peores enemigos y para, desde entonces, correrle la fama de ser en exceso severo y vengativo, y haciendo todo lo posible por manchar su fama y reputación.

Entre quienes más fea campaña habían hecho y siguieron haciendo contra el almirante estuvo siempre mosén Buill, aunque en la rebelión no hubo prueba alguna de que estuviera implicado. La escasez de comida iba de mal en peor, aunque algo se había conseguido ya cosechar y en apenas aquellos meses transcurridos ya había pepinos, melones y cohombros, amén de algunas espigas ya granadas de trigo y una buena cosecha de garbanzos; la caña de azúcar, eso también, florecía y crecía a sus anchas. Pero era muy poco y no mucho más lo que aportaban los indígenas de frutos, yuca y batatas para mantener a tantos. Algún pescado también obtenían, y los perros ayudaban a conseguir no poca caza, pero se pasaba mucha hambre. Y cuando el cura volvió a la carga exigiendo privilegios hasta por encima de la ración de los enfermos del hospital, Colón esta vez, antes de partir guiado por Ojeda rumbo a la tierra y el oro de Cibao, sin sopesar el ser excomulgado o no, ordenó que a él y a todos los frailes les cupiera la misma ración que a todos los demás y el mismo número de huevos por semana.

6

EL CAPITÁN OJEDA

La leyenda de Ojeda como guerrero invencible y arrojado capitán, siempre delante pero también al lado de sus hombres, se terminó de forjar en aquella expedición, aunque no fuera él quien la mandara, y por muchas vicisitudes, tropiezos y quebrantos que luego tuviera, se mantuvo siempre incólume en la cabeza de las gentes de La Española.

El almirante se había percatado ya en el viaje de las cualidades del fibroso y enérgico conquense y lo colocó por delante de cualquier otro de sus iguales e incluso por encima de quienes tenían linajes nobiliarios o mayores cercanías a la corte, pues allí en aquellas selvas eran hombres como él los imprescindibles. Alonso de Ojeda conocía y amaba su profesión, guerrear, y no tenía dudas de su objetivo y misión: conquistar los mayores territorios para agrandar los de sus reyes, cristianizar a los paganos y conseguir honor, fama y fortuna. Era por lo que un hidalgo castellano vivía, luchaba, sufría y estaba dispuesto a morir, y nada más grande había en la tierra ni a los ojos de Dios que dedicar todas sus energías y empeño en conseguir realizar tales metas.

Pero no era Ojeda tan solo un curtido y bravo soldado. Había algo que escapaba a primera vista y, sin embargo, cautivaba la atención de las gentes, de sus subordinados, de sus iguales y de los indios; y de las mujeres indígenas, a las que trataba con gran galantería y fineza, aún más. Todo aquello que iba a marcar su peripecia comenzó entonces, en aquel primer viaje al corazón del territorio del temido Caonabo.

Don Cristóbal preparó con él la marcha, dejando antes en lo posible controlada la situación en La Isabela. Pues Bartolomé Colón seguía en Europa, dejó al mando en ella a su hermano Giacomo, al que había venido en llamarse Diego, poniéndole al lado como consejeros a algunos de los de más confianza, pues el pequeño de los Colón era el de carácter más dubitativo de los hermanos, y para evitar tentaciones hizo subir todas las armas y municiones de las otras naves a la capitana, que puso bajo el especial cuidado de Juan Niño y de los suyos. Diego, más que un conquistador y un jefe de hombres, parecía un clérigo por sus vestimentas y maneras. De ello no dejaban, a sus espaldas y hasta con disimulo en su cara, de mofarse algunos, ni faltaban quienes se secreteaban en los conciliábulos que lo que quería y buscaba para él el almirante era el ser obispo.

Ojeda, por orden personal del almirante, aunque cuidando del mayor rango del comendador Pedro de Margarit, quien había venido en la flota como mando superior de las tropas, había ido escogiendo para la marcha los hombres de mejor condición y salud, tanto para el grupo de los de a caballo como para el de los soldados de a pie, desde los que manejaban las espingardas a quienes se valían de la ballesta o de la rodela y la espada. La expedición tenía como misión ya no solo descubrir, sino el posesionarse de las tierras y levantar en el lugar que mejores condiciones reuniera una fortaleza bien guarnecida que demostrara a los indios el poderío y dominio español sobre ellas. Por ello, junto a las gentes de armas y los auxiliares, acemileros e intendencia para avituallarlos, no se olvidó Colón de unir a la marcha a gentes de todos los oficios, carpinteros y albañiles con los instrumentos y herramientas necesarios como picos, palas, azadones y bateas tanto para construir aquella fortaleza como para hacer extracciones de oro y prospectar minas en los cauces y lugares en los que Alonso de Ojeda había visto tantas señales y pruebas de que lo había. Añadieron también a la partida, además del indio Diego, que no se separaba del almirante, unos cuantos del pueblo cercano a La Isabela, que ya sabían algunas palabras del habla de Castilla.

En la salida y con el capitán Ojeda comandando la vanguardia y la caballería, hizo salir el almirante a sus tropas y gentes en modo de guerra, con sus corazas y armas relucientes, las banderas tendidas, sonando las trompetas y dando al aire algunos tiros de espingarda para que no osaran los indios hacerles daño cuando caminaran solos por temor al castigo que luego les caería si osaban infligirle algún mal a un cristiano. Eso mandó el almirante repetir en muchas ocasiones al llegar a los pueblos más grandes, y ordenaba, además, que Ojeda hiciera en ellos entradas previas con los de a caballo, que sobrecogían a los indios más que cualquier otra cosa que pudieran mostrarles.

Salieron el día 12 de marzo del año de 1494, y en la tarde de aquel día hubieron de afanarse en resolver la primera dificultad para atravesar una sierra, donde no quedó más remedio que, aunque fueran hidalgos o marinos, como Juan de la Cosa, que venía también en la marcha, todos echaran mano a picos y azadas para ensanchar el camino, una vereda india, y que pudieran pasar por ella carros y vituallas. Alonso de Ojeda fue el primero en descender de su montura y echar mano a una azada y, al verlo así dispuesto, eso mismo hicieron quienes lo seguían. Si el capitán, que era hidalgo, cavaba la tierra sin menoscabo a su honra, podían hacerlo todos sin temer en absoluto por ella.

Por ellos y por haber trabajado en tales menesteres, a los que no eran dados ni considerados en Castilla de ellos dignos, el almirante al otro día al remontar la cumbre y desde allí contemplar el asombroso paisaje que a sus ojos y sus pies se abría, bautizó el lugar como el Paso de los Hidalgos.

Ante su asombrada mirada se abría una inmensa y feraz vega, llena de un verdor paradisiaco, de la que ascendían los cantos y gritos de los pájaros, el rebullir de los monos asustados y unas brumas que lentamente se desprendían de las copas de todo aquel dosel arbóreo que la cubría, pero en la cual se divisaban también grandes claros donde se alcanzaban a suponer cultivos. Algunos ojos más agudos divisaron y señalaron a los más torpes humos ascendiendo hacia lo alto, delatando viviendas y poblados. Era la Vega Real, pues de inmediato así la hizo llamar don Cristóbal, de más de ochenta leguas a lo largo y casi de treinta en su tramo más ancho, y al cabo de no mucho tiempo iba a ser el lugar donde la suerte de La Española se jugara en la primera gran batalla de las Indias.

Mas nada aún por aquellos días hacía presagiar tal cosa. Los indios que antes habían sido conectados por la pequeña descubierta de Ojeda los recibían con gran contento y alborozo, y les daban la comida que tenían, de la que sobre todo los españoles apreciaban las frutas, pues seguían comiendo todavía comida propia, pan, vino, garbanzos y vituallas traídas de España, y no se hacían apenas a comer la de los indios. Descendieron después hacia el valle, hacia donde su anchura se estrechaba, y fueron a dar allí con el río anunciado por Ojeda, el gran Yaque, que pareció a los castellanos muy abundoso en aguas, y hasta que pudiera sobrepasar a algunos de los más poderosos de las Españas. Lo cruzaron con canoas y balsas para la gente de a pie y el fardaje mientras Ojeda, con los caballos, lo hizo por un vado y los condujo a todos hacia otro río que acaba por fluir en el anterior, en el que más huella de oro habían hallado, y con tal nombre por ello le mentaron río del Oro.

Satisfizo mucho al almirante el ver pronto buenas trazas del metal en él y obtener algunas pepitas, al igual que en otros dos ríos más pequeños que a poco también cruzaron mientras iban ya avanzando por el sopié de la sierra contraria. Por aquel camino más llano iban ya dando con poblados mucho más grandes, y la actitud de las gentes cambió con ellos. Ojeda no había llegado hasta allí y, aunque noticias suyas sí tenían, no habían visto nunca gentes así ni tampoco sus caballos y relucientes armas.

Al verlos llegar huían en masa hacia las selvas, escondiéndose en ellas, y algunos, que se quedaban en el pueblo, se metían a sus cabañas y a modo de defensa cruzaban ingenuamente en las puertas algunas cañas. Al cabo de un tiempo, acababan por asomar por ellas y acercarse a mirarlos con curiosidad y miedo. Eso les pasó en todos los pueblos por los que cruzaron hasta que ya decidieron remontar y buscar un paso, para lo cual hubieron de nuevo de echar mano a picos y palas y abrir suficiente trocha, y llegados a las alturas del puerto, ya el domingo día 16 de marzo, contemplaron al fin la tierra de Cibao, el dominio del cacique que había acabado con las vidas de los cristianos del Fuerte Navidad. Antes de comenzar la bajada, Colón ordenó el regreso a La Isabela de un buen número de bestias de carga y sus recueros, para que retornaran luego de nuevo hacia ellos con más vituallas.

Entró el capitán Ojeda con sus hombres de a caballo en la tierra de Cibao y vio que esta era mucho más áspera y pedregosa. El indio Diego les dijo que Cibao venía de ello, pues «ciba» es piedra en su lengua, y vieron cómo en las alturas, tras los calores de abajo y la subida, la temperatura era mucho más fresca y el agua de los arroyos mucho más fría. Agüitas Frías le pusieron por nombre a un lugar que parecía ser el manadero más alto de todos aquellos que por allí brotaban y serpenteaban por praderillas de hierba corta pespunteadas de rocas y señoreadas de altos y espaciados pinos. Pero lo más importante es que en todos aquellos cauces, incluso en los más pequeños, había huellas de oro, y ello llenó de mucho contento a don Cristóbal, que escribió ya en su diario, para luego hacer carta a los reyes, que lo había muy fino y en abundancia, que había señalado ya muchos mineros de él y hasta uno de cobre, otro de ámbar y otro de azul fino.[16]

Entendió que, para desde allí atalayar aquella región y siendo buen lugar para su defensa, en aquel alto era donde debían instalar el fuerte. Buscaron el sitio en que mejor hacerlo y al poco encontraron el punto más apropiado, pues un río, el Xanique, que casi rodeaba por completo una zona rocosa, ya hacía las veces de foso.

Allí, en lo alto del cerro, se afanaron todos en levantar la casa, que fue construida de madera y a la que el agua no le iba a faltar incluso asediada, y completaron la defensa que el río hacía de manera natural cavando una zanja muy honda y limpiando todo su alrededor de vegetación para que no les pudieran llegar cerca intentando flecharlos. Quedó, aunque con mucho esfuerzo por parte de todos, casi completada la obra y sí lo esencial en cuanto a su seguridad y defensa. Y aun en la llanada, ante la fortaleza, se sembraron algunas cosas con semillas que habían llevado, entre ellas las primeras cebollas que en toda La Española llegaron a colmo y se pudieron gustar.

Hubo también revuelo al cavar los cimientos, pues al hacerlos

---

[16] Bartolomé de las Casas, antes de serlo y en su tiempo de encomendero en aquellos lugares (su padre Pedro de las Casas fue posiblemente uno de los participantes en aquella primera entrada), asegura haber conseguido recoger allí en una heredad suya, regada por un arroyo que daba al Xanique, algún oro.

muy hondos y hasta rompiendo alguna roca dieron con una cavidad donde parecía haber unos grandes nidos de paja y en ellos unas piedras redondas en forma de huevos, lo que hizo a muchos contar las más extrañas fábulas y sucedidos y dio mucho motivo de hablar en todo el campamento. Ojeda y De la Cosa fueron a verlos, y el marino vizcaíno le contó que una vez en Lisboa había visto unos parecidos que habían traído al rey don Juan Manuel como algo muy extraordinario, y que en efecto eran huevos de piedra como aquellos que habían aparecido allí. El conquense los miró con aprensión e hizo la señal de la cruz, y luego marcharon a hacer ronda los dos.

El almirante puso a la fortaleza de nombre Santo Tomás, y quiso hacerlo así para burlar a las gentes que, incrédulas, habían negado que hubiera oro en aquellas tierras y ahora después de haberlo visto y recogido ya lo alcanzaban a creer. Al mando de ella puso entonces a quien mejor entendió para tal empleo, pues para tal menester había venido el comendador Margarit, y a sus órdenes dejó a cincuenta y dos hombres, entre gentes de armas y otros de oficios para que remataran los trabajos y la defendieran de cualquier intento de los indios. El 21 de marzo, entendida como misión ya cumplida, ordenó el regreso a La Isabela del grueso de la expedición. Una vez más, Ojeda con los jinetes cogió la vanguardia y al cabo de unas jornadas topó en el camino con la reata de acémilas que venía de vuelta y que el almirante hizo que siguieran hasta la fortaleza para terminarla de avituallar, sin coger nada para ellos.

Pero comenzaron fuertes lluvias, los ríos a crecer, el camino a hacerse cada vez más penoso y difícil y a faltarles a ellos el alimento, por lo que hubieron de parar en los pueblos indios, y entonces los castellanos ya comenzaron a comer los alimentos que estos les ofrecían, como un pan que hacían con yuca y unas raíces que llamaban ajes, que era de lo que más tenían. No les gustaban, pero el hambre se los hizo comer y fueron haciéndose a ellos. Al fin llegaron a La Isabela y fue para encontrarse mucho peor que en las penurias del camino, pues allí solo había enfermedad, desánimo y desolación. Muchos habían perecido, y la mayoría de los que quedaban andaban enfermos y todos flacos y hambrientos, pues los cultivos daban para muy poco, los bastimentos estaban agotándose con gran rapidez y, además, al desembarcar los que quedaban en los barcos, comprobaron que la mayoría estaban podridos y en tan mal estado que poco se podía aprovechar. Murmuraron bastante las gentes y culparon muchos a los capitanes de las naves por no haber tenido los oportunos cuidados.

A tales malestares se sumó el provocado por el propio Colón, que no permitió que cesaran los trabajos que entendía era preciso acabar, prioritariamente el de construir aceñas y molinos aguas arriba del río, pues era perentorio que estuvieran cuanto antes en funcionamiento para poder moler los granos y no acabar de perecer de hambre. Resultó que no había lugar que sirviera para ello sino casi una legua más arriba, y aquello hizo aún más fatigoso y penoso el cometido, para el que además había cada vez menos manos.

Entonces don Cristóbal ordenó que habían de trabajar en ello también todas las gentes que se consideraban exentas de hacerlo y al margen de la condición que tuvieran, afectando ello a los hidalgos, a las gentes del palacio del Gobernador, los llamados de capa prieta, y a todos cuantos se pudieran sostener en pie. Incluso a los hidalgos que habían cavado y picado abriendo el paso les pareció que una cosa era hacerlo para abrir una senda para las tropas en campaña y otra para levantar un molino.

Hizo racionar también de nuevo el almirante lo poco de vituallas que les quedaba y lo impuso con mano firme, que a casi todos pareció de hierro, y sin excepciones, y fue inflexible en hacer cumplir sus órdenes. No dudó para ello en utilizar el castigo y llegar a la violencia contra quienes se negaron a cumplirlas. El descontento creció y de todo ello se hizo tan pregonero como portavoz el padre Buill, cada vez más enfrentado a la autoridad del almirante y que propaló toda suerte de críticas contra él, haciéndolo tanto de viva voz como redactando escritos que afirmaba, y al cabo cuando pudo lo hizo, haría llegar a la corte contra su persona y tachando de crueles e injustos sus castigos y violencia y de odiosos e indignos su persona y comportamiento. Mucho tenía que ver en ello el hecho de que, a pesar de que le requirió al almirante el aumento de las raciones para él, los suyos y sus criados, don Cristóbal mantuvo el que habrían de ser iguales que todos y que la misma ración que el resto recibirían, que era ya tan penosa que para los enfermos del hospital se alcanzaba solo a poder-les dar para purgarse un huevo de gallina para cada cinco y un pu-chero de garbanzos cocidos para todos, y eso como privilegio por su enfermedad.

El físico Chanca le apoyó en la disputa con los frailes, entendien-do que primero estaban los enfermos que los hábitos, pero no dejaba de comprender que la situación era insostenible para todos, y aquel lugar, La Isabela, un matadero. Nadie había osado, cuando don Cris-tóbal señaló el lugar como propicio para el asentamiento, oponerse a ello. Es más, casi todos y hasta él mismo le alabaron por ello, pero ahora se había demostrado como puerto y como emplazamiento mal elegido e insalubre en grado sumo. Sin embargo, el médico no iba ahora a decírselo; tenía ya muy decidido que, si bien no había partido con el grueso de la flota, por un resto de lealtad con el almirante, no iba a dejar de hacerlo en las próximas carabelas que partieran para Sevilla. ¡Dios mío, cuánto echaba de menos Sevilla!

Moría la gente y no quedaba apenas nadie sano, y eran los que por su cuna y condición no habían hecho trabajos manuales en su vida ni habían pasado privaciones aquellos que más se quejaban y enfadados estaban. Otros, como el Trifoncejo, se las ingeniaban para conseguir cada día su pitanza y hasta para dar algo a quienes veían más necesitados.

—Ahora sí que te digo yo a ti —le confesaba al pequeño de los Niño— que o esto se arregla o estalla.

El otro grumete asentía con la cabeza y añadía:

—Dice mi padre que el almirante no se da cuenta de lo que se está cociendo y que la gente no puede sostenerse de aire ni se consue-la con promesas que se han convertido en humo. Son muchos los que murmuran ya contra él. Esto cada vez pinta a peor.

—Pero es el almirante, el descubridor de las Indias y el virrey aquí de las Españas. Nadie osará levantarse contra él. —El Trifón tenía devoción por don Cristóbal.

—Y el hambre es el hambre y cuando gruñen las tripas no hay títulos que valgan. Tú pon la oreja y a ver de qué te enteras —con-cluyó el de Moguer.

Faltaba de todo y no se veía por dónde pudiera llegar el remedio, porque no aparecía vela que viniera de España en el mar ni había esperanzas de que llegara en varios meses. Y entonces, para colmo de males, llegó del Fuerte de Santo Tomás la noticia de que el cacique Caonabo se aprestaba para atacarlos y matarlos a todos como había hecho en el Fuerte Navidad.

—Los indios de los alrededores de Santo Tomás —relató el exhausto mensajero— han abandonado los poblados, no quieren trato alguno con nosotros y nos comienzan a acechar. Hemos sabido que su cacique supremo, Caonabo, no solo alardea de haber expulsado y matado a los cristianos de los dominios del cacique Guacanagarí, sino que ahora va a exterminarnos en todos los suyos y se dirige con sus hombres armados para la guerra hacia el Fuerte de Santo Tomás. Mi capitán don Pedro me envía en busca de ayuda, pues no podrá defenderse de tantos como vienen contra nosotros.

No dudó un instante el almirante en enviarla ni en quién iría al frente. Mandó por delante y de inmediato a un primer grupo de cincuenta hombres escogidos entre los más sanos y curtidos en armas para reforzar las tropas de la fortaleza, y una recua con vituallas y armas al cargo de otros veinticinco para su conducción y cuidado. Pero al tiempo y por otro camino, tras conferenciar con Ojeda, le dio instrucción de ponerse en marcha con tantos como pudiera haber en La Isabela que pudieran caminar y sostener una espada, pues vio el peligro de que si no se enfrentaba con decisión y con todo lo que disponía, podían acabar como en Fuerte Navidad.

Logró el conquense reclutar, de buen grado o sin tener en cuenta este, a unos cuatrocientos hombres y se puso, esta vez sin alarde, pero con rapidez, en marcha. No llevaban apenas vituallas, pues de las traídas de Castilla apenas quedaba nada, y por ello de nuevo hubieron de ir aprovisionándose con comida india por los poblados de la Vega Real y así ir acostumbrando a los castellanos a sustentarse con tales alimentos, pues otro remedio no quedaba si querían sobrevivir.

El capitán Ojeda, amén de combatir a Caonabo si topaba con él, llevaba también otras instrucciones una vez llegara al Fuerte de Santo Tomás: debía hacerle al comendador Pedro de Margarit entrega de la tropa que traía y trasmitirle la orden del almirante de que con ella corriera toda la tierra, pusiera en fuga al cacique Caonabo y atemorizara y sojuzgara a los caciques menores de los poblados de todo el territorio. Y tras ello, quedarse él, Alonso de Ojeda, al mando del fuerte con un grupo que él mismo escogiera de los mejores y de mayor confianza entre los que llevaba.

La expedición fue avanzando por los poblados de la Vega Real y en uno de ellos, en las orillas del mayor afluente del Yaque, hicieron preso a un cacique junto con su hermano y su sobrino, y Ojeda los mandó a La Isabela para que el almirante hiciera justicia con ellos. La causa era haber maltratado a tres castellanos que venían de la fortaleza hacia el enclave cristiano y, tras haberles ofrecido ayuda para cruzar el río y su impedimenta, les robaron esta y los dejaron a su suerte en las aguas, aunque consiguieron salvarse. El cacique llegó a La Isabela ya sin orejas, pues como escarmiento Ojeda hizo que en la plaza de su pueblo y como máximo responsable se las cortaran.

Y pudo ser aún peor el castigo, pues llegados a la villa los prisioneros, el almirante tomó una decisión terrible y al entender de muchos desproporcionada, y dio voces de condena y orden de que les cortaran la cabeza. A punto estaban de perderla cuando por fortuna para ellos llegó a la carrera el cacique del pueblo más cercano a ellos y que era pariente suyo, y pudo explicar a través del lengua Diego lo sucedido: que el cacique, su hermano y su sobrino no habían participado en el robo, pues ese había sido el mal causado a los cristianos, y que le rogaba que por tal falta no los ajusticiara. Cosa que, tras mucho gesto áspero y mucho énfasis en la voz y la actitud, el almirante optó por concederle como merced y salvaron el cuello.

Pero por los poblados de la Vega Real cundía la rebelión contra los cristianos al compás de las noticias de que Caonabo se acercaba, de que el propio cacique supremo del cacicazgo de la tierra llamada Maguá, Guarionex, que aún no se había dado a conocer a los españoles, pero que ya había participado, aunque con sordina, en el ataque contra Fuerte Navidad, también se levantaría en armas, y hasta de que el cacique Guacanagarí estaba pensando en unirse a ellos y expulsarlos también de sus tierras y de aquel poblado que estaban levantando.

En el propio pueblo del cacique que se habían llevado preso, cinco cristianos rezagados fueron cercados por un numeroso grupo de indígenas que los tenía ya acorralados para matarlos, y tan solo la providencial llegada de uno de a caballo que iba con recado de Santo Tomás hacia La Isabela y su carga sobre ellos, matando a algunos, logró ahuyentarlos y que todos juntos llegaran ya al amparo del grueso de las tropas.

Ojeda siguió avanzando sin oposición alguna reseñable y llegó a Santo Tomás haciendo entrega de la tropa a Margarit y quedándose él acantonado en la fortaleza. El comendador no tardó en abandonarla, y ahora con toda la potencia de gentes y armas recibidas marchó contra el cacique. Caonabo optó entonces por no presentar combate directo, sino por desperdigar a sus guerreros y que hostigaran a los grupos aislados de castellanos que encontraran. La respuesta de Margarit a ello fue aplicar la mayor violencia y castigo contra los poblados donde estos ataques se producían.

Los tiempos de los recibimientos como si de enviados del cielo se tratara habían pasado definitivamente, y aún más en esta nueva tierra de Cibao. Los indígenas eran en su mayoría taínos, pero su líder Caonabo era de origen caribe, un guerrero formidable, de impresionante altura para la de la mayoría de los indígenas. Ante sí tenía a Ojeda, pequeño en estatura, pero alto en valor y curtido en las más fieras batallas. Todo estaba ya destinado a que acabaran frente a frente en el campo de batalla.

7

GRILLETES REALES PARA CAONABO

El almirante consideró, erróneamente, que tras aquellas acciones la situación estaba bajo control, y como él había venido a otra cosa, a encontrar la Especiería y llegar a Cipango, que suponía tener a su alcance, decidió volver a embarcarse a toda prisa. Ni el clavo, ni la canela, ni la pimienta ni la nuez moscada aparecían por lado alguno y ese era el objetivo primordial de la Corona, pero Colón perseveraba y creía firmemente estar a un paso de su objetivo.

Ahora, además, ya gozaban los reyes, y por tanto él como su adelantado en aquellas tierras, de la bendición de Roma para la empresa conquistadora mediante bula papal de Alejandro VII y la posterior partición del mundo con Portugal[17] donde quedaba muy meridianamente claro, pues por un meridiano se había partido, que aquellas aguas, y por ahora islas, estaban bajo jurisdicción española. Por tanto, era cuestión importante tomar cuanto antes posesión de todo lo que hubiera en sus límites e ir ampliando así los dominios de sus majestades católicas.

Muchas pequeñas islas habían sido bautizadas e incorporadas a los dominios hispanos, pero solo una de cierta enjundia, La Española, en el primer viaje, y otra en este segundo, Puerto Rico, y se había

---

[17] Tratado de Tordesillas, 7 de junio de 1494.

arribado a otra tierra que Colón consideró tierra firme, Cuba, a la que ahora quería de nuevo llegar.

Para el viaje hizo aparejar una nao grande y dos carabelas más ligeras, dejando los dos restantes barcos en La Isabela; contó con los Niño y con ellos embarcó también Juan de la Cosa, que quedó separado así de su amigo Ojeda, que había permanecido en el Fuerte de Santo Tomás. Antes de partir el almirante, exhibiendo su máxima autoridad, reconocida de nuevo y refrendada por los reyes en Barcelona, nombró para regir la isla un consejo al frente del cual puso a su hermano menor, Diego, como presidente, y como consejeros, al padre Buill, que exhibía por su lado poderes de legado de Roma, a Pedro Hernández Coronel como alguacil mayor, así como a otros dos hombres principales, Alonso Sánchez de Carvajal, de Baza, y Juan de Luján, de Madrid. A Pedro de Margarit le encomendó la tarea de que, con sus cuatrocientos hombres, recorriera la isla poniendo a sus pueblos y caciques bajo la obediencia de los reyes españoles y de ellos como sus enviados. Con la vuelta de doce de los barcos a España y sus tripulaciones, la producción de algunos cultivos y el irse habituando al clima y a las comidas indígenas, la situación de los españoles, sin ser buena, ya no era tan penosa.

A finales de abril de 1494 el almirante dejó La Isabela y fue costeando rumbo a los dominios del cacique amigo Guacanagarí, llegando de nuevo donde estuvo el Fuerte Navidad, y le envió emisarios de que viniera a él. El indio se excusó, temeroso de nuevo de ser culpado de las muertes de los cristianos, y contestó con mensajes muy sumisos y diciendo que en un tiempo iría, pero lo que hizo fue adentrarse más en la selva. Al ver Colón que no venía y maliciándose que no lo iba a hacer, ordenó levar anclas y por la derrota de La Tortuga puso rumbo a Cuba, que suponía era tierra firme, aunque Juan de la Cosa, aun habiéndose plegado a su voluntad, entendía que era isla.

Acabó por haber certeza de lo segundo, y de que tampoco había por allí mucho oro, pero sí arribaron a otra gran isla, Jamaica. Todo lo demás durante la travesía fue navegar por un verdadero laberinto de otras más pequeñas, entre bajíos y peligrosas escolleras donde hubieron de salvar a los barcos más de una vez de quedar para siempre encallados. Las bajadas a tierra fueron en general pacíficas, y los indígenas, oferentes en llevarles comida y regalos. En alguna ocasión no fue así, y en cierta costa jamaicana pretendieron impedir su desembarco saliendo contra ellos en sus canoas, pero una andanada de saetazos que les causó varios heridos los hizo desistir y mostrarse luego sumisos. El indio Diego se convirtió en imprescindible en toda la expedición, guía e intérprete al tiempo, y no se separaba del almirante. Este le tenía la mayor confianza, y era para tenérsela, pues el taíno sentía verdadera devoción hacia su persona, mucha más que muchos castellanos.

Tras seguir enredado en un rosario de islas y tener que salvarse, de nuevo por las costas de Cuba, de muchos peligros y sufrir grandes trabajos para liberar a los barcos que acababan encallados, don Cristóbal, que empezó a sentirse de nuevo enfermo, decidió volver a La Española. Llegó esta vez a las costas del suroeste, al cacicazgo de Higüey, donde nunca habían estado. Allí los indígenas, cuyo jefe era un tal Cayacoa, habían salido a ellos enarbolando arcos y flechas, que luego supieron untaban con veneno, pero al hablarles el intérprete Diego y decirles que era el almirante quien venía, dejaron sus armas en el suelo y los recibieron pacíficamente, trayéndoles de comer.

Colón no se demoró mucho, pues la enfermedad lo tenía cada vez más debilitado, y a poco, cuando el mes de septiembre estaba para vencer, se presentó en La Española. Al llegar lo primero que vio fue que había barcos nuevos en el puerto y para su gran alegría encontró que quien mandaba la pequeña escuadra de tres era su propio y muy querido hermano Bartolomé, de quien hacía siete años no tenía noticia y ni sabía siquiera si estaba vivo o muerto. Antes de capitular con los reyes en Santa Fe lo había mandado a Inglaterra a proponerle el plan de llegar a las Indias por occidente al rey de ellos.

Ya estaban de nuevo juntos los tres Colón. Bartolomé, el segundo y recién llegado, era el más arrojado y de más fuerte carácter. El pequeño, Giacomo de nombre original y castellanizado como Diego, el que había quedado al frente de La Isabela, era lo contrario. Retraído, vestía con tanta poca ostentación que podía confundirse con un fraile, y se vio muy pronto sobrepasado por las circunstancias, tanto que otros miembros del consejo se percataron pronto de sus fallas. El padre Buill lo puenteó cuanto quiso y el aragonés Margarite no tardó en desafiar su poder, y de hecho hizo lo que le vino en gana y al margen de lo ordenado por el almirante. En vez de recorrer la isla se quedó con sus cuatrocientos hombres aposentados en la Vega Real y fueron la principal causa de que los indígenas se volvieran contra los españoles. Por su lujuria, tomando de grado o por la fuerza cuanta india les placía sin parar en estado ni condición, por su glotonería, pues comían cada uno por una familia indígena al completo y nada hacían por sustentarse ellos, sino que se hacían traer y servir todo, y por su trato despreciativo e incluso violento, desde gritos a puñadas, contra cualquiera que los contrariara.

Aún más, los dos, Buill y Margarite, tras haber revuelto todo cuanto pudieron a los castellanos el uno y encolerizado a los indios el otro, aprovechando la ausencia de Colón habían decidido no esperarle. Habían partido con otros de los barcos arribados de España que habían emprendido el camino de vuelta tras haber cumplido su misión de reabastecimiento, que era por lo que el almirante había enviado a Torres a la corte. Ambos llevaban ahora cartas y requerimientos contra el almirante y lo que pensaban era hacerlas llegar de inmediato a los reyes y que estos procedieran contra Colón, a quien acusaban de las peores tropelías. Para mayor disgusto de don Cristóbal, que venía muy quebrantado, también se había marchado con ellos el doctor Chanca, quien ya había tenido ración de aventura suficiente y lo que deseaba cuanto antes era dormir en su buena casa sevillana.

Así pues, la reaparición de Bartolomé fue para él balsámica, y hasta pareció aliviarle un algo de sus achaques. El almirante no era, para nada, hombre apocado, sino de audacia probada y de genio vivo incluso, pero capaz de atemperarlo con inteligencia; pero el segundo de los Colón era hombre de muchos arrestos, más recio, aunque un poco más bajo en estatura que su hermano mayor, de trato seco y muy curtido en los peores trances. No se le ponía nada por delante, llevara o no razón, y era más que proclive a utilizar la fuerza que la palabra y la negociación.

Bartolomé, nueve años menor que Cristóbal, había seguido a su hermano en sus correrías mediterráneas y luego portuguesas. Había trabajado de cartógrafo en Lisboa y hasta embarcado con la expedición de Bartolomé Díaz, que alcanzó en 1488, tras sobrepasar la giba de África Central, el cabo de Buena Esperanza. Al rechazar el rey portugués la idea de los Colón de alcanzar la Indias por el Atlántico, teniéndolas ya a su alcance, fue cuando ambos se separaron, Cristóbal fue a España para proponérselo a la reina castellana y Bartolomé a Inglaterra para intentar convencer a su rey de lo mismo. Enrique de Inglaterra no le hizo mucho caso, pero lo entretuvo unos años hasta que, comprendiendo el marino que no tenía nada que hacer, quiso probar fortuna en Francia, donde le pasó más de lo mismo, aunque la reina Ana, esposa del rey Carlos el Cabezudo, lo contrató como cartógrafo. En tales menesteres se hallaba cuando por los propios reyes franceses le llegó noticia de que su hermano había vuelto a España tras encontrar tierras desconocidas en el Atlántico. Y al poco recibió carta de Cristóbal en la que le comunicaba el descubrimiento y le instaba a reunirse con él en Barcelona, donde se encontraba con los Reyes Católicos. Lo hizo todo lo deprisa que pudo, pero cuando llegó este no solo ya no estaba, sino que había vuelto a embarcarse de nuevo rumbo a las Indias.

El almirante había partido, por su parte, sin saber de su hermano, aunque sí con la noticia de que andaba en la corte francesa y, al menos, vivo. Le dejó por escrito, y se lo trasmitió también a la reina Isabel, que, si un Bartolomé Colón aparecía buscándole, que lo enviaran prestamente junto a él. Así sucedió. Bartolomé, que había llegado tras él hasta Sevilla, hizo luego camino hasta Valladolid, donde supo estaban ahora los reyes, y lo hizo, además, acompañado de sus sobrinos, hijos del almirante, Diego, el mayor, habido de su esposa portuguesa, Felipa, y Hernando, natural habido de la cordobesa Beatriz. Fueron muy bien recibidos y los dos niños quedaron en la corte como pajes del príncipe heredero, don Juan, prueba de la gran estima que por el almirante tenía la reina.

A él la Corona le financió una pequeña flota de tres barcos para ir al encuentro de su hermano Cristóbal, con la que se hizo a la mar llevando de nuevo vituallas y suministros para La Española, amén de algunos caballeros y gentes de guerra para reforzar a las que estaban allí. Arribó a La Isabela el 14 de abril de 1494, no mucho después de que Cristóbal hubiera salido de puerto rumbo a Cuba y

Jamaica, y hubo de esperarlo hasta que al fin llegó de vuelta, a finales de septiembre, muy quebrantado de salud y ánimo. La situación en La Isabela necesitaba con urgencia de un revulsivo e iba a requerir de cuanto pudieran darle, tanto Bartolomé como los refuerzos recién llegados, para conseguir remontar la situación en la que estaba la isla.

De entrada y entendiendo el almirante, que ya comenzaba a mejorar un algo de su dolencia, que aún no estaba en condiciones óptimas de mando, decidió nombrar a Bartolomé como adelantado con capacidad para sustituirle, entendiendo que tenía, como virrey y por las Capitulaciones de Santa Fe, atribuciones para ello. Aunque cuando fueron sabedores de aquello, tiempo después, no gustó a Isabel y menos a Fernando, al fin por carta, tras un pequeño reproche señalándole que tal nombramiento era facultad real, acabaron accediendo.

El abastecimiento sí había mejorado bastante. Los cuatro barcos comandados por Antonio Torres que los reyes habían enviado rápidamente de vuelta, excusándose por no poder mandar en esa primera remesa la totalidad de lo requerido por premura de tiempo, pero comprometiéndose a hacerlo, aportaron soldados y bastimentos que unidos a los de Bartolomé aliviaron en mucho el estado de necesidad pasado.

El almirante estaba además complacido por un descubrimiento astrológico que había realizado recientemente al observar un eclipse de luna en La Española y haberlo podido comparar con el acaecido en Cádiz. Cotejando sus horas de comienzo y fin, pudo finalmente confirmar lo que algunos, y él entre ellos, sabían ya por el sabio griego Tolomeo: que la tierra era esférica, si bien Colón entendía y así lo afirmaba ante quienes creía que podían entenderle, como su propio hermano o Juan de la Cosa, con cierta forma de pera. Ello le llenó de mucho contento, pero no pareció a nadie que era para celebrarlo de manera alguna. Sobre todo por las noticias que comenzaron a llegar del interior de la isla.

Si el almirante había supuesto que los indios habían quedado apaciguados, se había equivocado de medio a medio y, además, los que habían quedado, con Pedro de Margarit a la cabeza, si algo habían hecho era enconarlos con sus abusos. En el centro de la isla los cacicazgos de Cibao y Maguá y toda la Vega Real estaban cada vez más revueltos, y los indígenas cada vez soportaban menos a los conquistadores españoles. De venidos del cielo habían pasado a ser una plaga y el resquemor crecía a cada día que pasaba. Los hombres de Margarite, sin jefe ni control, habían seguido cometiendo todos los excesos habidos y por haber. Solo el miedo a sus armas y en particular a sus caballos y su falta de espíritu guerrero sujetaba la rebelión.

Pero Caonabo podía hacerla estallar y para ello se propuso unir a los cinco grandes caciques de la isla y levantarlos contra los castellanos. Él solo había acabado con los treinta y ocho del Fuerte Navidad, a uno de los cuales, además, y ocultamente, se había comido junto a sus más allegados en un ritual celebrado por sus chamanes para arrebatarle su poder. Con todas las tribus de La Española juntas, sin duda podrían acabar con La Isabela y con los que allí vivían y aún más fácilmente con todos los que se encontraban desperdigados por la Vega Real. Se apoderarían además de lo que más les fascinaba de todo lo que aquellos extraños habían traído y por lo que muchos hacían largos caminos por la selva hasta llegar hasta donde, emboscados en el follaje, podían escucharlo cuando hablaba y su voz recorría todo, tierra y cielo.

Llamaban a aquel objeto *turey*, que quiere decir «cielo», pues aquello desde luego sí era venido del cielo, y bien que por su voz se notaba. Cuando el tañido de la campana se elevaba sobre la selva, alborotando a loros y papagayos y haciendo chillar y luego callar a los monos, los indios se quedaban absortos al oír su sonido expandirse por todo. Para verla se arriesgaban incluso a acercarse hasta allí donde la tenían en lo alto colgada, y luego se retiraban sigilosamente, escabulléndose por sus trochas en la espesura y retornando a sus poblados. A aquellos poblados donde Caonabo enviaba a sus emisarios llamando a la revuelta y a acabar con todos aquellos invasores. Cuando lo hicieran, aquella voz sería suya.

El poderoso guerrero caribe lo era en estatura, mucho más alta que la de sus súbditos taínos, y en fortaleza, y era el jefe de todo el territorio de Maguana, que los españoles llamaron por una de sus provincias, Cibao, que ocupaba el centro de la isla y tenía lindes con los otros cuatro cacicazgos. Estaba casado con la bella Anacaona, de mucho linaje en toda aquella tierra, pues era hermana del cacique Boechio, jefe de Jaragua, en el suroeste, en la tierra que llamaban Haití. En la zona más al sureste, estaba Higüey al mando del cacique Cayacoa, que lindaba por el noroeste con el cacicazgo de Maguá, señoreado por Guarionex. El quinto de los caciques, el que dominaba Marién, era el que tan bien había recibido a los españoles, Guacanagarí, pero que ahora se ocultaba de ellos.

Caonabo comenzó a preparar a sus gentes, y en primer lugar citó a sus hombres de confianza, de su misma estirpe caribe, y a su hermano Manicatex, guerrero de gran renombre que hacía cabeza de quienes podía fiar la batalla, que eran quienes dominaban en los poblados y disponían de armas de las que los taínos carecían. La mayoría de estos eran naborias, o sea, agricultores de pequeñas parcelas de tierra, con las que tenían suficiente para su sustento junto con lo que recogían de la propia selva, y apenas si llegaban a tener alguna caña con punta afilada o con hueso puntiagudo en el mejor de los casos. Pero los hombres de Caonabo sí llevaban arcos y flechas, lanzas con buenas puntas y macanas para golpear. Con ellas habían matado a los cristianos del Fuerte Navidad y con ellas iban a acabar con los que ahora vivían en el Fuerte de Santo Tomás, que sabían que eran muy pocos, quince y su capitán, al que habían espiado y visto siempre alerta, fuera a pie o a caballo.

Alonso de Ojeda lo estaba desde hacía tiempo, pues él también conocía los movimientos del cacique por indios vecinos que le habían avisado, ya que el conquense se había ganado el respeto de los pueblos cercanos por su buen trato y consideración.

El capitán había seleccionado a los hombres que habían quedado en el fuerte entre quienes le habían ya flanqueado en el Paso de los Hidalgos y que antes habían estado en las expediciones y escaramuzas con los caribes antes de llegar a La Española. Sabía que podía confiar en ellos y ellos confiaban en su jefe.

Caonabo, pues, no los pilló ni dispersos ni descuidados, y los sorprendidos fueron ellos cuando al lanzar el ataque al fuerte e intentar pasar al río las saetas mataron a todos cuantos iban delante, y los que llegaron a cruzar el foso e intentaron pasar por encima de la empalizada acabaron despanzurrados por las espadas, ante las que sus armas y su falta de protección corporal los hacían fáciles de degollar. Cada intento de asalto costaba a Caonabo los mejores de sus guerreros y un desánimo cada vez mayor. Fallida la sorpresa, con muchas decenas de muertos y heridos, no tuvo otro remedio que retirarse, pues la pequeña fortaleza, rodeada por el río, resistió todos los ataques sin que hicieran ni una sola baja mortal entre los bien parapetados castellanos.

El capitán Alonso de Ojeda se alegró mucho por ello, pero no dejó de sorprenderse al comprobar que ni aquellos guerreros que los atacaban ni ninguno de sus jefes, tan siquiera Caonabo, al que llegaron en ocasiones a ver, llevaban una sola de las armas que habían arrebatado a los castellanos de Fuerte Navidad. Ni una rodela, ni una coraza, ni una espada. ¿Qué habían hecho con ellas? Ojeda lo comentó con sus hombres y nadie podía entenderlo. Uno dijo que, tal vez, al no saber cómo manejarlas, se habrían herido con ellas. Pero eso podía haber sido una primera vez y bien hubiera podido cualquiera ver la utilidad de un puñal. Otro quiso suponer que, siendo muy pocas, se las habrían guardado los jefes, pero allí los había e incluso su máximo cacique, y ni este siquiera llevaba, aunque fuera como trofeo, nada de lo tomado. Seguían todos viniendo sin defensa alguna. Aquello les resultó inexplicable y misterioso, pero se congratularon de que así fuera.

Caonabo enalteció mucho a su vencedor, quiso saber quién era y la fama de Ojeda creció entre todas las tribus. Habló de ello con su mujer, Anacaona, pues esta, al principio de la llegada de los extranjeros, se había sentido muy atraída por ellos y las naves, armas, bestias y todo tipo de instrumentos maravillosos que poseían. A través de las mujeres de Guacanagarí que su marido había apresado se había informado todo lo posible sobre ellos, pero luego, sabedora del comportamiento de quienes se quedaron en el Fuerte Navidad y los que habían entrado en el territorio de Cibao, se había vuelto contra ellos y era quien más había alentado a su marido al ataque tanto a los castellanos como a las gentes de Guacanagarí, a quien consideraba un débil y un traidor por haberse plegado a la voluntad de los recién llegados.

Anacaona ya había ido sabiendo más cosas de Ojeda y lo último era que, además de ser considerado como un terrible guerrero que con su caballo podía aplastar él solo a un centenar de los suyos, en el territorio que ahora dominaba y tenía su fortaleza no hacía daño a quienes eran pacíficos, y que había prohibido a sus hombres tomar por la fuerza a mujer alguna, sino que holgaran solo con las que no tuvieran marido y quisieran libremente yacer con ellos. Y, según una hermana de un jefe de la Vega Real, él mismo había tenido placer con alguna, y con ella misma incluso. Según su relato, en una visita suya al caney del cacique Guarionex, luego de ser por este recibido con mucha lisonja, yació con ella por la noche, pero no quiso hacerlo en aquel lugar, sino que se hizo conducir a un bohío donde estuvieran a solas y lejos de otros ojos para así poder disfrutarla mejor. Entre risas, la mujer le confesó a la cacica que si el jefe de los castellanos volvía estaría muy deseosa de volverlo a hacer. Que era corto de estatura, como un taíno o poco más, pero que era muy fuerte, de miembros muy fibrosos y duros y que el que a una mujer más le importaba en esos momentos era el que mejor manejaba.

Las dos mujeres se rieron y Anacaona le contó a su marido que era por todo un hombre muy peligroso y muy de temer. Que no era como los del Fuerte Navidad, sino un gran jefe a quienes sus hombres obedecían y combatían con la misma ferocidad que él. Y que era alguien a quien ella, Anacaona, tenía curiosidad por conocer.

Lo que no sabían ambos es que a muy poco tiempo iba a ser Alonso de Ojeda quien, con tan solo nueve hombres, y dejado atrás el fuerte, iba a ir a visitarlos a ellos. Sabedor de que los indios le llevaban muchos cuentos al cacique sobre aquella gran voz que ellos llamaban *turey* y que no era sino la campana de La Isabela, y que Caonabo deseaba tener algo de aquella sustancia, le hizo llegar emisarios diciéndole que viniera a donde él estaba, que quería entregarle de parte de su jefe, el *guamiquina* de La Isabela, pero en realidad proveniente del gran *guamiquina* de las Castillas,[18] un adorno hecho

---

[18] Nombre que los taínos daban a quien consideraban el jefe supremo de los blancos.

de aquel *turey* como regalo. Era ese un presente que solo los reyes podían llevar como gran alhaja para sus fiestas y ceremonias y que además poseía un gran poder. El cacique contestó al ofrecimiento del Ojeda diciéndole que él no iría donde él estaba, sino al revés, y que se lo llevara a su caney, donde lo recibiría.

Entonces el conquense preparó un par de esposas y unos grilletes que hizo pulir y bruñir hasta que relucieron y brillaron al sol. Envió batidores anunciando su llegada y con nueve jinetes más se dirigió a Maguana, al poblado central donde residía el poderoso Caonabo. Marchó sin prisa y con alarde, él con vistoso penacho sobre el casco y armas que reflejaban el sol y los caballos de todos vistosamente enjaezados, algunos con cascabeles que sonaban al trotar. Así llegaron a su destino, entre el miedo y la admiración hacia ellos y las bestias en las que iban montados, y al adentrarse en el gran poblado salió Caonabo a recibirlo a la puerta de su enorme caney rodeado de sus más importantes notables y al lado de Anacaona, que destacaba por su gran hermosura y ser la más cercana al jefe entre otras de sus mujeres, que también estaban presentes.

Ojeda desmontó con parsimonia y empaque, y con su caballo de la rienda y habiendo aleccionado a sus acompañantes para que hicieran lo mismo, se dirigió adonde estaba Caonabo, y al llegar a su lado, hincó la rodilla ante él, y tras besarle las manos, le enseñó oferente las esposas y los grilletes que traía como presente.

Antes de entregárselas, le hizo entender que habrían de hablar de sus poderes y de lo que para poder ponérselas sin peligro tendría el cacique que hacer. Entraron entonces Ojeda y un par de los suyos, dejando a los otros fuera del caney al cuidado de los caballos, para seguir parlamentando. Ojeda le explicó al cacique, pues ya sabía hacerse entender un poco en su lengua y ayudándose con signos también, que para poderle entregar y colocar el presente debería antes acudir al río, que no estaba lejano, sino a un cuarto de legua, y allí lavarse y purificarse en sus aguas.

Caonabo, confiado entre su gente y rodeado de cientos de sus guerreros, aceptó hacerlo al día siguiente. Aquella noche agasajó a Ojeda y los suyos con una fiesta en la que no dejaron ninguno de admirar a Anacaona y a las demás y también jóvenes, bellas y casi desnudas mujeres del cacique y de algunos de sus más próximos. Anacaona y algunas otras, pero ella con mejor entonación y timbre, cantaron algunas cosas que Ojeda alcanzó a entender eran canciones que ellas mismas componían y que llamaban areitos. Se asombraron mucho de ello y gustaron del festín. Luego todos juntos y con dos centinelas turnándose y siempre alerta y al cuidado de los caballos pernoctaron en un bohío y velaron armas hasta el día siguiente, sabedores de que lo más posible era que fueran a morir en aquel descabellado intento de coger prisionero al temible Caonabo.

Con este se había acordado que, en llegando el día, iría acompañado de tan solo algunos sirvientes y allegados a realizar la ceremonia previa en el río de aguas claras y frías.

Con las primeras luces ya vieron acercarse a Caonabo junto a su pequeña comitiva al lugar donde se encontraban, pues estaba ansioso por recibir su presente. Los españoles también estaban preparados y, con los caballos de la rienda para acompasar su paso al del cacique, se dirigieron hacia donde fluía la corriente. Un poco más atrás los seguía una gran multitud de gentes y guerreros. Ojeda durante el camino siguió encareciendo los grandes poderes y virtudes del presente que le hacía, reiterándole que venía de los cielos, y que eran las más preciadas joyas que los *guamiquinas*, y solo ellos, se ponían en las grandes ocasiones.

Llegados a la ribera, el cacique se bañó y purificó con algunos aceites el cuerpo con ayuda de sus sirvientes, y vestido de nuevo con una túnica blanca de muy fino algodón, Ojeda le propuso que montara en su caballo y que ya a sus lomos, como correspondía a un rey, sería cuando le pondría los brillantes aros de *turey* en sus manos. Entonces, así cabalgando, con Ojeda en la grupa, en la bestia que tanto atemorizaba a los suyos, se presentaría ante ellos.

Caonabo lo aceptó alborozado y dando prueba de su audacia al aceptar cabalgar aquel aterrador animal, deseoso de que le pusiera Ojeda de una vez los *turey*, cosa que Ojeda hizo, y el otro, ayudado por dos cristianos, subió valientemente en el caballo. Una vez en su lomo y alzando sus manos esposadas, su rostro irradió una gran sensación de triunfo y despertó la gran admiración y estupor de sus acompañantes y sirvientes al verlo sobre el terrible animal que tanto los había asustado. Ojeda, a la grupa tras él y con las riendas en la mano, condujo a su montura acompañado de los otros nueve jinetes haciendo cabriolas y corcovas, ora acercándose al gentío para que pudieran contemplar el triunfo de su señor, ora alejándose y poniendo cada vez en la maniobra más distancia con las gentes de Caonabo. Llegado el momento y estando ya bastante alejados, se dispusieron a volver grupas, aunque antes y aún el capitán hizo volver su montura y Caonabo saludó alegre una vez más a sus hombres, que le aclamaban.

Entonces, dando orden con las piernas y las espuelas a su caballo y un grito a sus hombres, los diez jinetes salieron a escape de allí por el camino sobado que los alejaba del río Yaque y los había de conducir a La Isabela con el más terrible cacique de La Española prisionero, engrilletado y esposado y aún risueño, hasta que se dio cuenta de que había caído en una trampa y era un prisionero. Si es que lograban llegar vivos hasta allí.

Al cabo de una primera carrera, cuando pensaron que podían tener tiempo para atarlo mejor, Ojeda mandó alto y, tirando al suelo al cacique, dispuso sacar su espada, ponérsela en el cuello y ordenarle silencio y quedarse quieto si es que quería vivir. Hizo que también le pusieran grilletes en los pies, lo ataron además con fuertes cuerdas, como un fardo lo volvieron a subir de nuevo a caballo y emprendieron velozmente la marcha, pues hasta La Isabela quedaba muy largo trecho. Atravesaron montes y ríos, sin detenerse nada más que para dejar descansar lo necesario a sus caballos y sin pernoctar en poblado alguno, pasando mucha hambre y sin poder apenas dormir unas horas. Al fin consiguieron llegar a La Isabela con el cacique preso, aunque ya con mayor número de jinetes de escolta que Ojeda había dispuesto para reforzarse en el camino de vuelta, por si los indios intentaban algún rescate. Nadie de cuantos los veían pasar daba crédito a lo que veían sus ojos, y cuando además se supo quién era el preso el jolgorio fue general.

El capitán Ojeda lo condujo con mucha ceremonia ante el almirante y sus hermanos. Colón le presentó entonces a Bartolomé, con el que el capitán se saludó mirándose ambos con fijeza, como midiéndose, pues ya sabían el uno del otro.

Ojeda le dijo entonces a Caonabo que el almirante era el *guamiquina* de todos ellos en estas tierras y a quien debería rendir homenaje y obedecer, pero Caonabo negó con la cabeza y con la voz. Y en su lengua, dijo:

—Como *guamiquina* solo te reconozco a ti, capitán Ojeda, pues quien me has capturado eres tú.

El indio Diego se lo tradujo a Cristóbal Colón y a sus hermanos. El almirante hizo un gesto de media sonrisa y displicencia y no se inmutó por ello, pero Bartolomé volvió a mirar fijamente al conquense y esa noche preguntó más sobre él.

El almirante puso en cautiverio al cacique de Cibao, engrilletado, en su propia residencia. Tras meditarlo y sopesarlo mucho decidió que, aun pudiendo hacerlo por las atribuciones que tenía otorgadas por los reyes y por saber que era el causante de la muerte de muchos españoles, no lo haría ajusticiar. Era uno de los cinco caciques principales de toda La Española, el más importante en realidad, y resolvió que habrían de ser los reyes quienes determinaran, dada su condición, el trato que darle y qué hacer con él.

Así que lo mantuvo preso, a la espera de que una escuadra partiera para llevarlo hasta España. Durante toda su estancia en prisión, si entraba a verlo el almirante, el indio permanecía despectivo y ni se dignaba a levantarse si estaba echado o sentado, pero si lo hacía su captor, Ojeda, lo recibía con gran deferencia y le hacía una reverencia de respeto hacia él.

La misma noche de su llegada a La Isabela, el conquense celebró su hazaña junto a los nueve hidalgos, ya viejos camaradas, que le habían secundado, y no faltó Juan de la Cosa, al que hacía algún tiempo que no había visto y que mucho se alegró de verlo llegar triunfante y poderlo abrazar. A ellos se unió Ponce de León, que se interesó por la añagaza utilizada y ponderó en mucho la audacia y el teatro hecho por los diez jinetes para llevarla a cabo con éxito. También estuvieron los hermanos Niño, que aún seguían en La Isabela, y participó en la fiesta Pedro de las Casas. Echaron todos de menos a Michele da Cuneo.

—Sin duda, al italiano le hubiera gustado mucho la historia y a buen seguro la hubiera escrito con mucha deleitación —aseguró don Juan Ponce.

A lo que Ojeda añadió:

—Y seguro que también hubiera querido saber de la belleza de su mujer Anacaona, a quien vi también. Y bien es cierto que lo que de ella se dice queda muy corto en verdad.

—¿Tan hermosa es? —inquirió el De las Casas.

—No he visto igual, don Pedro.

De todo ello, los grumetes de la Niña, el hijo del patrón y el arrierillo de Atienza, trasconejados en el sitio más insospechado para enterarse de todo, no se habían perdido ni palabra, ni gesto ni detalle. Luego ambos aquella noche en la carabela, donde a uno le había tocado turno de guardia y el otro se fue a hacerla con él, quisieron todo y a solas y aún añadir algo más:

—¿Sabes, Trifón, que mi padre ha visto a Caonabo? Se lo ha mostrado el almirante, al que ha ido a ver esta tarde, pues ya anda algo mejor de sus dolencias y ha querido despachar con él.

—¿Y cómo te ha dicho que es?

—Que es un hombre enorme y terrible y que si me pillara me comería de una sentada. A mí y a ti juntos. Pero antes nos castraría para engordarnos como a capones. Eso me ha dicho.

A los dos les dio un escalofrío, pero luego se echaron a reír. El capitán Ojeda lo había capturado sin tener que sacar su espada. Engañándolo como a una criatura. A ellos no los hubiera engañado así.

8

EL CENTAURO DE JÁQUIMO

Debían acabar con los barbudos, tenían que matarlos a todos y que las cosas volvieran a ser como antes. Lo harían aunque tuvieran aquellas armas terribles y aquellas bestias pavorosas en las que montaban y aquellos perros de latir espantoso, bocas negras y babeantes y dientes carniceros que les arrancaban las carnes y les desgarraban los cuellos. Podrían hacerlo porque ellos eran muchos, incontables, no había granos de maíz para contar a tantos, mientras que los blancos se podían contar desgranando unas cuantas mazorcas. Los aplastarían. Ya lo habían hecho con los que se quedaron allí la primera vez que vinieron.

La captura de Caonabo no solo no apaciguó a los indios, sino que los solivianto aún más. Sobre todo, a su hermano Manicatex, que entendió que ahora su deber era conseguir liberarle como fuera y no dejar un castellano vivo en toda la isla.

De bohío en bohío, de poblado a poblado, de río a río y desde un lado de la isla hasta el contrario, por todos los cacicazgos solo se oía que iban a juntarse todos y que siendo tantos podrían fácilmente acabar con aquellos recién llegados, que comían sin parar y les tomaban sin respeto alguno a sus mujeres.

Concitó a los otros caciques y todos comenzaron a juntar sus gentes y dirigirse hacia La Isabela. Vinieron Boechio, señor de Jaragua, hermano de Anacaona; Cayacoa, de Higüey; y Guarionex, de Maguá, con todos sus jefes de provincias y poblados y sus hombres capaces de guerrear. Pero faltó Guacanagarí, el señor de Marién.

Este, tras dudarlo y haberse hurtado al encuentro, había acudido al fin él mismo a La Isabela a visitar a Colón, llevando muchos regalos y excusas. Allí le había vuelto a jurar que no había tenido nada que ver en la muerte de los cristianos de Navidad y que quería ser su amigo. Enterados de ello, pues esto había sucedido antes de caer prisionero de Ojeda, Caonabo y Boechio, sus vecinos, le volvieron a entrar en sus tierras y atacar sus poblados matándole una de sus mujeres y llevándose a otra cautiva. Tras ello la decisión del cacique de Marién se convirtió en irremediable. Para sobrevivir él mismo ya no le quedaba más remedio que unirse a los cristianos.

Por toda la isla estallaba la rebelión y según más se juntaban más le parecía que sería cosa fácil matar a aquellos barbudos que eran tan solo un puñado. Algún pequeño jefe local, como Guatinaga, se atrevió incluso a atacar y logró acabar con un grupo de diez de los desperdigados de Pedro de Margarit, que holgaban por sus dominios.

La reacción de Colón fue fulminante, y tras ordenar concentrarse en La Isabela a todos los que andaban desparramados, envió una fuerte expedición de castigo contra aquel poblado para tomarse venganza. No solo mataron diez, que lo hicieron, y hubieran matado a cien por cada español muerto si no hubiera sido porque el almirante hizo que cogieran a quinientos vivos como cautivos entendiendo que era la única forma de sacar de allí beneficio, ya que oro se conseguía cada vez menos. Los hizo llevar herrados a La Isabela y los embarcó en las naos de Torres que regresaban de nuevo a España para venderlos. Con ello cubriría los costes del flete de los barcos y aún daría ganancias para aportar algunas a la caja de la Corona, pues los reyes las acabarían por exigir si los descubrimientos no aportaban otra cosa que hermosos papagayos.

El pretendido escarmiento no tuvo en absoluto el efecto deseado, sino que enardeció aún más a los indígenas. Supieron los españoles al poco que una ingente multitud de indios venidos de todas las partes de la isla se estaban concentrando en el centro de ella, en la extensa y llana Vega Real, e hicieron consejo para ver cómo afrontarlo.

El almirante estaba ya casi repuesto de la grave dolencia que le había tenido medio año postrado, y fue quien tomó la decisión de no esperar el ataque en La Isabela, sino salir ellos, con todos cuantos estuvieran con fuerzas para combatir y fueran capaces de manejar un arma, al encuentro del enemigo. Al final pudo reunirse, al mando de Bartolomé de Colón, una tropa de cerca de cuatrocientos infantes, con un grupo de arcabuceros y otro más numeroso de ballesteros, y un destacamento de veinte jinetes al mando de Alonso de Ojeda como primera fuerza de choque. Se sumaron a ellos veinte perros de guerra, fuertes y carniceros, alanos y dogos, que alcanzaban y alguno pasaba los cuarenta kilos, protegidas sus gargantas por carlancas erizadas de púas de hierro y sus flancos con corazas de cuero forradas de algodón para defenderlos de las flechas indias. Habían sido traídos por varios hombres de armas, pues ya se habían empleado con éxito en combates contra los moros y habían demostrado su gran utilidad hasta para deshacer formaciones de caballería. Contra los indios desnudos serían mucho más eficaces y mortíferos. Entre ellos iba el ya famoso Becerrillo, criado entre vacas bravas en el campo andaluz, bermejo de pelaje, de ojos de intenso color amarillo que parecían echar fuego y boquinegro de cara, lo que producía aún más pavor; de bravura y ferocidad sin igual, era propiedad de uno de los hombres de confianza de Juan Ponce de León, Sancho de Arango.

A los españoles se unieron en la marcha las gentes, unos cientos más, traídas por el cacique Guacanagarí, algunos de los cuales sirvieron de batidores y escuchas, mientras que el grueso formó en retaguardia. Llegados a la Vega Real, no tardaron en avistar la gran concentración indígena, que no se ocultaba en absoluto. Se habían ido congregando en un lugar llamado Jáquimo, donde habían ido llegando por cientos y por millares luego, hasta hacerse ya incontables.

Manicatex sí había logrado contar, haciendo a sus espías utilizar granos de maíz para ello, a los enemigos que tenía enfrente. La noche anterior se habían reunido los cuatro caciques en cónclave con sus jefes más duchos en guerra, y quedó asentado que su número era enorme en comparación con el pequeño puñado de españoles. Apenas si llegaban a cuatrocientos los granos de maíz que habían esparcido en la tabla para contarlos, unos cuantos puñados, nada más eran, y ello les hacía confiar cada vez más en su victoria. Iban a exterminarlos a todos, asaltar luego La Isabela y no dejar ya desembarcar a ni uno más en sus tierras.

Tomarían después los dominios de Guacanagarí y, tras darle al traidor y a todos cuantos le habían seguido la muerte que merecían, se repartirían a sus mujeres y todo cuanto quisieran. De aquellos sí que no tenían miedo alguno. Tanto Manicatex como Boechio los despreciaban, pues siempre y sin esfuerzo los habían vencido y puesto en fuga.

Bartolomé de Colón, que había tomado por delegación de su hermano la dirección de las operaciones, era, amén de buen navegante, un experimentado militar. Situó a sus tropas sobre dos pequeñas colinas separadas entre sí para desde ellas entrar en cuña sobre la formación india. Estos, ya de primera mañana, se habían dispuesto en tumultuosa formación, con mucho griterío para animarse al combate y con cada uno de los caciques dirigiendo a sus propios guerreros, aunque solo algunos de ellos había, en realidad, guerreado, y esto en contadas ocasiones. Destacaban algunos de los cercanos a Caonabo, que habían venido por el mar junto a él y se habían establecido como jefes y notables en Cibao.

El segundo de los Colón entendió que para nada debía permitirles animarse más ni que fueran ellos quienes se lanzaran al ataque. A nada que levantó lo suficiente el día, para poder ver bien y que caballos y hombres no tropezaran, dio orden de que desde cada colina se abalanzara cada grupo por su lado, con los perros por delante y arcabuceros y ballesteros detrás sobre la gran masa de indígenas. Pero, y ello rompió la moral de los indios y acabó la batalla casi sin empezar, Alonso de Ojeda, haciendo una cuña mortal con sus caballos y lanzas, se precipitó, encabezando un torbellino de cascos, relinchos y alaridos, en el centro mismo del enemigo, y toda la masa que allí se concentraba ni siquiera hizo por aguantar la embestida. Aterrados por la carga, arrollados, despanzurrados y pisoteados, dieron en huir aterrados.

Entrando y saliendo con las lanzas entintadas de sangre, los centauros de Ojeda sembraron el pánico, y el conquense, veloz y terrible, no dejaba vivo a ninguno de cuantos alcanzaba y todos huían despavoridos de él y de aquella bestia negra sobre la que montaba.

Los arcabuces, con su tronar, sembraban el pánico; las ballestas, con la certeza mortal de sus saetas, hacían caer un indio tras otro, y los alanos, con sus belfos chorreantes y sus terribles colmillos, destrozaban las indefensas carnes de todo aquel que alcanzaban. Becerrillo degollaba, rajándole la yugular a todo aquel al que conseguía atrapar.

No hubo una batalla, sino una carnicería, que no fue mayor porque los indios, sintiéndose vencidos e indefensos, buscaron la salvación en la espesura donde no alcanzaban a penetrar los caballos, escapando cada cual por su lado y por donde podía. Los cuatro caciques, excepto por muy poco tiempo Manicatex, que intentó agrupar a los suyos y resistir, se dieron prontamente a la fuga y salieron a escape buscando la protección de la floresta, que es donde todo el inmenso gentío de indios acabó por refugiarse, pero hasta allí fueron perseguidos por los jinetes de Ojeda, los perros, los infantes espada en mano y hasta por los hombres de Guacanagarí, que por una vez vencían y eran ellos los que daban caza a sus enemigos.

La mortandad fue mucha, y la derrota de la coalición indígena tan total, que ahí acabó ya para siempre cualquier intento general de volver a presentar batalla en campo abierto a aquellas gentes cubiertas de aquellas corazas de un duro metal que las hacían impenetrables y cuyas afiladas espadas los cortaban a ellos en dos como si fueran frutas maduras. Ellos y sus bestias no habían venido del cielo, sino escapado de los infiernos más oscuros y venido para tragarse su vida y su tierra.

El triunfo fue tan completo que, para que nada faltara, Manicatex, el único en intentar resistir, fue cogido prisionero y llevado por Ojeda, cuyos jinetes lo capturaron junto a un pequeño grupo de fieles, ante el almirante, que fue al cabo indulgente con él y aceptó su sumisión. Alonso de Ojeda fue aclamado por todos y enaltecido, sobre todo por quienes aquel día habían cargado a su lado contra los miles de indios. Por ellos fue apodado y se extendió después por toda La Española como el Centauro de Jáquimo, y así se le mentaba con respeto y admiración.

Al verlo montado en su caballo negro azabache y de gran porte y alzada, a lomos del cual Ojeda parecía aún más ligero, Bartolomé, quien había sido el estratega de la victoriosa batalla, lo miró fijamente por tercera vez desde que lo conoció, y en sus ojos ya había algo más que observación.

Ojeda no se percató de ello. Hablaba con su amigo Juan de la Cosa, que había combatido como infante y, tras él haber puesto al paso su caballo, caminaba a su lado. Alonso iba rumiando algo y al final lo soltó:

—Oye, Juan, por mucho que he mirado no he podido ver ni rastro de ellas. Esperaba que aquí alguno las llevara. Alguna rodela, alguna espada, algún puñal de los que cogieron en el Fuerte Navidad. Y nada. Ni una sola arma de las perdidas ni uno solo de ellos que las utilizara contra nosotros. Hoy esperaba algo de eso y hasta andaba prevenido.

—Pues nada mejor, Alonso, alégrate de que en ello fueran tus temores infundados.

Ponce de León felicitaba a Arango y ambos tranquilizaban a Becerrillo. Pedro de las Casas recogía de un cacique indio muerto un adorno pectoral de cuentas de conchas marinas que le llamó la atención, y los dos grumetes, Trifoncillo y el niño Chico, que se habían quedado junto al padre de este y un pequeño grupo de escolta al lado del almirante Colón, a quien sus achaques habían aconsejado no ir a primera línea, llegaban a la carrera para ver al menos el campo de batalla y compartir con los vencedores el triunfo.

Pero ver tantos muertos, con las vísceras desparramadas por el suelo y aquel olor a heces y sangre, los descompuso a los dos.

9

ANACAONA

Los perros de guerra habían hecho presa en las carnes desnudas de los taínos y el miedo les había mordido el corazón a todos. Estaban vencidos y su única salida, pues tampoco eran tribus guerreras y así también se habían comportado ante las invasiones caribes, era entregarse al vencedor y seguir viviendo, aunque fuera sometidos a ellos. Al fin y al cabo, los recién llegados eran pocos y la selva muy grande. Quizás podrían hurtarse de ellos o en todo caso complacerlos, entregándoles lo que tuvieran de aquello que más ansiaban, el metal amarillo, aunque fuera poco, dejar que holgaran con sus mujeres, y esperar a que siguieran hacia otro lado y pasaran como un mal huracán. Los huracanes hacían grandes destrozos, pero al final pasaban y ellos permanecían.

Derrotados, el almirante aprovechó su victoria para subyugar definitivamente a los caciques y en especial a los dos que más habían hecho por ofenderle. A Manicatex, el hermano de Caonabo, a quien tenía preso, le castigó primero con una dura expedición por sus poblados más importantes. Después, tras acatar este su autoridad, someterse por completo y comprometerse a entregar él mismo media calabaza llena de oro cada mes, lo dejó libre y que volviera a Cibao. Apretó luego al señor de la Vega Real, el cacique Guarionex, que lo era de todo el territorio de Maguá, y puso como obligación a sus gentes que cada uno de ellos tributara cada mes el oro que cabía en un cascabel, pero comprobó que resultaba imposible que pudieran cumplirlo y se lo rebajó a la mitad. Tampoco eso fue posible, pues los indios ni sabían cómo encontrarlo ni cómo sacarlo de la tierra y optaban, al ser exigido el cumplimiento, por abandonar sus pueblos y huirse a las selvas.

El cacique taíno Guarionex se entrevistó con Colón y le suplicó que no acogotara así a su pueblo, pues no podía cumplir aquellas demandas. Le propuso en cambio ponerle en cultivo un conuco de enorme extensión en aquella fértil llanada que bastaría para suministrar pan de cazabe para todos los cristianos. Colón no quiso ni hablar de ello, pues no tenía oídos sino para lo que más le urgía y había prometido: el codiciado metal dorado. Debía ir pensando en regresar a España y no podía presentarse ante los reyes con las manos vacías; estos habían gastado muchos dineros en poner en la mar tantos barcos y gentes y, sobre todo Fernando, iba a exigir que lo alardeado sobre grandes riquezas y tesoros se cumpliera. Algo debía llevar y estaba dispuesto a conseguirlo como fuera. Los indios para vender como esclavos que había enviado paliarían la situación, pero si pudiera dar con oro en abundancia todo resultaría más fácil.

Se redobló la búsqueda, y no es que encontrara mucho, pero al cabo le sonrió un poco la fortuna. En la tarea de someter toda la isla a su poder se iban construyendo fortalezas y cerca de una de ellas, que llamó La Concepción, fue a darse con una mina y el ansiado filón que buscaban. A la postre habría de ser la más rica mina de todo el Caribe, pero de inicio dio al menos para que don Cristóbal pudiera llevar una cierta cantidad a los reyes. Sin embargo, sabía que con ello no cubría ni de lejos gastos reales ni tampoco incrementar en lo que deseaba su propia hacienda, y optó entonces por volver de nuevo la vista a los indios, que para trabajar minas y plantaciones no servían en demasía, pero eran muy buenos y sumisos sirvientes. Utilizando la excusa que luego se haría moneda común de que habían sido rebeldes y atacado a los cristianos, hizo capturar de nuevo varios cientos y volvió a enviar otra remesa hacia España. Iban en ella cerca de seiscientos junto al cacique Caonabo, engrilletado, que mandaba a la corte para que lo juzgaran sus majestades. Cuando ya zarpaban las naves, un huracán las golpeó de improviso y fue tan destructivo que hundió algunas en el propio puerto, que quedó arrasado. Otras lograron escapar de su furia y a la postre emprender viaje, pero del cacique ya nunca más se supo. Unos dijeron que se ahogó en un barco zozobrado y otros que se dejó morir en alta mar, incapaz de soportar el ser alejado de su tierra y el cautiverio.

A pesar de todos los pesares y tormentas, el trasiego de naves se iba incrementando poco a poco, pero eran más las que partían que las que llegaban, y finalmente en el puerto ya no quedaba sino la Niña cuando llegaron otras cuatro más enviadas de nuevo por los reyes y que traían a bordo a un emisario suyo, de nombre Juan Aguado, que dijo tener cartas y facultad para informarlos de la gobernación que allí en La Isabela y en toda La Española se hacía y de la que el almirante era responsable. Aguado llegó con muchas ínfulas y ganas de malmeter sin tener quizás, en verdad, autoridad para hacerlo, pues tan solo se le había ordenado que se informara, pero sin darle autoridad de mando alguno. Para Colón fue un continuo incordio, pero lo soportaba para acabar cuanto antes y regresar al tiempo que él para contrarrestarlo, sabedor de que preparaba requisitorias contra su persona al igual que las que habían llevado a España en los barcos que trajeron a su hermano Bartolomé, el cura Buill y el aragonés Margarit tras abandonar su puesto de mando de la tropa. Estaba convencido de seguir gozando del favor de los reyes, y en especial del de la reina, y de poder desactivarlos a todos, pero para ello nada sería más conveniente que retornar con riquezas visibles, y se dispuso a capturar más indios.

Sobrevino entonces otro huracán que igualmente azotó a las naves ancladas en el puerto y envió a casi todas a pique, dejando ya claro de sobra que el lugar elegido por Colón no reunía condiciones contra esos vendavales. La Niña aún pudo salvarse, y se consiguió con mucho esfuerzo volverla a hacer navegar.

El almirante, sabedor de que necesitaba más barcos, al tiempo que se reparaban los destrozos en la carabela, hizo que se pusieran a construir dos más, y que se dedicaran a ello de inmediato todos los carpinteros y oficiales necesarios, pues eran muchos los que ansiaban regresar y hasta habían requerido a sus familias en España para rogarles a los reyes que dieras instrucciones a Colón de que los dejara volver.

Las labores se hicieron con rapidez, y utilizando restos de los naufragios se pudieron poner dos carabelas a flote y listas para zarpar en no demasiado tiempo. Al final, el almirante embarcó en la Niña con Juan Niño, su hijo, el grumete Alonso, y el amigo de este, el Trifoncejo, que se habían hecho inseparables. En la India, recién fletada, embarcó Juan Aguado, y entre las dos naves cargaron un total de doscientos veintiún españoles que decidieron regresar, dando muchas gracias al cielo de poder salir de La Isabela, a donde habían llegado tan cargados de esperanzas y sueños. Añadió a ellos Colón treinta indios cautivos más.

Don Cristóbal tenía prisa ahora en regresar. Se maliciaba que había algo con los reyes que se estaba torciendo. En una carta recibida con los últimos barcos arribados se le trasmitían unas ordenanzas reales del año anterior, el 1495, en las que se atendía a la petición de varios interesados, mercaderes sevillanos en su mayoría, y entre ellos uno de los Niño, Pedro Alonso, el primero de la familia en regresar de aquel segundo viaje suyo, que solicitaban permiso para poder fletar naves y venir por su cuenta a las Indias, a lo que los reyes habían accedido, aunque preservando la autoridad de Colón. Tendrían estos mercaderes que pedir permiso y autorización a las autoridades de la Corona encabezadas por el obispo Fonseca y llevar veedores con ellos, amén de reservar una décima parte de la carga, sin coste, para lo que los reyes quisieran embarcar, y entregar a la vuelta el décimo real de las riquezas obtenidas. Para Colón se reservaba la prebenda de que, de cada siete navíos que partieran o retornaran, el almirante tenía derecho a cargar uno entero con sus portes, además de una octava parte de la carga en todos los demás. Era algo muy en razón, pero era también un comienzo de lo que se barruntaba podía venir, y que ya de entrada le quitaba una exclusiva que hasta el momento había tenido.

Mientras se estuvieron construyendo los barcos para el regreso a España, Alonso de Ojeda estuvo dudando si embarcar él también, pues su amigo Juan de la Cosa ya tenía sitio reservado en la Niña, pero optó al final por esperar, pues alguna nao más vendría y en ella podría, si lo deseaba, volver más tarde. Ojeda había ganado mucha fama, pero no demasiada fortuna, aunque sí alguna correspondiente por su soldada y algún que otro pequeño botín obtenido. Por su lado, Juan de la Cosa sí la tenía mayor, ganada por sus trabajos de piloto y por compensación de su nao perdida y sus negocios en España, que la aumentaban. El Vizcaíno se sabía manejar mucho mejor que su amigo en tales menesteres, y era hombre de posibles y respeto en esos ambientes.

Aún con dudas en su decisión de partirse o no andaba el capitán conquense cuando le llegó una orden del almirante de ir con una pequeña tropa al cacicazgo de Jaragua, donde Anacaona se había refugiado con su hermano Boechio tras la hecatombe de la Vega Real. No llevaba Ojeda otra instrucción que no fuera la demostración de fuerza y comprobar la sumisión del cacique, pero le gustó la encomienda y partió hacia la costa de Haití con mucha alegría por volver a ver a aquella hermosa mujer, aunque él hubiera sido el causante de la prisión y al cabo la desaparición de su marido.

Encontró a Anacaona mucho mejor dispuesta con él que a su hermano Boechio, aunque este, y bien se notaba, le tenía verdadero pavor y no cesaba de agasajarlo y darle regalos, hasta algún oro incluso, pero se mostraba tan untuoso como huidizo y el conquense no se fiaba ni un pelo del taíno.

Anacaona lucía aún más bella y rozagante que la anterior vez que la vio. Había vuelto a su solar natal, a su casa, y parecía encontrarse mucho mejor en su actual situación que como esposa del caribe. De hecho, ni siquiera lo mencionó. Asistió al banquete que su hermano dio al capitán castellano y exhibió su belleza, poniéndose flores en el pelo, brazaletes en las muñecas y un brazo y un colgante de conchas de nácar rosado al cuello. Parecía disfrutar de la compañía de Ojeda y no hizo nada por ocultarlo. En Jaragua, Anacaona era una princesa y estaba libre de atadura a marido alguno. Se notaba, además, que su influencia sobre su hermano era absoluta. Este hacía lo que ella le indicaba con un susurro o tan solo una mirada.

La taína agradeció con muchas sonrisas el esfuerzo del castellano por hablar su lengua, que ya conocía bastante, y quizás aún más las atenciones y galanterías que el caballero no solo no escatimaba, sino que prodigó como si ante una noble castellana o alguna princesa mora de las que había visto en Granada estuviera. En alguna de aquellas enveladas mujeres pensó, por cierto, al contemplar a aquella otra, casi desnuda.

Al concluir el ágape de recibimiento fue ella, Anacaona, la que le indicó un pulido bohío que habían preparado para él, cerca de la playa y un poco separado del más grande donde se habían aposentado sus compañeros. Ojeda no quiso dejar su caballo, ya desaparejado, con los de los otros, y sin tener ni que tirarle del ronzal hizo que lo siguiera a la playa para que allí la gran bestia negra se pudiera refrescar y mojar sus cascos en la espuma de las olas.

Fue entonces cuando Anacaona, que había observado discretamente oculta aquel hacer del capitán castellano, fue hacia él. Ojeda se había desprendido de la armadura y las botas y en camisa había entrado en el mar. En la arena había dejado, junto a las calzas, su espada en la funda y un puñal. Estaba de espaldas, pero al presentir algo tras él se revolvió como un áspid, presto a echar mano al acero. Entonces vio que era Anacaona quien venía. Y venía hacia él desnuda.

Sin detenerse siquiera en la orilla, la india entró despacio, pero decidida, en el mar. Él se quedó esperándola donde rompían las olas y el agua le llegaba por la cintura. Ella, nada más llegar a su lado, se le enroscó al cuerpo con brazos, manos y piernas, haciendo que se le levantara al instante enhiesto su miembro viril. Lo incitó de inmediato a penetrarla, colgándose de su cuello y empotrando ella misma su sexo abierto en el del hombre. Cabalgando ella sobre él, echó hacia atrás la cabeza en un jadeo acompasado a las arremetidas y un desparramarse de su cabellera, hasta que sus puntas se posaron en las aguas.

Momentos después el hombre, sin querer desprenderse del embroque, hizo por llegar más cerca de la playa y por caer los dos sobre la arena, ahora ella bajo él. Cabalgó Ojeda sobre aquellos suaves muslos y se acunó en aquellas caderas que se movían con un ritmo primero suave y cadencioso y luego cada vez más frenético, hasta que llegó a unos estremecimientos convulsos que culminaron en un hondo gemido de la mujer y en un resuello final del hombre.

No habían dicho ninguno palabra alguna. Tan solo gemidos y resuellos habían salido de sus bocas, que habían estado más ocupadas en besarse y recorrerse. Descansaban ahora ambos boca arriba, el uno al lado del otro, con las olas lamiéndoles la piel. En un momento dado, ella llevó la mano a su pecho, le acarició el vello, y fue luego bajándola por el vientre hasta llegarle de nuevo a lo que antes estaba duro y ardiente y ahora arrugado y flácido, y dijo riéndose dos palabras en español:

—Espada, capitán.

Hubo Alonso de Ojeda de desenvainarla algunas veces más. Tras la última, ella se quedó mirando un jirón de nube que iba a tapar el pequeño gajo de luna que apenas llegaba a blanquear la espuma de las olas desmayando en la playa, y cuando veló el brillo del astro nocturno, se levantó de un ágil salto y, como había venido, se marchó.

El capitán Ojeda permaneció con su pequeña tropa una semana entera en el caney de Boechio. Anacaona no se recató al día siguiente en llevarlo con ella a su vivienda, y allí lo hizo bañar y aceitar con ungüentos de suaves olores. El conquense se dijo que ni las princesas de la Alhambra debían de conocer tales formas de complacer a los hombres y dejarlos tan exhaustos como él jamás había estado, ni en batalla parecida ni tras las que había librado con la armadura y espada en mano. Pensó también, recordando las creencias de los moros y su paraíso lleno de huríes, que algo parecido a esto debía de ser si fuera verdad la mentira de Mahoma y tal existiera. Y que el jardín del Edén tampoco debiera de ser muy diferente a aquellas selvas y playas de blancas arenas.

Los asuntos con Boechio quedaron establecidos de la mejor manera y este comprometió toda su lealtad a los nuevos *guamiquinas* de La Isabela, algo que para Anacaona incluía el primero a su capitán y a su espada. Bien sabía ella que era aquel hombre quien había capturado a su temible marido y luego arrollado a una multitud de indios que huyeron aterrados con solo verle avanzar a lomos de aquella bestia que solo con él era sumisa y a la que trataba con los mejores cuidados, hablaba con cariño y acariciaba con dulzura. Como con ella había hecho tras montarla.

Ella, Anacaona, también se le sometía, o hacía creer al menos que lo hacía, pues era ante todo una princesa y había de velar por su pueblo. Teniendo anudado a su cuerpo al más poderoso de los capitanes de aquellos hombres venidos del mar, tendría un seguro y la mejor forma de conseguirlo.

Una noche de aquellas, cuando ya se preludiaba en los cielos el reír del alba, le hizo seguirla fuera, hasta una casa separada de todas la otras del poblado. Allí, tras abrir la puerta de la choza, una de las pocas que la tenían, le hizo entrar y entonces le mostró algo que le dejó sobrecogido. Tras retirar unas ramas y luego unas telas que las tapaban, pudo ver a la luz de la tea que portaba el brillo de una armadura, de una espada, de varios puñales y de una rodela.

Él había indagado, sin preguntar directamente, por el paradero de aquello que tanto le preocupaba. Anacaona no había dado muestras de saber nada, pero en algún momento había decidido que lo mejor era mostrárselo y entregárselo.

—Lo trajo Caonabo de la tierra de Guacanagarí donde mataron a los barbudos —le dijo—. Él se quedó con esto, eligió el primero lo que quiso, y lo otro lo repartió entre los jefes más cercanos que lo acompañaron.

Ojeda se quedó un momento perplejo. Aquello era lo que él había pensado, que los jefes guerreros se lo habían repartido, pero ¿por qué no lo habían empleado?

Se lo preguntó a ella, pero Anacaona tampoco alcanzó a decirle nada que se lo aclarara del todo. Sí que de algunas armas, que entendió eran las que necesitaban de pólvora, no habían alcanzado siquiera a comprender su uso y las habían dejado a un lado; que otras, supuso que las ballestas, habían intentado usarlas, pero tuvieron muchas dificultades para comprender su mecanismo, y, por último, las de hierro sí que pensaron en darles uso, pero sucedió que al querer manejarlas se hirieron con ellas. Hubo entonces consulta a los hombres que hablaban con los espíritus y que eran sabios de las cosas ocultas. Estos aconsejaron no tocarlas, pues eran cosas venidas del cielo, como el *turey* que sonaba, y les harían mucho daño. Así que las escondieron, por si algún día sabían más de sus secretos y poderes y podían entonces utilizarlas.

Eso alcanzó a entender, al menos, Alonso de Ojeda, y desde luego se apresuró a apoderarse de inmediato de las que allí había. Las trasladó a la cabaña que habitaba él en exclusiva y ya entrada la mañana fue cuando se las dejó ver a sus hombres. Como él las tenía mejores, las repartió entre ellos y se quedó tan solo con un puñal de muy buena hechura, mejor filo y bien labrada empuñadura como recuerdo.

Le dijo tras ello a Anacaona que había hecho lo debido para tener amistad con los cristianos, y que les dijera a los demás, si de alguno sabía que tuviera algunas otras, que debían hacer lo mismo, pues si los castellanos se las encontraban ocultas los castigarían con mucha dureza y hasta los matarían, pues sabrían que habían sido quienes mataron a los de Fuerte Navidad.

Ella asintió con energía y le aseguró que, al menos en Jaragua, estaba bien segura de que no había nadie que las tuviera. Creyó que con ello el pacto con el capitán, y por ende con los cristianos, quedaba firmemente atado, y se sintió contenta de esa alianza que permitiría a sus gentes poder vivir en paz.

Pero al cabo de la semana Ojeda partió, y aunque después aún llegó a saber de él y él de ella también, ya no volverían jamás a verse.

10

TRASPLANTAR CASTILLA

Cuando al fin las dos carabelas estuvieron aparejadas y abastecidas y el almirante puso rumbo hacia España, dando por concluido
ese segundo viaje donde llegó con diecisiete naves y más de mil quinientos hombres y ya no quedaban ni la mitad en La Española, Ojeda no volvió con él. Pero no tardó mucho en arrepentirse de su
decisión.

Con el almirante al mando, Alonso gozaba de mucho predicamento, pero al partir él, lo perdió. Y no fue porque disminuyeran
su prestigio y saber hacer, sino porque Bartolomé Colón fue nombrado por el almirante, además de adelantado, que ya lo era, gobernador
y capitán general de La Española. Su hermano Diego quedó como
su segundo, y Roldán, el escudero de Torredonjimeno, fue ratificado no ya como alcalde mayor de La Isabela, sino ahora además de
toda la isla.

Don Cristóbal les había encarecido a todos que obedecieran a su
hermano como si de él mismo se tratara antes de salir de puerto el 10 de
marzo del año 1496 y poner rumbo a España, mas no le hicieron
demasiado caso. Muchos le habían perdido el respeto que un día le
tuvieron y Bartolomé no era precisamente de los que se ganaban voluntades. No lo sabía, el almirante, pero dejaba tras él un polvorín
con varias mechas encendidas.

La Niña hizo la entrada por la bahía de Cádiz tres meses después, el 11 de junio, y con quien se fue a topar fue con una pequeña escuadra de dos carabelas y una nao que estaba lista para ir de donde él venía, pues su destino era La Española, y que traía al mando a uno de la familia de los Niño, Pedro Alonso. Hubo gran alborozo familiar y también del almirante, que ni siquiera torció el gesto al saber que aquellas naves eran ya uno de los primeros viajes no sometidos a la exclusiva que había tenido hasta que los reyes, sin consultarle en nada, le habían retirado el año anterior. Los Niño, toda la familia, eran amigos y como tales, negocios aparte, se comportaban, y además los barcos iban cargados de bastimentos, como trigo, vino, tocinos, carnes saladas, habas, garbanzos, aves de corral y diversas plantas y simientes para quienes se habían quedado en La Isabela. Por más, Peroalonso, así se le conocía familiarmente, llevaba cartas de los reyes que debía entregarle a Colón, y este aprovechó para leerlas prestamente y con las mismas enviarle, a tenor de ellas, instrucciones por escrito a su hermano Bartolomé, que el Niño le podría hacer llegar bien pronto.

Preocupaban al almirante los cuentos que los descontentos como el padre Buill y Margarit, o los informes ahora de aquel tal Juan Aguado, hubieran hecho llegar a los reyes, e hizo con toda la prisa que pudo por verse con ellos, pues la corte cambiaba de continuo de sitio. Fue informado de que en aquel momento estaba en Burgos, por lo que hasta allí se llegó.

La recepción tanto de Isabel como de Fernando fue en apariencia amable. Quedaron sus majestades contentas con los presentes, la noticia de los nuevos descubrimientos de Jamaica, Cuba y tantas islas más, y el buen acopio de oro traído sin fundir desde la mina recién descubierta. No le pareció, y así era, que hubieran hecho en ellos mella los escritos, requerimientos y quejas que contra él se anotaron. Ni a Buill ni a Margarit y aún menos a Aguado le hicieron apenas caso, aunque alguna de sus quejas anotaron.

Pero hubo, ya lejos de miradas y oídos que no tenían por qué enterarse, un aparte de la reina Isabel con su protegido, y este tuvo un cariz muy distinto. La reina se había enterado del envío de esclavos y de su venta, aunque la de muchos se había camuflado realizándose en puertos portugueses. La reina estaba muy disgustada y se lo afeó con dureza, mostrando sin andarse por las ramas su gran enfado; Isabel de Castilla sabía hacerlo, y cuando lo hacía era mejor no replicar y aún menos con malas excusas. Al almirante la reprimenda le dejó mudo, y fue lo mejor que pudo hacer. Fue luego, y ya más apaciguado el tono real, cuando se atrevió a esgrimir algunas razones y aducir que habían sido capturados en combate y le dio cuenta de la batalla de la Vega Real y la rebelión generalizada que había tenido que sofocar.

No la convenció, pero tampoco quiso Isabel pasar a mayores, y tras dar por zanjado el asunto y reiterar sus órdenes de que no se hiciera tal cosa, entendió que era el momento de ocuparse por el futuro, que también le inquietaba y mucho.

Aquellas nuevas conversaciones ya fueron más públicas y con participación de otros muchos implicados en estudiar el asunto y procurar aportar soluciones. El almirante trasladó las necesidades en sus dominios al otro lado de la Mar Océana y la urgencia de cubrirlas. Resultó todo muy trabado y laborioso, porque era una cuestión de gran trascendencia y envergadura que iba a costar grandes dineros y no andaban los reyes nada boyantes, sino en penurias económicas, pues a los gastos de guerras en Francia y en Italia se añadía el tener que andar dotando los casamientos de infantas y aquello era de mucho gasto y sin retorno.

Pero pusieron Isabel y Fernando en ello mucho empeño y al final, tras muchas conversaciones, cuentas y conteos, se atendió en primer lugar a la petición de una nueva escuadra de ocho naves, dos de las cuales saldrían antes que las otras y en cuanto estuvieran aparejadas, pues eran las que debían llevar las provisiones imprescindibles para los que habían quedado en La Isabela y que era preciso llegaran cuanto antes. Otras seis naos, estas con el almirante al mando, saldrían más tarde y cuando se completara todo lo que se acordó en cuanto al poblamiento de La Isabela y ya de toda La Española.

Porque en estos barcos no solo iban a ir de nuevo provisiones y tantas cosas que allá se echaban mucho en falta, sino que en esta ocasión embarcarían gentes perfectamente señaladas por oficios y aptitudes, para que La Española pudiera comenzar a desarrollarse y prosperar como un territorio del reino y una provincia española. Acordaron finalmente que los reyes costearían el sueldo de trescientas treinta personas que embarcarían rumbo a la isla, y que quedó en seiscientos maravedís al mes y una fanega de trigo, y doce más para comida. Pero esas trescientas treinta tendrían que corresponder a las siguientes calidades y oficios: cuarenta habrían de ser escuderos, cien peones de guerra o de trabajo, treinta marineros, treinta grumetes, veinte artesanos que supieran labrar el oro, cincuenta labradores, diez hortelanos, para cuyas labores también se embarcarían veinte yuntas de vacas, yeguas y asnos. Completaban el número de hombres a sueldo del rey veinte oficiales de todos los oficios y con estos la cifra ascendía a trescientos.

Pero a ellos se añadían treinta mujeres, pues fue intención decidida de la reina que ya esta vez embarcaran también mujeres castellanas y que pudieran ir ya estando casadas con alguno de los viajeros, pero también solteras y que encontraran allí con quien matrimoniarse. Esas treinta mujeres serían las primeras blancas y cristianas que pusieran pie en las Indias; la reina creía que aquello solo sería el principio y que tras ellas muchas otras españolas decidirían el partir hacia las Indias. Algo de ello hubo, pero de principio las treinta eran muy pocas, aunque fueron solteras la mayoría de la partida, y lo cierto es que no les costó mucho encontrar marido. Sin embargo, muchos de los allí establecidos, sobre todo los que andaban desparramados por la isla, siguieron aquerenciados a las indias y hasta alguno, aunque se casara con castellana, siguió teniendo las suyas en mancebía, más o menos disimulada en servidumbre.

Por parte de los reyes se añadió también la ida de un cierto número de clérigos para administrar los santos sacramentos y atender las necesidades de los cristianos, pero, además, para convertir a aquellas almas a la religión verdadera. Algunos ya habían sido bautizados, pero había de intentarse que fuera de manera masiva.

Pero, amén de procurar por las almas de todos, cristianos y los que habrían de serlo, se pensó también en atender a los cuerpos de los vivos y se decidió que, habiendo causado baja el doctor Chanca, se embarcarían un físico, un boticario y un herbolario. Ordenó también la reina Isabel que se enviaran algunos instrumentos músicos para solaz y diversión de las gentes.

A los labradores, a quienes se les puso mucho énfasis en la necesidad de iniciar cultivos, se les prestaba una fanega de simiente de trigo por cabeza para que en llegando lo sembraran y recogida la cosecha lo devolvieran y aumentaran con un diezmo para la Iglesia. Pero hasta entonces, y para bien proveer, se llevarían en los barcos seiscientos cahíces de trigo librados por el arzobispado de Sevilla, amén de cincuenta cahíces de harina, y mil quintales de bizcocho para que comiera la gente y no sucediera lo que anteriormente había sucedido. Para ello habían de construirse de inmediato molinos y tahonas para poder convertir en pan el trigo que se llevaba.

Se concluyó también, para que fuera desarrollándose el imprescindible tráfico de mercaderías y que en la isla pudieran irse abriendo establecimientos en los que vender y comprar, fueran comidas, vino, ropas, enseres o cualquiera otra cosa, que a aquellos que fueran con tal misión pudiera dárseles un préstamo para allí asentarse y llevar lo preciso para su negocio, pero que luego ello habría de devolverse una vez que este comenzara a funcionar y a venderse sus productos.

Para estos también se regularon los precios: quince maravedís por cada azumbre de vino y ocho por cada libra de tocino o carne salada. Los precios de los demás productos quedaban a consideración de la autoridad en la isla, o sea, del almirante o sus allí delegados, para que, si bien ganaran lo preciso, no abusaran de los precios.

El almirante se mostró muy satisfecho con ello y con el esfuerzo que los reyes hacían, pero era muy consciente de que se necesitaba bastante más gente en La Española, y tras haber porfiado en aumentar el número, los reyes le permitieron que podría llevar a su cuenta ciento setenta más hasta alcanzar la cifra de quinientos. Pero a estos no les darían sueldo alguno, y si en sus faenas estuviera la de buscar oro, habrían de entregar dos tercios de lo hallado para la Corona y el diezmo de todas sus otras ganancias, como era siempre preceptivo.

Entendió Colón que no sería fácil que así completara el cupo y entonces propuso a los reyes que se ofreciera perdón a los malhechores que en sus reinos hubiese con la condición de que vinieran a servir durante algunos años en la isla, fueran estos hombres o mujeres y aunque tuvieran delitos de sangre, a excepción, y en esto se fue muy preciso, de los delitos de herejía, de lesa majestad y traición, asesinato premeditado o dado con fuego o saeta, así como a los reos de sodomía y falsificación de moneda o de haber sacado oro o plata fraudulentamente del reino.

Los reos con pena de muerte habrían de servir dos años en aquello que el almirante les ordenase, y los que no, habrían de hacerlo solo un año. Pasado aquel tiempo podrían regresar libres a Castilla o quedarse en las Indias. Los reyes, además, enviaron una segunda providencia a todas las Justicias del reino instruyendo que a todos los delincuentes que por sus delitos mereciesen destierros a islas o en trabajos forzados a excavar metales los desterraran directamente a La Española. El cupo no tardó en cubrirse y por la isla comenzaría, cuando llegaron, a verse más de un desorejado.[19]

Se completaron las providencias reales con la orden al almirante de que a las gentes que ya estaban en La Isabela, avecindadas o las que lo hicieran luego allí o en otros lugares, se les concedieran tierras, montes y aguas para hacer en ellas sus heredades, casas, huertas, viñas, algodonares, olivares o plantaciones de caña, así como los cultivos o árboles que plantar quisieran, amén de los molinos o los ingenios para extraer el azúcar.

A los beneficiarios se les exigía que mantuviesen la casa poblada y los cultivos en marcha por un periodo de cuatro años; tras ellos podían ya considerarlos propios y, por tanto, enajenarlos de la forma que entendieran.

Considerar todo ello y darle luego la forma precisa llevó mucho tiempo, y era ya junio de 1497 cuando se despacharon al fin los escritos preceptivos en Medina del Campo.

Aquello era abrir una amplia puerta para el progreso de La Española, pero, mientras, en la isla estaban sucediendo muchas cosas y no precisamente buenas. En realidad, para según quiénes, se iban po-

---

[19] Testimonio directo de Bartolomé de las Casas, que extrajo además del diario del propio almirante, al que tuvo acceso directo, la relación de gentes, oficios y sueldos aquí referida.

niendo tan feas que ya hacía más de un año que Alonso de Ojeda le había pedido a Peroalonso Niño que le hiciera la merced de regresar con él en el primer barco que volvió a España, uno de los que había llevado con provisiones, y que le hiciera además el favor, que se lo hizo, de dejarle embarcar a su caballo.

LIBRO III
SANTO DOMINGO

11

EL FUERTE SOBRE EL RÍO OZAMA

Peroalonso Niño llegó con tres navíos cargados de vituallas y bastimentos a La Isabela y la llenó de contento y alegría. Partió de ella después y en cuanto pudo con trescientos indios esclavos a bordo, hechos prisioneros y tratados como alzados por haber matado a aquellos diez cristianos, y dejó a sus poblados en el dolor y la pena. La reina Isabel ya había hecho saber que no era gusto de la Corona el que se cautivara a los nativos, pero se hacía excepción con quienes se alzaban y ofendían con armas a los castellanos, y el decidir si eran reos de tal castigo lo decidía el almirante o en su defecto el adelantado.

En las cartas que con los Niño vinieron se les encomendaba buscar por el lado sur de La Española algún buen puerto, pues La Isabela estaba demostrando no serlo. Y si de paso se encontraba cercano a las minas de oro que por aquella zona se habían hallado, las de San Cristóbal, pues mejor que mejor.

En ese empeño partió Bartolomé Colón, ahora mayor autoridad en la isla y mares adyacentes, con una nutrida fuerza, dejando a su hermano pequeño, Diego, al mando en La Isabela. Fue por tierra hasta llegar a los yacimientos y luego, informado sobre un río con desembocadura cercana, descendió por él en canoas indias guiadas y servidas por los nativos, quienes le dijeron su nombre, Ozama, y ya llegando a la boca encontró rápidamente el lugar adecuado para emplazar allí atraques, fortaleza y asentar nueva ciudad.

Aunque alguno de la expedición objetó cierta falta de calado, las sondas demostraron que lo tenía sobrado no solo para las más ligeras carabelas, sino también para las naos más pesadas, incluso por encima de los trescientos toneles. Avezado marino, Bartolomé no tuvo duda de que aquel era el sitio y acometió de inmediato, en su orilla oriental, la construcción de un fuerte para que tuvieran sus gentes cobijo y defensa. Le puso por nombre Santo Domingo por haber llegado allí en tal día señalado y santificado de la semana, y aunque luego su hermano mayor y jefe quisiera nombrarla Nueva Isabela, quedó para siempre con tal nombre.

La Isabela, en cuanto Santo Domingo comenzó a levantarse, acentuó su declive. De entrada, tras poner el adelantado a veinte de los que con él habían llegado a construir la fortaleza, hizo venir a otro buen puñado de gentes para que los ayudaran a completar cuanto antes la obra, con lo que La Isabela iba quedando cada vez más vacía y con tan solo los enfermos y, eso sí, los oficiales y carpinteros de ribera que en ese momento se afanaban en construir otras dos carabelas, pues cada vez era más necesario un mayor número de barcos. El trajín de un lado al otro del Atlántico los hacía imprescindibles y seguían faltando bastimentos.

Santo Domingo comenzó de inmediato a prosperar, por su buena condición como puerto y su mejor ubicación para conectar con el interior de la isla. Aunque en algo sí erró Bartolomé: fue en el lado del río en que dispuso situar de inicio el poblado, pues no se tardaría en comprobar que el lugar idóneo era al otro lado del río, el occidental, y allí, aunque se perseveró durante algunos años en el empeño inicial, a la postre es donde acabarían por trasladarse el grueso de las gentes y los edificios señeros y principales, mientras que el otro lado quedó en suburbio.[20]

---

[20] Esa parte oriental sigue siendo hoy un lugar al que los residentes y visitantes de Santo Domingo prefieren no ir y desde luego no por la noche. Es el barrio deprimido, postergado y peligroso habitado casi exclusivamente por población negra. No iba a tardarse mucho en que el flujo de esclavos fluyera y a la larga mucho más en dirección contraria, en este caso desde África.

Tras tener ya puesta en marcha la construcción del fuerte y haber fundado la ciudad que al cabo sería la primera en serlo de veras y capital de todas de La Española, puso don Bartolomé en sus miras el dar muestras de que él era ahora, y nadie sino él, gobernador y autoridad primera. Y para que así fuera percibido por todos, emprendió viaje hacia los dominios del cacique Boechio y su hermana Anacaona.

Había sabido de ellos, y de sus dominios de Jaragua, por los cuentos que le habían traído de las hazañas, estas pacíficas pero también muy mentadas, del capitán Ojeda, quien al menos y para descanso de Bartolomé Colón, aunque lo disimulara, había partido de la isla rumbo a España.

Marchó con su compañía y con guías indígenas por las trochas de las selvas hasta dar, a unas treinta leguas, con un hermoso y poderoso río llamado Neyba en el que comenzaba el territorio de aquel extenso y rico cacicazgo. Topó en su orilla con un gran número de guerreros muy armados de flechería, pero que no hicieron además de atacarlos, y al enviarles lenguas a decirles a sus jefes que venía no para herirlos ni hacerles guerra, sino a visitar a Boechio, estos, que ya habían sabido y algunos hasta visto con sus ojos la llegada y el recibimiento dispensado a Ojeda, le escoltaron muy obsequiosos.

Avanzaron por los senderos de la floresta bajo aquel dosel verde de innumerables árboles, que de tan espeso, húmedo e interminable, resultaba para los castellanos agobiante y llegaba a hacerles añorar el sol limpio en el cielo y el paisaje abierto de sus ásperas llanuras. El paraíso verde acababa por oprimir los sentidos y el alma y desesperarlos.

Pero otras treinta leguas más allá los rostros de todos cambiaron. Habían observado que algunos batidores se habían adelantado a la tropa india para dar aviso al gran poblado del jefe Boechio de que llegaban, y de ello habían informado al Colón diciéndole que ya estaban muy cerca. Se había preparado ya don Bartolomé y compuesto tanto él como sus gentes, trazas, armas y formación para dar la impresión de poderío y parecer muy aguerrida y temible fuerza, cuando oyeron ya llegada la tarde venir hacia ellos sonidos de tambores, de flautas y de cánticos. Al poco, y al salir a terrenos con más claros y a un camino más ancho, vieron avanzar una maravillosa comitiva que los dejó boquiabiertos.

Venían por delante una treintena de hermosas y jóvenes mujeres, desnudos los pechos y solo tapadas sus partes más pudendas con escuetas faldillas de algodón blanco,[21] que traían ramos verdes en las manos y flores prendidas en el cabello.

Se acercaban con pausa hacia ellos, bailando y danzando con sinuosos y seductores movimientos, acompañando a los instrumentos que tras ellas otros indios sonaban con sus dulces y armoniosas voces. Precedían y escoltaban un palanquín, donde en medio de ramas y grandes hojas y cubierto todo ello de flores de todas las clases y colores, venía recostada, vestida y desnuda de igual guisa que ellas, pero con mayor esmero, lujo y cuidado, la princesa Anacaona, a quien su reluciente y negra mata de pelo negro caía en cascada sobre los pechos, que se descubrían y ocultaban al compás del viento y el bamboleo de su transporte, que llevaban a hombros muy fuertes mancebos.

Llegaron hasta los cristianos con mucha sonrisa y gestos de alegría y bienvenida y quedaron los castellanos tan atónitos y admirados, amén de estremecidos por la vista de aquellas mujeres, que permanecieron callados y solo por gestos y visajes se expresaban los unos a los otros su estupor y sus deseos.

Llegada la comitiva ante Bartolomé Colón, todas ellas, excepto la princesa, pusieron sus rodillas en tierra y, con gran reverencia, le entregaron los ramos y las palmas que traían. Bajó luego, tras hacer acallar la música, Anacaona de su pedestal sin hincar ella la rodilla, pero sí obsequiosa, y con aún mayor sonrisa, los invitó a que los siguieran y los condujo a todos a Jaragua, pues así también se llamaba el gran poblado central del territorio, donde en su gran caney los esperaban Boechio y todos sus notables y jefes. Allí había dispuesta una enorme mesa para la cena con mucho pan de cazabe, frutas de muy variados tamaños, colores y sabores, así como jutías asadas o cocidas, cuya carne, aunque su aspecto fuera más de rata, recordaba

---

[21] Origen de la palabra «enaguas».

al conejo, e igualmente gran abundancia de muy ricos peces tanto de mar como de río.

Comieron todos en ella, don Bartolomé al lado del rey Boechio y atendidos los demás españoles por sus gentes principales. Acabado el agasajo, acompañaron a la mayoría de los castellanos a cuatro cabañas con hermosas hamacas de algodón dispuestas para su reposo que tenían preparadas para ello.

El Colón y seis de sus más allegados permanecieron alojados en la gran casa rectangular del rey Boechio, quien los avisó de que al siguiente día habría grandes juegos en su honor, que tendrían lugar en la plaza mayor del poblado.

Allí se volvieron a congregar todos, indios y españoles, poniendo de nuevo Boechio a su lado al jefe castellano, ambos sentados en unos taburetes, protegidos del sol por un improvisado cobertizo y elevados sobre el resto por un armazón de troncos dispuesto al efecto.

A una señal del cacique y tras sonar sus músicas esta vez con mucha estridencia y algarabía, hicieron entrada, cada cual por un extremo de la plaza, dos escuadrones de guerreros encabezados por sendos jefes con muy fieras expresiones y bien armados de arcos, flechas, mazas y macanas, dando grandes gritos y violentos saltos y amenazándose los unos a los otros.

Pareció comenzar su brega como juego, pero, al poco, lo que parecía festiva escaramuza fue enardeciendo a los contendientes y estos volviéndose cada vez más agresivos y violentos, hasta que devino en cruento combate donde cada grupo buscaba derribar, herir y matar al contrario.

Las gentes no solo no se contrariaban por ello, sino bien al revés se enardecían, al igual que los combatientes, con la sangre que ya surgía de las heridas, y sus alaridos de júbilo acompañaban a los de quienes peleaban sobre todo cuando alguno acababa derribado. Al poco ya eran cuatro los que yacían muertos y muchos más los que se arrastraban malheridos.

Asombrado ante aquello, pidió Bartolomé a Boechio que cesaran en el combate, que amenazaba con convertirse en matanza, y este, aunque sorprendido, atendió a su petición ordenando que cesara la pelea para decepción y disgusto de la multitud que la contemplaba, que no podía entender que aquellos que decían eran tan feroces y terribles guerreros parecieran contrariados al observar cómo combatían y con qué bravura lo hacían los suyos.

Hubo, aquella noche, de explicarle el Colón al cacique que en Castilla también se hacían aquellos juegos, pero aunque pudiera haber accidentes y causarse heridas, se procuraba no hacerlas mortales. Boechio sonrió y con un gesto manifestó su perplejidad por ello. Pero no quiso replicar ni mostrar desagrado, pues él y su hermana habían hablado largamente de lo que querían decirle al hermano del *guamiquina* castellano.

—Ellos ansían el oro, hermano. Es lo que más desean.

—¿Más incluso que las mujeres que tanto ansían? ¿Es que acaso ellos no tienen?

—He sabido que las han dejado al otro lado de la Gran Agua. De las nuestras gustan mucho y no se sacian ni contentan con una, sino que toman cuantas quieren, pero aún desean más el oro.

—Oro no tenemos apenas —se preocupó Boechio—. No lo hay casi en Jaragua y además no sabemos cómo encontrarlo ni sacarlo de la tierra.

—Eso es lo que has de decirle al *guamiquina* blanco —le aconsejó su hermana—. Que aquí no, pero que sabes que lo hay cercano y en otro lugar.

Así que aquello fue lo primero que al siguiente día le dijo el cacique de Jaragua a Bartolomé Colón. Que en sus tierras no lo había ni conocían dónde y cómo hallarlo. Pero que en otras, las de Cibao, sí que se hallaba en abundancia y que tenían que ir por aquel territorio a buscarlo.

El castellano puso mal gesto ante ello y le señaló con voz muy grave cuán poderosos eran los reyes que a él habían enviado allí y cuán grandes sus posesiones y tierras, así como incontables sus guerreros y temibles sus ejércitos. Y que ahora esos reyes lo eran también suyos y de toda la isla, pues su hermano, el almirante y jefe de todos cuantos habían llegado y llegarían, había regresado hacia ellos para contarles de ellos y de estos nuevos lugares. Por eso ahora debían pagarles tributos, pues ya eran también sus señores.

Pero insistiendo tanto el indio en la casi total ausencia del metal dorado en sus dominios y viendo el Colón que venía a ser sincero, pues no habían visto ni siquiera pequeños adornos de oro en ellos, entendió que no había posibilidad alguna, por el momento, de conseguirlo. Entonces, sorprendiendo al cacique, que pensaba que el oro era lo único que querían recolectar para sus reyes, don Bartolomé le dijo que no iban a exigir cosa alguna que no hubiera en su tierra, pero que sí había otras que podían darles como tributo, su algodón, su pan de cazabe y muchas más que sí tenían, y con ello quedarían contentos.

Se alivió con ello mucho el ánimo y el semblante del cacique, y tras un apreciable gesto de sorpresa y contento, exclamó sonriendo:

—¡Aaah! De ellas entonces os daremos todo cuanto queráis y hasta que ya más no queráis.

No sabía Boechio cuánta era su hambre de todo ni cuánto era lo que podían acopiar y tragarse sin cansarse de tomarlo.

Ambos, partiendo los unos muy alegres y quedando los otros muy contentos, se separaron satisfechos. Más los españoles, cargados de obsequios y con muy ardientes recuerdos de las noches pasadas, pues en efecto era muy cierta la consideración de Anacaona por sus apetencias y las habían cumplido sin pararse demasiado en mientes.

Menos alegre se quedaba Boechio, que ahora sabía que su jefatura acababa donde comenzaban los deseos de los recién llegados, y que debía someterse a ellos si quería conservarla o acabar como Caonabo.

Bartolomé Colón regresó con su compañía a La Isabela. Allí solo encontró mortandad, enfermedad y penuria. Eran tantos los fallecidos que, pues seguían faltando las vituallas que no acaban de llegar en cantidad suficiente de España, optó por no esperarlas y ordenó que quienes estaban un poco más sanos dejaran aquel asentamiento y se fueran repartiendo por las diferentes fortalezas y puestos de la isla, por Santiago, la Magdalena, el Bonao o el propio Santo Domingo, y que así, más dispersos, fueran los indios quienes los sustentaran.

Él mismo, con el grueso de los que abandonaban el asentamiento, partió de nuevo hacia Santo Domingo recogiendo ya de camino los tributos acordados tanto por él como por su hermano el almirante de los diferentes poblados indígenas. Oro en los que había y comidas, vituallas y toda prenda apetecible en otras.

El malestar fue creciendo y muchos jefes menores y señores de provincia del cacicazgo de Maguá acudieron de nuevo a Guarionex para que se rebelara y volviera a concitar a las tribus para acabar con aquellos que les comían todo y les abusaban sus mujeres. Se resistió, escarmentado de la derrota de la Vega, pero a la postre fue tal la presión y la amenaza de elegir otro jefe si él no aceptaba que acabó por dar el paso y comenzar a preparar una nueva insurrección, pero esta no como la vez anterior, sino intentando ir cogiendo a los castellanos desperdigados por los diferentes poblados y así ir acabando poco a poco y por separado con todos.

No parecía mal trabado, pero a poco resultó que de sus movimientos se fueron enterando los cristianos antes casi que los que pretendían rebelarse. Había ya muchos indios que los informaban y hacían incluso de correos para pasarse los mensajes por escrito de un fuerte a otro, a través de lo que llamaban los emisarios de las cañas, pues era donde los castellanos metían sus mensajes escritos y los indígenas los pasaban de fortaleza en fortaleza. Así le llegó el aviso desde Bonao a Bartolomé, que estaba en Santo Domingo, aunque el mensajero fue interceptado en el camino. Pero resultó ser más listo que sus captores y se hizo pasar por mudo y cojo. Como mudo evitaba hablar y como cojo hizo pasar por cayado para ayudarse a andar el palo donde llevaba oculto el mensaje. Y así supo el jefe español que varios miles de indios se estaban concentrando en un poblado de Guarionex, con este y muchos de sus notables a la cabeza.

Bartolomé de Colón no tendría otras virtudes, pero sí la de ser decidido y eficaz para afrontar situaciones como aquella. Salió de inmediato hacia allá con varias compañías, y por la noche y por sorpresa cayó sobre ellos, desbaratándolos sin encontrar apenas resistencia. Mataron los españoles a algunos de los más implicados en la revuelta y se llevaron preso a Guarionex al cercano Fuerte de la Concepción. Temiendo por él sus gentes, en gran número, pero sin armas y sí con súplicas, acudieron pidiendo clemencia ante las puertas de la fortaleza. El Colón, enterado de que el cacique casi había sido obligado a participar y prefiriéndolo a otros de los suyos más levantiscos, optó por la clemencia, lo dejó libre y el cacique salió en apariencia sumiso y hasta agradecido.

Las cosas no parecían pintar mal para Bartolomé Colón y aún pintaron mejor cuando recibió mensaje de Boechio y Anacaona haciéndole saber que estaba lista la entrega de los tributos comprometidos y que eran esencialmente comida y algodón. Lo primero era de extrema necesidad, para la siempre hambrienta Isabela, y el adelantado se puso en marcha de inmediato. La recepción y lo que le tenían preparado los dos reyes de Jaragua, pues como tales parecían comportarse y con el mismo rango y nivel ambos hermanos, no le defraudó en absoluto, aunque se guardara de darse por entero satisfecho. En una gran cabaña habían acumulado ingentes cantidades de algodón, tanto en pelo como hilado, mientras que otra también de mucho porte estaba llena de pan de cazabe, jutías y pescados asados y ahumados y toda suerte de viandas y frutas. Le dijeron además que si lo deseaban podían doblar incluso y sin demorarse otro tanto, y el gobernador no solo aceptó la ofrenda, sino que hizo partir mensajeros de inmediato hacia La Isabela ordenando que una de las dos carabelas que estaba ya acabada y recientemente fletada se diera a la vela de inmediato rumbo al puerto cercano a Jaragua y allí poder cargarlo todo y trasladarlo rápidamente a la necesitada ciudad.

Enterada Anacaona quiso, curiosa, ir a ver la gran canoa de los cristianos de la que tanto había oído hablar y no había contemplado todavía, y persuadió a su hermano, quien era incapaz de negarle nada, para hacerlo. Se pusieron, pues, ambos en camino, con sus séquitos y sirvientes, junto al gobernador, y fueron a hacer noche ya muy cercanos al lugar de encuentro en una residencia que la cacica tenía y de la que gustaba mucho junto a una playa cercana a la ensenada. Era una casa muy hermosa y aún más lo era por lo que podía hallarse en su interior: estaba muy bien aderezada con hermosos utensilios y adornos, entre los que sobresalían unas sillas de madera maravillosamente labradas que admiraron al marino genovés por su hermosura y su color negro, intenso y reluciente como el azabache. Al observarlo ella, no dudó en ofrecerle cuantas quisiera, y él aceptó un par de las que más le placieron como presente, quedando admirado un tanto de aquella generosidad y pensando que si hubiera en aquellas tierras oro también se lo darían con la misma prodigalidad.

A la mañana siguiente y llegados al punto de encuentro ya contemplaron la carabela anclada, y Bartolomé los invitó a ambos a subir a ella, a lo que Anacaona, una vez más, aceptó de inmediato y con gran júbilo y luego arrastró a su hermano.

Tenían para ello los caciques preparadas sendas y hermosas canoas, muy bien aparejadas y pintadas con vivos colores y motivos, con los remeros prestos para acercarlos hasta la nave castellana. Sin embargo, la cacica, muy dispuesta y ansiosa de conocer todas aquellas maravillas que sin duda aquellas gentes poseían y con las que recorrían inmensas y desconocidas aguas, quiso hacerlo en la barca que había llegado desde la nave para recoger al adelantado y él, muy gustoso, la recibió a bordo. El adusto marino, pese a su hosquedad, empezaba a ser muy sensible a los encantos de la reina indígena y sorprendía a sus hombres con inusitadas galanterías y continuas atenciones hacia ella, que las aceptaba risueña y halagada, a la par que marinos y soldados castellanos se cruzaban entre sí guiños y sonrisas maliciosas.

Al llegar la barca y las dos canoas de los señores de Jaragua ya muy cerca de la carabela, desde esta se dispararon dos lombardas por orden del Colón causando un gran susto a los visitantes, que temieron que el cielo se desplomara sobre ellos. Pero Anacaona, al ver reír ante su miedo al jefe castellano, se sosegó pronto y rio también ella. Se serenó también Boechio y cuantos le acompañaban, y ya del todo se tranquilizaron cuando los del barco hicieron sonar asomados a la borda un tamborino y una flauta como señal de bienvenida, algo que entendieron como tal y mucho mejor que el tronar de las lombardas.

Subieron al cabo a bordo, y Anacaona se hizo llevar por todo el barco, de proa a popa y del puente a la bodega, escudriñando cada rincón y por todo preguntando, atónita y admirada.

Ordenó después don Bartolomé levantar el ancla e izar la vela y esta, cogiendo un buen viento, comenzó a navegar hacia la mar abierta. Aquello volvió a asustar a los dos hermanos, que se juntaron mirándose uno a otro con cierto miedo temiendo que se los llevaran, pero Bartolomé los tranquilizó de inmediato diciéndoles y haciéndoles comprender que iban a salir tan solo un poco a mar abierto y que luego volverían de nuevo a la pequeña bahía.

Anacaona, ya tranquila, comenzó a disfrutar el viaje y, gozosa como una niña sorprendida, no dejaba de admirar cómo dirigían aquella gran canoa los marineros y esta los obedecía y navegaba cortando velozmente las olas sin necesidad de remos.

—Vuela sobre el mar como si fuera una gran ave. ¡Qué hermosa! —exclamó.

Se la veía luego entristecida cuando a la postre hubo de desembarcar y volver en su canoa tras despedirse de Bartolomé, que muy caballero la ayudó a bajar de la carabela.

Junto a los dos jefes indígenas llegaron en sus botes los españoles y tras gestos de mucho contento de unos y otros se apresuraron los segundos a cargar todo lo que tenían que subir a bordo, que era mucho y les llevó largas horas. Finalmente, y tras despedirse el Colón muy ceremoniosamente de los dos hermanos, volvió al barco y esta vez ya sí pusieron rumbo hacia fuera y a La Isabela con todo lo que habían obtenido.

Llegados a la villa fueron en ella recibidos con mucho jolgorio al saber que entre otras cosas la carabela venía cargada de comida, que era de lo que más carecían, y es bien sabido que los hombres, cuando el hambre es algo continuo y constante, no pueden pensar en ninguna otra cosa sino en saciarla. Y por un día pudieron hacerlo y hasta tuvieron para mejores raciones los siguientes.

El segundo de los Colón, tras darse parabienes con su hermano Diego, que quedaba en sus ausencias al mando, le dio nuevas y Bartolomé se mostró confiado y satisfecho. Sentía que había cumplido con su cometido. La isla estaba sometida a su autoridad.

Y así era en lo que a los indios se refería. Pero por donde iba a estallarle y reventar el barril de la pólvora del descontento y la ambición, de la disputa y la división, como bien había pronosticado el italiano Cuneo al almirante, como si fuera una marca indeleble y definitoria y tal vez, como creía el aparentemente frívolo italiano, una marca de raza y estirpe, iba a ser por los propios castellanos y asomar como líder de la revuelta el más insospechado. Alguien a quien él mismo y del todo su hermano mayor había tenido como el más fiel y leal a su servicio. Alguien a quien el almirante había nombrado alcaide de La Isabela y con poderes en toda la isla.

12

GUERRA ENTRE CASTELLANOS

Francisco Roldán había sido muchos años el criado de confianza del almirante. Como tal, había llegado a La Española y en tal confianza y a su sombra había medrado. Primero como cachicán de don Cristóbal, una especie de capataz que vigilaba y hacía cumplir los trabajos que este ordenaba. Gustaba de tal función y de su autoridad derivada por quien venía mandado, y la cumplía con esmero para satisfacción de Colón. Tanta fue que este acabó, al quedarse vacante, por hacerle alcalde ordinario de La Isabela y cuando hubo de regresarse para España no solo eso, sino alcalde mayor de toda la isla, el tercero en rango tras sus dos hermanos, el decidido Bartolomé y el más timorato Diego, y hasta el momento mismo de embarcarse el Roldán no hizo sino hacerle grandes protestas de lealtad. Pero ya en aquel mismo día comenzó a germinar en su cabeza la semilla de la traición.

Aquel Aguado, que había venido como informador para los reyes en los barcos donde luego partieron de vuelta, había llegado a susurrarle al oído, porque Roldán se dejó susurrar, que era muy probable que el almirante no regresara más a las Indias. Puede que creyera que por el informe contrario que él pensaba presentar, y al que se añadirían el del cura catalán y alguno más, los reyes le retirarían el cargo y sus honores.

No había sido así, sus requisitorias no tuvieron por el momento mucho efecto en la consideración de sus majestades y el almirante estaba en plenos preparativos de vuelta. Pero aquello no se sabía en La Española ni lo sabía Roldán.

Lo que sí sabían todos es que habían pasado ya quince meses desde que don Cristóbal había partido y no había noticia alguna de su vuelta. Y Roldán tuvo para sí que no lo haría ya nunca jamás, y se decidió a poner en marcha el plan que había venido urdiendo con mucha sordina y discreción, y siempre con protestas de lealtad, tanto al almirante como a los reyes, por delante.

Para su trabajo de zapa y captación se aprovechó en mucho de su cargo y autoridad. Las gentes estaban acostumbradas a obedecerle, hablara como cachicán de Colón o ya ahora, y aún más, y con su propia autoridad, como alcalde mayor de La Isabela y de La Española al completo.

Poco a poco había ido deslizando sus disensiones con el gobierno de los Colón, presentadas sibilinamente como contribuciones al bien común e incluso a beneficio del almirante.

—Don Cristóbal no habría hecho esto que nos impone Bartolomé —les decía a unos.

—Giacomo —mentaba al pequeño de los tres, Diego, por su primigenio nombre italiano para así desmerecerlo—, para abad de un convento hubiera valido, pero no para gobernar una isla ni lidiar con indios —deslizaba ante otros.

Y encontraba en muchos oídos deseosos de escucharlo.

Contaba como gran aliado con el descontento crónico de los habitantes de La Isabela, quejosos siempre de no haber conseguido lo que creyeron iban a tener y disfrutar nada más desembarcar, y que se había convertido en hambre, enfermedad y muerte.

Gota a gota y hombre a hombre, el de Torredonjimeno, pues en aquella villa jienense había nacido, fue ganándose voluntades. Era de verbo fácil, ágil de mente y muy hábil para captar las ansias y debilidades ajenas, y sin que ni Bartolomé y aún menos Diego, que era quien más tiempo quedaba al frente de la plaza por los viajes de su hermano, se enteraran de su juego, había ido consiguiendo un buen número de partidarios que lo consideraban referente y cabeza para poder mejorar la situación y ajustarles cuentas a los Colón que quedaban allí. La sospecha de que el almirante ya no volvería era algo que empezaba a ser creencia común.

Fue precisamente la carabela recién construida y que había llegado cargada de vituallas desde Jaragua lo que le dio la primera buena excusa para su rebelión.

Desembarcado lo que traía y vuelto a partir Bartolomé, Roldán, sabedor de la nueva ausencia, se presentó en la villa. El alcalde mayor solía andar de recorridos por toda la isla, para amén de librarse de las estrecheces de La Isabela e ir sembrando sus discordias, disfrutar de mejor vida y de los agasajos que en los fuertes castellanos y los poblados indígenas por su condición le ofrecían. Llegó con un buen puñado de quienes ya eran de su facción, y encontró que la carabela llegada con los tributos de los caciques de Jaragua podía ser la oportunidad que estaba esperando.

Sucedió que Diego Colón, temeroso de que los descontentos, como ya habían intentado en ocasión anterior, se apoderaran de ella para escapar de la isla y marchar para España, la hizo varar y la sacó a tierra. Ello fue de inmediato aprovechado por Roldán para criticarlo con mucha acritud y señalar que tal hacía para que así no se pudieran enviar cartas a sus majestades pidiendo socorros que aliviaran sus hambres y necesidades, y para que además no se acabara por saber lo que daba por seguro que sucedería, que el almirante no iba a regresar.

—Lo que quieren estos Colón es que no sepamos que don Cristóbal no volverá y pretenden alzarse como amos y señores aquí, al margen de nuestros reyes, y convirtiéndonos a nosotros en sus servidores y esclavos. Por ello ha varado el Monje la carabela. Para que nada podamos saber ni comunicar y ocultar su traición. Habremos de actuar y hacerlo pronto si no queremos vernos todos siervos suyos y a su merced.

Apuntalaba su discurso con la no menor cuestión de su lealtad y su protesta de estar obligado a ello, tras haber intentado que se rectificara en muchas ocasiones y con muchas templadas razones que jamás habían sido ni escuchadas ni atendidas.

—Esto que ahora me veo obligado a deciros se lo he dicho muchas veces a don Bartolomé, pero bien conocéis lo duro y áspero que resulta y el mal trato que otorga a cuantos osan contrariar su voluntad. Nunca ha atendido a mis demandas ni puesto remedio a las escaceces a que os somete a todos. En nada se agotará lo poco traído en la carabela y, sin haberse ido, tendremos de vuelta el hambre.

Ese era su susurro sobre todo a hombres de oficios y soldados, pero también consiguió atraerse a algunos principales y no mucho tiempo después eran más de una cincuentena quienes estaban ya muy comprometidos con él. Al fin y a la postre era el alcalde mayor, a quienes debían obediencia, y hasta los más indecisos le prestaban atención a sus palabras y razones.

Pero no era solo en los cristianos en quienes buscaba apoyos, sino que por todos los poblados indios por los que pasaba iba depositando una semilla en sus caciques para atraerlos a su persona y que apoyaran su facción. Les prometía que cuando él estuviera al mando eliminaría de inmediato los tributos que tenían que pagar y quedarían libres de ellos. Aunque a él, pero solo a él, sí deberían contribuir en algo para su mantenimiento, pero algo que nada tendría que ver con lo que los Colón los obligaban, fuera en oro, telas o vituallas.

Ajeno a todo ello, Diego Colón, sin sospechar en nada de quien había conocido desde siempre como fiel criado de su hermano mayor, lo envió al territorio de Guarionex, pues a pesar de que el cacique siempre hacía las máximas protestas de sumisión y concordia con los castellanos, no dejaba nunca de haber en sus poblados inquietud y llamamientos a la sublevación. Varios poblados parecían estar preparando una nueva revuelta.

Llegado al territorio, en el Fuerte de la Concepción, el mayor bastión castellano de la zona, destapó ya sus intenciones y dio carta de naturaleza a su rebelión, aunque eso sí, finalizando su parlamento siempre con un «¡Viva el rey!».

A los que ya iban con él se les unieron bastantes otros, pero no lo secundó el alcaide Ballester, haciéndole notar su cargo de alcalde mayor, aunque sí lo hicieron una buena cantidad de los de la vecina ciudad de Santiago. Sintiéndose con fuerzas suficientes, retornó con todos ellos a La Isabela, donde ya se le agregaron todavía más gentes, y muy decididos y en tropel, pero al tiempo como si fueran la autoridad, se dirigieron a la alhóndiga del rey, donde se guardaban munición, armas y bastimentos, y para apoderarse de todo ello forzó a un criado de don Diego, encargado de su custodia, a entregarle las llaves. Este, atemorizado, se las dio y los rebeldes se hicieron con todo cuanto pudieron llevarse del arsenal.

Ya dueños de la situación y sin oposición alguna se dirigieron al Hato de las Vacas, donde se guardaba el ganado vacuno de cría, y se llevaron cuantas quisieron, matando además para comerse a algunas que eran de cría. Concluyeron su rapiña en el Hato de las Yeguas y se apoderaron de cuantas caballerías estimaron que les resultarían de utilidad sin pararse en dejar a potrillos sin madre.

Fue ya para entonces cuando acudió al tumulto Diego Colón, autoridad máxima en ausencia de Bartolomé, acompañado de otras gentes principales a intentar parlamentar con él y afearle aquellas acciones. Se encontró con Roldán rodeado de todos los suyos, ya más de setenta, muy encendidos y armados y haciendo el alcalde mayor ya descarada proclama de su pretensión. Se hizo tan peligrosa la situación y evidente el riesgo de ser apresados por ellos que don Diego y sus acompañantes hubieron de salir a escape de allí y refugiarse en la casa fuerte que había mandado construir el almirante.

Roldán, el criado del almirante, era ahora dueño y señor de La Isabela. Pero entonces le surgió un problema: la carabela amarrada en el puerto. Les había dicho a no pocos de los levantiscos que los Colón la tenían varada para que no se pudiera enviar a España a dar cuenta de su situación y sus penurias. Sin embargo, ahora no le convenía en absoluto que saliera hacia allá. Así que nada hizo por ponerla en el agua ni menos mentó la necesidad de hacerlo. Él no quería bajo ningún concepto el embarcarse y tampoco tenía deseos de que la noticia de sus actos, aun siendo llevada por afines a su facción, llegara a la corte, pues no se le escapaba que su situación podría volverse en extremo difícil y ser acusado de traición por la propia justicia de sus majestades.

Tampoco, y a pesar de su superioridad, se sentía seguro en La Isabela. Nadie se le había opuesto con las armas, pero eran bastantes quienes no estaban con él; podían, además, arribar en cualquier momento naos al puerto con tropas, y hasta pudiera que el mismísimo almirante viniera en ellas y encima también y por tierra pudiera aparecer su hermano Bartolomé. Y si a alguien le tenía miedo el Roldán, era a él.

Sabía de sus arrestos y genio y entendía muy bien que era el enemigo a batir y al que, si podía, hacer matar. Cuanto antes se hiciera, mejor. Pero arriesgarse a combate abierto contra él no le gustaba en absoluto. Era ponerse él mismo en peligro. Otras formas habría de deshacerse de él, y por el momento no quedarse a su alcance, pues bien sabía que en cuanto se enterara vendría hacia allí y a por él. No era como Diego, era el adelantado, y muchas gentes, hasta algunos de los alzados, podrían reconocerle autoridad superior a la suya.

Decidió, pues, que salir con todos los suyos de La Isabela y marchar por la isla y seguir añadiendo sublevados tanto entre castellanos como indígenas a su facción sería mejor y más seguro estaría él.

Su primer destino fue el poblado central del cacique de Maguá, en la Vega Real. Se enseñoreó de él, pero en realidad llevaba largo tiempo en connivencia con el cacique Guarionex, a quien le tenía muy prometido que cuando él fuera el jefe de todos los castellanos los liberaría de sus tributos. Yacía y se holgaba incluso con una de sus mujeres, que era muy hermosa y tenía mucha lujuria de ella, pero el cacique no por ello se le enfrentaba, sino que lo aceptaba de buen grado o al menos así lo aparentaba. El cacique afirmaba ser muy gran amigo suyo y llamaba a los otros caciques de la zona, subordinados a él, para hacer que los soldados castellanos diseminados en diversos destacamentos se unieran a ellos, o si no acabar con ellos. Luego irían contra el Fuerte de la Concepción para concluir con quienes eran leales a los Colón.

El primero con quien toparon fue con el capitán García de Barrantes, destacado precisamente en el gran poblado del cacique Guarionex con treinta hombres bajo su mando. Se negó en redondo a unirse a él y se refugió con sus tropas en la gran cabaña que utilizaban como cuartel. Amenazó el Roldán, cuyas fuerzas, sin contar los indígenas, casi triplicaban las suyas, con prenderles fuego a todos y acabar con ellos.

Le respondieron con un tiro de arcabuz y por las troneras del cuartel asomaron la boca de alguno más y los virotes de las ballestas.

—Si quiere prendernos, venga vuesa merced, señor Roldán, a hacerlo —se oyó la voz de Barrantes y la carcajada en coro de sus soldados.

El alcalde mayor tenía experiencia en urdir enredos y dar órdenes a menestrales y escribanos, pero en asaltos a un fortín con una treintena de fogueados soldados dentro, ninguna. Entre quienes le acompañaban sí había alguno, pero tampoco les gustaba nada entrar en combate con quienes conocían y hasta habían luchado codo con codo.

Hubo conciliábulo y concluyeron que era mejor dejarlos allí, que ya con toda la isla a su favor entrarían en razón, y se dirigieron al cercano Fuerte de la Concepción, a menos de dos leguas de allí, a intentar convencerlos de que eran ellos quienes tenían el mando en La Española y que acataran su autoridad. Pero su alcaide, Miguel Ballester, viéndole venir con tanta gente armada, no quiso esta vez ni recibirle siquiera y, por muy alcalde mayor que fuera, le cerró las puertas. Hubieron de retirarse también de allí sin conseguir su objetivo.

Pero muchos, en otros lugares, sí lo acogían como a un libertador, acataban su autoridad y le juraban fidelidad. Incluso en sitios donde antes que él había llegado Bartolomé Colón, que retornaba de Jaragua ya sabedor del alzamiento, como el Fuerte de la Magdalena, cuyo alcaide Diego de Escobar formaba parte de la confabulación. Se percató el adelantado de su juego y sin más lo mandó prender, pero no calculó bien los apoyos con que contaba. Lo envió preso hacia La Isabela, mas los soldados que tenían que conducirlo lo libertaron en cuanto estuvieron alejados de los de Colón y se unieron a él y fueron todos a juntarse con Roldán.

Cuando tras algún sinsabor más como el anterior llegó al fin Bartolomé Colón a La Isabela, fue para darse cuenta de la hondura y extensión de la conjura, llevándose la gran sorpresa de que muchos en los que había confiado ahora estaban alzados contra él. Y una vez en la villa, no dejó de recibir nuevas de que la facción no dejaba de crecer y de recibir apoyos y gentes de los más diversos sitios de la isla según iban creciendo las noticias de su rebelión contra los Colón.

Tanto era así que hasta la Concepción peligraba de nuevo. El alcaide Ballester le había enviado a Bartolomé Colón mensajeros para decirle que el Roldán, sintiéndose ya muy fuerte y con muchas gentes de armas junto a él, estaba preparando el irse hacia la villa y el fuerte y tomarlos ambos. Le comunicaba también que él mismo tampoco se podía fiar ya de nadie, pues las promesas de los emisarios de Roldán ofreciéndoles toda suerte de placeres y siervos para que los alimentaran y los sirvieran como ya tenían ellos hacían mucha mella en los ánimos de todos. No se sentía seguro y le proponía unir fuerzas en la Concepción, a unas quince leguas, con la tropa de más fiar, y encastillarse allí con él.

Tras dudarlo, Bartolomé Colón optó por aceptar, pues de su parte y por un correo indio recibió una información más: Roldán había preparado una conjura en la propia Isabela para darle muerte a puñaladas y colgar después su cadáver del cuello y exhibirlo ahorcado. Y le decidió aún más el saber que su enemigo se había instalado también en la Vega Real, apenas a dos leguas del fuerte, con lo que allí es donde podría cortarle el paso si se intentaba dirigir a La Isabela o incluso, aunque la proporción de fuerzas le fuera muy desfavorable, lanzarse contra él. Y así lo hizo; llegó con sus escasas tropas a la Concepción y junto a la guarnición de Ballester y a los de Barrantes, que también se habían guarecido allí, se dispusieron a resistir y a atacar si se les presentaba ocasión.

Permanecieron vigilándose ambas partes algún tiempo, sin que mediara hostilidad armada alguna, y finalmente el Colón dio el paso de invitarlo con un mensajero a venirse hacia él y parlamentar. Francisco Roldán no desaprovechó la ocasión de hacer alarde de su fuerza y del apoyo que en los indios de la Vega tenía: vino con mucha fanfarria y gentes armadas hasta las puertas del fortín y allí, al ser recriminado por don Bartolomé como su superior por las acciones que había hecho y exigirle que se sometiera a su autoridad, hizo como que se interesaba por saber qué órdenes quería darle.

—Mi voluntad no es otra que servir al rey, como bien sabéis —concluyó con cierta sorna en la voz.

El adelantado se las dio al momento: debían abandonar de inmediato aquel lugar los venidos de La Isabela y otros fuertes y retornar a sus guarniciones, y él con el resto de las gentes que le acompañaban habría de marchar a unos poblados de donde ahora era cacique el lengua de Colón, Diego, y aposentarse en ellos hasta que llegara el almirante.

Roldán, muy ufano de su fuerza y la cortedad de la de su rival para hacérselo cumplir, estalló en carcajadas y mofas, sin dejar de gesticular y hacer burla hacia la ventana de la fortaleza donde se asomaba el Colón.

Contestó que no pensaba ni por lo más remoto hacer tal cosa ni aceptaba su autoridad, pues él, como alcalde mayor, sabía muy bien que su deber era servir al rey por encima de todo y no a quien, dijo señalando a su interlocutor, había dejado tal camino.

Se dio entonces el de Torredonjimeno la media vuelta y se dispuso a retirarse, pero aún hubo de oír decir a Bartolomé Colón, con mucha fuerza y gravedad en la voz, su cese:

—En uso de mi autoridad como adelantado, máxima ahora en La Española en ausencia del virrey y almirante, os retiro el título de alcalde mayor y os prohíbo que en el futuro hagáis uso y exhibición de serlo ante nadie, ni castellano ni indio. —Lo hizo para que todos, unos y otros, los de la fortaleza y los de fuera, lo oyeran y tomaran de ello recado.

Se volvió entonces Roldán, que ya se había dado la vuelta para marcharse, y no lo dejó sin respuesta:

—No reconozco ni vuestra autoridad ni vuestro rango de adelantado. Tal título solo los reyes pueden otorgarlo y no vuestro hermano.

No dijo ya nada más ni esperó a que lo hiciera su interlocutor. Con mucha pompa y alarde se marchó y retornó a su campamento. Poco le importaba tal orden, si quien pretendía imponerla estaba metido tras la empalizada de un fuerte y quien debía acatarla era quien dominaba el campo, el territorio y tenía más huestes que él. De hecho, casi todas las guarniciones de la isla estaban ya bajo su control.

Y peor fue todavía cuando llegó la información de con quién había establecido alianza, aunque oculta. La primera de todas había sido con el señor de Cibao, del cacicazgo de Maguaná, Manicatex, el hermano del que fuera el más temido de toda la isla hasta la llegada de los castellanos, Caonabo, y que había concitado con él a todas las tribus para llevarlos a la batalla y terrible derrota de la Vega Real ante el propio Bartolomé y el capitán Ojeda.

Las noticias eran dispares y confusas, pero con una misma conclusión. Decían unos que Roldán tenía como rehenes a un hijo y un sobrino suyo, pero otros atestiguaban que había gran amistad entre ambos, que el castellano y él se trataban de hermanos y que le llevaba siempre muchos regalos y toda suerte de abalorios y joyuelas para contentarlo y tenerlo a su favor. El cacique correspondía entregándole el mismo tributo de media calabaza de oro que había aceptado dar al almirante, se lo pagaba también y personalmente a él. Fuera por lo uno o lo otro, o por ambas cosas, lo cierto es que Manicatex se había puesto bajo las órdenes de Roldán.

Con Manicatex a su lado, el destituido alcalde mayor se sentía aún más fuerte y seguro y los caciques de todos los lugares acudían cada vez más a establecer acuerdos con él. Roldán no les exigía tributos, o muchos menos que los que habían de entregar a los Colón, y los suyos se conformaban con que los alimentaran, los sirvieran, les cultivaran campos y poder holgar con cuantas mujeres quisieran. Podían disfrutar de todo ello sin que nadie les mandara trabajar ni les ordenara combatir.

Tomar el Fuerte de la Concepción no iba a ser nada fácil, morirían bastantes y a saber. Tampoco tenían muchas ganas de hacerlo ahora, pudiendo ir adonde mejor les pareciera de toda la isla. Y aun venciendo, ¿qué? Volver a las miserias de La Isabela no los seducía lo más mínimo.

Quizás sí a Roldán, pero supo entender el sentir de quienes lo seguían, y tras algunos conciliábulos, fue él mismo quien encabezó la propuesta y adoptó la decisión. Todos cuantos quisieran irse con él pondrían rumbo al lugar que pensó sería el más idóneo para establecerse y vivir allí de la mejor y más placentera manera. Escogió para ello una parte del territorio de Jaragua y hacia allí, tras hacerse con animales de carga y proveerse de todo cuanto entendió que podía necesitar para el camino, así como varios centenares de indígenas para llevarles las cargas, se dirigió.

El lugar satisfacía sus deseos fundamentales: era el territorio más poblado y más rico en cuanto a tierra y frutos de ella, todos los rebeldes podían avecindarse en él y convertirse cada cual en propietario de una hacienda y contar con los servicios de los indios que se la trabajaran. Era también mucha la fama de sus mujeres de ser las más hermosas y de agradable trato de La Española.

No le gustaba dejar atrás a Bartolomé Colón, pero tras garantizarle a Guarionex que le apoyaría contra los del Fuerte de la Concepción e instarlos a que siguieran hostigándolos, emprendió la marcha. Antes habían vuelto a concluir que, como el ataque frontal a la fortificación no daría resultado, sí podrían efectuar ataques coordinados y en un mismo día a todos los destacamentos que, tras la marcha de Roldán, volverían a salir del fuerte y retornar a los caminos y poblados.

Guarionex, apoyado por Marque, su subordinado más osado y decidido y en cuyo poblado Roldán había hecho pública su asonada tras salir de La Isabela, consideró pasado un tiempo que había llegado el momento de poner en práctica su propio plan. El jefe castellano había retornado con parte de los suyos a La Isabela y los de la Concepción habían vuelto poco a poco a sus rutinas y a andar de un sitio a otro.

Todos los caciques confabulados acordaron que, en el siguiente plenilunio, cada cual, en su provincia y su poblado, en pequeños grupos, atacarían a cuantos cristianos desperdigados hubiera. Aguardarían a que llegara la noche y estuvieran la mayoría durmiendo, entonces con la luz de la luna les caerían en tromba, y siendo tantos y en tropel les darían muerte. Luego mandarían aviso a Roldán y ya tras haberles mermado tanto, podrían entre todos asaltar fácilmente el fuerte.

Debía de ser la noche de luna llena, pero Marque, por querer ser el primero, pues hacía tiempo que se consideraba mejor líder que Guarionex y ansiaba sustituirlo, o porque no miró la luna bien ni se lo consultó a su chamán, se adelantó una noche. Como además, y para colmo, se le debió de ver la intención, o alguien los avisó, el grupo de españoles acantonados en su poblado estaba alerta, prevenido y esperando el ataque. Los pillados por sorpresa fueron los atacantes y la descarga de un arcabuz, las ballestas y las espadas los hicieron huir, causándoles muchos muertos.

Aquello hizo fracasar por completo el plan, pues a la alerta se sumó la confesión de alguno apresado en la intentona. Marque, que se había salvado de morir, llegó huyendo y contrito al poblado de Guarionex para darle cuenta de su fracaso y de que los castellanos estarían ya del todo alertados. Suplicó la ayuda y protección de su jefe, pero este, lejos de dársela, y furioso, ordenó matarlo allí mismo y hacer desaparecer todo rastro de él. Lo sucedido los comprometía a todos y en especial a él.

Temiendo la represalia de la guarnición del fuerte y la vuelta del adelantado a castigarle, tomó la decisión de abandonar sus dominios y buscar mejor cobijo con cuantos de los suyos quisieron seguirle en las sierras que ya vertían sus aguas hacia el mar del norte de la isla, un territorio muy abrupto y pedregoso dominado por un cacique que no era de los cinco principales que dominaban casi toda la isla. Este vivía aparte de todos y se llamaba Mayobanex, pero los españoles le llamaban el Cabrón, pues siempre habían tenido muy malos tratos con él y con sus gentes, los ciguayos, que apartados de todos y caracterizados por no cortarse nunca los cabellos como los nazarenos y crecerles estos hasta la cintura, vivían aislados en las serranías, no permitían que nadie se adentrara en ellas y hacían por matarlo en cuanto podían.

Hacia allí se dirigió el que fuera señor de la gran Vega Real, Guarionex, en demanda de cobijo y asilo, y el Cabrón se lo dio, juramentándose los dos en defenderse de los castellanos.

Bartolomé Colón vio en aquello una amenaza más, con Roldán cada vez más extendido su poder por toda La Española y él cada vez más aislado y tan solo esperando a que el otro viniera definitivamente a cercarle y tomarle los pocos enclaves que aún le permanecían leales. Incluso había de tener cuidado por su vida, pues de nuevo un caballero que había estado forzadamente con los alzados y en cuanto tuvo oportunidad escapó y había llegado al fuerte para ponerse al servicio de Colón le contó que el antiguo alcalde mayor había ofrecido mucho oro a quien consiguiera llegar hasta él y asesinarlo. Entendía Roldán que él era ya el único obstáculo que le impedía el dominio total de La Española, donde solo le resistían en verdad aquel fuerte, La Isabela y en cierta medida también la nueva villa,

Santo Domingo, donde las gentes afines al Colón tenían cierta mayoría.

Y fue precisamente de Santo Domingo de donde llegó la noticia de la salvación para el adelantado, y además su confirmación real como tal. Un batidor indio llegó al fuerte con un mensaje en una caña y en ella se avisaba de la llegada de dos carabelas enviadas por el almirante, que finalmente y sin que llegaran a atracar en La Isabela lo habían hecho allí. Diego Colón, avispado por una vez, envió mensaje con un batel de que mejor fueran al cobijo del Fuerte Ozama en Santo Domingo, donde estarían más seguras ellas y su carga de no caer en manos de los rebeldes. Los que al fin arribaban con vituallas y bastimentos para socorrer a los habitantes de la isla poco podían sospechar que estaban entre ellos en guerra y queriéndose matar.

Sabedor de la buena nueva, Bartolomé Colón, que estaba en la Concepción, demostró de inmediato su temple y decisión. No se entretuvo un instante y supo que era primordial llegar antes a Santo Domingo que su rival. Sin esperar un instante aparejaron varios caballos y salió con algunos jinetes más junto con el indio que había traído el recado y que conocía la trocha de vuelta hacia allá mejor que nadie. Bien hicieron, pues el Roldán también había sido advertido por los suyos de la llegada de las naves desde España y supo que debía llegar cuanto antes, pero se demoró en preparativos de marcha y organizando un fuerte dispuesto a entrar a la ciudad y apoderarse de ella, pero cuando llegó a Santo Domingo, Bartolomé Colón ya estaba allí y la situación había dado un gran vuelco para él.

Al llegar, lo primero que hizo fue preguntar:

—¿Quién viene al frente?

Y la respuesta le llenó de alborozo:

—Don Pedro Hernández Coronel.

Era un amigo y alguien de mucho fiar. Venía ahora al frente de las dos carabelas y de los noventa hombres, cincuenta y cinco gentes de armas, quien ya había venido en el viaje anterior, el de las diecisiete naves, como alguacil mayor de la flota, que con diecisiete naves había llegado en el segundo viaje del almirante a La Isabela al que ahora enviaba a toda prisa tras haber podido concluir los acuerdos con los reyes para este tercer viaje.

Hernández Coronel le traía además un documento que esperaba y anhelaba tener en sus manos más que ningún otro.

—Esto es lo primero que debo entregarle —le dijo a don Bartolomé—. A ello me urgió don Cristóbal. Es la ratificación de sus majestades de su nombramiento como adelantado.

El almirante le había otorgado tal condición amparándose en la suya como virrey, pero que Roldán no quería reconocer.

—¡Ahora no podrá el rebelde negármela! Si lo hace será contra una orden de los reyes contra la que se rebele —exclamó.

La otra nueva era que en breve llegarían otras seis naves más que ahora estaban ya aparejándose, cargadas con todo lo necesario, y que con ellas vendría el propio virrey.

Pedro Hernández Coronel había llegado justo a tiempo: Francisco Roldán estaba ya a cinco leguas de Santo Domingo y optó por detenerse allí. Temía mucho al segundo de los Colón, y no tuvo la osadía de avanzar más allá, pues ahora podía ser él el capturado, metido en hierro y hasta tal vez quedarse sin cabeza o colgar del cuello.

Por el otro lado y a pesar de los refuerzos recibidos, tampoco quería ni podía iniciar Bartolomé de Colón una guerra abierta e incierta también. Ratificada ya su condición de adelantado por los reyes, y aun a sabiendas de que de no llegar las carabelas podría ahora estar preso y seguramente muerto, buscó el apaciguamiento de los de Roldán con oferta de perdón si se sometían a su obediencia. Envió para ello a su campamento a don Pedro como mejor embajador, por autoridad y reconocimiento de todos, buscando el acuerdo y además afectar mucho el ánimo de los rebeldes al trasladarles el buen acogimiento que el almirante había tenido de los reyes, cómo estos le habían reafirmado en su gracia y título y que estaba él mismo ya a punto de regresar junto con otras seis naves con gentes y bastimentos.

Temeroso del efecto que eso pudiera causar en los revoltosos, Roldán y sus acérrimos, algunos incluso más exaltados que él mismo, le recibieron empuñando sus ballestas y apuntándole al pecho. No le dejaron siquiera dirigirse en público a todos sino a unos cuantos de los más comprometidos y a los que solo pudo decir algunas palabras.

Hubo de volverse tras haber fracasado en su empeño, mientras que los levantados decidieron volverse a Jaragua, vista la imposibilidad de entrar y tomar el control de Santo Domingo, pero conscientes de que los otros tampoco tenían fuerza suficiente para ir frontalmente contra ellos.

En algunos de los más obcecados quedó la sospecha, a tenor de ciertas murmuraciones, y la constatación de que el almirante estaba vivo y volvía, y empezaba a cambiar muchos ánimos, entre ellos el del propio Roldán y los de algunos otros que mantenían amigos entre los leales a Colón. El tono de bastantes cambió, y empezaron a deslindar entre el almirante y el adelantado, señalando solo a este último como causante de todo el conflicto y librando a don Cristóbal de sus improperios y denuestos. Marcharon pues de vuelta a la tierra de Jaragua y allí se quedaron a vivir sin sujeción alguna ni a las autoridades ni a ley alguna que no fueran las que ellos mismos y a su antojo se daban.

Pero al menos dejaron de hostigar a los fuertes y las villas castellanas y pudo el adelantado ocuparse del problema surgido con Guarionex y Mayobanex, cuya alianza le preocupaba, pues podía ser germen de otras mayores y más peligrosas. Se dirigió contra ellos en cuanto tuvo más o menos encauzada de nuevo la normalidad en Santo Domingo y La Isabela. Llevó con él hacia aquellas ásperas donde los caciques se habían guarecido cerca de cien hombres, entre los de a pie y un puñado de a caballo, y algunos perros de guerra y de caza, pues los canes también les venían muy bien en esas partidas para procurarse carne.

Acostumbrados a que los indios, tras la derrota de la Vega Real, no les ofrecieran apenas resistencia, se encontraron con unas gentes muy dispuestas a enfrentarlos y que además sabían servirse del terreno a su favor, pues aprovechaban las fragosidades y los bosques para escabullirse y ponerse a salvo de los jinetes. Mas afortunadamente para los españoles, las lluvias de flechas que al ir subiendo hacia las crestas de las sierras les lanzaban, eran disparadas a mucha distancia por el miedo a los caballos y a las espadas, y aunque caían sobre ellos lo hacían sin demasiada fuerza y desmayadas. Tan solo hubo algunos heridos, que no fueron lo suficientemente rápidos para cubrirse con las rodelas. Los indios, por contra, sí sufrieron bastantes bajas cuando los montados consiguieron alcanzarlos, y el resto desapareció entre los montes y las pequeñas florestas.

Durmieron ya aquella noche los cristianos señoreando las cimas, con los valles y algún poblado a la vista. Bajaron hacia él con las primeras luces de la mañana y lo hallaron vacío, pero aún pudieron capturar a un indio que, o bien había quedado de escucha, o se demoró en escapar. Tras interrogarle y muy azorado, ante la amenaza de ser torturado acabó por descubrirles la dirección donde estaba el poblado de su cacique, y que allí estaban congregados sus hombres para defenderlo y combatirlos.

La defensa fue en efecto tenaz y bien dispuesta, pues el lugar estaba muy bien situado y en alto y para llegar a él hubo de atravesarse alguna angostura entre los montes desde donde les flecharon causándoles varias bajas. A la postre, sin embargo, nada pudieron hacer con su desnudez y débiles armas ante las corazas, los caballos, los perros y el acero, y hubieron de optar por emprender la huida y dejarlos dueños del poblado.

Quiso entonces el adelantado intentar la negociación y envió como emisario al cacique a uno de los indios, que parecía el más principal de los que habían capturado en la refriega, para decirle que venían en paz y no querían guerra con ellos, sino su amistad. Que los dejarían tranquilos y en paz si les entregaban a Guarionex, pues este era quien se había alzado contra ellos.

Lo hizo el ciguayo y trajo también la respuesta que tradujo el lengua taíno:

—Mi señor Mayobanex te dice que no te entregará a Guarionex, pues es su amigo y a ti en nada te ha ofendido ni se ha alzado, sino que ha venido a nosotros huyendo de tus gentes que los maltratáis, herís y dais muerte quitándoles además todo cuanto tienen y tomándoles cuantas mujeres queréis. Que Guarionex es hombre bueno y nunca hizo mal a nadie, mientras que vosotros sois hombres malos que solo sabéis derramar sangre de quienes antes nunca os ofendieron. Que no quiere con vosotros amistad alguna, ni veros ni oíros, y en lo que pueda combatirá para expulsaros de sus tierras.

Oído ello comprendió el Colón que había de proseguir ya sin

freno alguno la guerra, y ordenó dar fuego al poblado y a cuantos otros fueran hallando.

Los indios no presentaban ahora batalla abierta, sino que recurrían a la emboscada y huían por las trochas de las selvas, lo que hizo que, sabiendo que tal arte estaba desgastando mucho a sus tropas, intentara Bartolomé Colón negociar de nuevo, pero la respuesta siguió siendo la misma y aún más dura, y los guerreros taínos comenzaron a hostigar a todos aquellos que por una causa u otra se desperdigaban o a quienes iban a enlazar con los grupos de avituallamiento. No respetaron ya ni a los mensajeros que se les intentó enviar, y así dieron muerte incluso a uno de los suyos que habían capturado y a un súbdito de Guarionex, a los que habían enviado en un último intento de parlamentar. Los mataron y los arrojaron al camino por el que sabían que venían los españoles para que toparan con sus cuerpos destrozados.

Bartolomé Colón se llenó entonces de furor y ya no tuvo piedad alguna, si es que alguna había tenido. Con muchas fatigas, pero con tesón admirable, consiguió el ir avanzando y localizar y alcanzar al fin el poblado más principal donde Mayobanex se había guarecido con sus mejores hombres. El ataque de los cristianos fue tan virulento que hubieron de huir espantados ante aquellas furias recubiertas de corazas tan duras que hacían inútiles sus armas y esfuerzos.

Fue a partir de entonces cuando ya muchos comenzaron a decir que era preferible entregar a Guarionex, culpable a la postre de sus desdichas. Intentaron incluso prenderlo y entregarlo ellos, pero este, avisado, consiguió escapar y refugiarse en lo más inhóspito de las montañas, donde pasó mucha hambre y gran frío.

Tampoco era mucho el ánimo de los castellanos tras tres meses de fatigas, emboscadas, heridas y muchas miserias y penalidades y sin poder capturar al escurridizo Cabrón, que siempre se les escapaba de las manos. Se dirigieron al adelantado diciéndole que, puesto que ya los indios estaban desbaratados, los caciques fugitivos y que ya mal no podían hacerles, sería mejor volver a sus lugares y poder descansarse y ocuparse de sus menesteres tanto tiempo abandonados. Aceptó la petición el adelantado, pero no dio licencia a todos, sino que se quedó con treinta de los que estaban más enteros, pues no estaba dispuesto a soltar la presa cuando creía haber hallado el rastro.

Y así era. Lo hizo tras apretar a cuantos indios capturaba y sin dudar en amenazarlos con matarlos y aplicarles dolores para que hablaran. No tardó en hablar alguno, y ya vencido les señaló el lugar donde se encontraba y se creía a salvo, pues estaba muy recóndito, enmontado y muy pocos lo conocían. Era, además, muy difícil poder acercarse sin ser detectados. De ir toda la tropa, antes de estar cerca ya se habrían puesto los emboscados a salvo.

Fueron doce los hombres quienes se encargaron de hacerlo. Se vistieron, o mejor se desnudaron, como indios, se pintaron las caras como hacían ellos con el unte rojo de la bixa y envolvieron las espadas en hojas para no delatar sus brillos. Iniciaron su marcha por la noche, haciendo caminar al delator ante ellos, y se adentraron por la selva hasta ir a dar, antes de las primeras luces del día, con el lugar donde estaba oculto Mayobanex junto a su mujer y sus hijos.

Sorprendido y por no ponerlos en peligro, no ofreció este resistencia alguna y para gran contento de Bartolomé se lo llevaron preso con toda su familia. Sin demora, el adelantado lo trasladó en rápidas marchas al Fuerte de la Concepción, donde lo encerró en prisión junto a los suyos.

No tardaron en ir hacia allá los principales y numerosas de sus gentes, hasta incluso ser miles, para pedir su libertad y ofrecer a los castellanos comidas y regalos a cambio de que tampoco les faltara a los suyos. Persistió un tiempo en su dura actitud el adelantado, pero a la postre las súplicas de tantos le hicieron en parte ablandarse o tal vez querer aparentar muestras de magnanimidad y bondad, buscando que las promesas de aquellas gentes de no alzarse ya más contra ellos se convirtieran en hechos. Incluso habían puesto a los pies del fuerte una gran labranza para que pudieran tener pan de cazabe hasta sobrarles. Finalmente, puso en libertad a la reina, a las hermanas y hermanos del cacique, así como a todos sus deudos y allegados que habían sido capturados. Pero fue implacable con Mayobanex, al que no consintió en dejar libre.

Tampoco lo estuvo mucho tiempo más Guarionex, el antaño señor de la Vega Real, al que había dado cobijo. Este, cada vez más solo, hambriento y desamparado, salió del apartado rincón donde había permanecido oculto, y en cuanto lo vieron los indios serranos fue de inmediato delatado y capturado. Bartolomé Colón también lo puso preso, pero a él se lo llevó a La Isabela.

Ninguno de los dos volvería ya nunca a ser libre. Guarionex, tras años de cautiverio, fue enviado a España en un navío, pero este naufragó y murió ahogado junto a todos cuantos en él iban.[22] El jefe ciguayo Mayobanex murió en el Fuerte de la Concepción a los tres años de cautiverio, durante los cuales los suyos no dejaron de atenderle y pedir su libertad.

---

[22] Año 1502.

13

LA VUELTA DEL ALMIRANTE

Volvía Cristóbal Colón a La Española después de muy larga ausencia, pues hacía más de dos años que había marchado de La Isabela, y ya no retornaba allí, sino a Santo Domingo. Había sido esperado con ansia y cada vez con mayor zozobra, pues tras anunciar Pedro Coronel en febrero que seis barcos vendrían tras los suyos, no asomó una vela sino hasta medio año después y resultó que solo eran tres, dos carabelas y una nao. La alegría de verlas entrar se enturbió un tanto, pero al menos se supo que sí, que Colón venía en ellas.

Recibido el almirante en el puerto de Ozama por su hermano Bartolomé, con quien se abrazó muy fuertemente, también él se mostró pesaroso al no ver a las tres naves que faltaban en el puerto. Habían salido las seis naves juntas el 30 de mayo del puerto de Sanlúcar de Barrameda y se habían separado para que las tres que portaban trabajadores y bastimentos se adelantaran y llegaran antes. La preocupación por su más que posible pérdida hizo que decayeran los ánimos.

Que aún se ensombrecieron más en el almirante cuando el adelantado le informó de la situación en que se encontraba la isla, con la mitad, o incluso más, de los castellanos alzados contra su autoridad y comandados encima por quien don Cristóbal había dejado como alcalde mayor y como persona de su entera confianza.

—Si no me ha matado es porque no han podido y no por no haberlo intentado —le dijo Bartolomé como colofón de su informe sobre la situación y las angustias por las que habían pasado tanto él como el menor Diego, que en cuanto pudo llegar se unió al cónclave familiar para hacer repaso de lo acontecido y del estado de las cosas. Que no era, desde luego, el que el almirante esperaba encontrar.

Tras recibir cumplida cuenta de todo, quiso el mayor de los Colón animar en lo posible a sus decaídos hermanos; sobre todo a Diego, que parecía el más afectado, pues el segundo tenía mayor correa y en las dificultades se crecía. Era don Bartolomé sin duda mejor para la pelea que para las paces y ahora que de nuevo estaban los tres juntos se vino arriba de inmediato.

—Contigo aquí se enderezará todo y habrán de avenirse y someterse o a sus cuellos les aguardarán el acero o la soga. Esa es el habla que entienden y la única paga que merece un rebelde —sentenció el adelantado, pero el almirante, sin replicarle, se guardó de asentir sus palabras.

Quiso cambiar de asunto, y para alentarlos les dio cuenta de la ratificación hecha por los reyes en Medina del Campo, por quinta vez tras las de Santa Fe, Granada, Barcelona y Burgos, de sus títulos, poderes, privilegios y cargos, que permanecían intactos, y lo que ello conllevaba. Les mostró también el documento real ratificando a Bartolomé como adelantado, del que le hizo entrega, y que guardó el destinatario como un tesoro.

No quiso ocultarles el disgusto que había trasladado a sus majestades por haberle quitado la exclusiva de descubrimientos y viajes a las Indias y que ahora, aunque con condiciones, podían hacer ya otros que tuvieran dineros o a quien se los pusieran para fletar naves. Algunos ya habían empezado a hacerlo.

—El antes obispo de Badajoz y ahora de Palencia, Juan Rodríguez Fonseca, que era hace nada deán en Sevilla, no ha dejado de ascender en la gracia de sus majestades y manda más cada día que pasa. Es la autoridad máxima, tan solo por debajo de los reyes, en todo cuanto concierne a los viajes a las Indias y todo ha de pasar por él y por sus oficiales reales, que convierten en tortura toda gestión y embarque. Por eso he tardado tanto —les explicó a sus hermanos.

—Pero ¿cómo puede entorpecerte con tu rango y el beneplácito de los reyes? —preguntó Diego.

—Los reyes están en la corte, pero en Sevilla y en la Casa de Contratación manda Fonseca. Nunca me tuvo estima y sí cada vez más ojeriza y hasta mortal odio diría. No hace sino malquistarme cuanto alcanza con sus majestades y estorbarme todo cuanto puede, y puede mucho, en todo cuanto yo propongo o dispongo. Fonseca es quien manda y decide con respecto a cualquier viaje a las Indias, incluidos los míos, quien controla y determina. ¿Y sabéis cuál es su mayor protegido? —preguntó para responderse de inmediato a sí mismo—. Pues el Alonso de Ojeda, que debe ser algo pariente suyo y que anda por Sevilla enredando con su amigo Juan de la Cosa, el que nos perdió la Santa María. Y también andan por allí los Pinzón. Todos viendo cómo vuelven a donde yo los traje y aprovecharse de mis descubrimientos.

—Pero los Niño han venido contigo —comentó Diego.

—Los Niño siempre me han sido leales. Con los de Moguer siempre he podido contar, con toda la familia. Esta vez han venido solo Juan y su hijo, que estuvo de grumete y ya es todo un marinero, y también aquel chicuelo que andaba con él siempre, el Trifoncillo, que ahora ya es Trifón, aunque sigue siendo menudo. Y se han traído de nuevo a la Niña, que es a bordo de la que he venido.

Don Cristóbal lo contaba, raro en él, con una amplia sonrisa. Pareciera que hasta con afecto para con la ligera carabela que no había fallado en ninguno de los tres viajes, y en la que pudo volver del primero.

El almirante había confiado a sus hermanos sus dificultades en Sevilla y con Fonseca, pues era necesario que las supieran, pero había algunas otras cosas que le inquietaban aún más y prefirió guardarse para sí. Sobre todo, aquellas duras palabras de la reina Isabel afeándole hacer esclavos indios. No había vuelto a reiterárselo, pero intuía que a causa de ello la reina estaba dejando de confiar como antes lo hacía. Percibía, aunque no se reflejara en los documentos, su descontento y hurgaba en su cabeza para dar con la forma de retornar a su gracia.

Colegía, desde luego, que también pesaban en mucho los dineros. Los costes de los viajes eran muchos y lo eran de inicio para la Corona, que poco retorno tenían, pues no iba a ser con papagayos con lo que se compensaran. Si no se daba aún con las especias había que dar con todo el oro posible que pudiera rescatarse, y aunque pesara la prohibición de cautivar indios pacíficos, estaba la espita de quienes se alzaran en armas contra ellos. Tendría que andar con cuidado, pero no cabía otra para ir equilibrando lo gastado. Aunque quizás fuera conveniente no desembarcar estos en la península, sino hacerlo en Canarias, y ni siquiera, aún mejor en Cabo Verde o las Azores, como habían hecho con los últimos que envió el adelantado en los barcos de Peroalonso Niño, acreditando que fueron capturados en combate y hasta que habían dado muerte a españoles, y que habían dado pingües beneficios.

También rumiaba el almirante que, aunque mucho mal no hicieron, tampoco habrían sido nada buenas para él las requisitorias y cartas en las que los descontentos como el fraile catalán a Aguado y otros más habían denostado el comportamiento suyo y su gobernanza con acusaciones de crueldades. Y ello a pesar de haber sido él muy permisivo, pues solo había hecho dura justicia dando muerte en casos muy contados como el del aragonés Gaspar Ferriz, lo que tal vez irritara a don Fernando, y castigado a algunos otros que habían cometido graves actos tanto de rebelión y desacato como contra los indios cuando él se encontraba descubriendo Cuba y Jamaica. Nada en ello podía serle reprochado, ni tampoco el haber mantenido el orden y las normas decretando algunas prisiones puntuales y azotes. Era algo que estaba en sus atribuciones y derechos, y que por otro lado era corriente y diario el castigarlo así en España.

Pero todo ello, pensaba, habría ido pesando en el ánimo de sus majestades y ahora la rebelión de Roldán añadiría peso y carga. Podía ser peligroso. Había sido un nombramiento suyo, alguien criado a su servicio, de su plena confianza y que ahora se volvía en su contra. Eran muchos quienes lo envidiaban, muchos los que ansiaban ocupar su puesto y por linaje creían que les correspondía el mando, y no obedecer a un genovés que no se sabía de dónde había salido. No podía darles una baza como la que estaba en juego. Debía resolver el asunto de Roldán de la mejor manera posible, y desde luego sin sangre ni horca de por medio a poco que pudiera hacer él por evitarlo y por la cuenta que podía traerle.

Pero en la cena que aquella noche tuvo lugar en la casa principal de Santo Domingo, residencia de Bartolomé, al ir contando las nuevas prefirió alejarse de aquellos vericuetos. Tiempo habría de encauzar aquello y lograr aflojar el nudo.

Contó a los asistentes, que fueron muy pocos, don Pedro Coronel y unos cuantos más escogidos entre los más cercanos y leales, de la tristeza de los reyes como padres y como monarcas al habérseles muerto, a poco de casarse con una infanta portuguesa, su único hijo varón, Juan, el heredero al trono de ambos. Aquella gran desgracia había ensombrecido los ánimos de la reina y de toda la corte.

—El príncipe Juan, que Dios tenga en su gloria, murió el octubre pasado en Salamanca. Dicen los cortesanos que por exceso de amores, pues era tal la entrega a los placeres de la carne con la portuguesa que se consumió por ello. Hube de recoger a mis hijos, Diego y Hernando, que servían de pajes con él, y llevármelos a Sevilla, pero fueron tales los impedimentos del Fonseca y la demora que me ocasionó, que para que no estuvieran tanto tiempo ausentes de la corte pude mandarlos por venia de su majestad la reina Isabel a servirle de pajes a ella misma, lo que me llena de alegría deciros y es muestra de la gracia que sigue otorgándome.

Les relató también su viaje y el rumbo que había elegido, tras enviar directas a La Española a las tres naos desaparecidas, y los frutos que de él había obtenido, pues les trasladó la gozosa nueva de haber dado esta vez con tierra firme, que habría de ser por fuerza ya del continente asiático.[23]

—Tras haber creído que lo era Cuba, que resultó ser isla, al llegar a unas hermosísimas costas, más hermosas aún que estas y que parecieran ser las huertas de Valencia, pero siempre en primavera, las tomé yo al principio también por islas. Había visto antes una que lo es, a la que llamé Trinidad por divisarse tres picos como tres son las

---

[23] Una de las teorías del Descubrimiento es que Colón conocía de alguna manera el camino y que estaba en el secreto de que partiendo de El Hierro se tocaban islas a distancia que permitieran ser alcanzadas sin quedarse sin agua dulce y morir de sed por ello.

personas de la Santísima en el horizonte, pero luego, no mucho más allá, caí en la cuenta de que aquellas otras tierras que vimos al entrar por unas tremendas corrientes en un amplio golfo, cuya entrada llamé la Boca del Dragón y la de salida la Boca de la Sierpe, eran ya de continente. Y lo supe, pues allí hice sacar agua y comprobé que era dulce y proveniente de la desembocadura de un río que ha de ser inmenso, como todos los ríos de España fluyendo juntos, y que podría ser hasta uno de los ríos del paraíso, el Tigris o el Éufrates. Tales ríos no pueden recoger tanta agua sino de una gran tierra muy extensa y abundosa, pues nunca puede manar tal cantidad de ella en una isla. Ha de ser por fuerza tierra firme.

Mucho hablaron de aquello, sobre todo Bartolomé, que era también un gran marino, y al que interesó más que a Diego toda la peripecia del viaje, que había sido pródigo en sucedidos y descubrimientos, aunque ninguno de la importancia de este.

Relató don Cristóbal que había seguido en esta ocasión una ruta algo diferente de partida, yendo primero a Porto Santo, la isla donde años ha había matrimoniado con doña Felipa y concebido a su hijo Diego, y de allí había ido por las también portuguesas de Madeira y de Funchal, siendo en todas recibido con mucho agasajo.

Desde allí, y fiel a sus costumbres y a los vientos que sabía propicios desde aquellas aguas, había llegado al puerto de La Gomera. Allí tuvo lugar la primera peripecia, pues dieron con un barco francés que había apresado a dos naves castellanas, y al ver llegar a la escuadra salió huyendo llevándose con él a sus presas. No se percató de ello el almirante y los tuvo por mercantes. Hubieron de ser las gentes de la isla quienes a grandes voces y ya llegando los avisaran de lo sucedido. Fueron tras ellos con tres de las carabelas más ligeras y, aunque les habían tomado mucha distancia, consiguieron que soltaran al menos una de sus capturas para poder escapar más ligeros. La segunda presa obtenida por los franceses también se les fue de las manos. Había sido tal su prisa huyendo al ver venir la escuadra, que solo dejaron a bordo a cuatro de los suyos por seis españoles que había y, ya en el mar y con las tres carabelas tras ellos, se revolvieron contra sus captores y los tomaron presos a ellos regresando después con su nave al puerto.

Colón iba a castigarlos con la dura ley del mar, ahorcándolos, pero el gobernador Fernández de Lugo, el que había conquistado Tenerife y casado con la bella señora de La Gomera, que no había perdido el tiempo ni ya lo tenía para viejos requiebros, entendió que era mejor quedarse con los cuatro galos vivos para canjearlos por los seis vecinos que aún quedaban en manos de los franceses a bordo de la nave que había logrado escapar. Don Cristóbal, mal que le pesara, hubo de acceder a ello.

De La Gomera Colón fue hacia la isla de El Hierro, pues era allí donde cogía el viento bueno que lo llevaba en volandas por el Atlántico hasta las Indias. Así lo había hecho la vez primera, como si ya supiera de aquello, y así lo seguía haciendo siempre.[24] Fue tras zarpar de El Hierro cuando tomó la decisión de separar las naves, tres con los bastimentos directas a La Española, las ahora desaparecidas, y tres con él, entre ellas la Niña, por otro rumbo más al sur con la intención de seguir descubriendo y que le había llevado a dar ya con tierra firme.

Nombró capitán para cada una de las naves que dejaban su compañía, y puso al frente de dos de ellas a sus más allegados y de su propia familia. A un primo suyo genovés, Juan Antonio Colombo, y a otro que en cierto modo venía también a ser pariente, pues era Pedro de Arana, hermano mayor de Beatriz, la madre de su hijo Hernando y primo a su vez del Arana que había dejado al frente del Fuerte Navidad y que había sido muerto por Caonabo. Para la tercera carabela eligió a un vecino de Baeza, Alfonso Sánchez de Carvajal. A todos ahora se les daba por perdidos.

Colón había proseguido su ruta navegando hacia el suroeste siempre con la mente puesta en dar con tierras no descubiertas, pero en las que al fin estuvieran los ansiados árboles de las especias. Una encalmada le dejó flácidas las velas, los sofocó de calor y les dañó muchas

---

[24] Conecta con la leyenda del llamado «secreto de Colón» o del «piloto náufrago» que recogió moribundo y único superviviente de una nao, cuando vivía en la isla portuguesa de Madeira, y que le contó que habían llegado a tierra por occidente y cuál era la distancia y la ruta a seguir.

de las mercancías que llevaban. Por fin salieron de ella y consideró, tras muchos días de andar con buen viento, que había dejado al sur las islas Caribes y ya aguzaron la vista por intentar divisar alguna tierra y poder hacer aguada, que comenzaba a escasearles.

Fue entonces cuando divisaron los tres picos de la Trinidad, como emergiendo de la propia mar, y no mucho después ya dieron con nuevas tierras que les parecieron hermosísimas, así como sus gentes, que se les acercaron en canoas y al almirante le parecieron de piel más blanca y mejor planta y rostro que los caribes y taínos. Los de la carabela Vaqueña trabaron algún comercio con algunos, pero cuando una gran canoa con veinticuatro remeros se llegó hacia la carabela del almirante y este hizo que les enseñaran objetos brillantes como espejos y bacías de latón y para más animarlos que tocaran un tamborino y un timbal y danzaran los grumetes (a los que se unió el Trifoncillo, aunque ya era mozo más crecido), los de la canoa apuntaron sus arcos y les tiraron flechas a los que bailaban sin, por fortuna, herir a ninguno. Los castellanos respondieron con algunos tiros de ballesta y los de la canoa se marcharon. Los marineros de la Vaqueña que habían estado con ellos y hecho trueques esta vez no quisieron coger cautivo alguno porque estaban avisados por el almirante de no hacerlo; su barrunto de que aquello podía hacerle perder la gracia de la reina le obligaba.

Fue después cuando entraron por la Boca de la Sierpe al lugar de mar tan revuelto donde una inmensa ola, como un monte de agua, pudo haberlos enterrado bajo ella, pero por fortuna los pasó por debajo, elevándolos muy alto, y luego los depositó de nuevo en el mar calmo, y dieron y cataron con aquellas aguas dulces en medio suyo que vertía el gran río. Fondearon luego ante un gran arenal en cuyas playas desembarcaron y en las que, tras embestir por accidente y hundir una canoa, recoger del agua a los tres que en ella iban y devolverlos a tierra con regalos como los cascabeles que tanto les gustaban, hicieron buen encuentro con los indios, que salieron desde los bosques al arenal para verlos y les ofrecieron frutas y bebidas suyas. Dijéronles también el nombre del lugar, Paria, y del pueblo en que vivían ellos, Macuro.

A Colón de nuevo le parecieron muy pulidos; se cubrían, lo poco que solían cubrirse, con faldillas de algodón muy bien tejido y colo-reado y algunos llevaban unos pequeños espejillos de oro al cuello, por lo que deducía que sabían dónde hallarlo. Las mujeres tenían largos cabellos, pero los hombres se cortaban el suyo a mitad de la oreja, como a la manera castellana. Vieron que tenían grandes labranzas de maíz, cuyos granos había llevado ya el almirante a España, pues aquel cereal era desconocido en Europa, aunque no le hicieron mucho caso a su cultivo. Hicieron mucho trato con ellos y fueron días placente-ros, tanto que demoraron allí durante doce días.

Partieron de allí, ya con prisa de poner rumbo a La Española, saliendo de aquel lugar por la Boca del Dragón, donde corrieron también mucho peligro y tras lo cual volvió Colón a anotar en su bitácora, y ahora lo hacía de palabra ante sus hermanos y leales, que en aquel golfo sin duda desembocaban los ríos que nacían donde había estado el paraíso terrenal.[25]

En esa travesía es cuando dieron con las islas de las Perlas. Al desembarcar en una de dos islas que se hallaban muy próximas la una a la otra[26] se percataron de que, junto a los adornos de oro que en mayor número que en Paria los hombres llevaban al cuello, las mujeres lucían además sartas de cuentas en los brazos que eran perlas de muy diferentes tamaños, pero de mucha calidad.

Les mostró el almirante unos puñados de ellas que había rescatado cambiándolas por cascabeles y Bartolomé se animó de inmediato:

—¡Habrá que ir allá y poblarlas antes de que se nos adelanten otros ahora que los reyes ya permiten descubrir a cualquiera! —ex-clamó, y añadió—: Ojeda y el Vizcaíno estarán ya urdiendo viaje.

Diego Colón asintió con la testa. Y el cabeza de familia y del li-naje lo aprobó. Lo traía muy pensado.

---

[25] Se trata del golfo de Paria, el primer lugar donde se tocó tierra continental el 6 de agosto de 1498. El autor siguió aquella misma derrota en un navío en el año 1998, cinco siglos más tarde, en la expedición de la Ruta Quetzal junto a Miguel de la Quadra-Salcedo, catando aquella agua dulce sacada del mar y desembar-cando en aquel arenal donde sigue estando Macuro, en Venezuela.

[26] Cubagua y Margarita.

—Cuanto antes. Y no te olvides de los Pinzón, hermano.[27]

El almirante, con su prisa por llegar a La Española, ya no había querido detenerse más, y teniendo claro su rumbo puso proa hacia Santo Domingo, donde acababa de llegar aquel 30 de agosto esperando hallar ya allí las otras tres carabelas, de las que no había rastro, y a los españoles en paz y prosperando, y los encontraba enfrentados y sus fundaciones decaídas y moribundas.

De lo primero y de lo segundo iba a tener de inmediato noticias y al tiempo. Y al menos algunas resultaron ser alegres, aunque no sin espinas. A los pocos días aparecieron las tres naves perdidas con sus capitanes, pero resultó que venían de Jaragua, donde los rebeldes se habían establecido y aún peor, que parte de las tripulaciones de las carabelas se habían quedado con ellos.

---

[27] Así lo tenía previsto, volver él mismo en cuanto pudiera. Pero los acontecimientos en La Española se lo impidieron y aunque más tarde hubo en efecto población que fue a establecerse, antes no pocos, sabedores de las perlas, las visitaron. Fue aquel el gran vivero de donde salieron por siglos las mejores y más hermosas, como la famosa Peregrina, y el nombre de islas de las Perlas permanece aún hoy en la memoria.

14

LA SUERTE DE ROLDÁN

Si algo sabía Francisco Roldán era jugar bien sus cartas. Manejando la baraja, la peligrosa «desencuadernada», que decían los marinos, era un figura en las veintiuna, atento a lo que había salido, sin miedo a pedir para acercarse y hasta completar la cifra mágica, pero también sabía cuándo plantarse y no pasarse.[28] Con los naipes de la vida, ya lo tenía aún más que demostrado, por cómo había sabido medrar en ella desde que salió de su Torredonjimeno natal. Olía las rachas y aprovechaba los golpes de suerte cuando el azar se los servía en el momento más oportuno. Que lo fue, y mucho, cuando las tres carabelas de la escuadra colombina, llenas de vituallas y de armas, fueron a parar a la puerta de su casa. Casi a la mano. Pero había que cogerlas.

A los Colón, con la arribada de las naves a su costa ya les había cogido ventaja, pues primero pudo prevenir la llegada del almirante, y después supo antes que nadie del paradero de los barcos, mientras

---

[28] Las veintiuna fue el juego más popular de cartas de aquellos años y de todo el siglo XVI que marineros y soldados llevaron a todos los puertos y tierras hispánicas. Ha llegado, en cierto modo, a nuestros días, aunque ya también ha caído bastante en desuso. Se sigue jugando aún por algunos pueblos con el nombre de las siete y media.

que el adelantado y el propio don Cristóbal estaban a oscuras sobre lo sucedido. Que era lo que ahora, regresado Diego a La Isabela, estaban despachando ambos con los capitanes reaparecidos, sus parientes o contraparientes, el Colombo y el Arana. Carvajal no había asomado todavía, aunque sí había llegado su carabela con las otras dos.

Y es que resultó que, llegados a las islas de los caribes, los pilotos no pudieron luego hallar el puerto de Santo Domingo y fueron arrastrados por las corrientes hacia el poniente. Así acabaron por arribar a las costas de Jaragua, donde toparon con las gentes de Roldán, que supieron por ellos que venían de España, que habían errado el camino a Santo Domingo y que el almirante venía tras ellos con otras naves.

De todo ello fue informado raudamente Roldán, pero nada les dijeron los rebeldes a los recién llegados ni supieron de su alzamiento. Bien al contrario, subidos algunos a bordo de las naves, les contaron, siguiendo instrucciones de su jefe, que estaban allá por orden del adelantado, don Bartolomé, para proveerse de vituallas y mantener aquel territorio en paz y obediencia a él.

Sin embargo, ciertos deslices hicieron sospechar a los capitanes de que algo no estaba en su sitio. Fue Alfonso Sánchez de Carvajal el primero en darse cuenta, y tras indagar un poco, no tardaron en sacar la verdad, pues es difícil mantener un secreto tan grueso y compartido por tantos. Supieron entonces ya a qué atenerse, aunque no alcanzaron a calibrar la amplitud y alcance de la rebelión, y prudentemente se mantuvieron en los barcos sin permitir ni subidas de los otros ni bajadas no controladas de los suyos.

Fue de nuevo iniciativa de Carvajal el intentar personalmente dialogar con Roldán para volverlo a la obediencia. Este, jugando su primera baza, ya se había presentado como jefe de aquellos, pero intitulándose alcalde mayor de toda la isla y nombrado para ello por el almirante, a quien hacía protestas de gran lealtad y confianza, pues durante muchos años había estado a su lado como era bien demostrable y algunos, como Arana, conocían. Pero, mientras con estas pláticas los entretenía y con ello aflojaba su desconfianza, permitiendo a los marineros y tripulantes arribados, muy deseosos de ello, bajar a tierra, el de Jaén había aleccionado, aunque no hiciera mucha falta, a los suyos, y estos rápidamente hicieron mucho trato con los recién llegados.

Les calentaron los oídos y la vista, mostrándoles lo bien que ellos vivían, sin que les faltara de nada, ni comida, ni sirvientes, ni buenas casas y haciendas, ni por supuesto, y se las mostraban a los golosos desembarcados, mujeres, sin tener para ello trabajo alguno. Les añadieron que gustosamente los recibirían en su compañía si decidían quedarse con ellos, pues sitio y tierra había para todos. Y nada extraño fue que muchos se mostraran más que dispuestos. Podrían llevar la vida que ellos llevaban, que consistía en andar de pueblo en pueblo de los indios, cada uno con las mujeres que le placía tener y cuantos sirvientes querían y haciendo cuanto gustaban, sin que nadie les diera órdenes ni les exigiera obediencias ni trabajos.

Que no era además quimera alguna porque era lo que veían, y con ojos muy golosos, los recién llegados.

—Mira tú cómo viven —le comentaba ansioso un marinero a otro—. Tienen todos los indios que quieren a sus servicios, más que cualquier señor de Castilla, y si tienen que ponerse en viaje los aumentan más todavía para no tener que cargar ellos con nada.

—Igualito que nosotros —contestaba con enfado el otro.

Poco más allá era un penado liberado el que le decía a un soldado:

—¿Has visto las hembras que tienen y cómo atienden sumisas todos sus antojos?

—Y yo recibiendo órdenes, sin poder casi ni bajar a tierra y sin catarlas —respondía el rodelero.

Y todos pensaban que podían pasar de ser servidores de este o de aquel otro a ser ellos los servidos. Incluso los que venían desorejados por algún delito.

Roldán estaba acabando de tejer su red, cantar las veintiuna y quedarse con la gente, los bastimentos y las armas que traían para los Colón.

Pero, ya escarmentados por los anteriores engaños, se maliciaron los capitanes de sus promesas a la larga y de sus intenciones a la corta. Preocupados por la actitud de sus hombres, cada vez más amigados con los sediciosos, tomaron la decisión de partir de allí cuanto antes. Lo harían los unos, aquellos que venían a trabajar en las minas, que eran unos cuarenta, por tierra hacia Santo Domingo con Colombo, mientras que Arana se iría a buscar el puerto de Ozama con los tres navíos y Carvajal se quedaba con Roldán por ver si a la postre este se allanaba y se conseguía su vuelta pacífica y sometimiento al almirante.

El Roldán, viendo que se le escapaba la presa de las manos cuando pensaba tenerla ya bien cogida, reaccionó con su habitual presteza y cuando los trabajadores que iban a las minas, bastantes de los cuales eran penados a quienes se había liberado a cambio de hacer aquel cometido durante algún tiempo, bajaron a tierra, se destapó lo antes urdido y abandonando casi todos a Colombo se negaron a emprender el camino y se marcharon con Roldán, quedándose tan solo media docena de ellos con su capitán. Venían a trabajar casi forzados, aunque con un salario, y les ofrecían vivir sin hacerlo y que lo hicieran por ellos los indios.

Fue entonces el primo de los Colón, ya manifiesta la traición, a hablar con el rebelde, a quien reprochó su añagaza y mentira y le dijo que también eran tramposas sus palabras de querer retornar a la concordia con el almirante. Pero con prudencia no fue más allá, sino que regresó de inmediato con el puñado de quienes le quedaban a los navíos y urgió a Arana, que poca falta hacía, pues todos lo temían, dado que lo único que podía ocurrirles si se demoraban era que hubiera más deserciones y se les apoderaran de los barcos, a levar anclas y salir de inmediato a mar abierto. Carvajal se quedó según lo previsto intentando hacer entrar en razón a Roldán para que finalmente fuese con él a Santo Domingo.

La travesía se torció desde el principio, como se temían, con vientos contrarios que los retrasaron muchos días y lluvias que los azotaron con muy malos temporales, perdiendo muchos de los bastimentos que llevaban y estando a punto de naufragar la carabela antes capitaneada por Carvajal, que perdió el timón y a la que se le abrió la quilla, pudiendo de milagro llegar a puerto y a Santo Domingo.

Informado de todo ello el almirante, y añadido a lo relatado por sus hermanos, comprendió el alcance y gravedad de la situación y la necesidad de ponerle algún remedio. Se puso a ello, pero sin atreverse a hacer lo que debía y lo único que podía haberle a la postre preservado a él y a su familia. Hizo lo contrario. Lo peor que podía haber hecho: entrar en el juego de Roldán, fiar de su palabra. Que hablada o escrita venía a valer lo mismo.

Por temor a no contar con gente suficiente, a pesar de tener ahora una aparente mayoría con los recién llegados, pero sospechando que de todos no llegarían a cincuenta los que pudieran ser fiables de veras, fue a fiarse del único que no debía. Quizás lo hiciera llevado por el recuerdo y el hábito adquirido de que a él siempre le había obedecido. Quizás temeroso de que aplicar severidades extremas le supondría luego problemas graves con los reyes. Tal vez, creído además de que su persona y prestigio lograrían encauzar a los rebeldes y a su cabecilla, optó por la vía de la conciliación e intentó negociar con Roldán el fin de la revuelta, que en realidad se convirtió en un ir cediendo a todas las pretensiones del otro sin querer ver que este ya no era ni por asomo el criado que le había servido, sino alguien ya muy encampanado y que ningún respeto le tenía. Y ni siquiera cuando las pruebas de su actitud fueron para todos visibles él quiso verlas, y prosiguió en su actitud apaciguadora, que cada vez lo hizo más débil y contestado, pues plegándose a todo lo que Roldán le exigía, desalentaba y ofendía a quienes se habían mantenido fieles a él y su apellido y se habían por ello enfrentado al otro y sufrido su ira.

Ya de inicio, contrarió, aunque este acató sin rechistar siquiera, a su hermano Bartolomé dando por decaídos los procesos abiertos que este como adelantado había instruido contra los sediciosos, aun a sabiendas de que los delitos eran graves y estaban más que probados. Dando por cerrados estos, ordenó como virrey y gobernador abrir unos nuevos y que fueran estos los que se harían llegar a los reyes. Hizo pregonar después, el 22 de septiembre, tan solo un mes después de llegar, un bando en que les ofrecía pasaje y vituallas a quienes de los rebeldes quisieran regresar a Castilla.

Por aquellos días, informado de que Roldán se había puesto en marcha desde Jaragua, envió mensaje al leal alcalde de la Concepción Miguel Ballester que, si como era previsible pasaba por allí, que le dijera en su nombre que estaba apenado por los pesares que hubiera podido tener, que hacía borrón y cuenta nueva de todo lo sucedido, otorgaba perdón general y le urgía a venir a verle a Santo Domingo para restablecer en buena armonía y común acuerdo la concordia entre todos. Le ofrecía, si lo consideraba necesario, también un salvoconducto firmado por él para que pudiera hacer el camino sin temor ni problema alguno.

La respuesta de Ballester debiera haberle abierto los ojos, pero él decidió permanecer en la ceguera, pues no hay peor ciego que el que no quiere ver.

El alcaide le relataba que Roldán aún no había llegado a Concepción, pero que sí lo haría, según sabía, en una semana. Que antes habían llegado dos lugartenientes suyos, Adrián de Mújica y Riquelme, y que al trasladarle sus palabras y propuestas estos las habían despreciado de muy malas maneras, diciéndole que ni Roldán ni ellos necesitaban acuerdo alguno, pues eran ellos quienes tenían la sartén por el mango y La Española en la mano y capacidad para sostener o destruir al almirante según les viniera en gana. Y que, además, y antes de nada y reunión alguna, había él de liberar a los indios que había apresado cuando le asediaron el fuerte, pues no habían hecho más que reunirse allí a las órdenes del alcalde mayor y sirviendo al rey al hacerlo.

Hubo una otra cosa que hizo que saltara alguna alarma, pues Mújica y Riquelme exigieron finalmente que, para tratar cualquier asunto, a quien habría de enviar el almirante desde Santo Domingo habría de ser, y no otro, el capitán Carvajal. Para entonces este ya había llegado a la villa tras haber fracasado en su intención de convencer al rebelde, quien le había tratado con mucha consideración y hasta hecho escoltar en su camino. Solo con este hablaría de pactos, pues lo consideraba persona de prudente juicio y muy puesto en razón.

Pero, aunque ello hizo surgir algunas sospechas sobre Carvajal y no poco fundadas, por cierto, no le quitó la venda de los ojos a don Cristóbal, que lo recibió no solo como leal, sino que le otorgó además cada vez más poder y confianza.

Ello a pesar de que para muchos la conducta de Carvajal empezó a resultar mucho más oscura y en connivencia con Roldán de lo que al principio se podía suponer.

—A mí lo que me parece es que, más que haber convencido el Carvajal al Roldán, lo que ha hecho es cambiarse de bando —se dolía uno de los que más leales había sido con don Cristóbal.

Y otro de los que aún le seguían siendo fieles no podía sino asentir:

—En todo actúa para favorecer a los rebeldes y menospreciarnos a nosotros. Y el almirante, calla y otorga.

No contribuía a despejar las dudas el saber que había andado secreteando a quien le prestaba oído que en realidad él había venido con el almirante más que como uno de sus capitanes como casi su igual, y vigilante por el temor que ya había en Castilla de que incurriera en falta. Pero más grave aún fue lo que se había destapado, y era el haber tenido durante su estancia en Jaragua, y por más de dos veces, a Roldán en su carabela y, sabedor ya de su sedición, no solo no hizo por prenderle cuando estaba a bordo y pudo, sino que le había vendido cincuenta y cuatro espadas y cuarenta ballestas que traía en su barco y adquirieron los rebeldes, con lo que quedaron muy rearmados y pudieron armar también al grupo que tras abandonar los navíos se les había unido.

Hubo también muchas sombras y enjuagues en sus misivas y mensajes de mediación que se suponía debieran ir encaminados a alcanzar acuerdo, mas pareciera que el acuerdo era el repartirse entre ambos el poder, colocándose Carvajal en el lugar del almirante y dejándole al otro la Alcaldía Mayor de nuevo, aunque esto último parecía que lo habían hablado estando en Jaragua y no teniendo aún noticias de la llegada de don Cristóbal a Santo Domingo. El hecho de que en el camino por tierra viniera escoltado hasta solo seis leguas antes de llegar por los rebeldes y el aprecio que estos le manifestaban, clamando a gritos que lo tomarían por su capitán, tenían a muchos convencidos que Carvajal no estaba solo traicionando al almirante y sirviendo a Roldán, sino, sobre todo, sirviéndose a sí mismo y buscando convertirse en el amo de La Española.

Sin embargo, el almirante no quiso tener en cuenta nada de todo aquello, y desechando cualquier duda y considerando su intención honrada y al capitán un hombre bueno, avisado y de clara inteligencia, lo puso, junto con el alcaide Ballester, al frente de las negociaciones.

No pocos roldanistas habían hecho correr la moneda, pasada de mano en mano y a través de los muchos amigos que tenían en el otro bando, pues habían llegado todos juntos a La Isabela, de que en cuanto el almirante llegara irían a ponerse en sus manos y que se buscarían entre ambos buenos mediadores para llegar a un rápido acuerdo. Pero ahora, llegado don Cristóbal, de eso no había nada. Los acérrimos y radicales eran quienes controlaban la facción y se negaban hasta a entablar negociaciones siquiera. Y en esto desde luego Carvajal demostró ser un negociador hábil y rebajar en algo su terca hostilidad.

En la primera reunión en la Concepción se levantaron airados gritando que, ya que no se liberaba a los caciques allí presos, el primero el jefe ciguayo Mayobanex, Roldán no iría a entrevistarse con el almirante y que se marchaban todos. La intervención de Carvajal ante este logró, sin embargo, que este sí aceptara el hacerlo. Pero también se frustró el encuentro, pues cuando ya montaban a caballo para emprender el camino hicieron descender a Roldán de su montura y volvieron a encresparse los ánimos. Tanto que, tras hacer de nuevo exigencias que, de entrada, sobre todo al alcaide Ballester, les parecieron imposibles de satisfacerlas e indignas, y tras haberse levantado airados los alzados, procedieron estos a sitiar de nuevo la fortaleza y amenazaron con matar el primero de todos al alcaide Ballester.

Pero Carvajal siguió moviéndose a sus anchas entre un bando y el otro y con cada vez mayor connivencia con Roldán, de quien decía que estaba muy dispuesto al acuerdo, pero que eran sus lugartenientes más enconados quienes se lo impedían. Tenía muy buenas palabras que a todos gustaba oír, pero los resultados resultaban ser que los roldanistas se envalentonaban cada vez más y sus partidarios crecían y los apoyos del almirante menguaban. Tanto fue así, que llegaron a decirle bravuconamente, cuando de nuevo se planteó una reunión entre ambos, que el salvoconducto quien habría de darlo no era Colón a ellos, sino ellos a Colón.

Al cabo se celebró la perseguida reunión personal entre el almirante y quien había sido su hombre de mayor confianza, aparte de sus hermanos. Roldán, en realidad, siempre la había querido, pues ello era otra buena carta, la de tratar de tú a tú y en igualdad al propio virrey y como tal negociar condiciones. Y no solo eso, sino que era él quien las imponía. El aceptarlas por parte de Colón fue el origen de toda su posterior ruina, pues aunque por un tiempo el antiguo criado lo sostuvo, la autoridad de Colón en La Española quedó tan mermada que ya no pudo jamás en su vida recuperarla.

Quien había hecho las famosas Capitulaciones de Santa Fe con los Reyes Católicos y obtenido y luego refrendado por cinco veces, la anterior hacía tan solo unos meses, todo cuanto había podido desear y cuantos títulos y cargos quiso, ahora capitulaba ante el que había sido su mandadero, que le había ganado por la mano demostrando mucha mayor astucia que él, y le humillaba ante todos, a la par que dejaba todavía más humillado a su hermano Bartolomé.

Los rebeldes se convirtieron en los grandes vencedores, aunque en apariencia manifestaran acatar la autoridad del almirante, consiguiendo todo cuanto querían y obteniendo sueldos y favores por lo que no habían ganado ni hecho. Todo se les entregaba. Dos barcos «buenos y bien acondicionados» y «surtos en el puerto de Jaragua» para que allí pudieran embarcarse el alcalde Roldán y sus hombres fue la primera condición. Que era la que ansiaba Colón que el Roldán firmara y que el otro no tenía ninguna intención de, a la postre, poner en práctica.

El «abonar íntegramente las pagas hasta ese día y expender los certificados de buen servicio a los Reyes Católicos para que se lo gratifiquen» fue la segunda y a ella sí se acogieron de inmediato, así como a la tercera, aceptando que como de su propiedad se les entregaran los esclavos que se les adjudicaron, por las incomodidades sufridas en la isla y por los servicios prestados, con el correspondiente escrito de cesión. También se convenía que, ya que «algunos de la compañía tienen mujeres preñadas o que han parido, que puedan llevarlas a ellas en lugar de a los esclavos, y que sus hijos sean libres y puedan también llevarlos consigo». Y así hasta una quincena de condiciones a cada cual más beneficiosa para con los de Roldán y más despreciativa para el propio honor del almirante al entender de todos los que no querían taparse los ojos.

El almirante quedó, sin embargo, muy satisfecho del trabajo de Carvajal, pues todo lo daba por bueno si Roldán y buena parte de los suyos abandonaban la isla, y le otorgó el mando de la escuadra, compuesta por cinco barcos de los ocho que había traído, que enviaría de vuelta a España dando cuenta por escrito de su viaje y de todo lo acontecido, buscando con ello el beneplácito real y enviándoles algún oro y las perlas encontradas en las islas que pedía se poblaran. En La Española solo quedarían la Niña y otra más para recoger a los rebeldes y una tercera, la Santa Cruz, que sería tras su marcha la única para su servicio.

Pero no era nada de eso lo que iba a suceder. Ni con aquella capitulación quedaron los rebeldes ahítos. Se sabían fuertes y consideraban al almirante rendido. En realidad, no tenían intención alguna de abandonar La Española una vez que el virrey se había comprometido con su firma a que no habría ninguna represalia contra ellos. Querían quedarse a vivir allí, ya no solo tan bien como vivían, sino ahora mucho mejor todavía, pues ya podían hacerlo con todo por ley concedido y sin temor alguno. Menos que nadie Francisco Roldán, quien con el documento en la mano supo que había cantado las veintiuna. Él no había pensado ni por un momento en irse. Y ahora con todo lo conseguido y con el poder obtenido, menos que nunca.

Poniendo como excusa el retraso en el aparejo de las carabelas y el mal estado de la Niña, a la que después de tanto vapuleo se consideró ya incapacitada para el viaje oceánico y hubo de ser sustituida por la Santa Cruz, cuando Carvajal llegó a Jaragua con las naves se encontró con la absoluta negativa a hacerlo de los que iban a embarcarse. Solo algunos, no más de una quincena, se mantenían en la voluntad de volver, pero ya no en aquel año ni en esas naves tan poco abastecidas, según ellos.

Las carabelas habían llegado en enero, bien provistas y listas para el viaje, y era abril y no se habían movido, por lo que para que no se las comiera la broma el almirante, resignado, decidió que al fin volvieran a Santo Domingo.

Entonces fue cuando ya Roldán, sabiéndose ganador, jugó su definitiva carta. Se quedaba y se quedó. Otra vez con Carvajal de por medio, ofreció al almirante un nuevo acuerdo que pusiera fin definitivamente al conflicto. Pero no fue Roldán el que hubo de ir a Santo Domingo, sino que persuadieron a Colón de que este fuera a ver a su antiguo criado.

Y fue. Se acercó hasta el puerto de Azua con dos carabelas y luego fue por tierra hasta Jaragua, persuadido de que así se haría notoria su autoridad allí y «así conocer aquella tierra». Una vez llegado, lo que hubo de aceptar y se añadió a lo pactado fueron cuatro condiciones nuevas que rubricaban el definitivo triunfo de los alzados. Con los primeros barcos que vinieran de Castilla, mandaría de vuelta en ellos a los quince que aún querían irse; a los que se quedaran les daría tierras; se publicaría un bando diciendo que todo lo sucedido había partido de falsos testigos y fue culpa de algunos malvados y, por último, y lo primordial sin duda, se nombraba de nuevo alcalde mayor y perpetuo a Francisco Roldán. El almirante Colón, virrey y máxima autoridad de las Indias, lo firmó, sumiso, y aun lo que como colofón se añadía: que si a alguno de estos anteriores compromisos se faltaba «sería bien hacérselo guardar a la fuerza».

En todo ya satisfechos, la mayoría de los alzados decidió quedarse en Jaragua, casando o ya casados con hijas de los caciques de los diversos poblados y pudiendo ellos ejercer de «caciques blancos». Algunos otros se distribuyeron por Bonao, la Vega Real y Santiago. Roldán, para su propio beneficio, y como era ya comidilla en la taberna del puerto de Ozama y lo escuchaban con pena el más joven de los Niño y su amigo Trifón, devotos siempre de don Cristóbal, pues a él «no le osaba negar nada el almirante», consiguió el reconocimiento como propias de muchas tierras en La Isabela, una hacienda en el cacicazgo de Faruco y una estancia de nombre La Esperanza que había sido levantada como propiedad real. También fueron favorecidos sus partidarios más principales. Fue de lo más mentado el nombramiento del más acérrimo y exaltado de todos ellos, Pedro de Riquelme, como juez de Bonao con poder para castigar a reos criminales excepto con la pena de muerte.

Bien sabía el almirante que lo acaecido no podía, y en no mucho tiempo, sino traer malos acarreos y, temeroso de la impresión que pudiera causar en los reyes, y a pesar de haber firmado el acuerdo, decidió informarlos sobre el alzamiento y redactó para ello una larga carta que entregó a sus muy leales Miguel Ballester y el capitán García Barrantes, que habían sido de los pocos en mantener sus posiciones y no rendir la plaza ante Roldán, para que la llevaran a España.

Pero de nuevo el alcalde mayor tampoco en esto se dejó ganar por la mano. Él por su lado envió su propio mensajero a la corte para llevar allí su versión de los hechos, y aún hizo más jugando con habilidad un naipe que pronto valdría lo que un as. Escribió y supo hacer llegar bien recomendada a las manos del cardenal Cisneros una durísima requisitoria, sobre todo contra Bartolomé Colón, pero también cargando contra el almirante y justificando en sus faltas y maldades la causa de lo que pudiera ser criticado de su proceder.

Sin embargo, y en La Española, tras haberle ganado la partida a Colón, mantenía el doble juego y ahora medraba a su cobijo y amparo, y a su vez y para ello, volvía a convertirse en cachicán y ejecutor de sus órdenes, al menos de las que le interesaba obedecer.

No frecuentaba ya ahora don Francisco Roldán las tabernas del puerto de Ozama, ni jugaba a las veintiuna con quienes por allí paraban. De haberlo hecho, se hubiera enterado de la profecía que una vieja india, a la que se le atribuían visiones, había hecho sobre su futuro. La anciana curandera de Jaragua había sentenciado que, si Roldán no partía, y aún no lo había hecho, con aquellos barcos que lo esperaban para llevarlo a España, ya no saldría jamás vivo de sus aguas.

15

LA TABERNA DEL ESCABECHE

El Escabeche solo había conservado de su vida anterior el apodo, que era casi su oficio también. Ni una sola cosa más. Bueno, una sí, que eran otra vez dos a la vez. Que era de Triana y de Sevilla no, como algunos no se cansaban de equivocarse, que era un mucho no conocerlo.

Como tantos, el Escabeche había venido huyendo de algo. En su caso, de su mujer. Y de la familia de su mujer y de la suya también. Pero era uno de los pocos que sabía muy bien lo que había venido a hacer. Él era tabernero y era a eso a lo que iba a dedicarse. No parecía tener en principio cabida en aquellos oficios que se demandaban y daban sus buenas facilidades para embarcarse y establecerse en las Indias, pero supo que allí estaba la única oportunidad que la vida le iba a dar.

Fácil no le fue. Hubo de recurrir a sus mejores artes y a las peores también, y mantenerlo todo en secreto y durante meses. Hasta que al fin pudo meterse en el barco con sus toneles de vino y los utensilios del oficio, que había ido sustrayendo poco a poco de su propio negocio, vivió en un sinvivir. Porque tenía un negocio, y era suyo, una taberna en Triana, y con fama, además, por lo mejor que sabía hacer y lo que le había dado renombre a orillas del Guadalquivir: escabeches de pescado.

Pero era un esclavo. De su mujer, de su suegra, de su suegro, de sus cuñados, de los hijos de sus cuñados y de su propia familia de sangre, también. Ambas se habían puesto de acuerdo en un algo: deslomarlo a trabajar, machacarlo y tenerlo acoquinado a él. Trabajaba para todos y su trabajo daba de comer, de beber y dineros para todos menos para él, a quien no le dejaban ni casi tentarlo. Lo que había conseguido atesorar era el que había ido escamoteando a lo largo de los años, o sea, robándose a escondidas a sí mismo antes de que no le dejaran ni un real, porque siempre había tenido la esperanza de escapar de allí, aunque nunca pensó que fuera cruzando un océano y a un mundo del que nadie había oído ni hablar. Porque la taberna era suya, sí, y la clientela, más, pero en realidad él no tenía nada, ni siquiera hijos, pues aquel virago con quien lo casaron no se los dio y ahora hasta le parecía mejor.

Pasó muchas zozobras y miedos, pero le salvó el disimulo aprendido en muchos años de servidumbre y sumisión a sus familiares, entre quienes la disputa estaba en quién tenía peor pelaje, trazas y modos, pues los había ladrones, bravos de cobre por costurón y a tanto la puñalada, borrachos desde las diez, echadoras de cartas y mal de ojo, beatas del vinagre y brujas sin confesar. Y la peor su propia mujer, cuyo nombre en La Española jamás pronunció.

Llegado al puerto de Ozama, había venido en la Niña, pues Juan Niño, conocido suyo, fue el único amigo que podía conseguirlo y el que le ayudó. A él se confió y fue él quien le ayudó a sacar adelante su plan. Sin su complicidad y viejas mañas marinas de contrabandista no hubiera conseguido meter en el barco, sin que se enterara nadie que no se tenía que enterar, lo que se acabó por meter.

Ya en la nave y en el mar, el Escabeche había congeniado con el hijo de Juan y el Trifón, a quien le había enseñado a hacer algún guiso y algún escabechado, y se había maravillado al oír hablar a todos de aquellas selvas, aquellos mares y aquellas gentes semidesnudas, y del oro y de las perlas. Pero él venía a lo que venía, y no quería saber más de nada.

Era ya un hombre mayor, uno de los más viejos en venir con la flota. Tener su taberna, esta de verdad suya, hacer escabeches, beber con los parroquianos, él con prudencia, los otros lo que pudieran pagar, reír sus bromas y gastarlas él, pues a pesar de sus amarguras era hombre risueño al que no habían dejado sonreír en años, y vivir tranquilo sin el enjambre de avispas que le había tenido decenios martirizado, era lo que siempre había soñado, el único paraíso que a él le era posible alcanzar. Y el Escabeche no tuvo duda de que el suyo, por pequeño y humilde que fuera, estaba allí.

Al local, bautizado como él, que primero no fue más que una cabaña de maderas, paja, barro y hojas, pero que a poco tuvo ya su asiento y su calidad siempre dentro de lo sencillo y sin alharaca alguna, no le faltó clientela desde el primer día en que lo abrió. Los primeros, los Niño y el Trifón junto con sus allegados, luego los de las otras dos carabelas que habían llegado con ellos, y después algunos de los ya instalados en Santo Domingo. Y aunque el Escabeche no es que se pronunciara mucho al respecto, eso lo había aprendido en Triana, que a un tabernero no le conviene tomar demasiado partido ni pertenecer en demasía a facción alguna, los que allí iban eran partidarios de los Colón y contrarios al Roldán. Por lo menos hasta que llegó el capitán. El capitán Ojeda, claro está. Y ahí sí que comenzó la discusión que, por fortuna, no afectó al negocio.

Trajo la noticia Juan Niño:

—El capitán Ojeda ha vuelto a La Española. Ha llegado con una flota a Jaragua. Viene de descubrir por tierra firme con Juan de la Cosa y un italiano que se ha hecho español, uno que se llama Américo nosequé y que vivía en Sevilla, como tú, Escabeche.

—Que no soy de Sevilla, que soy de Triana, y lo sabes bien, Juan. ¿O te digo yo a ti que eres de Palos como tus amigos los Pinzón, en vez de ser de Moguer? —contestó, pronunciando lo de «amigos» con mucho retintín.

La carcajada de la concurrencia vino de seguido y continuación. Toda la feligresía habitual se conocía, y los dos que se tiraban tanto el alfilerazo como la contestación, todavía más. Aquello era, en realidad, la salutación entre los dos amigos. Su forma de empezar a hablar.

Pero aquel día se fue de inmediato a la noticia que era de las que levantaban expectación. El nombre del capitán significaba mucho en La Española. El mismo Escabeche, recién llegado, ya había oído hablar de él, de su bravura y de que era tan buen espadachín que nunca un arma enemiga había logrado sacarle sangre del cuerpo.

El tabernero hubo de ponerse al día y desde el principio de las andanzas del conquense y tuvo en Trifón su mejor informador y partidario suyo a carta cabal. Los demás, informados a través de Juan Niño y luego de la mucha murmuración que hubo en Santo Domingo y en la que todos tenían algo que decir, sabiéndolo o no, y por supuesto que opinar, más o menos se inclinaban también por el Centauro de Jáquimo o Capitán de la Virgen, como le apodaban también. Porque había mucha tela que cortar, y hasta algunas carnes de verdad se cortaron luego.

Ojeda había regresado a España tres años antes y no había perdido el tiempo. Ni él ni Juan de la Cosa, con quien se vio de inmediato. Luego fue a visitar a su protector, el obispo Fonseca, y este le aconsejó dirigirse a los reyes y pedirles permiso para hacer una expedición a las Indias al margen de Colón. Y los reyes, que querían cortarle las alas al almirante, se lo concedieron. Armaron cinco naves, con Juan de la Cosa como piloto mayor y él como capitán al mando de todo, y embarcaron también con ellos a un italiano, florentino, pero naturalizado español y afincado en Sevilla, llamado Américo Vespucio.

La expedición zarpó de la península el 18 de mayo de 1499, y arribó a las costas venezolanas de las que había vuelto Colón el año anterior.[29] De hecho, y según se decía en Sevilla, Fonseca les había dejado ver las cartas hechas por Colón de aquel cabotaje y siguieron su misma ruta hasta la desembocadura del Orinoco y el golfo de Paria. Ellos subieron incluso el gran río arriba, y al ver que los indios vivían en palafitos a sus orillas le pusieron al lugar por nombre Venezuela, esto es, Pequeña Venecia. Quien se lo puso, aunque los españoles no querían reconocerlo, puede que no fueran ni De la Cosa ni Ojeda, sino Vespucio, que sí había estado en la ciudad de los canales. Pasaron también por las islas de Cubagua y Margarita,

---

[29] Fue el propio Ojeda quien años más tarde dio fe en un juicio por el que se restituyeron los derechos de Cristóbal Colón en su hijo Diego, de que a su llegada habían hallado la huella del almirante, contradiciendo a Vespucio, que quería atribuirse para él la primera arribada a tierra firme.

donde consiguieron bastantes perlas, lo más productivo de todo su viaje.

En cualquier caso, Américo siguió por su cuenta y tocó tierra más al sur,[30] mientras que los dos amigos llegaron hasta el lago de Maracaibo y hasta la península de Coquivacoa, o como también la llamaban otros indios, la Guajira, donde Ojeda halló la perla más hermosa de la que no se separaría nunca y que se convirtió en el gran amor de su vida: se llamaba Palaaira Jinnuu, la Guaricha de Coquivacoa.

Ella era la hija de un cacique que recibió a los exploradores muy bien y los agasajó en su poblado. La indígena, desde un primer momento, se sintió atraída por el capitán de los castellanos y él no podía apartar los ojos de ella. No era extraño que los jefes indios ofrecieran mujeres a los que consideraban los principales de sus visitantes, pero no fue este el caso. Fue él quien con sus atenciones y galantería la cortejó, como si de una dama castellana se tratara, algo que no era nuevo en Alonso en su trato con las mujeres indígenas, y fue ella quien lo eligió. Durante los días que estuvieron en Coquivacoa y, siempre que les fue posible, estuvieron juntos, y se dolieron mucho cuando hubieron de separarse pensando ella en no volver a verlo jamás.

Pero el destino quiso darles otra oportunidad. Vueltos hacia la costa e instalados en un pequeño fuerte levantado con algunas maderas y ramas y cuando ya se preparaban para subir a bordo de los barcos anclados en la bahía lo que entendían que podía tener buen mercado, como perlas, algún oro y también algunas maderas finas, fueron atacados por un cacique rival del anterior, de menor poder y número de guerreros, pero que le disputaba la primacía en la región. Consiguió este cercar al grupo de Ojeda en la pequeña empalizada, y así los tuvo unos días mientras una cada vez mayor multitud de indios se concentraba para darles el asalto final, pues muchos venían a unirse para expulsar a aquellos invasores.

De alguna manera se enteró Palaaira de lo que estaba sucediendo, y corrió a su padre para que les prestara ayuda, si bien este al principio no quiso hacerlo. Que era cosa de los barbudos blancos y

---

[30] El actual Brasil.

que ellos se las entendieran como pudieran. Pero ella, a la que su padre tenía mucho afecto, insistió y le dio razones. Si el cacique enemigo acababa matando a los castellanos, se envalentonaría, atraería a muchos a su lado, como ya estaba pasando, y acabaría por atacarle a él. Al final lo convenció.

Alonso de Ojeda estaba considerando el hacer una salida desesperada y abrirse paso hacia el mar en medio de aquella multitud de indios y conseguir llegar como fuese a los barcos, esperando que al verlos echaran botes al agua para rescatarlos, cuando le sorprendió primero un tumulto entre quienes le cercaban y luego ver cómo estos se volvían y se preparaban para resistir un ataque de otros indios que venían hacia allá a la carrera y dando grandes alaridos. No lo pensó ni un instante y se lanzó al ataque con los suyos, dando cuchilladas a diestro y siniestro. El pánico se apoderó de quienes los cercaban y huyeron en desbandada.

Ojeda reconoció a sus salvadores, y cuando el cacique le contó quién en realidad los movió, ya no quiso dejarla atrás. La llevaría con él y así se lo pidió a su padre, a quien llenó de regalos, y a Palaaira Jinnuu no tuvo que convencerla, porque era aquel su deseo mayor.

Hicieron fiesta en el poblado para celebrar la ceremonia de entrega de la mujer que podía ser entendida como esponsales, y en la que el conquense participó muy alegre, con mucha sonrisa y diversión. No solía beber apenas y aunque le gustaba catarlo era muy prudente con el vino, pero aquel día, con alguna bebida fermentada de quién sabe qué, quizás de frutas o de palma, pues por allí no habían visto el maíz, terminó por embriagarse como nunca le habían visto sus hombres, que rieron muy a gusto con él.

Le ponderaban todos la hermosura de la mujer y él recibía los parabienes con satisfacción, pero en el calor de la celebración alguno hizo un comentario que fue más allá sobre la que llamó «la india del capitán». Ojeda lo oyó, se le ensombreció el rostro, se le afiló la mirada y echó mano al acero.

Al otro, tras un primer intento de pretender dejarlo en que nada había dicho que pudiera ofenderlo y darse cuenta de su seriedad y lo que ello podía significar, se le demudó la color y se hizo hacia atrás, pero como soldado que era no le perdió cara. No quería combatir, pero no iba a quedar por cobarde. No tuvo que hacer ninguna cosa de las dos.

Alonso de Ojeda lo llamo por su nombre y le dijo:

—Martín —Así se llamaba el hombre y era de Plasencia—, no es mi india. Es mi mujer. ¿Queda entendido? Y para todos los demás, ¿también?

Volvió la sonrisa a la cara del joven placentino y de toda la concurrencia con él, y contestó raudo:

—Claro que sí, mi capitán.

Un coro de voces le secundó. Ojeda, entonces, exclamó:

—¡Pues beban vuesas mercedes por nosotros dos!

Ya en el barco y en charla con Juan de la Cosa, le dijo:

—Cuando volvamos a España, y antes si puedo, me casaré con ella y la haré mi mujer ante los ojos de los hombres, de mi Virgen y de Dios.

El 5 de septiembre de 1499, la flota de Ojeda, en bastante mal estado, llegó a La Española, pero no al puerto de Santo Domingo ni a La Isabela, sino a uno a la entrada de Jaragua, con la intención de reparar sus embarcaciones y conseguir alimentos para el viaje de regreso a la península.

Sabedores los Colón de ello y enfadado mucho el almirante con su antiguo capitán, lanzó a su ahora aliado Roldán contra él y se le quiso abrir proceso acusándolo también de cargar palo de Brasil, una madera valiosa, para así mejorar un poco más las ganancias de la expedición.

El trapacero Roldán utilizó contra Ojeda las mismas artes que antes contra Colón. Fue hasta el puerto donde estaban anclados, llamado precisamente de Jáquimo, con sus naves y sus hombres, y en llegando en la noche del 29 de septiembre las colocó junto a las otras de manera amenazante. Pero luego los invitó a negociar, y De la Cosa y Ojeda, al principio crédulamente y confiando en la buena voluntad de Colón, le dieron todo tipo de explicaciones de por dónde había transcurrido su expedición, asegurando que siempre se había observado la normativa real y respetado los derechos de Colón. El piloto montañés hasta le mostró los mapas que había hecho de su itinerario y las costas, y se ofrecieron a visitar al almirante y aclarar cualquier malentendido. Ojeda le confió, además, que tenía noticias que le incumbían muy personalmente.[31]

Roldán regresó al lado de Colón y le trasladó, a su manera, las palabras y propuestas de Ojeda. O sea, malmetió todo lo que pudo y Colón no hizo nada por facilitar el encuentro. Ojeda por su parte siguió costeando por Jaragua y consiguió que algunos españoles allí situados le ayudaron a calafatear sus navíos. Aquello enfadó y mucho a Roldán, que venía a considerar el territorio y sus gentes como de su propiedad, y de presunto negociador mudó en atacante y se lanzó con una fuerte compañía contra los que consideraba ahora intrusos y a los que pensó poder deshacer fácilmente.

Pero Ojeda no era de los que se arredraban y la pelea se enconó y acabó con bastantes heridos y hasta un muerto, amén de prisioneros por ambas partes. Acabó aquello en tablas y los contendientes siguieron a la greña y enfrentándose en frecuentes escaramuzas.

En la pelea llevaba Ojeda ventaja, pero en conspirar se la sacaba Roldán, quien consiguió, con promesas de buen acomodo en La Española, la deserción de uno de los hombres más principales de Ojeda y que se cambiara de bando con parte de sus hombres.

Sin embargo, y a pesar de estar en inferioridad, Ojeda era mucho Ojeda y su prestigio tanto que algunos de los antiguos partidarios de Roldán le prestaron apoyo, se rehízo y contraatacó. Entonces el nuevo alcalde mayor optó por la vía pragmática. Como lo que quería era tenerlo fuera de la isla cuanto antes, pues lo que más temía es que decidiera quedarse, sabedor del predicamento que entre los veteranos tenía y lo que esto podía a la larga afectarle a él, se avino ahora a aprovisionar su flota y que se marchara con viento fresco. Y como eso

---

[31] Puede que por su poderoso protector el obispo Fonseca, Ojeda ya había sabido antes de salir de España que Colón iba a ser destituido por los reyes. Zarparon el 19 de mayo del 1499 y el día 21 ya se había hecho efectivo el nombramiento de Bobadilla, aunque no llegaría hasta agosto del siguiente año a La Española, como pesquisidor.

era lo que deseaban hacer tanto Juan de la Cosa como el capitán, el asunto quedó arreglado y sus barcos se dieron a la mar en noviembre de 1499, poniendo rumbo a España tras costear Cuba, que bien sabía De la Cosa que era isla desde que estuvo por vez primera allí, por más que se hubiera empeñado en lo contrario el almirante.

En los mentideros del Escabeche se llegó a decir que, aunque Ojeda no asomó por Santo Domingo, sí que lo hizo el piloto y que se había visto con el almirante en más de una ocasión, y que ambos habían cotejado los planos y compartido las experiencias y descubrimientos de sus viajes a tierra firme. Juan Niño hasta aseguró que el almirante consintió, algo muy raro en él, que el de Santoña reprodujera algunos mapas suyos de su primera llegada al golfo de Paria y Trinidad, y que a cambio él pudo del que De la Cosa estaba dibujando durante aquellos días y donde quedaba plasmado todo el amplio litoral por el que había bajado. No faltó quien le replicara que eso no podía ser, que ni por asomo el Colón le hubiera dejado al otro husmear en sus papeles, y que seguro que había sido el obispo Fonseca, que los había recibido del genovés en la Casa de Contratación, el que se los enseñó a Ojeda y este luego a su amigo.

En cualquier caso, mientras Ojeda andaba a cuchilladas por Jaragua, el piloto, convaleciente de una herida de flecha sufrida en Venezuela, por fortuna sin veneno, aprovechó el tiempo para dejar ya muy avanzado el primer mapa del continente, que haría llegar a los reyes con la siguiente firma: *Juan de la Cosa lo hizo en el año 1500 en el puerto de Samaná*, o sea, en La Española, y que fue ultimando en la travesía hacia España y acabó por rematar en su casa del Puerto de Santa María.[32] En una esquina, en la parte de arriba, añadió un recuadro con la imagen de san Cristóbal.

---

[32] La imagen del pergamino, el primer mapa de América, que se interpreta como homenaje a Colón, a quien a pesar de sus desavenencias reconocía su genio marinero y al que no regateaba, como tampoco Ojeda, la autoría de ser el primero en tocar tierra firme, cosa que sí hacía, tramposamente, Vespucio.

Desavenencias había entre él y el almirante, pero respeto y reconocimiento también.

Con Alonso de Ojeda viajó, rumbo a la península, la bella guaricha, Palaaira Jinnuu. Ya era cristiana y, en honor de la reina de Castilla, se llamaba Isabel.

16

LOS COLÓN, ENGRILLETADOS

En La Española se quedó el desertor de Ojeda que a la postre iba a ser el detonante de la desgracia de los Colón y, aunque él creyó salvarse de principio, de Francisco Roldán también. El tal Fernando de Guevara, que así se llamaba el desafecto al Capitán de la Virgen, pidió en pago a su traición tierras al alcalde mayor. Este se las concedió en Jaragua, donde campaba a sus anchas, y muy cerca de las que tenía un primo suyo, que había sido el artífice de su cambio de bando, el muy destacado e impetuoso lugarteniente de la facción roldanista y el acérrimo enemigo de Colón, Adrián de Mújica.

De camino hacia el lugar, don Fernando, muy apuesto y muy galán, se detuvo en casa de la cacica Anacaona, y allí se encontró con su hija Higüeymota, habida con Caonabo, tan hermosa como su madre, de la que se prendó al instante viéndose correspondido, y se quedó a vivir con ella. Y con un inmenso enfado de Roldán, que había ocupado antes tal lugar y se vio cabrón pregonado, según se jaleó con grandes risotadas en la taberna del Escabeche, donde no tardó en ir Trifón con el cuento.

El cornudo, valiéndose de su condición de alcalde, conminó a Guevara a que dejara a la india y se marchara de una vez a sus tierras, pero este, muy febril con su nuevo amor, no solo no estaba por tal renuncia y labor, sino que montó un plan en compañía de otros siete de los de Ojeda que se habían cambiado con él y quedado también en la isla para matar a cuchillada viva a Roldán. Quizás a don Fernando también le escocieran celos en pasado al saber que don Francisco había ocupado el sitio que ahora ocupaba él.

Cometió un error. Si algo tenía Roldán eran espías por todas partes y en cualquier lugar. Descubrió la conjura, los hizo presos a todos, los condenó a muerte y se los envió al almirante a Santo Domingo para que los ejecutara.

Enterado de todo ello, dispuesto a lo que fuera por salvarle el cuello a su primo, el sanguíneo Adrián de Mújica, ni corto ni perezoso, entendió que la mejor manera de hacerlo era matarlos a los dos, a Colón y a Roldán, y acabar de un plumazo con los dos pájaros, ahora compinchados, al mismo tiempo. Se puso a ello y le pasó lo mismo que a su pariente: que Roldán lo pilló y enjauló a Mújica y sus cómplices. Y ahora fue él, antes que su primo, al que Roldán y Colón primero querían llevar a la horca, que por aquellos días, por estas y otras, había tenido bastante trabajo y puesto su terrible corbata en los cuellos de un buen puñado de españoles.

Pero Mújica encontraba, una vez y otra, añagazas para irse librando. Pedía confesión, que no podían negársela, y justo cuando llegaba el cura, el reo perdía de repente la voz. Le valió un par de veces, pero ya en una de ellas, unos dijeron que por orden del almirante, otros, que del alcalde mayor, o lo más seguro que de los dos, se concluyó la función arrojándole desde las almenas de la prisión y despanzurrándolo contra el suelo.

A la postre, quienes se acabaron por librar fueron Guevara y algunos de sus compinches con él, que continuaron en prisión a la espera de que llegara la hora de su ejecución y a quienes la demora les salvó el cuello.

Con unos líos, los de por la parte de Roldán, que no terminaban nunca, y otros nuevos, que no dejaban de asomar, a Colón los problemas se le multiplicaban. Los próximos en llegar a La Española vinieron con nada menos que con Vicente Yáñez Pinzón y sus cuatro carabelas, que también, al igual que Ojeda y De la Cosa, y con permiso real asimismo, habían ido a descubrir por su cuenta. Aquello a don Cristóbal le supo mismamente a rejalgar, pues eso denotaba que

Fernando y ahora con el beneplácito, o al menos el silencio, de Isabel querían acabar con la exclusiva, privilegio y mando sobre todas las Indias que les había arrancado en las Capitulaciones de Santa Fe y ratificado en otras después. El Rey Católico tenía claro que aquello no podía ser ni seguir.

La llegada de la flota del Pinzón causó gran revuelo y no poco alboroto en toda la ciudad, aunque por el Escabeche no se dejaron ver, pues sabían que era territorio de sus enemigos los Niño.

—Los Pinzón por aquí, si no asoman, mejor —sentenció Juan Niño.

Y Vicente Yáñez Pinzón, a lo suyo, y a quien el viaje no se le había dado mal, no asomó.

Pero quien sí lo hizo, y aquello sí que fue la gran aparición, la que se estaba barruntando y temiendo el virrey, gobernador y almirante don Cristóbal Colón, exactamente el día 23 de agosto, fue el pesquisidor Francisco de Bobadilla, comendador de Calatrava, con instrucciones de los reyes, muy irritados con lo que les llegaba, de proceder a abrir una investigación sobre Colón y sus hermanos y todo aquel que considerara pertinente investigar. Venía nombrado como gobernador general de las Indias, destituyendo y sustituyéndolo a él en tal función y con documentados poderes para hacerlo. Y que si no alcanzaban para lo que hizo se los tomó por su cuenta, porque en La Española nadie osó ni él permitió que le rechistara desde que puso pie en el muelle del puerto de Ozama.

El pesquisidor era hermano de Beatriz de Bobadilla, marquesa de Moya, la gran amiga de la reina Isabel, y de cuya influencia corrían dichos y hasta coplas como «Después de la reina de Castilla, la Bobadilla». Era por tanto también el tío de la hermosa señora de La Gomera de quien Cuneo había pregonado amores con Colón. Hombre un tanto fosco y que en sus encomiendas en la península había tenido problemas por serlo, en la localidad alcarreña de Auñón los apretó tanto que se le revolvieron y quisieron matarlo, teniendo que salir por pies para salvar el pellejo. Estaba casado con María de Peñalosa, y la hija de ambos había matrimoniado con Pedrarias Dávila, que después daría su mucha guerra también en las Indias.

Su nombramiento había sido muy anterior, en mayo del año ya

pasado, pero luego los reyes se lo debieron pensar y lo sujetaron en España hasta que ya le dieron el visto bueno para partir, que fue tras la llegada a su poder tanto de la carta de Colón como la de Roldán, que tuvieron un efecto perverso. Sobre todo, para el almirante. En cierto modo fue el relato de los problemas y sus acusaciones el propio detonante de su caída.

Bobadilla llegó con varias carabelas y quinientos hombres, entre los que iban catorce indios hechos esclavos por Colón y a quienes los reyes habían dado órdenes de liberar y repatriar. Amén de las continuas quejas recibidas contra el almirante por su mala administración, prácticas crueles contra otros españoles, rebeliones continuas contra él y supuestas ocultaciones para el quinto real de oro y perlas, lo de esclavizar a los indígenas había acabado por inclinar contra él la balanza en el ánimo de su hasta entonces decidida protectora, la reina Isabel.

Bobadilla, además, y por las razones que fueran, no tenía a los Colón la menor simpatía y sí un tanto de desprecio y resentimiento. Al llegar a Santo Domingo se encontró con que solo se encontraba allí el menor, Diego, pues el almirante andaba por la Vega Real y Bartolomé por Jaragua, sofocando una revuelta indígena.

Diego Colón no ayudó tampoco y nada a suavizar la situación, pues de entrada espetó al pesquisidor que no lo reconocía como superior de su hermano. Bobadilla, sin más, lo detuvo y lo encerró en prisión. Se apropió del palacio, donde se aposentó, y procedió a confiscar todos sus bienes. Su primera decisión fue liberar a todos los presos castellanos allí recluidos por rebelión, incluso a los que tenían flagrantes y recientes delitos, y convertirlos en sus casi exclusivos informadores.

Hizo llamar de urgencia a los dos Colón ausentes. Envió a un fraile, Juan Trasierra, a buscar a Cristóbal, con una nota firmada por los Reyes Católicos donde le comunicaban que habían mandado a un juez a investigar las noticias que les habían llegado a España y que compareciera ante él. El almirante llegó a Santo Domingo en septiembre, pensando en que habría de declarar al respecto de la larga misiva que había enviado a los reyes sobre la rebelión pasada, y se encontró con que el pesquisidor ni siquiera quiso escucharlo, y sin más lo envió a la cárcel. Hizo a nada igual con Bartolomé, quien había sido, con antelación, avisado e instruido por su hermano mayor, al recibir la misiva real, de que volviera y acatara las ordenes de Bobadilla.

De modo que vino a resultar que de la requisitoria acusatoria enviada por Colón, el más perjudicado iba a ser el acusador primero. O sea, él.

El Trifón, que para enterarse de los entresijos se las pintaba solo, informó prontamente al expectante corro del Escabeche:

—Resulta que los reyes ya habían nombrado el año pasado al Bobadilla, pero la venida se iba retrasando, y lo que la provocó al final fue la llegada de los dos escritos y los procuradores con las versiones encontradas de don Cristóbal y de Roldán. Al pesquisidor que tenía que investigar lo sucedido le dieron también una carta suya para Colón en la que le indicaban que se pusiera a su disposición. Dicen algunos que el Bobadilla ha ido mucho más allá de lo debido y que es un despropósito el haber metido en hierro en mazmorra al descubridor de las Indias. Y lo de incautarle todos sus bienes y usurparle el palacio es un desafuero y que no es de ley ni tiene nombre.

No lo tenía quizás, pero a Bobadilla no lo paraba nadie, aunque el trato que estaba dando a don Cristóbal comenzara a hacer que la gente, hasta a algunos que no le eran afectos, le pareciera que era algo indigno y excesivo. En octubre, los tres hermanos fueron conducidos engrilletados, ante el estupor de muchos que lo contemplaban, hasta la carabela la Gorda, al mando del capitán Alonso de Vallejo.

Así, encadenados, los llevó hasta España, aunque ya en mar abierto y tras una conversación con el piloto, que había navegado con el descubridor, entristecidos sus ánimos y revueltas sus entrañas de ver a alguien de su altura así, le propusieron, mientras durase la travesía, librarle de los grillos. Pero él se negó.

El capitán Vallejo tenía, además, órdenes de Bobadilla de, en llegando a Sevilla, entregárselos a su gran enemigo, el obispo Fonseca a quien, amén de seguir siendo máxima autoridad en los asuntos de las Indias, se le había otorgado la mitra de la catedral de Burgos.

En La Española, el estupor y el miedo se apoderaron de sus partidarios. En el Escabeche no se daba crédito a la precipitada cascada de acontecimientos que se sucedían, pero cuando ya vieron subir al almirante encadenado al barco que se lo llevaba, el temor se apoderó de todos.

—Don Cristóbal en grilletes y el Roldán y toda su ralea tan campante —decía el propietario de la taberna, que sin mojarse se mojaba.

Porque lo que más rechazo produjo, aparte de haber vejado así al almirante, fue que, a Roldán, el Bobadilla lo tratara con el mayor mimo. Le escribió cortésmente a Jaragua y lo dejó en paz sin tomar contra él medida alguna ni siquiera llamarlo a declarar a su presencia.

—Puede que don Cristóbal haya hecho mal algunas cosas y se le haya ido la mano en otras más, pero mucho peor ha sido lo de Roldán y a este ni lo toca. Y eso si olvidamos que, si se conoce este mundo y todos nosotros estamos aquí, es por él y no por otro —remachó el Juan Niño.

Poco a poco se iban sabiendo algunos detalles y cada vez se hizo más evidente para muchos, incluidos algunos detractores de los Colón, que Bobadilla se había propasado en sus atribuciones. Pero nadie se atrevía siquiera a defenderlos ante el nuevo gobernador. Uno de los pocos leales con cierta importancia y entrada en palacio que le quedaban afirmó una tarde muy en secreto en la taberna que en la cédula real de su nombramiento, que él había podido ver, los reyes para nada habían determinado tan cruel trato, sino que, y leyó lo que llevaba apuntado y que había copiado del original, *se comisiona a Francisco de Bobadilla para averiguar qué personas se habían levantado contra la Justicia en la isla Española y proceder contra ellas según derecho y en ella se indicaba también que don Cristóbal Colón, su almirante del Mar Océano y de las Islas y Tierra Firme de las Indias, les envió a hacer relación, diciendo que estando él ausente de las dichas Islas, en su corte, algunas personas de las que estaban en ellas, y un alcalde [Roldán] con ellas, se levantaron en las islas contra el almirante y las justicias que en su nombre tenía puestas en ellas, y que no embargante que fueron requeridas las tales personas y el alcalde que no hiciesen el levantamiento y*

escándalo, que no lo quisieron dejar de hacer, antes se estuvieron y esta-
ban en la dicha rebelión y andaban por la isla robando y haciendo otros
males y daños y fuerzas, en deservicio de Dios [...], lo cual, por ellos visto,
porque fue y era cosa de mal ejemplo y digno de punición y castigo, y a
ellos, como rey, reina y señores, en ellos pertenecía proveer y remediar,
mandaban dar esta carta para él en la dicha razón, por la cual le man-
daban; que luego fuese a las islas y Tierra Firme de las Indias, y hubiese
su información, y por cuantas partes y manera mejor y más cumplida-
mente lo pudiera saber, se informase y supiese la verdad de todo lo suso-
dicho, quiénes y cuáles personas fueron las que se levantaron contra el
almirante y sus justicias, por qué causa y razón y qué robos, males y da-
ños habían hecho, y todo lo otro que acerca de esto viere ser menester
saber para ser mejor informados. Y la información y la verdad sabida, a
los que por ella hallare culpables les prendiese el cuerpo, y les secuestra-
se los bienes, y así presos procediese contra ellos y contra los ausentes, a las
mayores penas civiles y criminales que hallare por derecho. Y si para
hacer, cumplir y ejecutar todo lo susodicho hubiere menester favor y ayu-
da, por esta su carta mandaban a su almirante y a los concejos, justicias,
regidores, caballeros, escuderos, oficiales y hombres buenos de las dichas
islas y Tierra Firme, que se lo diesen e hiciesen dar, y que en ello ni en
parte de ello no le pusiesen embargo ni contrario alguno, ni consintiesen
se los pusieren.

—No me parece a mí ni creo que se lo parecerá a ninguna de vuestras mercedes que en ese documento, aunque se le dé facultad para
prender a quien considerara necesario, fuese señalado por ellos el almirante, sino que se le pide que colabore en el proceso, y en el ánimo
de los reyes no parece haber sospecha directa contra él.

Y para apuntalar aún más todo ello, el caballero, que era familiar
cercano de quien fuera alcalde de la Concepción, el fiel Miguel Ballester, enseñaba la copia del escrito que los reyes habían dado a Bobadilla para que se la hiciera llegar a Colón y en la que sus majestades
le decían a *su almirante del Mar Océano, que ellos habían mandado al*
comendador Francisco de Bobadilla, llevador de esa carta, que les ha-
blase de su parte de algunas cosas que él diría, rogándole que le diese fe y
creencia y aquello pusiese en obra.

Aquello era desde luego para mucho pensar y demostraba que

Bobadilla había ido mucho más lejos de lo que se le había encomendado. Pero lo que sublevaba más era que en vez de iniciar un proceso había culpado ya previamente a don Cristóbal y sus hermanos y por el contrario e incumpliendo el cometido real encomendado había dejado sin investigar ni castigar aún menos a otros como Roldán que tenían muchas más culpas.

Sin preocuparse por ello, si es que le llegaba el malestar de las gentes, el comendador seguía impertérrito y a lo suyo. Como a esos documentos se añadían otros con su nombramiento como gobernador y juez supremo de dichas islas y tierra firme y aún un tercero por el que se ordenaba entregarle «las fortalezas, casas, navíos, armas, pertrechos, mantenimientos, caballos, ganados y otras cosas de Sus Altezas en las Indias», aquello, amén de poderes, le otorgó la capacidad de irse ganando voluntades a base de hacer dádivas, o sea, gastando para ello «pólvora del rey» y no suya. Su manera fue vender en mucho menos de lo que valían rentas y tributos reales y sacar en subasta o más bien en almoneda las tierras propiedad de la Corona, y dio indios a quienes quiso favorecer con el pacto de que habrían de dividir con él las ganancias que estos proporcionaran.

Y no fueron los Colón los únicos que metió entre rejas. También, enviados estos engrilletados, hizo preso a Juan de la Cosa y a Rodrigo de Bastidas, que volvían de un exitoso viaje por las costas de tierra firme y que traían una buena cantidad de oro. Habían tenido que dirigirse a La Española, en vez de emprender viaje de vuelta hacia España con los dos barcos que llevaban, por el mal estado en que estos se encontraban y que los obligó a buscar puerto y repararlos. Con cargos no muy bien definidos, Francisco de Bobadilla mandó arrestarlos y los encerró en prisión.

Contó la peripecia en el Escabeche un mozo bien dispuesto, alto y fuerte y muy guapo, al decir de las indias que servían en la taberna, llamado Vasco Núñez de Balboa. Era un hidalgo extremeño que frisaba los veinticinco años, de Jerez de los Caballeros, aunque su padre, descendiente de hidalgos leoneses de El Bierzo, conocía a los Niño por haber servido como paje y escudero de Pedro de Portocarrero, señor de Moguer, en cuyo castillo vivía y cuyo puerto era el solar de los marinos a los que había llegado a tratar en algunas ocasiones y a los que admiraba.

Se había embarcado en la expedición de Bastidas y De la Cosa al rebufo de los cuentos de las Indias, que eran de lo único que se hablaba en el lugar, y de la gran fama del piloto.

De la Cosa, a la vuelta del viaje con Ojeda y concluido en el Puerto de Santa María su mapa y enviado a la reina, había sido consultado por el sevillano Bastidas, hombre con muchos posibles que había obtenido una licencia para explorar en el Nuevo Mundo, sobre la ruta que tomar, y al final optó por emprender el viaje con él como socio.

—Al saberlo no me lo pensé mucho. Había oído hablar del Vizcaíno muchas veces, casi tantas como de vosotros —relató dirigiéndose a Juan Niño—, y a lo de andar de escudero del Portocarrero, ya acabadas las guerras con los moros, no le veía mucho futuro ni fortuna que ganar con ello. Así que conseguí ser alistado. Fueron muchas las peripecias y estuvimos en un tris de irnos todos a pique en un lugar que el montañés bautizó como Bocas del Ceniza, al que llegamos tras haber pasado por la desembocadura de un gran río que llamaron Magdalena, y antes de llegar al golfo de Urabá. Luego seguimos costeando bastante tiempo y sin percances hacia el norte, y lo cierto es que se obtuvo mucho provecho en rescates, pues se hizo acopio de mucho oro. Desde luego Bastidas y de la Cosa estaban harto contentos y no menos nosotros por la parte que nos tocaba. Pero hubimos de venirnos hacia aquí, pues las carabelas estaban comidas por la broma y no podíamos con ellas intentar volver a España.

Hizo pausa y se echó un trago al coleto. Algún parroquiano más aguzó la oreja al oír la palabra mágica. El mozo parecía no andar escaso de dinero, pero llevaba una buena espada al cinto.

Él siguió con su relato:

—Pero fue llegar aquí, tras pasar por Jamaica, a La Española, y comenzar nuestras desdichas. Intentábamos arribar a un puerto,[33] no alcanzábamos el de Santo Domingo, y vimos que ambas naves se nos

---

[33] Puerto Príncipe (Haití).

iban a pique. Pero poniendo todo nuestro empeño y muchas veces en peligro nuestras vidas, logramos varar una de ellas y salvar así la mayor parte del cargamento más valioso. La otra se hundió sin remedio. Y topamos, para postre, con este Bobadilla, que el diablo parta, y que nos dijeron nada más llegar que antes había hecho preso al almirante y sus hermanos. Mudo y sin querérselo creer se quedó don Juan de la Cosa. Pero bien cierto era, como lo fue que detrás fueron nuestros patronos y capitanes y en la cárcel están también ellos. La razón que esgrime el pesquisidor es que no traen los permisos y documentos pertinentes que les permitían el viaje. ¡Y tal es porque se perdieron con la primera carabela que se fue a pique, pero en España están todos y bien sellados! Pero presos están y no hay manera de que Bobadilla suelte su presa. Lo que me huelo que quiere es quedarse el oro —concluyó el Balboa.

Por fortuna para él y los tripulantes, el reparto se había hecho, en buena parte, antes de llegar, ya por tierra y a pie, a Santo Domingo, pues algunos habían manifestado la intención, como Vasco, de quedarse en La Española, para comprar alguna tierra y poner en marcha algún negocio. El Niño y algunos otros que estaban en la conversa se apenaron con las nuevas, pues De la Cosa era muy apreciado por todos, y hubo más de tres denuestos y recuerdos a la madre del Bobadilla. Pero Juan Niño agregó una nota de esperanza:

—El Bobadilla ha errado en mucho y no lo sabe. Si hay a quien aprecie y en quien tenga confianza nuestra reina es Juan de la Cosa. Bien que lo sé y bien he notado su mano en amparo de su protegido. En el segundo viaje fue por su real voluntad por la que embarcó con nosotros, que el almirante no quería traerlo. En cuanto se entere, os digo que hace que los pongan libres.

Brindaron por ello y porque también hubiera justicia que reparara los agravios hechos a don Cristóbal. Aunque por el momento y en Santo Domingo, los que andaban alborozados con las dádivas de Bobadilla eran sus más rabiosos enemigos.

Pero tenía razón Juan Niño y la tenían los demás en pensar que la reina Isabel enderezaría las cosas y que no tardaría ya apenas en saberse en La Española. Poco le quedaba de disfrutar el mando a Bobadilla.

***

El 20 de noviembre del año 1500, solo un mes después de que De la Cosa y Bastidas hubieran salido de España, llegó a Cádiz la Gorda con los Colón prisioneros. Sabedores los reyes de la vejatoria manera en que se había traído al almirante y sus hermanos y conmocionados al igual que ellos muchos, entre ellos gentes de lo más ilustres del reino, ordenaron que de inmediato fueran liberados de su prisión y sus grilletes. Sin embargo, el almirante hizo que se le entregaran estos, los guardó con mucho cuidado y mandó que cuando llegara su hora con sus huesos se enterrasen «en testimonio de lo que el mundo suele dar a los que en él viven, por pago, porque se conociese que solo Dios es el que hace las mercedes».

Era aquello todo un reproche, aplazado en el tiempo, a los reyes. Pero ya desde el primer día, y aunque nadie se atreviera a hacerlo ostensible, a una gran mayoría de los españoles de toda condición que alcanzaban a saber lo sucedido aquello los avergonzaba. Y los más avisados entendían que el trato dado a quien tan gran hazaña a su servicio había realizado dañaba antes que a nadie a sus majestades. En Castilla, sobre todo, así lo entendían, y no podían comprender que la reina Isabel hubiera permitido tal cosa.

La orden que el capitán Vallejo traía de Bobadilla era que le fueran entregados a Fonseca en Sevilla. Pero, antes de hacerlo, la rápida reacción de los reyes impidió culminar el atropello, pues como tal lo calificaron los propios monarcas, que manifestaron sentirlo mucho y ordenaron la liberación inmediata de los tres y sin cargo alguno en su contra, pues no había motivos para ello. Es más, les ordenaron ir a Granada, donde se encontraban, para allí escucharlos en audiencia.

Fueron entonces, y con toda prontitud, el almirante, su hermano el adelantado y el menor Diego a la corte y allí fueron recibidos con la mucha consideración y protocolo que se debía a su rango. El descubridor de las Indias, el almirante don Cristóbal Colón, con las lágrimas corriéndole por el rostro y los ojos fijos en la reina, se arrodilló ante ellos, mientras que los cortesanos, todos, guardaban un sepulcral silencio.

Doña Isabel, entonces, se levantó de su trono, se acercó a él y, consolándolo, le hizo levantar. Los reyes le manifestaron su gran disgusto por lo sucedido y le aseguraron que se le había aprisionado contra su voluntad y que a sus penas pondrían remedio. Y en parte lo pusieron, aunque no del todo, pues sí quedó desagraviado en buena medida el almirante, pero no restituido en la totalidad de sus cargos anteriores.

Muy otra había sido la actitud de don Bartolomé. Mientras que Diego, el tercero, se arrodilló también y no pronunció palabra, el segundo de los Colón permaneció entero y de pie. Y cuando habló lo hizo con una voz firme en la que algunos quisieron escuchar altanería, y expresó lo que su corazón sentía y las quejas a lo que se había hecho con él:

—Fueron sus majestades quienes me mandaron venir. —Él estaba entonces en la corte francesa y fue requerido para llevar socorros a su hermano, que había vuelto a partir—. Seis años he pasado en peligros y adversidades en las Indias, al servicio de sus majestades, defendiendo su real autoridad a riesgo de mi vida y en muchas ocasiones. He cumplido siempre las órdenes dadas, hasta la de ponerme a merced del pesquisidor enviado, y ahora se me ha traído en grillos, deshonrado y vejado. Tengo vida por hacer. Si ya no os soy necesario, pagadme todos los sueldos acordados que me debéis y yo con ellos la reharé.

Hubo revuelo entonces, pero un gesto del rey Fernando acompañado de sonrisa en la cara serenó al segundo y más corajudo de los Colón. A él se le restituiría lo perdido también. Algunas cosas con más rapidez, otras aún tuvieron que esperar y otras más se perdieron para siempre jamás.

No tardaron, eso sí, en destituir a Bobadilla y designar nuevo gobernador en la persona de Nicolás de Ovando, otro freire de una orden militar, en este caso de la de Alcántara, que fue designado el 3 de septiembre de 1501, aunque no llegó a Santo Domingo hasta el año siguiente.

Sí lo hizo un tiempo antes la noticia, para alegría de los partidarios del almirante y temor de los que le habían considerado definitivamente vencido y enterrado.

Cuando llegó, traída por un capitán de una carabela amigo de los Niño y como cosa ya segura y conocida, aquella tarde hubo gran jolgorio y corrió el mejor vino del Escabeche en la taberna, aunque ya los Niño y Trifón se habían vuelto, meses antes, a España. Asimismo, hubo una alegría para Vasco Núñez de Balboa: los reyes también habían intervenido en el caso de Juan de la Cosa y Bastidas, ordenado su inmediata liberación y regreso a España, para que fuera allí en todo caso donde hubieran de responder a las acusaciones.

Aún les dio tiempo a ambos, tras ir a visitarlos Balboa, de sentarse con unas jarras en el Escabeche para celebrarlo. Allí encontraron algún conocido, aunque lamentaron el que los Niño hubieran ya partido, pues hubieran marchado con ellos. No en balde los dos habían sido parte de la flota y navegado con ellos en el segundo viaje del almirante. Lo hicieron entonces en la carabela que había traído las nuevas y las cartas para Bobadilla.

En la carta de designación de Ovando, que esa la traería ya consigo el propio frey Nicolás, se precisaba, por orden real, que se hiciese justicia, se desagraviase a Colón y se le devolviera lo que le había arrebatado Bobadilla. Se ordenaba también abrir juicio de residencia a este.

Que no iba a ser tampoco el único que hubiera de responder ante los jueces en España. También le llegaba el turno a Roldán, que fue hecho venir a Santo Domingo, donde Ovando, que no se andaba con bromas ante las ordenes reales, le dio mandato de embarcar y presentarse ante el tribunal en España. Y por allí le vendría al de Torredonjimeno el cumplimiento del augurio de la hechicera de Jaragua, que le advertía que no saldría vivo de las aguas de la isla de La Española.

17

EL HURACÁN VENGADOR

El ejecutor de la venganza de Colón, no podía ser de otra manera, acabó siendo un huracán. Su sabiduría y experiencia como navegante se conjugaron con la tozudez en el estricto cumplimiento de lo ordenado por encima de cualquier otra consideración y el desconocimiento total de las cosas del mar por parte de Ovando para convertirse en instrumento del destino y hacerlo cumplir.

El rubicundo y de barba bermeja Nicolás de Ovando, segundón de una noble familia cacereña, su padre capitán y su madre dama de la reina Isabel, era antes de llegar a La Española freire y comendador en Lares de la Orden de los Caballeros de Alcántara. Un soldado monje o un monje soldado, sin serlo del todo o siendo a la vez las dos cosas. Y eso es lo que en los siete años que estuvo en Santo Domingo no dejó de ser.

Llegó a la capital de las Indias, pues como tal era considerada ya Santo Domingo, como gobernador, el 15 de abril de 1502 tras haber salido de España el 13 de febrero anterior con treinta y dos barcos y no menos de dos mil quinientos tripulantes, la mayor arribada de gentes jamás vista en La Española. Mucha fue la demora tras haber sido nombrado, por los grandes y costosos preparativos que para tan gran flota hubieron de hacerse y los muchos sobresaltos habidos con los Colón, aumentados por su llegada engrilletados, que impactó a todos, y concluidos en disculpas a medias, reparación en parte e indulto real.

Frey Nicolás traía, y en particular para con el descubridor, instrucciones precisas de los reyes: devolverle sus propiedades confiscadas y respetar sus rentas y su rango, minorado este porque ya no era gobernador ni virrey. Pero también, y dada la situación, pues en la isla seguían estando y campando a sus anchas Roldán y sus partidarios, y no era cuestión de que la cosa se volviera a enzarzar, que el almirante no desembarcara allí ni por el momento se aposentara en la isla, aunque sí pudieran hacerlo criados y enviados suyos. Con ello el rey Fernando mostraba y daba pasos en pos de lograr su verdadero objetivo: las Indias eran de la Corona y las capitulaciones con el descubridor, que hacían de ellas un patrimonio hereditario, debían ser relegadas y quedar supeditadas por completo al poder, gobernación y control real.

Ahora lo primero era poner de una vez orden allí, empezar un auténtico poblamiento y establecer una administración similar a la que había en España y en cualquiera de sus territorios. Replicar su justicia, sus leyes, su hacienda y su tributación. De ahí que vinieran un gran número de funcionarios al tiempo que lo hacían gentes de todas las profesiones, oficios y condición que, en esta ocasión, ya sí venían acompañadas por un número sustancial de mujeres, casadas y solteras y vaya usted a saber.

En cumplir con aquellas instrucciones, sin Colón y las cuitas y peleas de facciones, era en lo que tenía que ponerse a faenar, y sin dilación, Ovando. Lo que no sabía era que Colón estaba ya cruzando el Atlántico hacia allí. En principio, sin tener que pasar ni por Santo Domingo ni por La Española.

Se dirigía hacia tierra firme y con una nueva y trascendental misión. A los Reyes Católicos, tras aquel penoso sucedido con él, les habían entrado las prisas y querían contar de nuevo con su almirante de la Mar Océana, que les fallaría en algunas cosas, pero en descubrir no, y acababan de saber que el portugués Vasco de Gama había desembarcado en la India, en concreto en Calcuta, y la ruta de las especias doblando el cabo de Buena Esperanza había quedado ya abierta para los barcos del vecino y máximo rival, el reino de Portugal.

Habían, pues, vuelto a requerir y llamar de nuevo a la corte a su almirante y urgido a que volviera a embarcar y lanzarse a la mar con una nueva expedición, aunque ya estaba don Cristóbal muy mermado en fuerzas, corroído por muchas fiebres y enfermedades pasadas y martirizado por la gota. Que era, aun cuando hasta le faltara el resuello, lo que más deseaba hacer. Sentía el almirante que aún le quedaba el paso para acabar de cumplir el sueño y su misión. Con él venía su hermano, el siempre leal, decidido y arrojado Bartolomé, convertido en su máximo sostén, y, en esta ocasión, le acompañaba también su hijo menor, Hernando, el habido de la cordobesa Beatriz Enríquez de Arana, que estaba para cumplir los catorce años.

El almirante, si algo ansiaba, era regresar a las Indias y cuanto antes mejor. Partieron de Cádiz el 11 de mayo, con cuatro barcos, dos carabelas y dos naos, la Capitana, la Gallega, la Vizcaína y la Bermuda, y tras pasar por Canarias estaban tan solo un mes después ya en las islas caribes.

Don Cristóbal, tras los anteriores viajes, ya se sabía las corrientes y los vientos de memoria. También tuvo conocimiento de que una de sus naos, la Bermuda, estaba en un pésimo estado y que no le iba a servir para lo que le quedaba por hacer. Fue por ello, para intentar cambiarla por otro navío y quizás solo a modo de excusa, por lo que rectificó rumbo y lo puso hacia Santo Domingo. Para hacer tal cosa y volver a salir de inmediato no le pondrían inconvenientes, supuso, y así podría volver de donde tan mal había salido.

A los pocos días, sin embargo, se unió a ello algo de mucha mayor enjundia y necesidad. Detectó, como solo él parecía ser capaz de prever, que se preparaba una de aquellas terribles tormentas, que allí llamaban huracanes, que todo lo que alcanzaban destruían, engullían y hacían naufragar, tanto en tierra, y mucho peor aún, como en el mar.

Fue pues entonces cuando ordenó poner proa a toda vela hacia el puerto de Ozama para poderse resguardar. Llegados a su bocana, envió al gobernador emisarios con su petición de entrar en él y poderse allí guarecer, amén de luego trocar su maltrecho navío por otro mejor. Al ver también que había multitud de barcos, una flota enorme preparada para salir, quiso advertirlos de que bajo ninguna razón lo hicieran al menos durante ocho días, pues de hacerlo correrían el más grande de los peligros y se irían a pique.

Nicolás de Ovando se negó de manera radical. Nada ducho en cosas del mar, entendió que el cumplimiento de las instrucciones reales a nada podía ceder y sin atender a razón de quienes más en tales cosas pudieran saber y, por el contrario, sí de quienes le comenzaron a malmeter diciendo que era más que mala casualidad que al medio mes de llegar él ya estuvieran los Colón allí, a pesar de no tenerlo permitido por los reyes, tocándole a la puerta con excusas y agoreros avisos de desdichas y desgracias. Persistió tozudamente en su negativa y no quiso ni oír hablar de ello, y por demostrar que ahora la autoridad era él y nadie más había que pudiera hacerla torcer, se lo prohibió taxativamente, a pesar de una segunda embajada en que se le volvía a advertir del peligro inminente. Ello, quizás, lo de no dejarlos desembarcar, hubiera sido pertinente, pero le acarreó a un segundo y terrible error: mantuvo la orden de salida de la flota que esperaba y se dio orden de zarpar.

Y la flota, veintiocho de los treinta y dos barcos que habían venido con él, dejando el abrigo del puerto de Ozama y viendo la mar en calma, sin aparente síntoma ni rastro en el horizonte ni en los vientos de lo que advertía Colón, salió a mar abierto y emprendió viaje de regreso a España.

—Si el Colón pensaba que iba a engañar al comendador y colarse en el puerto con la excusa —alardeó uno de los criados del nuevo gobernador—, menudo chasco se ha llevado.

—Si es que no hay ni una nube en el cielo ni un atisbo de viento en los aires. A ver si se ha creído que somos tontos —apuntaló uno de los marineros recién llegados y que era la primera vez que había navegado aquellas aguas.

Más de medio millar de almas iban embarcadas en aquella gran flota, y entre los pasajeros iban todos y cada uno de los enemigos que habían causado la prisión de Colón. Iba el pesquisidor Bobadilla, aunque destituido y pendiente de juicio de residencia, todavía ufano de sí y quien más había despreciado el aviso del almirante. Más aún, se había mofado de sus intenciones el que fuera en tiempos su criado y tantas veces le había engañado después, Francisco Roldán, que iba acompañado de no pocos de quienes más le habían secundado en sus rebeliones y desafueros, ahora todos ya encausados y que habrían de responder ante las justicias de España. No solo iban castellanos, sino que también estaba a bordo Guarionex, el cacique mayor de Maguá y la Vega Real, apresado por Bartolomé, y al que se enviaba también para lo mismo a la península.

Pareciera que no hubiera un enemigo del almirante que por fuerza o por voluntad no subiese a los barcos aquel jueves último de junio del año 1502. Su predicción se cumplió, y al poco los alcanzó el huracán y los engulló: se hundieron veinticuatro naves y perecieron ahogados con ellas cerca de quinientos hombres. Ni Bobadilla, ni Roldán, ni ninguno de sus secuaces lograron salvarse. Al destituido gobernador no le valió el haberse embarcado en la nao capitana, que era la considerada más segura y mejor de la flota y que comandaba el avezado Antonio de Torres.

Porque también iban amigos del almirante en aquellos barcos. Torres era uno de ellos y había otros más que igualmente habían navegado y afrontado con él los peligros del mar. En especial de uno se sintió mucho cuando más tarde se enteró de que iba en la desgraciada flota también: se trataba de Pedro Alonso Niño, el buen Peroalonso con quien había descubierto las Indias y con quien había logrado volver de ellas. Había llegado con Ovando por directa orden de los reyes y como piloto extraordinario en la capitana Santa María de la Antigua, para mejor asegurar la ida de las treinta y dos naves y volver luego con ellas. Quizás, si Ovando les hubiera trasmitido, a él o a Torres, la advertencia de Colón, y conocedores de la intuición y sabiduría marinera del almirante, podrían haber logrado que cambiara de parecer o al menos que demorara algunos días el viaje, pero a ellos no se les dijo nada. Todos cuantos podían haber tenido en consideración el aviso o podían haber visto señal de lo que venía estuvieron o los obligaron a estar ciegos en tan fatídica ocasión.

Al poco de salir y de navegar, en principio con cierta bonanza, como si esperara el destino confiarlos y que fueran hasta donde ya no les fuera posible volver atrás, las fuerzas mismas del infierno hecho viento y tempestad cayeron sobre ellos y fueron anegando las naves, destrozando sus cascos, partiendo sus palos y rajando sus quillas y tablazones hasta llevarlas, con cuantos estaban en ellas, al fondo del mar.

De las cuatro naves que se salvaron, tres muy destrozadas pudieron lograr alcanzar refugio en la costa y volver a puerto, y otra, una pequeña carabela de nombre la Gutia, que yendo por delante se salvó de la embestida de la tempestad, fue la única que consiguió alcanzar las costas españolas. Como si de un último y terrible guiño del destino se tratase, era aquel el barco que llevaba las rentas debidas al almirante durante el tiempo en que sus bienes estuvieron confiscados, que su factor en la isla le enviaba y que ascendían a cuatro mil pesos de oro.

El propio Colón y sus cuatro barcos estuvieron también en grave riesgo a pesar de que el almirante, al no poder refugiarse en el puerto, buscó cobijo en un lugar cercano a la costa donde entendía que por la dirección de la tempestad estaría algo más desventado y resguardado. Con todo, fue espantosa la angustia que hubieron de pasar, pues, aunque intentaron mantener el contacto visual unas naves con otras encendiendo fanales, la oscuridad los envolvió y la tormenta los separó y golpeó de tal manera que cada nave pensó de las otras que habían naufragado y estarían todos muertos. Pero hasta la Bermuda, que en efecto había razón Colón en intentar cambiarla, pues estuvo a punto de irse a pique, anegada hasta la cubierta de agua, logró salvarse por el gran oficio marinero de Bartolomé, que optó por sacarla algo hacia el mar y finalmente llegar con ella al puerto de Azua donde, para gran alegría de todos, aparecieron luego otros dos barcos, uno de los cuales también había estado a punto de zozobrar. El último en llegar fue el almirante, que fue el que mejor capeó el temporal, más pegado que ninguno a la costa, a pesar del peligro que eso podía traerle. Ello no había evitado una gran zozobra en Colón por llevar con él a su hijo menor, que dio en pensar que, por haberlo traído, lo iría a ver morir allí.

Los cuatro barcos estaban en muy mal estado y aquel era un buen lugar para repararlos y descansar ellos también de las fatigas. Llegaron días de cierto asueto y el joven Hernando se extasiaba ante las bellezas que contemplaba, y el orgullo de que aquello hubiera sido descubierto por su padre no le abandonaría de por vida y a ello dedicaría después mucho de su muy bien aprovechado tiempo y de su fina inteligencia.

Pero era poco más que un niño entonces, y aunque maduro en muchas cosas por las peripecias pasadas desde que era tan solo una criatura, lo que más atrajo su atención era cómo los marineros aprovecharon para pescar y lo que disfrutó de ello. Luego lo escribía, al estilo de lo que veía hacer a su señor padre, quien siempre le animó a tales menesteres, pues le decía que el leer los libros de los sabios era la más provechosa ocupación,[34] y se lo leía después a su tío Bartolomé, a quien admiraba y quería mucho, y este, a pesar de su aparente hosquedad con todos, tenía por el sobrino verdadera devoción:

—*Siendo uno de los deleites que da el mar, cuando no hay otra cosa que hacer, el pescar, entre las muchas especies que sacaron, me acuerdo de dos, uno de gusto y otro de admiración. El primero fue un pez llamado esclavina, tan grande como media cama, al cual hirieron con un tridente los de la nave Vizcaína cuando iba durmiendo en el agua y lo aferraron de modo que no pudo librarse; después, atado con una gruesa y larga maroma al banco del batel, tiraba de este tan velozmente por el puerto, de aquí para allí, que parecía una saeta, de suerte que la gente de los navíos que no conocía el secreto estaba espantada, viendo ir sin remos el batel a uno y otro lado hasta que se murió el pez y lo llevaron a los navíos, a donde lo izaron a bordo con los ingenios que alzan las cosas pesadas. El segundo pez fue tomado con otro ingenio de estos y llámanle los indios manatí, y no le hay en la Europa; es tan grande como una ternera, y su carne semejante en el sabor y color, acaso algo mejor y más grasa; de donde los que afirman que hay en el mar todas las especies de animales terrestres, dicen que estos peces son verdaderamente becerros, pues no tienen forma de pez, ni se mantienen de otra cosa que de la*

---

[34] Así sería. Hernando Colón fue el mayor defensor y valedor de la memoria, méritos y descubrimiento de su padre y el gran baluarte en los Pleitos Colombinos, que lograron que le restablecieran a su familia, y en particular a su hermano mayor, honores, cargos y fortuna. Pero fue, ante todo, un verdadero sabio de su tiempo y el creador de la fabulosa Biblioteca Colombina, donde intentó juntar todo el saber publicado y que resucitaba con el descubrimiento de la imprenta.

hierba que encuentran en las orillas[35] —concluyó Hernando su lectura, esperando su aprobación.

El tío Bartolomé le removió afectuosamente el pelo con su mano callosa y firme. Era un buen muchacho aquel rapaz. Muy listo y siempre con ganas de aprender.

El almirante tenía otras preocupaciones. No quería retrasarse en demasía y sabía que lo tendría que hacer, pues la época de los huracanes la tenía ya encima y a aquel temprano que habían sufrido le seguirían muchos más, y su misión, con los portugueses ya en Calcuta, no podía esperar. Lo sufrido le corroía el alma viendo ahora a su hijo reír y disfrutar junto a los marineros, y aquella noche él repasó también en su diario de a bordo lo escrito al día después de la terrorífica tempestad:

> *La tormenta me desmembró los navíos, a cada uno llevó por su cabo sin esperanzas, salvo de muerte; cada uno de ellos tenía por cierto que los otros eran perdidos. El dolor del hijo que yo tenía allí me arrancaba el ánimo y más por verle de tan nueva edad, de trece años, en tanta fatiga y durar en ella tanto.*

Sabía don Cristóbal que los peligros para su hijo no habían hecho sino comenzar y no dejaba de tener una gran quemazón en la entraña por haberlo traído con él.

---

[35] *Historia del Almirante*, Hernando Colón.

18

EL GOBERNADOR DE LA HORCA

La Española, para mal y para bien, quien la hizo parte y réplica de España fue el gobernador Ovando, el de la barba bermeja. Y fue también el rubicundo comendador quien reconstruyó Santo Domingo como ya fue y donde ya estuvo para siempre. Ambas cosas no se las pudieron negar ni siquiera quienes peor lo quisieron y peor se avinieron con él. Otra cosa fueron sus métodos.

La terrible tempestad, augurada por Colón y despreciada por él, tuvo todo que ver en cambiar de sitio la ciudad y proceder a levantarla de nuevo. El huracán no solo acabó con aquella gran flota que orgullosa había llegado tan solo unos meses antes, sino que arrasó la población situada en el lado oriental del río, el más expuesto, y más que facilitó, obligó al recién llegado gobernador a trasladarla casi al completo a la otra ribera y allí levantarla de nuevo. Ya con toda la intención de hacer de ella capital y residencia del poder, con sus calles principales, palacios, edificios nobles, comercios, iglesias y, en cuanto se pudiera empezar, catedral.[36] La nueva ciudad se trazó a «regla y cordel», como ya mandaban los nuevos cánones que comenzaban a

---

[36] Se aprobó su construcción estando Ovando en el poder (1504), aunque no se pudo comenzar a construir hasta el 1512, cuando ya había llegado como virrey el hijo del almirante, Diego Colón.

imponerse sobre las redes de callejas medievales sustituidas por el trazado en damero. A partir de Santo Domingo, las ciudades de las Indias que los conquistadores fueron fundando o construyendo sobre las poblaciones indígenas se harían siguiendo ese modelo.

El huracán había causado enormes daños y perjuicios en vidas y en haciendas. Medio millar de muertos y un gran cargamento de oro correspondiente al quinto real y a muchos particulares que iban embarcados o, que sin ir ellos, lo habían mandado a España, acabó en el fondo del océano. La incompresible, tozuda y necia decisión de Ovando de hacer salir a la flota causó mucho disgusto en los reyes cuando estos se enteraron de la tragedia. Y de sus pérdidas, claro.

No iban a acabar allí las bajas españolas, pues en menos de un año desde que llegó la gran expedición ya se acercaban casi al millar los muertos entre los colonos. La inadaptación a aquel clima tropical, las enfermedades, las continuas fiebres, la diferente comida, el calor y los insaciables y omnipresentes mosquitos eran la maldición que cada día acababa con un par o más de ellos.

Sin embargo, la desaparición en el mar de toda la plana mayor y secuaces de Roldán junto a Bobadilla y el alejamiento de los Colón le dejó a Ovando el campo libre para poder actuar a sus anchas. Y lo hizo con enorme decisión.

El plan que había trazado, al dictado de los propios reyes, era el hacer una novedosa repoblación con un nuevo criterio al seguido hasta entonces. A la manera castellana se proclamó, y significaba trasladar desde instituciones a labores, así como hábitos y costumbres, religión por supuesto, la España del otro lado del mar a la Nueva España de acá. Y a ello se puso Ovando con todo su empeño, sus plenos poderes y su manera de mandar que no aceptaba contestación alguna.

—De ordeno y mando es el frey Nicolás este que nos han traído, y si no, palo y tentetieso —decían en el Escabeche.

La taberna, arrasada como la casi completa totalidad de locales y viviendas, había cambiado de sitio. Su dueño había cruzado el río y sentado plaza en el lado contrario. Con el tesón y las ganas, que ahora no le faltaban, pues trabajaba a gusto, ya estaba otra vez a flote, aunque ahora le hubiera venido bastante competencia.

—Pero también han llegado más gentes. A espabilar tocan, para que vengan a lo mío y que una vez que lo hayan hecho, vuelvan otra —se afanaba el trianero.

Era cierto, pues a pesar de las muchas muertes, el mayor número de vecinos se notaba y mucho. Nunca había habido tantos españoles en la isla como ahora. Y seguían viniendo.

El carácter del gobernador-comendador se hacía notar también. Había nacido en casa noble, aunque segundón, y lo habían educado para mandar. Con diecisiete años había sido uno de los diez elegidos por los propios reyes entre «gentiles hombres, experimentados, virtuosos y de buena sangre» que hubieran destacado ya en cuestiones militares, asuntos públicos, letras, artes y religiosidad para acompañar al primogénito y heredero, el recientemente fallecido príncipe Juan, en una corte principesca que se abrió en la soriana localidad de Almazán y que reunió en ella a lo más florido de la juventud. Allí aprendió a servir a quienes debía, a mandar sobre los que podía y a no dejar que le rechistaran quienes, a su juicio, no debían.

Desde entonces y siempre con el cobijo real no dejó de progresar en la Orden de Alcántara, y allí dio las primeras muestras de su capacidad reconstructora tras hacerlo con la propia ciudad de Alcántara, muy perjudicada en la guerra de sucesión castellana entre la Beltraneja, apoyada por Portugal, y los Católicos.

Su siguiente cometido ya había sido el actual, como hombre de confianza de la Corona, tras los traspiés de Colón en sus gobiernos y el fiasco de Bobadilla, y el resolutivo Ovando en ciertas y perentorias cosas encomendadas por los reyes no falló. La más principal, imponer orden y autoridad y acabar con todo tipo de revueltas. Las de los propios castellanos y las de los indígenas.

Con respecto a estos, las directivas eran claras: no podían ser esclavizados, el escarmiento a Colón había sido muy significativo. La excepción a la norma seguía siendo la misma. Sí podían ser cautivados los indios que se levantaran y combatieran contra los españoles, los alzados. Había que intentar evangelizarlos, y por ello vinieron ya un gran número de religiosos y se comenzó a permitir y hasta aconsejar el matrimonio con las indias y el reconocimiento legal de los hijos habidos de tales uniones. Los pobladores indígenas eran considerados a todos los efectos como españoles, también, claro, en lo referente a pagar impuestos. O sea, que tenían obligación de pechar y apechugar como cualquier vecino del reino.

Se estableció el sistema de las encomiendas, que consistía en asignar a los encomenderos castellanos un numero determinando de indígenas que quedaban a su cuidado. O sea, que trabajaban para él. La encomienda se aprobó a finales del año 1502 por una real provisión de la reina Isabel, tras consulta a teólogos y juristas, que legalizó los repartimientos de indígenas para trabajar en haciendas de los españoles, pero pagándoles en la cantidad que Ovando tasara. Trabajos a los que estaban forzados y obligados, aunque, eso sí, lo harían «como personas libres como lo son y no como siervos».

Que el reparto de los indios correspondiera al gobernador dotó a este de un inmenso poder, pues todo castellano que quisiera establecerse dependía de él y de la dotación de indios que le asignara para su encomienda. En los dos años siguientes, Ovando llevó a cabo dos grandes repartimientos que afectaron a los cinco antiguos cacicazgos de la isla y que sirvieron para que sus beneficiarios tuvieran mano de obra para sacar oro de las minas, para las plantaciones agrícolas y para tenerlos como sirvientes en las casas.

Algunos caciques de pueblos, que habían tenido mucho trato y apego a los españoles, participaron incluso en intentar adaptar sus costumbres y labores a las de los agricultores castellanos, la muy mentada repoblación a la castellana.

Uno de ellos fue el primer lengua de Colón, el bautizado, como su hijo, Diego Colón, y que había sobrevivido a dos viajes de ida y vuelta a España, a los Colón, a Roldán y a Bobadilla. Y a Ovando, dando muestra de una resistencia fuera de lo común, también le sobreviviría.

Porque la población indígena sufrió durante su mandato el más estremecedor declive: desaparecieron pueblos enteros. En tan solo cuatro lustros, de cada diez indios que había habido tan solo y como mucho quedaban dos.[37] Las enfermedades importadas, ante las que ellos carecían de defensas e inmunidad alguna, las guerras, la cautividad, los trabajos en las minas o en los campos, a los que no estaban acostumbrados, todo se juntó y les cayó encima.

Ovando, por su parte, fue implacable con ellos y, en ocasiones, sus actos fueron los más terribles de los que hasta el momento habían protagonizado los conquistadores. El trato dispensado por los Colón pudo parecer benéfico ante la dureza, y hasta la atrocidad, no solo permitida, sino auspiciada por el comendador gobernador. Para los indios, Ovando fue una plaga. Pero para los castellanos resultó un eficaz alivio.

Las prebendas y franquicias, entregadas como dádivas o vendidas en almoneda fraudulenta por Bobadilla, fueron anuladas. Las minas de oro se pusieron en funcionamiento como nunca lo habían estado; las minas del Cibao y las de San Cristóbal, las más productivas de todas, con el apoyo de cuatro fundiciones que hizo levantar el gobernador, lograron fundir cada año hasta un cuarto de millón, de cuento, en el lenguaje común, de castellanos de oro.

Dado que los indios para tales trabajos no servían de mucho ni querían servir y morían a docenas, a Ovando se le ocurrió la solución, que puso de inmediato en marcha, de traer esclavos negros. Que estos, al no ser súbditos de los reinos hispanos, sí podían tener tal condición. Y los africanos comenzaron a llegar y a trabajar en las minas. También en las plantaciones de caña, el primero casi de los cultivos, traído ya en el segundo viaje de Colón y que había encontrado en aquel clima y en aquella tierra su paraíso y allí medraba como si tal fuera. La Española comenzó a llenarse de plantaciones de caña y el mapa de la isla, que Ovando ordenó hacer completo, se configuró en base a las villas y ayuntamientos, ya con regidores españoles, y a la población castellana afincada en ellos.

En la capital, las construcciones de casas de buen asiento, y algunas hasta con blasones que atestiguaban linajes y hazañas, comenza-

---

[37] Los cálculos más sensatos, lejos de exageraciones negrolegendarias, indican que la población taína de La Española, de varios cientos de miles de habitantes, pudo quedar reducida a unos sesenta mil.

ron a levantarse y a empedrarse las calles. De las Damas se llamó la más hermosa y principal, pues se convirtió en el lugar donde las mujeres venidas de Castilla comenzaron a pasear al haberse cubierto su suelo con los cantos traídos por los barcos como lastre, logrando tapar el barrizal y que las sayas de las mujeres blancas no se mancharan con él. Quien tenía dineros y poder se hacía construir su casa allí. En una plazoleta, en uno de sus mismos arranques, es donde los propios Colón, aunque ahora alejadas sus personas, pero presentes su hacienda y criados, comenzaron a levantar la que sería la mejor edificación de toda la isla.[38]

El propio Ovando contribuyó al esplendor de las Damas haciendo construir edificios en ella hasta el mismo día de su partida. Un total de nueve pares de casas en la acera más al oeste y otras seis en la de enfrente. Las primeras las donó en testamento a la Orden de Alcántara, a la que pertenecía, y de las otras, una a la cofradía de la Concepción para sede de su hospital de San Nicolás, bautizado con el nombre del santo que él mismo portaba.

Por la calle de las Damas subía hacia su taberna una tarde el Escabeche cuando tuvo un sobresalto. De frente a él venían dos mujeres. No es que fueran precisamente damas de la corte, pero eran castellanas y las trazas y los andares hicieron que le saltara el corazón en el pecho. Pegó un brinco y se metió al portal más cercano. No se atrevía a asomarse, pero necesitaba saber si eran quienes temía. Cuando al fin estuvieron cerca y pudo distinguirle las caras pegó tal respingo de alivio y tal suspiro que hasta las mujeres se volvieron.

«Virgen de la Candelaria», se dijo para los adentros, «si llegan a ser ella y su madre, yo me muero».

Llevaba temiéndoselo ya su tiempo, desde que comenzaron en las naves a venir todo tipo de gentes y también mujeres. Que un día su tortura reapareciera. Difícil era, sí, pero el miedo es muy libre y por las noches una tontura como aquella te puede tener en vela.

---

[38] El conjunto de la calle de las Damas y la plaza donde está el palacio de los Colón sigue siendo hoy un gran tesoro patrimonial de la ciudad, junto con la catedral, y su mejor ejemplo histórico-artístico de la época.

«¿Y si me han cogido la pista y un día se me presentan aquí?», se preguntaba. «¿Qué hago yo entonces, Virgen santísima? Han sido los andares que tenían», se decía, y luego, pensándolo mejor, cayó en el porqué.

Al pasar las oyó hablar entre ellas, y el acento de sus voces y los giros resultaban inconfundibles. «Pero seguro que son de Sevilla. De Triana, no, desde luego», se tranquilizó.

No dijo a nadie nada de su susto, y a su mujer la que menos. Pero indagó en cuanto pudo, así como quien no quiere la cosa, con algún marinero que cayó por la venta, sobre lo que había dejado atrás, sin decir, claro, que él tenía que ver con aquello. Por él supo que taberna con su nombre ya no había en Triana.

Fue al final, en una de las llegadas de los Niño, cuando ya se pudo quedar tranquilo para siempre. El Trifón le trajo el cuento completo:

—Ya puedes dormir en paz. De Triana han desaparecido. La taberna se fue a pique al poco de marcharte tú. El local lo malvendieron. La vieja y su hija se marcharon a un pueblo del interior, no sé cuál, pero lejos, y de los hombres, a uno le partieron el hígado en una reyerta y el otro debe de andar preso o hasta metido en galeras por las Italias.

—Pues ojalá se haya ahogado, qué quieres que te diga —sentenció su compadre.

De las obras, casas y calles de Ovando se hacían las gentes cruces y los más apoyaban los hechos del gobernador. Pero algunos, los más veteranos en la isla, comenzaron a percibir en él síntomas y conductas que indicaban un carácter de enorme crueldad y carente de toda compasión que iba a marcar para siempre su imagen y su memoria. Los numerosos ajusticiamientos que ordenó le iban a convertir en el gobernador de la horca, por ser este el instrumento que más utilizó contra quienes se le opusieron o hasta sin haberle hecho siquiera oposición ni haberse alzado tan siquiera.

Emprendió dos guerras frontales, en las que no tuvo piedad alguna con los indígenas. Las quiso pregonar como de pacificación, pero lo fueron de exterminio. La una, en el que fuera el cacicazgo de Higüey del jefe Cayacoa, el más al sureste y que por su lejanía a Santo Domingo había permanecido ajeno a la mayoría de los conflictos. Higüey cumplía con sus tributos y esencialmente con el abastecimiento a la capital de pan de cazabe, que era el cultivo al que destinaban una gran cantidad de tierras. El otro, una vez más fue Jaragua, donde, a la muerte de su hermano Boechio, reinaba ahora Anacaona. Sus relaciones con los españoles, tras la muerte de su marido el cacique de Cibao, Caonabo, habían sido amistosas y cordiales y habían sido refrendadas recientemente, antes de su abrupta partida, por el adelantado Bartolomé Colón.

En Higüey había pasado, discretamente, los últimos y turbulentos años el ya veterano Juan Ponce de León, llegado en el segundo viaje colombino, quien, nada predispuesto a participar ni en conspiraciones ni en envueltas, se había dedicado precisamente a poner en marcha extensos cultivos de yuca de la que se hacía aquel pan, ahora esencial para el mantenimiento de la población.

Cuando iba por Santo Domingo gustaba de encontrarse con sus compañeros de aquel viaje y era cliente desde siempre de la taberna del Escabeche, punto de reunión de muchos de estos. Se dejaba caer de vez en cuando y en los últimos tiempos de manera más continua. Tenía que ver con ello una hermosa joven taína que el trianero había contratado como mesonera en su establecimiento.

Los amores del muy noble Ponce de León con la india fueron comidilla, aunque en otros no fueran nada extraño, pero fueron todavía más mentados cuando el aristócrata andaluz no tardó en dar un paso más y casarse con ella en cuanto tuvo la oportunidad. Esa se la dio la llegada de Ovando, a quien conocía y con el que había tenido, por la condición nobiliaria de ambos, contacto en España. La aproximación fue rápida y el comendador entendió que en él podía tener uno de los mejores apoyos. Le mostró las nuevas disposiciones, dictadas por la reina Isabel, de permitir y alentar el bautizo y matrimonio con las indígenas y Ponce fue uno de los primeros en hacer uso de ello.

Así que lo que comenzó siendo objeto de miradas de los otros parroquianos, bromas cuando servía la mesa en la que estaba él con otros castellanos y cada vez menos discretas pernoctaciones en la habitación que el Escabeche le había facilitado a la india en un anexo al edificio, terminó santificado tras paso previo por la pila bautismal de la taína, que tomó el nombre de Leonor y que dejó de servir mesas. Marchó con su marido a Higüey y le acabó por dar cuatro hijos: tres mujeres, Juana, Isabel y María, y un hijo, Luis.

El propio dueño del local también había estado pensando en hacer lo propio. A poco de llegar a Santo Domingo, y de eso hacía ya bastantes años, había encontrado él también arrimo en una mujer india, que fue de las primeras en trabajar en la taberna. De pasar con él los días fue también a pasar las noches, para mutua alegría y mucho consuelo para el Escabeche, que, tras los maltratos habidos con la que le había amargado la existencia, se encontró con alguien que se desvivía en endulzársela. Y lo hacía de tal modo y manera que el Escabeche no se recataba en contarlo.

—Mi Triana —así le dio por llamarla y así se acabó por bautizar, María de Triana— es ejemplo de mucho de lo que pasa aquí y por lo que se viene. ¿Cómo no va uno a buscar su arrimo si estas te dan azúcar en vez de la hiel que allí te hacen tragar?

Lo que no pudo hacer el Escabeche fue casarse, por la simple razón de que ya lo estaba en España y no fuera a saberse, que cuanto menos de él se supiera allí, mejor sería siempre. Pero lo que sí hubo fueron bautizos. Uno detrás de otro. Con la anterior no había tenido hijo alguno, y por ello había sido acusado además de poco hombre y estéril, y con esta ya iba por la media docena. Y feliz por ello.

Quienes no lo iban a ser en absoluto iban a ser los indios de Higüey.

Arrimado Ponce al gobernador, este vio el momento de ayudarse a su vez de él por su predicamento en la región donde había estallado el conflicto, causado una vez más al considerarse los indígenas abusados por los españoles.

La revuelta se había iniciado ya en tiempos de Bobadilla, pero fue con Ovando cuando estalló con la mayor virulencia. Comenzó en la isla de Saona, donde una partida de caza de un grupo de españoles que desembarcaron allí topó con un grupo de indios, y los alanos y mastines que llevaban se lanzaron contra ellos matando a su cacique. Los indios atacaron después a los españoles, que hubieron de huir en el barco dejando varios muertos a flechazos detrás. Fue el inicio de un levantamiento que se extendió por todo el territorio, que se convirtió en peligroso y hostil para los cristianos.

Para hacer frente al levantamiento Ovando llamó, amén de a Ponce de León, a otros dos más de los llegados con Colón en su segundo viaje a La Isabela en 1493. El uno, a quien puso al frente de las tropas, trescientos hombres en total, fue el también andaluz, sevillano en este caso, Juan de Esquivel. Al igual que Ponce, no había participado en ninguna confrontación de las habidas entre castellanos, aunque era conocida su relación y buen trato con los Colón, en especial con Bartolomé, a quien había acompañado en varias de sus expediciones donde se había convertido en un avezado guerrero. Era otro de los asiduos al Escabeche y el que más gustaba de hacer enfadar al dueño al ser él de Sevilla y el otro de la otra orilla del Guadalquivir, Triana, a la que Esquivel consideraba subordinada a su ciudad.

El otro era el segoviano, de Cuéllar, Diego Velázquez, y como Ponce, de ascendencia noble, familia importante y llegado a los barcos de la segunda singladura, al igual que Ojeda, de la mano del obispo Fonseca, pero que ya en La Española, sin destacarse en exceso, no había perdido la compostura ni faltado al respeto a los Colón. Ovando lo alineó, al igual que a los otros dos con él, y en su caso le nombró capitán de una de las compañías bajo el mando general de Esquivel.

Se unió a ellos un cuarto personaje, recién llegado, de nombre Bartolomé y de apellido por todos conocido ya en La Española, pues era el hijo de Pedro de las Casas. Cuatro de sus tíos habían estado también en los primeros viajes de Colón: Juan de la Peña, en el del descubrimiento, su padre en el segundo junto con su otro tío Francisco Peñalosa, a quien ya en La Isabela se habían añadido dos Peñalosa más, Diego y Gabriel. Los De las Casas eran de todos conocidos y también era de todos sabido que no se habían revuelto con las gentes de Roldán.

El jovencísimo Bartolomé había visto llegar del primer viaje de vuelta a su tío y al mismísimo Colón. Contempló arrobado el paso de su comitiva por Sevilla cuando emprendía camino hacia Barcelona para ver a los reyes y contarles su hazaña. Al pasar por delante de la catedral se detuvo allí un rato con los muy hermosos y multicolores pájaros que llevaba y los catorce indios que lo seguían, despertando el asombro de todos y de aquel niño aún más.

Cuando la segunda expedición volvió, y con ella parte de su familia trayendo entre unos barcos y otros a seiscientos indios cautivos, algunos les correspondieron a sus tíos y a su padre don Pedro, que le regaló uno a él para que le sirviera, y las Indias entraron a su casa y ya no salieron nunca de su cabeza.

El muchacho aprovechó además al indígena para intentar saber cosas sobre su religión, sus costumbres y vida al otro lado del mar, y su curiosidad aún se incrementó más con ello. La estancia del indio con los De las Casas no duró, sin embargo, demasiado. No tardaría en decretarse la prohibición dictada por la reina Isabel para toda Castilla de tener indios como esclavos y amenazar, y no eran palabras baldías, con la pena de muerte si se incumplía. Ello privó a Bartolomé del suyo, que fue de los que iban a ser repatriados, pero que murió antes de hacerlo.

Bartolomé de las Casas había llegado hacía muy poco a La Española en la gran flota de Ovando. Encontró buenos apegos, debido a los contactos familiares en la isla, y heredó la encomienda de su padre en las cercanías del ya viejo Fuerte de Santo Tomás. No había cumplido aún los veinte años cuando se enroló como soldado en la expedición que mandaba Diego Velázquez de Cuéllar para ir a la guerra en Higüey.

Esquivel, buen conocedor del territorio, con su poderosa hueste, se adentró en él y no le costó nada vencer a los alzados. Apresó a la anciana cacica Higuanamá, que había sucedido al ya fallecido Cayacoa, uno de los participantes en la batalla de la Vega Real, y comunicó su captura al gobernador. Ovando comenzó con ella, sin parar en mientes de edad y sexo en lo que sería luego su constante contra quienes consideraba instigadores de las rebeliones: le dio orden a Esquivel de ahorcarla y Esquivel cumplió lo ordenado.

La situación, sin embargo, distaba mucho de estar apaciguada y el malestar seguía siendo patente y manifestándose en conatos de volver a batallar o de huidas masivas. Fue entonces cuando Esquivel decidió pedir consejo a su anterior camarada de viaje y medio paisano, Juan Ponce de León, cuya influencia entre los indios del territorio era mucha. Ponce era el mayor propietario de labranzas de yuca de la región y hasta de La Española entera, así como el vendedor efectivo de casi todo lo que se producía en Higüey. El gobernador, al partir, le había avisado de que le tuviera en cuenta como principal apoyo y como idóneo para establecer acuerdos con los indios, a los cuales él alquilaba para trabajar tanto alguna explotación minera que había hallado como, sobre todo, sus plantaciones para hacer pan de cazabe, y que le tenían en buena consideración por el trato que siempre les había dispensado.

Fruto de aquellos consejos de Ponce, que le alentó a la contención y la mesura, Esquivel acabó por firmar un concierto de paz con el cacique sucesor de la vieja Higuanamá, Cotubanamá, quien aceptó hacer un gran desbroce de selva y luego labranza y siembra para obtener aquel pan para el rey. Cumplido y entregada la labor, podrían quedar en sus tierras y en paz.

El cacique fue incluso más allá, y como signo de amistad propuso a instancias de Ponce un plan de amistad a los españoles, un *guaitiao*, que significaba intercambiar los nombres y pasarse él a llamar Juan Esquivel, como el sevillano, y este tomar su propio nombre, como símbolo del acuerdo y de su amistad.

Todo parecía resuelto. Partido Esquivel con la mayor parte del contingente, permanecieron allí algunas guarniciones y una de ellas, con nueve hombres, quedó al mando de un tal Martín de Villamán. El jefe y sus soldados comenzaron a abusar de su poder y de los indios y el conflicto volvió a estallar de nuevo. Los indígenas atacaron sorprendiéndolos y matando a todos, menos a uno que consiguió salvarse y contar lo sucedido.

Nicolás de Ovando ordenó entonces a Esquivel que volviera allá con una fuerte tropa a la que se le hizo promesa de que podrían convertir en esclavos en su beneficio a todos los indios alzados que capturaran.

Los combates fueron en esta ocasión muy violentos, y las muertes por ambos bandos numerosas, demostrando Cotubanamá ser un líder muy capaz que se le escapaba de las manos a Esquivel una vez tras otra. El jefe indígena aún logró, viéndose cada vez más acosado, refugiarse en la isla de Saona junto a un grupo ya bastante reducido de guerreros y su familia. Pero Esquivel, enterado de su escondite, no estaba dispuesto a dejar escapar a su presa. Saltó a la isla con cincuenta hombres y logró encontrarlo y apresarlo. En una carabela lo envió a Santo Domingo y allí Ovando al poco, iniciado el año 1504, hizo que, al igual que su predecesora, fuera ahorcado.

La resistencia taína concluyó. Con la muerte de Cotubanamá quedó pacificado el cacicazgo del Higüey y Ovando nombró a Esquivel teniente gobernador de algunas villas fundadas a continuación, quedando como gobernador de la provincia Juan Ponce de León. Este hizo allí aún mayor fortuna, pues el puerto de Higüey, situado en el Paso de la Mona, se convirtió en parada obligada de los barcos que regresaban hacia España y cargaban allí provisiones para el largo viaje. El pan de cazabe no podía faltar en ellas, resistía mucho mejor que todas, era muy nutritivo y los españoles se habían acostumbrado ya a su sabor. Fueron tantas sus ganancias que Ponce construyó en el lugar una ciudad, que llamó Salva León, en honor a su apellido, y en ella una hermosa mansión, e hizo venir desde Santo Domingo, donde se habían quedado durante las turbulencias y la guerra, a su esposa taína, Leonor, y a sus hijos.

Al joven Bartolomé de las Casas, Ovando le concedió, tras haber contribuido a que fuera aplastada la rebelión y apresado y ahorcado a su líder, al igual que a todos los que habían participado en la lucha, una encomienda e indios para que se la trabajaran, así como algunos siervos más para la casa que había alzado en la Villa de la Concepción de la Vega. La hacienda era vecina a otra heredada de su padre y cercanas ambas al mítico Fuerte de Santo Tomás, donde Ojeda se defendió con solo quince de sus hombres del ataque de Caonabo. De las Casas puso a sus indios a buscar oro.

La guerra de Higüey y los ahorcamientos del comendador no tuvieron repercusión desfavorable alguna contra él en La Española y menos aún en España. Sí la iba a tener lo que al tiempo estaba sucediendo en el otro lado de la isla, en Jaragua, y que finalmente se resolvió con la mayor y más atroz violencia. Lo acaecido allí iba a dejar una mancha imborrable en la imagen de Ovando y en la de muchos de los que participaron en la matanza. Los testimonios de los propios españoles presentes, algunos de los cuales no pudieron aguantar a su propia conciencia aunque no hubieran sido sus ejecutores directos, y de otros que, sin estar allí, habían conocido el relato de lo sucedido por quienes sí estuvieron, no dejaban duda de la atrocidad ordenada por el gobernador, que repugnaba a muchos por muy endurecidos en guerras y combates que estuvieran. La traición con que fue perpetrada y su espantoso broche final, el ahorcamiento de Anacaona, añadirían aún mayor oprobio para su responsable. Aunque entonces nadie se atrevió ni a afeárselo siquiera.

Jaragua, bastión de los hombres de Roldán, bastantes de los cuales aún seguían allí campando a sus anchas, disfrutando de la servidumbre de cuantos indios querían y disponiendo de cuantas mujeres gustaban, había preocupado desde que llegó muy seriamente a Ovando. «Cerreros y mal domados», los llamaba, y de su rebeldía no había conseguido bajarlos nadie, sino que habían impuesto a todos cuantas condiciones quisieron. Asentado ya en el cargo, frey Nicolás entendió que era llegado el momento de ponerles la brida y someterlos a la obediencia de la que habían huido.

Aquello tenía que concluir de una vez por todas y ahora, con la ingente cantidad de tropas puestas a sus órdenes, estaba en condiciones de hacerlo. Habrían de someterse todos so pena de ser arrestados y condenados, y deberían responder y pagar asimismo con los tributos correspondientes a las tierras que les habían sido entregadas y reconocer igualmente la autoridad de los alcaldes y funcionarios que se iban a ir estableciendo en las diferentes villas. Con respecto a los pobladores originales de aquellas tierras, podrían aprovecharse del régimen de encomienda y seguir cohabitando con las indias, pero habrían de escoger entre sus mujeres a una, y con ella, y solo con ella, casarse.

Los seguidores del rebelde ahogado acogieron aquello como el peor de los castigos y optaron por burlarlo, pues consideraron que no iban a venir a imponerles normas allí entre las selvas y por los poblados y que sucedería como siempre, que pasaría el tiempo, se negociaría y al final seguirían más o menos como estaban. Pero de pronto supieron que el gobernador estaba llegando al territorio con trescientos de a pie y setenta de a caballo y que no había pacto que valiera. Las baladronadas se quedaron en murmuraciones cada vez más apagadas y, visto lo que venía, se plegaron rápidamente y sin oposición alguna, sino con toda la zalema que supieron exhibir, a sus órdenes. Cuando se fueran, ya buscarían todas las trampas que pudieran para saltarse lo mandado.

Con ello pudiera pensarse que la misión de Ovando en Jaragua estaba cumplida, pues en cuanto a los indígenas las relaciones con sus caciques y con Anacaona eran buenas. Sin embargo, el gobernador lo que tenía entre ceja y ceja era otra cosa. Y no era sino señorear de manera efectiva todo el cacicazgo, en realidad el único que quedaba como tal y con una cabeza reconocida al mando, fundando las poblaciones precisas y nombrando los alcaides y autoridades necesarios para que aquello pudiera considerarse lo que tenía misión de llevar a cabo, tierra española, bajo poder español y jueces y leyes españoles. Y Jaragua era la zona más rica, la más poblada y donde la población indígena había mantenido a pesar de todo un alto nivel de cohesión y gran obediencia a sus caciques y aún más a quien era entre ellos considerado rey de todos. Antes lo había sido Boechio y ahora, tras su reciente muerte, lo había sucedido su hermana, la muy nombrada Anacaona.

Con ambos habían negociado los españoles siempre y obtenido muy buenos acuerdos, habiendo sido el último de ellos el refrendado por el adelantado Bartolomé Colón, recibido por ellos con las mayores muestras de amistad y tan hermosa y deslumbrante fiesta que había quedado grabada en la retina de muchos castellanos.

El problema ahora era que la mayoría de estos, a quienes acataron como señores y habían sido sus grandes valedores, como Ojeda o el segundo de los Colón, habían desaparecido de la isla. Cuando Ovando llegó, tras la muerte del medio millar que perecieron en el huracán, apenas quedaban unos cientos de españoles de los arribados con los primeros viajes colombinos. La mayoría ahora eran recién llegados que desconocían lo sucedido a lo largo de los diez años anteriores.

Fue en el año 1503 cuando de nuevo, y en una de las muy escasas salidas del gobernador de su residencia de Santo Domingo, volvió a dirigirse hacia Jaragua al frente del poderoso destacamento militar y recorrió con ellos las setenta leguas que había hasta el poblado central del cacicazgo. Anacaona, sabedora de que llegaba, aunque las relaciones con los castellanos se habían resentido durante el dominio de Roldán y los abusos tanto de los suyos como de las gentes de Bobadilla, amén de las desdichas de su hija Higüeymota, entendió que no tenía otro remedio que plegarse ante su fuerza, ahora recrecida, a la que era imposible y suicida resistirse. Por ello preparó en el caney de su poblado central, que daba nombre al cacicazgo, una nueva e impresionante fiesta similar a la ofrecida al adelantado Bartolomé Colón, aunque en esta ocasión no acudió ella en palanquín y rodeada de hermosas mujeres como la vez anterior a recibir a Ovando. Quizás la habían advertido de que tal cosa podría ser mal vista por el nuevo *guamiquina* de los castellanos, que no tenía esposa y era algo parecido a un jefe de frailes soldados.

Con todo, la recepción, amenizada por las músicas, los areitos cantados en su honor, las danzas y los juegos, fue todo lo cordial que se pudo. Anacaona intentó con ella hacer una señal de amistad y concordia e invitó además a trescientos caciques menores como máxima señal de respeto a los que en similar cantidad, pues tal número de soldados había llevado Ovando consigo, habían acudido a visitarlos.

Pero Nicolás de Ovando no gustó de aquello, ni quiso quedarse por más tiempo y no demoró ni un día su partida. Hecha su demostración de fuerza, se dio la vuelta y emprendió regreso a la capital. Allí siguió dándole vueltas al asunto, convencido, pues algunos venían con tal cuento, o sin estarlo, de que se estaba gestando en el territorio una gran rebelión contra los españoles incitada por Anacaona y en la que estaban comprometidos los más importantes caciques.

Fue entonces cuando, con la ayuda de sus colaboradores más cercanos, en particular Diego Velázquez de Cuéllar, urdió el plan con el que consideró que podía descabezarlo todo y pacificar para siempre la región. Esperó para ello hasta el año siguiente.

Supuestamente, como respuesta a la recepción ofrecida por Anacaona, fue él quien invitó a un nuevo encuentro en el que en esta ocasión serían los castellanos los anfitriones y quienes deleitarían a los indios con juegos de cañas y evoluciones con sus monturas. La cacica aceptó encantada y convocó a sus gentes, entre ellos de nuevo a sus caciques principales, a reunirse con Ovando. Los hombres del gobernador habían acondicionado en un poblado un espacioso caney, y en la plaza central, el batey, formó una muy lucida y enjaezada tropa esperando a la reina taína. Cuando esta llegó, acompañada de su familia más cercana y ochenta de sus caciques más importantes, fue invitada, con todos, a acceder al recinto donde el gobernador los aguardaba. Entró la señora de Jaragua y entraron los suyos con ella. Permanecieron en silencio esperando que el comendador hablara, pero él permanecía callado, escoltado por sus hombres de a pie muy bien armados de espadas y rodelas. Fuera, los de a caballo y el resto de los infantes, relucientes las armaduras y enjaezadas las monturas, rompieron con sigilo la parada, y cuando el último jefe indígena cruzó de la gran cabaña, comenzaron a rodearla hasta completar el cerco y que nadie pudiera escapar del mismo. Esperaban una señal.

Ovando había pactado con Velázquez, que mandaba las tropas, que cuando él se llevara la mano al pecho y con ella se cogiera el medallón, se lanzaran al unísono al ataque, ya cerrada la trampa, con el objetivo de coger presa a Anacaona y su familia y matar a cuantos de sus jefes pudieran. Si fuera posible, a todos.

En la penumbra del interior del caney reinaba el silencio. Anacaona y los suyos esperaban que el gobernador les dirigiera la palabra, pero este siguió sin decir ninguna. Tan solo se incorporó del sitial donde estaba sentado y se llevó la mano derecha a la joya que llevaba al pecho. Y se desató el infierno.

Desenvainaron los castellanos las espadas y comenzaron la carnicería mientras algunos de ellos aprestaron las cuerdas que llevaban y prendieron primero a Anacaona y luego a algunos más, como su hija Higüeymota y su nieta Mencía, habida por esta con Fernando de Guevara, ya ajusticiado, y el pequeño príncipe taíno, Guarocuya.

Salieron entonces con el gobernador bien protegido con las rodelas por delante y sus presas bien amarradas, a escape, y ya en el exterior, comprobado el cerco por los de a caballo, dieron voces de que también huyeran de allí el resto de los españoles. Unidos a los montados y a los demás peones impidieron ya cualquier escape de los indios hacia el exterior y marcharon entonces con grandes prisas del recinto, ya del todo rodeado por los de a caballo.

Estos, tras la salida de los suyos, bloquearon la salida de los indios y, con teas que habían preparado para la ocasión, prendieron fuego al caney por todos los lados para terror de quienes encerrados allí gritaban despavoridos y desesperados. Muchos murieron abrasados, y otros ensartados en los aceros cuando se lanzaron sin armas ni protección alguna sobre las filas de hierro y los filos de acero que los aguardaban. Alguno, de manera inaudita, consiguió escapar.

Cerca de ochenta caciques, los más importantes de Jaragua, perecieron aquel día, y el territorio quedó descabezado. Fuera, los de a pie se lanzaron sobre todos cuantos habían venido con ellos hasta el poblado, acuchillando a cuantos encontraban y haciendo una verdadera carnicería en la que perecieron centenares de taínos.[39]

—Hay cosas que hay que hacer porque te las mandan —reconocía en el Escabeche un rodelero viejo—. Pero es mejor no contarlas.

—Pero no sé yo si uno las puede acabar olvidando —le respondió otro bastante más joven, casi barbilampiño.

---

[39] La cifra y el relato coinciden con casi total exactitud en dos fuentes, ambas españolas, que deploran con gran tristeza y disgusto la acción de Ovando. Diego Méndez, uno de los hombres más cercanos al almirante Cristóbal Colón, residente en Jaragua y que posiblemente presenció el drama, aunque no participó en la matanza, lo relató, compungido, en su testamento. El otro es Bartolomé de las Casas, entonces encomendero y que había sido soldado en Higüey a las órdenes de Velázquez, que coincide con Méndez en la casi totalidad de lo sucedido y la cifra de caciques asesinados. De hecho, el pequeño príncipe taíno Guarocuya fue puesto a su cuidado.

—Lo harás, en el alma también se hace callo —concluyó el mayor, y los dos en silencio apuraron el vino.

La suerte de Anacaona estaba echada, como había sucedido con cuantos caciques relevantes capturaba Ovando y consideraba peligrosos e influyentes. Con las testificales de algunos indios aterrorizados, a los que se hizo confesar que ella los había incitado a rebelarse, y de algunos españoles que dijeron haber oído que intentaba provocar una revuelta, y sin formalizar siquiera un proceso en regla contra ella, fue conducida a la horca y colgada públicamente en una plaza de Santo Domingo. Así murió quien había representado, para los que la vieron llegar en aquel palanquín florido, la más parecida visión del paraíso. Así concluyeron, de tan infernal y terrible manera, los días de Anacaona.

Aquello, aunque nadie levantó su voz para defenderla, pues quienes quizás pudieran haberlo hecho estaban lejos y otros no rechistaron ante el poder omnímodo del gobernador, sí tuvo un gran impacto en buena parte de la población, sobre todo los más veteranos. En el Escabeche, donde trabajaban la mujer de este y algunas otras indias, se lloró por ella, y no faltaron los españoles que consideraron criminal y monstruoso lo hecho por Ovando. En La Española no fue demasiado el ruido, en cualquier caso, pero el eco sí llegó adonde más daño podía hacerle y desde luego se lo hizo.

—Pues la plaza estaba llena de gente para ver ahorcar a la reina taína —comentó un parroquiano, de los últimos llegados a la isla.

—Y tú has sido uno de ellos —le replicó un viejo veterano.

Los demás callaron.

Triana, la mujer india del Escabeche, se fue a llorar a la cocina, y aquella noche no quiso servir las mesas ni su hombre quiso que lo hiciera.

Porque lo sucedido, aunque sin que fuera descubierta del todo la atrocidad cometida, sí llegó hasta España y a la corte, y la reina Isabel alcanzó a tener noticia, quedando grandemente consternada.

Pero algo alcanzó a moverse, y de hecho y en principio lo acaecido le costó el puesto, por esta razón o por alguna más añadida, al hasta entonces intocable Ovando. Fue sustituido e informado de ello y nombrado en su lugar el nuevo gobernador y adelantado general de las Indias, a quien le fue comunicado el cargo y comenzó a preparar su llegada a La Española.

Se trataba del conquistador de Melilla, Pedro de Estopiñán, un hombre muy vinculado a la casa ducal de Medina Sidonia, con la que el propio rey Fernando estaba emparentado, tutor y maestro de un jovencito llamado Alvar Núñez Cabeza de Vaca.[40] Su prematura muerte en Guadalupe, el 3 de septiembre de 1505, cuando estaba ya aparejando la armada que le llevaría a ocupar su cargo, y las vicisitudes en la Corona de Castilla, heredada por la reina Juana y un año después también por su marido Felipe el Hermoso, fallecido igualmente a nada y de nuevo retornada la Corona de Castilla, envuelta en múltiples problemas, al rey Fernando, permitieron que el comendador de Alcántara siguiera por unos años más en su cargo.

Pero quedó seriamente afectado por ello y no tardó ya en desatarse alguna lengua poderosa contra él. El presidente del Consejo Real le amenazó públicamente por ello diciéndole que le haría un duro juicio de residencia por tal atropello y desde entonces Ovando ya no fue el mismo, pendiente siempre de que en cualquier momento le llegara la noticia de un nuevo sustituto que vendría en vez del finado Estopiñán a relevarle. Poco podía suponer quién habría de ser al final el elegido para tal cargo.

La persecución de los taínos de Jaragua había, mientras tanto, continuado hasta acabar con sus últimos resistentes, pues aun descabezados, intentaron combatir. El cacique Guaroa, sobrino de Anacaona, se refugió en las montañas, pero allí le cazaron, como a una fiera, con perros, y Ovando lo mandó también a la horca. A Cuba consiguió escapar otro líder, Hatuey, y organizó en esa isla la resistencia contra los españoles. Volvería a topar allí, años después, otra vez con Velázquez, acabando también capturado y muerto. Se salvaron la

---

[40] Relatado por el propio autor de esta obra en su novela *Cabeza de Vaca*.

hija de Anacaona, Higüeymota, bautizada ya como Ana, y su hija, Mencía de Guevara, quienes volvieron a las tierras que se habían concedido a su fallecido marido y a ella misma debido a su rango. El pequeño príncipe Guarocuya fue entregado al joven Bartolomé de las Casas para que velara por él.

Considerada pacificada Jaragua, Ovando fundó en el territorio cinco villas: a una le puso el nombre de Santa María de la Vera Paz, como homenaje a lo logrado, y las otras fueron Yáquimo, Salvatierra de la Sabana, Azua y San Juan de la Maguana. Al frente de todas ellas nombró como teniente suyo a quien ya se había convertido en su brazo derecho y hombre de máxima confianza, Diego Velázquez de Cuéllar.

Aunque tambaleante en su cargo, y por un azar de la fortuna que le favoreció en esta ocasión, no cayó a la postre del mismo. Quizás hasta se hubiera acabado de reponer y asentado de nuevo en él, pero otra cuestión hizo que se ensombreciera aún más su figura. En este caso estuvo el almirante de por medio, al que Ovando pareció, si no querer matar, sí dejarle morir de hambre.

19

EL ECLIPSE MILAGROSO

Lo que Colón ansiaba y los reyes le urgían conseguir era hallar el estrecho de mar, que cruzando la tierra firme, que ya no había duda de que lo descubierto lo era, llegara al otro océano donde se encontraban las islas de las Especias. Y las prisas venían porque los portugueses ya habían llegado por su lado y la canela, el clavo y la nuez moscada valían tanto, y hasta más, que el oro.

Para el almirante aquello suponía la culminación imprescindible y necesaria a su descubrimiento, y lo que daría razón e inmenso reconocimiento del mundo a sus hallazgos y, también, a los sufrimientos por tal causa padecidos.

Para la reina Isabel de Castilla el encargo a Colón suponía compensarlo en cierta manera de la desmesura empleada contra el gran navegante; para el más pragmático rey Fernando de Aragón, utilizar las dotes de un marino que había logrado dar con un nuevo mundo cuya existencia era hasta entonces desconocida, y para los dos soberanos, el emplear la mejor arma que tenían, la sabiduría e intuición del navegante, para no dejarse ganar la partida por el reino de al lado y las inmensas riquezas que aquello conllevaba.

Las cuatro naves, asombrosamente salvadas del huracán, tras lograr repararse en lo que pudieron, habían tomado después decididamente rumbo a tierra firme hacia el lugar donde Colón estimaba que pudiera estar el estrecho y donde en verdad estaba. Pero resultó no ser de agua marina, sino de tierra y montañas.[41] Intentó el almirante dar con el paso marítimo en varias ocasiones, metiendo sus barcos por los entrantes del océano, pero al final siempre acababa dando con un culo de saco sin salida o bien con la desembocadura de un río y agua dulce, lo que le indicaba que no había comunicación entre las dos grandes masas de agua salada. Supo en una ocasión lo cerca que del otro océano se hallaba cuando los indios le dijeron que a nueve jornadas por las selvas y atravesando las sierras que desde allí se divisaban se daba con una gran agua que no tenía final ni horizonte de tierra tras ella. Pero Cristóbal Colón era un marino, no tenía gentes ni medios para hacer aquel camino, y lo que ansiaba era aquella vía abierta entre los mares para sus barcos y los de España.

La singladura estaba resultando durísima, azotados sin tregua ni descanso por una tormenta tras otra. Desde que salió de La Española hasta Honduras no tuvo demasiado mal tiempo, pero después la tempestad no les dio respiro; quiso dejar dicho por escrito: *Ni me dejó tormenta del cielo, agua y trombones y relámpagos, que parecía el fin del mundo, a tanto que no vide ni el sol ni las estrellas. Otras tormentas se han visto, mas no durar tanto ni con tanto espanto, que a los navíos tenía yo abiertos, las velas rotas, y perdidas anclas y jarcia, cables, con las*

---

[41] Se dirigió a Panamá y fue entrando con sus navíos por los golfos que podían ser la puerta del paso, pero no lo había. Llegó al punto donde menos distancia hay entre el Atlántico y el Pacífico, y los indios le dijeron que a nueve días de camino y cruzando las montañas había un gran mar al otro lado. Pero Colón era un marino y buscaba paso de agua. Lo otro lo haría no muchos años después Vasco Núñez de Balboa, que precisamente y hacía apenas un año había estado ya por aquella costa enrolado como soldado con Rodrigo de Bastidas y Juan de la Cosa en uno de los viajes ya liberados de la tutela colombina. Hoy en día el inicio del canal se llama Puerto Colón en su honor. El proyecto del canal, que siglos después se lograría hacer, ya estuvo sobre la mesa de Carlos V, pero entonces no existían los medios técnicos necesarios. De hecho, hasta Lesseps, el constructor del canal de Suez, fracasó allí en el intento hasta que con el sistema de exclusas lo lograrían después los norteamericanos.

barcas y muchos bastimentos, la gente muy enferma y todos contritos, y muchos con promesa de religión y votos con romerías. Muchas veces llegaban a confesarse los unos a los otros. Porque, aunque a bordo esta vez iba un fraile, fray Alejandre, este no podía cambiar de barco, y tampoco hubiera dado abasto a tantos que querían ser confesados de sus pecados. Que solían ser no pocos.

El miedo de Colón lo era sobre todo por su hijo, pero Hernando era también su orgullo: *El dolor del hijo que yo allí tenía me arrancaba el ánimo y más por verle de tan nueva edad, de trece años, en tanta fatiga y durar en ella tanto. Esforzado avivaba a los otros y en las obras hacía como si hubiera navegado ochenta años y él era quien me consolaba.* Era amor de padre, pero lo cierto es que el joven Colón sabía dar la talla en aquel postrero, más duro y peligroso de todos los viajes que a las Indias hizo el almirante. No solo ello, sino que como hacía su padre, se aplicó en tomar notas y describir lo que iba viendo, adónde llegaban los barcos, cómo eran los indios, cómo los recibían y comerciaban, los rescates de oro por cascabeles que conseguían o cómo los combatían y lucharon con ellos.[42]

Era poco más que un niño y todo lo que veía le llenaba de un inmenso asombro. Lo tuvo ya en el primer encuentro en aguas de una isla ya cercana al continente y la captura de una gran canoa. En ella iban embarcados, con toldos para protegerse del sol, una gran cantidad de gentes, veinticinco remeros, amén de mujeres y niños. Absorto había contemplado sus prendas de vestir, sus utensilios y armas, los arcos, las flechas, sus espadas de madera con hendiduras donde engastaban hileras de pedernal que cortaban como cuchillos si daban en carne desnuda, y hasta creyó ver una hachuela que en vez de ser de piedra pensó que podía ser de bronce. Se fijó, sobre todo, en

---

[42] No existe en esta ocasión diario de a bordo del almirante, sino una carta al ama de la reina Isabel, con la que tenía gran confianza, y la «Carta de Jamaica» enviada a los reyes tras llegar de vuelta, muy debilitado y casi ciego, a La Española. El relato del cuarto viaje es por tanto obra de Hernando y está recogido en su *Historia del Almirante*. Este encargó también a su leal Diego Méndez que hiciera un relato de lo sucedido.

unos granos,[43] unas almendras a las que los indígenas tenían en gran valor y estima, que si se les caía una sola se afanaban en recuperarla. Entendió que provenían del continente y de tierras muy pobladas y ricas,[44] pero su padre no quiso poner rumbo hacia ellas, sino a donde creía poder hallar el estrecho, y viró hacia el sur en su intento de encontrarlo para abrir la navegación del mar de Mediodía. De aquella canoa, a quienes las cosas que les tomaron se las trocaron por otras, cogieron a un indio viejo, de nombre Yumbe, para que les hiciera de lengua, pues parecía ser muy avisado y tener autoridad entre los suyos y había ya logrado entenderse algo con los españoles.

Habían desembarcado en el continente un domingo, el 14 de agosto de 1502, y por ello, el almirante, con banderas desplegadas y el adelantado al frente junto a sus capitanes, hizo que el fraile oficiara aquella primera misa en tierra firme. Volvieron a aquella playa el miércoles, y esta vez se celebró la ceremonia de posesión de todas aquellas costas y tierras que aquel mar bañara en nombre de los Reyes Católicos.

Esta vez se acercaron multitud de indios. Al principio recelosos, curiosos luego y después, al reclamo de las palabras de Yumbe, en tropel y con muchas cosas para cambiar. Trajeron ánades, pescados y frutos en gran cantidad, pero no pudieron ver ni rastro de oro en sus adornos.

Sí observó Hernando que muchos tenían muy labrado el cuerpo, con tatuajes en brazos y en el cuerpo que le parecieron moriscos, y que también llevaban pintados animales y, en ocasiones, la cara tiznada de negro o de rojo.

Con Yumbe como guía habían seguido aquella costa un tiempo hasta llegar a donde él ya no entendía lo que decían los otros, por lo que el almirante le dijo que podía marcharse hacia los suyos y él lo hizo muy contento con los regalos que le dieron.

Fue ya después cuando llegaron a la región de Veragua y pasaron por un lugar infestado de tiburones. Faltos de comida, pescaron gran

---

[43] Semillas de cacao, con las que se hacía el chocolate. Eran muy codiciadas e incluso se utilizaban como moneda.
[44] Lo que luego sería La Nueva España, el actual México.

cantidad de ellos y se los comieron. No supieron entonces que allí ya habían estado meses antes que ellos otros españoles, sus conocidos Juan de la Cosa y su socio en esa singladura, que también había estado en su segundo viaje, Rodrigo de Bastidas. Tampoco que a bordo hubiera ido un soldado llamado Vasco Núñez de Balboa que había tomado muy buena nota de aquellas costas.

Dieron luego con un lugar, tan hermoso y acogedor para los barcos, que don Cristóbal lo bautizó como Portobelo.[45] Entraron también en otro puerto al que puso Bastimentos por estar aquel sitio lleno de grandes labores de maizales tan extensas que semejaban a los campos de trigo castellanos. El almirante seguía buscando ansiosamente la entrada del estrecho. Que no hallaron, pero sí toparon con mucho rastro de oro, que fueron rescatando a cambio de cuentas de vidrio y cascabeles, aunque algunas veces fueron recibidos a flechazos y en una ocasión hubieron de responder con ballestas y un tiro de lombarda que asustó mucho a los indios, pero luego volvieron y trocaron cosas. Todos les daban noticias de que el oro, que llevaban algunos colgados del cuello a modo de espejos, venía de Veragua, y que allí lo había mucho y lo tenían todos.

Hicieron aún alguna nueva entrada, en una ocasión por un ancho río, que llamó Belén el almirante, pero con mucho cuidado al andar por sus orillas, pues en ellas vieron y luego en sus aguas a unos enormes lagartos, que Hernando, muy lector ya de libros, dijo ser como los cocodrilos del Nilo.[46]

---

[45] En el año 1999 el autor realizó parecido recorrido por esas costas e islas en una nueva expedición de la Ruta Quetzal de la mano de Miguel de la Quadra-Salcedo. Por Nombre de Dios, Portobelo, Bastimentos e isla Colón, donde soportaron una cola de huracán muy similar a las que describían el almirante y su hijo, de parecida edad de los expedicionarios de la Quetzal, que pasaron una noche de angustia. Siguen estas poblaciones manteniendo sus nombres. En Portobelo, por cierto, está en alguna parte, en el fondo del mar, el ataúd de plomo con los huesos del pirata Drake, derrotado y muerto en aquellas aguas.

[46] El río Chagres. Un gran caimán de aquellas aguas traído disecado por fray Tomás de Berlanga puede aún verse en la Colegiata de Santa María del Mercado de su localidad natal Berlanga de Duero (Soria).

Oro, en efecto, lo había en Veragua, pero también allí los aguardaba la tragedia. Llegados al río Belén, bautizado así por haber llegado a él el día de los Tres Reyes Magos, el 6 de enero, trabaron contacto y relación con una poderosa tribu de aguerridos indios que allí vivían. Lo hacían muy desperdigados y ni siquiera en pequeñas aldeas, sino en cabañas dispersas, cada una en un montículo, lo que hizo exclamar al joven Colón que vivían como los vizcaínos en sus caseríos. La de su jefe, al que nombraban como Quibio, se levantaba orgullosa y más grande que las otras en lo alto de una pequeña montaña. El primer encuentro pareció amistoso y decidieron desembarcar y adentrarse en el río.

Los barcos lograron superar la barra de entrada al río, aunque vieron que apenas tenía la hondura justa. Hicieron mucho trueque y buen rescate de oro y estaban animosos, pero descubrieron que había bajado el agua y que ahora se veía imposible la salida. Pero como los indios se mostraban muy amistosos, el rescate de oro era muy abundante y cada vez estaba más desalentado el almirante en encontrar el paso, pues no había resto de agua salada en aquel cauce a poco que habían remontado, este pensó que era buena forma de al menos restañar los muchos gastos habidos por la Corona si se hacía por fin un acopio importante del metal codiciado.

El oro que estaban atesorando era tan solo el que los indios recogían a flor de tierra o en las arenas de las aguas. Habían realizado algunas catas y comprobado que, en efecto, el oro abundaba. Abrir una mina o varias en los lugares propicios y fundar allí una población castellana, para hacer ya una extracción de cantidades importantes, sería lo más oportuno. Fue el adelantado el encargado de hacerlo y para ello desembarcó con hombres y se dispuso a realizar la faena. Aquello fue el inicio de la guerra.

Al saber el Quibio que los extraños habían bajado a tierra y comenzado a levantar viviendas y empalizada, comprendió que no pensaban marcharse, sino quedarse en sus tierras para siempre. Comenzó a llamar a todos sus guerreros para que se concentraran y en cuanto estuvieran reunidos atacar a los blancos que habían descendido de sus barcos y matarlos a todos.

Fue suerte que uno de los indios que venían como lenguas alcanzara a enterarse de ello, y avisó al adelantado. Y Bartolomé Colón, rápido en actuar como siempre, dio, antes de que se lo dieran, el primer golpe. Se dirigió velozmente a donde se encontraba la residencia del Quibio con tan solo otros cuatro de los más decididos, se aproximaron con sigilo, sorprendieron a la pequeña guardia que lo custodiaba y consiguieron reducirlo, atarlo y traérselo preso.

Satisfechos y pensando que con el jefe preso se contendría el ataque, el adelantado, llegado a su pequeña base, encomendó su traslado y el de los que con él habían apresado a los navíos, donde quedarían a buen recaudo, al piloto mayor de la capitana y de la armada, el gaditano Juan Sánchez, encareciéndole que lo llevara bien sujeto, pues era un hombre muy fornido, musculoso y ágil. Este le contestó bromeando y echando una apuesta.

—No tengáis cuidado, don Bartolomé, que lo llevaré bien atado y se lo entregaré como un bulto al almirante. Y si no, os doy palabra de que me dejaré pelar mis barbas.

Y hubiera debido cumplir lo dicho, pues por ir de sobrado se le escapó el cacique de las manos, que de sus propias manos se le huyó cuando, ya llegando cerca de los barcos, se lamentó el preso mucho de lo que le apretaban las ligaduras, y el piloto consintió en aflojárselas y que en vez de ir la cuerda atada al banco de la barca llevarla él cogida. Se distrajo un instante y el Quibio de un gran salto y un empellón se tiró al agua, haciéndole soltar el cabo. Nadaba como un pez, se sumergió, volvieron a verlo y luego ya no lo vieron más. A la capitana, escapado el jefe, solo llevaron al puñado de indios que habían prendido con su jefe.

El almirante comprendió que con el Quibio huido y los indios en guerra era urgente y preciso sacar los barcos de donde estaban metidos, pero le faltaba el calado para hacerlo. Aquella tarde, sin embargo, los acompañó la fortuna, el fortísimo palo de agua de antes de anochecer hizo subir el caudal del río y permitió poder sacarlos por la barra aun arrastrando la quilla.

El adelantado hubo de quedarse en la pequeña fortaleza, aún a medio terminar, y allí ese mismo día les llegó el ataque. Los indios, sigilosamente y hurtándose en la selva, consiguieron llegar hasta casi al lado del cercado y se lanzaron contra él por todos los costados. Mataron a uno de los defensores y dejaron heridos a otros siete, entre ellos al propio adelantado, que resistió con mucho empuje con una lanzada en el pecho que su coraza impidió que le penetrara apenas en la carne.

Un grupo de cristianos que había quedado fuera llegó de refuerzo y entonces contraatacaron, ayudados por un gran perro alano que atemorizaba mucho a los indígenas, y les hicieron retirarse. Ocultos en la espesura siguieron acechándolos sin permitirles salir del refugio durante días.

Habían pasado ya dos enteros en la nave Capitana, y siendo ya 6 de abril, el almirante envió a su capitán Diego Tristán, al estar ya fondeados en el mar, en la barca a hacer aguada a la desembocadura del río en compañía de otros doce hombres. Este se confió en exceso, y por buscar el agua más limpia y dulce, ascendió cauce arriba. Desde las dos orillas, entonces, vinieron sobre ellos en canoas, con muy fuerte griterío, multitud de guerreros indígenas y, cortándoles el paso de vuelta hacia las naos, los cercaron.

Combatieron los castellanos con mucha entereza, matando a cuantos se acercaban al alcance de sus espadas, pero acabaron sucumbiendo. Al capitán Tristán, ya muy herido de flechas, lo remataron con una lanzada en el ojo. Solo uno, un tonelero sevillano, que cayó al río en medio de la pelea, consiguió llegar nadando hasta la orilla en la que se encontraba el adelantado con los suyos y, aprovechando que los indios celebraban su triunfo en la barca, pudo escabullirse por entre la maraña y unirse a ellos. El relato de lo sucedido en la barca desalentó aún más a quienes allí resistían.[47]

---

[47] Estas muertes, doce en total con la del capitán, como todas las habidas en la expedición, figuran en la relación publicada por M. Fernández Navarrete en *Viajes de Cristóbal Colón*, donde aparece la lista de todos los tripulantes, barco a barco, y de los fallecidos y su día. En total los muertos fueron treinta y dos de los más de ciento cuarenta que zarparon. Algunos desertaron a la llegada a La Española.

La situación de Bartolomé y quienes con él estaban se les antojaba aún más desesperada y muchos se dieron ya por perdidos, con los barcos alejados y ellos rodeados por los indios, que ahora aún estarían mucho más envalentonados tras haberles matado hombres.

En los barcos aquella misma noche hubo lugar otro suceso que aún empeoró más las cosas. Algunos de los cautivos lograron huir, pues, encerrados en la bodega, los de arriba olvidaron cerrar la escotilla porque dormían sobre ella y los encerrados, haciendo con las piedras de lastre un montón para poder alcanzarla, de un empujón volcaron a los durmientes y escaparon dos de ellos tirándose al agua por la borda. Los que no pudieron lograrlo quedaron de nuevo allí cautivos, pero al amanecer los cristianos vieron, con espanto, que se habían colgado del cuello de unas cuerdas y matado a sí mismos al no haber podido escaparse.

Fue aquella mañana de gran tribulación, pues estaba clara la pérdida de la barca con Diego Tristán y los que con él habían ido, y no se sabía tampoco de la suerte corrida por Bartolomé Colón y quienes con él estaban. Fue entonces cuando unos marineros encabezados por el sevillano Pedro de Ledesma le dijeron al almirante que, si los indios se habían huido y nadado hasta la orilla, ellos podían hacer lo mismo hasta donde estaban los suyos, si una barca los llevaba a una distancia suficiente. Tal hicieron y fue el Ledesma, animoso y jovial siempre hasta en los trances peores, quien se tiró al agua y enlazó con los del adelantado. Estos le relataron el final de todos, menos el tonelero, de los de la aguada del capitán Tristán, y que de quedarse allí ellos los indios los matarían también a no tardar mucho, pues los tenían cada vez más apretados.

Volvió el sevillano donde el almirante y este, con la sola barca que le quedaba, pues la otra la tenía el adelantado y la de la Vizcaína se había perdido ya antes, haciendo acondicionar un grupo de grandes canoas, atadas unas a otras para llevar a cuantos pudieran, jugándoselo todo a una carta se lanzó al rescate de su hermano y de cuantos con él estaban. Saltaron a tierra al amanecer, cerraron filas hacia la pequeña fortaleza y desbandaron a los indios que los cercaban. Con la mayor rapidez posible consiguieron evacuar a todos, heridos y sanos, y volvieron a los navíos. Colón decidió, una vez todos a salvo, que era cuestión de partir de inmediato de aquellas aguas e ir volviendo hacia lugar donde hubiera cristianos.

Pero hubo de dejar allí uno de los navíos porque, comido por la broma, lleno de agujeros y anegado por el agua, ya era imposible hacerlo navegar en mar abierto. Lo desmantelaron, aprovechando lo que pudieron, y partieron en los tres que les quedaban.

No iba a ser el único que habrían de abandonar. Al poco de travesía, al llegar a Portobelo, hubieron de dejar allí a la Vizcaína, también ya inservible tanto por las tormentas y golpes recibidos como por estar del todo ya comida por la broma, el peor enemigo que las naves tenían en aquellas aguas, y más cuando los barcos permanecían en aguas más calmadas.

Con los dos barcos que aún le quedaban puso el almirante rumbo a Castilla, pero bien sabía que le sería casi imposible llegar a ella sin reparar las naves en un puerto que tuviera condiciones para ello. Las corrientes y los vientos, además, le impidieron llegar a La Española, donde hubiera podido hacerlo con alguna mejora de los vientos, por lo que, viendo que se iban a pique, usó de estos para que los empujaran hasta Jamaica. Allí logró varar las naves y fijarlas en la arena. Su viaje en busca del estrecho había concluido en fracaso, y ahora aún le quedaba por delante el cómo lograr salir de donde estaba. Le esperaba una agonía.

Las dos naves que quedaban, la Capitana, en la que iban los Colón, y la Bermuda,[48] que capitaneaba Diego Porras con su hermano Diego, estaban en una situación penosa e imposibilitadas totalmente para navegar. Fue casi milagro ya que pudieran haber llegado hasta allí, pues además de estar ya agujereadas por la broma de tal manera que la tripulación no hacía sino achicar agua para que no se hundieran, un incidente estuvo a punto de llevarlas al fondo. En las costas de Cuba, fondeados una noche entre un enjambre de peque-

---

[48] Su nombre oficial era el Santiago de Palos, pero Hernando Colón la menciona siempre así.

ñas islas, los cogió una nueva tempestad y no pudiendo la Bermuda mantenerse sobre sus anclas, se vino contra la Capitana dañándole la proa y destrozándose ella misma la popa. Habían logrado separarlas, pero las últimas leguas hasta llegar a Jamaica habían sido angustiosas con el agua entrándoles por todos los lados y a punto ya de llegar a la cubierta de la Capitana durante lo que creyeron sería su última noche.

Fue al llegar el día cuando vio el almirante cercana la salvación en aquel arenal y, no pudiéndose sostener más a flote, los aproó hacia allí y enterró en él sus quillas. Bien sabía que era de todo punto imposible conseguir que volvieran a navegar. Habrían de esperar allí a que les llegara socorro.

Acomodaron las naves bordo con bordo, tan fijas y apuntaladas que no podían moverse. Llenas por completo sus bodegas de agua hasta la cubierta, se instalaron ellos en los castillos de proa y de popa para allí poder aguantar mejor la embestida si a los indios les daba por intentar atacarlos.

El almirante, ante esa posibilidad, quiso mantener a todos concentrados, residiendo en las naves. Que fueran los indios, como a poco sucedió, a hacer sus trueques allí y que los cristianos no se dispersaran por la isla para evitar con ello los abusos y desafueros que darían sin tardar lugar a contiendas, como siempre acababa por pasar. Estableció un sistema de trueques y rescates, con la supervisión de dos nombrados por él, para que a cada nave le tocara su parte.

Por fortuna para los náufragos, pues tales eran, era de mucho bastimento y abundantes comidas y los indígenas pacíficos y con mucho ánimo de cambiarles comida, que tanta falta les hacía, por cualquier cosa o baratija que les ofrecieran.

Tan solo les quedaba algo de bizcocho agusanado y tenían ya casi agotado el vino y el aceite. Pero lograron irse manteniendo porque por dos jutías les bastaba un cabo de agujeta, por varias hogazas de pan de cazabe un par de cuentas de vidrio verdes o coloradas, y si era una carga de más cantidad o calidad, un cascabel. A los jefes de ellos el almirante les daba un bonetillo o un espejillo para tenerlos contentos. Y lo estuvieron durante mucho tiempo y los cristianos pudieron llevarlo sin pasar excesivos apuros ni hambres.

Pero se hizo perentorio el hacer saber que estaban allí, pues de lo contrario ningún socorro les vendría. Hizo el almirante entonces llamar a un hombre de su mayor confianza, Diego Méndez, para encomendarle una peligrosa y casi suicida misión, pero que era la única que podía salvarlos.

Méndez era un zamorano, criado en Portugal, que llevaba muchos años al servicio de los Colón, pero esta era la primera vez que se había embarcado y cruzado el mar, dándole el almirante el puesto de escribano mayor, pues era hombre instruido, de buen linaje y de mucha cordura y templanza. Su padre había sido Garci Méndez, contino del rey Enrique IV y que luego había estado al servicio de su hija Juana, la Beltraneja, heredera de la Corona de Castilla, mas despojada de su herencia por no ser considerada hija verdadera del rey, por mal nombre llamado el Impotente, y casada con el rey Alfonso de Portugal. La guerra contra los partidarios de Isabel acabó en derrota, y muy niño Diego marchó con su padre a Portugal a la casa del conde de Penamacor, quien lo educó, al morir sus dos progenitores, como si fuera un hijo suyo. Pasado el conde a España vino Diego con su séquito y lo acompañó en sus muchos viajes por Francia, Inglaterra, Flandes, Noruega y Dinamarca. A la vuelta de este último, el rey inglés, a instancias del rey portugués, que lo consideraba traidor, prendió al conde y lo tuvo cuatro años en prisión.

Hubo de ser Diego Méndez quien vino de nuevo a Castilla para interceder ante la reina y el gran cardenal Mendoza, entonces el más poderoso tras los reyes de toda España, por su liberación. Cosa que logró al fin y venidos a España se quedaron a vivir ya en ella. Se encontraban precisamente en Granada cuando Colón capituló con los reyes el ir hacia las Indias. El conde se instaló en Barcelona y allí vieron al almirante a su vuelta de su descubrimiento, presenciando su llegada triunfal con sus papagayos, sus indios y sus muestras de oro.

Su conde protector murió al año siguiente y entonces ya fue cuando entró al servicio de los Colón, a quienes sería leal de por vida y una inestimable ayuda en cuantos percances estuvieron. En el viaje había llegado a tener también una gran cercanía y confianza con el joven Hernando, por quien sentía gran aprecio y devoción.

Durante la expedición había dado pruebas de su gran valía y

arrojo en varias ocasiones: fue por ejemplo uno de los cuatro que fueron con el adelantado a prender al Quibio de Veragua, el que luego se le escapó al gaditano Juan Cruz. En llegando a Jamaica y repartida la última ración de bizcocho y el último sorbo de vino, había sido, armándose y acompañado de tres más, el primero en salir a tierra y caminar hasta encontrar un poblado. Fue quien negoció con los indios que cazarían, pescarían y les harían pan de cazabe y que se lo traerían luego de tres días a los barcos, y comprometió el darles muchas cosas en pago. Cumplieron los indios y cumplieron ellos con muchas baratijas. Aquello mismo fue haciendo el Méndez por otros enclaves indígenas y estableciendo amistad con sus caciques, cumpliendo su parte y que marcharan satisfechos.

El compromiso quedó así establecido y Diego alejándose cada vez más en sus descubiertas. En una de ellas tras ponerle un cacique dos indios para que le acompañaran y le ayudaran a transportar la impedimenta, llegó a la punta que era la más cercana de Jamaica a La Española. En el poblado que allí había compró la buena canoa que ahora tenía y que logró a cambio de una bacineta de latón, un sayo y una camisa.

La había cargado entonces con vituallas y, tras embarcar con él a seis remeros indios, volvió por mar hasta donde estaban los navíos, parando incluso en otros pueblos costeros para llenarla hasta arriba de comida. El almirante Colón lo había recibido con grandes abrazos y alegría. Fue cuando comenzó a pensar en que aquella podía ser la salvación de todos.

Lo llamó al día siguiente y, a solas los dos, tras encomiarle mucho por su actitud y prudencia y haciéndole partícipe de que su confidencia era también confianza en él, le expuso la cuestión para la que le requería:

—Mirad, Diego, pocos son conscientes de la situación en que estamos. Solo tú y yo, diría. Nosotros somos muy pocos, los indios muchos y son muy mudables y antojadizos. Ahora nos traen de comer, pero ¿y si se les antoja venir a prendernos fuego a los barcos y abrasarnos en ellos? He meditado un remedio, viendo la canoa que habéis comprado. ¿Qué opináis de que se aventurase alguno en lograr pasar en ella hasta La Española y allí comprar y fletar una nave en la que pudiésemos salir del gran peligro en el que estamos? Decidme vuestro parecer.

Sabía el almirante muy bien cómo halagar cuando le convenía, pero Méndez también de sus artes y que en realidad a quien se lo estaba pidiendo era a él, y que ello acarreaba jugarse, y con cartas de las de perder, casi seguro, la vida. Pero entendió que no se podía negar, aunque sí quiso dejar constancia de que lo que se le pedía era suicida.

—Señor, el pasar de esta isla a la isla Española en tan poca vasija como es la canoa no solamente lo tengo por dificultoso, sino por imposible. Hay que atravesar un golfo de cuarenta leguas de mar impetuosa, y no sé quién va a osar aventurarse a tal cosa —contestó a sabiendas de que el señalado era él y más con el silencio al oírlo de don Cristóbal, así que tras aguardar unos instantes, concluyó—: Muchas veces he puesto mi vida a peligro de muerte por salvar la vuestra y de todos estos que aquí están, y aún murmuran de mí diciendo que se recurre a mí en cuestiones de honra cuando bien pudiera recurrirse a otros que son mejor que yo. Le ruego haga llamar ahora su señoría a todos y pregúnteles si alguno quiere ir. Y si nadie responde, yo iré.

Lo hizo así el almirante y reunidos los demás les propuso el asunto. Callaron todos y el único parecer fue que era imposible hacerlo y menos por allí, pues era sabido además que aquel paso era en extremo peligroso y hasta incluso se habían perdido naos en él como para intentarlo hacer en una débil canoa.

Y fue, claro, Diego Méndez quien tuvo que ir, aunque el primer intento de hacerlo, acompañado de otro español y seis indios, fracasó por evitarlo una partida de indígenas que los asaltaron en el mar para robarles. Consiguieron huir, pero habiendo tocado en tierra y habiéndose separado un poco de los demás para llegarse a una punta y ver mejor la ruta y el estado del mar, lo capturaron sus perseguidores, que habían ido también a tierra y estuvieron a punto de matarlo. Menos mal que, en un descuido de los captores, que en un juego de pelota discernían a quién le correspondía darle muerte, consiguió escabullirse y correr hasta donde había quedado la canoa, subir de nuevo a ella y salir a escape y de vuelta a los navíos.

Se realizó entonces una segunda intentona, y tras conseguir una segunda canoa y escoltados por tierra hasta la punta más próxima a su destino por el adelantado y sesenta hombres armados, consiguieron embarcarse sin impedimento alguno. Irían en esta ocasión en una canoa Diego Méndez con seis indios, y Bartolomé Fiesco, un gentilhombre genovés, paisano de los Colón, en otra. La misión de Méndez, tras arribar a La Española, era comprar un navío, llenarlo de comida y regresar con él. Fiesco, una vez tocada tierra, debía retornar de inmediato donde el almirante y decirle que se había logrado el objetivo.

Méndez había acondicionado lo mejor posible su canoa, poniéndole una quilla postiza, dándole brea y sebo y clavándole algunas tablas tanto en proa como en popa para que no le entrara tanto mar y dotándola de una pequeña vela.

Estuvieron a punto de perecer. Remaron cinco días y cuatro noches sin parar, la sed los atormentó y, agotadas las calabazas que los indios y él llevaban, llegaron casi a enloquecer y algunos bebieron agua del mar. Un indígena murió y lo arrojaron al agua, pero finalmente consiguieron llegar a un islote rocoso, la Navaza, ya muy cerca y a la vista de La Española, y desembarcando pudieron beber agua dulce al encontrarla de lluvia en las cavidades de la roca. Algunos lo hicieron con incontinencia y enfermaron, alguno hasta fallecer.

El genovés, indispuesto también, cuando se recuperó un poco en unos días quiso cumplir lo prometido e intentó volver a darle la nueva a Colón, pero sus indios se negaron a obedecerle y lo llevaron a La Española, a donde Torres, sin demorarse, había atravesado ya el día anterior. Allí cambió sus remeros por otros y siguió costeando hasta llegar a Santo Domingo. Pidió audiencia a Ovando, y le fue concedida. Todo parecía estar resuelto. Pero Ovando, más que largas, le dio eternas y, más que palabras, silencios. No había además en el puerto barco alguno que pudiera comprar ni alquilar, o más bien aunque hubiera alguno por la isla, que los había, el gobernador no tenía prisa alguna en que se fuera a socorrer al Colón. Y ganas de tenerlo en la isla, aún menos. Estaba la prohibición real, pero aquello ya no servía ni como peor excusa, pues era un clamoroso caso de necesidad extrema y había más de cien españoles en peligro de muerte.[49]

Ovando calló y esperó. Que se murieran el almirante y todos los Colón, aunque hubieran de morir cien más. Diez meses hubo de esperar Méndez hasta poder acudir en su socorro.

En Jamaica nada sabían de aquello, ni que hubiera siquiera conseguido Méndez llegar. Pasaron los días, las semanas y los meses sin noticia alguna. Ello dio lugar a todas las conjeturas, cada cual peor y todas malas y contra el almirante, al que la gota le tenía baldado en cama y no se podía apenas mover. Eran los más encendidos e instigadores contra él los hermanos Porras, capitanes de la Bermuda, y cada vez más convencidos de que nadie iba a venir a buscarlos y que la única solución era el irse ellos y dejar a los Colón allí, pues así serían por Ovando bien recibidos y escuchados por Fonseca cuando tornaran a España, y podrían culpar de todos sus males a quien por su tozudez e incapacidad habían dejado atrás porque no había querido venir con ellos.

La conjura fue creciendo, y eran al final cuarenta y nueve los que la firmaron y el 2 de enero, armados, se fueron hacia el barco del almirante. Allí, el mayor de los Porras, en tiempos muy comedido, comenzó a gritar de malos modos interpelando al almirante el porqué no quería regresar a Castilla. Este era según ellos el meollo de la cuestión: que Colón en realidad no deseaba volver y que los había llevado hasta allí pudiendo haberlos llevado a La Española.

Él respondió, incorporándose del lecho, de buenas maneras, diciéndoles que más que nadie lo deseaba él, pero no había manera, y

---

[49] Hernando de Colón dice que en cada una fueron seis españoles y diez indios con Méndez y el genovés, y tres días y tres noches la duración de la singladura. Parece más ajustado el número de tripulantes dado por Méndez, pues no parecía que cupieran tantos en la canoa y en ninguna crónica se concreta nombre alguno de cristiano, además del de Méndez y del genovés.

por eso había enviado a pedir socorros y un barco y que podían en todo caso hablarlo como tantas veces habían hecho en situaciones difíciles.

Pero no estaban por ello los Porras y, tras decir su cabecilla que no era tiempo para palabras, gritó:

—¡Yo me voy a Castilla con quienes quieran seguirme!

A lo que respondieron los conjurados:

—¡A Castilla, a Castilla!

Y hasta se oyó algún grito de «¡Muera!» contra el almirante.

Quiso entonces ir el adelantado hacia ellos con una lanza, pero por fortuna para él consiguieron pararlo, al igual que al propio don Cristóbal, que gotoso y tambaleante aún quería avanzar hacia ellos e intentar calmarlos.

Tres o cuatro de sus más leales se acercaron a los Porras y les instaron a que marcharan si querían, pero que no derramaran sangre de castellanos, y que si se producía la muerte del almirante ninguna utilidad tendría y habrían de pagar por ello.

Atendieron a aquellas últimas razones, se retiraron de allí y se dirigieron a donde estaban amarradas las canoas, que en número de diez se habían comprado por orden del almirante, y entraron en ellas con gran alegría y mucha exaltación, tanta que algunos de los no conjurados se fueron también con ellos, llevándose sus posesiones y rescates obtenidos. Quedaron en la Capitana tan solo un puñado de leales, amén de los enfermos y otros que, por temor de ser mal recibidos o porque ya ni siquiera cupieran, no embarcaron con ellos.

La primera rebelión de los Porras acabó pronto y mal. Comenzaron la travesía con calma y buen tiempo, remando los indios que habían hecho embarcar para tal fin, pero al ir tan cargados navegaban muy despacio y no habían avanzado ni cuatro leguas cuando el viento se les volvió de cara, se encrespó la mar y el agua comenzó a entrar en las frágiles embarcaciones. Se desprendieron de algunos pesos, pero como no sirvió de nada y arreciaba cada vez más el viento, decidieron tirar a los indios por la borda, y a los que intentaban volver les acuchillaban las manos, haciendo morir así a cerca de una veintena y quedando solo a bordo quienes entre ellos dirigían las canoas, pues los cristianos no las sabían apenas manejar.

Hubieron al cabo de tomar tierra, pues se vieron ya en grave riesgo de perecer ahogados todos. Tras discutirlo mucho, si intentar irse rumbo a Cuba y de allí luego a La Española, si volverlo a intentar otra vez por la misma ruta o hasta hacer las paces con el almirante, decidieron aposentarse en un poblado cercano y establecerse allí, quedando así los cristianos divididos en dos bandos, el de Colón en los barcos encallados y el de los Porras, primero en un poblado y luego, tras volver a intentar cruzar hasta La Española por dos veces y acabando por perder las canoas, volvieron de nuevo a tierra y recorrían la isla cogiendo lo que pillaban por los poblados, por la fuerza y sin otra contención que la resistencia que los saqueados les podían oponer.

Las cosas tampoco pintaban bien por el otro bando. Al principio, al ser menos, comieron más y muchos sanaron de sus dolencias, que eran en muchos casos debilidad por hambre, pero a poco la desesperación y la certeza de que Méndez y el genovés se habían ahogado y que nadie los vendría a recoger aumentaba cada día, pues ya se iba para el medio año desde que habían partido. A ello se sumó que los indios no solo comenzaron a traerles cada vez menos comida, sino que ya un día les dijeron que no les traerían más, y que no querían ni más cuentas, ni latones ni cascabeles. El tomársela por la fuerza, propuesta de Bartolomé, se desechó por el momento, pues ello obligaría a combatir, y estando tan pocos y tan faltos de toda posibilidad de refuerzo, mal podrían y a poco resistir.

Fue entonces cuando el almirante obró el milagro que cambió por completo la situación y lo convirtió en un ser sobrenatural y un enviado del cielo al que había que obedecer. Hizo llamar a todos los caciques y reunidos les anunció que, si no volvían a aprovisionarlos, él haría que la luna se apagara y esa sería solo señal de las desgracias que les acaecerían después. Los citó, a todos ellos y a cuantos con ellos quisieran venir para comprobar su poder, a reunirse en aquella misma playa para la noche de tres días después.

Recelosos, curiosos, asustados o no, muchos y de hasta de lejanos poblados vinieron a comprobarlo, y los que no y lo sabían, no dejaron de mirar al cielo desde donde estuvieran.

En la playa, la expectación y el silencio mientras el astro comenzó a brillar en el cielo hacían que el rumor de las olas se escuchara nítidamente. El almirante aún no había aparecido, pero llegado un momento se hizo ver en la proa. Allí se quedó inmóvil un rato hasta que de improviso levantó los brazos hacia lo alto, y entonces una sombra comenzó a comerse a la luna y a taparla hasta acabar por oscurecerla por completo.

El silencio se convirtió en gritos y en llantos de las mujeres que también habían venido. Comenzaron los indios a implorarle que volviera a hacerla surgir y a brillar en los cielos. Vinieron entonces sus principales hasta la nave y allí imploraron su perdón por haber dudado de su palabra, haciéndole muchas promesas de que le darían todo aquello que él les pidiera.

El almirante les contestó con voz muy grave y enfadada por haber dudado de él, pero luego la suavizó para decirles que se retiraría dentro del puente porque para ello tendría que hablar un poco con su Dios, pero que por ellos lo haría y rogaría para que les devolviera la luz de la luna a sus noches. Se metió diciéndoles que esperaran. Lo hicieron ellos y todos ya en la playa en otro gran y atemorizado silencio. Cuando el almirante comprobó que la creciente del eclipse comenzaba a descender, salió de nuevo a ellos y les dijo que había logrado, tras decirle a su Dios que ellos iban a ser buenos y traerles bastimentos, que él los perdonase, y pronto verían su señal, pues el astro de la noche volvería. Les dijo que volvieran con los suyos a la playa y que podrían en poco contemplarla.

Retornó él a lo alto del puente y allí se volvió a mantener muy erguido y quieto hasta que de nuevo levantó los brazos y a nada una pequeña raja de luz volvió a aparecer en lo alto acompañada de un clamor de alivio y alegría de todos los indígenas. Luego, poco a poco la luna volvió a destaparse entera y a brillar con su máximo esplendor. Los indios, asombrados, pero ahora alegres y jubilosos, no despegaban sus ojos de lo alto. Así hubo muchos que estuvieron hasta el amanecer y hasta que el sol asomó por detrás del mar.

Al día siguiente los indios vinieron cargados de vituallas en mayor cantidad y diversidad que nunca habían traído, y sin pedir siquiera nada a cambio. De nuevo fueron a hablar con el almirante, y ahora con muchas reverencias y las caras tensas por el miedo, le hicieron grandes promesas y protestas de que no volverían a poner en duda sus palabras y que le traerían todo cuanto les pidiera.

En el campamento ya no faltó de comer desde entonces. Cristóbal Colón, a través de sus cálculos astronómicos y por un almanaque que tenía muy bien guardado en su camarote, sabía desde hacía tiempo la fecha de aquel día 29 de febrero, pues el 1504 era año bisiesto, como la noche en que iba a producirse un eclipse total de luna en aquel lugar del mundo.

Con comida hubo mejoría en los ánimos, pero ya cuando cumplieron los ocho meses pasados desde la partida de Méndez, la esperanza de socorro y de poder salir alguna vez de aquella isla volvió a la negrura, y hasta en los más leales había algún conato de rebelión contra el almirante. No ayudaba tampoco el que hubiera aparecido un barco desarbolado y maltratado por las olas, sin rumbo y sin tripulación a bordo, que fue avistado por los del bando rebelde, pero que hicieron saber a los otros para más desesperarlos.

Por fortuna, fue entonces cuando apareció un carabelón, que no es más grande sino más chico que una carabela, y fondeó ante el lugar donde estaban. De él vino una barca con su capitán al frente, que era Diego de Escobar y que había sido uno de los de Roldán que no embarcó con él en el viaje que los ahogó a todos, y con muy empalagosas palabras le dijo al almirante que lo mandaba el gobernador, pero que por el momento no podía mandarle un barco mayor y en este no podían ir, pues era como veían muy pequeño y no cabía sino su tripulación.

No le creyeron, pero no pudieron hacer nada para remediarlo sino recibir lo que les quisieron dejar, que fue medio puerco salado y un barril de vino. No quisieron embarcar a nadie ni siquiera coger cartas para que pudieran llegar a Santo Domingo primero y España después. Se temía Ovando que, de hacerse, el almirante lo sustituiría luego en el cargo y él habría de abandonarlo. Mejor demorarlo, y cuanto más pudiera, mejor. Y como vino se marchó el carabelón.

Al menos supieron que Méndez había llegado y que, aunque aún pudiera tardar el socorro, acabaría por llegar. El almirante además entendió que con todo ello era momento de conversar con los rebeldes y, en buena señal de paz, les mandó la mitad del cerdo y la oferta de conversar.

Estos se quedaron con la carne, pero de la propuesta de Colón no quisieron saber nada ni de su oferta de salvoconducto, sino que pasaron a exigirle que de venir dos barcos ellos irían por su lado en uno, y que si uno, en una mitad separados de los otros, y que además, como habían perdido sus haciendas en la desdichada intentona con las canoas, ahora el almirante y los suyos deberían partir las suyas con ellos. Remataron con la amenaza de que ellos eran más y más fuertes, y si se negaban irían contra ellos y se lo tomarían todo por la fuerza.

Y eso fue lo que intentaron hacer. Pero de nuevo fue el decidido Bartolomé, experto en estas situaciones límite, quien resolvió la situación. Tras lograr la venia de su hermano mayor, partió hacia donde se encontraban los rebeldes con cincuenta hombres bien armados y una nueva oferta de conciliación.

Al verlo llegar y creyéndose superiores, los Porras armaron a los suyos y se lanzaron contra ellos, dispuestos a acabar de una vez por todas con el adelantado. De hecho, seis de los más valerosos y curtidos en guerra de su bando se habían conjurado para cerrar sobre él y matarlo, pues sabían que, muerto quien más los sostenía, todos los demás se vencerían y los tendrían a su total merced, y con ello al almirante y a su hijo después.

Cargaron ellos por delante gritando: «¡Mata, mata!», pero fue tal la recepción que el adelantado y los suyos les dieron que todo se les vino del revés. A la primera embestida cinco estaban ya en tierra y de ellos bien muertos dos, el uno aquel Sánchez de Cádiz a quien se le huyó el Quibio de Veragua y que ahora no perdió la barba, sino el resuello, y otro el Juan Barba, que había sido el primero que en el barco cuando la primera revuelta sacó la espada para irse contra el almirante.

La pelea se volcó del lado de los de Colón y acabó cuando el propio don Bartolomé entró en combate con el mayor de los Porras, Francisco. Este le lanzó una tremenda embestida que le traspasó la rodela y alcanzó a herirle la mano, pero la espada se quedó incrustada en ella y entonces contraatacó el adelantado, derribándolo y poniéndole su acero en el cuello. Lo rindió, llevándoselo prisionero junto a varios más mientras el resto se daba a la fuga. Quiso don Bartolomé perseguirlos y matarlos o apresarlos a todos, pero le convencieron de que no, que ya estaban derrotados y no había por qué matar a más.

Por parte de los de Colón solo murió uno, un criado del almirante con una herida que parecía de las que sanarían, pero que al cabo lo mató. Mientras, por el otro lado, el peor de los malheridos, Pedro de Ledesma, el que valientemente nadó para avisar a los que estaban cercados en tierra en Veragua, logró sobrevivir. A pesar de sus muchas heridas, una en la cabeza, otra en el hombro que le dejó el brazo colgando, otra en el muslo hasta el hueso y otra en el pie, al caer por unas peñas, quedar entre ellas oculto y de remate ser encontrado por unos indios que, asombrados de verlo vivo, le fueron a hurgar en las heridas con la punta de una flecha y él, enfadado y solo con la voz, los asustó y les hizo huir de allí.

Lo supieron en los navíos, fueron a él y lo llevaron a una casa de paja donde pensaron que moriría, pero el físico Bernal, cirujano de la armada, lo curó quemándole con aceite las heridas, y aunque decía que cada vez que lo miraba hallaba en su cuerpo una nueva, a la postre sanó, mientras que el maestresala de Colón, por tan solo un picotazo, se le murió.

La batalla tuvo lugar el 19 de mayo, y el 20 llegaron los emisarios de los rebeldes al almirante suplicándole misericordia y benevolencia y queriendo volver a su obediencia. Él lo concedió, pero mantuvo a los dos Porras presos y tampoco los dejó venir a los barcos, sino que se aposentaran en un lugar más cercano, pero bajo las órdenes de un capitán que puso para mandarles. Lo acataron y terminó del todo la rebelión.

Cumplía el año del naufragio en Jamaica cuando el navío por fin logrado enviar por Diego Méndez apareció y embarcó a don Cristóbal y a todos los cristianos, amigos y contrarios con él, que fueron un total de ciento diez y hubieran sido más si no hubiera sido por la sublevación de los Porras, y los llevó al fin a Santo Domingo, aunque por los malos vientos y tempestades tardaron cuarenta y cinco días en hacer el camino que Méndez con su canoa había hecho en cinco.

Era el 13 de agosto de 1504 y Ovando entonces vino hasta el puerto a recibirle con mucha sonrisa y zalema. Hasta le brindó casa en la calle de las Damas donde pudiera alojarse hombre de su condición, pero a quien abrazó el almirante fue al leal Diego Méndez, que fue quien lo salvó.

20

MUERTE DE REINA,
OCASO DE ALMIRANTE

La reina Isabel murió en noviembre de aquel año sin poder ver ya a Colón. A este, los achaques que cada vez le hacían más penoso el moverse y hasta el existir le retuvieron un mes en La Española. Sin barco propio para volver, acabó por tomar y pagar pasaje con su hermano y su hijo y un grupo de los muy cercanos, Méndez entre ellos, y dirigirse a España. La maldición de aquella singladura, que bien se veía que iba a ser la última para el descubridor, los siguió persiguiendo.

Sin llegar a salir a mar abierto, se le rompió a la nao el palo mayor. Reparado y ya en alta mar, por dos veces se les volvió a quebrar. A punto estuvieron de irse a pique en pleno océano, pero al fin consiguieron llegar a Sanlúcar de Barrameda el 7 de noviembre. Al almirante, muy quebrantado, hubieron de sacarlo en parihuelas. Marchó a Sevilla para intentar reponerse, y allí le llegó la mala nueva de que la reina Isabel, su protectora y valedora hasta el final, aunque le hubiera retirado poderes y castigado por traficar con indios, había muerto el 22 de noviembre.

Conoció que doña Isabel llevaba enferma y sin remedio con qué mejorar desde julio, y que se había ido a instalar para bien morir en Medina del Campo, en un palacio y una capilla de su real fundación. Supo también su almirante que allí, con esmero y cuidado, pero sintiendo próximo su fin, había redactado su testamento, en el que insistía con vehemencia en el buen trato que a los indios debía darse y no hacerlos esclavos ni cometer contra ellos abuso. Apuntaba también la conveniencia de que españoles e indígenas, amén de convivir en paz, se casaran y tuvieran hijos en la gracia de Dios. Lo firmó y selló con fecha de 12 de octubre, como recordatorio y señalamiento del día en que se descubrió, bajo su estandarte, el Nuevo Mundo. Y escogió como lugar en el que ser enterrada la Alhambra de Granada, para así recordar también la reconquista total de todo territorio musulmán y la vuelta del cristianismo a toda la península.

Su cortejo fúnebre, de más de doscientas personas, desde nobles, ilustres, músicos y guardias hasta gentes de a pie como carniceros y cocineros, atravesó durante cerca de tres semanas todo su reino desde la villa castellana hasta la capital penibética, en medio de las inclemencias de la estación. Durante esos días no cesó de llover: los cielos y las tierras y las gentes de Castilla parecían todos llorar despidiendo a la reina que más grande la había hecho.

El almirante Colón pasó, sin moverse apenas del lecho, varios meses en Sevilla y solo al año siguiente, ya para mayo y con el buen tiempo llegado, se vio, aunque lleno de quebrantos, con las suficientes fuerzas para marchar hasta Segovia, donde estaban ahora don Fernando y la corte. Rehusó unas valiosas andas que le ofreció el Cabildo sevillano y que habían servido para trasladar el cadáver del cardenal Diego Hurtado de Mendoza, pero no se atrevió a ir en caballo y eligió como montura una mula, de paso más firme y tranquilo. Don Fernando en Castilla gobernaba como regente, pues a la muerte de doña Isabel había sido nombrada reina la hija mayor, doña Juana, muerto el único hijo varón de los reyes, el infante Juan, ya varios años atrás.

Mucho dolor le había causado al almirante la muerte de Isabel, y aún se dolió más de su ausencia al comprobar, y esta vez con mayor nitidez, que don Fernando, que se había siempre mostrado el más seco y contrario a sus proposiciones, aunque lo recibió amable, con buen semblante y buenas palabras de ver cómo restituirle su estatus anterior, no ocultó apenas que su intención era desligarse de las capitulaciones que ambos reyes habían firmado tanto para él como para sus herederos, y dar paso a otra forma de compensación. De hecho, y tras la entrevista, no tardó en hacerle una propuesta: darle al almirante la villa de Carrión de los Condes a cambio de su renuncia a los privilegios firmados. La proposición le resultó ofensiva y no solo la rechazó, sino que llamó a su hijo Diego, su sucesor en tales derechos, para que no transigiera bajo ningún concepto en ello ni en cosa semejante.

Don Fernando, por su lado, no pudo ir más allá en sus intenciones, pues por aquel abril llegó por La Coruña la nueva y flamante pareja real de Castilla, doña Juana y su lucido esposo, don Felipe el Hermoso, que como reyes fueron prestamente proclamados y por tanto don Fernando hubo de dejar su regencia.

Y hasta ahí llegaron también la vida y los hechos del almirante don Cristóbal Colón, pues estando en Valladolid a la espera de nueva entrevista con el regente, este hubo de partir sin verle para ir a recibir a los nuevos reyes, su hija y el marido de esta. Quedó ya en la ciudad castellana cada vez más exhausto y quebrantado, sufriendo los dolores de la gota y de las muchas penalidades y fatigas sufridas en sus muchos, largos y penosos viajes, y allí al mes siguiente, el 20 de mayo de 1506, a la edad de cincuenta y cuatro años, entregó su alma al Señor.

Es justo decir que de orden de don Fernando se estableció el que fuera recogido por solemne cortejo fúnebre para su traslado y entierro con gran pompa en el convento de San Francisco de aquella ciudad, donde reposaron de inicio sus restos mortales, aunque mucho descanso allí no iban a tener.[50]

---

[50] El cadáver de Colón fue tratado con un proceso conocido como descarnación, quitando toda ella de los huesos para conservarlos mejor. En Valladolid solo estuvo tres años, y en 1509 fue trasladado al monasterio de la Cartuja en Sevilla. Tampoco se quedaría allí, pues en 1523 testa su hijo Diego que sean llevados junto a los suyos a La Española, pero hasta 1546 no llegan hasta la catedral de Santo Domingo. Allí permanecerían hasta 1795, cuando la isla fue cedida a Francia y fueron trasladados hasta la catedral de La Habana. Allí se quedarían hasta su pérdida en 1898, cuando fueron repatriados a Sevilla y quedaron hasta hoy en un lugar preeminente de su catedral. Un análisis de ADN de los huesos demostró que en efecto eran los suyos. Sin embargo, en Santo Domingo pudieron quedar también parte de ellos, y los dominicanos construyeron con gran relumbrón un enorme mausoleo donde custodiarlos, el Faro de Colón.

Tampoco iba a gozar de mucho reposo su herencia. Días antes de su óbito, había revisado y confirmado su testamento Colón, en el cual se intitulaba, eso siempre, almirante, virrey y gobernador de las islas y tierra firme de las Indias descubiertas y por descubrir.

En él dejaba a «mi caro hijo don Diego por mi heredero de todos mis bienes e ofiçios que tengo de juro y heredad, de que hize en el mayorazgo, y non aviendo el hijo heredero varón, que herede mi hijo don Fernando por la mesma guisa, e non aviendo el hijo varón heredero, que herede don Bartolomé mi hermano por la misma guisa; e por la misma guisa si no tuviere hijo heredero varón, que herede otro mi hermano; que se entienda ansí de uno a otro el pariente más llegado a mi linia, y esto sea para siempre. E non herede muger, salvo si non faltase non se fallar hombre; e si esto acaesçiese, sea la muger más allegada a mi linia».

Entregaba, pues, a Diego todos sus bienes y oficios de juro y heredad, pero no dejaba ni mucho menos a la intemperie al segundo, Hernando, sino que le proveyó de potentes rentas y dineros. Y añadió una cosa más: por vez primera de manera, aunque fuera póstuma, pública y oficial, reconocía a Beatriz Henríquez de Arana como madre de este y también le legaba propiedades y rentas, para que no quedara en desvalimiento al no haberse casado con ella.

Siempre quejoso de su fortuna, no dejó de serlo en sus últimas voluntades. Dicha dejó la escasa cantidad, a su juicio, aportada por la Corona para el viaje inicial de 1492: un cuento, o sea, un millón de maravedís, y por ello tuvo él que contribuir con su peculio personal.

Se quejaron también sus herederos, en particular el pequeño Hernando, de que había muerto pobre, y eso mismo andaba diciendo Bartolomé de las Casas por La Española y por Cuba después, pero no había mucha verdad ni poca en aquello. Solo sus rentas anuales, en el momento de su muerte, ascendían a unos ocho mil pesos de oro anuales, unos cuatro millones de maravedís. En la cuestión de los dineros, don Cristóbal y los Colón siempre sacaban su vena de mercaderes genoveses.

El bueno de Diego Méndez, su salvador en Jamaica, lo pudo comprobar.

El muy fiel y leal servidor no se había separado durante aquellos sus postreros meses de su lado, siendo, con la excepción de sus hermanos e hijos, la persona más cercana y de su confianza total. A tanta llegó esta que, poco antes de llegar a Valladolid, estando ambos en Salamanca, este se atrevió a pedirle algo antes de que ya no pudiera otorgárselo:

—Señor —le dijo con su hablar directo y sin tapujos—, ya sabe vuestra señoría lo mucho que os he servido y lo más que trabajo de noche y de día en vuestros negocios; suplico a vuestra señoría me señale algún galardón, en pago de ello.

Contestó el almirante, con una sonrisa abierta y cómplice a la vez:

—¿Y por qué no me señalas tú mismo, Diego, cuál ha de ser?

No lo dudó el Méndez:

—Ser de por vida el alguacil mayor de la isla de La Española.

El almirante asintió complacido, considerando justa su petición, y le prometió cumplirla, y que si él no podía hacerlo lo haría su hijo Diego como heredero suyo. Y mandó decírselo para que de ello tuviera conocimiento y este lo comprometió también.

No sabía Diego Méndez lo que para ello iba a tener que esperar.

21

LA CASA DEL RICO BASTIDAS

Durante el año casi al completo que Méndez hubo de pasar en Santo Domingo intentando lograr que Ovando le permitiera socorrer a los naufragados en Jamaica, el servidor de Colón hizo allí muchas relaciones, algunos buenos amigos y conocimientos muy necesarios sobre cada cual y cada quien. Él, por su lado, se convirtió en alguien notable en la ciudad y con entrada en muchos lugares, desde la taberna del Escabeche hasta el palacio del gobernador, aunque este siempre le rehuía y no pudiera llegar hasta su despacho, pasando por iglesias, conventos y casas de principales. Sobre todo, de los que ya no estaban tan apegados al comendador por las cosas que debería haber medido mejor, como hacer salir la armada sin atender al aviso de huracán, los ahorcamientos, el de Anacaona el que más, y el inclinarse entre los antiguos pobladores por los que quedaban de los de Roldán. Y el saberse, Méndez se encargó de dejarlo dicho en todo lugar donde se lo dejaron decir, que se negaba a prestar ayuda al almirante y a más de un centenar de españoles le acabó por enajenar muchas voluntades. Y cuando algunos alcanzaron a enterarse de que ya tenía nombrado en España sustituto en Pedro de Estopiñán, la mayoría comenzó a ponerse de perfil.

Méndez aprovechó la oportunidad y encontró en los frailes el apoyo final para lograr su empeño. Tocando la fibra de la religión y de la caridad cristiana y siendo cristianos los abandonados, logró que primero un fraile en su púlpito y luego otro en un sermón y ya un buen grupo de curas en procesión comenzaran a hablar y en su caso a predicar contra lo que estaba ocurriendo, el abandono en Jamaica del almirante, su hijo, el adelantado y un centenar de almas más, algunos muy queridos en Santo Domingo, como Pedro Fernández Coronel.

El oleaje comenzó a levantarse un domingo, creció el segundo y era ya mar brava en el tercero. Frey Nicolás olfateó el peligro, que viniendo de gente con hábito aún le afectaba más, plegó velas e hizo desplegarlas al carabelón de Escobar. Pero no rindió la plaza y ganó todo el tiempo que podía ganar. Hubo de dar ya, eso sí, su permiso para que Méndez pudiera contratar con sus dineros un barco e ir él al rescate. Con ello la demora se fue a dos meses más, que no fueron pocos y al final le sirvieron de mucho.

Porque las muertes de la reina Isabel y la del nombrado para relevarlo Pedro de Estopiñán, acaecida en septiembre del año 1505, la regencia de don Fernando, el efímero reinado de Juana y Felipe I el Hermoso y a la postre la nueva regencia de Fernando otra vez y con el cardenal Cisneros como influencia mayor hicieron que con tantas zozobras y vaivenes lo suyo cayera en un cierto olvido, y Ovando pudo seguir mandando en La Española cuatro años y pico más.

Pero cuando se produjo la llegada de Colón, Ovando estaba pasando por su peor momento, pues de hecho estaba cesado ya y solo a la espera de que Estopiñán llegara con su flota y sus credenciales. Tal vez por ello es por lo que, cuando el almirante atracó en el muelle del puerto de Ozama, compuso su mejor expresión y fue a recibirlo con mucha cordialidad y aparente buena disposición. Le dio casa y rezó para que la tuviera que ocupar por sus achaques cuanto más tiempo mejor, pues así retardaría su llegada a Castilla y el que pudiera tener audiencia con la reina Isabel. Y aunque el almirante, a pesar de sus quebrantos, en cuanto pudo se puso en camino, la jugada le sirvió.

Que eran las suyas «sonrisas de escorpión», como un día Hernando de Colón le confesó a Méndez, se confirmó no en sus palabras lagoteras, sino en sus hechos retorcidos. Pues al tiempo que decía congratularse de la venida del almirante y proclamaba el gran respeto que por él tenía, no tardó en liberar de la cárcel al cabecilla y culpable de la rebelión y de las muertes de cristianos en Jamaica, Francisco Porras.

Fue una tarde, la de la confidencia, la única casi que lograron sacar y hacer salir de casa y no por deber a don Cristóbal, a quien acompañaron su hijo y el adelantado, llegándose con Méndez los cuatro al Escabeche para gran alborozo del trianero y mayoritaria alegría de la concurrencia. Les dio el mejor vino y les sirvió los dos mejores escabeches de cuantos tenía preparados, uno de pescado y de ave el otro.

—El escabeche, señor almirante, que lo sabrá mejor que yo, después de cocinarlo hay que dejar que repose un día o hasta dos. Si se meten en un tarro y se tapan bien incluso más, pues se conservan muy bien y están aún mejor. Más sabrosos. Pero aquí, en La Española, aunque en Triana también aprieta bien la calor, con este bochorno empapado es cosa de no dejarlo estropear. Estos los hice ayer. El de pescado, aunque lo suelo hacer de peces grandes, atunes, róbalos o bacoretas, es especial. Es como el que hacía con nuestras sardinas. Estas no son iguales, pero se les parecen bastante y he logrado que unos indios que me surten me las traigan cuando asoman por aquí.

Lo probaron y lo celebraron. Mucho el joven Hernando y con él su tío. Don Cristóbal lo degustó despacio, hurgó en su ración y al final dio con unos granitos que había entre él. Muy perjudicado de vista y movilidad y con mucha fatiga acumulada, no había hablado apenas, aunque sí agradeció en mucho las muestras de simpatía y admiración con que se le recibió. Pero ahora despertó de su sopor.

—¿Dónde has encontrado esto? —preguntó con viveza, mostrándole al tabernero uno de los granos.

—Lo ha traído mi Triana, mi mujer, que es taína, señor. Probé a añadirlo al escabeche y me gustó. ¿Os ha agradado a vos?

El almirante sonrió ahora y se le iluminó el hasta entonces decaído semblante.

—¡Me agrada, sin duda! Es pimienta, como la que se traía del Oriente —exclamó—. Yo también la encontré en Jamaica y planeo llevarla a España. La primera especia que por el momento hemos logrado encontrar. Pero se hallarán, más pronto que tarde, todas las demás.

Eran las especias lo que Colón había venido a buscar. Pero ni clavo, ni canela ni nuez moscada habían encontrado. Sin embargo, aquella sí. Y el sabor de la baya parecía ser una mezcla de las tres anteriores. La había hallado en Jamaica, en unos hermosos y muy altos árboles de hoja perenne que daban aquellas bayas, bastante más grandes que las conocidas, pero que semejaban mucho a ellas, y había hecho recoger algunos saquetes, aunque mucho no pudo ser, que se llevaba con él, como muestra de que sí había llegado a las islas de las Especias o al menos demostrar que de una de ellas sí había allí.[51]

Trajo como final un segundo escabeche, este de carne de ave. El trianero lo quiso adornar:

—Me gustaría poder hacerlo de perdiz o, mejor aún, de codorniz, pero no hay por aquí con qué. Así que los tengo que hacer, cuando hay, de pollo o de cualquier pájaro que me traen. He encontrado que los mejores, y que menos mal me quedan preparados, son los de paloma, grandes o pequeñas, algunas como las tórtolas nuestras, que hay por aquí. Me las cazan los indios, casi como en Andalucía, con una resina donde se quedan pegadas y las pueden coger. De carne es lo mejor que puedo ofrecer.

Lo aceptaron y con él finalizaron la pitanza porque al almirante se le notaba muy cansado. Con ello acabaron e hicieron por pagar. Pero el Escabeche no lo consintió, a pesar de los esfuerzos de Diego Méndez.

La respuesta del ventero fue definitiva y final:

—Nadie me va a quitar a mí el poder decir que aquí en la taberna de Escabeche comió una vez el descubridor de las Indias y que yo lo invité. ¡Que vuelva usted a las Españas, señor almirante, se recupere de sus fatigas y vuelva por aquí otra vez! Entonces le cobraré.

Antes de que se marcharan aún les sacó a los cuatro unos vasos de un vino blanco de muy buen color, como si fuera de oro.

---

[51] Pimienta de Jamaica. Así es conocida hoy y usada como condimento tanto en América como en Europa, pero no es en realidad verdadera pimienta, sino una especie vegetal diferente.

—Este me lo reservo para mi Triana y para mí. Y para casi ninguno más. —Se calló que, a los que sí, se lo cobraba como si fuera el metal del color que tenía—. Me lo traen, del ciento al viento, en madera. Y viene de Jerez. Pero hoy es un día muy especial y de mucha honra para mi taberna. Ahora podré decir a todos que el descubridor de las Indias comió y bebió aquí.

Por la noche el Escabeche y la Triana se echaron al coleto un vaso más para celebrarlo los dos. La india le dijo después:

—Al almirante ya no lo veremos más ni por La Española ni por aquí.

Y contestó el Escabeche:

—Así es. Los he visto muertos de aspecto mejor. Pobre señor almirante, qué mal le han pagado.

A nada, los Colón y sus gentes de mayor cercanía ya desaparecieron de Santo Domingo, aunque allí quedaron quienes les siguieron gestionando sus rentas y haciendas. También se avecindaron en la isla bastantes de los supervivientes de aquel tremendo y último viaje del almirante. Cuando ya hubo barcos disponibles para volver retornaron algunos, entre ellos los hermanos Francisco y Diego Porras, de los que ya no se supo nunca más.

Otros, sin embargo, empezaron a asomar por la taberna del Escabeche o por otra, la de Los Cuatro Vientos.[52] Esta se había convertido en la directa competencia de la del trianero desde que la abrió un matrimonio de por el norte y medio paisanos de Juan de la Cosa, después de que el huracán se hubiera llevado por delante un negocio que tenían de botas, pellejos y toneles que decidieron cambiar por lo que estos solían contener. Estaba cerca del inicio de la calle de las Damas, mientras que la del Escabeche lo estaba un trecho más allá de su final. Decían las gentes que era para los de capa apretada y barbilla

---

[52] El autor recupera el nombre ficticio y debido a la novela del escritor Alberto Vázquez Figueroa, *La taberna de los Cuatro Vientos*, al que de esta manera quiere rendir homenaje.

levantada, o sea, más riquillos y de mejor posición, o eso creían ser, los ricos, para diferenciar.

Pero para rico en Santo Domingo estaba Rodrigo de Bastidas, y este, sin embargo, era parte de la clientela fija del Escabeche. Por razón de paisanaje, pues él era también de Triana, y porque le daba la gana. Y a lo mejor porque era de los que bebían vino de Jerez. Don Rodrigo había demostrado dos cosas: ser un buen marino y todavía mejor negociante. Decían que había sido escribano, notario o algo así por Sevilla y que había sabido llenar su bolsa con los dineros de los demás. En el segundo viaje de Colón en el que vino había conocido y congeniado con Juan de la Cosa, a quien había convencido de que le acompañara en aquella expedición que hicieron por su cuenta y de la que consiguieron volver, aunque se les hundieran los barcos, con un considerable botín, que también les costó lo suyo poder disfrutar de él por culpa de Bobadilla. Tenía fama de rico, pero aún más de afortunado.

—No ni na, tiene suerte mi paisano Rodrigo —alardeaba el ventero.

—Por ser tan rico lo dirás —le interpeló un parroquiano—. Tú siempre arrimado a las bolsas llenas.

Bastidas se había mandado hacer, en la calle de las Damas, claro está, una casa de buena piedra, lucida fachada y muy buenas y bien forjadas rejas que eran la envidia de las demás y comidilla general.

—Al revés es. Bastidas es rico por la suerte que tiene, si no estaría en el fondo del mar. Tú me dirás: de la expedición con el vizcaíno volvían con mucho oro y perlas, pero a nada estuvo de no poder salvar un gramo. El Bartolomé de las Casas, que los vio naufragar por la parte de Jaragua porque los vientos no los dejaron entrar aquí, te lo puede contar. Pero fue su suerte la que salvó el oro. A poco estuvieron las dos naves que llevaban de naufragar y una se fue a pique. Pero una consiguió aguantar, aun medio hundida, hasta que pudieron salvar lo que más querían sacar. Si se llega a hundir esa antes, ya verías tú si podía hacerse la casa que se ha hecho.

—¡Bah! Sería porque en ella pondrían más cuidado, digo yo —porfiaba el otro.

—Mira, te vas a callar porque no sabes nada de esto y ahora te vas a enterar de que el Escabeche en vano no habla. Te voy a contar lo que pocos saben: Bobadilla los tuvo presos, acusándolos de haber defraudado a la Hacienda Real y de haber rescatado con los indios y hasta haberles dado armas y no sé qué más, pero el piloto tiene buenos amarres y le conminaron a enviarlos, sin grillos y con su botín, a entregar sus cuentas en Sevilla. ¿Y sabes cuándo fueron a salir? Pues cuando el gobernador y tantos y tantos más lo hicieron, sin atender al almirante, con la flota que había traído Ovando y que tú y yo sabemos dónde está. ¿Y cuántos barcos se salvaron? Pues te lo va a decir el Escabeche, para que te calles de una vez. Pues uno que iba delante de todos y que llevaba el oro de Colón y tres que se pudieron refugiar dentro de la costa y salvarse así. Y uno de ellos era en el que iban con el suyo Bastidas y De la Cosa. ¿Es eso ser afortunado y tener el santo de cara o no? ¿Te callas ahora ya?

Así había sido, en efecto. Su barco logró refugiarse en la costa y, pasado el temporal, volver con su carga intacta y sus tripulantes vivos a Sevilla, y una vez allí, no solo los absolvieron y les devolvieron todo el oro requisado. A Juan de la Cosa, siempre protegido por la reina Isabel, se le concedió el título de alguacil mayor de Urabá, y luego se le dio también un bien remunerado puesto en la recién constituida con tal nombre Casa de Contratación, donde seguía como máxima autoridad el obispo Fonseca.

Bastidas hubo de esperar un poco más y comparecer ante los reyes el año siguiente en Alcalá de Henares, donde estos se encontraban. Dio cuenta puntual de lo sucedido, depositó el quinto real del oro y las perlas y desmontó todas las acusaciones vertidas contra él. Bobadilla ya estaba muerto, además. Fue declarado inocente y aún mejor, por los perjuicios que se le habían ocasionado, se le compensó con cincuenta mil maravedís anuales sobre las rentas que se produjeran en el futuro en el Urabá.

El monto total fue el primer gran beneficio obtenido desde que se había llegado a las Indias, y ascendió a un total de cinco millones de maravedís que hubo que repartir, pues para ponerse en marcha tuvieron que convencer a diecinueve, la mayoría vecinos de Triana y Sevilla, de que pusieran de su bolsillo un total de 377 577 maravedís. Con ello se fletaron la Santa María de Gracia, una nao, y la San Antón, una carabela, amén de un pequeño bergantín y además un chinchorro. Eso costó la mitad de lo recaudado y la otra mitad fue para alimentos, equipo, baratijas para rescatar y pagar a los que se enrolaron.

El reparto, según lo pactado, fue un tercio para dividir entre los armadores, otro entre los tripulantes, a los que más o más seguramente menos ya se les dio su parte a algunos cuando naufragaron en La Española y se quisieron quedar, y el tercero, íntegro, para Bastidas. O sea, que se hizo muy rico y se dispuso a hacerse más.

Fue el primero en retornar a Santo Domingo, y lo primero que hizo fue hacerse construir la famosa casa envidia de toda la ciudad, para que se viera quién era y como símbolo de su prosperidad. Por dentro y por fuera, pues tras la fachada había un hervidero de criados y sirvientes para atender las necesidades de doña Isabel, ya que don Rodrigo se había traído ahora con él a su mujer, Isabel Rodríguez Romero, y a su hijo, un niño con su mismo nombre, que acabó vistiendo los hábitos y a quien en Santo Domingo se unirían dos hermanas, Beatriz y Catalina.

De descubridor y marino pasó a comerciante y demostró tener el mejor ojo. Aliado con un socio sevillano, este le enviaba herramientas, tejidos y ganado y otras muchas mercaderías que él se encargaba de vender allí. Y no solo eso, creó sus propios hatos de ganado, hasta llegar a tener ocho mil cabezas de vacuno, varios rebaños de ovejas y una importante yeguada. No le hacía tampoco ascos a enviar a la península a indios caribes capturados en combate y acabó también por comprar casas y solares en el centro de la ciudad y revenderlos después. Un lince y el más rico, ya está.

En el Escabeche, Bastidas era más que bien recibido y no le faltaba nunca compañía. Uno de los que en ocasiones venía con él era Vasco Núñez de Balboa, el buen mozo extremeño, de Jerez de los Caballeros, que era quien le llevó a la taberna la primera vez recién salido Bastidas de prisión y aún a expensas de lo que la justicia real fuera a determinar. Igual que el de Triana, Núñez de Balboa se había comprado algunas tierras y se había metido también en negocios con ganado, en su caso a criar cerdos, pero no le iban las cosas tan bien.

A estos se unía a veces otro de la misma región de Núñez de Balboa, este de Trujillo y de bastante más edad, un rodelero llamado Francisco Pizarro que había llegado a la isla con los barcos de Ovando y tenía mucho mundo corrido y muchas batallas peleadas.

Por la de Los Cuatro Vientos, paraban las gentes de más al norte, vizcaínos, leoneses y gallegos. No tenía ninguna especialidad en cocina, pero no estaba mal, y decían sus parroquianos que el vino era mejor. Ahora bien, la tabernera tenía mal genio, sobre todo con un crío mestizo que andaba por allí, durmiendo en un rincón de la parte de atrás, que atendía por el nombre de Luciano.

Y es que, un día, una india dejó a la puerta de la taberna un recado envuelto en unos trapos. El mesonero lo recogió, su mujer comprendió que el padre era su marido y le dio una vida perra al chico mientras vivió. Tenían ellos una hija a quien su madre no dejaba asomar por el local y la tenía o escondida en casa o en la cocina. El Luciano tenía muy buena pasta y era atento y muy trabajador, hasta con el Escabeche, con quien a pesar de la competencia se llevaba bien el muchacho. Le porfiaba que el almirante también estuvo en su taberna una vez cuando volvió de Jamaica, y el Escabeche se lo negaba con rotundidad. De eso quería a toda costa tener la exclusiva.

El rico de Los Cuatro Vientos, al que los propietarios hacían más zalemas cuando aparecía e incluso hasta salía la hija a servirle, era Diego de Nicuesa. Nacido en Úbeda, en Jaén, aunque los del Escabeche, por malmeter, decían que no, que había sido vecino de Torredonjimeno y paisano por tanto del por ellos detestado Roldán; había sido cliente del local desde casi el primer día en que llegó y ahora lo era de postín y el mejor recibido. En tan solo unos años se había convertido en todo un hacendado y multiplicado por mucho lo poco que traía, amén de su persona, buena labia y algunas recomendaciones cuando llegó en la flota de Ovando.

Era de familia hidalga, no mal posicionado, pues había ejercido de trinchante de un tío del rey Fernando, y luces y suerte demostró tenerlas buenas y alumbrarle pronto. Le compró al fiado a un vecino por tres mil pesos en oro casi la mitad de sus tierras, dándole tan solo una pizca por señal y aportando para trabajar a los indios que el comendador Ovando le entregó en encomienda. Como los trabajadores de las minas necesitaban alimentos, el negocio prosperó, y a nada no solo le había pagado al fiador la deuda, sino que había ganado seis mil pesos más en oro, y era ya considerado un hombre rico y cada vez más, ya que en ese y otros negocios no hizo sino obtener ganancia.

Se había codeado desde el principio con los más cumplidos y escogidos caballeros, pues hizo gala de ser un gran jinete y poseer una hermosa y ágil yegua que era la envidia de todos. Él era hombre también de nervio y buen brazo, y no mal parecido tampoco, y se tenía por cierto que en el juego de caña era de los mejores. Un golpe suyo en la adágara dejaba los huesos del contrario molidos. Fue subiendo en relaciones y acabó por ser tan considerado que los encomenderos lo eligieron para que viajara a la corte a solicitar que el tiempo de encomienda de los indios se alargara toda una vida, lo que logró. Luego pidieron que a dos, o sea, sus hijos, y luego hasta tres. Como era gracioso en el decir, de fácil risa, excesiva para tantos que hacían de la severidad del gesto su carta de presentación, y además cada vez más rico, le sobraban los amigos y hasta tenía fama de generoso. Luciano, el mozo arrecogido de Los Cuatros Vientos, sabía que esto último era cierto, aunque lo que a él le daba se guardaba mucho de contárselo a sus amos.

Quien por aquellas fechas llevaba ya dos años en la isla, pero no había asomado ni por el Escabeche ni por Los Cuatro Vientos, había sido el capitán.

La razón era bien sencilla. Donde había estado era en la cárcel. Ojeda se había pasado dos años encerrado en la prisión de Santo Domingo. Ovando, ¿quién si no?, le había metido en ella por instigación de sus dos últimos socios.

El capitán había regresado a España tras volver de su primer viaje con De la Cosa, y lo hacía con cierta fortuna y con la hermosa Guaricha a su lado. Nada más llegar a tierra la lució como lo que era, su mujer. La vistió a la castellana y el ufano marido no escatimó en las mejores telas, brocados y adornos. Cuando los reyes le concedieron audiencia en su corte, Ojeda la llevó con él y la presentó ante la nobleza allí reunida, causando una profunda impresión. Era de una belleza sin igual, alta y juncal, esbelta y altiva, de color trigueño claro su cutis y el pelo, de ojos de almendra y de tan elástico andar que se perdía la vista sin querer en su figura.

Muchos fueron los comentarios, mayor aún la satisfacción de la reina Isabel, que se congratuló de que se hubiera elegido su nombre para bautizarla cristiana, y las damas de la corte no dejaron de cuchichearse las unas a las otras la sensación que produjo aquel encuentro:

—¿Veis cómo la mira él a ella? El pequeño Ojeda está rendido de amor —dijo la condesa de Moya, doña Beatriz de Bobadilla.

—Pero ¿y cómo lo mira ella a él? Es adoración —respondió la otra Beatriz de la corte, la Galindo, también llamada la Latina por saberlo y ser la mujer más culta y de mayor saber de todas cuantas estaban allí.

Saltaban ambas cosas a ojos vistas. Las damas se secreteaban que, según se contaba, ella era una princesa y enamorada de él le había salvado la vida, pues habiendo sido atacado y estando rodeado de un grandísimo número de indios, ella influyó en su padre, gran cacique de una tribu cercana, para que acudiera a socorrerlo y así hizo, librándolo de una muerte segura.

Y los caballeros anduvieron con cuidado en sus requiebros, que no traspasaran en lo más mínimo las líneas de la galantería, pues todos sabían del genio del conquense en según qué cosas y de su imbatible destreza con la espada.

Sin embargo, en lo de elegir socio no tenía en absoluto el mismo tino que con su acero. Como su amigo Juan de la Cosa estaba comprometido con Bastidas y los reyes le habían otorgado un nuevo permiso de descubrimiento y población en las zonas no tocadas por Colón, se asoció con dos mercaderes sevillanos, Juan de Vergara y García de Campos. El favor de los Católicos fue aún más allá, y lo nombraron gobernador de Coquibacoa, territorio del que la Guaricha era nativa y princesa. Pero le hicieron una advertencia y le impusieron una prohibición, que no visitara el golfo de Paria, considerado territorio ya descubierto previamente por Colón.

Fletaron cuatro carabelas y en enero de 1502 estaban ya en el mar para hacer el mismo recorrido que había realizado con Juan de la Cosa, excepto que pasaron de largo por Paria, pero no dejaron de visitar la isla Margarita, donde la llamada de las perlas fue más poderosa que la prevención de estar dentro o no de la prohibición real. Luego se dirigieron a la península de la Guajira, donde Ojeda fundó una ciudad, la primera en tierra firme: Santa Cruz en Bahía Honda. Y hasta allí llegó la suerte de Ojeda.

Todo después fueron desgracias, guerras con los indios vecinos y traiciones de sus propias gentes.

Los indígenas no querían consentir allí poblado alguno de blancos y estos no eran apacibles taínos, sino feroces guerreros caribes que además untaban de veneno sus flechas. Ojeda no se arredró y los combates y muertes fueron durante tres meses la constante diaria. Los dos mercaderes sevillanos fueron poco a poco haciéndose con la voluntad de la tripulación, con la ventaja de ser ellos quienes los habían contratado y pagaban. Al final, convencieron a la mayoría para apresar por sorpresa a Ojeda, encadenarlo y abandonar la población con el no muy abundoso botín, pero botín, al fin y al cabo, obtenido hasta el momento.

Con Ojeda engrilletado se dirigieron a La Española y, al llegar a la costa, Ojeda intentó escapar arrojándose, aún con los hierros puestos, al mar. Estuvo a punto de perecer ahogado y hubo de salvar por segunda vez su vida su amada Isabel, quien, saltando también al agua, consiguió lograr que con su ayuda llegara a un manglar. Pero no pudo ir más allá, pues, impedido por los grillos, fue presa fácil y lo volvieron a capturar.

Acudieron los mercaderes sevillanos a Ovando con muchas acusaciones, entre ellas la de haberlos llevado a Paria, donde tenía prohibido ir, amén de otras sobre maltrato a indios y a españoles que se les ocurrieron para justificar el haber prendido a quien era el gobernador por orden real. Se unía esto a que Ovando no tenía ninguna simpatía por él, conocedor de sus hazañas en la isla y su gran predicamento entre los más veteranos de los pobladores castellanos. Por parte de Ojeda, no había sino cierto desprecio y rencor hacia el comendador, entre otras cosas por ser el responsable del ahorcamiento de Anacaona, a la que recordaba con cariño y admiración.

Total, que Ovando lo metió preso con una primera sentencia

suya y no tuvo prisa alguna en que se le juzgara ni se indagara lo que había sucedido por una instancia mayor.

En los dos años que se tiró en la cárcel, no le falló ni un día Isabel. No hubo uno que no acudiera a verle y llevarle comida en la que en ocasiones incluía alguna ración regalo del Escabeche, pero los dos años de cárcel no se los quitó nadie. Y menos mal que solo fueron dos y gracias a su protector el obispo Fonseca. Enterado de su cárcel y de las acusaciones se puso en movimiento, y consiguió que a través de una apelación y con pruebas de que había cumplido la orden real y no desembarcado en Paria Ovando hubiera de liberarlo.

Pero eso, su libertad, que no era poco, fue todo lo que consiguió, pues el botín se lo habían quedado al completo los sevillanos, aduciendo que aún salían perdiendo por los costes ocasionados por la expedición. Hubo de pagar además a la Hacienda Real una indemnización bastante importante por las perlas obtenidas en Margarita. Como remate, y al haberse abandonado la ciudad de Santa Cruz, que de inmediato había sido entregada al fuego por los indios, ya no tenía sentido su gobernación de Coquibacoa, que quedó abolida. Unos tenían la fortuna de su lado y otros no.

22

LA GUADAÑA BURLADA

La fortuna de Ojeda sufrió con la última peripecia un fuerte quebranto, pero no llegó a quedar pobre. A su salida de la prisión fue muy bien recibido en el Escabeche y en los lugares donde solían juntarse los más veteranos de La Española. Con Ovando y su círculo solo hubo distancia y rencor. Que traspasó, además, el mar, pues el poderoso obispo Fonseca, pariente y protector del capitán y que hasta entonces no había movido la mano contra el comendador, comenzó a distanciarse de él hasta llegar al más abierto enfrentamiento entre los dos.

Por la taberna rival, la de Los Cuatro Vientos, por la mayor cercanía a la residencia del gobernador, comenzaron a asomar cada vez más los partidarios de este. Entre ellos descollaba, cada vez más, Diego Velázquez de Cuéllar, quien se había convertido en su mano derecha tras haber sido su brazo armado para acabar con los restos de resistencia taína.

El segoviano adquiría cada día más peso y poder en la isla. Él, además, lo hacía notar de continuo, fuera con quienes tenían cierto rango o con quienes le servían el vino. Todos le hacían reverencia por la cuenta que les traía, con la excepción de Juan Ponce de León, que no es que lo tratara con desdén, pues no era así y en alguna ocasión se dejaron ambos caer por el lugar, pero que por lo normal prefería otras compañías y hasta dejarse ver por el Escabeche o no aparecer por ninguna de las dos, pues vivía muy tranquilo en sus plantaciones de yuca de Higüey con su mujer Leonor y sus hijos.

Quien sí apareció por Los Cuatro Vientos fue el pequeño de los Pinzón, Vicente Yáñez Pinzón, el último que quedaba de los tres hermanos. Como en el Escabeche se veneraba la memoria del almirante y era territorio de los Niño, sus enemigos declarados, cuando el Pinzón recalaba en La Española, él y su tripulación animaban la taberna de los norteños. Vicente llevaba el Yáñez en honor de su padrino, alguacil de Palos y muy querido por él. Tenía tras de sí una turbulenta historia de valentía y asaltos en su juventud, de la que no se salvaron ni naves aragonesas ni moras cuando hubo escasez de grano en su comarca, Palos, y hasta alguna castellana que se puso a tiro. Era idolatrado en su ciudad natal y había cogido el testigo como cabeza de familia, tras la muerte, a nada de llegar a España tras volver del viaje del descubrimiento, de su hermano mayor, Martín Alonso.

Vicente Yáñez Pinzón había sido el que inició los viajes a las Indias fuera de la disciplina colombina. A finales del 1499 arribó a las costas de Brasil[53] y hubo de pasar por la desembocadura del Amazonas. Trajo muchas riquezas y los reyes le otorgaron el nombramiento de gobernador de aquellos lugares, pero tras las disputas, acuerdos y vuelta a regañar por las lindes, ya no se hizo ninguna expedición más, pues España acabó por reconocer la soberanía portuguesa sobre aquellas tierras tras hacer revisión de las líneas de reparto marcadas por el Tratado de Tordesillas.[54] También había estado en alguna ocasión en la isla de Puerto Rico y, tras haberla descubierto su hermano mayor, se le otorgó el título de gobernador, y en al menos una de sus visitas había atracado antes ya en Santo Domingo.

El mediano de los hermanos, Francisco, no le iba atrás en coraje, pero siempre fue segundón, primero de Martín Alonso y luego de Vicente. Con este último protagonizó un jaleado asalto a la costa de Argel. Importante fue también su logro, este en solitario y burlando

---

[53] Actuales Panamá y Colombia.
[54] Puede atribuírsele pues, y con pruebas históricas, ser el descubridor del actual Brasil.

bloqueos franceses, de conseguir llevar dineros y avituallamiento a las tropas españolas que al mando del Gran Capitán combatían en Nápoles. Luego se había enrolado, dejando atrás viejas rencillas o por interés familiar de conocer rutas para el futuro, en el tercer viaje colombino, el que llegó a tierra firme por vez primera y que acabó con la prisión de Colón. Fue cuando pasó más tiempo en La Española.

Volvió a las Indias de nuevo con su hermano en aquella expedición del año final del siglo, pero ya luego no pudo volver por La Española, aunque estuvo en el cuarto y último viaje del almirante y en la boca del puerto de Santo Domingo cuando Ovando no los dejó entrar. A la vuelta de los supervivientes de Jamaica, el mediano de los Pinzón ya no estaba con ellos. Los que sí lo consiguieron le contaron a Luciano, el pequeño mestizo, que limpiaba y servía en el local, que había muerto ahogado durante la expedición antes de llegar a Jamaica, y echaron un trago en su honor.

A La Española no dejaba de llegar gente. Cada vez venían más y de los más variados pelajes y lugares. Pero extremeños y andaluces los que más. Un día Francisco Pizarro, muy serio siempre él, trajo consigo al Escabeche a un joven, muy joven, familiar suyo. Se llamaba Hernán Cortés, y Francisco lo trataba con cierto respeto, aunque el curtido soldado fuera notablemente mayor que él.

La parroquia supo luego, se acababa sabiendo todo en la taberna, que era aquel un fogueado rodelero en Granada y en Italia, se decía que había combatido a las órdenes del Gran Capitán y era hijo del Pizarro de Trujillo, hombre de mucho predicamento y linaje, pero era un hijo natural. Un bastardo, aunque su padre le diera el apellido. Su no muy cercano pariente, Hernán Cortés Altamirano Pizarro, de Medellín, era sin embargo el primogénito de un hidalgo notable de aquella población, y hasta había estudiado en Salamanca.

Sin embargo, aunque era listo y muy avisado, otros aspectos de su carácter no le habían permitido avanzar en la carrera y ocupaciones de los hombres dedicados a las letras. Pronto demostró en Santo Domingo el porqué de todo ello. No era aquella sosegada vida lo que él buscaba, sino perseguir en otros horizontes aventuras y fama.

Y aunque eso no lo dijo, tampoco tardó en saberse que andaba galanteando damas sin pararse en la condición que ellas tuvieran, aunque le costara aquello liarse a estocadas.

En el Escabeche mejor entrada no pudo tener. Venía, con sus apuestos diecinueve años, muy recomendado por su padre, que puso influencias y dinero como funcionario colonial y plantador de caña. Las malas lenguas no tardaron en secretear que también para quitarle de un problema por haber dejado muy maltrecho y vaya usted a saber si incluso muerto a un compañero de Salamanca por propasarse este con una dama con la que se propasaba también, pero en esta ocasión a gusto suyo, Cortés.

Y algo así vino a pasar al no mucho de andar por Santo Domingo. Que los requiebros del mozo fueron atendidos por una dama casada de precisamente la calle de las Damas. El marido empezó a sospechar y le tendió una trampa al galanteador abalanzándose en la oscuridad de la noche sobre él, espada en mano.

Hernán acertó a verlo venir, rápido, el otro lo era poco, esquivó la estocada, se hizo atrás, sacó su acero y ensartó al atacante de una fulminante entrada.

Menos mal que no lo mató. De nuevo intervino su señor padre. Pagó sus dineros pertinentes al cornudo y a quienes hubo de pagarse, algunos próximos a Ovando entraron en la suerte, para que la cosa no fuera a mayores. La cosa se arropó y acabó por taparse casi del todo, pero se vino a entender que era mejor que Hernán cogiera un pasaje y volviera por algún tiempo a España.

Una noche, antes de hacerlo, se reunió, a modo de despedida, un nutrido grupo en el Escabeche en torno a él. Estuvieron de inicio su familiar Pizarro, el ahora porquero Vasco Núñez de Balboa, asomó el rico Bastidas, y no faltó el capitán Ojeda, a quien se dio, aunque fuera más pobre, el lugar de privilegio; también cayó por allí Ponce de León, que había venido desde Higüey con Juan de Esquivel, quien acababa de concluir la construcción de la fortaleza de Salvaleón de Higüey. Con ellos, sorprendiendo a todos, venía Vicente Yáñez Pinzón, que se los había encontrado al salir del palacio del gobernador. En vez de ir a Los Cuatro Vientos ellos echaron para la rival y el Yáñez Pinzón pensó: «¿Por qué no?».

Llegados allí a cenar toparon con la reunión tres más, inesperados, y se unieron a ella y acabaron por completar el gran corro para el que hubo que añadir banquetas y una mesa más: el Ojeda y otros dos. El primero, un licenciado que había llegado también en la flota de Ovando y de quien decían que ejerciendo de abogado se estaba haciendo rico, Martín Fernández Enciso, que andaba ahora olisqueando por dónde podía invertir aquellos dineros y allí había gentes que quizás se lo podían hacer multiplicar. Y el otro, el joven encomendero Bartolomé de las Casas, a quien le gustaba mucho estar en conversaciones como aquella, que escuchaba con mucha atención, aunque no solía por aquel entonces pronunciarse en ninguna. Quizás, por timidez, debido a su juventud o, por cálculo y conveniencia, pensando que lo mejor era mantenerse en silencio.

Los De las Casas habían sido, padre y tíos, clientes asiduos cuando iban a Santo Domingo y lo era también el joven y muy letrado vástago, que además había nacido como gran parte de la familia en el mismísimo Triana. Eran todos muy conocidos y respetados en Sevilla por ser gente de vieja hidalguía y tanto como para que un tío suyo, cuando vinieron los reyes, portara uno de los ocho palos del palio bajo el que entraron a la catedral. Todos ellos le habían enseñado a Bartolomé que lo mejor era, y en según qué casos, más, el estar callado.

No lo hacían los demás y cada cual, algunos con más cautela que otros y otros con muy poca, brindaban por sus sueños. Algunos recordaban sus aventuras y no faltaba quien bromeaba con el momento en que tuvieron por casi perdida su vida, que en algún caso habían sido más de dos.

Fue yendo por ahí la cosa, por cuando se vieron al borde mismo de la muerte y sin posibilidad de retroceder y, animando a los que más experiencia en batalla y peripecias tenían, acabaron por darse al juego y a la rueda de contar aquel día que sintieron que la parca los tenía ya cogidos de la mano y solo quedaba el saber morir. Por voluntad de la concurrencia le tocó primero al capitán.

Alonso de Ojeda se lo tuvo que pensar:

—Pues, señores caballeros, así, de principio, me viene lo que hace apenas nada fue, cuando en el Urabá, rodeado de flecheros y sabiendo que llevaban flechas herboladas que si te alcanzaban la carne estabas listo ya, me tiré al mar con los hierros intentado escapar de mis traidores socios, o cuando en Coquivacoa nos tenían mil indios cercados. Mas no. En todas ellas sentía que podía escapar. Pero en una pensé que estaba bien muerto ya.

»Fue en la guerra de Granada, al comienzo y en una de las escaramuzas en la Vega. Los moros tenían muchas y grandes acequias y sabían cómo soltar las aguas y atraparnos entre los canales. Así habían matado a un joven y muy dispuesto caballero seguntino de la casa de los Mendoza, el llamado Doncel de Sigüenza. Quedó atrapado con un grupo entre los ramales de agua de la Acequia Gorda y los mataron a todos. Al cabo de unos meses y en otro lugar, los acorralados fuimos cinco a los que se nos había ordenado hacer una incursión nocturna para espiar sus campamentos. Los zegrís, los mejores entre los guerreros nazaríes, no parecían dormir nunca y estaban siempre en vela. Nos detectaron antes que nosotros a ellos. Un torvo rumor de aguas en medio de la oscuridad fue el aviso de lo que teníamos encima. Vinieron sobre nosotros, soltaron las aguas también a nuestra espalda y nuestros costados y, cortada la retirada, no veíamos por dónde escapar. Lo haré breve. Mataron a mis cuatro camaradas con flechas y con lanzas cortas y solo quedaba yo. Me movía entre las matas para intentar hurtarme de sus dardos y azagayas, pero el juego solo podía acabar de una forma. Además, sabiéndome ya solo, se disponían a cruzar, pues ellos tenían pequeñas escalas y puentecillos para hacerlo, y venir a por mí. Estaba dispuesto a morir allí y me decidí a matar a cuantos pudiera antes de morir yo. Ya los oía llegar y entonces supe mi salvación. Me quité la coraza y todo cuanto me podía estorbar. Por conservar, solo conservé la espada y me lancé a cuanto me daban las piernas hacia el canal, justo hacia los que venían hacia mí, pero un poco de lado, y me tiré a la corriente. En los ríos de Cuenca, que son bravos, he aprendido a nadar, y a bucear también. Me ayudó la corriente y conseguí al cabo salir, porque, y aquello añadía mayor angustia, las paredes lisas me lo impedían. Soy pequeño de cuerpo, como un gato, y aquello me ayudó. Y como un gato me pude escurrir.

Celebraron la historia todos y todos brindaron por él. Le tocó entonces a Ojeda señalar al siguiente en contar y quiso hacerlo a su compañero en aquella guerra, Juan Ponce de León. Este no se lo esperaba ni creyó tener que participar, pero señalado no rehusó la invitación:

—No tengo yo tantos hechos de armas como el capitán, aunque alguno ya voy adquiriendo —dijo con humildad, aunque era conocido que diez años de su temprana juventud los pasó en la larga guerra granadina y que no pocas veces estuvo en grave peligro—. No será mi relato de aquellas lides con los moros, sino del gran susto que no hace mucho pasé en Higüey. No solo por mí, sino por mi mujer y dos de mis hijos que aquella noche se encontraban a mi lado. Pasadas las batallas y pacificado el territorio, me encontraba una noche durmiendo en mi residencia cuando sentí ruidos. Que no eran de criados lo presentí de inmediato. Y no lo eran. Habían huido todos. Vi sombras fuera y también atisbé desde nuestra estancia que estaban ya en el interior. No había soldados a los que llamar, pues aquella tarde, un error terrible por mi parte, habían marchado a una pequeña misión que les encomendé. ¡Cómo eché de menos un buen alano, como Becerrillo, a mi lado! Opté por el silencio y, despertando quedamente a Leonor, hice que se fuera con los niños a una pequeña saleta que había detrás y que colocara por delante lo que pudiera, muebles, telas o lo que fuera para que no los pudieran ver. Se estaban agrupando todos ya en la sala de entrada para lanzarse al asalto y, supongo, venir a por mí. Estaba perdido, sin coraza y sin protección. Eché mano a la espada y me iba a lanzar a la desesperada, pero entonces me llegó la inspiración. ¡Empecé a gritar como un poseso, con alaridos de loco y con grandes voces, diciendo que iba a matarlos a todos y aparentando llamar a los soldados para que los rodearan y acabaran con ellos! Entonces se quedaron parados, inmóviles por unos momentos, cuchicheando entre ellos. Y recordé que tenía medio cebado, esto sí que por debida precaución, un arcabuz. Lo acabé de preparar y, ya saliendo a la puerta de la habitación, lo disparé hacia ellos. A uno herí, porque sangre encontré al día siguiente con la luz, pero desaparecieron y escaparon huyendo de allí. Les juro, señores, que más temor no he pasado jamás, sabiendo que tras de mí estaban indefensos mis hijos y mi mujer.

Señaló entonces a su compañero en aquellas cabalgadas por Higüey y demandó su relato:

—¿Y cuál fue vuestro día final que no llegó, Esquivel?

—Pues mis indios, don Juan, no huyeron al ruido de una escopeta, sino que estaban decididos a matarme tras haber caído de mi caballo al cruzar un río. En el agua, embarazado por la armadura, me vi perdido. Logré hacer pie e incorporarme. Si me hubieran flechado allí hubieran acabado conmigo, pero, viéndome indefenso, se vinieron a por mí con sus lanzas y me pude defender y la armadura parar sus puntas. Alguna herida sufrí, pero di lugar a que mis hombres, que habían pasado delante, volvieran a mí y me pudieran salvar cuando ya me habían derribado. La vida se la debo a ellos.

Sin que le dieran la vez y cosa muy extraña en él, retraído y obediente ante los de rango superior, fue Pizarro el siguiente sorprendiendo a todos, y lo hizo con voz ronca y firme como pocas veces habían escuchado en él:

—Al compañero en la batalla se la debemos siempre, señores, sin ellos todos estaríamos muertos ya. Yo se la debo a muchos y muchas veces y algunos me la deben a mí. No olvidemos esto jamás. Por recordar aquella en que peor me vi, les diré que fue por Nápoles y fueron franceses, su terrible caballería, de hierro forrada, los que creí que nos convertirían, a mí y a todos los que conmigo estaban, en cadáveres despanzurrados y pisoteados. Cargas como aquellas habíamos aguantado ya algunas. Los terraplenes, las trincheras que nos hacían cavar, los piqueros y nuestros propios jinetes nos habían ido librando, pero aquel día pareció que nos caerían encima. El estruendo de los cascos nos hacía retemblar nuestros propios pies, oíamos el resollar de las bestias, el vaho de sus hocicos y veíamos ya los ojos enloquecidos de las monturas y de sus jinetes. Estaban a punto de alcanzarnos, tan solo quedaban unos cuantos trancos más. Los rodeleros, yo lo soy, lo he sido siempre, no teníamos ante ellos la menor posibilidad. Pero aguantamos la fila mirando hacia el frente. Y cuando la muerte iba a llegar se oyó el estruendo y la detonación de los arcabuces de la compañía al unísono, y al despejarse el humo pudimos ver que quienes estaban tendidos en el suelo eran los caballeros franceses, muertos, moribundos o incapacitados para poderse levantar por sus heridas y el peso de sus armaduras. Avanzamos entonces y rematamos a todos los que vivían aún.

Hubo silencio tras ello. Lo rompió el Escabeche no con palabras, sino escanciando en los cuencos una jarra de vino, del tinto, pero no del peor.

Le tocó turno a Vasco Núñez de Balboa, quien distendió con su jovialidad el clima creado por el tremendo y duro relato de Francisco Pizarro:

—Me van a tener que perdonar tan grandes capitanes y tan curtidos guerreros, porque aunque algo ya tenga vivido y peleado aquí con los indios, en compañía de don Rodrigo de Bastidas y de don Juan de la Cosa, he de confesar que en riesgo de muerte inminente yo no creo haber estado ante ellos. Pero sí que lo estuve y como tal lo sentí en los barcos, donde me vi morir y más de una vez. La última, al naufragar al llegar aquí. Ahí sí he de confesar el mayor de los miedos. Porque íbamos a perecer todos y no podíamos hacer nada por evitarlo. Menos mal que se logró embarrancar a las naves y pudimos nosotros alcanzar tierra. Llevar a Juan de la Cosa y otros buenos pilotos fue lo que nos salvó.

Rodrigo Bastidas lo corroboró. Y añadió su día y el lugar. Y ese sí que era el que todos esperaban oír recordar:

—Qué otro día puedo señalar yo sino aquel en que partió la flota de Ovando, y haciendo caso omiso a las advertencias de Colón salimos las treinta naves fiados al buen tiempo que parecía hacer. Viendo todavía la costa, el infierno se desató sobre nosotros. Al barco en que yo iba le favoreció la fortuna de haber sido de los últimos en salir y nuestro capitán tuvo la buena decisión de hacer todo lo posible por regresar y buscar desventarnos con la propia isla acercándonos a la costa. Durante toda aquella terrible noche, pensé de continuo que había llegado mi fin. Pero llegamos vivos, aunque con la carabela destrozada al amanecer. Ya saben ustedes cuántos allí murieron, cerca de medio millar, y todo lo que se perdió, doscientos mil castellanos de oro se fueron al fondo del mar.

Al comerciante Bastidas la cifra no era de las que se le iban a olvidar.

Le cedió el turno y la palabra al marino más avezado no solo de todos cuantos estaban allí, sino de toda la Mar Océana, una vez muerto don Cristóbal Colón, Vicente Yáñez Pinzón.

Este, que en su juventud había tenido muchas de aquellas en las que se jugó el pellejo, y luego en multitud de tormentas y tempestades se había visto en un tris de irse a pique, quiso no tirar por tal lado, sino buscar, con su peculiar decir alegre que siempre gustaba emplear cuando había ocasión, algo que hiciera sonreír a la concurrencia.

—Pues yo, señores míos, he de contar que de lo que tuve más miedo no fue de que me mataran, sino de que me fueran a castrar. Porque en un tris estuve de quedarme capón y eunuco en sabe Dios qué harén o qué palacio de un pirata bereber. Solíamos de jóvenes andar en cosas que ahora no conviene ni siquiera mentar. Si alguna nave, que no fuera de Castilla, eso no, se descuidaba por ciertos lugares, puede que perdiera la carga, no sé si me entienden sus señorías. Pero la carga nada. Si eran berberiscas, además de la carga otras cosas, la vida o la libertad, porque muertos o cautivos quedaban. Y al revés nosotros por ellos también.

»En un exceso de confianza, atacamos un bajel que nos pareció muy poco armado y al que fuimos a abordar y resultó llevar a bordo una compañía entera de los más fieros guerreros de no sé qué sultán. Tuvimos que intentar volver a nuestros navíos, pero algunos no lo pudimos conseguir y fuimos nosotros quienes caímos cautivos de ellos. Yo era entonces muy chico, poco más que un chaval, y ya supe por la mirada de su jefe y lo que me dijo uno de los nuestros que sabía su parla lo que me iba a esperar: "Tú te vas a salvar. A ti te van a capar. No vas a vivir mal". Y me lo decía como si eso fuera tener mucha suerte, comparándola con la que a ellos les podía esperar.

»Menos mal que nuestros compañeros de peripecia no quisieron dejarnos. Sin saber cómo atacar a los berberiscos, optaron al menos por seguirlos de cerca. Y al ver sus velas acercándose, yo y alguno más, pues nos habían atado las manos pero los pies no, nos tiramos al mar y logramos mantenernos a flote, y unos a otros y con mucha dificultad nos quitamos las ligaduras y pudimos nadar mejor hacia nuestras naos. Que nos vieron, echaron una barca al agua y nos consiguieron rescatar. El que me avisó de que me iban a capar no fue de los que saltó. No supe más de él.

Hubo carcajada esta vez. Y más vino para celebrar el cuento del Pinzón, al que la mayoría no conocía, pero que a todos les cayó en gracia.

Quedaban tres por hablar. Y los dos primeros, Enciso y De las Casas, dijeron que ellos de tales asuntos poco tenían que contar; aunque Bartolomé hubiera andado cabalgando con Velázquez por Higüey, prefirió, una vez más, el callar sobre tales cuestiones. Así que solo quedaba el joven Cortés. Y él sí tomó la palabra. Primero con el mismo tono jovial que había empleado el Pinzón, aquel con mayor acento dada su edad. Advirtió que hazañas no tenía ni una sola que contar, pues una cabalgada precisamente al final de lo de Higüey a la que se apuntó también con Velázquez no dio ni para una escaramuza. Pero sí sabía manejar la espada y mostró la cicatriz de una herida que tenía y para siempre tuvo en el labio.

—Esto, señores, lo hizo un acero y, aunque no fuera en una gran lid, sí que estuve yo en grave peligro de morir. No es muy glorioso el lance, pero es lo que les puedo contar. —Se aclaró la garganta y continuó con su parla suelta y gentil, que también sabía usar—: Requebraba yo, vuelto de Salamanca a mi Medellín natal, a una dama que me prestó cierta atención y no diré qué favor porque no es de caballeros decir tal cosa. Estaba casada. Y no era fácil el acceso, aunque ella se las ingeniaba para procurármelo. Fallido una noche el que había utilizado por la trasera de la vivienda, lo intenté escalando una tapia que me permitiría llegar a donde ambos quedábamos. No estaría bien construida, tendría mucha edad o la hubieran recalado las lluvias, lo cierto es que cuando ya llegaba a lo alto se desmoronó y se vino al suelo conmigo. Quedé tendido, los sentidos idos o trastornados y casi sin poderme mover, pues cuando lo intenté, mareado, me volví a caer. Y lo que me cayó entonces encima fue el marido. Haciendo gran esfuerzo alcancé a ponerme de pie e intentar defenderme, pero estaba torpe y me alcanzó, a pesar de ser gordo y desastrado en su manejo, con la punta de su acero en la cara. Brotó la sangre y creo que ello lo asustó, pues se quedó parado, lo que aproveché para salir corriendo a todo lo que me daban las piernas y, para mi fortuna, no me siguió. Porque a nada, dando tropezones, volví a caer, aunque esta vez me pude recuperar antes de acabar por llegar a mi casa, donde mi madre, asustada, me curó y mi padre decidió que a las Indias me tenía que venir y marchar de una vez de allí, pues solo disgustos era lo que traía al buen apellido Cortés.

La carcajada fue aún mayor que cuando acabó su relato Pinzón, quien le palmeó con afecto la espalda.

Pero entonces Hernán Cortés pidió silencio, puso serio el gesto, agravó la voz y, levantando su copa, dijo en tono vibrante:

—He hablado como lo hace un jovenzuelo. Habiendo aquí quienes por sus hazañas en estas y otras tierras me hacían indigno para hablar en esta reunión. —Y fue señalando a Ojeda el primero y luego a Ponce de León, a Esquivel, a Bastidas, a Pinzón, a Balboa y a su familiar, Pizarro—. Parto pasado mañana para las Españas, pero empeño palabra de que volveré y, cuando lo haga, me haré digno de veras para que entonces levantéis vuestra copa por mí. Hoy, señores, soy yo quien con humildad la levanta por vos —concluyó con pasión.

23

TRES LECHONES POR LEONCICO

Aquella noche fue larga, la reunión duró hasta muy tarde y hablando de muchas cosas, unos de estas y otros de aquellas, cada vez más dispersas según caían las jarras, pero siempre en tono alegre y con la risa como música de fondo. Hubo un momento en que estaban todos hablando de perros: perros de combate, aunque también sirvieran para la caza, aunque para esto eran mejor los lebreles. Los indios también tenían perros, pero eran gozquecillos, pequeñitos, tímidos y mudos, que solo alcanzaban a gañir o gruñir quedamente cuando se les hacía mal.

Pero para un soldado castellano hablar de perros era de los alanos, aquel cruce de dogo y mastín que se había logrado y cuya eficacia se había demostrado ya en la guerra de Granada contra los moros. Y en La Española era, además, hablar de Becerrillo. Su nombre era más mentado que el de muchos capitanes y tenido por más valioso que dos ballesteros.

—Eso se le paga a su amo, uno de mis hombres, Sancho de Arango. Ese es su sueldo, el de dos ballesteros. Y aunque me está mal el decirlo, más debería pagársele —dijo Ponce.

Becerrillo había llegado a La Española siendo todavía poco más que un cachorro y desde entonces era la sombra y el mejor escudero que Sancho de Arango pudo tener en su vida. Era un alano de pelaje bermejo, boquinegro y robusto, sin serlo en exceso, ágil y con una gran inteligencia y lealtad hacia su dueño. En el combate era rápido, devastador y de una ferocidad sin igual. Sus ojos de color amarillento parecían despedir fuego y tenía una mandíbula poderosa y unos dientes carniceros capaces de arrancarle un brazo a un indio. Sus muchos combates le habían convertido en una leyenda.

Había entrado por primera vez en liza en la Vega Real y luego en las luchas de Higüey, convirtiéndose en el ser más temido de las tropas castellanas e infundiendo un irrefrenable pavor en los indígenas. Casi más que los caballos, pues estos al menos no desgarraban las carnes con sus dientes.

Tenía también buenas dotes de rastreador y ayudó en la captura de los caciques huidos y ocultos en pequeñas islas o en las más abruptas montañas. Añadía a ello el ser un extraordinario guardián que detectaba un indio a una legua, aunque esto era ya exagerar. Pero parecía que, más que olerlos u oírlos, los barruntaba.

Cuando iba al combate le colocaban un peto de protección de buena cota de malla recubierto de cuero. Le defendían también la cabeza y al cuello le colocaban una gran carlanca con púas de acero, que igualmente llevaba en el frontal del cráneo y en el pecho para herir con ellas. Así ataviado tenía un aspecto aún más pavoroso y en ocasiones bastaba con tan solo verlo aparecer a la carrera con las fauces abiertas, cargando contra ellos, para que huyeran despavoridos.

Bartolomé Colón y Ponce de León siempre querían contar con él en sus expediciones. El andaluz, aquella noche, amén de enaltecerlo mucho, había dado una importante noticia.

—Una perra a la que había cubierto, como él de raza alana, hace ya más de mes y medio que parió cachorros, de los que ha sacado adelante cinco. Uno es un macho que se asemeja mucho en la pinta y en las trazas a Becerrillo.

Decir aquello Ponce y comenzar Balboa la porfía por intentar hacerse con él fue instantáneo. No hubo ya más tema de conversación en la mesa. Tanto fue así que, ante la insistencia de Vasco, Ponce hubo de mandar recado a donde estaba aposentado Sancho de Arango. Si estaba dormido, lo despertaran y viniera por ver de poder arreglarlo.

Llegado Arango, este dijo tenerlo casi comprometido con un compañero de armas, pero al ver el interés de su jefe en complacer al Balboa y también por lo de su paisanaje con este, se avino a negociar y ya vería luego, si cuajaba el trato, en sustituir el prometido por otro de la camada de la alana, que tampoco tenía por qué notarlo el interesado.

Llegaron las dificultades, pues hubo que entrar en harina: el cuánto se pedía por el perro. Balboa empezaba a estar un tanto alcanzado de dineros y le dolía pagar lo que el otro exigía, pero este no bajaba ni un real. Estaban los dos parados cada cual en lo suyo y parecía que al final se aguaba el trato, cuando al Balboa se le ocurrió la solución:

—La mitad de lo que pides, pero yo añado dos lechones ya crecidos para completar.

No le disgustó a Sancho de Arango la nueva oferta. Se le notó en el cambio de cara. Pero quería rascar algo más:

—Si son tres, está hecho —contraofertó.

Estuvo y se dieron la mano.

—Está ya casi para destetarlo. Ven la semana que viene, trae los dineros y los lechones y es tuyo.

Aunque para ello hubo de ir hasta Higüey, a la semana justa estaba Balboa en su puerta con los tres lechones chillando como demonios en un cajón que traía a la grupa del caballo y el pico de maravedís comprometido.

Entraron a donde estaba la alana con la camada. Apartó Arango el escogido y se lo enseñó a Vasco.

—Mira qué patas tiene y qué boca, va a ser como su padre —dijo señalando la robustez de sus manos.

Becerrillo tenía motas negras en su pelaje cobrizo, pero el cachorro no tenía ninguna y le tiraba el pelaje a leonado.

—¿Cómo le vas a llamar? —quiso saber Arango.

—Ya le acabo de poner nombre. Se llamará Leoncico.

—Bien escogido, Balboa. Será un gran perro. Un león. Como Becerrillo.[55]

---

[55] Fueron sin duda los dos más famosos perros de toda la conquista de América, en la que tuvieron un destacadísimo papel. Tan solo Amadís de Hernando de Soto se les acercó un poco en fama.

24

EL FIN DE OVANDO

Las turbulencias en la sucesión de la Corona de Castilla a la muerte de la reina Isabel le valieron a Ovando para retrasar varios años la suya como gobernador de La Española. Aguantó desde la repentina muerte de su sucesor, que no pudo llegar a tomar posesión del cargo, hasta que el rey Fernando volviera asumir, ayudado por el cardenal Cisneros, todo el poder de los reinos.

A la muerte de su mujer Fernando había quedado como regente en Castilla por estar fuera, en Flandes, la sucesora, Juana. Pero cuando llegó la infanta con su marido el Hermoso, en 1506, quedaron ambos entronizados y Fernando hubo de retirarse a Aragón. La muerte del Hermoso y los desvaríos de Juana propiciaron que, de nuevo apoyado por Cisneros, retornara a ejercer como rey de ambos reinos, aunque nominalmente siguiera manteniendo el título su hija, a la que encerraron en Tordesillas.

Con tal situación en España, no fueron momentos de lanzarse a grandes expediciones en las Indias. La Española, en apariencia, vivía momentos de quietud, sofocados a horca y espada todos los levantamientos indígenas.

Balboa cuidaba de Leoncico, que era el único en darle alegrías, pues los cerdos solo le daban penurias. Había demasiados asilvestrados, cimarrones descendientes de los domésticos que habían proliferado por doquier y que cualquiera podía cazar. Y encima parecían morirse menos que los que él criaba, y a pesar de que los vendía baratos, no eran muchos quienes compraban. El Escabeche era casi su mejor cliente. Pidió prestado, no pudo pagarlo, quedó arruinado y se lo estaban comiendo las deudas.

Ponce no se movía de Higüey, Pizarro sesteaba en La Española con su jornal de soldado y De las Casas se había vuelto a España para ser ordenado clérigo. Había llegado a las Indias ya con estudios en Salamanca y, amén de encomendero, había actuado también como doctrinero para así hacer méritos en lo que era su objetivo final, hacer carrera en la Iglesia. En Sevilla, ya en el año 1506, recibió las órdenes menores del sacerdocio y viajó a Roma para ser ordenado presbítero al año siguiente. Demoró su vuelta a las Indias un año más todavía, y aún se retrasó, ya de nuevo llegado, el momento de cantar misa. Continuó, pues, con sus dos ocupaciones, atender a su encomienda e ir ascendiendo con tiento en la carrera del sacerdocio.

Antes que él ya había regresado Hernán Cortés, pero ante la atonía de aventuras o expediciones, prosiguió con sus labores funcionariales, que le fueron restablecidas, una pequeña plantación que puso en marcha, algún amorío más reposado y sin duelos de por medio y una cercanía creciente con Diego Velázquez de Cuéllar, con quien congenió y que ya comenzó a contar con él para sus planes. Al segoviano, La Española se le estaba quedando pequeña y quería ir a Cuba y proceder a su conquista, pues no había establecimientos castellanos allí.

Alonso de Ojeda era quien estaba más inquieto. Esperaba ansiosamente noticia y carta de Juan de la Cosa para poder poner en marcha el gran proyecto que entre ambos estaban intentando les fuera autorizado por la Corona. El capitán, en ese tiempo, ya tenía tres hijos con la Guajira.

Ovando, tras el sobresalto, y reconfirmado en el cargo, campaba otra vez a sus anchas, aparentemente con el mar en calma y la tierra firme bajo sus pies. Pero algo se había comenzado a mover y a temblar sin que él se diera apenas cuenta, pues la onda se había iniciado por donde menos podía esperarse: en Roma. Fue en el Vaticano donde dio principio el sendero de su final. Y quien había puesto el primer mojón del camino había sido alguien con el apellido que más temía, el de Colón, y a quien más temblaba, Bartolomé.

Fue este quien, en 1506, había marchado a Roma buscando el apoyo en defensa de su causa y en detrimento de quienes le habían maltratado en la Orden de los Jerónimos, con quienes tanto trato y amistad había tenido su hermano mayor el almirante. No paró en ello, sino que alcanzó a llegar hasta el papa Julio II, ante el que no dejó de poner en valor la condición de ser los Colón hijos de Italia. Le entregó copia de la carta que Cristóbal había enviado al rey Fernando, le relató las últimas exploraciones y vicisitudes pasadas y le pidió su ayuda, quejándose de que tanto el descubridor como su familia y herederos se encontraban indefensos y desposeídos de lo que en derecho les correspondía.

El sumo pontífice lo escuchó con atención y agrado, quizás aumentado por hablar Bartolomé, al cabo genovés, en italiano. Tomó desde luego buena nota de lo escuchado, y hasta también partido. El papa envió dos cartas, una al rey Fernando, elogiosa con los Colón en grado sumo, y otra más precisa al cardenal Cisneros, exhortándole a que hiciera por que se respetaran los derechos y privilegios del heredero del almirante, su hijo mayor Diego de Colón, quien los estaba reclamando de manera cada vez más intensa.

Iban a contar también los Colón con alguien inesperado y crucial, pues no era otro sino aquel muchacho, hermano del uno y sobrino del otro, que había ido en el cuarto viaje, y ya mozo y crecido en conocimientos y determinación iba a ser crucial en el rescate de la obra de su padre y en la restitución, aunque fuera solo en parte y muy mermada, de las concesiones que la Corona le había hecho y que ahora se negaba en redondo y en todo a cumplir. Hernando de Colón iba a dedicar buena parte de su vida a ello y había comenzado con fuerza a hacerlo.

Su padre en el testamento había restañado ciertas desatenciones con Beatriz de Arana, a la que había reconocido madre suya, y por tal concepto ordenó fuera en todo atendida y no le faltara nada para sustentarse con la mayor dignidad. Con su hijo Hernando fue generoso, pues no pudiéndole otorgar títulos ni herencias vinculadas a ello, sí buscó la forma de dejarle bien provisto de posesiones, rentas y dineros. Se ocupó de que una parte nada escasa de su fortuna, que aunque el almirante se doliera mucho de ser escasa y de no tener ni una teja que fuera suya bajo la que cobijarse, era en verdad muy cuantiosa, llegara también al disfrute del hijo pequeño. Ello, en un principio, no gustó en demasía al mayor y vástago del matrimonio legitimado, aunque luego al ver el afán, la utilidad y los servicios que este le prestó y que le sirvieron como mejor defensa en sus pleitos, lo consideró por mucho mejor empleado.

Los oficios de Bartolomé en Roma, adonde acudiría también y a lo mismo Hernando; las requisitorias e informes a audiencias y autoridades de todos los estamentos de este y los consejos de Cisneros, que empezaron a hacer mella en el rey aragonés aunque él no quisiera ir precisamente por ese derrotero, empezaron a despejar la situación y propiciar la vuelta de los Colón al lugar de donde habían sido apartados y donde ellos se consideraban con pleno derecho a regresar y con todos los poderes de mando.

El rey Fernando, aunque con freno y a regañadientes, comenzó a ceder. Lo primero que hubo de aceptar, casi no podía hacer otra cosa, fue dar por bueno el título, hereditario, de almirante para Diego, y también consintió en que se reactivara el de adelantado para Bartolomé. Pero aún resistió otros dos años hasta que no dio su conformidad y firmó el primer nombramiento que devolvía verdadero poder al apellido: el nombramiento en el año 1508 de Diego Colón como gobernador de la isla de La Española, con el virreinato añadido de las tierras hasta el momento descubiertas por su padre. En ello no solo había ayudado, sino resuelto, un hecho de la mayor relevancia: el matrimonio de este nada menos que con la sobrina del duque de Alba, María Álvarez de Toledo. Palabras y poderes mayores, y hasta familiares, pues tanto su padre como su tío eran primos del propio rey Fernando, con lo que el problema adquiría ya dimensiones mucho más peliagudas y en la propia Castilla, donde no podían permitirse desafecciones de tal calibre, máxime cuando gobernaba, en realidad, en nombre de su hija enclaustrada.

No le quedó mejor salida que otorgar y firmar el nombramiento de Diego. Pero en ello se plantó el Rey Católico. Porque lo hizo no porque a ello le obligaran las capitulaciones establecidas y reconfirmadas hasta cuatro veces con el descubridor, que lo establecían a perpetuidad y como legítima herencia, sino por su voluntad real y por tan solo «el tiempo que mi merced y voluntad» fuere. O sea, que lo nombraba, sí, pero se reservaba el derecho de poderlo destituir cuando le diera su real gana. Aquella sería la almendra de unos pleitos que iban a tener enredados a Hernando Colón y a su cuñada la virreina durante casi treinta años.

Quien ya había empezado a barruntar que lo suyo ya no iba a durar mucho era Ovando, aunque hacía como si no fuera con él la cosa. Pero sabía que le pintaba muy mal, porque, para empeorarla aún más, estaba también la declarada enemiga que se había buscado con el muy poderoso obispo Fonseca por el mal trato con que había afligido a su protegido Ojeda. Comprendió que su suerte estaba echada y comenzó a preocuparse por el juicio de residencia al que debería responder y del que había sido apercibido por muy relevantes instancias en España en su momento de mayores excesos y continuado uso de la horca. Anacaona podía retornar desde su tumba.

Se temía tener que responder de bastantes cosas, añadido el abandono a su suerte durante meses del almirante en Jamaica, pero lo que le amargó sus últimos días en la isla fue algo con lo que para nada contaba y que fue a saltarle de manera inesperada. En todo lo anterior tenía bien preparada y documentada su defensa, había procedido de acuerdo a ley abriendo procesos y juicios, y aunque fueran de dudosa veracidad las acusaciones y testigos empleados para dictar las sentencias, estaban allí y por escrito reflejadas. Pero para lo que no estaba preparado era para el juicio popular de las gentes de Santo Domingo que hubo de afrontar como postre a todo su mandato a causa del desfalco a la Hacienda Real del tesorero de la isla Cristóbal de Santa Clara, protegido y mimado suyo, que le salpicó de pleno.

—El joven Santa Clara, tan protegido del gobernador, le ha puesto perdido de lamparones el hábito de comendador a frey Nicolás —se refocilaba el Escabeche.

—Vamos a creernos nosotros que el único que no sabía que estaba metiendo mano en los dineros del rey era Ovando, cuando lo sabía toda la isla. Bastaba con verle al mozo pasear por la calle de las Damas y los convites que de continuo daba y las fiestas que se permitían él y todos quienes le rodeaban. ¿De dónde iba a sacar lo que dilapidaba a manos llenas sino de los dineros reales cuya custodia tenía? —le respondía presto un parroquiano con el asentimiento de la concurrencia.

—No había quien más lujosamente fuera vestido, quien mejores manjares tuviera en su mesa, quien más joyas luciera ni más criados le sirvieran. ¿O es que el comendador no tiene ojos en la cara? Lo que no quería era verlo y sí consentirlo. A saber si él no se llevaba lo suyo, y la parte más grande, entre las uñas, y por eso le permitía a su protegido el hacer lo que quisiera —remataba otro.

—¿Y por qué no se denunció si tan público era? —se atrevió a preguntar un recién llegado.

—Aquí durante años nadie se ha atrevido a rechistar a su señoría Nicolás Ovando. Rehusaba que se le diera el tratamiento, pero lo ejercía sin encomendarse a nadie, pues para eso era el comendador, y el tal Cristóbal era su protegido más dilecto y del que nadie podía ni siquiera dudar.

Aquello agrió sus últimos días, pero, aun sabedor ya de su cese, quiso seguir ejerciendo como si no supiera que lo estaba y actuando a su antojo. Así encargó a Juan Ponce de León que por la proximidad de su residencia en el cacicazgo de Higüey con la isla por él también conocida de venida en el viaje con Colón, la de Borinquen, desembarcara en ella e hiciera allí fundación.

Envió mensaje al rey sobre ello, pero sin esperar respuesta lo capituló con el andaluz. Este cumplió con muy buenas artes su misión, pues fue recibido y amistó grandemente con el jefe taíno de ella, Agüeybaná, con el que había mantenido trato anterior, logrando establecerse y convivir en paz con los nativos. Al año siguiente, estando ya para llegar Diego Colón, Ovando aún le firmó otra capitulación donde lo nombraba capitán general de la isla de San Juan.[56]

Quizás el comendador esperara que por voluntad divina al hijo del almirante le acaeciera lo que a Pedro de Estopiñán. Que muriera antes de embarcar o que en la travesía se lo tragara el mar. Cualquier cosa y que él pudiera continuar otros tantos años. Así que hasta el último día actuó como si eso fuera a pasar.

---

[56] Puerto Rico.

Pero no pasó, llegó Diego Colón y ni siquiera esperó a que Ovando, que estaba en otro lugar de la isla, volviera a Santo Domingo. Arribó el 9 de julio, y el 10, en presencia de pueblo y Cabildo reunido en la iglesia, ante el clero, tomó las varas de la justicia con el ritual establecido y Ovando se acabó.

Cuando llegó a la capital ya no era nadie, carecía de todo poder y Diego Colón se lo hizo notar. No hubo cordialidad ninguna y sí desprecios muy notorios, aunque le parecieron bien pocos a Bartolomé y Hernando, que vinieron con su sobrino y hermano, por el desamparo en que los había dejado en Jamaica. Ninguno de ambos había querido perderse el acontecimiento de su restauración en el poder, así lo entendían ellos.

Le tocó comparecer en el juicio de residencia, donde no dejó de salir tal abandono, pero el ahora gobernador de La Española y Tierra Firme, tal era su cargo, no pudo intervenir en él, pues ello quedaba circunscrito y en exclusiva a otras instancias fuera de su competencia. No lo pasó bien Ovando durante las vistas y hubo de responder durante meses, en los cuales según sus propias palabras «desesperó», pero acabó por no salir mal librado.

Finalmente, y sin condena de cárcel, pero sí con muchos tachones y reproches en lo dictaminado, fue autorizado a regresar a España. Los Colón se tomaron entonces una pequeña, aunque en sus sentimientos muy insuficiente, revancha. Bartolomé se quedaba en la isla, pero al joven Hernando, que volvía a la península, le fue otorgado el mando de la pequeña flota que lo trasladaba.

Sin duda, al salir por el río Ozama hacia mar abierto, el pequeño de los Colón recordaría que aquel que ahora llevaba a bordo bajo su autoridad era quien siendo apenas un niño no les permitió refugiarse del tremendo y mortífero huracán que pudo matarlos a ellos como mató a tantos otros. Hernando Colón no sabía, pues se había hecho promesas de volver en cuanto pudiera a las Indias, que ya no volvería nunca al Nuevo Mundo. Lo intentó, pero no se lo consintieron ya nunca.

Ovando no viviría mucho tiempo más después de aquello. Refugiado en su Orden de Alcántara, fue ascendido a comendador general, pero se le excusó de cualquier asunto relacionado con las Indias y de toda cercanía a la Corona. La única llamada de don Fernando para que acudiera con sus caballeros a una operación militar en Orán se frustró, y él falleció al acudir al Capítulo General de la Orden en Sevilla para tratar aquel asunto. No dejó mayor recuerdo, excepto en su localidad natal, de su quehacer en España.

Sí lo dejó, para bien y para mal, en La Española. Aún seguían discutiendo los parroquianos del Escabeche y la taberna de Los Cuatro Vientos, los unos más en contra y más a favor los otros, sobre su figura. Pero ni los que más encono le guardaban podían negarle que Santo Domingo, destruido por el huracán y luego asolado por la pestilencia, fue él quien lo reconstruyó y lo hizo lo que entonces era.

Pero quien ahora iba a ponerle su sello y su aroma iba a ser la virreina.

LIBRO IV
LA VIRREINA

25

LA VIRREINA

Llegó a La Española sin serlo, pues el nombramiento de su marido era tan solo como gobernador, pero fue la virreina desde que puso su bien calzado pie en ella, y lo siguió siendo, aunque entonces se lo quisieran negar de nuevo, hasta el día de su muerte. Y aun después de estarlo, siguieron por orden suya pleiteando por ello. Por algo era una Alba y estaba casada con un Colón. Virreina, incluso, le parecía poco.

María Álvarez de Toledo era sobrina del duque de Alba de Tormes, don Fadrique, que ya comenzaba a disputar la primacía en la nobleza española a los todavía todopoderosos Mendoza. Doña María era un perfecto ejemplar de su estirpe tanto en sus virtudes como en sus defectos. En tenacidad, empeño y coraje, no le ganaba nadie. En ambición, ostentación y soberbia, tampoco.

Su matrimonio con el heredero del descubridor había tenido lugar un año antes del desembarco de este como gobernador en la isla, en el cual la familia de doña María había tenido mucho que ver. Diego Colón, que antes no había estado nunca en las Indias, había logrado que se restablecieran en él ciertos derechos del almirante, otorgándole ese mismo título y el de gobernador de La Española, y a su tío Bartolomé, el de adelantado. Pero de todas sus otras demandas en cuanto a cargos, honores y dominios, estas eran las únicas cumplidas. El título de virrey no figuraba en su nombramiento, ni sus derechos vitalicios y hereditarios tampoco. Por ello, antes de siquiera embarcar para tomar posesión de su cargo, los pleitos habían comenzado, pues tanto el virreinato como otras muchas prebendas y privilegios estaban en las capitulaciones sucesivas y las cartas, hasta en la última antes de que don Cristóbal iniciara su postrer viaje, en la que se ratificaban y firmaban los dos reyes.

Pero ya lo decía el propio hijo del almirante y era bien sabido y no solo por los Colón: que la reina Isabel lo había apreciado mucho, pero el rey no tanto, si es que lo apreciaba algo. A lo que doña María siempre apostillaba de inmediato:

—Deberá ahora querernos más, pues por su madre es primo nuestro, y nuestros hijos, Diego, heredarán el parentesco y lo concedido y firmado por él.

En lo anterior don Fernando había transigido. Los Alba le habían ayudado mucho en Italia y lo estaban haciendo también en España en los vericuetos de la regencia en Castilla, pues allí las cédulas reales se seguían haciendo en su nombre y en el de la enclaustrada Juana. Pero ir más allá era algo a lo que el rey Fernando no estaba para nada dispuesto. Y es que, a la vista de la realidad, era imposible de hacer efectivo, pues no tenía límite de tiempo y encima no estaba sometido a voluntad real, o sea, la suya. Lo del virreinato, que era lo que ahora estaba en liza, no era sino una primera parte de la batalla.

Doña María Álvarez de Toledo hizo caso omiso, nada más llegar, de tales pequeñeces. Fue la virreina y así hizo saberlo y quedó constatado y aceptado por todos en la isla desde el primer día. Como tal exigió ser tratada, como tal la trataron y como tal se comportó durante todos los años, días y minutos en que estuvo en La Española.

El mismo día de la llegada, y por muy Colón que fuera el marido y no faltarle prestancia, pues era de buena estatura como el padre, e ir con muy cuidada vestimenta, fue su joven esposa, en el esplendor de sus diecinueve años, deslumbrante con sus vestidos, su manera de portarlos y lucirlos, su sonrisa continua y su corte de damas, tan relucientes casi como ella, que la acompañaban en el cortejo, la que dejó con la boca abierta a todos y aún más a las mujeres, blancas e indias, que como todo Santo Domingo se habían congregado para recibirlos y no perderse detalle alguno de la entrada.

La expectación no fue defraudada en absoluto. Aquella era la primera vez que se veía un desembarco de la nobleza castellana más pudiente y renombrada, pues muchos de los que venían en la comitiva lo eran, tanto los hombres como en esta ocasión también las mujeres, bastantes de ellas parentela de doña María.

Aquello no había sucedido hasta el momento e iba a cambiar muchas cosas. Más de un hidalgo, poco o muy adinerado, pero allí acostumbrado a no cuidar en exceso la apariencia, pensó nada más verlas que debía mercarse la ropa adecuada y recortarse las barbas para ver de arrimarse a aquellas gentes y vaya usted a saber si hasta emparentar con ellas.

No sabían que en las intenciones de doña María estaba precisamente aquello. Muchas de las recién llegadas luciendo ropas, elegancia y linaje eran doncellas para casar, y aquel cortejo en el que desfilaban fue el primer y eficaz cebo. Se suponía que ellos, con sus brillos y cuentos del oro, que allí se suponían muy a la mano y seguían revoloteando por todas las cabezas, pondrían los dineros.

Por la ciudad, ciertamente, nunca se había visto tal cosa, y ahora sí que la calle de las Damas iba a merecer de sobra tal nombre, pues nunca tan espléndidas la habían paseado. El día quedó señalado para siempre y fue aquella la fecha en que por una vez se le oyó al Escabeche pronunciar la palabra Sevilla:

—Ni en Sevilla, excepto cuando fueron los reyes, vi nada parecido. Se trata, sin duda, de una gran señora, no hay sino verle el porte. Toda una virreina.

Malos hablares por sus lujos ya los hubo de inmediato, pero aquellos días quedaron acallados por la admiración suscitada. Luego serían la comidilla, y cuando las fiestas, el boato y las pretensiones fueron en ascenso y cada vez más conocidos, el mayor motivo de críticas contra ella y por ende y de nuevo contra los Colón, pues pareciera que de virreyes, decían algunos, querían eliminar la primera sílaba, y quedarse ya de reyes de las Indias, a secas.

Los Colón disponían de una gran hacienda en La Española que, a pesar de su ausencia, no había quedado para nada descuidada, pues servidores fieles como Diego Méndez no les faltaban. Bartolomé tenía extensas plantaciones de yuca por la Vega Real y había labranzas suyas con más de ochenta mil plantas. Durante la vida del almirante había recibido la parte comprometida de las riquezas conseguidas o rescatadas por las diferentes expediciones, asentamientos o minas, fueran oro, perlas o mercaderías. Casas en Santo Domingo tampoco las tenía malas, pero el nuevo gobernador tenía muy claro dónde iba a instalarse desde el primer momento. En el lugar, la fortaleza y los aposentos que había ocupado su padre y de los que Bobadilla lo había desalojado, y donde ahora Ovando despachaba.

La toma de posesión de aquellas estancias fue uno de los momentos más gozosos y que más saboreó la familia nada más pisar la tierra de la isla.

Cuando llegaron, el comendador estaba en la ciudad de Santiago, y aunque vino a uña de caballo al ser avisado, ya era tarde. Encima había dejado a un sobrino suyo, un tal Diego López de Salcedo, como alcaide, al cuidado y a cargo del edificio, y este, aunque para un recado más cercano, también estaba ausente. Así que don Diego, que había sido informado prestamente de aquello, se dirigió al lugar con doña María al lado y escoltado por sus tíos Bartolomé y el menor, su tocayo Diego, y su hermano Hernando: los Colón habían querido estar al completo en día tan señalado. Se presentaron ante las puertas que los criados, sin rechistar y algunos con alegre semblante, les habían abierto, y ellos fueron tomando posesión de todo. Cuando al cabo llegó el alcaide, ya no tenía llave, y cuando algo más tarde lo hizo el comendador, ya se había quedado sin gobierno.

Pagó su enfado el sobrino, y él, aguantándose las bilis, fue a visitar a los recién llegados, que le dieron un alegre y gracioso recibimiento y él les correspondió con no menos grandes reverencias. Ya para entonces había convocado la virreinal pareja grandes fiestas y juegos para celebrar su llegada que no quisieron perderse ni los que no fueron invitados. Alguno se llegó a colar sin estarlo. Fueron muchos los convidados, pero asimismo no fueron pocos los que consideraron que deberían haberlo sido, y ese fue ya un primer rencor que se ganaron don Diego y doña María.

Ya desde el comienzo fueron especialmente agasajados quienes, veteranos de los primeros tiempos, habían mantenido lealtad al almirante, y estos seguían siendo una fuerza considerable. Con ellos era con quienes quería contar don Diego para realizar lo que traía en mente. Con ellos, con alcaldes y autoridades locales y regionales, con nobleza y eclesiásticos y como intermediaros los hidalgos de las encomiendas, tenía diseñado su esquema de poder virreinal no solo en la isla, sino en los territorios descubiertos por su padre y que él reclamaba para su poder y gobierno.

A la fiesta no acudió el capitán Ojeda, que en aquellos precisos momentos era el más enfrentado a esa pretensión de don Diego. Tanto él como Diego de Nicuesa habían sido nombrados gobernadores de sendos territorios en tierra firme, algo que Diego Colón no aceptaba y consideraba ilícito por corresponder a la herencia de su padre. Pero el rey había dado el nombramiento y autorización de poblar y fundar, y estaban tanto Nicuesa como él y Juan de la Cosa en la propia isla preparando los barcos para salir de nuevo hacia su destino.

A las fiestas de recepción ofrecidas por la pareja no faltó, que esa parecía que no pudiera faltar nunca por ser habitual y propia de aquellos mares y tierras, la bienvenida de un poderoso huracán, no por habitual menos mortífero y terrible. Se abatió este sobre La Española la noche en que terminaban los festejos y supieron los recién venidos que era algo más que fiestas y bailes lo que allí los esperaba además de los mosquitos, que esos ya los habían catado. Mejor dicho, los mosquitos ya los habían saboreado a todos ellos.

La tormenta, como no la habían visto en su vida, duró varios días con sus noches, y les hizo sentir minúsculos, derrotados e indefensos bajo ella y aquellos truenos del fin del mundo. Fue de las más fuertes, y no dejó una casa que no fuera de las de piedra, sino de caña, barro y madera, que eran la inmensa mayoría, sin destrozar.

Los barcos atracados en el puerto sufrieron también sus embates, acabando varios naufragados, y hasta el mejor y más grande, en el que habían venido don Diego, su esposa, familia y más allegados, se fue a pique con más de quinientos quintales de bizcocho que aún no se habían desembarcado.

Ese fue el recibimiento, pareciera que ya tradición y costumbre, del Caribe a los Colón.

Doña María sacó inmediata conclusión de ello y decidió en el mismo momento en que se fueron apaciguando las ráfagas de viento y amainando las trombas de agua que la primera obra que iba a empezar, y de inmediato, había de ser una residencia a la que aquellas inclemencias y embestidas no hubieran de preocuparle y donde pudiera estar ella bien tranquila y al resguardo su familia. Un palacio acorde a su rango, hermoso y protector, señorial y fortaleza al tiempo, con muchas ventanas para soportar también aquellos fuertes calores y altos muros para disuadir entradas.

El lugar elegido fue un solar próximo a los farallones más empinados sobre el Ozama, lo que le daba protección también por ese lado. Cedido el terreno y encargados los planos a un arquitecto de Salamanca, comenzaron las obras y, aunque el palacio ya se habitó parcialmente antes, no estuvo acabado sino hasta cuatro años más tarde. Que fue mucha la celeridad y el asombro de todos por cómo progresaron y se ultimaron cimientos, muros, paredes y techados. Tuvo que ver en ello más que nadie la Alba, que no dejaba de vigilar de continuo la marcha de la edificación y hacía llegar a cada vistazo su enfado y órdenes por lo que consideraba pereza, descuido y falta de empuje en los trabajos. Llevaba a todos a raya y temían su aparición más que la del peor nublado. Los dominicanos se hacían cruces de todo ello y era tanta y tan grande la curiosidad que había en ocasiones más gente mirando que ocupada en los tajos.[57]

—¿A que no sabéis cuántas habitaciones tiene el palacio de los

---

[57] Su construcción concluyó en 1514. En él nacieron los hijos de Diego Colón y doña María, dos hijas, Juana e Isabel, y tres varones, Luis, el mayor y heredero, Cristóbal y el más pequeño, Diego, que murió a los veintidós años a manos de los indígenas en Nombre de Dios (Panamá). María Álvarez de Toledo vivió en él hasta su muerte en 1546 y fue habitado por tres generaciones de Colón hasta el año 1577. Tras muchas vicisitudes, fue muy bien restaurado por el arquitecto español Javier Barroso el año 1959 y declarado Monumento Nacional. Es una de las grandes joyas arquitectónicas, y la más antigua, de Santo Domingo y de todo el Caribe.

Colón? —le preguntó un día el Escabeche a un grupo que venía de allí, asombrados todos por la grandiosidad del edificio.

Hubo apuestas.

El que más se acercó fue uno que dijo que treinta.

—Casi el doble, cincuenta y cinco. Y están ya para acabarlo. Os habéis fijado en la mampostería, pues sabed que el color que tiene es porque está hecha con rocas coralinas —informó ufano el dueño de la taberna, como si él fuera a vivir en una de aquellas habitaciones.

—¿Pues sabes lo que te digo yo, Escabeche?, que más les valdría en andar en menos fiestas y ocuparse más en otras cosas, que anda la isla muy revuelta.

—Y de la catedral, ¿qué tienes que decirnos?, que esa sí que va más lenta que las tortugas —terció un habitual que era muy pío, lo que no estaba reñido con que le gustara el vino.

Razón llevaba el hombre, pues, aunque se había aprobado su construcción el año que murió la reina Isabel, las obras no habían comenzado hasta hacía nada y avanzaban a paso de tortuga y aún menos.

—Pues gracias debías dar por que la hayan empezado, que eso también se le debe a la virreina. Lo sé de buena tinta. De la de escribano. —El Escabeche era muy adicto a doña María.[58]

Pronto se supo, además, que la familia Colón había obtenido de los tribunales de Justicia lo que le había negado el rey Fernando. Primero en Sevilla en el 1511 y luego al año siguiente en La Coruña, dos sentencias les habían otorgado la condición de virreyes a perpetuidad y el derecho al diez por ciento de los beneficios obtenidos de las Indias. Y es que las capitulaciones firmadas por los monarcas en Santa Fe, ratificadas luego en Barcelona y por última vez en Granada, no ofrecían dudas, pues lo expresaban con total claridad, y no solo ello,

---

[58] La catedral, primera del Nuevo Mundo, cuya construcción fue aprobada en el año 1504, no comenzó sus obras hasta la siguiente década, gracias al empeño de los virreyes y en especial de la virreina.

sino que añadían el dominio de las «Islas y Tierra Firme de la Mar Océana» que descubriere.[59]

Algunas declaraciones de quienes fueron requeridos para hacerlas resultaron cuando menos sorprendentes, pues los Colón les debían a algunos a quienes en ocasiones no habían tratado precisamente bien buena parte de la sentencia, que mucho tuvo que ver con sus testimonios como testigos presenciales de los hechos.

También hubo quienes, apoyando la pretensión del rey Fernando, cargaron con dureza contra el viejo almirante: fue el caso de los Pinzón, quienes habían llegado incluso a negarle el protagonismo del propio descubrimiento y se lo apuntaban más a ellos mismos y en concreto a Martín Alonso Pinzón que a don Cristóbal, y señalaban además el hecho de que este había incluso regresado antes a España.[60]

---

[59] «Mandamos y declaramos que el Dicho Almirante tiene derecho de Gobernador y Visorrey de la Isla Española, como de las otras islas que el Almirante D. Cristóbal Colón, su padre, descubrió en aquellos mares e de aquellas islas, que por industria del dicho su padre se descubrieron, conforme al asiento que se tomó con el dicho Almirante, su padre, al tiempo que se hizo la capitulación para ir a descubrir, e conforme a la declaración que fue hecha por los del Consejo en la ciudad de Sevilla». Sentencia de La Coruña de 1512.

[60] La Fiscalía, alentada hasta su muerte por el rey Fernando y luego por el emperador Carlos, seguiría hurgando en la herida buscando por ese lado la gatera para privar a los Colón de sus desmesurados privilegios. A la postre, Carlos cortaría por lo sano en 1524 con una destitución fulminante del virrey, pero el pleito seguiría, muerto Diego, alentado por María de Toledo y con la imprescindible ayuda de Hernando de Colón. Se llegó a un laudo, aceptado por todas las partes. Se confirmó el cargo de almirante de las Indias a perpetuidad para los Colón, que recayó en primer lugar en el hijo de don Diego, Luis Colón y Toledo. Suprimieron definitivamente los cargos de virrey y gobernador general de las Indias. Constituyó un señorío colombino compuesto principalmente por toda la isla de Jamaica, con el título de marquesado de Jamaica, y un territorio de veinticinco leguas cuadradas en Veragua, con el título de ducado de Veragua. Confirmó a los Colón la posesión de sus tierras en la isla La Española y a perpetuidad los cargos de alguacil mayor de Santo Domingo y de la Audiencia de la isla, y otorgó rentas de diez mil ducados anuales a los Colón, así como quinientos mil maravedís por año a cada una de las hermanas de Luis Colón.

Fueron determinantes para refutar tal cosa los Niño, lo que ahondó aún más la sima de enemistad que se había creado entre las antes muy amigas familias. Otros testimonios, dados los vínculos con ellos, como el de Diego Méndez, se tuvieron menos en cuenta, pero fueron decisivos los de Juan de la Cosa y Bastidas, que reconocieron la llegada de Colón antes que ellos a tierra firme. Y fue muy impactante para los jueces el testimonio de Ojeda, que declaró a instancia de la fiscalía real, que por tanto buscaba perjudicar la causa del almirante. El capitán, a pesar de sus desavenencias y de estar cuando se produjo su audiencia directamente enfrentado al virrey, dio muestra de quién era una vez más, y no quiso ni mentir ni callar para perjudicarle y sí decir la verdad con toda contundencia.

El fiscal había pretendido que Ojeda confirmara que tanto él como De la Cosa y Vespucio habían tocado antes que el almirante tierra firme en Paria, pero ante su estupor, él respondió tajante que no era tal, sino que el almirante ya había estado allí antes y que lo sabía por haber visto él mismo, antes de salir para su propio viaje, «la figura que el almirante envió a Castilla a los reyes». Y repreguntado, pues el fiscal no cejaba en su empeño, añadió que ellos fueron a descubrir lo ya descubierto, y que Colón había tocado la isla de la Trinidad y luego, por entre tal isla y la Boca del Dragón, arribó a Paria y luego de allí fue hacia la isla Margarita, dejándolo con ello descompuesto. Perjudicaba así Alonso de Ojeda sus propios intereses, pero su honor estaba antes que nada.

No se lo agradecieron en absoluto, y por entonces buena falta le hacía. Los Colón, al menos algunos, y este segundo virrey desde luego, de agradecidos tenían poco, y de ingratos, mucho. Bien se lo demostró don Diego al bueno y leal Méndez cuando, llegado a La Española, le recordó la promesa, hecha por su padre en su lecho de muerte y ratificada después por él mismo, de que le nombrarían alguacil mayor. Fue a su presencia a recordárselo y el Colón, sin negar lo prometido, le dijo que ya se lo había dado a otro, a su tío Bartolomé, quien, a su vez, se lo había traspasado a un criado suyo. Ni que decir tiene que el disgusto y la amargura de quien había salvado la vida al padre, tío y hermano de quien ahora así le trataba fueron enormes y le duraron de por vida, lo que no le impidió seguirles sirviendo con la lealtad de siempre. Para compensarle, en el primer repartimiento de indios el virrey le dio ochenta en encomienda, pero Méndez siguió perseverando en lo suyo y al final lo logró, pero no porque un Colón le otorgara el cargo, sino porque acabó comprándolo a quien ellos se lo habían dado.[61]

Las sentencias favorables fueron pronto bien conocidas en la isla porque de ello se encargó doña María con todas sus fuerzas, haciendo llegar su contenido en cuanto pudo y a cuantos pudo. En La Española no quedó ni uno que ella considerara que debiera saberlo que no supiera del triunfo de su marido y que, por supuesto, consideraba también suyo. Y no le faltaba razón en ello. ¿A ver ahora quién le negaba el tratamiento de virreina? La Corona apeló de inmediato contra ambas sentencias y la decisión no satisfizo por completo a los Colón, aunque de eso no decía nada la Álvarez de Toledo, ni siquiera a sus damas más allegadas. Y es que el rey sí había ganado en algo importante, el poder nombrar jueces de apelación en los territorios bajo la administración virreinal, y estos tribunales y funcionarios iban a ser la punta de lanza de la realeza y del bando que no tardó en formarse a su favor en La Española y que empezó a plantar cara a don Diego y a la virreina. Un bando compuesto mayoritariamente por todos estos funcionarios y gentes más tardíamente llegadas contra los ya establecidos y que pretendían seguir manteniendo el viejo sistema y sus privilegios.

Había además otro punto en lo decretado que era también muy lesivo para el poder y los intereses del virrey: la Corona le privaba de

---

[61] Diego Méndez escribió detallado relato tanto de su epopeya como de estas tristes ingratitudes. Perseverante, alcanzó su sueño de ser alguacil mayor de La Española en 1522. Su gran amigo fue Hernando Colón, quien sí supo ser agradecido y premió su valía, y con quien viajó. El influjo del hijo pequeño del descubridor salió a luz en su testamento. Méndez no solo era un hombre audaz y valiente, era también un hombre culto, ilustrado y de mente abierta; entre los diez libros que como un tesoro tenía y que dejó en herencia había cinco títulos de Erasmo de Rotterdam. Murió en 1536 en Valladolid.

sus facultades de repartimiento de indios en las encomiendas y se lo reservaba para sí. Aquello era, sin duda, un mordisco hondo y doloroso a las atribuciones, resortes e influencias de don Diego.

Como telón de fondo estaban una vez más los indios y sus derechos. En ello iban a entrar ahora con enorme fuerza los frailes, en especial los dominicos, a los que se uniría años más tarde Bartolomé de las Casas.

No era este, de aquellos, de los más virulentos, en absoluto, sino más bien al contrario. Había adoptado desde el inicio, y pequeñas puntaditas aparte, una clara posición a favor de los virreyes, y de hecho no se recataba en elogios que expresaba tanto de viva voz como por escrito, y donde amén de enaltecer sus personas señalaba el favor que estos hacían a la Iglesia, en especial a los franciscanos, y reconocía que ninguna de las órdenes ni del clero regular podían estar en absoluto descontentos con el trato recibido.

Con Diego de Colón aún se permitía, dentro de sus alabanzas, alguna crítica, pero a la virreina la ponía por las nubes: «Una señora prudentísima y que en su tiempo y en especial en esta isla, y donde quiera que estuvo, fue matrona ejemplo de ilustres mujeres». La virreina a fray Bartolomé lo tuvo siempre rendido.[62]

---

[62] Encomendero y conquistador antes que fraile, aunque es conocido, reconocido y denostado por su famosa *Brevíssima*, su encendido alegato en defensa de los indios y de enorme severidad y terribles acusaciones, unas sobre hechos ciertos y hasta presenciados por él, otras exageraciones e incluso algunas que daban pábulo a tremebundos relatos dados por buenos siendo apenas de «oídas» y hasta invenciones, sus cinco volúmenes de la *Historia de las Indias*, como testigo presencial y conocedor tanto de los protagonistas como de sus escritos, y salvando los larguísimos exordios clericales, son un documento imprescindible de aquel tiempo.

26

EL ENCOMENDERO Y EL DOMINICO

Si había una familia española residente en La Española desde el primer momento esa fue la de Bartolomé de las Casas. Su tío, Juan de la Peña, fue en el viaje del descubrimiento con el almirante, y su padre, Pedro, y dos tíos más, los Peñaloza, en el segundo. Uno de ellos se marchó, pero fue reemplazado por un cuarto en el siguiente viaje y el ahora clérigo llegó con Ovando al tiempo casi que don Cristóbal comenzaba el cuarto y último de sus periplos.

Los de las Casas eran, además, familia de rancio abolengo, tanto que Bartolomé fue bautizado en la catedral sevillana y podía presumir, y presumía, de ello. Otro de sus tíos, Alfonso Téllez Girón de las Casas, había portado una de las ocho varas que sostenían el palio bajo el que entraron al templo mayor los Reyes Católicos.

Su padre había participado en la batalla de la Vega Real junto con Ojeda y el adelantado, y había recibido tierras e indios para que se las cultivaran y le extrajeran el oro cerca del que fuera el primer fuerte, el de Santo Tomás, que tan bravamente defendió el Capitán de la Virgen del asalto de Caonabo.

A él mismo y para lo mismo también se le dieron, en este caso Ovando, indios en encomienda, y participó en las batallas de Higüey, a las órdenes de Velázquez, contra los alzados hasta derrotarlos y enviar a la horca a sus caciques más señalados.

Había estudiado en Salamanca y sacó buen partido a los libros, y le fueron tirando cada vez más los hábitos y la enseñanza de la doctrina católica. Regresó por un tiempo a España para completar estudios clericales y, ya presbítero, pero aún no ordenado sacerdote, retornó a La Española decidido a profesar y dedicar sus esfuerzos a lograr un mejor trato a los indígenas, a los que, so pretexto, y bien lo sabía él mismo, de encomiendas, lo que se hacía era, en realidad, y a su juicio, tenerlos casi esclavizados.

Sin embargo, De las Casas mantuvo siempre y por siempre un trato privilegiado y de gran cercanía con los más poderosos. Con los Colón, por supuesto, y estrecho con el virrey don Diego y su esposa la virreina doña María, por los que fue muy considerado, se dejó agasajar y supo devolver el agasajo.

Cuando cantó por fin misa, ya por el año 1510, lo hizo en la ciudad de la Concepción de la Vega, donde habían estado y estaban sus propiedades familiares, y no fue casualidad ninguna que a la ceremonia acudieran y la honraran con su presencia los virreyes y su séquito, ni que también se hubiera dado cita en la villa un gran gentío por haber escogido la fecha coincidiendo con la fundición de todo el oro recogido en los diferentes placeres y minas durante el año.

En algunos clérigos recién llegados, en especial los cuatro primeros dominicos, con su vicario fray Pedro de Córdoba al frente y con el joven y apasionado fray Antonio Montesinos, que tanto iba a significar luego en su vida, su doble condición ya producía rechazo, De las Casas seguía uniendo su condición de doctrinero y cura en la Concepción de la Vega con seguir manteniendo su encomienda y sus indios encomendados y ahora aumentados por un nuevo repartimiento de Diego Colón, que buscó favorecer a los más veteranos y experimentados vecinos de La Española, que consideraba su mejor apoyo y que, por supuesto, no se olvidó de él. Ya se había encargado de recordárselo a la virreina.

No iba por ello a ser él, en absoluto, sino los recién venidos dominicos, cuyo número pronto había aumentado en ocho, el detonante que dividió no solo a los españoles en dos bandos, sino incluso a los propios clérigos.

La candela en la pólvora fue el pregón de Adviento que el encendido padre, el joven Antonio Montesinos, pronunció en nombre de todos sus hermanos y en presencia del propio virrey y la virreina y que conmocionó a la isla entera, llegando sus ecos a la corte en España y propiciando lo que luego serían las Leyes de Burgos. Bartolomé de las Casas se mantuvo al margen, tan al margen que más bien estaba en la posición contraria. Tanto fue así que, tras el encendido sermón de Montesinos, al clérigo encomendero se le negó por parte de estos la absolución, por seguir manteniendo su repartimiento de indios y no tener intención alguna por el momento de renunciar a ellos.

Las palabras de fray Antonio habían retumbado con fuerza en todos los oídos provocando en unos conmoción y, en otros, rabia. La acusación fue directa y no se salvaba nadie:

—Todos estáis en pecado mortal y en él vivís y morís, por la crueldad y tiranía que usáis con estas inocentes gentes —tronó el fraile y, tras una pausa, prosiguió—: ¿Con qué derecho y con qué justicia tenéis en tan cruel y horrible servidumbre a estos indios? ¿Con qué autoridad habéis hecho tan detestables guerras a estas gentes, que estaban en sus tierras mansas y pacíficas, donde tan infinitas de ellas, con muertes y estragos nunca oídos habéis consumido? ¿Cómo los tenéis tan oprimidos y fatigados, sin darles de comer y curarlos en sus enfermedades, que de los excesivos trabajos que les dais incurren y se os mueren, y por mejor decir los matáis, por sacar y adquirir oro cada día? ¿Y qué cuidado tenéis de quien los doctrine, y conozcan a su Dios y creador, y sean bautizados, oigan misa y guarden las fiestas y los domingos? ¿Estos no son hombres? ¿No tienen ánimas racionales? ¿No sois obligados a amarlos como a vosotros mismos? ¿Esto no entendéis, esto no sentís? ¿Cómo estáis en esta profundidad, de sueño tan letárgico, dormidos? Tened por cierto que, en el estado en que estáis, no os podéis más salvar que los moros y turcos, que carecen de la fe de Jesucristo y no la quieren.

Cuando aquel domingo calló el fraile, un rumor indignado ascendió hasta él seguido luego de gran revuelo, no pocas voces y muchas protestas. El propio virrey se dirigió raudo hacia el convento dominico para pedir explicación a su superior fray Pedro de Córdoba y decirle que expulsara de la isla a fray Antonio o que, como poco, al otro domingo suavizara el sermón y calmara los ánimos.

A la siguiente semana la atención era máxima. Eran muchos, la virreina la primera, los que creían, por lo hablado por su marido, que el fraile se contendría y buscaría alguna salida satisfactoria, pero todos se llevaron la gran sorpresa. No solo no se retractó en nada, sino que fue aún más contundente y puso en solfa además las propias leyes castellanas afirmando que los principios de la religión estaban por encima de ellas, que a los ojos de Dios no había diferencia entre razas y por tanto ni entre indios y blancos, que la esclavitud y la servidumbre eran no solo ilícitas, sino gravísimos pecados, que los indios debían ver restituida su libertad y sus bienes y que no había otra forma de convertirlos al cristianismo que con el ejemplo.

Las quejas entonces ya retumbaron en la propia Castilla y ante el rey Fernando. Se solicitó al monarca la expulsión de la Orden de las Indias, y temeroso de ello el propio superior de los destacados en las Indias, el provincial dominico de Castilla, pidió a fray Pedro que cesara en esa actitud por los perjuicios que ello podía causarle a la Orden. Hubo reunión en la corte española por el asunto y los encomenderos enviaron como representante suyo al franciscano fray Alonso de Espinar, acudiendo por los dominicos el propio Montesinos.

Escuchados ambos por el rey, este convocó una Junta a celebrar en Burgos para estudiar y dictaminar sobre la situación de los indios. Reunida esta en la capital castellana, su dictamen del 1512, que intentó cierta equidistancia entre las facciones enfrentadas, se convirtió en las Leyes de Burgos, las Leyes de Indias, que, si bien mantuvieron las encomiendas, dictaron hasta treinta y cinco normas en defensa de los indígenas y de sus derechos como seres humanos. Las Leyes de Burgos se entendieron como pauta obligada que debía regir los comportamientos de los conquistadores y pobladores españoles, y los clérigos de las distintas órdenes, los franciscanos, tan queridos por los Colón, los jerónimos y los dominicos, iban a estar ya siempre presentes; de hecho, llevaban tiempo estándolo en las expediciones como comisarios enviados por la Corona para vigilar su cumplimiento. Que más bien era escaso, todo sea dicho.

No había noche en el Escabeche, aunque se había calmado en cierta medida el tumulto y rebajado el desasosiego, que no salieran las leyes en la conversación de la clientela:

—Ya pueden en Burgos hacer leyes —baladroneaba un parroquiano, por cierto, propietario de una encomienda—, que hecha la ley hecha la trampa y todos sabemos cómo hacerlas, y quien esté libre de culpa que tire la primera piedra.

—Una cosa es cómo se ven las cosas por las Españas y otra cosa es cómo hay que hacerlas aquí. Ya me gustaría a mí ver a esos leguleyos de allá desembarcando y siendo recibidos por una nube de flechas caribes untadas de veneno —apoyaba otro, soldado de oficio.

—¿No venía ese clérigo, el Bartolomé de las Casas, por aquí? ¿Qué opina él de todo esto? —le preguntaba un tercero al tabernero.

—Venía, pero ya no viene —respondió con cierta sequedad el Escabeche.

27

EL TRIFÓN Y EL TRIANERO

Más allá de los sobresaltos, de los virreyes y sus cuitas, los monjes y sus protestas, los unos sus ambiciones y los otros sus miserias, la ciudad tenía sus propios pulsos cotidianos, ya cada vez más establecidos, y sus rutinas. Los que vivían allí de continuo no lo notaban, ni tampoco lo que la ciudad había cambiado y en lo que se había convertido en aquellos diez últimos años. Pero quienes llegaban de cuando en cuando, y más los que llevaban mucho tiempo sin aparecer, se quedaban perplejos. Santo Domingo, en muchas cosas, se parecía cada vez más a una ciudad española, aunque oliera, supiera y sonara de otra manera.

Eso es lo que le pasó al Trifón cuando, tras una larga ausencia, asomó de nuevo por ella un día, e iba de sorpresa en sorpresa según iba caminando desde el puerto de Ozama hasta la taberna del Escabeche. Tanto le parecía que había cambiado todo, aquellas casas y aquellas gentes, que le entró hasta el miedo de que la venta ya no existiera. Pero, para su alivio, allí estaba, y no solo eso, sino que al primero que vio fue a su dueño en la puerta.

El Escabeche había envejecido, pero no mucho. Buena color tenía y aquella media sonrisa al ver quién venía, que era la mejor y más clara muestra de reconocimiento y amistad con quien llegaba. El Trifón había dejado de ser ya un mozo y parecía más viejo de lo que era. El mar se come mucho a los hombres, pero no tenía mal lustre del todo. En cuanto se descansara lo tendría mejor, porque dos meses en el océano le pasan cuentas a cualquiera, incluidos los más acostumbrados.

Se saludaron con el afecto, los palmeos y las risas, ahora abiertas, de los amigos de media vida:

—Te va bien el negocio, pájaro. No hay más que ver las trazas y lo que la ciudad ha subido.

—Mal no se da, pero no se deja de trabajar ni un día y rico no se hace uno —contestó el de Triana.

—No te quejes —replicó el de Atienza.

—Vamos a echar una jarra y llamo a Triana para que te vea, y a los chicos.

—¿Cuántos llevas?

—Seis, pero parece que se ha parado la cosa. Ya no ha venido ninguno desde hace más de cinco años.

—Flojeas.

—Más tú, que no tienes ninguno.

—Que se sepa, Escabeche...

Se rieron otra vez. Les gustaba verse de nuevo.

Le contó el marino que habían llegado hacía dos noches, pero que tuvo que quedarse a bordo. Que no había venido con los Niño, sino con otros patrones, porque los que quedaban de los antiguos ya no hacían muchos viajes de estos tan largos y que preferían algunos más cercanos y más provechosos. Les iba muy bien por Palos y seguían siendo amigos y quedaban de cuando de cuando.

—Juan Niño aún vive, está bastante mayor pero aún tiene correa. Con quien más me trato es con su hijo pequeño, Alonso, que fue grumete conmigo y ahora es el que hace cabeza.

—¿Y tú ahora, digo yo, que ya serás algo en las naos, después de tantos años?

—Pues sí, lo soy. Cocinero.

La cara que se le quedó al Escabeche fue de tal sorpresa como si de pronto hubiera asomado la mujer aquella de la que había salido huyendo.

—¿Cocinero, tú? Pero si no sabías ni cocer un huevo.

—Pues he aprendido y te digo que es el mejor oficio que he tenido.

Tuvieron mucho de qué hablar todo aquel día y otros que vinieron. El Escabeche vino a ponerse el deber de enseñarle al otro un algo para que al menos no hiciera escagazarse o envenenara a una tripulación entera. El Trifón porfiaba en sus saberes y artes y le replicaba que no había tenido ni muerto ni queja alguna, excepto las consabidas del bizcocho lleno de gusanos y la falta de sustancia y carne en los pucheros.

Como primera medida, el Escabeche le preparó una comida en condiciones.

—Para que por una vez comas algo con gusto y no las bazofias que seguro que les preparas a esas pobres gentes.

Y lo primero que le enseñó, faltaría más, fue a preparar los escabeches.

—Todos dicen que es muy fácil de hacer y no te digo que no, que mal lo hace cualquiera, pero hacerlo bien es ya otra cosa. Lo primero que hay que saber es lo que tiene que ponerse y para según qué carne, si es de pescado, de ave o de res. Hoy vamos a hacer uno de carne y otro de pescado. Y lo primero que tienes que saber es si vas a hacerlo para conservarlo durante días y hasta semanas o para que no se conserve tanto y comerlo en un día o dos o tres. Si es para largo, hay que hacerlo por separado, y si es para corto, se puede hacer junto. Vamos primero a hacer el largo, y para ello hay que preparar por separado el adobo, la salsa, de aquello con lo que vas a mezclarlo. Y según para el tiempo que queramos ponerlo a reposar y conservarlo, habrá que cocerlo de una u otra manera.

—Déjate de cuentos y dime qué hace falta para la salsa y yo te lo voy trayendo.

—Me lo acercas, pero no metas mano. Lo que necesitamos es vinagre y vino, este que sea blanco, aunque del malo, aceite, cebolla, ajo, un limón y unos granos de una pimienta que hemos encontrado en las islas. Ya lo tengo yo a mano, así que tú, mientras lo voy haciendo, vas limpiando ese lomo de atún y luego hazlo rodajas todo lo finas que puedas. Y como eso no es complicado, lo pones a hervir después en esa cazuela de barro. Cuando acabes vienes aquí otra vez y miras cómo preparo yo el adobo. Observa, calla y reza siete credos, si es que sabes, y, cuando termines, te vas y retiras la cazuela de la lumbre.

El Trifón rezongó un poco, pero hizo lo que le mandaban. Algo sabía de fogones y no lo hizo mal del todo, aunque el Escabeche no le quitaba ojo y le rectificó un par de veces.

Dejó la cazuela con el pescado hirviendo en ella y se acercó para aprender del otro. Aunque no lo iba a reconocer, sabía que era el maestro, y mejor que tomara buena nota de aquello.

El Escabeche sofrió primero en una sartén con aceite unos buenos trozos de cebolla, los ajos y los granos de pimienta. Lo hizo a fuego lento hasta que cogió color, y luego al retirarlo añadió un chorrillo de zumo de limón, que había pedido que le trajeran algunos en los barcos, aunque le llegaban muy sunsidos, y una pizca de sal. También echó unas hierbas que no distinguió bien qué eran, pero debían de ser para dar algún olor o sabor buenos.[63]

—Y ahora fíjate en las proporciones, dos de aceite por una de vino y otra de vinagre y todo junto a hervir a esta otra cazoleta de barro. Con otros siete credos como en tu caso vale. Y ya está hecho.

—¿Y cuándo se mezcla?

—Pues pueden hacerse los dos en caliente si están a la misma temperatura, pero yo prefiero dejar que se enfríen y es cuando echo dentro el pescado o la carne para que se maceren bien en el fondo los dos juntos. ¡Ah! Y no hay que escurrirlo hasta que vaya a servirse. Y te digo otra cosa, para comerlos, si se les deja reposar dos días, mejor es que uno, pero, eso sí, en el lugar más fresco que se encuentre. Yo, en la cueva que tengo bajo tierra.

Prepararon luego, y este en mayor abundancia para poder sacar bastantes raciones, el de carne, que era de pollo. El Trifón se dedicó a trocear las aves, que para esto sí se daba la mejor maña, y el maestro, a preparar con esmero los adobos, y fueron poniendo al fuego una buena cantidad de cazuelas para que hubiera con qué tirar durante unos cuantos días. Hacerlo de esta manera era aún más sencillo, pues se mantenían las mismas proporciones de aceite, vino y vinagre y las demás cosas, pero en esta ocasión iba todo junto y al tiempo a la

---

[63] En la península se le echa laurel y tomillo o romero. Allí el Escabeche buscaría algo que se le pareciera.

cazuela, aunque en esta ocasión había que dejarlo mucho más al fuego, casi, o sin casi, hasta una hora, dependiendo de si era ave joven o una gallina vieja.

En la taberna se servían muchas otras comidas. Platos de cuchara y de carnes más fuertes, de res y de cerdo, sin que faltaran frutas. De hecho, era mucho más lo que de ellos se comía que de escabeches. Pero esa era la marca de la casa y el dueño lo llevaba a orgullo, tener siempre dispuesto y a punto para servirlo.

Lo pasaron tan bien los dos regañando en la cocina y luego ayudándole el Trifón a servir en la venta, que ambos se quedaron pensando en repetir cuanto pudieran. De entrada, ya se citaron para el día siguiente, pues el Escabeche dijo que tenía que ir cerca del puerto, un poco más abajo, ya en la punta de entrada, para recoger pescado, y fueron juntos.

Al amanecer se presentó frente a la nao donde estaba el Trifón y este se subió en la canoa donde venía el ventero con dos indios.

—Vamos a por pescado. Lo pescan los indios, pero me lo vende uno de Murcia, que ha encontrado en ello un buen negocio. Yo siempre voy donde se lo desembarcan, y así me traigo el mejor y más fresco. Hoy quiero traer sobre todo piezas pequeñas, sardinas o peces de los que se cogen pegados a la costa y en los arrecifes, pero si veo una pieza buena, sea un atún, una bacoreta o un tiburón del tamaño apropiado que hayan logrado enganchar, también me lo traería. Les he pedido también que me consigan una tortuga, pero no han podido todavía hacerse con ninguna. A ver si hoy hay suerte.

No la hubo con la tortuga. Los indios dijeron que se la iban a conseguir seguro, porque ya tenían que empezar a venir a poner los huevos, y que también se los traerían, pero todavía no habían visto salir por la noche del agua a las playas ninguna. Pero que no tardarían, seguro.

Con los peces sí hubo mucha más fortuna. En las canoas venían un par de barracudas grandes y un tiburón del tamaño que buscaba. Allí mismo apañaron al marrajo, rajándole la tripa, de donde salieron peces, un trozo de un zapato y una hebilla, para que pudieran llevárselo ya limpio y con menos peso. La purrela de peces chicos fue luego lo que mereció su atención y con lo que hubo más disputa con el murciano. Quería que el Escabeche se lo llevara todo revuelto y él se negaba y quería separar lo que quería. Se cerró en banda el uno y el de Triana buscó entonces el atajo. Aceptó el otro hacerlo, pero le bajó un buen pellizco el precio.

—Siempre estamos con las mismas y siempre acabamos por un estilo. Yo termino por llevármelo revuelto y él acaba con menos dineros que si me lo llevara por separado. Me cuesta un poco más de trabajo, pero salgo ganando.

Una vez conseguido el objetivo principal del día y desembarcados de nuevo en la ciudad, mandó a los indios con todo hasta la taberna, y allí Triana se encargaría de ir distribuyendo lo comprado y colocándolo para que no se pudriera. Hasta puede que en el patio trasero ahumaran lo que consideraran que era mejor hacerlo antes de que se les estropeara. Lo de ahumar lo hacían también con las carnes y las vísceras de los animales más grandes, y no había mejor solución que aquella en aquel clima húmedo y cálido que hacía que todo en nada estuviera podrido.

Los dos entonces y desde el pequeño Fuerte de Ozama se fueron a hacer otros recados y compras, también para que Trifón conociera lo que aún no había visto de la ciudad nueva.

El primer sitio a donde le llevó el Escabeche fue a una gran plaza donde estaban comenzando unas obras. Se notaba que eran de mucho porte, pero aún no podía saberse bien a lo que iban encaminadas.

Se lo dijo muy ufano el Escabeche:

—La catedral. Aquí es donde se levantará la catedral de Santo Domingo. La primera de todas las Indias, como no podía ser de otra manera. Al fin han comenzado, gracias a la virreina, todo sea dicho. Porque llevaban empantanadas muchos años. Desde luego, Ovando no movió ni un dedo. Cuando esté construida entonces ya seremos una ciudad como Dios manda.

Poco había que ver por allí por ahora. Pero no quiso el Trifón quitarle la ilusión al que, ya se le notaba, era más de aquel lugar que de donde había nacido y a donde por mucho que recordara no pensaba volver ni aunque lo llevaran atado.

Fueron luego desde allí hasta el principio de la calle de las Damas, que con alguna de ellas acompañada de sus sirvientes se cruzaron, y bajaron despacio y mirándolo todo por ella. Al de Atienza se le iban los ojos y hacía visajes cuando le decía el otro que aquello había sido la residencia de Ovando, lo otro era ahora un hospital y en aquella tan lujosa y con tanto trasiego vivía Bastidas. La sorpresa mayor la tuvo cuando llegaron al final y se dieron de bruces con el palacio de los Colón.

—Ahí tiene la casa el virrey don Diego, la de los Colón la llaman todos, aunque el almirante no la viera. Más bien diría yo que es la casa de la virreina, de doña María. A lo mejor hasta la vemos salir.

Pero no la vieron. Había movimiento de gentes entrando y saliendo, pero de los importantes no vieron ninguno, así que siguieron a lo suyo, y ya metidos en barrios donde ya no había apenas alguna casa de asiento y de piedra y volvían a prevalecer las de barro y madera, llegaron a donde iban. A un pequeño mercado donde se vendían todo tipo de frutas, pan de cazabe, jutías y todo tipo de pájaros, para comérselos o para tenerlos en casa. El Escabeche se lo conocía como la palma de su mano e iba directo a por una cosa o la otra. Regateaba, aunque poco, y hasta trocaba cosas; un niño mestizo que tenía en la taberna los acompañaba llevando un fardo con algunos utensilios de latón, y por ellos les daban todo lo que quería. Lo último que consiguió, tras buscarla en un par de sitios, fue aquella pimienta gorda que no era fácil de encontrar, aunque a él se la buscaban y se la traían aposta.

Mandaron con el chiquillo y otros dos de los indígenas del mercado lo que habían adquirido, excepto la pimienta, que se guardó el propio Escabeche en su faltriquera, hacia la taberna, y ellos siguieron su ruta. Pasaron por delante de comercios de telas y de tiendas de artesanos que laboraban en ellas y allí mismo las vendían. El Trifón acabó por mercarse un par de zapatos, porque tenía deshechos los que llevaba, y para lo cual le sirvieron de mucho los buenos oficios del tabernero, pues se quedaron en tres cuartas partes escasas de lo primero que le pidieron por ellos.

—Me costará alguna jarra de vino, que por eso lo ha hecho. Pero es un buen hombre, de los veteranos, es de por Soria, de Almazán.

—Pero habérmelo dicho antes, hombre, si somos de pueblos vecinos, eso está muy cerca de Atienza. Seguro que aún me los habría dejado más baratos.

—Y yo qué sabía —se defendió el otro.

—Tenemos que venir otro día por aquí, aunque no le compremos nada, para hablar de la tierra. Salí cuando no pasaría de los diez años, pero me acuerdo mucho de ella.

—Ya vendrá antes él a echarse un trago, no te preocupes por ello —se rio el Escabeche.

La última parada sorprendió a su acompañante. Fueron como de vuelta hacia el palacio de los Colón y antes de llegar se toparon con la taberna de Los Cuatro Vientos.

—Te extrañará, pero, aunque él no viene nunca por la mía, yo sí voy algunas veces por la suya. Sobre todo, para ver al muchacho, aunque ya tiene sus años, que es quien de verdad la trabaja y la mantiene.

Entraron y el mestizo, en efecto, fue el que corrió a atenderlos y a saludar con afecto al trianero. Este le presentó a su amigo:

—Este es Luciano. Un día llevará esta casa, porque quien la saca adelante es él y no otros.

—No digáis esas cosas —protestó el otro, mirando nervioso alrededor no fuera que alguien lo hubiera oído.

Apuraron una buena jarra de vino tinto. La pagaron, se empeñó en hacerlo el Trifón, y dejó un algo para el que servía. Y al salir, y por chincharle al otro, le dijo:

—El blanco y sobre todo el de Jerez es mejor el tuyo, no tengo duda, pero yo te diría que el tinto de aquí es mejor que el que tienes tú.

El Escabeche se puso a bufar por aquello, pero le duró poco. A nada se estaban los dos riendo y ambos empezaron a pensar que era una tontería que los días, que podían ser semanas y hasta meses en el puerto, que estuviera por allí el de Atienza, se quedara en el barco, y que bien podía quedarse en la tasca y dormir en aquel apartado donde lo había hecho la que era ahora mujer del Ponce y ayudarle a él en la cocina.

Se lo propuso aquella tarde, se fue hasta el barco el otro a por sus cuatro cosas, y esa misma noche ya sirvió él con Triana las mesas.

Y antes de irse a dormir, el Trifón le comentó a su amigo:

—Extraño mucho, Escabeche, el no haber visto a casi nadie conocido de los de antes. Pensaba que alguno vería caer por aquí.

—Alguno cae, pero es que apenas si queda ninguno de aquellos por La Española. Son muchos los que se están yendo. La fama, el oro y la gloria están ya en otros lados y ellos se van a buscarlos.

LIBRO V
CONQUISTADORES

28

LA GUERRA DE BECERRILLO

Los que antes habían llegado a La Española comenzaron a irse. El primero a quien la isla se le hizo pequeña fue a Juan Ponce de León. Establecido, casado y tranquilo en Higüey, una vez que saltó a la vecina de San Juan ya no volvió sino para pleitos a Santo Domingo o de visita a sus posesiones. Y fueron muy pocas las veces.

Había firmado la última de las capitulaciones con el comendador con el fin de pasar con sus tropas y establecerse en la vecina isla de Borinquen, vieja conocida suya desde el día que llegó a las Indias, hacía más de quince años ya. No había dejado de mantener contacto con el lugar, pues estaba cercano a la punta de sus dominios, donde había fundado el poblado y construido la fortaleza de Salvaleón, y sus relaciones habían sido siempre amistosas con el cacique Agüeybaná, que era el señor de allí.

Fue este quien había demandado ayuda a los castellanos ante los continuos ataques que sufría de los caribes para llevársele mujeres, niños y mancebos.

Ovando había atendido su petición, capituló la gobernación con Ponce para que este encabezara la expedición y Ponce se puso en marcha llevando con él a sus capitanes, sus tropas y a Becerrillo. Acordó, siguiendo su pauta habitual en La Española, pactos con el jefe taíno, hicieron hermanamiento con intercambio de sus nombres, el *guaitiao*, y eligió la población de Caparra, pegada a aquel pequeño puerto que tanto le había gustado al desembarcar y que acabaría por ser la seña y nombre de la isla, Puerto Rico.[64]

Todo fue bien, entre castellanos y taínos no hubo ni enfrentamientos ni muertos por flecha ni espada, y los caribes entendieron que por un tiempo era mejor no asomar por allí. Ponce se estableció en Caparra y comenzó a levantar una ciudad que se hiciera merecedora de tal nombre, con casas de asiento y buena piedra, pensando ya en traerse a su familia y afincarse definitivamente. Encontró además oro, y ello avivó todo el deseo suyo y de muchos españoles de quedarse; se construyó una fundición en Caparra, se puso a los indios a trabajar en las minas y en el alzado de varias fortalezas. Ovando, en las capitulaciones, le había otorgado los nombramientos necesarios de gobernador y él los ejerció con presteza. Y por ahí le habían llegado de inmediato las primeras desavenencias con el recién nombrado Diego de Colón en cuanto este llegó.

Este no dio por válidas las capitulaciones de Ovando y se dispuso a anularlas, pues las entendía como una atribución excesiva de poder independiente a quien, a su juicio, debía depender de La Española y por tanto de él mismo. Juan Ponce, en todo caso, podía ser allí su «teniente gobernador», pero nada más y bajo su autoridad.

Diego Colón estaba decidido a controlar y dirigir personalmente, sin interferencias de nadie, ni del rey siquiera, todo lo relativo a los descubrimientos y poblamientos del Nuevo Mundo. El choque con el rey Fernando, que por ahí no estaba dispuesto a pasar, fue inmediato, y se derivó y concretó sobre y contra la cabeza de Ponce de León, aunque en un primer momento hubiera pensado en él como su representante en el territorio. Su inquina aumentó aún más al enterarse de que el rey había ratificado, estando ya él en Santo Domingo, a Ponce como gobernador interino, y eso hizo que perdiera toda simpatía hacia él. Desobedeciendo la autoridad real, nombró a dos hermanos llegados a la isla en su séquito, los hermanos Cerón, Juan y

---

[64] Caparra fue la primera villa de Puerto Rico, isla que los indígenas llamaban Borinquen y los españoles San Juan, y finalmente quedó en que la isla tomó el nombre de la ciudad y esta el de San Juan de Puerto Rico.

Martín, como alcalde mayor y alguacil mayor de San Juan. Era una declaración de hostilidades.

Pero si algo había aprendido Juan Ponce era a saber medir los tiempos y no jugar carta alguna si no tenía posibilidades de ganar la baza. Esperó.

El monarca le había colocado al Colón un importante contrapeso en el propio Santo Domingo, Juan Pasamonte, tesorero general, que fue concitando a su alrededor un grupo cada vez más influyente de cargos y autoridades que veían más seguro el apostar por la Corona que por el virrey, y Ponce de León, de común acuerdo con él, no hizo nada por resistir a los nombrados y aguardó a que el rey dijera la última palabra. Que la dijo. Al cabo de unos meses llegó la carta con su sello y firma. El rey Fernando, que no se había olvidado de aquel paje, que llevó la brida de su caballo cuando entró en Granada, ordenaba al gobernador don Diego de Colón que recibiera a Ponce de León «por nuestro Juez e Capitán de esa dicha isla de San Juan».

Entonces Ponce es cuando actuó con velocidad y decisión. Arrestó a Juan Cerón y a otro que había sustituido en el cargo a su hermano, los metió en un barco y los mandó para España. Y siguió gobernando la isla con gran enfado del almirante, que rabió y que, apoyado por doña María, se juró no dejar la cosa así.

Con el apoyo real San Juan florecía, máxime cuando hubo orden de que los barcos que iban a La Española hicieran atraque previo en Puerto Rico, y más aún cuando se realizó en Caparra la primera fundición del oro recolectado.

Les iba bien a los españoles, pero les iba bastante peor a los indios. Los repartos en encomiendas para trabajar en minas, construcción y plantaciones resultaban penosos y letales para ellos, y las enfermedades europeas que habían traído los blancos a ellos los mataban a cientos. El descontento taíno fue creciendo y explotó cuando el viejo y amigo cacique falleció. Su hermano Guaybaná no quiso saber nada de hermanamientos y preparó a conciencia un levantamiento general contra los blancos. Y para tener mayores posibilidades de éxito hizo alianza con los antes enemigos, los caribes. El plan acordado era el ir acabando por sorpresa y a la vez con cuanto español tuvieran a mano en las diferentes encomiendas y enclaves mineros o explotaciones agrícolas.

El levantamiento triunfó en todo el sur y oeste de la isla. Lo comenzó el propio Guaybaná contra el hidalgo español Cristóbal de Sotomayor, afincado en el territorio en el que residía él mismo. Sotomayor hubiera podido salvarse de haber hecho caso a la india con quien estaba amancebado y que era la propia hermana del cacique, quien le avisó de que se tramaba su muerte, pero no quiso hacerle caso alguno, así como despreció también el aviso de otro español que sabía hablar muy bien su lengua y que les había visto y oído danzar y cantar por la noche su muerte. Sotomayor, despreciando el peligro y lo que pudieran hacerle los indios, a los que tenía por acobardados, no se puso a salvo y a la siguiente noche pereció muerto a sus manos junto a otros cuatro españoles que estaban con él y sufrieron la misma suerte. Después la indiada, ya a cientos, se lanzó a por el pueblo donde vivían el resto de los cristianos, cogiéndolos desprevenidos, dando fuego a todas las cabañas y logrando matar a varios de ellos más. Un puñado, sin embargo, apretando filas y peleando con desesperación, logró huir de ellos y de las llamas y escapar a la selva. Tras conseguir despistar a sus perseguidores alcanzaron a conectar, tras muchos peligros, con Ponce.

Pero lo sucedido con Sotomayor se había reproducido por la isla entera, en especial por el oeste y el sur, donde la rebelión se impuso de manera total. A otro español, el primero en ser asesinado, lo cogieron, y luego, tras deliberar, lo ahogaron para comprobar que se los podía matar. A otro, llamado Diego Suárez, muy joven, el cacique de Aymaco lo capturó para entregarlo como premio y trofeo para ser degollado y comido por el equipo que ganara un juego de pelota que practicaban. Tuvo suerte, porque la demora en victimarlo permitió que el capitán Guilarte de Salazar, segundo de Ponce, en una audaz incursión con una pequeña partida, lograse entrar en el poblado y, tras un duro combate y dejar tras de sí muchos indios despanzurrados, sacarlo de allí vivo.

Más de ochenta españoles, la mitad larga de todos los que había en la isla, murieron en aquellos primeros días. Juan Ponce de León se mostró entonces como un líder capaz y decisivo, y su determinación consiguió revertir la situación. Fue conjuntando a quienes quedaban vivos y no dudó en ir a socorrer a grupos aislados y rodeados, hasta lograr compactarlos a todos y con ellos emprender una contraofensiva que culminó en victoria.

Aquella fue la guerra de Becerrillo. Encuadrado en las tropas del capitán sevillano, mano derecha de Ponce, familia y compañero suyo de armas desde la guerra de Granada y regidor de Caparra, Diego Guilarte de Salazar y Gómez de Lomana se convirtió en el terror de los indios. Estos, tras los primeros encuentros con él, le tomaron tal miedo que, con tan solo verlo aparecer con su armadura, sus púas y sus mandíbulas abiertas salían corriendo despavoridos. Se dijo que diez españoles con Becerrillo estaban más seguros que cien sin él.

Al mando de una cincuentena de hombres, Salazar, siempre llevando a Becerrillo a su lado, ajustó cuentas definitivas con el cacique de Aymaco, Mabodomaca, atacando por sorpresa el campamento donde estaba con seiscientos guerreros, haciéndole gran estrago, muchas muertes, más de cien, y desbaratándole por completo sin perder él un solo hombre. En aquella acción Becerrillo derribó por su cuenta a más de treinta guerreros taínos.

La dura guerra, con múltiples escaramuzas y emboscadas, fue cayendo del lado hispano y poco a poco muchos indios volviendo a la obediencia. Pero, para solventarla, fue aún necesario un último, y esta vez decisivo, combate en el que Becerrillo fue una vez más determinante. Fue la batalla de Yagüeca, donde Guaybaná y su aliado el cacique Mabo el Grande, de Jagüey, juntaron sus fuerzas y se enfrentaron en un combate frontal en el que Ponce, a pesar de la tremenda desigualdad en número, pero con superioridad en armamento, algunos caballos y Becerrillo, los destrozó por completo. Tras ella, la revuelta concluyó, los taínos volvieron a sus trabajos en las encomiendas y solo algunos escaparon a pequeñas islas cercanas o se mantuvieron esquivos en lo más profundo de las junglas.

La fama de Becerrillo era enorme y motivo de conversaciones en todos los campamentos. Pero fue una historia la que, para oprobio de los cristianos que la maquinaron, ennobleció al animal, que dio muestra de, a pesar de su fiereza y adiestramiento, tener mayor humanidad que ellos, y los avergonzó a todos.

Concluida la rebelión, quedaron aún algunos focos locales, y a apagar uno de ellos había enviado Ponce a Diego de Salazar, que hubo de mantener una pequeña refriega con los indios antes de ponerlos en fuga.

Volvían agotados por la caminata y el calor sofocante cuando toparon con una pobre vieja que, aterrada, se ocultó tras unas matas al verlos y a la que tomaron presa. Se le ocurrió entonces al capitán una macabra broma que jalearon sus hombres: entregaría una carta a la anciana con la misión de que fuera a Caparra y se la diera al gobernador. La dejarían marchar y luego echarían al terrible perro tras ella. El final solo podía ser uno: que Becerrillo la destrozaría.

Eso hicieron, partió la vieja con la inocencia de un niño chico, llevando el sobre con la carta en la mano y enarbolándola a modo de estandarte. Cuando estaba a un tiro de ballesta, el capitán soltó al perro y el alano, en cuanto se le dio la orden, salió como un rayo tras ella. Aún estaba a la vista de todos cuando la alcanzó. Pareció que iba a atacarla y destrozarla, cuando la anciana cayó de rodillas suplicando, con voz temblorosa, lágrimas y gemidos, que no la matara y le enseñaba al can la carta que le habían dado:

—Señor perro, no me mates. Yo voy a llevar esta carta a los cristianos. No me hagas mal, señor perro —balbuceaba en su lengua.

Becerrillo, sobre ella, duras las orejas, desorbitados los feroces ojos amarillos, abiertas ya sus fauces, iba a acabar con aquel puñadito de huesos que parecía un ovillo gimiente, pero que seguía manteniendo en alto el sobre.

Entonces Becerrillo husmeó la carta, olió olores conocidos, y no sintiéndose en nada amenazado por la pobre vieja, que seguía suplicando, se quedó quieto. La siguió olfateando, la lamió incluso, luego dio una vuelta alrededor, levantó la pata y la marcó con su orina. Despues se volvió al trote hacia la tropa, que, atónita, no acababa de creerse lo visto. Y algunos empezaron a sentir vergüenza. No era poca la que invadía al capitán don Diego cuando mandó que recogieran a la anciana y la llevasen con ellos. Llegados a Caparra, fue a darle cuenta de lo sucedido a su amigo y jefe, el gobernador Ponce, y seguía sintiéndose avergonzado.

Juan Ponce de León, viéndolo abatido, le puso a su primo una mano sobre el hombro y se lo apretó en un gesto de comprensión y apoyo:

—Ha sido un milagro divino. Y te ha salvado a ti también, Diego.

Aliviados ambos, dieron a la anciana varios regalos y le dijeron que podía volver a su pueblo sin temor ni miedo alguno, y ella lo hizo aprisa y contenta.

Sobre quien iba a caer ahora el disgusto iba a ser sobre el propio Ponce. La sentencia de Sevilla, favorable a las pretensiones de los Colón, afectó de lleno a su cargo y nombramiento por el rey Fernando, pues en este asunto era muy clara. Don Diego recuperaba su condición virreinal y lo que ello aparejaba, pues le reconocía el derecho a nombrar a sus tenientes gobernadores en todas las circunscripciones bajo su autoridad, y San Juan, como isla descubierta por su padre, lo era. Juan Ponce de León fue destituido de inmediato y Juan Cejón, a quien él había cesado, volvió para mandarla. Aunque le duró muy poco el cargo. Diego Colón era voluble, algo no le había gustado y al poco lo cambió sin más por otro. Aunque en realidad ninguno, ni esos ni otros, pintó demasiado a pesar de los nombramientos.

Porque el rey Fernando no dejaba a la intemperie a quienes tenía por súbditos leales amigos y a Ponce lo conocía y apreciaba. Como primera medida para protegerle, ordenó al nuevo gobernador, eso sí podía hacerlo, que bajo ningún concepto pusiera en marcha contra él el juicio de residencia en el cual los disconformes se apresuraban a denunciar las supuestas faltas u ofensas que contra ellos o en su gobernación había hecho. Que habría de esperar a que se nombrara y llegara, desde España, un juez para ello. Tan sin prisas, que tardó en llegar tres años.

Mientras, Juan Ponce de León se quedó en su villa de Caparra, donde había levantado su casa, con su mujer y sus hijos, y allí recibió otro consuelo real. Don Fernando le envió una treintena más de hombres de armas expresamente destinados a su mando, amén de varios religiosos, ganado, caballos y el honor de darle para la ciudad un escudo de armas, que no era otro sino el suyo propio. Fue todo ello recibido con mucho contento y Ponce cambió el nombre de la población por el de Puerto Rico.

Al año siguiente, y tras el beneplácito conseguido de Bartolomé Colón, que en su tiempo había manifestado intención de ir a descubrir y poblar allí, el rey le firmó capitulaciones para ir él a explorar unas islas y en particular una, de poco clara localización, llamada Bimini, donde según decires indios había una fuente que hacía rejuvenecer y tornar mancebos a los hombres viejos.

Con el apoyo del tesorero real, Miguel de Pasamonte, y de quienes en Santo Domingo sabían que dárselo agradaría en mucho al rey Fernando, consiguió poner su expedición en marcha, fletando dos naos que salieron de sus viejos y conocidos predios de Higüey, desde el puerto de Yuma, y a las que en San Germán, ya en la isla de San Juan, se unió un bergantín. Iba como piloto Antón de Alaminos,[65] natural de un pueblo de la Alcarria Alta de Guadalajara, como su nombre indicaba, que sin óbice alguno por ser de secano había ganado gran fama como el mejor conocedor de las rutas, peligros, islas, islotes y cayos de todo el mar Caribe. El mejor piloto de aquellas aguas.

Arribaron a muchas islas, no supieron si Bimini era una de ellas ni si alguna de las muchas fuentes que encontraron era la que conservaba eternamente jóvenes a quienes su agua bebían. Alaminos sí que se percató de algo que Cristóbal Colón ya había barruntado y de ello dejado constancia: que una gran corriente que por el mar fluía podía ser determinante para la navegación por aquellas aguas y para trazar derrota de vuelta a las Españas.

—Os digo, señor Ponce —se ufanó el piloto—, que esta ruta y por esta corriente será desde ahora el mejor camino de vuelta a las Españas.

---

[65] Antón de Alaminos fue el que señaló en las cartas, y convirtió en la ruta esencial y más utilizada para volver hacia España, la corriente del Golfo. Alaminos es un pequeño pueblo cercano a la N-II, no lejos de Cifuentes (Guadalajara).

—Y que lo haya descubierto uno de las secas Alcarrias no deja de tener su guasa para los marinos de las costas gaditanas —se rio el andaluz.

—Llevo ya dados muchos miles de pasos más por las cubiertas de los barcos que los que di de niño por los esplegares de Alaminos. Aunque cerca, señor, tenemos río. Que se llama Tajuña, vierte al Tajo y a este océano vierten sus aguas —concluyó sonriente el alcarreño, que había vivido desde muy joven en Palos.

También tocaron, creyéndola en principio isla también, una hermosa tierra a la que bautizaron, por ser el día aquel el de Pascua y por estar cuajada de flores, como la Tierra Florida.

No sabía Ponce que, estando ellos entre fuentes y flores, la isla de San Juan y su propia familia estaban siendo atacadas por los caribes, cuya conjunción con los rebeldes taínos, que había rebrotado, se estaba haciendo sentir y estaba causando bajas entre los españoles. Los fieros caribes, que envenenaban sus flechas, habían hallado la mejor manera de hostigar a los castellanos con desembarcos sorpresa y ataques relámpago a los asentamientos cristianos. Uno de los más importantes fue el que puso en riesgo a la propia Caparra, a su mujer y a sus hijos, que se encontraban con ella. Tuvo con lo sucedido algo que agradecer al cabo al virrey Colón, pues don Diego se encontraba en aquel momento de visita en la isla, en concreto en la localidad de San Germán, y se apresuró a mandar una compañía en socorro de la villa atacada, salvándola de ser arrasada y de que fueran muertos todos sus habitantes y con ellos Leonor y sus cuatro hijos.

Fue en uno de esos ataques caribes cuando le llegó el fin a Becerrillo, en un lance tan glorioso o más quizás que cuantos había tenido en vida, pues dio la suya por salvar la de su amo.

El alano, tras sus servicios con Diego Guilarte de Salazar, había vuelto con su dueño, Sancho de Arango, para reposar un tiempo y curarse de algunas heridas que había sufrido en los combates. Se encontraba Arango en misión de vigilancia, ante los continuos ataques caribes, de una estancia de un español casado con una cacica de la zona, cuando en la oscuridad unos indios desembarcaron, lograron sorprenderlos y con un feroz ataque mataron a la pareja y apresaron a Sancho.

Se lo llevaban atado y a rastras, y estaban a punto de alcanzar el río por el que habían llegado en sus canoas para meterlo en una de ellas cuando Becerrillo, salido de la oscuridad, cayó sobre ellos como una furia. Fue tan repentino y feroz su ataque que los caribes, tras ver morir a varios de ellos con sus gargantas destrozadas, abandonaron a su presa y huyeron. Becerrillo había logrado rescatar a su amo. Pero entonces, desde las canoas a las que ya habían subido los caribes, comenzaron a flecharle, y como aquella noche no llevaba su protección puesta, uno de los dardos se le clavó en la carne.

No hubiera sido una herida mortal, pero sí lo fue al estar emponzoñada con veneno. Y el fiero alano, a pesar de los cuidados con que intentó auxiliarle su amo, arrancándole la flecha, lavándole la herida y hasta cauterizándola con un puñal al rojo vivo, murió a las pocas horas.

Sancho de Arango no tuvo reparo en que todos vieran bañar las lágrimas su recia y curtida cara, brotando de unos ojos que muchas veces antes habían visto morir junto a él a tantos hombres, amigos y compañeros suyos. Se intentó consolar luego, diciéndose y diciéndoles a sus camaradas de armas que Becerrillo había disfrutado de una larga vida y tenido, como no podía ser otra, la muerte de un guerrero.

Lo enterró en el lugar donde había logrado su última victoria, salvando su vida y librándole a él de ser comido. Lo hizo al pie de una fuerte y alta ceiba, y los españoles se juramentaron para mantener en secreto el lugar y la desaparición del perro y que los indios siguieran temiéndolo y que les pareciera que cualquiera de los otros canes que con las tropas guerreaban seguía siendo Becerrillo.

29

LA MUERTE DEL PILOTO

Al tiempo que Juan Ponce de León estaba partiendo de La Española hacia Borinquen, Alonso de Ojeda y Juan de la Cosa por un lado y Diego de Nicuesa por otro estaban intentando hacer lo mismo para dirigirse al golfo de Urabá, en cierta medida asociados y en la misma rivales, pues el rey había hecho repartición entre ellos de aquellas tierras continentales y que ellos mismos habían tocado antes que el propio almirante.

La Junta de Navegantes, que se había celebrado el año antes, en marzo de 1508, auspiciada por el rey Fernando junto con Vicente Yáñez Pinzón, Juan Díaz de Solís y Américo Vespucio, fue en principio un cónclave para dar con la forma de hallar algún paso que permitiera cruzar hacia Asia, que parecía una misión imposible. Pero el rey aprovechó también para poner en debate a los candidatos a la gobernación de aquellos territorios de tierra firme. Una especie de concurso de méritos, al que, avisado por su amigo piloto, Ojeda había echado instancia muy fundada, pues nadie sino él y De la Cosa conocían aquellas aguas y aquellas tierras. Contaban de nuevo con el apoyo del poderoso obispo Fonseca. También aspiraba a ello el rico Diego de Nicuesa, que tenía igualmente buenos agarres y amigos cercanos al rey.

De la Cosa, aun teniendo buen trato con Nicuesa, defendió con empeño la propuesta de su viejo compañero Ojeda, pero a la postre entendió que aceptar un acuerdo de partición en dos mitades y dos gobernaciones del extenso territorio, teniendo en cuenta la poca fuerza económica de Ojeda, que tampoco la suya era excesiva y lo bien que podría venir la indudable potencia de Nicuesa, podía ser lo prudente. Y al cabo fue ello lo que acabó por decidir y conceder.

El área al oeste del golfo de Urabá, nombrada Castilla del Oro, correspondería a Nicuesa, mientras que el área al este sería para Ojeda con el nombre de Nueva Andalucía. Y compartida por ambos, la gobernación de Jamaica, como mejor punto de enlace y abastecimiento posterior de las ciudades que habrían de fundar en sus gobernaciones.

El capitán Ojeda llevaba años ocioso en La Española, entre la cárcel primero y luego la falta de expediciones en que poder embarcarse, pero Juan de la Cosa no había parado quieto. Primero había estado dirigiendo operaciones en las costas africanas y se vio envuelto en un nuevo episodio de espionaje en Portugal que le costó el ser prendido, aunque la intervención real hizo que lo libertaran con gran rapidez.

También había ido y venido a las Indias y realizó diferentes singladuras ya como jefe de expedición y, en una de ellas, al mando de cuatro navíos, y precisamente donde entonces se disponía a volver, había sacado de un gran apuro al mercader sevillano Cristóbal Guerra. Luego habían hecho juntos muchos prisioneros y encontrado importantes cantidades de oro en los arenales del Urabá. Con los barcos hechos una ruina por la broma que barrenaba el maderamen, había logrado llegar sano y salvo a La Española; allí se le acabaron por hundir, pero el botín fue espectacular. El quinto real para entregar al rey ascendió a 491 700 maravedís, lo que significaba que la ganancia total era de unos dos millones y medio. Asimismo, se le premió con otros cincuenta mil que habían sido acordados antes de partir.

El piloto tenía desde hacía mucho pergeñado con Ojeda el lanzarse cuando pudieran a aquella aventura. Pero hasta ahora no había podido ser. Muerta la reina Isabel, su gran valedora, había seguido estando en la gracia del rey Fernando, que le había encomendado varias misiones en las que anduvo empeñado.

En 1507 había estado al mando de una flota para vigilar y combatir a los piratas, sobre todo a un tal Juan de Granada, vizcaíno como él, que acechaban entre Cádiz y el cabo de San Vicente a las naves que volvían cargadas desde Santo Domingo. Unos meses después, hizo un rápido viaje de ida y vuelta a las Indias para luego informar y decidir las futuras expediciones, por el que recibió cien mil maravedís. Ahí volvió a conectar con Ojeda y a seguir madurando lo que consideraban ambos como su gran y definitiva aventura, en la que conjugarían sus fuerzas y lograrían al fin sus sueños. Se necesitaban el uno al otro y tenían plena confianza tras todos aquellos años pasados desde aquel ahora ya lejano 1493 en que vieron flotando los muertos del Fuerte Navidad. De la Cosa tenía los contactos, el prestigio como marino, su puesto en la Casa de Contratación y el apoyo del rey; por su parte, Ojeda era muy capaz para el combate y tenía fama ganada como adalid, pero, aparte de Fonseca, entre los poderosos no le faltaban enemigos y tenía vacíos los bolsillos.

Finalmente, todo parecía estar, al fin, al alcance de su mano. Alonso de Ojeda tenía el nombramiento de gobernador de la Nueva Andalucía y Juan de la Cosa iba con el cargo, prometido ya tras su viaje anterior, de alguacil mayor de Urabá. Ojeda llevaba a la venezolana Isabel con él, como hacía siempre, y en esta ocasión Juan de la Cosa, como muestra de su decisión de instalarse allí, llevaba también a su esposa y a sus dos hijos.

Quien no estaba para nada conforme en ello era el virrey y gobernador de La Española, don Diego de Colón, que pretendía serlo de todo el resto de las Indias también. Se manifestó profundamente disgustado, además, por la entrega de Jamaica, bien sabido que fue descubierta por su padre y donde tanto había padecido en su último viaje. Se sentía agraviado por ello y con los tres, con Ojeda, con De la Cosa y con Nicuesa, aún más, pues en el territorio cuya gobernación se le había otorgado estaba Veragua, y aquellos lugares eran también inequívocos descubrimientos del almirante.

Hizo todo lo que en su mano estuvo para entorpecerles el viaje y ponerles todos los impedimentos posibles, pero no pudo finalmente evitarlo. Aunque Ojeda poco pudo aportar, sí lo hicieron Juan de la

Cosa y algunos allegados suyos, logrando fletar una nao y dos bergantines para un total de doscientos hombres, entre los que estuvo de los primeros el extremeño Francisco Pizarro, deseoso de salir de la isla y hacerlo con quienes tenía por tan buenos capitanes.

No eran naves ni gentes suficientes para el tamaño de la tarea, y decidieron añadir a su empresa al bachiller Enciso, que había seguido obteniendo muy buenos sueldos con sus mañas de abogado y sus pleitos, y que aportó dos mil castellanos con los que fletaría otro barco y que, lleno de vituallas, los seguiría después a ellos. Ojeda lo nombraba, en compensación por ello y lógicamente, aparte las ganancias que pensaban obtener, alcalde mayor de toda la Nueva Andalucía.

La primera disputa entre Ojeda y Nicuesa surgió ya en el mismo Santo Domingo. Los dos consideraban que la provincia del Darién entraba en lo suyo. Empezó siendo una pequeña porfía, pero iba enconándose de tal modo que De la Cosa se temió lo peor. Y aún más cuando Nicuesa, con su gracejo y su dinero para apoyarlo, le espetó a Ojeda que resolver tales cosas solo sabía hacerlo desenfundando su espada:

—Dad acá, Alonso. Pongamos cada cual cinco mil castellanos en depósito, que luego ya os meteréis conmigo, pero ahora no nos estorbemos en el camino.

Bien sabían, tanto él como toda La Española, que un real que hubiera que poner Ojeda no lo tenía, y pudo acabar muy mal aquello si no terciara rápido el piloto, que, ya harto de ambos, extendió un mapa sobre la mesa y les señaló el río grande del Darién como línea divisoria. Uno se quedaría al oriente y al occidente el otro. Se apaciguó Ojeda, se contentó Nicuesa y diose aquello por concluido. Pero entonces fue a saltar la liebre de Jamaica.

El gobernador Colón decidió anticiparse y sin consultar al rey ni a nadie, y menos que a nadie al tesorero Pasamonte, dio orden al capitán Juan Esquivel de aparejar un barco, proveerse de vituallas y gentes e ir a poblar presto aquella isla.

Esquivel y Ojeda habían tenido hasta aquel momento buen trato y hasta amistad incluso, pero aquella noche en el Escabeche, donde toparon, estuvieron a punto de cruzar los aceros. No llegaron a desenvainar porque De la Cosa y Enciso frenaron a Ojeda, y porque a Esquivel, que aun sabiendo con quién se enfrentaba no se hubiera por eso retenido, se lo había prohibido expresamente Diego de Colón, temeroso de que eso era lo que iba a provocar Ojeda y dejarlo de entrada sin capitán para su empeño.

No hubo pues ni duelo ni sangre, pero la amenaza de Ojeda la escucharon todos cuantos estaban en la taberna y a la mañana ya la conocían en todo Santo Domingo:

—Sabéis, Esquivel, que os tengo por bueno y por bravo. Sé que son vuestras órdenes y debéis atenderlas, pero también os juro que, si entráis en Jamaica, os cortaré la cabeza.

Salió Ojeda primero del puerto, con su nao y los dos bergantines. Contando con el de Enciso, que saldría más tarde, irían un total de trescientos hombres y doce montados, entre caballos y yeguas. Se demoró algo más Nicuesa, pues fueron tantos los que con él quisieron embarcar, por su prestigio y sus dineros en la isla y la fama de las riquezas de Veragua, más mentadas que las de Urabá, que a las cuatro naos y dos bergantines hubo de añadir aún otro, para embarcar a un total de setecientos hombres, pero en su caso con tan solo ocho caballos, amén de su famosa yegua.

Y aún iba a intentar Diego Colón ponerle una última zancadilla para no dejarle zarpar. Cuando ya estaba subido en la barca para irse a la nao, lo sacaron de ella, lo llevaron donde el alguacil mayor y le exigieron el depósito inmediato de quinientos castellanos de un presunto embargo no cubierto. Viose Nicuesa en un apuro, pues la flota no podía ya demorarse más, pero a nada que se supo el arcijo, se presentó un fiador con la cantidad exigida y no tuvo ya otro remedio el gobernador que dejarle izar velas y partir al fin.

Ni Ojeda ni Nicuesa pudieron ya ver que el siguiente barco que salió del puerto de Ozama fue el de Juan Esquivel, que con sesenta hombres partía a repoblar Jamaica a pesar de la amenaza que pendía sobre su cabeza. Y eso a sabiendas ya que Nicuesa en esa isla tenía abierto un puesto de avituallamiento donde ordenó que con quinientos cerdos se hicieran allí salar mil tocinos para tenerlos preparados para su flota y para cualquier otra contingencia en su gobernación.

De la Cosa y Ojeda llegaron sin contratiempo a tierra firme y en poco estuvieron ya en la bahía del Calamar,[66] donde Ojeda, siempre belicoso y desoyendo los consejos de su amigo, que le advirtió del peligro de aquellos indios, muy maleados por anteriores expediciones en las que él mismo había combatido y que utilizaban flechas envenenadas, ordenó desembarcar.

—Sería a mi parecer, Alonso, más conveniente el ir a poblar más adentro del golfo y no aquí, pues las flechas herboladas de estos indios resultan mortales. Mejor establecernos donde son más pacíficos y, una vez asegurados, volver luego y combatir a estos con mayor conocimiento de sus poblados y tener mayor facilidad para dominarlos.

Pero Ojeda, siempre animoso para la batalla y a quien no habían sacado sangre del cuerpo ni una sola vez en los cientos (y hasta mil, decían) de duelos en los que había combatido, no quiso hacerle caso. Atracaron los navíos y desembarcada la tropa en el arenal no tardaron en comenzar las hostilidades. Los guerreros del poblado costero iniciaron el hostigamiento con andanadas de flechas, pero, sabedores del peligro, los hombres de Ojeda se tapaban bien con sus rodelas. Lograron asaltar el poblado y ya en los alcances hicieron bastantes muertos a los caribes y ya muchos intentaron darse a la huida; comenzaron pues a capturar los castellanos a cuantos podían, pues a estos se les permitía, por ser alzados, venderlos como esclavos. Solo les resistían ocho guerreros que se habían refugiado en una cabaña más fuerte que las demás y mantenían a raya con sus arcos a quienes se acercaban.

Ojeda recriminó a los suyos:

—Vergüenza que tales y tantos como sois y no osáis allegaros a ocho desnudos que se burlan de vosotros.

Escocido por el reproche de su capitán, uno de ellos arremetió

---

[66] Allí se erige ahora la imponente y más hermosa ciudad de aquellas tierras, Cartagena de Indias.

con ímpetu, esquivando las flechas y parándolas con el escudo, y lanzándose contra la puerta logró tirarla, pero entonces una flecha lo alcanzó en medio del pecho, derribándole y haciéndole entregar el alma.

Aquello exacerbó aún más la furia del capitán y esta vez, con él mismo encabezando el ataque, llegaron hasta la cabaña y le prendieron fuego, quemando a los que en ella se refugiaban y degollando con la espada a los que huían de las llamas. Con esto quedó toda resistencia vencida y lograron capturar a unos sesenta caribes, que fueron conducidos a los navíos.

Supo entonces el conquense por sus lenguas que los huidos lo hacían hacia un gran poblado de enorme número de gentes llamado Turbaco, que estaba adentrado en la selva unas cuatro leguas más adelante, y sin pararse en mientes y dándolos por vencidos, decidió seguir tras ellos y no dejarlos reponerse. Avanzó sin cuidarse mucho y fiado en su fuerza por la vereda que había hasta el poblado. Hubo de hacer noche en un claro de la floresta, pero alcanzó a poco de abrirse el alba el lugar, en extraño silencio, vacío y sin nadie que se les opusiera, pero tampoco que se entregara.

No sabía que, llegados los huidos, habían recogido a todas sus mujeres y niños y los habían hecho esconderse en los montes vecinos. Los guerreros, mientras, se habían puesto al acecho y seguido los movimientos de los españoles, esperando el momento de atacarlos. Este llegó cuando entraron en el poblado y se desperdigaron por entre las muchas chozas que había en él. Entonces, con un gran griterío, brotando de la selva entraron en multitud por todos los puntos y se lanzaron a la caza de los barbudos.

Se trabó una gran batalla: los castellanos eran mortíferos con sus aceros, pero solo si los lograban alcanzar. Los indios procuraban no ponerse a su alcance y disparaban sus flechas. Ya habían caído por ellas algunos, y otros, heridos, comenzaban a sentir el efecto de los venenos. Su efecto era más o menos rápido dependiendo del lugar donde lograban alcanzar la carne, pero mucho más rápido y aún más letal cuando penetraban hondo y alcanzaban vías de sangre.

Los españoles se vieron pronto cercados, pues los indígenas por la noche habían rodeado totalmente el poblado, y como venados acorralados no sabían por dónde huir, y unas veces lo hacían yendo en un espantón hacia un lado y luego tornaban al otro. Los caribes, cada vez más excitados al ver cómo iban matándolos, hasta les arrancaban las flechas de los cuerpos para poder volver a matar con ellas, y sabiéndose hurtar de las espadas manteniendo la distancia, fueron acabando con los grupos que les resistían.

Quedaron al final tan solo dos formaciones plantando cara. Una la mandaba Juan de la Cosa, que había agrupado a la puerta de lo que parecía el palenque a quienes había podido reunir, y otra la de Ojeda, que combatía rodeado, pero más cerca de la linde con la selva. El capitán peleaba como un ágil demonio, que lo mismo se arrodillaba para mejor taparse el cuerpo, que al ser pequeño mejor podía, y parar las flechas que le llegaban, que saltaba de un lado a otro, avanzaba, hería y retrocedía cubierto por el escudo de nuevo. Así combatió hasta que ninguno de quienes con él estaba quedó ya en pie. Vio alejado a De la Cosa, a quien aún acompañaban algunos, y entonces, veloz y serpenteando en su carrera como una víbora, se lanzó en dirección a la floresta. Derribó de un certero golpe, que le rebanó el cuello, al indio que le tapaba el camino y a quien no dio tiempo ni de armar el arco, luego hirió a otros dos con sendas cuchilladas a las pantorrillas, para evitar que lo persiguieran, y corrió como un galgo. Colocándose la rodela en la espalda para que le detuviera las flechas que seguro le buscarían, se metió por las mayores espesuras y los peores montes, intentando ir siempre en dirección donde pensaba que estarían las playas y el mar.

Juan de la Cosa y quienes con él estaban lograron refugiarse en una cabaña a la que desbrozaron de paja para que no los quemaran vivos y allí resistieron una acometida tras otra, matando a cuantos se ponían a su alcance, pero también viendo caer uno a uno a los suyos. Notando el piloto que tan solo quedaba uno y que él, con muchas saetas ya en su cuerpo iba ya sintiendo el veneno, le dijo:

—Si Dios te ha guardado hasta este momento, tal vez te guarde si escapas ahora. Huye mientras en mí se ceban. Decidle a Ojeda cómo me dejáis al cabo. Ya estoy muerto. —Hizo un postrer esfuerzo por levantarse, arrancó y emergió en la puerta, donde lo asaetearon a placer. El otro, joven y rápido de piernas, salió por el otro lado, y fue el único que consiguió de todos huir y llegar esa misma tarde a los barcos.

Setenta habían salido, tan solo este había vuelto y de Ojeda nada se sabía. El mozo alcanzó a decir que le había visto salir huyendo solo del poblado con los indios persiguiéndolo y que todos los demás que habían ido estarían muertos o presos de los indios, aunque no había visto que de estos hicieran ninguno.

El pavor se apoderó de muchos, pero los había bien curtidos, y no le faltó el coraje a la Guaricha ni el temple a la mujer de Juan de la Cosa, aunque ya sabía, por lo dicho por el superviviente, que su marido estaba muerto.

Decidieron los que mantenían el ánimo y pensaban poder hallar vivo al Capitán de la Virgen, que de tantas y peligrosas lides había logrado escapar, el ir a buscarle con los bateles de los navíos costeando arriba y abajo por la costa. En uno de ellos, no hubo manera de impedírselo, se embarcó la Guaricha. Durante muchas horas otearon y dieron voces infructuosamente. Ya desesperaban del todo cuando al llegar a un recoveco de la playa dieron con un tupido manglar, la única planta capaz de crecer y medrar en aguas saladas, con sus grandes raíces enredadas las unas con las otras y formando entre todas una impenetrable maraña.

Allí fue cuando ella lo vio. Agazapado entre ellas, con la espada en la mano que intentaba blandir haciendo una señal y con la rodela en la espalda en la que luego contaron hasta trescientos picotazos de flecha.

Ojeda había sobrevivido, pero estaba casi en el desmayo de hambre y de fatiga, tanto que ni hablar podía, y hubo Isabel de ayudarle a incorporarse y conducirlo a un lugar más seco donde pudieran hacer fuego y él calentarse y recuperar el aliento al menos. Luego pidió agua, pues la sed lo consumía, y después comió algunos bocados. Volvieron con él a los navíos, con la desolación de tanto muerto y la leve esperanza por haber logrado recuperar a su capitán con vida. Ni siquiera cientos de flechas indias habían logrado hacerle verter su sangre.

Estaban ya a bordo todos cuando uno de los soldados viejos, que, aunque había participado en el primer combate entendió Ojeda que debía quedarse custodiando los navíos, dio el aviso subido en una jarcia del barco que más afuera estaba. Era Francisco Pizarro quien gritaba dando la buena nueva:

—¡¡Son velas!! Es la armada de don Diego de Nicuesa, que viene hacia aquí.

Ojeda y Nicuesa se habían separado con algunas palabras que escocieron y algunos malos quereres, pero en llegando el gobernador de Veragua a donde ellos estaban y al darle noticia de lo ocurrido, todo aquello quedó como si el aire lo hubiera aventado al lugar del olvido.

—Señor Ojeda —le dijo tras abrazarlo—, somos españoles e hidalgos. Si en La Española tuvimos palabras, ahora ya están para siempre olvidadas. Haced cuenta que no ha pasado cosa entre nosotros que nos aparte de ser hermanos en esta tribulación.

Se emocionó a tal punto el conquense, que hubo de echar mano a un vaso de vino que le habían ofrecido y apurarlo de un trago para evitar con ello que se le desprendiera lo que no quería de los ojos. Rehecho, le tendió la mano y ambos se la estrecharon como nunca lo habían hecho y sin que mediara palabra alguna para saber lo que ambos sentían.

Algo después, y ya confortados ambos, Nicuesa le ofreció su ayuda:

—Guiadnos vos, que yo con mi gente os seguiré hasta que Juan de la Cosa y todos los que con él murieron sean vengados.

Ojeda tomó pues, por deseo de Nicuesa, el mando, y ambos en sendos caballos cabalgaron juntos y al frente de cuatrocientos hombres se pusieron en marcha hacia Turbaco. Antes hicieron pregonar un bando: que so pena de muerte ninguno cogiese vivo a ningún indio en aquel poblado.

Avanzaron con decisión, pero también con cautela. Esta vez no iban a cogerlos desprevenidos. Antes de llegar, Ojeda dividió la columna en dos partes para así rodear el pueblo. Llegaron en silencio hasta lo más cerca que pudieron y fueron unas guacamayas grandes, de esas coloradas que tienen y que dan unos gritos y alharacas enormes, quienes dieron la alarma. Los confiados esta vez eran los indios, que, sintiéndose vencedores y habiendo matado a tantos blancos a pesar de sus escudos y su pechos cubiertos de aquello que era tan duro y sus espadas, no tenían miedo alguno de volver a ser atacados y seguían aún celebrando su victoria. Los blancos barbudos se guardarían en volver.

Pero habían vuelto y ya estaban allí de nuevo. La sorpresa y el terror los atrapó. Salieron de sus cabañas despavoridos, unos armados, otros sin armas, todos gritando y muy en desorden, sin saber bien qué hacer y muriendo muchos al ir casi a ensartarse en los filos de las armas de los furiosos castellanos. Intentaban escapar y daban con las líneas de españoles que los esperaban y hacían matanza en ellos, desbarrigándolos; huían y daban con otra línea que los laceraba aún más, se arremolinan y entonces venían los de a caballo, aquellas pavorosas bestias que jamás habían contemplado, cuyos jinetes los alanceaban mientras los animales los pisoteaban y aplastaban. Si se guarecían en las casas, los españoles les prendían fuego y los quemaban vivos o los despanzurraban cuando salían de las llamas. No perdonaban a ninguno ni por edad ni por sexo. El que no alcanzó a huir, murió allí.

Ojeda buscaba el cuerpo de su amigo, de su hermano ya casi después de tantos años y de tanto vivido, con el que ahora más esperanzas y sueños compartía y que había traído hasta allá a su mujer y a sus hijos con él.

Lo encontró al fin. Lo habían atado a un árbol. Eran tantas las flechas que tenía en el cuerpo que parecía un erizo, y estaba hinchado por el veneno hasta hacerlo deforme y dotar a su cara de una fealdad espantosa.

Ojeda hizo que lo desataran y que lo taparan para no verlo así. Luego se dedicaron a recorrer el poblado rescatando tantos cadáveres cristianos como pudieron, que fueron casi todos, aunque algunos no estaban porque quizás se los hubieran llevado a los montes, y hubo quien dijo que para comérselos. Recuperaron de ellos corazas y armas e hicieron luego los gobernadores que cavaran una gran fosa en un claro de la selva y allí los enterraran a todos lo más hondo que se pudo. Un fraile venido con la tropa, exprofeso para ello, pues sabían que tendrían que hacerlo, rezó un responso y las oraciones fúnebres para entregárselos al Señor.

El cadáver de Juan de la Cosa, «el piloto más grande que por esos mares había», fue enterrado con todos por orden de Ojeda, pues en el estado en que se encontraba no quiso que su mujer[67] sufriera aún más al verlo así. El veneno, además, lo estaba descomponiendo rápidamente, y ya olía muy fuerte a podrido.

---

[67] La mujer de Juan de la Cosa sobrevivió y regresó a España, y con ella lo hizo su hija (del hijo no hay noticia posterior ni de que heredara la Alguacilía Mayor que le correspondía), a la que por orden real se entregaron cincuenta mil maravedís para su dote de boda. También se concedió a la familia la propiedad de todos los indios caribes capturados, pues al ser alzados y hostiles no tenían protección de las leyes de la Corona y podían ser vendidos como esclavos.

30

LA CONVERSIÓN DE FRAY BARTOLOMÉ

El virrey Colón, enredado en pleitos y cada vez más cuestionado por sus contrarios, encabezados por Pasamonte, a quien al apoyo del rey Fernando unía el de Fonseca y el de su secretario Conchillos, veía cómo, a su margen y por obra de otros, se exploraban nuevas tierras, se hacían poblamientos en ellas y se extendían los dominios de la Corona.

La virreina no dejaba de advertirle de ello, de señalarle lo que hacían un día Ponce, otro Ojeda y otro el Nicuesa, y él nada. Al fin y ya por el año 1511, dos después de su llegada, decidió él enviar a quien desde el inicio y de entre todos importantes y antiguos en la isla mejor le había recibido, Diego Velázquez de Cuéllar. Este estaba más que dispuesto a colaborar en sus planes y, de hecho, se había convertido en su persona de confianza y su segundo.

Las cercanas costas de Cuba eran asiduamente frecuentadas por naves españolas, pero no se había hecho entrada en su interior ni fundado ciudades ni construido fuerte alguno. Velázquez recibió con alborozo la propuesta, que aceptó de inmediato, y se puso con rapidez en marcha aparejando cuatro naves y embarcando en ella trescientos hombres, entre los que se encontraban muchos familiares suyos, segovianos como él, todos hidalgos, y entre a los que hacía más favor que a ninguno estaba un sobrino, hijo de una hermana, llamado Pánfilo de Narváez.

Desembarcaron en el este de la isla y allí recibieron una primera sorpresa. Uno de los caciques, de nombre Hatuey, que había combatido contra ellos en Higüey y que había sido de los más firmes valedores del rebelde Cotubanamá, al ser este derrotado y ahorcado había pasado con sus guerreros y las gentes que quisieron seguirlo a esa otra isla de Cuba y allí se habían preparado para resistirlos, pues sabían que un día u otro los cristianos llegarían.

Fueron ellos quienes, más que los de allí nativos, pacíficos y sin armas que merecieran ser llamadas tales, procuraron estorbar el avance, y dieron mucho sofoco y fatigas a Velázquez, sobre todo en pequeñas emboscadas, pero tras tres meses lograron ir deshaciéndolos, matando o capturando hasta acabar por completo con ellos.

Diego Velázquez había tenido a Bartolomé de las Casas entre los soldados que lucharon con él en Higüey, y sabedor, como todos en La Española, de que había profesado como sacerdote, pero sin dejar su hacienda, decidió llamarle, pues pensó que sería bueno contar con él como mejor emisario para su avance por las aldeas. De las Casas aceptó y fue nombrado capellán de la expedición, llegando a Cuba al año de la primera entrada de Velázquez.

La operación se puso en marcha y dio buenos resultados: Bartolomé de las Casas, a través de un indio que enviaba por delante y los tranquilizaba, iba predicando y bautizando a los nativos del lugar y él después tomando posesión de la tierra para sus majestades los reyes y fundando poblaciones en que aposentar a los castellanos.

Eran gentes pacíficas y en su mayoría desarmadas y empezaron a confiar en ellos, a pesar de lo que los huidos de Higüey les contaban. La fama de De las Casas comenzó a correr por los poblados. Le llamaban el *behique* bueno.[68] Y aumentó más todavía cuando Narváez, que actuaba como teniente de Velázquez, hizo incursión por la provincia de Bayamo con veinticinco soldados y fueron atacados por centenares de indígenas. No solo los resistieron, sino que sus arcabu-

---

[68] El castellano o el blanco bueno, en contraposición a los demás, los malos. La fuente es el propio Bartolomé de las Casas. O sea, que quizás fuera necesaria una cierta cuarentena.

ces, ballestas y espadas les hicieron mucho daño y muertos, y acabaron por huir a Camagüey, donde solicitaron la venida del sacerdote para lograr el perdón y que no les causaran más males. Se pactó así entre los indios y Narváez y ello fue muy celebrado por las aldeas. La fórmula estaba saliendo bien.

Todo iba a reventar en un día del año siguiente y de nuevo con Pánfilo de Narváez y sus hombres como protagonistas. Había llegado con De las Casas y su compañía de soldados al poblado de Caonao, donde fueron bien recibidos y agasajados con un banquete de pan de cazabe y pescado. Disfrutando de él, sin razón aparente, uno de los soldados, quizás por estar embriagado por la bebida ofrecida por los indios o el vino que llevaron ellos, fue a creer que iban a ser atacados y comenzó a dar cuchilladas a todos cuantos estaban más cerca. Derivó la fiesta en griterío y matanza y huyeron los que pudieron a esconderse en sus cabañas. De las Casas intentó calmar los ánimos y convenció a un joven aterrado de que saliera de una y que no le harían nada. Lo creyó el indio y, nada más asomar, un soldado le ensartó con su espada. Moribundo, Bartolomé de las Casas lo bautizó antes de que exhalara su último suspiro.

La carnicería prosiguió y Bartolomé de las Casas se limitó a contemplarla aterrorizado. Cuando al fin concluyó todo, se le acercó el teniente Narváez, quien le preguntó, como si él fuera ajeno a lo sucedido:

—¿Qué le parece a vuesa merced lo que estos soldados han hecho?

De las Casas respondió:

—Que os ofrezco a ellos y a vos al diablo.

Pero no hizo más.

Tras irse extendiendo lo sucedido y al encontrar cuando llegaban los pueblos vacíos y las gentes huidas, fue requerido por Velázquez para que volviera a conectar con los nativos y lograr de nuevo conciliarse; lo hizo y, a través de indios ya convertidos y amigos, consiguió un nuevo acuerdo, y siguió al tiempo en amistad tanto con el gobernador como con Narváez.

Pero ya nada fue como antes. Menudearon los incidentes y los muertos. La gran mayoría indios, pero también hubo bajas entre los españoles e incluso prisioneros.

Cerca de la ya incipiente población de La Habana, una suerte de confederación de caciques locales había unido fuerzas y conseguido emboscar y derrotar a un grupo de españoles, colonos y algún soldado. Llegó la noticia de que tres de ellos seguían vivos y prisioneros, y Velázquez envió hacia allá a De las Casas para liberarlos.

Con indios intermediarios por delante, uno de los cuales les llevó una carta suya que los llenó de asombro, pues creían que la carta era la que hablaba y acercaban al papel los oídos para intentar ellos también escucharla, logró ir acercándose a donde pensaba que podían estar los cautivos.

Y así era. Un día, tras haber llegado a un poblado costero construido en el mismo mar, sobre plataformas sostenidas por grandes postes hechos de troncos de árboles, vino hacia él donde estaba una canoa, y en ella iban dos mujeres blancas. Eran las prisioneras, y le explicaron que al resto de los que con ellas iban, hombres todos, los habían matado y perdonado solo a ellas por ser mujeres. Sin embargo, creían que a otro hombre, no sabían si de los de su grupo o cogido en otro lado, también lo tenían cautivo. A ellas las habían soltado porque además del sacerdote habían visto que llegaban con él muchos soldados.

Una vez más era Pánfilo de Narváez, la mano derecha y militar de su tío, por encima de la pléyade de otros familiares que lo rodeaba, quien los mandaba.

El sacerdote siguió con sus gestiones y propició una reunión de todos los caciques, que sumaban en total veinte, para que vinieran a un encuentro y que no les harían nada. Aceptó Narváez, y llegaron los jefes indios con comida y pescado, sobre todo, para agasajarlos, y Pánfilo intentó repetir una vez más su sanguinaria estratagema. Una vez congregados los hizo presos y, no contento con ello, los condenó, por haber matado a los blancos, a ser quemados vivos.

Esta vez sí reaccionó De las Casas. Le amenazó con contarle todo ello al rey y llevarlo ante todas las instancias judiciales tanto de Santo Domingo como de España. Temeroso de ello, reculó Narváez en su decisión, y aceptó liberar a diecinueve de los prisioneros, quedándose solo con uno, el más principal de todos.

Alertado de lo sucedido, Velázquez se presentó en el lugar y, tras conversación con De las Casas, quien le contó que además de las mujeres había otro español cautivo, pero que estaba en otra aldea, logró que el gobernador pusiera en libertad al cacique mayor y este hizo que libertaran al cristiano, que resultó llamarse Pablo Miranda.

Diego Velázquez valoró en mucho los servicios de Bartolomé de las Casas, y en cuanto pudo le otorgó cerca de Cienfuegos una serie de propiedades a las orillas del río Arimao y un nuevo repartimiento de indios, que compartió en sociedad con un vascongado, Pedro de Rentería. Este era experto en fundiciones, y pusieron a los indígenas a buscar oro en los yacimientos que en aquellas aguas había. Durante todo el año siguiente ambos socios estuvieron al completo volcados en ello, y en la isla se comenzó a hablar mucho de la fortuna y codicia del clérigo.

La llegada de tres dominicos a Cuba iba a cambiarlo todo. Estos pidieron verle, y lejos de regañarle, o bien desconociendo estas sus otras ocupaciones, le encomiaron por sus desvelos y la defensa y esfuerzo que por el bienestar de los indios hacía.

Puede que Bartolomé sintiera entonces vergüenza, o quizás recordara aquel sermón en Santo Domingo de fray Antonio Montesinos; el caso es que al poco, en una misa de Pascua en la población de Sancti Spíritus, fue él quien predicó sobre el mal trato que se estaba dando a los indígenas, los abusos contra ellos y las muertes que él mismo había presenciado.

No hubo aquel día el tumulto que hubo el otro, con el virrey presente, en la capital de La Española. Tan solo murmullos de desagrado. Pero no solo por las palabras dichas, sino por la doblez que descubrían.

Era el mismo sacerdote que desde el púlpito los acusaba, quien, en bajando del mismo, era un encomendero más de los que un instante antes estaba poniendo en la picota.

Llegó el rumor a sus oídos, se hizo patente en los gestos y las miradas de aquellos con quienes hablaba, y la vergüenza sentida ante los dominicos la tuvo de sí mismo. Tal vez pensara que su vida había sido siempre una mentira y que era llegado el momento de andar otro camino. Pero para ello había que dar la espalda y renunciar de inmediato a lo que hasta ahora había sido.

Lo hizo en presencia de todos, incluido el gobernador Velázquez y todos los importantes de la isla, el día de la Virgen, el 15 de agosto y en la misma iglesia de Sancti Spíritus.

—Lo que prediqué el pasado domingo estaba en la justa razón y en la voluntad divina. Y aún quedaron cortas, en cuanto a vuestros pecados para con los indios, mis palabras. Pero como me habéis hecho observar y ha llegado a lo más hondo de mi corazón, saliendo de mi boca y por mi condición, decís que poco valor tienen y que son también míos tales pecados —comenzó don Bartolomé su prédica ante un expectante silencio.

Hizo una pausa, que a todos se antojó larga, y con el más grave semblante y la voz más campanuda que pudo proclamó ante todos:

—Por ello, aquí en el templo del Señor, ante vosotros y ante Dios, os anuncio que renuncio a todas mis encomiendas y hago cesión de ellas y solemne promesa de no tener ya para siempre en futuro ninguna de ellas ni participar en tales negocios y tratos.

Volvió a hacer parada el cura y esta vez le contestó un murmullo y quedos cuchicheos, que se extendieron por la iglesia y que llegaron hasta donde estaba el gobernador con su familia y los más principales.

De las Casas apuntó hacia él su mirada y observó que Velázquez se tapaba una sonrisa.

A la salida de la misa, muchos se acercaron a él dándole parabienes y alguno añadió cierto interés en saber si acaso pudiera ser el destinatario de aquellas renuncias.

Después de ello decidió volver a Santo Domingo. Allí, tras confesar con fray Pedro de Córdoba, decidió ingresar en la Orden y tan solo un mes más tarde embarcó con fray Antonio de Montesinos rumbo a Sevilla.

Una causa ardía en sus corazones: proteger a los indios. Pero fray

Bartolomé, que había renunciado a su encomienda, no pensaba en absoluto renunciar a su cercanía ni a su influencia al lado de los poderosos. Quizás porque creyera que era la mejor manera de lograr sus fines, o porque siempre había tenido aún más querencia de ello que de nada.[69]

---

[69] A lo largo de lo que luego fue exitosa carrera eclesiástica, sus denuncias corrieron parejas a sus arrimos a las mayores jerarquías y poderes, tanto en la corte como ante los virreyes y gobernadores.

31

LAS FLECHAS HERBOLADAS

Sin Juan de la Cosa, compañero en tantas singladuras, mejor conocedor que nadie de aquellos mares y aquellas costas y el más verdadero amigo que había tenido, Alonso de Ojeda se sentía como huérfano de hermano, sin alguien en quien confiar y apoyarse. Tal vez, por primera vez en su vida, perdido.

La flota de Nicuesa y la aún más mermada suya se habían separado hacía unos días, cada cual buscando el territorio de gobernación que le pertenecía. Marcaron los pilotos rumbo y levaron anclas buscando encontrar como referencia la desembocadura del gran río de Darién, pero no conseguían alcanzarla. Antes, y en entradas por la costa, habían ido encontrando algunos poblados en los que, como allí era la norma, habían tenido que combatir y cuidarse mucho de que no los alcanzaran las flechas herboladas. Habían aprendido el peligro mortal que traían y se guardaban cuanto podían de ellas. En aquellas entradas acabaron vencedores y sin perder hombre alguno, y hasta consiguieron algún oro y un buen puñado de cautivos.

Siguieron avanzando, y ya metidos de lleno en el golfo de Urabá, divisó Ojeda un lugar, unos promontorios, que le parecieron adecuados para fundar allí su ciudad y levantar con urgencia una fortaleza en la que cobijarse los poco más de cien que quedaban. Se pusieron, por la cuenta que les traía, rápidamente manos a la obra, y con mucha prontitud la fortaleza estuvo alzada. Con gruesos troncos, con buenos asientos en los que anclarse y con una buena techumbre de madera dura y taludes de tierra apelmazada, capaces de soportar los embates indios. Para una guerra con tropas moras o francesas aquello hubiera sido casi menos que nada, pero para detener a los indios entendió el capitán que bastaba. La bautizó como San Sebastián de Urabá en honor, y buscando su protección acaso, de aquel centurión romano flechado y muerto por no abjurar de la fe cristiana.

Los ataques contra ella comenzaron a nada de que estuviera terminada. Y fueron tenaces y continuos, pero pronto comprendieron que sus intentos de asalto a la empalizada les costaban muchas muertes, pues en cuanto se ponían al alcance de las espadas de los barbudos podían darse por muertos. Optaron entonces por retranquearse a la selva y emboscados aguardar a que ellos salieran.

Los cristianos hubieron de aprender entonces que sus descubiertas e intentos contra los poblados les iban a costar muy caros. Por dos veces, el diluvio de flechas envenenadas que les venían desde la espesura, sin alcanzar siquiera a ver a quienes las lanzaban, los obligó a volver la espalda y retirarse. Y perder también varios compañeros heridos que luego morían por el veneno.

No había remedio si la flecha alcanzaba zonas vitales. Si no era así, aún cabía uno, pero atroz. Con un anzuelo grande de pesca había que cogerse el regullo de carne afectado por la punta herbolada y, con un tajo con el cuchillo más afilado, cortarlo y echar luego sobre la carne sajada aceite hirviendo. El dolor era terrible, pero lo otro era morirse, que era lo que sucedía las más de las veces si la flecha había penetrado más dentro.

Se fueron a no mucho quedando sin comida y comenzaron a pasar hambre. El bachiller Enciso, que había de venir con la otra nao, bastimentos y gente de refuerzo, no aparecía. Ojeda decidió enviar uno de los tres barcos, con los cautivos indios y el poco oro conseguido, de vuelta a La Española para que lo trocaran por vituallas y volvieran, amén de apresurar a Enciso a que lo hiciera si no había aún zarpado.

Mientras, la batalla continuaba cada día. Los indios ya habían distinguido a saber quién era el jefe que los dirigía, pues habían sufrido sus arrancadas desde la empalizada cuando ellos osaban asomar a la explanada: era el que primero les llegaba a los alcances y los desjarretaba a pares. Y espiando sus movimientos, urdieron una celada para lograr alcanzarle con sus flechas y acabar con él.

Vinieron contra la fortaleza en buen número y se mostraron mucho al descubierto como si fueran a intentar asaltarla. Detrás, y ocultos entre los matorrales que entendieron más apropiados para tener línea de tiro, se quedaron emboscados los cuatro mejores flecheros de todos ellos.

Su plan funcionó. Fiel a su coraje y a su ímpetu, Ojeda encabezó el contraataque y fue tras ellos haciéndoles una gran carnicería, pues era muy ágil y rápido y dio a varios alcance. Persiguiéndolos, llegó hasta donde estaban apostados los flecheros. Sus dardos herbolados, preparados concienzudamente con sus peores venenos, comenzaron a llover sobre él. Logró parar con la rodela los que le dirigían al cuerpo, pero uno le alcanzó en un muslo y se lo pasó de lado a lado.

Era la primera vez en tantos combates que un arma enemiga le hacía brotar la sangre del cuerpo. Pero aquella primera bien podía ser última y que con ella bastara para acabar con su vida.

Se retiró a escape, y sabedor de lo rápido que el veneno se esparcía, entendió que solo había un remedio: ordenó que pusieran al fuego dos planchas de hierro hasta que estuviera blanco y luego con unas tenazas se lo aplicaran por las dos caras del muslo. El cirujano, horrorizado, se negaba a hacerlo, pero Ojeda, conocedor de que no podía demorarse ni un momento, le dijo con mucha seriedad que o lo hacía de inmediato o lo mandaba ahorcar en ese mismo instante.

Supo el físico que no era una baldía amenaza, sino que estaba dispuesto a ejecutarla, y de hecho ya le había hecho una seña a Pizarro, que estaba cada vez más en su cercanía y aprecio, de que estuviera presto a cumplir su orden y este había respondido con un gesto afirmativo de su cabeza.

No tuvo otra el médico que aceptar hacerlo y comenzaron a preparar las planchas mientras su mujer, Isabel la Guajira, traía a escape gran cantidad de vinagre para empapar sábanas e intentar rebajarle luego la calor del cuerpo.

Cuando las planchas de hierro pasaron a brillar de blancas, se las aplicaron a don Alonso, que ni había consentido que lo atasen ni que lo agarrara nadie. Cuando el hierro le socarró el muslo y al sonido se unió el olor de la carne quemada, aguantó sin un grito hasta que le sobrevino el desmayo. El hierro no solo le abrasó la pierna, sino que su ardor le penetró por todo su cuerpo de tal forma y provocando tales calores y sudores que la Guajira hubo de gastar una pipa entera de vinagre en mojar sábanas y envolverle con ellas todo su cuerpo para conseguir ir rebajando el hervor e irlo templando. Pareció que no podría soportarlo, pero funcionó aquello y al cabo vivió Ojeda.

Se asombraron los hombres de su valor. El ardor del fuego en sus venas había matado a la ponzoña fría. Lo admiraron y todos se hicieron cruces de la valentía de su capitán. Pero se les había acabado la comida, tenían hambre, estaban rodeados de flecheros y querían salir de allí como fuera.

Cuando el motín estaba a punto de estallar, se avistó una vela. Hubo alivio, mas resultó no ser Enciso, sino un tal Bernardino Talavera. Pero, bueno, traía un barco, en él vituallas y hasta vino, y hubo alborozo por ello. No supieron si se había topado con el lugar y se había acercado o venía de propio sabedor por el bergantín que había enviado Ojeda a La Española que pagarían bien lo que les llevaran. Aunque oro no es que tuvieran mucho ni esperanza de sacarlo rodeados de indios armados de flechas herboladas.

Ocho meses llevaban ya allí y Enciso seguía sin asomar. Ojeda veía a sus hombres cada vez más tensos y nerviosos, aunque con la llegada del barco y cerca de setenta cristianos a bordo, ahora los indios se mantenían a distancia. Además, después de haber visto retirarse herido por sus venenos, que en aquella ocasión sus brujos habían preparado especialmente, a aquel terrible aunque pequeño guerrero que los mandaba y dándolo por muerto, ahora lo veían vivo y el miedo a él los detenía.

No vio Ojeda otra salida que ir él mismo en busca de ayuda. Entabló conversación con Talavera e hizo trato de que lo llevaran a La Española, y que una vez allí él pagaría y el otro sacaría buen provecho de ello. Invitó también a que, si algunos de los que iban en el barco querían quedarse, que lo hicieran, y que los acogería gustoso en su gobernación. Allí podrían hacer casa, buscar oro y ganar fortuna. Pero viendo en las condiciones en que estaban, tan solo unos cuantos aceptaron la invitación, mientras que la gran mayoría no quiso ni oír hablar de ello.

Decidió entonces el gobernador dejar al mando de los setenta y pocos que quedaban a Francisco Pizarro, que había dado muestras sobradas no solo de valor, sino de saber estar en su sitio y tener capacidad de dirigir hombres. Le dio la orden precisa de que le aguardara allí y resistiera como fuese durante cincuenta días, y que caso de que él no apareciera ni Enciso llegara, que abandonara la población y que retornara a La Española o a donde mejor entendiera. Dejado esto dicho ante sus hombres, los alentó a obedecer a Pizarro como a él mismo, y les hizo promesa en no cejar hasta lograr enviarles algún socorro. Tras ello, subió al barco de Talavera, levaron el ancla e izaron las velas.

No sabía Alonso que, si a un lugar no podía ir aquella nave ni ninguno de quienes la tripulaban, ni por lo más remoto, era a La Española. El barco que llevaban era robado, y Talavera, un desertor y un pirata. Lo habían asaltado y capturado en un pequeño puerto de la punta del Tiburón, cerca de Salvatierra de Sabana, a unos mercaderes genoveses que comerciaban con tocino[70] y pan de cazabe y cualesquiera otras cosas que pudieren darles dineros. De atracar en La Española y ser reconocidos lo único que los esperaba era la horca.

Aún tenían a la vista la costa cuando descubrió, pues ya no la ocultaron, su condición, y comprendió Ojeda la trampa en que había caído y que se concretó cuando, estando dormido, pues le tenían mucho respeto a su espada, cayeron todos a una sobre él, lo hicieron preso y le pusieron grillos. Siendo todo un gobernador y persona de tanta fama, esperaban conseguir por él un buen rescate, y eso habían tramado desde que les habló de viajar con ellos en busca de ayuda. Se les había metido él solo en la jaula.

---

[70] Difiere de la denominación actual, relativa solo a las mantecas del cerdo, y engrosaba al animal al completo, que solía partirse siguiendo el espinazo en dos y se conservaba en salazón.

Mucho se reconcomió el conquense por haber sido tan crédulo y aún más por haber dejado a los suyos sin su socorro y estando, además, su propia mujer entre ellos.

Los piratas se dirigieron hacia Cuba pensando en seguir por aquellas costas sus tropelías, pero resultó muy pronto y muy palpable que de cosas del mar no sabían en exceso y que, más allá de mantener la nave a flote, no tenían apenas experiencia ni como navegantes ni como pilotos. Comenzó a revolverse el tiempo y a venir las tormentas malas, se vieron en grave peligro de zozobrar, y Talavera recurrió a Ojeda. Este, aunque no era un marino avezado, más que todos ellos sí sabía, y logró que al menos no zozobraran. Sin embargo, el barco sufrió serios daños y, en llegando a la costa y tras una tempestad casi huracanada, acabó tan maltrecho que tras encallarlo hubieron de abandonarlo.

Talavera volvió a poner de nuevo hierros a Ojeda, pero a nada y de nuevo hubo de soltarlo porque entonces empezaron a atacarlos los indios, que en todo español que aparecía por la costa ya veían un enemigo que venía contra ellos, y el único que, además de valer para el combate por veinte de ellos sabía cómo defenderse y ahuyentarlos, era el veterano capitán. Al cabo, casi era Ojeda quien mandaba a la tropa. Que de día en día iba disminuyendo: perdida casi toda la comida, teniendo que vivir de lo que encontraban, cada vez más exhaustos y perdidos, algunos muertos por los indios y los más de puro agotamiento, los acabó por rematar una inmensa ciénaga en la que se metieron. Supusieron que sería tan solo cuestión de unas horas cruzarla, y se tiraron muchos días enlodados en ella y tan devastados que tan solo poco más de una docena llegó al otro lado.

Allí, como fantasmas famélicos, arribaron a un poblado. Los indios, sin hacer siquiera esfuerzo, podían, de haber querido, haberlos matado, pues ni se podían tener pinos. Pero se compadecieron de ellos, el cacique hizo que les trajeran comida, y todo el pueblo hizo por ayudarlos y mantenerlos con vida.

Alonso de Ojeda, entonces, de una taleguilla que jamás había abandonado a lo largo de todas sus peripecias, sacó su pequeña talla de la Virgen, que era muy hermosa, regalo del obispo Fonseca y hecha en Flandes y a la que tenía gran devoción, pues era de María Santísima, Madre de Dios, y no había nadie que la venerara tanto como él lo hacía, y no de impostura, sino de corazón pleno. A ella siempre se encomendaba, y creía firmemente que solo por ella había logrado salvarse ahora.

Quiso por ello cumplir su promesa, y cogiendo la pequeña talla subió a monte cercano, allí hizo una hornacina y luego consiguió levantar él solo una pequeña pared y un techado para protegerla. Al verlo los indios, asombrados, y decirles él que era aquella la Madre de Dios y madre de todos, comenzaron a ayudarle y acabaron por levantar una mejor choza para que estuviera bien al resguardo. Al día siguiente, ya fueron muchos los indígenas que subían a verla, y no dejaron ya, mientras pervivieron sus poblados, nunca de hacerlo.

Amparados por los indios y por ellos bien cuidados acabaron por poder conectar, cuando ya habían llegado a la punta más cercana a Jamaica, con los cristianos. Fue Pánfilo de Narváez, que era ahora segundo del gobernador Velázquez en Cuba, quien llegó en una carabela justo ante donde ellos estaban, y al acercarse Ojeda en una canoa y saber quién era, muy cumplido y conocedor de su fama y hazañas, lo hizo subir a bordo, donde lo agasajó mucho y le prometió ayudarle en lo que pudiera.

Ojeda no soltó prenda sobre la condición de sus compañeros, no era hombre que tras haber padecido tanto con ellos quisiera verlos colgar de la horca, y se limitó a pedirle que los pasara a Jamaica y que él iría con ellos luego hasta La Española a pedir socorro. Narváez lo hizo presto, y Alonso de Ojeda se encontró al desembarcar con Juan de Esquivel, a quien había hecho promesa de cortarle la cabeza si entraba en aquella isla que le habían dado como parte de la gobernación a él y a Nicuesa.

No estaba ahora el tiempo para andar con tales agravios, y para discutir de gobernaciones aún menos. Esquivel lo recibió como quien recibe al mejor camarada, con mucha alegría de poderle prestar ayuda, pues ahora él, que también había pasado por muy malos tragos y cuitas, podía darla, y le enaltecía en mucho poderla ofrecer a quien tanto apreciaba y admiraba como soldado y caballero.

Fue para ambos un encuentro que cerró una fuerte amistad que para siempre duraría. Pasaron juntos tres días, y en ellos no dejaron de reír ni el uno ni el otro por las palabras dichas, y no pudiendo evitar ambos la carcajada al espetarle Esquivel a Ojeda, con una sonrisa en nada agresiva, sino amable y cómplice:

—Mal le hubiera ido a vuesa merced si me llega a cortar la cabeza.

—Y por ello no hubiéramos podido catar este vino y brindar por vuestras hazañas y fortuna, señor Esquivel —respondió Alonso.

Pero el Capitán de la Virgen sentía en su interior que la fortuna a él ya le había abandonado para siempre, y no pensaba ya jamás seguirla buscando.

Pasó en cuanto pudo de Jamaica a La Española, y allí al menos tuvo una alegría. Supo que Isabel había llegado también en uno de los barcos que había dejado con Pizarro y estaba a salvo. Igualmente, respiró con alivio al conocer que Enciso había al fin ido a socorrer a los que habían quedado, y que con ellos había llegado su conocido Vasco Núñez de Balboa.

San Sebastián de Urabá, la efímera capital de su gobernación, había sido entregada a las llamas por el propio Vasco, que había quemado tanto el fuerte como las treinta casas al entender que eran indefendibles y para que no aprovecharan en nada a los indios. Alonso de Ojeda renunció después al cargo de gobernador, y ya no aspiró más a ninguno ni casi a nada.

No denunció a Talavera y a los que con él iban que se habían quedado en Jamaica. Tampoco hizo falta. El virrey acabó por enterarse de quiénes eran y de que allí seguían, ordenó a Esquivel prenderlos y este se los envió a Santo Domingo. La justicia cayó sobre ellos y la soga sobre el cuello de Bernardino de Talavera. Algún otro le acompañó en el trance, pero casi todos los otros que habían sobrevivido escaparon de ese nudo.

32

LA TIERRA FLORIDA

Ponce de León ya no era gobernador, pero ello no significaba que no tuviera poder ni que hubiera perdido influencia. Al revés, Pasamonte, desde La Española, y, sobre todo, en España el rey Fernando y en Sevilla el obispo Fonseca, seguían protegiéndolo y otorgándole capitulaciones para que continuara actuando. Con ello socavaban al virrey y a los suyos, que iban estando cada vez más contestados y veían cómo, más allá de los boatos, su poder efectivo no dejaba de disminuir de día en día.

El Rey Católico tenía su objetivo muy claro: no iba a permitir que hubiera al otro lado del mar otra corte ni pareciera que otro rey allí reinara y tras él y por siempre sus herederos. Lo capitulado en Santa Fe, antes de que se supiera que se había arribado a un inmenso y aún por descubrir en gran parte continente entero, se le antojaba ahora lejano. No podían quedar aquellas tierras al margen y fuera de la autoridad de la Corona española, y a tal objetivo iba el monarca a poner en juego cuanto fuera necesario para acabar de lograrlo. Costara lo que costara y por muchas sentencias que hubiera que apelar y revertir.

Lo que sus escuchas y partidarios en Santo Domingo no dejaban de decirle, además, era que los virreyes actuaban y se presentaban como si reyes fueran. El palacio de los Colón, ya terminado, era la sede de su corte, y allí tenían a su alrededor, como en Castilla y Aragón, sus damas y sus gentilhombres, daban grandes fiestas y recibían como si de soberanos se tratara. Ello estaba también en la calle y no solo en la de las Damas, ahora concurrida por señoras con vestidos y brocados, sino que se corría por todas las ciudades de la isla cuando los virreyes acudían de visita. El murmullo crecía y la facción fernandina, los realistas, no cesaba de señalar cómo el Colón actuaba beneficiando a sus partidarios y andaba ya a vueltas con otro repartimiento de indios para tenerlos contentos, porque ahítos y colmados no lo iban a estar nunca. No menos apretaban contra la pareja virreinal Fonseca y su secretario Conchillos, poniendo todos los impedimientos a cualquier cosa que quisiera emprender y que necesitara de su consentimiento, y aún más le estorbaban los oficiales reales, a quienes cualquiera podía apelar sus decisiones. El malestar era cada año más creciente.

Juan Ponce tenía, por tanto, más posibilidades de actuar que los que del virrey dependían. Tras su regreso de la Tierra Florida había dado cuenta de su toma de posesión de ella en nombre de la Corona. Relató cómo habían doblado el cabo de Corrientes, y la lucha que hubieron de mantener contra una corriente fortísima que, sin embargo, según certificó el piloto Antón de Alaminos, sería en extremo beneficiosa para navegar hacia España, cómo habían costeado por la bahía de Tampa hasta la de Apalache y regresado por último sorteando islas.[71]

Ponce puso desde allí ya rumbo a Puerto Rico, pero envió a Alaminos de nuevo a la búsqueda de Bimini. El piloto tampoco pudo concluir, entre todas las muy hermosas y pequeñas islas que visitaron, cuál de ellas era, ni pudo asegurar que entre los muchos manantiales hallados alguno tuviera las virtudes de la Fuente de la Eterna Juventud, cuyos efectos desde luego no notaron, al menos de momento. Pero eran tierras ricas, y la Tierra Florida, el lugar más atractivo de todo lo descubierto.

En San Juan, Ponce de León supo, con susto y alivio al tiempo,

---

[71] La corriente del Golfo, ya intuida por Colón, aunque sería Alaminos quien la describió y la consignó en las cartas de navegación.

de los ataques de los caribes, del peligro corrido por su familia, aunque estaban todos a salvo, y de las muertes y destrozos ocasionados.

Con tales nuevas, Ponce de León se decidió a viajar personalmente a Castilla para informar al rey Fernando y pedirle su venia para iniciar el poblamiento de todo lo descubierto, al margen del virrey de La Española. Pero no quiso volver ni presentarse ante él con las manos vacías.

Atendiendo al propósito de Ponce y con el beneplácito de Pasamonte, los oficiales reales de la isla de San Juan dieron orden de hacer una fundición especial del oro obtenido para que pudiera llevar y entregar él mismo el quinto real, que ascendía a cinco mil pesos. Tal hicieron, y acompañado de su esposa Leonor, a la que quiso hacer conocer España y presentar en la corte, arribó a Bayona en abril del 1514 y se dirigió al encuentro del monarca.

Le recibió don Fernando con mucho afecto:

—Aún recuerdo cuando erais mi paje y llevasteis mi caballo de la brida aquel día luminoso en que entramos en Granada. Mucho tiempo ha pasado desde entonces, pero en todo él siempre me habéis sido leal —dijo en voz alta el rey para que todos le oyeran. Y al acercarse Ponce con su mujer al lado a besarle la mano y fijarse don Fernando en su belleza india, sonrió con mucho agrado. El rey, era muy bien sabido, no era en absoluto indemne a la belleza femenina.

Con mucha satisfacción lo felicitó por sus esponsales y le hizo conocedor de la cédula real que acababa de firmar y que mucho concernía al matrimonio, pues por ella se legalizaban y se conferían los mismos derechos que cualquiera de los que en los reinos de España se celebraban tanto para los cónyuges como para sus herederos, pues la Corona lo deseaba y la Iglesia bendecía tales uniones.

—Es algo que la reina Isabel ya quiso y ahora, tras las consultas con clérigos, doctores de la Iglesia y sabios en el derecho, hemos considerado hacer ley en aquella parte de nuestro reino.

Atendió con mucho interés sus demandas, que convirtió en nuevas capitulaciones por las que le daba poder de poblamiento de todas aquellas tierras, muy semejantes a las anteriormente firmadas, pero donde se incluía la novedad, a consejo de letrados y teólogos, de que al establecer contacto con los indios se les leyera ante escribano el requerimiento para que se convirtieran amistosamente a la fe católica. Si lo rechazaban era cuando se les podía hacer la guerra y tomar cautivos.

Pero el Católico tenía otras misiones algo menos espirituales que tratar con el que fuera su paje. Había preparado cuidadosamente su ofensiva y la tenía lista para que el leal Ponce recuperara para él y para la Corona gran parte, si no casi todo, del poder que se le había arrebatado en Puerto Rico, y que lo haría casi del todo independiente del virrey, aunque de manera sumamente astuta y cuidadosa para no entrar en choque con lo sentenciado por los tribunales a favor de Diego Colón.

Añadió a los que ya tenía Ponce un nuevo primer nombramiento: el de capitán general de la armada contra los caribes, un mando en el que Colón no podría interferir en nada y al que se añadía la prohibición de que se fletaran en toda la zona cualesquiera otras flotas en busca de indios a menos que llevasen la autorización de Ponce de León.

Sumó luego por una real provisión, y esto era quizás lo más determinante, el cargo de capitán general de toda la isla de San Juan «por el tiempo que mi merced y voluntad fuere», quitando así tales poderes, que suponían el mando de la tropa, al teniente del virrey, ahora Cristóbal de Mendoza. El rey, al mismo tiempo, nombró un repartidor de indios de la isla, un tal Sancho Velázquez, quitando así tal prerrogativa al Colón, a quien se le ordenaba encima que las hiciera de acuerdo con Ponce y con la recomendación de ser en todo escrupuloso con las nuevas Leyes de Indias.

Por último, entregó a su protegido un poder por el que le permitía «dividir y señalar» el territorio de San Juan y por el que en todo lo que se hubiera de decidir sobre oro, fundiciones y fundación de poblaciones habría de tenerse en cuenta obligatoriamente su parecer. O sea, que Juan Ponce de León no era el gobernador, pero tal parecía y más poder que el designado por el virrey tenía.

Lo ejerció a su llegada, aunque antes su armada contra los caribes tuvo muy poco éxito. De hecho, ninguno. Era muy escasa en naos y soldados y en su primer encuentro, en la isla de Guadalupe, donde Colón y sus gentes ya en el primer viaje se los habían topado, les hicieron reembarcar a flechazos.

Deslindó la isla de San Juan en dos partidos: Puerto Rico, al este, y San Germán, al oeste, y él mismo fue consolidado como regidor perpetuo del Cabildo de Caparra, ya para cuando volvió convertida en San Juan de Puerto Rico.

Estaba presto ya a salir para la Tierra Florida cuando lo retrasó la muerte de su esposa Leonor y quedó viudo. No sabía entonces que aquello le permitiría vivir a él algunos años más, porque en la Tierra Florida no le esperaba la Fuente de la Eterna Juventud, sino la muerte por una flecha herbolada.[72]

[72] Cuando al fin puso en marcha su ansiada expedición fue ya en el año 1521. Nada más llegar a Florida y casi en su primer desembarco trabaron combate contra los flecheros indios. Una flecha envenenada le alcanzó en un hombro. Logró llegar vivo a Cuba, pero allí acabó muriendo.

33

DE POLIZÓN A GOBERNADOR

Vasco Núñez de Balboa era, al cumplir los treinta y pocos años, todo un real mozo. «Bien alto y dispuesto de cuerpo, y buenos miembros y fuerzas, y gentil gesto de hombre muy entendido, y para sufrir mucho trabajo», al decir de fray Bartolomé de las Casas, que en todo se fijaba y dejaba escrito.

Aunque nacido en la extremeña Jerez de los Caballeros, había vivido desde chico en Moguer, conocido a los Niño y soñado el sueño de las Indias de gloria, honor, fama y fortuna. Lo había rozado con los dedos cuando fue con la expedición con Bastidas y Juan de la Cosa y se le había hundido en un cenagal en La Española, al igual que aquellos cerdos suyos que le arruinaron.

Balboa, que había ganado en la expedición fama de arriesgado y buen espadachín, consiguió tierras en el reparto de Ovando, a quien había ayudado a completar la conquista de La Española, y montó aquel pésimo negocio que lo endeudó hasta las cejas y lo convirtió en presa de acreedores. De los cochinos solo obtuvo un beneficio, su perro Leoncico. Él y su espada eran lo único que le quedaba cuando Ojeda convocó su expedición y buscó quien le acompañara a su gobernación de Urabá, la Nueva Andalucía.

Pensó que esta era la oportunidad de salir de allí y fue a ver a Juan de la Cosa, como compañero en la anterior aventura y ahora alcalde mayor del territorio al que se dirigían, y este le había manifestado su alegría por poder contar con él en la partida. Pero luego, una noche en el Escabeche, donde el piloto tuvo hasta que invitarle al trago, hubo de decirle, para disgusto de Ojeda y de él mismo, que no podían hacerlo, pues se habían presentado alguaciles a comunicarles que la Justicia, advertida por sus acreedores, le prohibía abandonar la isla hasta que no respondiera de sus deudas. Balboa a punto estuvo de pedirle que lo embarcara a escondidas, pero optó por no comprometerlo y poner en peligro la expedición entera.

Verles levantar las anclas y salir de Ozama lo sumió en la peor desolación. Pero al saber que otro barco, el de Enciso, saldría después también hacia allí cuando estuviera aparejado y cargado de vituallas y refuerzos, reavivó sus esperanzas. Esta vez, se dijo Balboa, lo cogería de la manera que fuese y sin pararse en barra alguna.

Ni siquiera lo intentó con el bachiller y abogado, con él menos entrada tenía que con nadie, pues era, precisamente, uno de sus principales acreedores y el que le había denunciado ante el gobernador. Así que esperó, y fue larga la espera, pues Enciso se tomó tanto tiempo en preparar el barco que desesperó a todos. No solo a quienes le aguardaban muertos de hambre en San Sebastián, sino también a Balboa. Finalmente, y pasado con creces el medio año de la ida de los otros, supo en la taberna que el barco estaba listo y que saldría en dos días.

La noche anterior a la partida, Vasco Núñez de Balboa cogió su espada, su coraza, su rodela y a Leoncico y, aprovechando la oscuridad y el descuido de los marineros, subió con su perro a bordo.

Silenciosos y furtivos ambos, se metieron en una pipa vacía. Allí permanecieron ocultos durante dos noches y dos días, sin tullir ni bullir. Balboa se había provisto de algo de agua y comida para el perro y para él. Evacuaron en la oscuridad por encima del barril, y esperaron a sentir que el barco estaba ya en mar abierto. Entonces, en la tercera noche, salieron de la pipa y de la bodega y subieron a la cubierta, donde se ocultaron envueltos en una vela enrollada. Fue al mediodía cuando un marinero se extrañó del bulto y fueron descubiertos los dos.

Estaban ya en alta mar y el bachiller Fernández de Enciso, muy imbuido de su poder y mando que nunca había, hasta ahí, catado, pero más furioso todavía, pues era un deudor suyo el polizón, con grande aspaviento y chillona voz dio una orden que era una condena a muerte segura:

—¡Ha embarcado burlando la Justicia Real! —Se guardó de decir que también a él—. ¡Es un prófugo y un polizón, en cuanto avistemos un islote, da igual su dimensión, allí será abandonado y que lo ampare Dios!

No incluyó en ello al perro, pues conocía su valor. Aunque lo que arguyó es que no tenía por qué pagar el can por los delitos de su amo.

Tuvo una primera réplica de un marinero veterano:

—Señor licenciado, es Vasco Núñez de Balboa, estuvo con Juan de la Cosa en una anterior expedición hacia donde ahora vamos. Yo lo estuve también. Nos vendría bien su espada.

Enciso no quiso ni oírlo, sin embargo, otros muchos sí le prestaron atención.

Balboa y Leoncico eran de sobra conocidos y por algunos admirados. Trascurrió el día sin avistar isla ni islote y, al llegar la noche, el rumor se había extendido a toda la tripulación y ganado muchos apoyos, entre ellos el del piloto. Este le dijo a Enciso que, siendo Vasco buen conocedor de la zona por haberla navegado con Bastidas y De la Cosa, le sería muy útil, y que además con los feroces caribes que allí los aguardaban no vendría nada mal una espada como la suya.

Balboa mismo también logró hablar con él y le hizo promesa de que lo primero que haría con sus salarios y ganancias sería pagarle. Entre unos y los otros, nadie quería dejarlo abandonado y entregarlo a una muerte segura, ablandaron al final al bachiller y este transigió al final en levantarle la condena. A partir de ahí, Balboa navegó ya como miembro aceptado de la expedición.

Seguían su rumbo hacia Urabá cuando, al ir a entrar por la bahía del Calamar, vieron en ella dos velas. Eran las naves que, con Pizarro al mando y cumpliendo la orden dada por Ojeda, quien les había dejado para ir en busca de socorro y tras no saber nada de él tras los cincuenta días pactados, se dirigían hacia La Española.

A pesar de la suspicacia de Enciso, que comenzó amenazando a Pizarro y a quienes con él iban, tratándolos casi como a desertores, acabó este por convencerse de que lo que decían era cierto, entre otras cosas porque la propia mujer de Ojeda venía con ellos, y que habían tenido que abandonar San Sebastián tras mantenerse como pudieron en medio de los ataques de los indios, y que el hambre les había hecho sacrificar las últimas tres yeguas que les quedaban para salarlas y emprender el viaje de vuelta.

Relató Pizarro que ningún cristiano había quedado en la población y que esta ni siquiera existía, pues la había dado al fuego para que en nada pudiera aprovechar a los indios, y que no habían ellos salido siquiera del puerto cuando una multitud de indios surgió de las selvas y con grandes alaridos se adentró en el poblado, incendiando también la treintena de cabañas en las que habían vivido. San Sebastián de Urabá ya no existía y de ella tan solo quedarían tizones. Informó además de la partida y desaparición de Ojeda, que a La Española tampoco había llegado, y también de la calamidad habida en aquellas costas en las que ahora mismo estaban:

—En aquella tierra, que desde aquí podéis ver, sufrimos terrible mortandad a manos de los caribes y sus flechas herboladas. Allí hubimos de enterrar a don Juan de la Cosa y a otros setenta más.

Causó aquello gran dolor en todos y muy en especial en Balboa, quien tenía mucho afecto por el piloto santoñés. Pero Enciso entendió que era aquella su gran oportunidad, pues muerto el alguacil mayor y desaparecido el gobernador, era a él a quien le correspondía el mando, y se dispuso a tomarlo. Al saber además que Ojeda había embarcado en la nao de Bernardino de Talavera, Enciso, que de todas esas cosas estaba muy al tanto, relató que era un desertor ladrón y pirata y que lo más seguro es que Ojeda estuviera ya ahorcado. Y concluyó en que por tanto él era ahora el alcalde mayor de la plaza, pues le había nombrado el propio gobernador, y por tanto estaba al mando de todos como autoridad mayor. Y que todos debían, como primera medida, unirse a él y volver a San Sebastián de Urabá.

Dijo esto sin cuidar que entre quienes lo escuchaban estaba la propia mujer de Ojeda, Isabel la Guajira, quien miró al bachiller con no poco desprecio, y le replicó con saña:

—Vos sí estaréis muerto, señor bachiller, ahorcado no sé, pero de miedo seguro. Porque Alonso de Ojeda está vivo. De muchas otras así, y aun peores, ha sobrevivido. Y mientras no haya fe de su muerte, él sigue siendo el gobernador. No lo olvidéis o probaréis su ira y también su acero cuando vuelva.

Hubo silencio luego de ello. Pero lo cierto es que el capitán Ojeda allí para mandarles no estaba. Pizarro, acostumbrado desde que ingresó como soldado en los tercios de Italia no a mandar, sino a obedecer, no hizo además alguno de seguir ejerciendo como capitán sobre los que conducía. Al cabo y al siguiente día y a pesar de que los de Pizarro se resistían a volver al lugar del que habían salido, hubieron de acatar la orden, pues encima eran muchos menos: en la nao de Enciso venían ciento cincuenta hombres, gran carga de bastimentos, doce yeguas, algunos caballos y puercas con algunos verracos para criar, y traían también espadas, lanzas y muchos tiros de pólvora.

Le porfiaron mucho a Enciso que no los obligara a retornar, pues no querían volver a aquel maldito lugar ni que se llegara allí tampoco él con los que traía, pues nada sino carbones quedaban. Era ir a la perdición y a que perecieran todos. Que si acaso, se fueran a la gobernación de Nicuesa. Pero Enciso, viéndose gran capitán y ya hasta gobernador, se empeñó en hacer su voluntad y se la impuso a todos, incluso a los de su barco, que empezaban a maliciarse de que aquel inútil en todo menos en ganar dinero con pleitos los acabaría por meter de cabeza en el infierno.

Solo unos cuantos se consideraron librados de esta suerte, pues se resolvió que el pequeño bergantín sí seguiría rumbo a La Española, con la mujer de Ojeda a bordo acompañada por la de Juan de la Cosa y sus hijos. Irían con ellas tan solo los marineros imprescindibles para la vela y la maniobra, y algunos enfermos tan malos que no podían ya ni tenerse. A Enciso, que la Guajira se separara de ellos le pareció de perlas, y muy ceremonioso y ejerciendo de lo que aún no era, dio su consentimiento.

Retornaron a San Sebastián y sin tener que desembarcar siquiera vieron la verdad y algún humo que aún salía como testigo de lo relatado. Pero fué peor aún el desembarco en la ensenada. La nao de Enciso, por mal hacer del piloto, causado en buena parte por el azoramiento y los gritos del bachiller metido a capitán general y el desconocer aquellas aguas, dio en un bajío de arena, y con la resaca de las olas que rompían en la orilla y las corrientes contrarias que la empujaban en un nada acabó hecha pedazos.

Consiguieron salvarse todos, aunque perdiendo mucha impedimenta. Recuperaron las armas y algunas provisiones de bizcocho, pan de cazabe y tocinos. Pero se ahogaron casi todas las yeguas y caballos y no quedó ni una puerca viva, ni los verracos tampoco.

Las miradas de los que quedaban de las tropas de Ojeda, pero también de los naufragados de Enciso, decían más que sus denuestos, y sus silencios oscuros anunciaban más peligro aún que la rabia que les salía por los ojos. Enciso, terco, no quiso atender tales señales, y no se le ocurrió cosa mejor que emular a un verdadero capitán de guerra y hacer una salida hacia un poblado indio para así conseguir provisiones y, suponía, enaltecerse como líder y jefe ante sus hombres. Volvió a escape, dejando tras de sí tres muertos a flechazos y otro más que murió a poco de llegar por el veneno.

La situación se tornó áspera y a punto del estallido. Que Enciso estuviera al mando no convencía a nadie. No sabía nada de navegar, y de combatir con indios aún menos. Demostrado había quedado en tan solo cuatro días. Pero, encima, resultó que en la nave naufragada había perdido los documentos y credenciales que probaban su nombramiento y por tanto su derecho al cargo que pretendía ostentar. Demandado a mostrarlas, no pudo hacerlo, y entonces quedó todo aún más enredado y al tiempo más abierto.

Fue el momento en el que emergió Balboa. Él conocía aquella zona y, levantándose en la reunión, propuso trasladarse al otro lado del golfo de Urabá, al Darién, de mejor tierra pero, sobre todo, y con ello dio con la tecla que sonó bien a todos, donde los indígenas no envenenaban sus dardos:

—Años pasados, cuando yo vine por esta costa a descubrir con Rodrigo de Bastidas y Juan de la Cosa, entramos en este golfo y, a la parte de occidente, salimos en tierra y vimos un pueblo de la otra banda de un gran río que tenía muy fresca y abundante tierra de comida, y la gente de ella no ponía hierba en sus flechas.

Aquello convenció a la gran mayoría, y viendo Enciso que de oponerse tenía la partida perdida, optó por aceptar la idea. Así que se aprestaron a partir, acatando ya como buenas las órdenes de Balboa, aunque no tuviera nombramiento alguno que lo sostuviera, pero sí la voluntad ganada de la gente, que aceptaba gustosa su autoridad y le obedecía como si la tuviera, y no hacía ni caso al bachiller por mucho que este lo pretendiera.

No demoró nada Vasco en ponerse en marcha. Dejó atrás a sesenta y cinco hombres en el puerto, ojo avizor, bien armados y alejados de las lindes de las selvas para que no pudieran alcanzarlos con las flechas, para custodiar los pertrechos salvados, y encabezó la vanguardia en busca del lugar donde establecerse y fortificarse. Una vez asentados volverían a buscarlos y se concentrarían todos en el nuevo emplazamiento.

Llegaron al río grande del Darién. Balboa supo dar con él pronto por tenerlo ya conocido, y cruzaron al otro lado. Con ello se saltaban e invadían la demarcación y el territorio adjudicado a la gobernación de Nicuesa, pero nadie objetó, Enciso tampoco, nada al respecto. Encontraron un lugar que les pareció adecuado por tener fácil fortificación y acceso al agua. Comenzaron las tareas para asentarse allí y ponerse a seguro, y comprobaron que era cierto que los indios de aquel lado no sabían, por el momento, herbolar venenosamente sus flechas. Pero arcos y dardos tenían y no estaban dispuestos a que se les quedaran allí aquellos barbudos extraños.

El cacique de aquel territorio, Cémaco, se dispuso a impedirlo con medio millar de indios. Temerosos los españoles de su gran superioridad en número, se encomendaron a una Virgen muy venerada en Sevilla, la de la Antigua, e hicieron voto de bautizar la ciudad con su nombre si salían victoriosos.

Esta vez fue Balboa, secundado por Pizarro, quien dirigió a la hueste, y entre ambos dieron coraje a todos y, aunque fue duro y a veces muy trabado el combate, Cémaco fue derrotado y hubo de retirarse al interior de la selva, dejando su poblado en manos de los hombres de Balboa, que en el saqueo de las chozas encontraron un botín importante de adornos en oro.

Cumpliendo su promesa, Santa María de la Antigua del Darién fue fundada en diciembre de 1510 y se convertiría en la primera ciudad española en tierra firme del continente. Los sesenta y cinco que habían quedado en la extinta San Sebastián se unieron a ellos, y

Vasco Núñez de Balboa, ya de hecho su líder, no tardó en forzar el derecho para ser también su alcaide.

El descontento con Enciso por parte de sus habitantes se incrementó por no querer repartir el oro, pretender guardarlo él mismo y hacer las partes cuando se lo tuviera todo en La Española. Balboa, amén de buena espada, no tenía mala boca. Arguyó entonces que en la parte donde estaba no correspondía a la gobernación de Ojeda, ya que habían pasado la linde con la de Nicuesa y, por tanto, su lugarteniente tampoco lo era. Carecía por si fuera poco de credencial alguna que probara su derecho a mandar nada. En fin, que por votación mayoritaria fue Enciso destituido, constituido un cabildo abierto y elegidos dos alcaldes. El primero, claro, Balboa.

34

EL DESDICHADO NICUESA

La gente de Nicuesa no tardó en aparecer por Antigua. Una flotilla, capitaneada por Colmenares, hombre cabal y buen marino que buscaba a su gobernador perdido y seguramente en apuros más al norte, dio con la ciudad recién fundada y que estaba en territorio de la gobernación de su jefe.

Colmenares venía de sufrir una terrible derrota a manos de los indios. Otra vez las flechas envenenadas fueron decisivas, pues habían alcanzado a cuarenta y siete de sus hombres y todos ellos acabaron, los unos ya en el combate y los otros en el barco, por entregar a Dios su ánima. Iba buscando a Nicuesa, pero también alguna señal de Ojeda, y al no dar con ninguno de los dos y lleno de espanto, comenzó a soltar salvas con las lombardas por ver si así alguien cristiano lo escuchaba y respondía.

Al oírlas los de Santa María de la Antigua respondieron con otras tronadas y prendieron una hoguera a la que echaron ramas verdes para hacer gran ahumada. Así llegó hasta ellos Colmenares, aunque duró poco la alegría al contarse los unos a los otros y los otros a los unos las malas nuevas y saberse con sus capitanes perdidos. Algún gozo sí que perduró, sobre todo en los necesitados de Balboa, al saber que el teniente de Nicuesa traía sus barcos bien cargados de bastimentos que había recogido en aquella punta de Jamaica donde previsoramente tenían almacenadas muchas vituallas y tocino. Colmenares, generoso con los desfavorecidos y sabedor también del desastre de la nao de Enciso, compartió buena parte de la carga con ellos.

Balboa acordó con Colmenares que tanto él como los colonos allí establecidos se someterían a la autoridad del gobernador, para lo cual dos de ellos fueron enviados en el barco como representantes, por si al fin lo encontraban pedir su permiso para poder quedarse allí.

Lo hallaron al fin, malherido, en Nombre de Dios, donde se había refugiado.

También Nicuesa, antes de llegar allí, había sufrido los ataques de estos indios que nada tenían que ver con los taínos y cuya peligrosidad y ferocidad se estaban demostrando terribles. Embarcados los supervivientes como bien pudieron en el barco, fue este golpeado por una tormenta, y ya exhaustos y por tanta adversidad vencidos le habían suplicado ir a tierra. «¡En nombre de Dios, desembarquemos!», había sido el clamor de sus hombres que así se lo rogaban y del que había surgido el nombre del lugar donde habían desembarcado tras haber sufrido tanto. Ya algo más repuesto el siempre jocoso, hasta cuando tenía la vida en un hilo, Nicuesa, bautizó así el lugar e hizo sonreír a sus decaídos hombres cuando se lo comunicó con mucha y aparente solemnidad.[73]

Pero no consideró una broma la invasión de Balboa cuando fue informado de la desaparición de Ojeda y de la muerte de De la Cosa, pues entendió que Enciso contaba para muy poco. A pesar de la propuesta apaciguadora de aceptar su autoridad, no se tomó a bien el que hubieran levantado una ciudad y comenzó a preparar el imponer de manera sólida su autoridad y hacerse de manera eficaz y total con

---

[73] «Nombre de Dios» no tardaría en ser sustituido por Portobelo, la localidad vecina bautizada así por Colón, que acabó por ser el puerto de entrada a Panamá desde el Atlántico e inicio del Camino Real de Chagres que iba hasta Panamá la Vieja. El autor, en la Ruta Quetzal 1999, pudo comprobar que Nombre de Dios, infestadas sus playas de tiburones toros, de nubes de mosquitos y sin posibilidad apenas de defensa, no era una buena opción para establecer poblamiento alguno, pero allí sigue. Es Portobelo, sin embargo, la que hoy en día, con sus fuertes, historia y leyendas (la del ataúd de Drake es una de ellas), merece una visita.

el control de la villa. Y también el juzgar a sus cabecillas si habían incurrido en alguna falta que hubiera de ser castigada. Pero se guardó mucho de descubrir tales propósitos, y a los dos emisarios de Balboa los envió de vuelta con la aparente aceptación de su propuesta.

Lo sucedido y sufrido durante aquellos últimos meses había revenido y cambiado a peor el carácter de Nicuesa y lo había convertido en un hombre lleno de desconfianza hacia todos y por todo, un hombre cargado de rencores y recelos y en quien ahora no se podía tampoco confiar.

Porque Diego de Nicuesa había concluido en aquel lugar, Nombre de Dios, la más desdichada singladura que imaginar se pudiera, y aunque hubiera otras tan duras y sufridas como ella, al menos tuvieron algún efímero consuelo. Lo suyo había sido un ir de desdicha en desdicha.

La primera fue que, a nada de llegar a Veragua tras haberse separado de Ojeda, sufrió lo que consideró una traición cruel de su segundo y capitán general de su armada, Lope de Olano. Quiso entender Nicuesa que de casta le venía al galgo, pues había sido uno de los más arrimados a Roldán en sus alzadas y rebeldía, pero que logró escabullir sus culpas y seguir como si nada en La Española.

Según el suponer de Nicuesa, Olano había aprovechado la primera oportunidad que se le presentó para traicionarle a él. Llegados a Veragua, la flota comenzó a sufrir vientos contrarios y muy mala mar. Él entonces le había ordenado que siguiera a su carabela costeando con dos bergantines y que las naos lo hicieran más por afuera, para no correr peligro de encallar. Al llegar la noche y por no caer él mismo en ese riesgo, se salió un poco también hacia mar adentro y fue entonces cuando perdió a Olano de vista, aunque teníale ordenado que le siguiera. Este, según aduciría después, tras ser alcanzado por una tormenta, se había resguardado tras una isleta, y a la mañana siguiente, aunque la estuvo buscando un tiempo, ya no vio por ningún lado la carabela del gobernador. Nicuesa siempre tendría por cierto que Olano apenas le había buscado y que dio la carabela por hundida o bien pensó que habría virado hacia donde estaban las naos.

Hacia allí se dirigió Olano y no tardó en dar con las naos a la entrada del Chagres,[74] aquel río infestado de grandes lagartos que podían coger de una pata a una yegua y arrastrarla hasta el fondo del río para ahogarla y luego comérsela entre los muchos que al festín acudían.

Estaban los barcos descargando todos los bastimentos que llevaban, pues estaban ya muy comidos por la broma y se anegaban. Al no hallar Lope de Olano allí tampoco la carabela del gobernador, dio a entender a los demás que no había otra explicación que hubiera naufragado y que lo más probable era que estuvieran todos, y Nicuesa con ellos, ahogados. Y que, siendo así, él quedaba como segundo y general de la armada, al mando y por jefe de todos. No hubo quien le contradijera y obedecieron sus órdenes.

Lope de Olano sabía muy bien adónde quería ir: al río Veragua, a unas cuatro leguas del río Belén donde, según era comidilla en La Española, estuvieron los Colón en su cuarto viaje y donde el adelantado don Bartolomé había encontrado mucho oro, aunque hubieron de salir corriendo acosados por los indios. Pero, aun así, buen oro trajeron.

Olano llevó, pues, las naves a una punta en la entrada del río Belén y ordenó levantar allí una población para luego intentar entrar él por el río vecino. Pero era muy difícil subir por él, y tan malas las corrientes en la boca que catorce que iban en una barca se ahogaron, y él mismo estuvo a punto de perecer con ellos. Aun con ello, siguió en su terco propósito y al fin logró entrar Veragua arriba con dos bergantines y un batel. Desembarcaron en una orilla e hizo que se construyeran cabañas y que salieran los hombres en busca de muestras de oro. Los que fueron en descubierta hallaron algo, pero desespera-

---

[74] San Lorenzo de Chagres. Allí estuvo luego el gran bastión que protegió la zona de todos los ataques piratas y solo sucumbió, muchos años más tarde, en 1671 tras morir o ser ya incapaces de disparar un arma o empuñar una espada todos sus defensores ante seis mil hombres de Morgan. A este le hicieron miles de bajas y dieron tiempo a los habitantes de Panamá a ponerse con sus bienes a salvo al otro lado del istmo mientras el pirata asaltaba la ciudad. Los cocodrilos siguen estando allí. También sigue en la iglesia de Berlanga de Duero el que fray Tomás de Berlanga llevó como regalo.

dos y agobiados por la selva, hambrientos, hechos un acerico por las nubes de mosquitos, llenos de pupas y llagas, mermados por fiebres y enfermedades, decidieron regresar y decirle a Olano que nada habían encontrado para salir de allí como fuera.

Al final pudo más el hambre que la codicia, y la enfermedad y la muerte de cada vez más hombres que las ansias de Olano, que se vio obligado a regresar a donde estaban las naos. Las halló ya podridas, y ordenó entonces que se comenzara a hacer con su tablazón una carabela para lograr salir todos de allí. Les prometió volver con ella a La Española, pero en realidad no tenía para nada esa intención. Quería seguir allí, pues no le habían logrado engañar con el oro y había descubierto que, a pesar de decirle que apenas nada habían encontrado, alguno había traído no poco escondido.

Pero vino a sucederles que, antes de poder ni siquiera empezar a verle fin a la construcción de la carabela, ya se les habían acabado las provisiones, y fue tal el hambre que pasaron y tan poca la comida que pudieron encontrar que comenzaron a morir como chinches. En los huesos, débiles y enfermos, los hombres se consumían y perecían por doquier.

No le había ido mucho mejor a Nicuesa, sino peor, y antes y más adversa aún había sido su suerte. Al no ver el día en que su segundo se escurrió de su vista y creyéndolo en principio no fugado, sino perdido, comenzó con la carabela a buscar huella de los dos bergantines por la costa. No dieron con rastro alguno, y en llegando a un río vio que era ancho y de mucho fondo y por él entró para caer en la trampa, pues venía con tanto caudal por una gran avenida que pasada esta dio la carabela con el fondo y comenzó a abrírsele la quilla.

En el intento de salvarla, y de salvarla todos, perdió un marinero la vida intentando echar una maroma a un árbol. Pereció el primero que lo intentó ahogado, arrastrado al mar y sin que pudieran socorrerle, pero valiente lo logró un segundo y por aquella maroma se consiguieron poner a salvo todos. Pero perdieron la carabela y con ella toda comida y sustento que en ella había.

Nicuesa mantuvo el ánimo. Habían logrado salvar una barca y, con ella a cuestas para pasar los esteros, iban a pie por la costa. Se alimentaban de todo aquello que se podía comer, aunque fueran hierbas, pero sobre todo muchas conchas y mariscos. Sufrieron algún ataque de los indios, pero estos parecían ser muy pocos y solo osaban, emboscados, tirarles alguna vara con punta. Así mataron a un paje de Nicuesa que llevaba un sombrero blanco y que debieron pensar que era quien los mandaba, y al que alcanzaron con la lanza en un ojo.

Les sobrevino luego otra desgracia que fue, sin embargo, después salvación para alguno. En una ensenada, y para ahorrar tiempo, decidieron pasarla todos en la barca. Pero resultó que la tierra que habían visto no era sino una isleta que se encontraba en la mitad de las aguas, un peñón rocoso, inhóspito, sin sustento y sin agua siquiera. La desesperación se apoderó de todos y una noche, y sin decir nada a Nicuesa, los cuatro marineros que manejaban el batel decidieron por su cuenta intentar buscar cómo retornar a tierra, pues las corrientes les habían impedido hacerlo yendo hacia delante. Creyeron haber llegado al punto del que habían salido, pero se encontraron que el mar los había llevado muy lejos de allí. Entonces decidieron bogar por la costa por ver de topar con alguna de las naves y volver con socorros.

La situación de Nicuesa y los suyos se hizo desesperada y durante tres meses se fueron muriendo. Porque otra cosa no podían hacer sino ir pereciendo uno a uno y a veces dos. Bebían el agua de lluvia de las oquedades y se comían cualquier cosa que podían hallar, fuera raíz, molusco o sabandija. Pero es que allí no había casi nada que comer.

Los fugados en la barca sí lograron llegar a su destino. Dieron con el lugar donde Lope de Olano se encontraba. Al decirle que Nicuesa estaba vivo, se le demudó la color y tuvo un gran sobresalto, aunque siguió en su insistencia de decir que le suponía naufragado y muy muerto. Hubo de despachar a toda prisa el bergantín con una carga de palmitos, que era con lo que ellos se alimentaban, para socorrerlos, y este, guiado por los cuatro marineros de la barca, los condujo a la isleta. Los hallaron ya tan deshechos que parecían más cadáveres que vivos, pero el verse salvados y los palmitos y el agua los revivió, aunque hubieron de comer y beber con harto cuidado de no morir ahora por hacerlo con ansia como a muchos les pasaba, y que Nicuesa cuidó con denuedo que no hicieran. Al subir al bergantín parecían los seres más felices del mundo, pues ya ninguno tenía esperanza ninguna de sobrevivir.

Con el gobernador vivo, y hasta se diría que resucitado, llegaron los del bergantín a donde se encontraban todos. Olano, que sabía de su traición y de la suerte que iba a correr, había armado en su cabeza una y otra vez su defensa para intentar convencer al gobernador, y antes hablado con todos los que pudo para decirles que intercediesen por él y procuraran aplacar su ira.

Llegado Nicuesa, lo primero que hizo fue ordenar prenderlo y sin más condenarlo a muerte por traidor. A los otros principales les increpó con gran enojo que no hubieran forzado el que fuera Olano o ir ellos a buscarlo, y los hacía también culpables de parte de su maldad. Estos se excusaron diciendo que Lope de Olano ya lo había dado por ahogado, y que no hicieron sino obedecerlo al ser el capitán general de la armada y por tanto con poder sobre todos ellos.

Viendo que Nicuesa iba a mandar ajusticiarlo, se fueron todos después ante él a suplicarle que lo perdonara:

—Si al señor gobernador Dios le ha hecho la merced de salvarle la vida, sea su señoría generoso con la suya y háganos a todos tal merced. Y si así quisierais concedernos tal merced, todos y no solo él tendremos con vos el mayor, más firme y de por vida vínculo de gratitud —le suplicó el portavoz de todos los que tenían alguna autoridad en la expedición.

Pero no se ablandó Nicuesa con ello y seguía decidido a castigar la traición contra él y contra todos los que con él habían ido, muchos de ellos perecidos por su abandono.

Así se lo comunicó. Y entonces primero uno y luego otro y después todos se arrodillaron ante él, y el que antes había hablado lo hizo de nuevo y esta vez sí consiguió llegar al corazón de Nicuesa:

—Deberían bastar, señor, las desventuras que todos hemos pasado viniendo con vos en este viaje, en el cual cuatrocientos ya son acabados y los que restamos vamos camino de acabarnos. Para que Dios a vos y a nos no nos desampare, bien será que vuestra merced perdone de lo que se le debe, y se le debe mucho, desde luego, pues el deudor, don Lope de Olano, ya no tiene sino tan poca vida como nosotros para pagarle.

Aquellas palabras y luego otras del mismo cariz y sentido llevaron a don Diego a la compasión y al fin aceptó no justiciarlo y cambiarle la pena por ser llevado a España en el primer barco que saliese y que fuera allí donde se juzgaran sus culpas. Si había de ser ejecutado, que lo decidieran otros, pues no quería, con tantas vidas ya perdidas, acabar él con otra.

Quedó, sin embargo, y a pesar del perdón del gobernador, muy maltrecha la relación entre las gentes que quedaban en la expedición. Nicuesa se volvió áspero cuando antes siempre había sido de tan buen trato, y veían los cercanos a él que no les tenía ya amor ninguno por haberle dejado abandonado y no haber hecho nada por encontrarlo. Pero además es que se iban, y sin parar, muriendo todos de enfermedad y de hambre. Fue perentorio para el gobernador el salir de aquel lugar y ver de poblar otra parte, pues allí era imposible el sobrevivir. Ordenó, pues, aparejar la carabela que había mandado construir Olano y los dos bergantines, y que cada cual cogiera lo que tenía o había encontrado y embarcaran poniendo rumbo al oriente. Entonces algunos, que habían plantado maíces y algunas otra plantas para remediarse y que estaban para madurar, le pidieron que se demorara un poco en la partida, pero él no quiso esperarlos y le pidieron el quedarse allí en tierra. Lo consintió y les nombró un alcalde y partió con los demás.

Fueron hacia levante oteando de continuo la ribera por ver un lugar apropiado con buen puerto y buena disposición de tierra. Andando unas cuantas leguas más adelante, acercose a Nicuesa un marinero y le dijo que quería acordarse de un sitio que por allí se encontraba y donde él había ya estado antes:

—¿Cómo te llamas, marinero, y cómo dices que te acuerdas de este sitio, cuando dices que acá estuviste?

—Me llamo Gregorio Genovés, señor. Vine hará ya diez años o más con el almirante Colón en su último viaje. Recuerdo muy bien dónde estamos, y hay aquí bien cerca un puerto muy bueno, que don Cristóbal, que Dios guarde, llamó Portobelo.

El gobernador se resistía a creerle, pero el otro dio más detalles:

—Bájenme a tierra y allí mostraré la señal que dejó el almirante: un ancla medio enterrada en la arena y muy cerca un árbol donde mana una fuente de agua dulce y muy fresca.

Sorprendido Nicuesa, pero picado en la curiosidad, ordenó echar el batel al agua y él mismo fue hasta tierra con el marinero.

Y hallaron el ancla donde dijo y tras solo buscar un poco y más fácilmente aún el árbol y la fuente de buena agua.

Y aquello fue lo último bueno que les acaeció en aquel lugar. Atracados los barcos y bajada la gente a hacer aguada y ver de encontrar algunas frutas o hasta alguna caza, con lo que se encontraron fue con los indios, que los atacaron con gran ferocidad. Tan débiles como iban ni podían sostener el arma; los indígenas mataron a varios, malhirieron a otros, entre ellos a Nicuesa, y el resto hubo de salir huyendo.

Poco más allá era donde llamaron Nombre de Dios al lugar donde desembarcaron.

Allí, con los pocos que quedaban y muy mermados ya todos, comenzaron con sus últimas fuerzas a construir un pequeño fuerte para protegerse de los indios y al fin lo lograron. Después, tras no pocas penurias, consiguieron traerse también a quienes habían quedado en la desembocadura del río Belén. Allí fueron a dar con él, cuando de los setecientos hombres con que partió ya solo le quedaban cien, Cañamares con su barcos y vituallas y los embajadores de Balboa de Santa María de la Antigua del Darién.

Pudo parecer entonces que la aciaga suerte de Nicuesa podía haber cambiado al fin y que retornaba la esperanza. Con la comida volvió el ánimo a todos: la primera gallina que se comió Nicuesa con algunos de sus allegados fue la más grande de las fiestas. Todo parecía recobrar la buena senda y su humor volvía a ser el de antes. Retornó a sus chanzas y sus ingeniosas palabras y, ya restablecidos, decidió ir hacia Santa María de la Antigua para tomar posesión de ella como su gobernador y aparentemente aceptando la propuesta que los de

Balboa le habían hecho y admitirlos bajo su jurisdicción y gobierno. Se demoró haciendo en el camino algunas incursiones para coger caribes cautivos y mandó la carabela por delante.

En algún momento de aquellos es cuando todo se conjuró de nuevo para la desgracia sin llegar a saberse cómo había dado comienzo. Se suponía que Nicuesa aceptaba la presencia de los supervivientes de la expedición de Ojeda y de los venidos con Enciso en su territorio, siempre y cuando lo aceptaran como gobernador y le hicieran entrega del poder y de lo que habían obtenido de ganancia, pues había conocido que, a pesar de las muchas penurias, muertes y quebrantos, la cosecha de oro no había sido mala.

Podía haber dado ello lugar a algunas dificultades y desavenencias, pues Nicuesa requería la sumisión absoluta a su poder y, si no, estaba decidido a imponerla. Pero con lo que no contaba es con que fueran sus propias gentes las que, llegadas como emisarios suyos, comenzaran a levantar contra él los ánimos, exagerando en mucho sus pretensiones.

Se había corrido en Santa María de la Antigua que ya en Nombre de Dios el propio Lope de Olano, al que tenía preso, les había mandado recado de que Nicuesa no tenía intención de dejar pasar la invasión de su territorio sin castigo, sino que una vez aposentado en Santa María se lo haría pagar. Pero fue mucho peor cuando llegó al puerto de la Antigua la carabela que había mandado por delante con el bachiller Corral y Diego Albítez y estos, reunidos con los alcaldes y otros principales, les dijeron que la aceptación de su asentamiento había de pasar por tomarles todo el oro que tenían, además de entregarle todos los poderes y ser él quien entonces nombraría a quien quisiera. Y no se quedaron en ello, sino que les dijeron que no era sincero en absoluto, sino cruel y vengativo, y que una vez desembarcados los trataría como a ellos los trataba.

Zamudio, el segundo alcalde de la villa tras Balboa, fue el primero en dar crédito a aquellos mensajes. ¿Cómo no dárselo si eran sus enviados? Y propuso que no se le permitiera desembarcar. Balboa, más prudente, entendió que era preferible esperar su llegada, hablar con él y ver así y no con intermediarios cuáles eran sus pretensiones.

Más o menos, aunque con muchas inquietudes y sospechas, quedó en eso la cosa, pero fue entonces cuando arribó un nuevo enviado de Nicuesa, que ya se acercaba con sus bergantines, el veedor del rey en su expedición Juan de Cayzedo, quien ante los atónitos representantes de la villa les espetó que cómo podían someterse a su gobernación siendo aquel un tirano. Y que no había nada más que ver cómo traía a su gente, cuánta había perdido y cómo los maltrataba a todos. El veedor real destilaba, era indudable, odio hacia su persona, pero eran ya tres y de sus principales y sus propios emisarios quienes les trasladaban tales cosas.

Se retrasó Nicuesa todavía una semana más, entretenido en asaltos a poblados por las isletas vecinas y cogiendo cautivos. Cuando llegó al fin ante el muelle del puerto de Santa María de la Antigua del Darién, estaba ya la villa sublevada contra él. Y él no podía dar crédito ni a lo que veía ni a lo que le dijeron. Estaban todos armados con Balboa delante y uno con buena voz y autoridad le dijo que no desembarcase, sino que se tornara a su gobernación.

Tras quedar perplejo, respondió como sabía hacerlo:

—Señores, vosotros me habéis mandado llamar y yo he venido a vuestro llamado, dejadme desembarcar y me oiréis a mí y yo a vosotros, y haréis luego lo que estiméis conveniente.

No aceptaron que bajaran a tierra y se produjo gran griterío. Los ánimos tras lo relatado por sus emisarios, que desde luego le eran traidores, pero no por ello tenían por qué decir mentira, habían excitado a todos los pobladores de la villa contra él.

Sin comprender del todo la situación o con la quemazón de haber errado en su intención y pretensión, hizo retirar el barco del fondeadero y anclarlo más alejado, esperando que se calmaran los ánimos al día siguiente.

No sucedió tal, pues, aunque entonces ya no les habló como gobernador, sino que dijo querer dirigirse a ellos como compañero, tampoco aceptaron sus palabras ni su presencia. Y aunque algunos decían que bajara y tomarlo preso, Balboa se impuso a los que así maquinaban, diciéndoles que ello sería incurrir en un delito contra el gobernador, que estaban al cabo en su territorio, y por tanto contra el propio rey, y que la única salida era que se marchara de allí.

Nicuesa empleó entonces toda su labia y sus mejores palabras para intentar convencerlos, les dijo que prefería ser allí preso que volver a Nombre de Dios y morir de un flechazo y hambriento y que, aunque él llevara perdidos en la empresa doce mil castellanos, no por ello iban a quitarles sus ganancias a ellos. No le creían, y temeroso Balboa de que ocurriera una desgracia inevitable, mandó decirle que se acogiera a sus bergantines y que no saliera de ellos, a no ser que él mismo fuera a visitarlo.

No hizo caso Nicuesa y quiso actuar por su cuenta y protegerse emboscando a sus ballesteros para que a una señal suya disparasen sus saetas si se veía en riesgo. No llegó a ello porque, confiado tanto en que los unos no le harían mal y los suyos le defenderían, acabó por cometer la imprudencia de descender del bergantín y entonces quedó a merced de los unos y los otros.

Pues fueron los suyos los primeros en abandonarle y dejarlo a merced de los de Santa María de la Antigua; uno de los primeros en hacerlo fue Colmenares, quien le había socorrido. Luego fueron yéndosele todos, no quedando sino un puñado de sus criados y algunos que no quisieron abandonarle. Cuando ya se vio perdido y comprendió que además él mismo había sido el causante de su desgracia por haber hecho lo contrario de lo que Balboa le había indicado para protegerlo, estalló furioso y acabó por perderse a sí mismo del todo:

—Es traición y maldad lo que cometéis contra mí, que soy el gobernador de estas tierras. No tenéis derecho alguno ni podéis poblarlas, como habéis hecho, sin mi licencia. Todo el que aquí esté es mi súbdito y está sometido a mi jurisdicción, y eso es orden del rey de España y ante él habréis de responder por este atropello, que hacéis también a su majestad al hacerlo conmigo.

Le respondió un griterío y, sobre todo él, se oyó una gran voz que decía:

—Vete tú a España y allí preséntate al rey y dale cuenta de lo que has hecho.

Y quienes más le gritaban eran quienes con él habían venido.

A la postre se quedó sin ninguno de los barcos con los que había llegado al puerto y hubo de embarcar en uno de los bergantines de Balboa, el más viejo de todos, y con él solo quedaron diecisiete a bordo. Todos los demás le abandonaron. Partieron y de Nicuesa ni de los que con él fueron jamás se supo.

De todo aquello hubo alguien que tomó muy buena nota para poderla utilizar en un futuro. No era otro que el bachiller Enciso, cada vez más enconado no solo por su insignificancia, pues nadie le había echado cuenta alguna en aquel tumulto a pesar de ser, aunque hubiera perdido el documento, la autoridad de mayor rango allí presente. Ninguno de los de Santa María de la Antigua del Darién tenía ninguna, y quien los mandaba a todos era un polizón cargado de deudas que se le había colado en su barco y a quien él había querido dejar en el primer islote desierto que se hubiera presentado. Cuántas veces no se había arrepentido de no haberlo hecho.

Núñez de Balboa se daba buena maña para jugar sus cartas ante quienes debía. Santa María de la Antigua del Darién no dejó luego de aquello de crecer. Otras gentes, supervivientes de algunos sitios donde se habían quedado varadas, habían ido llegando, y se había convertido en floreciente y cada vez más populosa. La tierra era buena y los cultivos prosperaban, el maíz daba muy buenas cosechas y, la otra, la del oro, empezaba a afluir en abundancia.

Balboa tenía muy buen cuidado en separar antes que nada el quinto real y guardarlo. Así que cuando envió a Zamudio, coalcalde y persona de su confianza, en un barco en el que iba también el despojado Enciso, a quien Balboa llegó a encarcelar, pero luego lo dejó libre, le llevaba al virrey, además de todas aquellas buenas nuevas, quince mil pesos de oro. Zamudio se dirigió después a España y la víspera del día de Nochebuena de 1511 la Corona nombró a Balboa gobernador y capitán de la provincia del Darién.

Las protestas de Enciso no encontraron en Santo Domingo oídos que le escucharan, pero el bachiller era muy perseverante.

35

BALBOA, DE LA GLORIA AL CADALSO

Desde Santa María de la Antigua, el audaz aventurero Núñez de Balboa comenzó su expansión y sus conquistas. En carta a la corte, Balboa, amén de pedir ayuda y bastimentos para mejor repoblar y construir un astillero, y aunque había utilizado gran violencia en algunos casos, pedía que se aplicara la más benevolente política con los indígenas, aunque excluía de ella a los caníbales caribes, para los que exigía severidad extrema.

Utilizó para asentarse tanto las armas como los acuerdos, atacando a sus enemigos, haciéndolos huir y saqueando las aldeas de quien se le opuso y pactando con quienes se le sometieron y recibieron.

Al poderoso cacique Chima de Careta, primero lo venció en batalla y luego lo hizo su aliado y amigo, y acabó por recibir el bautismo cristiano.

El cacique acordó con él abastecer a la colonia castellana a cambio de su apoyo contra sus rivales y la entrega de algunos utensilios de hierro, que los indígenas apreciaron en grado sumo. Reafirmó además Núñez de Balboa sus alianzas con el matrimonio, pues ahí entró en escena la bella y jovencísima Anahiansi, hija del cacique, a quien tomó como si su mujer legítima fuera.

Fue en los dominios de uno de los caciques aliados, Comagre, cuando en compañía de Anahiansi escuchó hablar por vez primera no solo del inmenso mar que estaba cercano, sino de que en aquella costa había un gran pueblo cargado de riquezas y dominado por grandes señores que llevaban cubierto su cuerpo de adornos de oro y que comían y bebían en vasos y cuencos de ese metal en vez de hacerlo en los de madera.

Fue el hijo de Comagre, Panquiaco, quien, alterado por el ansia de los españoles por aquel metal del que tan poco encontraban, le dijo:

—Si tan ansiosos estáis de oro que abandonáis vuestra tierra para venir a inquietar la ajena, yo os mostraré una provincia donde podéis a manos llenas satisfacer ese deseo.

Nombró el lugar como el Birú,[75] y estaba hablando del Imperio de los incas.

Estas noticias encendieron de tal manera los ánimos de Balboa y de sus gentes que, tras regresar a Santa María, decidió pedir hombres y pertrechos a La Española para emprender la expedición hacia aquel gran mar, pero no solo no la obtuvo, sino que se enteró de que la versión de Enciso iba haciendo mella. Entonces envió a sus hombres a España para solicitarla, pero también allí había llegado la denuncia de Enciso y le fue denegada, por lo que decidió emprender la aventura contando solo con sus fuerzas. Ante él estaban la gloria y la fortuna y se lanzó a por ellas.

Cuando Balboa emprendió el viaje llevaba ya doce años en las Indias y en los tres últimos, desde que llegó a la bahía del Calamar, había aprendido mucho de aquel territorio y aún más de sus gentes. Había pasado, sin dejar de serlo, de aventurero a explorador y a conquistador. Ahora sabía adónde quería llegar y cómo alcanzarlo.

Fue en 1511 cuando Balboa recibió las noticias sobre el gran mar y su no excesiva lejanía ni dificultad en llegar a él que le transmitió Panquiaco, y que luego corroboró con otros, pero hasta dos años después no emprendió la marcha. Sin duda quiso prepararla a conciencia y tomar todas las precauciones necesarias. Pero, además, exploró en 1512 otro camino posible, por la culata de Urabá, como

---

[75] Perú.

si intuyera que podría haberlo por allí más fácil hacia su objetivo. Lo buscó mientras hacía acopio de oro por la zona, aunque no pudo llegar a un fabuloso lugar donde le dijeron que había pepitas como naranjas que recogían en cestas. La noticia de que había una conspiración indígena de varios caciques derrotados para destruir Antigua le hizo regresar. Su llegada la desarticuló: cincuenta guerreros disfrazados de campesinos le habían preparado una emboscada para matarle, mas su sola presencia los asustó tanto que salió ileso de ella.

Pero lo peor le vino por los propios españoles. Varios vecinos con cargos relevantes en la ciudad, incluso alguno que consideraba leal, marcharon a La Española y a España después cuando él ya estaba camino del Pacífico y echaron pestes de él y de su gobernación, pidiendo su sustitución. En la propia ciudad alcaldes y regidores conspiraron también contra él e intentaron apoderarse de diez mil pesos en oro de la tesorería, pero Balboa les ganó por la mano, los encarceló y los entregó en custodia a los franciscanos.

El virrey Colón no dio crédito a los críticos, pero Vasco, consciente de que le estaban segando la hierba bajo los pies y que se tramaba su sustitución en el cargo, envió a Andrés de Ocampo, que dirigía la flotilla, con un memorial para el rey Fernando, con fecha de 20 de enero de 1513, donde ponderaba sus logros, la pujanza de Santa María de la Antigua, la buena relación con los indios y el acopio de oro hecho y el que podría hacerse en los ríos, que ya señalaba iban hacia el otro mar. Lo malo fue que Ocampo no llegó hasta 1514, y lo hizo solo para morirse allí. La defensa de Balboa hubo de transferirse a otra persona.

Balboa había ya comprendido que no podía demorar más su expedición y que el descubrimiento de aquel gran mar podía ser la mejor de sus bazas. Dejó en Santa María de la Antigua del Darién unos doscientos españoles y salió con ciento noventa, su jauría de perros comandada por Leoncico y un pequeño bergantín escoltado por nueve canoas indígenas, con las que navegó hacia las tierras de su amigo el cacique Careta. Desembarcó allí cinco días después para reunirse con los contingentes indios que marcharían con él, y lo hizo en la que luego sería la ciudad de Acla, que él fundó, con más de mil hombres provenientes tanto de esa tribu como de la de Comagre, estos al mando del aguerrido e inteligente Panquiaco.

Llegaron a las tierras del cacique Ponca, al que había derrotado anteriormente y que se le volvió a enfrentar, pero, vencido, y al comprobar la enorme superioridad castellana, se sometió y le proporcionó también guerreros y guías para proseguir su camino por las mejores veredas y trochas de las selvas.

Avanzaron sin otra oposición, que no era menor, que la espesa jungla, y sin más tropiezos armados, aunque se encontraron con algunas tribus que los sorprendieron por el color oscuro, casi negro, de su piel, hasta ir a topar con la oposición del cacique Torecha en su poblado principal de Cuarecuá.

Este sí les presentó una feroz batalla, donde los de Balboa sufrieron bastantes bajas y muchos heridos, y que solo concluyó cuando su líder pereció en el combate.

Al entrar en la casa principal del poblado, la del cacique muerto, encontraron en ella a uno de sus hermanos vestido como una mujer rodeado por otros notables vestidos de igual guisa, lo que llenó de escándalo y repulsión a Balboa y a los españoles. Vieron en aquello la peor de las perversiones y una especie de harén de sodomitas, y la respuesta fue terrible. Azuzaron a la jauría de perros contra ellos y estos los despedazaron a todos.

Habían pasado veinticuatro días desde la salida de Antigua y los expedicionarios necesitaban reponerse. Se quedaron allí y resultó que los guerreros vencidos y muchos huidos a las selvas retornaron y le ofrecieron alianza y unirse a él. Balboa lo aceptó y decidió dejar allí a buena parte de sus tropas e indígenas y proseguir con sesenta y siete españoles entre los que iba Francisco Pizarro, que no se había separado de Balboa desde su encuentro en el Urabá, y varios centenares de indios con Panquiaco a la cabeza.

Los guías indios ya le habían asegurado que, tras cruzar algunos ríos, se llegaba a una cordillera, las montañas Urrucallala, desde la cual podría divisarse, a lo lejos, el gran mar, que estaba ya muy cerca. Y Balboa estaba dispuesto a llegar aquel mismo día. Así que a las seis de la mañana del 25 de septiembre salió del poblado. A las diez, los guías le indicaron el lugar desde el cual se divisaba el océano. Balboa ordenó a todos detenerse y subió solo, pues deseaba ser el primero en ver el Mar del Sur. El escribano de la expedición, Andrés de Valderrábano, lo escribió aquel mismo día:

> En el veinticinco de aquel año de mil e quinientos y trece, a las diez horas del día, yendo el capitán Vasco Núñez en la delantera de todos los que llevaba por un monte raso, vido desde encima de la cumbre de la Mar del Sur antes que ninguno de los cristianos compañeros que allí iban.

Subieron los demás y juntos contemplaron emocionados aquel impresionante escenario con el gran mar al fondo ocupando la totalidad del horizonte.

Tomaron posesión del lugar, cortaron ramas, hicieron montículos de piedras, grabaron con sus puñales en los troncos de los árboles los nombres del rey Fernando y de la reina Juana, así como la fecha y los suyos propios, y el clérigo Andrés Vera entonó el tedeum, coreado con emoción por todos ante la estupefacta mirada de los indígenas.

Entonces, Balboa ordenó al escribano que tomara los nombres de los sesenta y siete españoles presentes, comenzando por el suyo, seguido por el del clérigo Andrés de Vera y siendo el tercero el de su teniente, Francisco Pizarro.

Tras ello, comenzaron la bajada hasta aquella todavía lejana orilla para así tomar posesión de aquel mar en nombre del monarca y la Corona castellanos. Hubieron de pasar por tierras del cacique Chiapes, que les opuso en su poblado una breve resistencia, pero se avino pronto a someterse y colaborar. Desde allí Balboa envió a tres grupos diferentes en busca del mejor sendero para alcanzar el mar.

El liderado por el extremeño Alonso Martín, de Don Benito, fue el primero en llegar, dos días después, a la orilla. Embarcándose en una canoa pudo así decir que había navegado por él. Regresó a toda prisa después a avisar a Balboa, y este se puso de inmediato en camino con veinticinco hombres seleccionados. Todos lucían sus mejores galas de combate: corazas, cascos y plumas, y llevaban en vanguardia un estandarte con la imagen de la Virgen y las armas de Castilla. Pero, llegados a la playa, esta era un fangal por la marea baja, así que esperaron a que subiera para no deslucir la ceremonia. Balboa entonces se puso la coraza y el yelmo y, con el estandarte en una mano y en la otra la espada, se adentró en el mar hasta que el agua le llegó a las rodillas y proclamó:

> *Vivan los muy altos e poderosos señores reyes don Fernando e doña Juana, reyes de Castilla e de León, e de Aragón, en cuyo nombre e por la Corona Real de Castilla tomo e aprehendo la posesión real e corporal e actualmente destas mares e tierras, e costas, e puertos, e islas australes.*

Después, y tras preguntar si alguien se oponía a la posesión, a lo que solo replicaron el silencio y el rumor de las olas, y si estaban dispuestos a defender con sus vidas tal posesión, a lo que respondieron todos con un sonoro sí, dio unos sablazos al agua y salió para, a continuación, ordenar al escribano anotar los nombres de los veintiséis presentes encabezados por Balboa y por Pizarro. Los testigos hubieron también de probar el agua y asegurar que, como la del otro mar, era salada.

Lo bautizó como Mar del Sur y a aquel golfo como el de San Miguel, por ser aquel día el de aquel arcángel, el 29 de septiembre de 1513.

La cuestión de encontrar el mar había quedado resuelta, y para que no hubiera duda, un mes después Balboa realizó otra ceremonia de posesión, esta en mar abierto. Pero quedaba la otra, la del oro, del que había hablado Panquiaco. Y en ello se empeñó durante los meses siguientes por la costa y las tierras de diversos caciques a los que iba requisando, por las buenas o por las malas, todo el oro que podía. Este no era mucho, mas lo que encontraba eran perlas de excelente calidad.

Decidió, pues, dedicarse a estas hasta que le dieron la noticia de unas islas donde se producían en cantidad enorme, y para allá se fue. Lo malo es que el tiempo era pésimo para navegar y apenas si pudo avistarlas y acercarse a la más grande, isla Rica la llamó, y al archipiélago de las Perlas, nombre con el que se quedó, y, con mucha razón, para siempre.

Balboa regresó triunfante hasta Santa María de la Antigua del Darién, lo hizo siguiendo otra ruta y aprovechando para seguir conquistando territorios y sometiendo a sus caciques, amén de continuar haciendo acopio de oro y perlas. Para ello empleaba bien el acuerdo o bien la espada, pero en diciembre ya estaba de nuevo en tierras del Caribe atlántico, en concreto en el golfo y archipiélago de San Blas, y desde allí ya a las de Comagre, donde ahora, ya muerto su anciano padre, Panquiaco se había convertido en el nuevo cacique, y ya por las tierras de Ponca y Careta, donde fueron quedando los indígenas que habían ido con él, a su ciudad, a la que llegó el 19 de enero de 1514. Traía, amén del gran descubrimiento, un gran botín de más de cien mil castellanos de oro, una gran cantidad de perlas y muchos y muy hermosos tejidos en algodón. Vasco Núñez de Balboa había alcanzado su sueño y se disponía a vivirlo.

Pero nada más llegar, las noticias que le aguardaban eran inquietantes. El quinto real enviado no había llegado a su destino al perderse en un naufragio, sus procuradores habían informado contra él y su sustitución estaba en marcha. Vasco Núñez de Balboa no era, sin embargo, hombre que se arrugara ante la adversidad. Y se dispuso a remediarlo. Tenía en sus manos ahora una baza que creía definitiva: había descubierto el Mar del Sur, el mar al otro lado donde más allá estaría, ahora sí, la codiciada Especiería.

Así que envió prestamente rumbo a España a uno de sus fieles, Pedro de Arbolancha, para dar noticia de sus descubrimientos al rey, hacerle llegar su quinto correspondiente al mismo, algunos regalos además y la petición de que vinieran hacia allá barcos, pertrechos y gentes para poblar todo aquel territorio que él había descubierto y conquistado.

Nada más descubrir el Mar del Sur y cuando Núñez de Balboa creyó llegado el momento de explotar su éxito y saborear su triunfo, su suerte comenzó a cambiar y a enredarse los hilos de un destino funesto.

La señal fue la reaparición, ¿de quién si no?, del bachiller Enciso.

Este había seguido pertinaz en la corte con sus acusaciones. Y a ellas se unió también la llevada por sus propios enviados de haber abandonado a su suerte a Nicuesa. Fernández de Enciso encontró al fin los oídos apropiados, que fueron los del muy poderoso obispo Juan Rodríguez de Fonseca, quien lo escuchó con atención, le dio total credibilidad y lo aprovechó para colocar sus piezas y aumentar aún más su influencia.

El elegido para ello fue el ya entonces viejo y curtido Pedro Arias de Ávila, que ya había dado muestras de su carácter: «Mano dura, crueldad con los vencidos, celoso de su poder y fidelidad a la Corona», decían de él quienes vivieron y sobrevivieron a su cercanía. Y se quedaban cortos.

Pedrarias, como se le conocía, había nacido en Segovia en 1440. Miembro de la nobleza, señor de Puñoenrostro, estaba casado con una Bobadilla, familia muy cercana y querida por la difunta reina Isabel y cuyo hermano había sido aquel enemigo de Colón que lo envió a España encadenado desde La Española y que luego sucumbió ahogado por no hacerle caso en su previsión de que llegaba un huracán.

Era un tipo duro, que había peleado en la guerra de Granada y hasta en África, donde participó en la toma de Orán y protagonizó el asalto, con tan solo cuatro soldados, del castillo de Bugía, donde mató con su mano al jefe musulmán ganándose el apodo de Furor Domini.

El rey Fernando lo había nombrado gobernador de Castilla del Oro, como se denominó a la nueva provincia, y se dirigió hacia allí con diecisiete naves y mil quinientos hombres, llegando a Santa María de la Antigua tan solo cuatro meses después del regreso de Balboa del Mar del Sur y, cuando llegó a su puerto, mandó dar aviso a este de su llegada.

Vasco estaba reparando un tejado de una casa y fue a recibirle con la ropa que llevaba, una camisa y un calzón viejo de algodón. Se encontraron a mitad del camino entre el puerto y la villa: él a pie, sudoroso y sucio; Pedrarias a lomos de un caballo enjaezado, con armadura completa, con su señora, parientes y criados a su lado y seguido por un séquito encabezado por el obispo, el franciscano Juan de Quevedo, bajo palio, con mitra y cruz de plata y rodeado de clérigos. Tras ellos venía una comitiva de funcionarios, con el licenciado Gaspar de Espinosa como alcalde mayor, el cronista Gonzalo Fernández de Oviedo, el piloto Juan Vespucio, el capitán Juan de Ayora, lugarteniente del gobernador, y la némesis de Balboa, Fernández Enciso, a quien Vasco reconoció de inmediato, como alguacil mayor de la ciudad.

Con humildad, Balboa besó el anillo del obispo e hizo reverencia a Pedrarias, quien le entregó desde el caballo sus credenciales. Balboa las leyó, las besó y las puso sobre su cabeza en señal de acatamiento.

La visión de Santa María de la Antigua desagradó mucho a Arias de Ávila: eran apenas doscientas casas de madera y paja en las que vivían unos quinientos españoles y el triple de indios. Para nada podía acoger al gobernador, ni a su séquito, ni al ingente número de colonos que con él llegaban.

No obstante, comenzó a ejercer de inmediato. Pidió un informe exhaustivo de todo lo referente a la colonia, así como de las tribus aliadas y las hostiles, amén de la ruta hacia el Mar del Sur. Balboa se lo entregó con la mayor presteza. Al tiempo, y según era costumbre, ordenó abrirle el preceptivo juicio de residencia del que se encargó a Gaspar Espinosa, pero de manera subrepticia intentó iniciar una pesquisa secreta por su cuenta a la que se opuso el obispo y a la que hubo de renunciar por el momento.

Del juicio de residencia no salió del todo mal Balboa, pues, aunque hubo que afrontar el pago de indemnizaciones a Enciso y a otros considerados perjudicados por sus acciones, resultó absuelto.

Pero la que acabó destrozada fue la labor pacificadora que a lo largo de todos aquellos años había llevado a cabo. Pedrarias ordenó campañas, pues le sobraban tropas, contra los territorios indígenas sin parar en aliados u hostiles, y cinco expediciones a la busca de minas de oro. En una de estas acciones murió Panquiaco, el amigo y aliado de Balboa, y las tribus se convirtieron en enemigas declaradas.

La buena noticia para Vasco llegó el 20 de marzo de 1515, aunque fue expedida en España en septiembre de 1514. Los buenos oficios del enviado de Balboa a la corte y la noticia del descubrimiento del Mar del Sur hicieron reflexionar al rey, quien lo nombró adelantado de la Mar del Sur y gobernador de las provincias de Panamá y Coiba, aunque sujeto a Pedrarias.

Este quiso ocultar la cédula, pero, ante la oposición, de nuevo, del obispo, tuvo que entregársela, aunque prohibiéndole reclutar gente para sus empresas, ya que dijo necesitarla él. Sin embargo, la cédula ordenaba a Pedrarias que le concediese libertad en sus asuntos de gobierno y territorios, que quedaban además muy difusamente delimitados.

La tensión siguió siendo constante entre ambos y Balboa acabó por enviar a España una queja destinada al rey contra el gobernador, en la que sobre todo daba cuenta de su maltrato a los indígenas y cómo sus acciones los habían convertido de aliados a feroces enemigos.

Por otro lado, había comenzado ya a rumiar el proyecto de un camino con ciudades en ambos mares, el que después sería el de Nombre de Dios, en Panamá, y buscó gente en La Española para ponerlo en marcha y construir naves para adentrarse en el Mar del Sur, ir hacia el archipiélago de las Perlas y sobre todo ir bajando hacia el sur en busca de aquel imperio donde los platos eran de oro, el mismo del que Panquiaco le había hablado, y buscar además algún paso por agua, pues alguno debía haber que comunicara ambos océanos.

Para ello, hizo venir desde Cuba a setenta soldados y un barco que, tras ser descubiertos por Pedrarias, lo acusó de conspiración y rebelión frustrada y mandó meter en una jaula a Balboa en el patio de su propia casa, y allí lo tuvo dos meses.

Transcurrido ese tiempo, el propio gobernador se presentó en ella y, tras pedirle perdón, le ofreció el poner fin a sus disputas entregándole la mano de su hija María, que estaba en España. De esta forma, convertidos en yerno y suegro y ya de la familia, afrontarían todo juntos.

La solución había sido pergeñada por el obispo Quevedo, harto del conflicto y valedor en ocasiones de Balboa, e Isabel de Bobadilla, quien convenció a su marido, y que resultó del agrado de todos. Menos, lógicamente, de Anahiansi, quien se disgustó, pero que le permaneció siempre fiel a Balboa. Incluso requerida por uno de sus hombres más cercanos, Garabito, lo rechazó de plano. Un rechazo que sería después mortal para Vasco.

Tuvo él otra pérdida y muy dolorosa, pues quien se le murió, envenenado, fue el fiel Leoncico. No se supo quién, si un indio o un castellano, pero sospechó Balboa que más lo segundo y que bien pudiera ser cercano a él, pues el alano no comía nada que no viniera de una mano conocida. Apareció un amanecer ya tieso a la puerta de su amo, a quien había servido desde que lo destetaran de su madre. Vasco se entristeció mucho y tuvo aquello por el peor de los presagios.

El obispo partió para España en busca de la novia y la boda se celebró allí, por poderes, en abril de 1516. Así, la relación de Pedrarias y Balboa adquirió tintes de colaboración e, incluso, familiares. De esta forma, podría iniciar expediciones, pero tan solo de un máximo de un año y medio de duración.

A finales de 1516, levantó en el poblado de su viejo amigo Careta la ciudad de Acla, y allí organizó la compañía del Mar del Sur. Poco a poco, empezó a hacer acopio de materiales para construir los bergantines, que comenzó a ensamblar ya en un puerto del Pacífico, en Yavisa.

Logró poner a flote dos de ellos y llegó a las islas de las Perlas, aunque ya estaban muy esquilmadas, y con dos más puso rumbo hacia el sur, llegando al lugar que años después Pizarro bautizó como Puerto Piñas en su viaje hacia el Perú.

Allí volvió a corroborar las noticias sobre el gran imperio que existía más al sur y se dispuso a partir cuanto antes hacia él.

Pidió entonces, a través de Valderrábano, una prórroga de un año y medio más, pero el escribano volvió con el rumor, que se tuvo por cierto, de que Cisneros, ahora regente, había sustituido a Pedrarias y el nuevo gobernador podía estar ya en camino.

Aquello resultaría fatal. Balboa pensó que el nuevo gobernador no le dejaría continuar con sus planes y se dispuso a fundar una ciudad puerto en la costa pacífica para salir desde allí al océano con dirección sur.

Ingenuamente, creía que Pedrarias sí le dejaría continuarlas. Al llegar a Acla, uno de los hombres de confianza de Balboa, Luis Botello, intentó colarse de noche, pero fue detenido por oficiales de Arias de Ávila, quienes le hicieron confesar los planes de Balboa. Tras él, apresaron en Antigua a sus más fieles.

Pedrarias, arteramente, escribió en términos muy cariñosos a Balboa para que acudiera a su encuentro en Acla y tratar allí asuntos de la expedición. Nada receló de ello y Vasco se puso con rapidez en camino, pero a la mitad fue interceptado por el destacamento, a las órdenes de Francisco Pizarro, a quien Pedrarias había mandado para apresarle y a quien Balboa dijo, dolorido en lo más hondo al ver que era su viejo camarada:

—Vos, Pizarro, no solíais recibirme así.

Fue acusado de traición e intento de usurpar su poder y crear un gobierno aparte en el Mar del Sur. Núñez de Balboa negó con vehemencia los cargos y exigió ser trasladado a La Española, poder y audiencia a la que estaba sometido Pedrarias, o a la propia España para ser juzgado. Pero estaba claro que Pedro Arias de Ávila estaba decidido a ejecutarle en esta ocasión y que nada le iba a detener. El gobernador mantuvo su farsa de suegro amistoso todavía un tiempo, ya que fue a visitarle mientras lo tenía preso en una casa de un vecino, siendo muy amable para darle seguridades y diciéndole que no tuviera preocupación alguna, pues había sido detenido por acusaciones sin fundamento. Pero ya en una segunda visita llegó con la peor cara y le acusó de haber traicionado al rey y a él, y ordenó trasladarlo a la cárcel común.

En connivencia con el alcalde Gaspar de Espinosa, el juicio se celebró con enorme celeridad y Espinosa dictó sentencia de inmediato: muerte por decapitación.

En el proceso ofrecieron testimonio todos, y solo ellos, los enemigos de Balboa, y se añadió el de Garabito, que había sido detenido también y a quien prometieron salvarle la vida, que a causa del rechazo de Anahiansi y su despecho por ello con Balboa declaró en su contra.

El gobernador añadió por su cuenta su pesquisa particular y una larga ristra de acusaciones, como engañarle en sus informes sobre los indios para que fracasara en sus expediciones, haber vejado a los indígenas contraviniendo sus órdenes, haber actuado malignamente contra Nicuesa (aunque hubiese sido anteriormente absuelto por ello) y ser reo de traición por urdir un plan para proclamarse independiente en el Mar del Sur. Además, el gobernador rechazó su recurso de apelación nada más presentarlo y puso fecha inmediata a su ejecución.

Tenía prisa en acabar con él. El día 15 de enero de 1519 se dictó sentencia, el 16 se rechazó la apelación, el 17 se levantó el cadalso en Acla y el 19 les cortaron la cabeza, pues junto a él fueron ajusticiados Fernando de Argüello, Luis Botello, Hernández Muñoz y Andrés Valderrábano, salvándose el sacerdote Rodrigo Pérez, debido a su condición, y el citado Garabito, de la pena capital.

Vasco Núñez de Balboa dio muestra de gran entereza y gallardía al ser conducido al patíbulo. Antes de ser decapitado, el pregonero dijo en voz alta:

—Esta es la justicia que el rey y su teniente Pedro Arias de Ávila mandan hacer contra este hombre por traidor y usurpador de los territorios de la Corona.

A lo que Núñez de Balboa respondió con voz serena y potente:

—Mentira, mentira. Nunca halló cabida en mí semejante crimen, he servido al rey como leal, sin pensar sino en acrecentar sus dominios.

Fernández de Oviedo,[76] presente en la ejecución, quiso dejar constancia de algo que le sobrecogió y repugnó aquel día y que señalaba al culpable de aquella ignominia:

---

[76] El primer gran cronista de Indias y también testigo presencial de aquel tiempo tan solo unos años después que Bartolomé de las Casas y cuyos textos resultan más accesibles al no estar por entero trufado su discurso, como el de De las Casas, de las maldades contra los indios y su bondad primigenia y continuos y larguísimos exordios doctrinales y catecumenales.

Desde una casa que estaba a diez o doce pasos de donde los degollaban, estaba Pedrarias mirándolos por entre las cañas de la pared de una casa o bohío.

Las cabezas de los ajusticiados cayeron sobre una artesa y fueron expuestas al público para acrecentar el temor al gobernador.[77]

---

[77] Aunque Pedrarias y luego su familia se aplicaron en la destrucción de todas las pruebas y documentos, la figura que emergió desde su tumba fue la de Vasco Núñez de Balboa. Su nombre, hazañas y proyectos fueron recuperados, entre otros, por el español Manuel José Quintana, su primer biógrafo, y por el estadounidense y amante de la cultura española Washington Irving, y su persona y obra por fin fueron valoradas lo que merecían en España, pero aún más en Hispanoamérica y Panamá, donde su figura es excepcionalmente, aún hoy, respetada y querida. La propia moneda panameña lleva su nombre y su efigie en el anverso, al igual que uno de los principales puertos del canal, y la Orden de Vasco Núñez de Balboa es la máxima condecoración de aquel país. Incluso un cráter de la Luna fue bautizado como Balboa en su honor. Capítulo aparte merece la idea, ya esbozada por el propio Vasco Núñez de Balboa, de, más allá de encontrar un paso entre los mares, que también intentó, lograr abrir alguna especie de pasillo entre ambos océanos. No debía ser tan descabellada la idea cuando el emperador Carlos V encargó a sus ingenieros que le presentaran un proyecto para abrir esa vía, algo a todas luces irrealizable con los medios disponibles en aquel momento, pero que volvió a estar de nuevo sobre la mesa en tiempos de su heredero Felipe II y lo estaría muchas veces hasta que se llegó a construir y hace poco ampliar y desdoblar. Su proyecto fue, tras ser ejecutado, de inmediato puesto en marcha por quien había sido su segundo y teniente, Francisco Pizarro, y por Diego de Almagro y el propio gobernador Pedrarias, que por ello tal vez y como primera causa se lo había quitado de en medio.

36

LA ALBORADA DEL
GRAN CONQUISTADOR

Cuando el joven Cortés volvió por segunda vez a La Española entendió, aunque tuvo que vivir allí otros cinco años, que aquel ya no era su sitio y, en lo que quedaba, no había lugar para él. El sueño de las Indias se había mudado de casa y él se mudó también. Intentó ir con la expedición de Nicuesa, pero un pequeño accidente con el caballo le tuvo, durante unas semanas, imposibilitada una pierna y no pudo embarcar, por lo que se libró del desastre. Entonces es cuando decidió irse a Cuba como otros muchos empezaban a hacer, entre ellos los hermanos Alvarado, encabezados por el mayor, Pedro, extremeños como Cortés, de una familia hidalga de Badajoz con muchos hijos y poca hacienda, y que habían venido en el séquito del virrey.

Pedro de Alvarado era de gran estatura, anchos hombros, piernas fuertes, pelo y barba rubios y ojos claros, destacaba mucho y era muy mirado por las damas de la corte de la virreina que se querían casar. Pero él ansiaba otras conquistas y cuando topó con Cortés supieron al menos por dónde podían comenzar a intentarlo. Partieron ambos con las tropas de Diego Velázquez, con las que Cortés ya había compartido una cabalgada postrera durante la campaña en el cacicazgo de Higüey, que fue su muy leve y efímera entrada en combate y que en realidad ni tal fue, pues para entonces la resistencia estaba vencida, los caciques ahorcados y los indios huidos.

Lo cierto y verdad es que Hernán, ya cercano a la treintena, no tenía en su haber un solo hecho de armas que pudiera ser señalado como tal. En La Española no había nada que hacer. Y la cosa aún pintaba peor.

El rey Fernando, cada vez más harto de Diego Colón, al que conocía bien, ya que le había tenido de paje, pues había hecho oídos sordos a cuantas recomendaciones y límites le puso en su gobernación y aún se empeñaba en ciertas independencias como virrey, ejerció él de rey y lo mandó regresar a España para enseñarle la lección y que aprendiera lo que se negaba a aprender y a acatar.

No lo cesó, ni nombró sustituto por el momento, y el Colón supuso que podría regresar pronto, así que dejó en Santo Domingo a la virreina y a sus hijos. Se equivocó. Quedaría retenido por más de un lustro allí y ese sería el prólogo de su final como virrey.

Antes de partir había dado la única orden en verdad decisiva y trascendental de su mandato: la de proceder a la conquista de Cuba, que encomendó a Velázquez. Hernán Cortés vio su oportunidad y se sumó a la empresa, pero tampoco iba a ser su destino la guerra. Al ver que tenía estudios de bachiller y parecerle muy avisado, fue fichado con rapidez por el tesorero real Pasamonte, que lo nombró tesorero de la expedición. Ese cargo y la cercanía con el gobernador serían la catapulta que necesitaba y que supo aprovechar muy bien.

Pedro Alvarado, por su parte, hizo méritos en los combates que, desde la costa al interior, lograron con cierta rapidez el paulatino control de todo el territorio. En realidad, el único que les ofreció resistencia fue el refugiado Hatuey, que tampoco pudo hacer mucho. Iba a las órdenes del sobrino de Velázquez, Pánfilo de Narváez, con el que no llegó a congeniar en exceso. No tardaron en apresar al líder taíno y Narváez lo condenó a morir en la hoguera. Al atarlo al poste un franciscano le quiso convencer de que muriese como cristiano y bautizarlo para que pudiera ir al cielo.

Hatuey le preguntó entonces:

—¿Los españoles, cuando mueren, van al cielo también?

El fraile le respondió afirmativamente, de manera que el haitiano dijo que entonces mejor que no, que no se los quería volver a encontrar en ningún lado.

La campaña como tal concluyó y Alvarado y muchos de los llegados se quedaron sin oficio, pero Cuba se mostró ya pronto como mejor trampolín para prosperar o saltar desde ella a nuevas y más importantes empresas. Así que fue haciendo venir e ir con él a toda su ristra de hermanos, hasta que se juntaron un total de cinco allí.

Con Hernán Cortés había seguido manteniendo cierta relación, que aumentó cuando la conquista de la isla estuvo ya concluida al percibir que, por otros derroteros, el de Medellín había ascendido de tal manera que era uno de los más principales, ricos y poderosos al lado del gobernador. Hasta se había casado, aunque no con mucho gusto al parecer y más bien forzado por el propio Velázquez. La esposa se llamaba Catalina Suárez y había llegado a Cuba como dama de compañía de la mujer de Velázquez, María de Cuéllar, que vino a la isla para casarse con él.

La historia fue como sigue. El matrimonio del teniente gobernador, ese era su cargo dependiente de Colón, duró muy poco, pues María de Cuéllar falleció a nada y Catalina se fue a vivir a casa de su hermano Juan, que también había llegado a Cuba y con tres hermanas más, por ver de mejorar fortuna todos allí. Juan era entonces socio en una de las encomiendas de Cortés. Al principio Catalina le pareció bonita, comenzó a galantearla, y aunque no hubo hijos ni nunca los habría, ella consintió. A poco Hernán perdió el interés, pero ella no lo iba a dejar escapar.

Exigió cumplimiento de la promesa de matrimonio que, según ella, él había dado. Y tuvo un gran aliado. El gobernador viudo galanteaba a su vez a una hermana de Catalina y había acabado casándose con ella, siendo ahora Catalina su cuñada. Llamó pues a capítulo a Cortés y le exigió pasar por el altar, y así se vio casado sin querer estarlo. Pero ganó en su relación con Velázquez: se hizo ya familiar y se convirtió en uno de sus secretarios y luego ya en el primero de ellos.

Sus relaciones con el gobernador y su larga familia de sobrinos y primos estuvo siempre sometida a un continuo vaivén. Cortés se había hecho muy rico en Cuba, se le habían otorgado muchas tierras y tenía gran tino para los negocios y maña para dirigir. Velázquez un día lo agasajaba y lo nombraba alcaide de Santiago de Cuba, al otro lo mandaba prender por cualquier pequeño arcijo y luego lo volvía a liberar y restituir. La primera vez fue cuando no quería casarse con Catalina y, más adelante, ya encumbrado, lo llegó a encerrar acusándolo de ser parte de una conjura y el encargado de hacer llegar a La Española un memorándum contra él.

Lo metió en prisión. Se escapó. Se refugió en una iglesia donde no podían prenderlo, pero solía salir a pasear fuera, y un día se descuidó y lo volvieron a prender. Lo llevaron entonces a un barco, pero también se escapó y al cabo Velázquez lo perdonó o pareció hacerlo. En cualquier caso, quedó muy resentida la relación, pero Cortés la resolvió presentándose un día en su casa, espada al cinto, interpelándolo a voces, pero diciéndole también que no deseaba sino ser su amigo. Se reconciliaron, y Cortés acabó durmiendo en su cama.

Eran líos entre ellos en los que siempre andaba de por medio la volubilidad de Velázquez. Pero sí era ya bien seguro y visible que Cortés, al cabo de cinco años en Cuba, se había convertido en uno de los más ricos, si no el que más, de la isla. Vestía como un príncipe, con su jubón negro y dos medallas al cuello, una de la Virgen siempre y unas lazadas de oro, era alcalde de la ciudad de Santiago, la más importante entonces, y a quien muchos acudían, pues había ganado también fama de ser hombre de mucha inteligencia, buen consejo, mejores formas, y con la fortuna de cara a cuyo arrimo se podía mejorar siempre. Gran conversador, con fino sentido del humor, de habla fácil y elegante, incluso tenía vena de poeta y no se le daban mal los versos. Reposado en sus tonos, ordenaba con voz pausada y en tono bajo que hacía a los otros callar y aguzar sus oídos para escucharlo. Era de buena estatura, bien proporcionado y nervudo. Ancho de pecho y espaldas, aunque algo estevado de piernas. La cara no muy alegre, pero ojos muy expresivos, aunque de mirar grave. Le fallaba la barba, que le raleaba un poco.

No era dado en absoluto a la bebida, ni a dar voces por ella como solían hacer los soldados, y aguaba el vino para que no le afectara, pero era un apasionado del juego, tanto de naipes como de dados, una gran pasión en la que sobresalía y donde más que perder ganaba. Sus negocios, de lo más variados, trayendo y llevando mercancías a España, así como sus posesiones y haciendas en la isla, le tenían señalado como el más rico de ella. Con permiso del gobernador. O sin él.

Los combates y las conquistas parecían serle algo ajeno y que habían quedado ya atrás. Era un magnífico jinete, amante de los caballos, en especial de su hispano-árabe llamado Cordobés, al que cuidaba con gran esmero, y muy diestro en todas las armas, con las que no dejaba de ejercitarse, pero no había participado jamás en una gran lid. Las únicas heridas infligidas y la única recibida habían sido por duelos galantes y su única cicatriz era la que tenía en el labio inferior sufrida de un marido despechado.

Su vida era ya la de un potentado y su rango el de un señor con el camino expedito hacia mayores poderes y cargos de aún mayor relumbrón. Tenía y poseía lo que todos ansiaban. Pero algo le rebullía y le escocía en su interior. Él no había venido a las Indias para eso. Le faltaba algo. Su vida no podía ya por siempre ir transcurriendo así. Nadie brindaría por él y sus hazañas en taberna alguna, como había prometido que un día tendrían que hacer en el Escabeche. Su desasosiego era cada vez mayor.

Lo acrecentaba su matrimonio forzado. Había tardado, tras pasar por el altar, en iniciar, no lo hizo hasta tener construida una gran mansión, la convivencia matrimonial, y la había aumentado el hecho, para él esencial, de no haber concebido Catalina hijo alguno, aunque él sí había tenido ya uno con una indígena, al que reconoció como tal y procuró bautizo y educación.

Comenzó a frecuentar a Pedro Alvarado y a agasajarle en su casa. Tanto Pedro como sus hermanos estaban siempre deseosos de batallas y expediciones y al tanto de las que iban y venían y de lo que se estaba descubriendo. Le contaban lo que comenzaba a ser ya el gran sueño de muchos: que había un gran territorio en tierra firme, inmenso, con muchas gentes y ciudades muy ricas. Que el piloto Antón de Alaminos, que había estado como él mismo relataba de «pajecillo con el Almirante Viejo», un día vio un libro que él llevaba y donde tenía anotado que, navegando en un cierto rumbo, se hallaban «tierras muy ricas y muy pobladas con grandes y suntuosos edificios». Y lo decía Alaminos, que había ido con Ponce a la Tierra Florida.

Grandes ciudades, templos, palacios y tesoros. Eso era lo que Cortés quería y eso era de lo que se hablaba en cualquier reunión de soldados. Aunque también había temor, pues barcos y gentes se habían perdido en su búsqueda y no había vuelto ningún superviviente, y quienes habían logrado regresar contaban que lo que sí había eran indios muy feroces que en cuanto bajaban a tierra les caían encima. Que eso era lo que le había pasado a un navío de los de Balboa que mandó con un capitán suyo, Valdivia, y que esa nave cayó hacia aquellos lugares y nunca más se supo de ellos. Algo también había contado sobre ello un tal Fernández de Oviedo, muy leído y escribidor, que había recalado en La Habana huyendo de las durezas y excesos de Pedrarias, que no se habían parado con la decapitación del descubridor del Mar del Sur.

Tanto era y tan grande el runrún de las riquezas así como de los peligros, que Velázquez mandó hacia allá a Francisco Hernández de Córdoba, que le había pedido licencia para ello, a ver qué había de cierto. Partiendo de Cuba tardaron apenas tres semanas en llegar. Arribaron primero a una isla, que llamaron de las Mujeres por encontrar en sus templos muchos ídolos femeninos, y luego vinieron algunas canoas hacia sus barcos de forma aparentemente amistosa. Algunos soldados, entre ellos uno muy joven, llamado Bernal Díaz del Castillo,[78] les dieron algunas cuentas de vidrio verde y le preguntaron cómo se llamaba aquel lugar. Ellos contestaron:

—*¡Tectecán, Tectecán!*[79]

Bernal dijo entonces:

—Dicen que se llama Yucatán.

Y así se apuntó aquel nombre.

---

[78] El que narra con más detalle aquel viaje es Bernal Díaz del Castillo, quien afirma haber estado siendo muy joven en el mismo y que luego marcharía con Cortés hacia la conquista de México convirtiéndose después en el cronista de toda la epopeya en su *Historia verdadera de la conquista de la Nueva España*.

[79] «No entiendo» es lo que decían los indios en su lengua maya.

Más adelante una tormenta los llevó hasta un cabo donde vieron grandes edificios de piedra, enormes construcciones de cal y canto como nunca habían visto en las Indias. Bajaron a tierra y salieron hacia ellos muchos indios.

Les preguntaron también por el nombre del lugar y ellos exclamaban señalando a su poblado:

—*¡Cotoch! ¡Cotoch!* [80]

Así que lo nombraron como Catoche.

Pareció al comienzo un encuentro amistoso, pero en cuanto hicieron intento de ir hacia el interior, les cayeron encima y hubieron de combatir para escapar. Al retirarse lograron llevarse dos jóvenes prisioneros a los que pusieron por nombre Juliancillo y Melchorejo. Serían los primeros lenguas para entenderse con aquellas gentes. Prosiguió Hernández de Córdoba su periplo y avistaron otro lugar donde también había edificios de aquellos.

Desembarcaron y los indios también vinieron a ellos y les dijeron que se llamaba Campeche, aunque los españoles la bautizaron como Lázaro. En algún momento oyeron también que decían señalándoles a ellos:

—*¡Castilian, castilian!*

Alguno de los españoles se sorprendió al oírlo, pero no tuvieron mucho tiempo de pensar qué podía significar aquello,[81] porque de repente cambió del todo la actitud de los indígenas. Habían algunos entrado en uno de sus templos y allí había objetos de oro, un fraile, incluso, se llevó una extraña imagen, y también dieron con una especie de altar de piedras y observaron que estaba lleno de manchas, y recientes, de sangre.

No pudieron indagar más, pues se presentaron unos sacerdotes, con túnicas hasta casi los pies y los cabellos alborotados y llenos de

---

[80] «Nuestra casa».

[81] La expresión «*castilian*» al principio y en el agobio de comenzar a ser acosados no les hizo ser conscientes de que como tales, «castellanos», los señalaban a ellos. Era producto de que no solo sabían quiénes eran, sino que habían acabado con una tripulación naufragada y tenían algunos prisioneros todavía vivos.

sangre seca, que encendieron un sahumerio. Con señas amenazantes, les hicieron entender que vendrían muchos guerreros contra ellos en cuanto se acabara de quemar.

Comenzaron a oír sonidos de zampoñas, cuernos y tambores y decidieron irse y embarcar.

Arribaron después a un tercer lugar, y sucedió algo parecido, que primero llegaron a ellos los indios sin muestras aparentes de hostilidad y les dieron el nombre del lugar, Champotón,[82] que es donde los alcanzó el desastre. Fueron a hacer aguada y los indios, con mucha gritería, pero muy bien armados y organizados en compañías y capitanes al mando, se lanzaron contra ellos y les hicieron gran daño, causando muchos muertos y dejando, a los que no, malheridos. Tan solo uno quedó indemne. Llamaron al lugar ellos «El de la Mala Pelea».

Lograron reembarcar, aunque tuvieron que dejar el navío más pequeño, pues no había brazos para todos, y Alaminos, el piloto, puso rumbo a Florida para coger allí agua y ver de llegar luego a Cuba con rapidez. En Florida consiguieron hacer aguada, pero a costa de mucha sangre también. Al único que iba ileso y se separó unos instantes del grupo, lo agarraron los indios y no se volvió a saber de él. La expedición volvió deshecha y Hernández de Córdoba murió a los diez días a causa de las treinta heridas que tenía en el cuerpo.

Pero lo que ya sabía Velázquez, y sus allegados Cortés y Alvarado también, es que allí había una tierra que nada tenía que ver con los pueblos de paja y barro de las islas antillanas ni con todo lo que hasta ahora habían conocido. Que era verdad lo que susurraban de grandes ciudades y allí habría de haber riquezas sin igual. Supieron también algo más por Melchorejo y Juliancillo, que ya conseguían hacerse entender un poco. Contaron que, en un lugar cercano a donde los habían atrapado a ellos, estaban presos otros españoles barbudos que los indios habían cogido y tenían como esclavos. Y que uno de ellos se había vuelto a ellos y ya vivía como indio, tenía mujer e hijos

---

[82] Chakon Putum era el nombre maya que quedó en Champotón.

y mandaba a los guerreros de su tribu contra las que eran enemigas suyas.[83]

Puso al mando de ella a uno de sus sobrinos, Juan de Grijalba, sin experiencia militar alguna y aún menos dotes de mando. Como piloto mayor volvía a ir el seguro Alamillos y como uno de sus capitanes se enroló Pedro Alvarado, que fue el primero en regresar. Su relato a la vuelta fue tan inquietante como prometedor: en efecto, habían visto enormes templos, como aquellas torres de Babel de la antigüedad, emergiendo en medio de las selvas, ya en tierra firme y frente a la isla de Cozumel. Pero se veían en parte derruidas y desportilladas.

Supieron que las llamaban Tulum,[84] pero en todos los lugares la hostilidad contra ellos fue total y, aunque Grijalba rehusaba el combatir, tuvieron que hacerlo para las aguadas.

También desistía de establecerse en lugar alguno y poblarlo, aunque sí tomó posesión en nombre del gobernador, dejando ya de lado al virrey Colón, quien había partido de La Española. Llevaba cuatro barcos y doscientos cuarenta hombres, pero no hizo intención

---

[83] Jerónimo de Aguilar y Gonzalo Guerrero: ambos habían estado en la expedición de Nicuesa, luego se habían unido a los de Balboa, y al ir con Juan de Valdivia hacia La Española para enviar el quinto del rey y diferentes cartas a España, amén de traer provisiones, después naufragaron. Los supervivientes, veinte, entre ellos dos mujeres, que lograron medio muertos de hambre y sed llegar a la costa, fueron todos muertos por los indios hasta solo quedar seis y luego ya solo dos. Jerónimo de Aguilar, clérigo, que fue esclavizado y mandado a buscar años después por Cortés, fue su primer intérprete. Gonzalo Guerrero rehusó la invitación de este para irse con él con estas palabras: «Hermano Aguilar, yo soy casado y tengo tres hijos. Tiénenme por cacique y capitán cuando hay guerras. La cara tengo labrada, y horadadas las orejas. ¿Qué dirán de mí esos españoles, si me ven ir de este modo? Idos vos con Dios, que ya veis que estos mis hijitos son bonitos, y dadme por vida vuestra de esas cuentas verdes que traéis, para darles, y diré que mis hermanos me las envían de mi tierra». Gonzalo Guerrero, arcabucero, combatiente en Italia y en las Indias, moriría tiempo después luchando contra los propios españoles.

[84] Parece, a tenor de estas apreciaciones, que la gran ciudad maya ya estaba entonces en gran decadencia o incluso ya abandonada.

de desembarcar en firme y levantar alguna fortaleza para poderse defender. Los capitanes, el que más Alvarado y por otros motivos Alamillos, entraron en polémica con él por tal causa y más cuando en una obligada aguada en Champotón, y a pesar de bajar tres piezas de artillería a la playa, estuvieron a punto de sufrir otra grave derrota por no tomar las necesarias medidas y tan solo aguardar el ataque, tras el consabido sahumerio encendido y la embestida después, cuando se terminaba de consumir. Grijalba en aquella había incluso perdido varios dientes de un flechazo en la boca.

Llegaron a otros lugares y en ellos siguieron encontrando templos, y en algunos consiguieron entrar y asaltar. En el más grande de aquellos contemplaron con horror cómo habían dejado allí los indios los cadáveres recientes de dos jóvenes con el pecho abierto a quienes habían arrancado el corazón, y vieron también que habían vertido su sangre por la boca de un ídolo que tenía una cabeza que semejaba a un león.[85] Fue después de aquello cuando Grijalba, que quería quitarse de encima a Alvarado por sus protestas, lo envió de vuelta y con él la prueba de un pequeño tesoro de vasijas y estatuillas de oro, que entregó a Velázquez.

Con una última nueva, además. Algunos indios que habían conseguido capturar en otro lugar, que entendieron llamarse Ulúa, les habían dicho que ellos obedecían a un gran señor que era el emperador de todas aquellas tierras y todos se sometían a él. Su nombre era Moctezuma y les había ordenado estar vigilantes y atentos a la llegada de todo barco y que atacaran a cuantos de ellos descendieran.

A Hernán Cortés, Alvarado aún le contó una cosa más. Que en una ocasión habían topado con una india, que ante su estupor se dirigió a ellos y les habló algo en castellano y también en taíno. Les dijo que era de Jamaica, que yendo a pescar con su marido y en compañía de otros diez más en una canoa los empujó la corriente y acabaron yendo a caer en manos de aquellas gentes. Que a todos los hombres los sacrificaron, les arrancaron el corazón y repartieron sus restos para que se los comieran las gentes. A ella, por mujer, la dejaron vivir

---

[85] La imagen de un jaguar.

para tenerla como esclava suya. Los castellanos la enviaron de vuelta a su poblado para que les dijera a los caciques que vinieran a hablar con ellos, pero ninguno lo quiso hacer. Ella sí volvió a la playa donde estaban y les pidió que la dejaran irse con ellos, algo a lo que Grijalba accedió.

Por ella y por unos caciques de un otro lugar, que por una vez se mostraron amistosos, Pedro Alvarado había indagado algunas cosas más de aquel gran señor:

> Que vive tierra adentro y muy lejos de la costa, pero en todos los lugares hay tropas suyas y sus capitanes son quienes mandan sobre los caciques y las ciudades de estos, que han de pagarle tributos. Que tiene grandes ejércitos y muchos miles de gentes cuyo único oficio es la guerra y ante la que nadie puede resistir. Que el lugar en el que mora es una ciudad inmensa en mitad de un lago y al que llevan muchos cautivos para allí sacrificarlos. Que no sabe el lugar donde está, pero que el gentío es inmenso y sus riquezas no tienen parangón en la tierra. Eso, don Hernán, es lo que la india y los caciques me alcanzaron a contar.

De todo ello tomó buena nota Cortés. Y Velázquez, aunque sin saber tanto detalle, también. Alvarado había traído con él a los más enfermos y a los peor malheridos, pero también calentó al gobernador con las quejas sobre su sobrino y su negativa, a pesar de que ese había de ser su cometido, a poblar. Le dijo además que Grijalba no tardaría en regresar también.

Velázquez le hizo saber entonces que debía estar dispuesto a volverse a embarcar, pues estaba ya preparando una nueva expedición, algo que había ocultado hasta el momento y de lo que no era conocedor, a pesar de su amistad, Cortés, y que desde luego no iba a poner al mando sino a alguien con mayor decisión que al que había enviado y con todo lo necesario para combatir y conquistar, tropas, caballos, arcabuces y lombardas.

Cuando al poco acabó por asomar Grijalba, fue patente que iba a ser necesario un buen capitán y las gentes más aguerridas y fuertes para lograr penetrar en aquella tierra, pues regresaba este con multitud de heridos y con la mala nueva de otros tantos muertos que habían quedado atrás.

Cortés andaba ya por los treinta y cinco años. Buen jinete, buen espadachín, de clara inteligencia y un buen gesto de sus haciendas y negocios. Pero no tenía ninguna experiencia militar ni había mandado tropa alguna. Nadie en Cuba podía pensar en él como para ponerle al frente de aquella aventura. Tampoco en el círculo más familiar de Velázquez se alcanzó a pensar en que podía ser él. Todos daban por hecho que el elegido habría de ser Pánfilo de Narváez, sobrino suyo, pero este sí avezado en combates y su segundo al mando en la isla.

Y seguramente hubiera sido así. El problema es que don Pánfilo no estaba a mano en aquel momento, porque había ido a España con memorandos y cartas para la corte, ya que, alejado Diego Colón, en La Española el mando había recaído en la Audiencia y en tres frailes jerónimos. El teniente gobernador don Diego de Velázquez no sabía bien a qué atenerse, pues a nadie podía recurrir en según qué caso, pero, por otra parte, su cargo no le daba autoridad para enviar una flota con la misión de poblar y fundar ciudades, aunque era lo que él no solo quería, sino que ya había ordenado hacer.

El gobernador necesitaba a alguien osado, astuto y dispuesto a bordear las leyes sin que se notara demasiado. Y si tenía dineros y posibles, mejor. Y en uno de sus repentes se le ocurrió que su hombre podía ser Cortés. Su riqueza, además, haría para él menos costosa la expedición. Ni corto ni perezoso, le mandó raudo una carta, lo convocó, vino y le otorgó el mando y la misión. Que habría de parecer que iba a rescatar a los blancos prisioneros, a descubrir y tomar posesión, pero que habría de internarse, poblar y conquistar aquellos territorios que, esto sí, parecían ser aquellos lugares soñados que Colón había querido encontrar y que al fin parecían estar ya muy cerca.

Fue a partir de aquel día cuando nació un nuevo Hernán Cortés. Comenzó a reclutar a los mejores, a los más curtidos en guerras, los que habían combatido contra los moros en Granada, contra los franceses en Italia y ya duchos también en pelea contra los indios de acá, aunque estos parecían ser bastante más duros. Seleccionó a los más experimentados rodeleros, piqueros y arcabuceros, a los mejores jinetes y caballos.[86] Ayudado por Alvarado y sus hermanos, a nada, todos los buenos capitanes, como Cristóbal de Olid o Diego Ordaz, que había en Cuba, estaban ya en la partida y los soldados más veteranos se alistaban para marchar con ellos. Cortés imantaba a todos. Su decisión era total y en ella comprometía todo, su hacienda, su riqueza, sus negocios y sus barcos, pues en realidad todos menos uno de los que se estaban aparejando para salir le pertenecían a él. Se lo jugaba todo y aún más, pues para mejor abastecer a sus gentes de armas, comida, bebida y todo lo que fuera menester para aquella gran conquista, no dudó en endeudarse hasta donde su crédito, que era mucho, le dio.

Había nacido el gran intendente, como luego iba a nacer el gran estratega y luego el gran general, e incluso el que con un acto personal de coraje y decisión sería capaz de cambiar el signo de una batalla. Eso aún lo tenía que aprender. Pero el diplomático, el muñidor y el capaz de buscar en todo lado alianza y ventaja y con ella hacerse más fuerte y más débil al enemigo, eso lo tenía ya aprendido.

Cuando los familiares de Velázquez, alarmados por el cariz que aquello comenzaba a tomar, empezaron a malmeter y le llevaron las sospechas de que Cortés estaba haciendo de aquello una aventura suya, y cuando el gobernador, en otro de sus volubles cambios de opinión, quiso quitarle el mando e impedirle salir del puerto, Hernán Cortés ya no estaba allí. Junto a Pedro Alvarado como su primer capitán, ya había levantado anclas e izado vela hacia aquellos lugares de grandes templos, terribles guerreros, jóvenes con los corazones arrancados, inmensas ciudades e incontables riquezas. Al Hernán Cortés que acababa de nacer ningún Velázquez lo iba a parar. Un día por él y sus hazañas sí podrían brindar en el Escabeche.

---

[86] El caballo Cordobés fue su montura en México y a lomos suyos cargó en Otumba tras la Noche Triste, logrando con su acción convertir la derrota segura en una victoria total. Fue muy famoso en su tiempo y regresó a España con su jinete. En Córdoba está su tumba.

37

LA TUMBA DE LA GUARICHA

Ahora, cuando llegaba una nao de España al puerto de Ozama, por la noche en el Escabeche y en Los Cuatro Vientos no se hablaba de adónde iba la escuadra, porque ya no salía de allí apenas ninguna expedición, sino de quiénes habían muerto de los que por aquellas tabernas habían en otros tiempos parado.

Se hacía el recordatorio, de los que a decir del Escabeche «habían entregado la cuchara a Nuestro Señor», que era la forma del de Triana de decir que a ese por allí no lo verían ya más.

El barco que había atracado aquel día trajo una muerte que hizo mella en todos, por la que tocaron a difuntos las campanas y se hicieron muchas misas por su alma. No había puesto pie en las Indias, pero había tenido mucho que ver en que otros lo pusieran: el muerto era nada menos que el Rey Católico don Fernando de Aragón, el viudo de la reina Isabel, que había fallecido en enero de aquel año dieciséis. Había conmocionado a todos, desde el palacio de los Colón, aunque el virrey siguiera sin estar, hasta las cabañas de paja y barro de los suburbios de la ciudad.

En la taberna del Escabeche, también y por supuesto, se habló y mucho de él. Pero de otros más cercanos también, porque aquel día hubo visita muy especial, pues quien había venido a bordo era nada menos que el Trifón, aquel grumetillo esmirriado que había cruzado desde entonces más veces el océano que nadie, y tenían los dos amigos muchos recuerdos que refrescar y, por desgracia, muchos a quien echar en falta. Al Trifón siempre le había gustado el traer y llevar nuevas y cuentos. De todos menos de él. Sobre eso era más que difícil sacarle ni media palabra. Pero de los demás, aunque no le gustaba hacer sangre ni en los muertos ni en los vivos, lo que se pudiera saber lo sabía el Trifón:

—Tú fíjate la racha que llevamos de siglo, que desde luego no pudo empezar peor —le decía contando además con los dedos el de Atienza, pues de tal secano era quien ahora de tanto andar por la cubierta de los barcos se mareaba un poco al poner en la tierra inmóvil los pies—. De principio todos los del huracán, el Bobadilla, el Roldán y el pobre Peroalonso Niño, que no tenía que haber estado allí. Y eso solo por mentar a tres de los quinientos de aquella vez. Hasta el cacique Guarionex.

Al nombrar a Peroalonso, como le llamaban de coloquial, que había sido capitán y amigo, el Trifón se santiguaba y el Escabeche también.

—Y sigo. Luego la reina Isabel y el almirante, que Dios tendrá en su gloria, y luego Juan de la Cosa y el Nicuesa después. —Se volvieron a santiguar por el piloto y el andaluz, pero no lo hicieron por el que citaron a continuación—. Cayó también, que me enteré en Sevilla, el comendador Ovando. Poco duró y más hubiera valido que hubiera sido menos y no le hubiera dado tiempo a ahorcar a tantos. Mal hizo con la hermosa Anacaona, la Flor de Oro de estas tierras y a la que alcancé a ver por dos veces y no he visto después más hermosa mujer —repasó el marinero.

—A todo cerdo le llega su San Martín —sentenció el Escabeche como remate y prueba del aprecio en que tenían al difunto Ovando.

—Pues echa más vino, tabernero, para que, si nos llega la del cerdo y el santo, nos pille por lo menos contentos. Que lo que uno no sabe, aunque lo único que sabemos es que algún día será, es ni cuándo, ni cómo ni por qué ni hasta vete tú a saber por manos de quién.

Bebieron a la memoria, a la salud ya no podía ser, de los fallecidos amigos o a los que les tenían ley.

—Sí, aquellos años del diez y el once no hizo mala cosecha la de la Guadaña. Pero mucho peor han sido el catorce y estos quince pasados. ¿Sabías que a finales del primero, aquí en la isla, por Concepción de la Vega, donde tenía hacienda y se había quedado ya tranquilo a vivir, se murió el adelantado, don Bartolomé Colón? —dijo el Escabeche, que alguna novedad tenía él que aportar.

—Era un bravo el segundo de los Colón, el que tenía más arrestos de todos, aunque el almirante, claro, era otra cosa, harina de otro costal y de lo que ni hay ni habrá. —La devoción a don Cristóbal permanecía intacta en el antiguo grumete.

Pero él tenía a eso que añadir lo que estaba deseando contar:

—¿Y sabes tú que se ha muerto el último de los Pinzón, Vicente Yáñez? Me enteré la última vez que estuve en tu Triana, que era donde se había ido a vivir con su nueva mujer. Y también ha caído quien fue su compañero, Juan Solís. A ese se lo comieron los indios por el Río de la Plata.

—¡Válgame Dios! ¿Y quién era ese Solís? Algo me suena, pero por aquí no creo yo haberle visto jamás.

—No paró mucho por La Española, pero era de los navegantes mejores que tuvo Castilla, de Lebrija era, y el rey Fernando no había a quien apreciara más. Estuvo en la Junta de Navegación de hace seis o siete años, donde se abrió la espita para poder seguir las exploraciones junto con el Yáñez Pinzón, el De la Cosa y el Vespucio, que de los cuatro ya no queda uno vivo. Era ahora y desde que el Vespucio, que tenía el cargo, la palmó —el Trifón no le profesaba al italiano, nacionalizado desde mucho hacía como castellano, la más mínima simpatía, y él sabría por qué— el piloto mayor de la Junta de Contratación de Indias.

—Pero ¿cómo es eso de que se lo comieron los indios?

—Lo que te digo, y a la vista de todas las tripulaciones de las naos que fueron con él y que vieron cómo en la playa los asaban y se los comían. Pues se comieron a un par de ellos o tres más. —Se refrescó el gaznate y prosiguió—: Iba como tantos buscando el paso y dio con un estuario enorme, ya por debajo del Brasil, hecho por dos ríos, el Paraná y el Uruguay, que se juntan para salir al mar y que llaman Río de la Plata. Allí en el lado oriental desembarcó con un puñado y a todos, pero a todos, los cosieron a flechazos en un santiamén. Luego, a la vista de quienes estaban en las carabelas, les quitaron las ropas, prepararon una hoguera, los asaron y se los comieron. De eso me enteré cuando estábamos ya viniendo para aquí y nos cruzamos con sus naves que volvían.

Aunque no lo conocían, por este se persignaron también y se echaron otro vaso al coleto.

—Por el Pinzón que brinden a su memoria los de Los Cuatro Vientos, que yo no lo haré. —El Trifón, como amigo de los Niño, no podía ver a los de Palos, como los de Palos tampoco podían ver a los de Moguer—. Por cierto, Juan Niño está bien. Tiene correa, aunque ya va para mayor. El pequeño Francisco, lo sabrás, murió ahogado en el último de los viajes de Colón, antes de que se quedaran varados en Jamaica.

—No eres justo con Vicente Yáñez. Por mucho que aprecies a los Niño, y yo también, fue gran navegante y un hombre prudente —le reprochó el Escabeche.

—Declaró contra los Colón en los pleitos, se quisieron arrogar el mérito para ellos y quitarle el descubrimiento al almirante —replicó Trifón.

—Cierto, defendía lo suyo —aceptó el otro—, pero sé bien, porque me lo ha contado quien lo oyó, que su declaración no fue de las malas ni de echar basura contra el almirante, como sí hicieron otros.

Entonces también el Trifón dio un algo su brazo a torcer:

—Yo navegué un par de veces con él y era hombre, dices en eso bien, cabal. Pero con don Cristóbal se portó mal. —La coletilla no la pudo remediar.

El Escabeche llevaba toda la noche guardándose lo que ahora tenía claro que el otro no sabía, pero antes lo quiso poner a prueba por ver si le había llegado, y para eso le sacó a colación a quien también había llegado a conocer y era ahora el que tenía más y mejor fama de todos.

—¿Y se ha escuchado mucho por las Españas lo del Balboa? —preguntó a sabiendas de la respuesta.

—Pero cómo no se va a escuchar, ¿de qué te crees tú que se habla ahora en los barcos sino del océano que hay al otro lado y que él descubrió?

—¿Y sabías que Pizarro iba de segundo con él?

—Pues eso no lo sabía yo —reconoció Trifón.

Pero sí había oído hablar de quien había mandado decapitar a Vasco.

—Un mal bicho ese Pedrarias. No se conoce tipo más seco ni más cruel por todas las Castillas —aseveró el Trifón.

El Escabeche quería dejar la noticia más fuerte de todas, y también la peor, para el final. A estas alturas ya tenía claro que su compadre no tenía noción alguna de ello, pues si no algo hubiera dicho ya al respecto. Era de lo que más quería hablar y lo que llevaba toda la noche royéndolo por dentro. La soltó como un bofetón:

—Veo que no lo sabes. —La voz del Escabeche se tornó de inmediato grave y el otro supo que lo que le iba a decir era algo que le dolía y le importaba mucho y que también le iba a doler a él—. Ya va para un año que el capitán Alonso de Ojeda se nos murió.

—Pero ¿cómo no me he podido enterar? Si no había ni mejor acero, ni más valiente, ni más temerario que él. Pero ¿cómo no ha llegado nada hasta allí? ¿Cómo ha sucedido y qué fue lo que le pasó? Murió en combate, ¿no?

—Pues ahí está la cosa, que el mejor capitán, el primero en atacar, el que venció la batalla de la Vega Real, el que engrilletó al Caonabo, el caribe más feroz, el mejor acero de las Españas, ha muerto olvidado por todos, pobre de hasta no tener casi para comer, aunque siempre hubo quien le socorriera. —El Trifón se dio cuenta de que uno era seguro su interlocutor—. Pobre, pero con honor. Nunca perdió su dignidad. Y no murió en combate, no. No hubo espada ni flecha que pudiera matarle. Lo mató el fracaso. Lo mató, digo yo, el no querer vivir más —dijo el Escabeche.

—Cuéntamelo —pidió el Trifón.

Y era lo que el Escabeche estaba deseando hacer:

—Cuando volvió de su gobernación, tras ver morir a su amigo Juan de la Cosa acribillado a flechazos por algo que él consideró ser culpa de su presunción, y tras haber sobrevivido él a una flecha envenenada y a un secuestro por unos piratas con los que embarcó para socorrer a los suyos, pues un maldito bachiller perdió ocho meses hasta que les llevó las vituallas comprometidas, a un naufragio en

Cuba y hasta a dejar la Virgen que siempre llevaba, por cumplir promesa con ella, en una ermita que hizo en el lugar donde logró salvarse y regresar aquí, ya no quiso hacer ni pedir expedición ni cargo ni poblamiento ninguno. Era otro, aunque era él. Dio su vida por acabada y solo pensó en un buen morir. Renunció a su gobernación, nada quedaba allí que gobernar y no quiso saber ya nada ni de capitulaciones, ni de virreyes, ni de obispos, ni siquiera de su protector Fonseca, ni de nada de lo que había sido toda su vida anterior.

—¿Y su mujer, la Guaricha de Coquibacoa, la hermosa Isabel? —le interrumpió Trifón.

—Ella siempre estuvo con él. Hasta el final y hasta más allá. También logró volver viva del malhadado poblamiento del Urabá. Y no hizo sino cuidar de él y de sus tres hijos. Vivieron humildemente, pero te juro, Trifón, que de comer no les faltó. Él se hizo muy religioso, siempre lo había sido, tú sabes lo suyo con la Virgen María. Te mataba si osabas mentar para mal su nombre, pero ahora ya fue del todo un hombre entregado a Dios. Pasaba mucho tiempo en el convento de San Francisco, en meditación y rezando.

—¿Y por aquí no venía?

—No con la frecuencia de antes, pero no dejó de venir. Le gustaba conversar con algunos amigos que aún le quedaban, y conmigo también. Teníamos que hacerle trampas para que se dejara invitar, pues por dignidad no hubiera ni probado bocado ni bebido si no podía pagar. Lo que yo hacía era decirle que unos que se acaban de ir le habían dejado pagado el convite. A veces era hasta verdad, otros eran los amigos que lo hacían a escondidas. Si no, era yo. Pero no se iba sin comerse un bocado y beber el vino que quisiera, que era ya muy poco, pues si antes fue en comer y beber frugal, ahora lo era mucho más.

—¿Y no le buscaban pendencia? Enemigos tuvo muchos, y viéndole mermado seguro que quisieron ir contra él.

—Ya lo creo. Aquí no, porque hubieran salido muchos a ponerse a su lado. Aunque te voy a contar que no le hacían falta ni escolta ni protección. Una noche, precisamente, al salir de aquí solo y dirigirse al otro extremo de Santo Domingo donde estaba su cabaña, le salieron al paso cuatro con las espadas desenvainadas y lo trataron de rodear. A nada estaban ellos corriendo la calle adelante y él con su acero empapado yéndoles detrás. A uno lo dejó muy mal herido y para mí que de esa no salió. Por la traza de la sangre que echaba, parecía que era herida de pulmón, y de esas no cura nadie. En los otros parece que hizo sangre también. A él ni le tocaron. La única vez que un arma le sacó sangre del cuerpo fue aquella flecha herbolada en San Sebastián de Urabá.

—¿Y cuándo y cómo murió?

—Pues los meses finales dejó de ir hasta por su casa y se quedó ya encerrado en el convento. Los frailes lo aceptaron y allí se echó a morir y se murió. Les tenía dicho y se lo hizo prometer que lo enterrarían en la puerta de entrada, para que así, y por penitencia por su orgullo, que era lo que más remordía en su conciencia, todos cuantos allí pasaran lo pisaran. En la tumba hizo poner: *Aquí yace Ojeda, el desgraciado*. Nada más. Se lo hizo jurar y los monjes lo cumplieron. Allí esta su lápida, por si la quieres ir a ver, y todos los que entran a aquella iglesia la han de pisar al entrar.

—Y de la Guajira ¿qué ha sido? —quiso saber Trifón.

—Eso es lo que más te quería contar y que nos dejó helados a todos quienes los conocimos y también a los que no. Ella no había dejado un día solo de ir a verle al convento, igual que cuando estuvo en prisión. Al entierro fue con sus hijos. Pasaron luego tres días y tres noches, y al cuarto amanecer, la Guajira, doña Isabel, apareció muerta acurrucada sobre la tumba de él. Ella también quiso morir si ya estaba muerto él.

—Y sus hijos, Escabeche, ¿qué fue de ellos? ¿Al cuidado de quién están?

Esperó unos segundos el Escabeche para contestar:

—Son niñas las tres, la primera ya casi una mujer. Y están aquí, Trifón. Aquí mismo. Nosotros tenemos muchos hijos, pero no nos importa que sean tres más. Nada les va a faltar.

Apenas quedaba ya nadie en la taberna, ellos y otros dos más con mucho vino en el cuerpo. El Escabeche se levantó y les hizo, como él sabía, sin empujones pero con contundencia y templanza a la vez, pagar y marcharse. Luego llamó a su mujer:

—Triana, ven acá. Y tráete a las niñas del capitán.

Hubieron de esperar un rato.

Triana se excusó:

—Estaban ya dormidas.

Escabeche se las presentó. La mayor era casi tan hermosa como lo había sido su madre, pero chica de cuerpo como fue su padre. Las otras dos le miraban con ojos somnolientos.

—Mirad, niñas, este es Trifón, trató a vuestro padre desde que era casi un niño como vosotras, y os ha querido conocer.

Volvieron las niñas a sus camas. Entonces el Trifón le dijo a su amigo:

—Mañana, Escabeche, iremos al convento de San Francisco a ver su lápida y rezar por él. Pero no seré yo quien pise la tumba de mi capitán.

EPÍLOGO

La vida prosiguió en La Española. Fray Bartolomé de las Casas seguiría de por vida en su pelea por el bienestar de los indios, consiguiendo sonoros éxitos como la destitución de Fonseca y de Conchillos, a los que acusó de tener en encomienda ellos mismos ochocientos indios el uno y otros tantos el otro, y ser nombrado su «protector universal». Cisneros le otorgó amplios poderes, pero su radicalismo, la fe del converso, lo enfrentó no solo con los colonos españoles, sino también con otras órdenes religiosas, menos extremistas en sus postulados y más pragmáticas. Consiguió importantes avances en su protección compendiados en las Nuevas Leyes de Indias, pero su idealizada imagen del buen salvaje le llevó a cosechar sobre la práctica algún sangriento fracaso. Le persiguió siempre y de por vida su pasado encomendero, pero aún más su cada vez mayor soberbia y acritud y que nunca perdiera y siempre buscara el arrimo del poder y de quienes, a esos no rechistaba, le pudieran favorecer.

Diego Colón, que había sido llamado a España en 1514 y fue sustituido por la Orden Jerónima en la Gobernación, no retornó de España sino ya en el año 1521, pero tres años después, de nuevo el descontento y una rebelión de esclavos negros cimarrones que conmocionó a la isla hizo que el rey Carlos le conminara a presentarse ante él y lo destituyó de todos sus cargos.

Los interminables pleitos colombinos siguieron sin embargo tras su muerte dos años después, alentados por la «desgraciada virreina», como se firmaba ella misma, María de Toledo, y sobre todo por el hijo pequeño del almirante, Hernando Colón. Al final se acordó un laudo en el cual renunciaban a lo que en realidad ya era de locos pretender y que era lo que habían intentado mantener, el monopolio total, pero consiguieron mantener títulos, privilegios, haciendas y dineros de gran cuantía y calidad.

Suprimía los cargos de virrey y gobernador general de las Indias, pero confirmaba el título de almirante de las Indias a perpetuidad para los Colón, la posesión de sus tierras en La Española y a perpetuidad los cargos de alguacil mayor de Santo Domingo y de la Audiencia de la isla, y constituyó un señorío compuesto por la isla de Jamaica, con el título de marquesado de Jamaica, y un territorio de veinticinco leguas cuadradas en Veragua, con el título de ducado de Veragua. Recaerían en primer término en el hijo de don Diego y doña María, Luis Colón. Por último, les otorgaba rentas de diez mil ducados anuales, así como quinientos mil maravedís por año a cada una de las hermanas de Luis Colón. María Álvarez de Toledo regresó a su palacio en Santo Domingo y allí murió tras haber conseguido el traslado de los restos del almirante y su marido para enterrarlo en la catedral, donde ella también lo fue.

Al puerto de Ozama siguieron llegando algunos barcos que venían desde España, pero ya no todos, y luego cada vez menos, y ya antes de ello las naos que ensanchaban el mundo y los capitanes que conquistaban los imperios, Cortés, Alvarado, Olid y Ordás; Pizarro, Almagro, Benalcázar y Soto no habían salido de allí.

APÉNDICES

Capitulaciones de Santa Fe

Las cosas suplicadas e que Vuestras Altezas dan e otorgan a don Christóval de Colón, en alguna satisfacción de lo que ha descubierto en las Mares Océanas y del viage que agora, con el ayuda de Dios, ha de fazer por ellas en servicio de Vuestras Altezas, son las que se siguen.

1. Primeramente que Vuestras Altezas como sennores que son de las dichas Mares Océanas fazen dende agora al dicho don Christóval Colón su almirante en todas aquellas islas y tierras firmes que por su mano o industria se descubrirán o ganarán en las dichas Mares Océanas para durante su vida, y después de él muerto, a sus herederos [...].

2. Otrosí, que Vuestras Altezas fazen al dicho Christóval Colón su Visorrey e Governador General en todas las dichas tierras firmes e islas que, como dicho es, él descubriere o ganare [...].

3. Item que de todas e qualesquiere mercadurias, siquiere sean las piedras preciosas, oro, plata, specieria, e otra cualesquiere cosas [...] dentro de los límites de dicho Almirantazgo, que desde agora Vuestras Altezas fazen merced al dicho don Christóval e quieren que haya e lleve para sí la dezena parte de todo ello.

Refrendo en Barcelona

Hernando de Colón, *Historia del Almirante* (I), pág. 154

VIAJES Y VIAJEROS

Primer Viaje Colombino. Descubrimiento, 1492-1493

Cristóbal Colón
Juan de la Cosa
Martín Alonso Pinzón
Francisco Pinzón
Vicente Yáñez Pinzón
Pedro Alonso Niño
Francisco Niño
Juan Niño

Segundo Viaje Colombino, 1493-1496

Cristóbal Colón
Diego Colón
Bartolomé Colón (se incorpora en La Isabela)
Juan de la Cosa
Alonso de Ojeda
Juan Ponce de León
Juan Niño y su hijo Alonso
Pedro Alonso Niño
Francisco Niño
Pedro Hernández Coronel
Padre Buill
Pedro de Margarit
Diego Velázquez de Cuéllar
Rodrigo de Bastidas

Francisco Roldán
Juan de Esquivel
Michele da Cuneo

Tercer Viaje Colombino, 1498-1500

Cristóbal Colón
Pedro Alonso Niño
Juan Niño y su hijo Alonso
Francisco Niño
Pedro Hernández Coronel

Cuarto Viaje Colombino, 1502-1504

Cristóbal Colón y su hijo Hernando
Bartolomé Colón
Diego Méndez
Francisco Porras
Diego Porras
Pedro Hernández Coronel
Francisco Pinzón (pereció ahogado)

Viajes No Colombinos
Viaje de Ojeda, 1499-1500 (Colombia y Venezuela)

Alonso de Ojeda
Juan de la Cosa
Américo Vespucio

Viaje de los Pinzón, 1500 (Brasil)

Vicente Yáñez Pinzón
Francisco Pinzón
Garci Fernández

CRONOLOGÍA DEL INICIO DE LA
CONQUISTA Y COLONIZACIÓN
DE HISPANOAMÉRICA

1492

El 17 de abril de 1492, firma de las Capitulaciones de Santa Fe entre Cristóbal Colón y los Reyes Católicos, donde se pactan las condiciones de la expedición. El 12 de octubre la Santa María, la Pinta y la Niña arriban a la isla de Guanahani, que Colón nombró de San Salvador (en el actual archipiélago de las Bahamas), creyendo haber alcanzado la Especiería, en Asia. Llega después a La Española (Haití y República Dominicana en la actualidad) y deja allí a treinta y ocho españoles en el Fuerte Navidad.

1493-1496

Segunda expedición de Colón, con diecisiete naves. Encuentran el Fuerte Navidad destruido y ningún superviviente. Los españoles fundan la ciudad de La Isabela (1494) en La Española, así llamada en honor a la reina Isabel.

Descubrimiento de Puerto Rico (1493) y Jamaica (1494).

1494

Castilla y Portugal firman el Tratado de Tordesillas, dividiendo el mundo en dos zonas de exploración y colonización. Al este de la línea trazada, un meridiano en el Atlántico, quedaría la zona portuguesa, y al oeste la castellana.

1498-1500
Tercer viaje de Colón, en el que recorre el noroeste de la actual Venezuela (isla de Trinidad, Punta del Arenal, cercanías del delta del río Orinoco, Macuro, costa del golfo de Paria) y pasan de nuevo por La Española, antes de regresar a la península.

1499
La Corona decide poner fin al monopolio de Colón y permiten que cualquier súbdito pueda emprender expediciones al Nuevo Mundo. Alonso de Ojeda fue el primero, iniciando así los llamados Viajes Menores o Andaluces. Le siguen otros como Peroalonso Niño, Andrés Niño, Bartolomé Ruiz, los hermanos Guerra, Juan de la Cosa y Vicente Yáñez Pinzón, así como Américo Vespucio y Rodrigo de Bastidas. Se recorre el litoral desde Brasil a Panamá.

1500
Comandado por la Corona portuguesa, Pedro Álvares Cabral llega a las costas de Brasil.

1502-1504
Cuarto viaje de Colón, en el que recorre la costa de Centroamérica (actuales Honduras, Nicaragua, Costa Rica y Panamá).

1507
Por primera vez se utiliza el nombre de «América» en la *Universalis Cosmographia* o *Planisferio de Waldseemüller,* publicado bajo la dirección del cartógrafo alemán Martin Waldseemüller en Saint-Dié e impreso en Estrasburgo en 1507.

1508
Conquista de Puerto Rico.

1509

Conquista de Jamaica.

1511

Conquista de Cuba.

1512

Leyes de Burgos, primer código legislativo establecido por la monarquía española para las Indias, conocidas como Ordenanzas Dadas para el Buen Regimiento y Tratamiento de los Indios.

1513

Ponce de León llega a la Florida.

Vasco Núñez de Balboa descubre el Mar del Sur (océano Pacífico).

Juan Díaz de Solís descubre el Mar Dulce (Río de la Plata).

1515

Fundación de La Habana (Cuba).

1516

Muere Alonso de Ojeda en Santo Domingo.

1517

Francisco Hernández de Córdoba explora la península de Yucatán (México).

1518

Juan de Grijalba explora el golfo de México.

1519

Hernán Cortés sale de Cuba a la conquista del Imperio azteca.